Der Kreis der Angst

Peter Clement

Der Kreis der Angst

Deutsch von R. Rolf Tatje

Weltbild

Originaltitel: *Critical Condition*
Originalverlag: Ballantine Books

Besuchen Sie uns im Internet:
www.weltbild.de

Der Autor

Peter Clement leitete mehrere Jahre die Notaufnahme einer großen amerikanischen Klinik, bevor er sich als Autor von Thrillern einen Namen machte, die vor allem im medizinischen Milieu angesiedelt sind. Peter Clement ist verheiratet und Vater von zwei Söhnen.

Weltbild Taschenbuch

Für das Beständige in meinem Leben:
Sean, James und Vyta

PROLOG

Als Arzt wachte er schnell auf.

Besonders, wenn das Telefon klingelte.

Nur dass es diesmal nicht wie das Telefon klang. Mehr wie das schrille Geräusch eines Zahnarztbohrers.

Doch er kam nicht aus dem Schlaf.

Und irgendwie wusste er, dass es diesmal auch besser für ihn war.

Denn da oben, im Licht, erwarteten ihn Schmerzen. Besser, er blieb hier unten in der Dunkelheit.

Doch irgendetwas zerrte ihn an die Oberfläche, und er erwachte.

Zuerst spürte er, dass sein Hals schmerzte. Aber was war schon ein rauer Hals? Er würde den Anrufer bitten, sich am Morgen noch einmal zu melden, und zwei Aspirin nehmen. Kein Grund, sich Sorgen zu machen.

Doch der Schmerz brannte sich durch seinen Hals und sein Gesicht hinauf. Er schluckte, und es fühlte sich an, als hätte er glühende Kohlen in der Kehle. Zum Teufel, was ist das, wollte er sagen, schien aber Flammen hervorzustoßen, statt Worte zu sprechen – Flammen, deren Hitze mit lautem Zischen ein Loch in seine Kehle sengten.

In seinem Kopf hämmerte es, und seine Arme schmerzten von den Schultern bis in die Fingerspitzen hinein, als hätte jemand seine Hände gepackt, um ihn aus der tiefen Schwärze ins grelle Licht zu zerren.

Plötzlich fiel ihm ein, dass er im frühen Morgengrauen aufgewacht war und jemand neben seinem Bett gesehen hatte, der dort nicht sein sollte …

Er wollte schreien, als in seinem Hirn eine grellweiße Explosion detonierte. Dennoch versuchte er noch einmal, sich bemerkbar zu machen, um Hilfe zu rufen, dass da ein Eindringling war, doch die Glut in seiner Kehle kehrte wieder, und das Ziehen an seinen Armen hörte nicht auf.

Er versuchte wegzulaufen, doch seine Füße schienen aneinander zu kleben.

Und das Geräusch, dieses hohe Sirren, wollte nicht enden …

Plötzlich schoss er ins Licht, schnell wie ein Blitz, ohne etwas dagegen tun zu können. Er schlug die Augen auf: Er war in seiner Duschkabine, nackt, an den Armen am Duschkopf über ihm aufgehängt, die Füße mit Klebestreifen zusammengebunden. Das Sirren, das sich anhörte, als stammte es von einem kleinen Elektromotor, kam von außerhalb der Duschkabine, hinter der Milchglasscheibe der Kabinentür.

Und dann sah er, wie ein schattenhafter Umriss sich näherte.

Er schrie um Hilfe – was bloß einen weiteren zischenden Windstoß unter seinem Kinn hervorrief.

Jemand hatte ihm ein Loch in die Luftröhre geschnitten.

Die Tür öffnete sich, und jemand in OP-Kleidung kam in die Kabine, eine sirrende Knochensäge in der Hand. Er wusste nicht, wer es war. Die Augen über der Maske glitzerten so kalt, wie er es noch bei keinem Menschen gesehen hatte. Er wand sich, bäumte sich in den Fesseln auf, während die kleine rotierende Stahlscheibe sich seinem Brustbein näherte.

Seine Schreie, als die Zähne des Sägeblattes die Haut durchtrennten und sich in die Rippen fraßen, machten nicht mehr Geräusche als die morgendliche Brise, die mit den Vorhängen des Badezimmerfensters spielte.

1

Zwei Wochen zuvor
Mittwoch, 13. Juni, 06:45 Uhr

Sie spürte das Geräusch mehr, als dass sie es hörte. Es kam aus den Tiefen ihres Hirns, und in den ersten Sekunden schien es nicht mehr zu sein als das kaum merkliche »Plopp«, das eine verstopfte Nasennebenhöhle macht, wenn man sich schneuzt, oder das leichte Knacken des Nackens, wenn Muskeln und Sehnen verspannt sind.

Deshalb ignorierte Dr. Kathleen Sullivan das Geräusch und beachtete die kaum merkliche Empfindung nicht weiter. Das gehörte wohl dazu, wenn man auf die vierzig zuging. Es war unwichtig und keiner Beachtung wert.

Und so genoss sie weiter ihr Liebesspiel mit Richard Steele, auf dem sie rittlings saß, während das Morgenlicht nach und nach in ihr abgedunkeltes Schlafzimmer kroch.

Plötzlich traf der Schmerz sie wie ein Hammerschlag an der Schädelbasis.

Kathleen schrie auf, umklammerte mit der Hand ihren Nacken und erstarrte.

Sie spürte, wie Richard seine Bewegungen anfangs verstärkte, dann aber langsamer wurde, als sie nicht reagierte. Auf seinem geröteten Gesicht erschien ein Ausdruck der Verwunderung.

Heftiges Schwindelgefühl überkam Kathleen. Sie kippte nach rechts, als hätte man ihr eine Ohrfeige verpasst. Übelkeit fiel über sie her wie ein wildes Tier, und Erbrochenes schoss aus ihrem Mund wie Wasser aus einem Schlauch.

Auf Richards Brust brach sie zusammen. Augenblicklich umfing sie Dunkelheit. Doch es dauerte länger, bis ihr Körper jegliches Gefühl verlor, sodass sie anfangs den grauenhaften Schmerz spürte.

Und seltsamerweise konnte sie immer noch hören.

»Kathleen! Kathleen, was ist?«, rief Richard wie aus weiter Ferne.

Jemand versucht, von innen meinen Schädel aufzubrechen!, wollte sie voller Qual hinausschreien, dann aber löschte der unerträgliche Druck endgültig ihr Bewusstsein aus.

Die Schmerzen wuchsen wie Wurzeln tief in ihren Schlaf, und Ranken aus Licht rissen sie aus der gnädigen Dunkelheit. Sie versuchte zu schreien, brachte aber keinen Laut hervor. Verschwommen sah sie Regale voller Flaschen, Flüssigkeitsbeutel und Kunststoffleitungen, die sich an den Wänden des kleinen Zimmers entlangschlängelten – was für ein Zimmer es auch sein mochte –, und doch wirkte alles irgendwie verzerrt, fremd und beängstigend. Sie kniff ein Auge zu, um deutlicher sehen zu können, doch die Verschwommenheit blieb. Sie konnte ihre Augen zwar nicht zu den Seiten bewegen, aber hinauf und hinunter. Sie versuchte, die Hände zu bewegen, aber nicht einmal ihr kleiner Finger rührte sich. Hatte man sie ans Bett gefesselt?

Nun beugte jemand sich über sie und setzte ihr eine schwarze Maske aufs Gesicht. Augenblicke später strömte Luft in ihren Mund und in die Lunge.

»Sie hat Atemschwierigkeiten«, hörte sie Richard von einer Stelle aus sagen, die außerhalb ihres Blickfelds lag. »Machen Sie schneller!«

»Wir sind in einer Minute da, Doc!«

Sie spürte, wie der Raum hart nach links schwankte, dann nach rechts, und sie begriff, dass sie in einem Rettungswagen lag. Wahrscheinlich auf dem Weg zu Richards Notaufnahme. Aber warum konnte sie ihn nicht sehen?

O Gott, was war mit ihr?

»Kathleen«, hörte sie seine Stimme, in der Furcht mitschwang. »Ich bin bei dir. Entspann dich. Wir müssen dir helfen, dass du atmen kannst.«

Stoßweise bahnte die Luft sich ihren Weg an ihrer Zungenwurzel vorbei in die Luftröhre. Jedes Mal hatte sie die Empfindung, ein Objekt von der Größe eines Tennisballs zu schlucken, was heftigen Würgereiz bei ihr auslöste, doch ihre Speiseröhre blieb schlaff und reagierte nicht. Sie wollte die Maske abschütteln und nach Luft schnappen, doch konnte sie es nicht.

»Wenn du mich hören kannst, Kathleen – wir haben das Krankenhaus bereits alarmiert. Der Chef der Neurochirurgie wartet schon. Du hast eine Art Schlaganfall erlitten, wahrscheinlich eine Hirnblutung, so wie deine Augen reagieren. Aber du schaffst das schon, Kathleen ...« Seine Stimme zitterte und brach, und sie fragte sich, ob er schluchzte, während die Luft ihr Schwall für Schwall in die Lunge gepresst wurde, um das Kohlendioxid aus dem Gehirn zu vertreiben, die Arterien zu verengen und die Blutung zu verlangsamen.

Mit quietschenden Bremsen kam das Fahrzeug zum Stehen. Augenblicke später hörte Kathleen, wie die Türen zu ihren Füßen sich öffneten. Sie spürte, wie ein Schwall kühle, frische Morgenluft ins Fahrzeug strömte. Erst jetzt wurde ihr bewusst, dass sie nackt unter einer Decke lag.

Der Sanitäter beatmete sie weiter, und ein halbes Dutzend Frauen und Männer in Weiß versammelten sich um die Tragbahre, um sie herauszuheben.

»Wo ist Tony Hamlin?«, hörte sie Richard fragen.

»Auf der Intensiv. Er steht bereit und wartet mit seinem neurochirurgischen Team«, antwortete jemand, während sie in die Notaufnahme und über einen Flur eilten. Die vorbeihuschende Decke vor Kathleens starrem Blick verstärkte das Gefühl der Benommenheit und ihre aufkeimende Panik. Sie spürte Richards Hand an der Wange, als er es übernahm, die Beatmungsmaske fest auf ihr Gesicht zu halten. Wenn sie sich anstrengte und die Augen nach oben bewegte, konnte sie ihn einigermaßen erkennen. Mit entschlossener Miene erteilte er Anweisungen an sein Team. Doch als er zu ihr hinuntersah und zu lächeln versuchte, erkannte sie, dass es bloß ein kläglicher Versuch war, sie zu beruhigen.

Mein Gott, dachte sie, *er glaubt, dass ich sterbe, genau wie damals seine Frau gestorben ist…*

Kathleen wurde in einen großen, kühlen Raum gefahren, in dem sich ein Dutzend Personen in grünen Kitteln, Masken und Operationshandschuhen befanden. Sie alle gerieten sofort in hektische, jedoch geordnete Aktivität, setzten Kathleen intravenöse Injektionen in die Armvenen, schoben ihr einen Schlauch in den Hals, befestigten Sensoren und Drähte an ihrem Körper. Wieder hatte sie das drängende Gefühl, würgen zu müssen, brachte aber nicht einmal ein Husten oder irgendein Geräusch hervor. Sie lag bewegungslos da wie eine Tote, bekam aber alles mit.

»Wir haben sie stabilisiert, Richard. Alles Weitere sollten Sie jetzt uns überlassen«, sagte ein Mann mit langem weißen Haar, der am Kopfende der Bahre stand.

»Ja, sicher, Tony«, hörte sie ihren Geliebten sagen, dessen Stimme unsicher klang.

Nein, Richard, lass mich nicht allein!, wollte sie rufen.

Noch einmal erschien er in ihrem Blickfeld. Sein attraktives Gesicht war angespannt, blass und seltsam fremd, als hätte man ihm Latex über den Kopf gezogen. »Kathleen, unser Chef der Neurochirurgie, Tony Hamlin, wird sich jetzt um dich kümmern.«

»Hallo, Kathleen«, sagte Hamlin. »Tut mir leid, dass ich Sie unter solchen Umständen kennen lerne.«

»Tony und seine Mitarbeiter sind die Besten auf ihrem Gebiet«, fuhr Richard fort. »Sie werden dir helfen.« Er beugte sich tiefer zu ihr herunter und flüsterte: »Ich liebe dich.«

Bitte, bleib hier, Richard! Er drehte sich um, und Kathleen sah ihn im Winkel ihres starren Blickfelds verschwinden.

Dann schlug eine Krankenschwester die Decke beiseite und schob ihr einen Katheter in die Harnröhre. »Ist es während des Geschlechtsverkehrs passiert?«, fragte sie unbeteiligt und betrachtete die Körperflüssigkeiten, die sie aufgenommen hatte.

»Das ist einer der klassischen Fälle, bei denen eine Arterienruptur auftritt, stimmt's?«, fragte ein lockiger Jüngling in kurzem Klinikkittel, während die Schwester die Infusionsnadel justierte. Er sah nicht viel älter aus als Kathleens Tochter Lisa, die gerade neunzehn geworden war. Du lieber Himmel, Richard hatte sie in den Händen eines Jugendlichen gelassen.

»Wenn Sie fertig sind, gehen Sie raus und lassen sich von Dr. Steele den genauen Ablauf berichten«, sagte der weißhaarige Mann hinter Kathleens Kopf zu dem jungen Burschen, während er mit einer winzigen Lampe in ihre Augen leuchtete.

Trotz des gleißenden Lichts konnte sie den Blick nicht abwenden, nur blinzeln.

Ein verzweifelter Schrei stieg in Kathleens Kehle auf, ballte sich zusammen und baute einen erstickenden, schmerzhaften Druck auf...

Richard stand auf dem Flur, den Rücken an die Wand gelehnt. Dass er im Rettungswagen die Verantwortung übernommen hatte, war aus ärztlicher Sicht von entscheidender Notwendigkeit gewesen, zugleich aber auch eine Flucht in die Aktivität, weil die Konzentration auf jeden Handgriff, jede Beobachtung der Patientin seine Furcht und sein Entsetzen in Schach hielt. Nun aber gab es nichts mehr, das ihn ablenkte. Jetzt musste er sich dem Geschehen stellen – nicht als Kathleens Arzt, sondern als ihr Geliebter.

Hier, im Zentrum jenes Ortes, an dem er sein Berufsleben

damit verbracht hatte, Menschen aus dem Tod ins Leben zurückzuholen, begann er vor Hilflosigkeit zu zittern.

Eine Schwester mit kurzem grauen Haar und Goldrandbrille kam aus dem Raum, den er gerade verlassen hatte. »Kommen Sie, Dr. Steele, setzen wir uns in Ihr Büro. Ich hole Ihnen einen Kaffee.« Auf dem Namensschild der Schwester stand »Josephine O'Brien«, doch sie war länger in dieser Abteilung als Richard und jeder, mit dem sie freundlichen Umgang hatte, nannte sie Jo. »Dr. Sullivan ist jetzt an sämtliche Geräte und Monitore angeschlossen, und ihre Werte sind stabil. Als Nächstes machen wir die Computertomographie. Bis dahin wird es nichts Neues mehr geben. Also, kommen Sie bitte.«

Eine jüngere Kollegin folgte Jo auf dem Fuße. »Bei Dr. Hamlin ist Dr. Sullivan in guten Händen«, fügte Jo hinzu. »Sie tun ihr und sich selbst keinen Gefallen, wenn Sie hier vor der Tür stehen.«

Jo sprach mit genau jener Mischung aus Bestimmtheit und Mitgefühl, die Richard von jedem in seiner Abteilung erwartete, wenn er mit verängstigten Verwandten und Freunden von Patienten sprach. Er murmelte ein Dankeschön für Jos Unterstützung; wäre er kein Arzt gewesen, hätte er sich vielleicht zuversichtlicher gefühlt. Doch das Problem war, dass er wie die meisten guten Notfallmediziner die Chancen und Risiken kannte, und keine Nettigkeit der Welt konnte etwas daran ändern, dass der Gedanke an Kathleens Chancen ihn fertig machte.

Die Sterblichkeit bei dieser Art von Hirnblutung lag bei achtzig Prozent, und bei denen, die überlebten, waren Morbidität oder bleibende Hirnschäden fast sicher. Und das Risiko einer tödlichen Nachblutung war hoch.

Ein Gefühl der Leere machte sich in Richards Magengrube breit. Während die beiden Schwestern ihn über den Flur begleiteten, schwankte er wie ein Betrunkener. Die Sorge um Kathleen brachte ihn buchstäblich aus dem Gleichgewicht.

An der Tür seines Büros fingerte er mit den Schlüsseln herum, bis Jo sie ihm aus der Hand nahm und aufschloss.

Halt durch, Kathleen, flehte er im Stillen. *Stirb nicht!*

Sobald er seinen eigenen kleinen Zufluchtsort betreten hatte – eine mit Teppichboden ausgelegte Schuhschachtel von Büro mit einem großen Metalltisch, zwei Stühlen und einem Bäumchen im Kübel –, schlug er rasch eine Hand vors Gesicht, damit die Schwestern nicht die Tränen sahen, die ihm in den Augen standen. Doch sie waren ihm bereits über die Wangen gelaufen, bevor er sie abwischen konnte. »Bitte, lassen Sie mich allein«, sagte er und bemühte sich, mit fester Stimme zu sprechen, wobei er an die Decke starrte, um dem Blick Jos und ihrer jungen Begleiterin auszuweichen. Die winzigen Perforationen in den Deckenplatten schimmerten wie schwarze Sterne in einem weißen Universum.

»Kommt gar nicht infrage, Richard«, entgegnete Jo – eine der wenigen, die ihn mit dem Vornamen anzureden wagten. Sie hielt ihn am Arm und fügte hinzu: »Setzen Sie sich. Zur Abwechslung kümmern wir uns mal um Sie. Trinken Sie erst einmal einen Becher heißen Kaffee.« Eine Kopfbewegung zur Tür, und die jüngere Schwester eilte auf den Flur, um den Kaffee zu holen. »Und lassen Sie Ihren Gefühlen ruhig freien Lauf«, fuhr Jo fort, als sie allein waren. »Wir irischen Frauen sind stark und hart im Nehmen. Kathleen ist eine Kämpferin. Sie schafft das schon.«

Richard blickte in ihr faltiges Gesicht und ihre freundlichen braunen Augen. Seine Frau war auch eine Kämpfernatur gewesen, und was hatte es ihr genützt?

Es klopfte, und ein junger Assistenzarzt steckte den Kopf ins Zimmer. »Dr. Hamlin schickt mich, um Ihnen ein paar Fragen zu stellen, Dr. Steele.«

»Jetzt nicht!«, schnauzte Jo.

Der junge Mann machte, dass er davonkam.

»Diese Kinder, die man heute zu Ärzten macht …«, sagte

Jo seufzend. »Wissen alles über Medizin, verstehen aber nichts von den Menschen.«

Weil es mit den Menschen zu sehr wehtut, dachte Richard.

»Es ist eine Blutung im Pons Varolii«, berichtete Hamlin eine Stunde später in Richards Büro und bezog sich damit auf einen bestimmten Teil des oberen Hirnstamms. »Ihre Pupillen reagieren nicht. Sie ist vom Hals abwärts gelähmt, kann nicht mehr schlucken und hat die Kontrolle über ihre Speiseröhren- und Gesichtsmuskulatur so weit verloren, dass sie nicht sprechen kann und keine Mimik mehr hat. Aber sie ist bei Bewusstsein, kann die Augen auf und ab bewegen, wenn man sie dazu auffordert, und kann zur Verständigung blinzeln. Das hat mich auf die richtige Spur gebracht, als ich sie untersucht habe.«

»Ein Locked-in-Syndrom?«, fragte Richard. Der Gedanke, Kathleen könnte im eigenen Körper gefangen sein, ließ ihn beinahe zu Eis erstarren.

Hamlin nickte. »Ihre Atmungsfunktionen haben sich nicht weiter verschlechtert, auch wenn sie noch ein Beatmungsgerät benötigt. Wir mussten sie ohnehin weiter intubieren, um zu verhindern, dass sie Erbrochenes einatmet – sie kann nicht einmal ihren Speichel aus der Lunge heraushalten. Außerdem haben wir sie ruhiggestellt. Eine verdammte Situation, aber wenigstens kann sie noch mit den Augen Zeichen geben. Wir verabreichen ihr Morphine, um die Schmerzen zu stillen, und sie hat uns signalisiert, dass die Kopfschmerzen nachgelassen haben. Ich habe meinen Studenten übrigens davon erzählt, dass Alexandre Dumas diesen Zustand als Erster beschrieben hat und …«

»Wie ist die Prognose?«, unterbrach ihn Richard, dem nicht der Sinn danach stand, eine von Hamlins gefürchteten weitschweifigen Geschichten über sich ergehen zu lassen. »Und kommen Sie mir jetzt nicht mit den allgemeinen Verläufen für Hirnstammblutungen. Ist es hoffnungslos?«

»Das kann nur die Zeit zeigen«, antwortete Hamlin, und seine Stimme nahm einen professoralen Ton an. »Ihrem CAT-Bild nach scheint die Blutung auf einen kleineren Bereich beschränkt zu sein. Wenn sie nicht ins vierte Ventrikel eindringt und Kathleen die nächsten Stunden übersteht, könnte sie sich beträchtlich erholen. Wir werden ein besseres Bild bekommen, wenn sie stabil genug ist für eine Kernspintomographie. Außerdem habe ich ein Angiogramm angesetzt. Aber wenn es zu Nachblutungen kommt, die sich in ihre Hirnkammern ausbreiten, wo wir sie nicht aufhalten können ...« Seine Stimme verebbte.

Hamlin brauchte Richard nicht zu erklären, dass diese Fälle die höchste Sterberate hatten. »Was heißt ›sich beträchtlich erholen‹?«, fragte er. Sein Mund war so trocken, dass er kaum sprechen konnte.

»Manchmal bedeutet es lediglich, dass die Atmungsfunktionen des Patienten sich so weit erholen, dass er nicht mehr beatmet werden muss. Manchmal bleiben nur Defizite in den Beinen. Zwar bleiben viele Patienten querschnittsgelähmt, aber manche gewinnen mit etwas Glück eine teilweise Bewegungsfähigkeit zurück. Sehr wenige können sogar wieder gehen. Ich habe Fälle gesehen, in denen die Betroffenen fast alle Körperfunktionen wiedererlangen, einschließlich der Fähigkeit zu sprechen. Aber man kann das Ergebnis unmöglich im Einzelfall vorhersagen.«

Hamlins Stimme wurde immer leiser, während Richards Geist für jedes Szenario ein Bild heraufbeschwor: Kathleen, die an einem Atemschlauch dahinvegetierte, oder die auf Krücken ihre leblosen Beine hinter sich her zog, oder die gefüttert werden musste, ein von Essensresten fleckiges Lätzchen um den Hals. Das alles hatte er schon gesehen – bei Fremden.

»Das Angiogramm wird uns einen besseren Eindruck über die Ursache der Blutung vermitteln. Ich nehme an, dass es eine angeborene arterielle Missbildung ist, wahrscheinlich ein Angiom, weil sie keinen Bluthochdruck in ihrer Vorgeschichte hat. Ich brauche Ihnen wohl nicht zu sagen, dass ein Eingriff erfolgen muss. Solange die Missbildung nicht vollständig entfernt ist, besteht immer das Risiko einer weiteren Hämorrhagie. Aber zuerst müssen wir sie weit genug für die Operation stabilisieren und mit bildgebenden Mitteln feststellen, ob wir das Angiom chirurgisch entfernen können, ohne zu große Kollateralschäden zu verursachen.«

Richard erschauerte. Der Begriff *Kollateralschäden* war das Codewort für ein noch abschreckenderes Ergebnis. Wenn die Nervenverbindungen in dem Gehirnabschnitt, den Hamlin bezeichnet hatte – und von denen Atmung, Gang, die Kontrolle von Blase und Darm, die Bewegung von Fingern, Armen und Händen, das Sprechvermögen und das Schlucken gesteuert wurden –, die Blutungen überlebt hatten, überlebten sie vielleicht nicht die Operation. Das Angiom – dieses Gewirr anomaler Gefäße, das Hamlin vermutete – operativ zu entfernen, ohne dabei anderes Gewebe zu schädigen, war so kompliziert, dass die Operation selbst weitere Nervenzellen zerstören konnte, sodass Kathleen möglicherweise bei dem Eingriff starb.

Das alles war Richard natürlich vorher schon klar gewesen. Aber selbst Ärzte flüchteten sich in falsche Hoffnungen, wenn sie mit einer schweren Krankheit konfrontiert wurden, die sie persönlich betraf. Und Hamlins Worte schlugen die Türen zu sämtlichen weiteren Rückzugsmöglichkeiten zu.

»Danke, dass Sie mich informiert haben, Tony«, sagte Richard, dem beinahe die Stimme versagte.

Als er allein war, brach seine mühsam aufrechterhaltene Kontrolle zusammen, und er weinte so hemmungslos wie Jahre zuvor an dem Tag, an dem Luana gestorben war – damals der Beginn einer achtzehn Monate währenden Qual, einer Spirale aus Trauer, Alkohol und Verleugnung, die

Richard beinahe seinen Sohn, seine Arbeit und sein Leben gekostet hätte.

»Diesmal nicht«, flüsterte er mit zusammengebissenen Zähnen, als der Tränenstrom allmählich versiegte. »Was auch passiert, diesmal werde ich mich nicht unterkriegen lassen.«

Dennoch wühlte die kalte Angst in seinem Innern.

Einmal Feigling, immer Feigling?, fragte er sich.

Andere Menschen, die Kathleen liebten, kamen ihm in den Sinn. Kathleens Tochter Lisa zum Beispiel, und sein eigener Sohn Chet.

Er musste ihnen Bescheid sagen. Richard nahm sich zusammen, griff zum Telefon und wählte zuerst Lisas Nummer.

»Hallo?«

»Lisa, hier ist Richard.«

»Hi! Was gibt's?«

Die jugendliche Begeisterung und die ehrliche Freude in ihrer Stimme schmerzten ihn beinahe körperlich.

»Lisa«, sagte er leise, »ich habe schlechte Nachrichten …«

Wo ist Richard, fragte sich Kathleen. Warum ist er nicht zurückgekommen? Und warum sagte ihr niemand etwas? Es kam ihr so vor, als wäre eine Ewigkeit vergangen, seitdem Beethovens Doppelgänger und dessen Truppe von Lehrlingen aufgehört hatten, methodisch an ihr herumzuklopfen und zu drücken.

Der Schlauch in ihrem Hals verursachte weiterhin einen ständigen Würgereiz. Hinzu kam der Katheter in ihrer Blase, der wie glühende Kohlen brannte und ständigen Harndrang auslöste. Auch die Übelkeit hatte nicht nachgelassen. Und das unablässige Schwindelgefühl bewirkte, dass der Raum sich so rasend schnell um sie drehte, dass sie das Gefühl hatte, ein Masochist in Weiß habe sie an einen Tisch gefesselt, der für das Astronautentraining bestimmt war.

Noch schlimmer war, hilflos zuhören zu müssen, wie alle über sie redeten, als wäre sie ein Gegenstand, indem sie Kathleen auf bloße Körperfunktionen reduzierten und nur in Zahlen und Daten über sie diskutierten.

»Die Beatmung ist auf achtzehn eingestellt.«

»Sauerstoffsättigung sechsundneunzig.«

»CO_2 zwanzig. Puls siebzig. Blutdruck hundertdreißig zu siebzig.«

Warum konnte sie sich nicht bewegen? Warum sagte ihr niemand etwas? Sie blinzelte wild und wollte die Aufmerksamkeit eines der Menschen in Weiß auf sich lenken.

Niemand schenkte ihr auch nur die geringste Beachtung.

Was war mit ihr geschehen?

»Eine Art Schlaganfall«, hatte Richard gesagt. Aber er hatte ihr auch versprochen, dass sie wieder in Ordnung kommen würde. Das hier aber war todsicher nicht in Ordnung. Himmel, man hatte sie einfach abgestellt wie einen Motor und an eine Vielzahl von Geräten angeschlossen.

Schließlich tauchte eine Frau mit kurzem grauen Haar und einer kleinen goldenen Brille in ihrem Blickfeld auf. »Dr. Sullivan, mein Name ist Josephine O'Brien, aber hier nennen mich alle einfach nur Jo. Ich weiß, dass Sie Angst haben, und es würde Ihnen nichts nutzen, Ihnen Lügen vorzusetzen, dass Ihre Aussichten gut sind. Aber Ihre Körperfunktionen sind stabil, und mehr kann man zurzeit nicht erhoffen. Richard ist losgefahren, um Ihre Tochter zu holen. Blinzeln Sie zweimal, wenn Sie Richard und Lisa sehen möchten.«

Als sie hörte, wie der Name ihrer Tochter mit solch selbstverständlicher Freundlichkeit ausgesprochen wurde, tauchte sie schlagartig aus der Anonymität auf, in die andere sie gestoßen hatten.

Ja, blinzelte sie unter Tränen.

Es dauerte noch ein paar Sekunden, bis ihr klar wurde, dass sie wenigstens noch weinen konnte.

Dr. Tony Hamlins Blick schweifte durch die überfüllte Cafeteria, bis er den Mann entdeckte, den er suchte. Rasch schlängelte er sich zwischen den voll besetzten Tischen hindurch, an denen Schwestern, Pfleger und Assistenzärzte ihr Frühstück hinunterschlangen. Diejenigen, die schon fertig waren, eilten an ihm vorbei, Styroporbecher in den Händen, und begaben sich eilig auf die Stationen, um eine weitere Tagschicht im New York City Hospital anzutreten. Jeder trug mehr oder weniger einen Farbcode – Krankenschwestern und Pfleger ein blasses Grün, Hilfspfleger himmelblau, und Personal aus dem Operationsbereich und den Intensivstationen war in dunklere Töne gekleidet, um die Flecken der Körperflüssigkeiten besser zu kaschieren, die während invasiver Behandlungen auf die Kittel spritzten. Die Ärzte trugen weiße Kittel von verschiedener Länge – kurze für Studenten, mittlere bis lange für die Ärzte, je nach Dienstalter und Rang.

Hamlins Kittel blähte sich hinter ihm wie ein Umhang, was zu seiner weißen Haarmähne passte. Seine Zielperson, Dr. Jim Norris, besaß seinen eigenen und einzigartigen Dresscode – eine dunkelbraune Bomberjacke, deren Leder so rissig und wettergegerbt war, dass sie gut zu dem ebenso gegerbten, bärtigen Gesicht ihres Besitzers passte. Der schlanke, einsachtzig große Mann saß allein am Tisch, über eine Tasse heißes Wasser gebeugt, in die er immer wieder einen Teebeutel versenkte. Als er den älteren Mann näher kommen sah, zog er die dunklen Brauen zu einem düsteren Ausdruck zusammen. »Na, warum lässt sich der Chef der Neurochirurgie zu dieser Stunde zu mir herab?«, fragte er, als Hamlin in Hörweite war. »Sagen Sie mir jetzt nicht, dass Sie wieder einen Ihrer katastrophalen Fälle haben, Tony, und dass ich meinen Tee nicht zu Ende trinken kann.«

»Kommen Sie, Norris. Sie lieben es doch, wenn ich Sie von Ihren Laborratten wegzerre und Ihnen eine Chance gebe, *richtige* Medizin zu betreiben.«

Der Forscher zeigte ein Lächeln, das im Gestrüpp seines grau melierten Schnurrbarts umso strahlender wirkte. »Und was ist es diesmal?«

»Wir müssen uns beeilen«, sagte Hamlin über den Tisch gebeugt und mit leiser Stimme. »Ich habe gerade die berühmte Freundin unseres geschätzten Chefs der Notaufnahme untersucht. Sie hatte eine intrakraniale Blutung – ich nehme an, dass die beiden es ziemlich wild miteinander getrieben haben, als es geschah. Die Blutung ist im Pons lokalisiert, und sie hat ein Locked-in-Syndrom. Sie ist noch jung, keine vierzig, und Steele zufolge gesund und ohne Risikofaktoren. Das macht sie zur Kandidatin, genau wie die anderen ...«

»Sie wollen doch nicht etwa vorschlagen, dass wir sie behandeln?«

»Natürlich will ich das.«

»Sind Sie übergeschnappt? Was ist, wenn Steele es herausfindet? Wir wären erledigt.«

»Nicht unbedingt. Es könnte ein Weg aus unseren derzeitigen Problemen sein, wenn wir sie retten.«

»Wie das?«

»Wenn die Infusion in ihrem Fall wirkt, haben wir eine Chance, Steele zu uns an Bord zu holen. Überlegen Sie mal, wie nützlich das wäre – jedes Mal, wenn einer unserer Patienten in die Notaufnahme kommt, alarmiert er uns, bevor ein anderer Arzt oder eine Schwester einen genaueren Blick auf die alten Unterlagen werfen kann.«

»Und was ist, wenn die Infusion nicht wirkt?«

»Dann ist sie wahrscheinlich tot, oder nur noch Gemüse im Rollstuhl. Es wäre das Ergebnis, das Steele ohnehin erwartet.«

»Und wenn er trotzdem herausfindet, was wir mit ihr gemacht haben?«

»Er kann es nur herausfinden, wenn er erfährt, dass unser Stoff *wirkt*. Und das werde ich ihm dann selbst sagen.

Ich werde ihm klar machen, dass sie die zweite Behandlung nur dann bekommt, wenn er mitmacht.«

»Er könnte trotzdem ablehnen und uns verpfeifen. Woher wollen Sie wissen, dass er nicht genau das tut?«

»Weil ich wette, dass er alles unternimmt, um diese Frau nicht zu verlieren. Erinnern Sie sich, was mit ihm los war, als er seine Frau verloren hat?«

Norris blickte missmutig, nahm seine Tasse zwischen beide Hände und nippte am Tee. Dann sagte er: »Ich weiß nicht recht ...«

»Verdammt, es ist *mein* Name, der auf den Krankenblättern steht, und wenn jemand Verdacht schöpft, bin ich es, der mit Fragen gelöchert wird. Es sei denn, ich empfehle *Sie* als Ansprechpartner.«

Der bärtige Mann sagte nichts, lächelte nur wieder. »Drohungen stehen Ihnen nicht, Hamlin. Oder habe ich Sie da missverstanden?«

»Wir sind hier alle bedroht. Die einzige Möglichkeit, dass Sie und die anderen in Sicherheit bleiben, besteht darin, dass *ich* in Sicherheit bleibe. Und das bedeutet, dass wir Steele brauchen. Himmel, wenn ich gewusst hätte, dass es so läuft, hätte ich nie bei Ihrem verrückten Plan mitgemacht.«

»Mein verrückter Plan?« Norris' Grinsen blieb. »He, wir sind Opfer unseres eigenen Erfolgs. Wer konnte denn ahnen, dass es unseren Untersuchungsobjekten so gut geht, dass wir sie nach Hause entlassen mussten?«

»Was den Leuten passiert ist, nennen Sie einen *Erfolg?* Mein Gott, es hat dazu geführt, dass wir alle wie auf der Flucht leben! Und Sie haben verdammtes Glück, dass es mir bisher gelungen ist, den Familien eine Autopsie auszureden.«

Norris kicherte. Jeder, der ihm Beachtung schenkte, hätte geglaubt, den glücklichsten Mann im Krankenhaus vor sich zu haben. »Also werden wir eines Tages Helden sein, und

Sie werden ein Star in *Neurology Today,* so wie Sie es immer schon wollten.« Er trank seinen Tee aus und schob den Stuhl vom Tisch zurück. »Hoffen wir, dass Sie recht haben und dass Richard Steele in der Notaufnahme ein guter Freund ist. Wenn Sie mich brauchen, ich bin in meinem Labor und bereite vor, was Sie benötigen. Ich nehme an, dass Sie es der Frau während eines Kontrollangiogramms verabreichen werden, wie üblich?«

Hamlin kochte innerlich wegen Norris' Arroganz und Unbekümmertheit. Oder war es Sarkasmus? Bei Norris wusste man nie: Dennoch blieb Hamlin ihm gegenüber von professioneller Kühle, nachdem er sich längst damit abgefunden hatte, von diesem Arschloch abhängig zu sein. »Ja. Und den Rest bekommt sie während der Operation, falls sie so lange am Leben bleibt. Ich rufe Sie an, wenn wir so weit sind.«

»Das ist das letzte Mal, Hamlin«, sagte er kalt, und seine Miene wurde abweisend.

Sie glaubte, dass Nacht war, doch sicher war sie nicht.

»Eine verrückte Zeit für ein Angiogramm«, sagte die Schwester, die Kathleen in ihrer Rollbahre aus der Intensivstation und über den Flur schob.

»Alles nur, um ›Ausfallzeiten zu minimieren‹ und ›die Effizienz zu maximieren‹, wie sie immer predigen«, hörte Kathleen eine männliche Stimme hinzufügen. Die Aufgabe des Mannes schien darin zu bestehen, das fahrbare Beatmungsgerät zu steuern, das neben ihr her geschoben wurde. Ab und zu sah sie, wie seine ebenholzschwarze Hand in ihr Gesichtsfeld kam und die Monitore abstützte, die für die Fahrt auf ihrem Bett abgestellt waren.

Die Frau prustete los. »Mann, das kannst du laut sagen. Ich habe einen Cousin drüben in New Jersey, der arbeitet in einer Klinik, die ihren Kernspintomographen von Mitternacht bis Tagesanbruch an Tierärzte vermietet.«

»*Was*? Und die Flöhe?«

Infolge der Morphine, die man Kathleen verabreicht hatte und deren Wirkung nun einsetzte, kamen die Stimmen näher und entfernten sich wieder, und mit starrem Blick sah sie die Decke über ihr vorüberziehen. Sie spürte, wie sie mehrmals um eine Ecke bogen, bis sie durch Doppeltüren fuhren, auf denen RADIOLOGIE stand.

Wartet!, wollte sie rufen. Sie brauchte Richard an ihrer Seite. Denn nur wenn er bei ihr war, behandelte man sie mit Respekt, so wie in der Notaufnahme: Richards Krankenschwestern hatten sie getröstet, wann immer sie konnten, und Jo hatte sich die Zeit genommen, ihre Hand zu halten, ihr über die Stirn zu streicheln und ihr alles zu erklären, was die Ärzte mit ihr vorhatten. Doch nachdem man sie auf die Intensiv verlegt hatte, wurde das Personal kühl und unpersönlich, sobald Richard den Raum verließ, und Kathleen hörte die abfälligen Bemerkungen zwischen seinen Besuchen.

»Am meisten ärgert mich, mit welcher Selbstverständlichkeit sie eine Sonderbehandlung für diese Frau erwarten.«

»Genau. Sie ist nicht mal mit ihm verheiratet.«

»Bloß weil sie irgendeine bekannte Genetikerin ist und der Chef der Notaufnahme es auf sie abgesehen hat …«

Einmal fiel sogar das Wort *Mätresse*.

Wie altmodisch, hatte Kathleen gedacht, von den Morphinen benebelt. Doch in dem nervenaufreibenden Intervall, nachdem man sie weit länger als vorgeschrieben allein gelassen hatte und die Wirkung der Medikamente verebbt war, nahm sie die Verzögerung persönlich.

Warum kerbt ihr mir nicht einfach ein blutiges U für »Unzucht« in die Stirn, hatte sie schreien wollen. Sie war sicher, dass man die Injektion mit Absicht zurückgehalten hatte. Und so lag Kathleen in stummer Wut hilflos unter der Bettdecke, unter der ihre funktionsunfähigen Nerven und Muskeln sie im eigenen Körper gefangen hielten – ein Gedanke, der wieder Panik in ihr aufsteigen ließ, die sie nur mit aller Kraft niederkämpfen konnte. Nach einer Zeitspanne, die ihr wie eine Ewigkeit erschien, kam eine kesse junge Schwester mit blonder Punkfrisur und einem Brillantstecker im Nasenflügel ins Zimmer. Durch den Infusionsschlauch leerte sie eine Spritze in Kathleens Arm.

Und Kathleen driftete ins Nichts…

Manchmal dachte sie an Lisa.

Es hatte ihr beinahe das Herz gebrochen, wie sehr ihre Tochter sich bemüht hatte, tapfer zu sein, als Richard sie am frühen Nachmittag zu ihr ans Bett gebracht hatte. Lisas Augen waren so auffällig grün wie Kathleens, und auch ihr Haar war so rotbraun und schimmernd wie das ihrer Mutter, doch beim Krankenbesuch war Lisas Gesicht totenbleich gewesen, sodass die Farbe ihrer Augen und Haare grell und aufdringlich gewirkt hatte.

»Tut es weh?«, hatte Lisa gefragt.

Nein, hatte Kathleen geblinzelt und sie angelogen.

»Du kommst schon wieder in Ordnung, Mummy.«

Ja, hatte sie Lisa beigepflichtet. Sie war bereit, bei jedem Lügenmärchen mitzumachen, solange es ihre Tochter tröstete, die sie in den letzten dreizehn ihrer neunzehn Lebensjahre nicht mehr »Mummy« genannt hatte. Kathleen konnte Richard hinter Lisa stehen sehen, die Hände auf ihren Schultern. Das gefiel ihr.

Dennoch war sie erleichtert, als der Besuch vorbei war und Richard Lisa nach draußen begleitete.

Wenigstens habe ich nicht geweint, ging es ihr durch den Kopf.

»Chet wird dich auch sehen wollen«, hatte Richard gesagt, als er später wieder zu ihr kam. Chet war sein vierzehnjähriger Sohn.

Will er das wirklich, fragte sich Kathleen. Sie wusste, dass der Junge vor drei Jahren hatte erleben müssen, wie seine Mutter an Krebs starb.

Und diesmal hatten Kathleens Augen sich trotz ihres Vorsatzes, nicht zu weinen, mit Tränen gefüllt. Eine der größten Freuden im vergangenen Jahr war ihre wachsende Zuneigung zu Chet gewesen und die Entdeckung, dass der Junge dieses Gefühl erwiderte. Sie nun dem Tod nahe zu sehen, würde wahrscheinlich Chets alte Wunden aufreißen, und er würde Angst bekommen, wieder allein gelassen zu werden... durch *ihren* Tod. Das würde ihn vielleicht sogar mehr treffen als Lisa.

»Bist du stark genug, ihn zu sehen?«, hatte Richard gefragt.

Nein, hatte sie geblinzelt und nur daran gedacht, welche Qual es für den Jungen sein würde. Und die eigentliche Frage war, ob Richard *selbst* diesmal stark genug war.

Als Kathleen nun spürte, dass die Rollbahre zum Halten kam, öffnete sie die Augen. Man hatte die Bahre unter einer grell leuchtenden Operationslampe neben einer großen, beigefarbenen Maschine und einem Monitor abgestellt. Hamlin, der eine Chirurgenmaske trug, beugte sich von rechts in Kathleens Blickfeld. Mit einem Wattetupfer wischte er die rechte Seite ihres Halses mit irgendetwas Kaltem ab, das Übelkeit erregend nach Medizin roch.

»Danke«, rief er dem Mann und der Frau zu, die Kathleen hergebracht hatten. »Wir rufen Sie an, wenn sie für die Rückreise fertig ist.«

»Ich kann einfach nicht glauben, dass Sie das tun«, sagte ein schmalgesichtiger Mann in weißem Kittel, der sich von links über sie beugte. Auf seinem Namensschild stand DR. MATT LOCKMAN, und auch er trug eine Maske, aber das Material ließ den Umriss einer spitzen Nase und ein dünnes, fliehendes Kinn erkennen, sodass Kathleen an eine Laborratte denken musste – eine, die offenbar in die Enge getrieben war, so weit waren seine Augen vor Beunruhigung geweitet.

»Halten Sie den Mund!«, fuhr Hamlin ihn an. Die lässige

Art, die er früher am Tag gezeigt hatte, war verschwunden. »Patienten wie diese Frau können hören, auch wenn sie vollständig reaktionslos sind, und manchmal können sie sich auch erinnern.«

Das Nagergesicht musterte Kathleen mit Unbehagen. »Aber Sie sagten doch, dass sie voller Morphine ist.«

»Ist sie auch. Und sie hat Midazolam bekommen, intravenös. Aber Sie wissen, dass es schwer zu sagen ist, in welchem Maße diese Medikamente einen Schlaganfallpatienten sedieren. Manche Patienten sehen nur aus, als wären sie weggetreten. Dabei erinnern sie sich später an jede Einzelheit.«

»Meine Güte«, murmelte Lockman, wandte seine Aufmerksamkeit Kathleens Oberschenkel zu und wischte ihre Leiste mit einem ebenso kalten Wattetupfer ab.

Kathleen bemühte sich, nach unten zu blicken, und sah in seinen behandschuhten Händen etwas, das wie ein Schlauch von etwa einem Meter Länge mit einer winzigen Drahtschlaufe am Ende aussah. Das ganze Ding war von einer Kunststoffhülle mit einer riesigen Nadel umgeben. Kathleen spürte einen stechenden Schmerz, als Lockman die Spitze in ihre Leiste schob, und sie wäre zusammengezuckt, hätte sie sich bewegen können. Er schob das lange Instrument aus seiner Hülle weiter durch die Nadel, bis nur noch ein paar Zentimeter herauslugten. Der Rest war in Kathleens Rumpf verschwunden. Aus ihrer eigenen Arbeit mit Versuchstieren wusste sie, dass er eine Art Kanüle einführte; wahrscheinlich in eine Arterie, dem pulsierenden Blut nach zu urteilen, das sie in den Schlauch zurückfließen sah.

»Tony, wenn Sie Steele auch nur eine Silbe von dem erzählen, was wir gemacht haben«, sagte Lockmann, »kann er uns alle ins Gefängnis bringen… und dann noch die Geldstrafen. Himmel, wir wären ruiniert!«

»Den Mund halten, habe ich gesagt.«

»Aber wenn wieder Leichen in seine Notaufnahme gebracht werden…«

»Hören Sie auf damit!«

Lockmann machte ein mürrisches Gesicht. »Ich warne Sie! Ich werde nicht zulassen, dass Steele oder sonst jemand uns die Polizei auf den Hals schickt, wenn es zu Mordanschuldigungen kommt, kapiert? Selbst wenn es bedeutet, dass ich den Mann eigenhändig zum Schweigen bringen muss…«

»Verdammt, was ist los mit Ihnen?« Hamlin warf ihm einen wütenden Blick zu. »Ich sagte, Sie sollen die Schnauze halten!« Dann beugte er sich abrupt über Kathleen. Als seine Hand sich ihrem Hals näherte, sah sie die funkelnde Spitze der Nadel, die er in der Hand hielt – eine Nadel, die bestimmt fünfzehn Zentimeter lang war.

O Gott!, dachte sie und zwang ihre Augen noch weiter nach unten, konnte aber trotzdem nicht sehen, was Hamlin tat. Sie spürte einen Stich, als die Spitze die Haut über den großen Arterien und Venen an ihrem Hals durchstieß. Der Schmerz trieb ihr Tränen in die Augen. Voller Angst und ohne die leiseste Ahnung, was die Ärzte mit ihr vorhatten, blinzelte sie protestierend.

Hamlin ignorierte es und nahm einen kleinen, drahtartigen Katheter, verband ihn mitsamt der Plastikhülle mit der Nadel, die er gerade eingeführt hatte, und führte ihn aus seiner Hülle in Kathleens Kopf ein. Lockman zog das große, beigefarbene Gerät näher heran, bis ein kegelförmiger Zylinder, der daraus ragte, genau auf einen Punkt unterhalb ihres Ohres ausgerichtet war. Er drückte auf einen Knopf, und auf dem Bildschirm sah Kathleen das Röntgenbild eines menschlichen Hirns in unterschiedlichen Schwarz- und Grautönen.

Lockman injizierte eine Spritze mit einer Kathleen unbekannten Substanz durch den großen Katheter in ihrer Leiste; dann richteten er und Hamlin ihre Aufmerksamkeit auf den Bildschirm. Weißes, fein verästeltes Gewebe wurde sichtbar. Vom unteren Rand des Bildes schien sich irgendetwas, das wie ein langer, dunkler Wurm aussah, durch die Gefäße zu bewegen. Von der Vorderseite schlängelte sich ein sehr viel feinerer Faden auf den »Wurm« zu.

Eine Woge der Angst erfasste Kathleen. Es war ihr Kopf, den sie und die Männer betrachteten, und zwei Katheter, die in die Tiefen *ihres* Gehirns vordrangen!

Was tut ihr mit mir, wollte sie schreien und spürte, wie das Innere ihres Schädels sich plötzlich erwärmte.

»Wo haben Sie eigentlich gelernt, so mit einem Mikrokatheter in der Carotis herumzufischen?«, fragte Lockman und injizierte ihr noch eine Spritze. Er klang verärgert.

Kathleen beobachtete, wie sich ein neues weißes Muster in einem Wirrwarr aus Verzweigungen auf dem Bildschirm ausbreitete, und begriff, dass Lockman ihr ein Kontrastmittel gespritzt hatte.

»Bei einem unserer Forschungsprojekte glaubten wir mal so weit zu sein, Arterien mit Ethylcyanoacrylat verschließen zu können – das *Krazy Glue*, das man bei Schnitten in der Notaufnahme benutzt«, erklärte Hamlin und ließ den Monitor keine Sekunde aus den Augen. »Es hatte nicht funktioniert. Aber wenn ich mich jetzt mit etwas auskenne, dann mit den Arterien im menschlichen Schädel.«

Ihr werdet mir doch kein Krazy Glue in den Kopf spritzen, keinen Sekundenkleber!, schrie es Kathleen. Sie konnte es nicht fassen. Sie war in den Händen von Verrückten!

»Da«, sagte Hamlin. »Da ist die Stelle. Durch den hinteren Verbindungszweig in die Arteria cerebri posterior. Jetzt schieben Sie die Schlaufe hoch. Dann wollen wir mal sehen, ob Sie mich mit Ihrem Ballon einfangen können…«

Kathleen hatte keine Ahnung, was er meinte, aber der größere Wurm war senkrecht vorgedrungen, bis die Schlaufe an seinem Ende sich direkt vor der Spitze der kleineren, waagerechten Linie befand. Lockman sagte, dass Hamlin die »Nadel einfädeln sollte«, und tatsächlich bewegte sich die dünne Linie voran und schien durch den Ring hindurchzustoßen.

»Blasen Sie den Ballon auf«, sagte Hamlin ungeduldig.

Lockman fummelte am Ende des Katheters in Kathleens Leiste. Wo die beiden Katheter sich überschnitten, wuchs ein winziger runder Fleck in der weißen Kontrastdarstellung zu einer kleinen, dunklen Blase.

»Das müsste reichen, um ihn festzuhalten«, sagte Hamlin.

»Ziehen Sie langsam nach unten, während ich ein wenig Spiel gebe.«

Mit einer Mischung aus Entsetzen und Faszination beobachtete Kathleen, wie die dickere Linie an dem dünneren Faden zog und ihn an eine Stelle manövrierte, wo die Arterie in etwas überging, das wie ein Spritzer weißer Farbe aussah. War das die Stelle, an der sie geblutet hatte?

»Himmel nochmal! Bringen Sie die Spitze so an die Öffnung der Arteria pontis, wie Sie sollen!«, sagte Hamlin genervt.

»Sie können wirklich ein Arschloch sein …«

»Halten Sie die Spitze ruhig, bis der Blutfluss sie hineinträgt.«

Das freie Ende der dünneren Linie bewegte sich weiter hin und her, während die zwei Männer schwitzten, sich gegenseitig mit Flüchen eindeckten und sich mühten, die Spitze an die gewünschte Stelle zu bekommen. Nach einer Zeitspanne, die Kathleen wie mehrere Minuten vorkam, rutschte sie seitlich in den Zweig, der zu dem weißen Fleck führte.

»Nehmen Sie ein bisschen Druck aus dem Ballon«, sagte Hamlin, nahm eine gläserne Spritze, die eine klare Flüssigkeit enthielt, und injizierte sie durch einen seitlichen Zugang des Katheters in Kathleens Hals. Während das Kontrastmittel das Innere ihres Kopfes erwärmt hatte, war die Infusion diesmal eisig kalt und verursachte heftige Schmerzen.

O Gott, was verabreichten sie ihr jetzt? Kathleen hatte den Eindruck, dieser Albtraum würde niemals enden. Sie musste daran denken, dass Lockman gesagt hatte, sie hätten Mordanklagen zu erwarten. Was bedeutete das? Brachten sie vorsätzlich Menschen um? Hatten sie das auch mit ihr vor? Aber warum?

Horrorgeschichten über Serienkiller, die in Krankenhäusern gearbeitet hatten, schossen ihr durch den schmerzenden Kopf. Nein, das ist völlig unmöglich, beruhigte sie sich selbst. Die Vorstellung, dass Hamlin und Lockman solche Monster sind und niemand weiß davon, ist lächerlich ...

Dennoch wollte der Gedanke nicht weichen. Besonders Lockman erschien ihr gefährlich. Hatte er nicht eben erst Richard bedroht?

Reflexhaft wollte sie nach ihren Folterern treten und schlagen, doch sie blinzelte nur und bewegte die Augen auf und ab, in einem sinnlosen Ausdruck der Wut.

Lockman warf ihr über die Schulter besorgte Blicke zu. »Es stimmt«, sagte er. »Diese Stelle, die Sie den Studenten zitiert haben – woraus war die noch?«

Hamlin leerte die ganze Spritze und seufzte laut. »Sie meinen Dumas' Beschreibung von Nortier aus dem *Graf von Monte Christo*?«, fragte er, wobei er die Spritze weglegte und mit schwungvoller Bewegung seine Gummihandschuhe auszog. Seine weltmännische Sprechweise war wieder da.

»Ja, genau«, erwiderte Lockman. »Sie ist wirklich wie ›ein Leichnam mit lebendigen Augen‹.«

2

Mit vierzehn war Chet schon bis auf Augenhöhe zu seinem Vater Richard aufgeschossen, der einsachtzig groß war, und Chets Stimme war eher schon die eines Mannes, nicht mehr die eines Jugendlichen. Doch seine Locken, so schwarz wie die seiner Mutter, waren so widerspenstig geblieben wie in seiner Kinderzeit. In seinem Blick, der stets genau erkennen ließ, was er fühlte, lag die gleiche tiefe Dunkelheit, die auch Richard geschaut hatte, nachdem Luana gestorben war, aber auch noch etwas anderes: eine Entschlossenheit, die zuvor nicht da gewesen war und die auf eine neu entdeckte Kraft schließen ließ, seit die Tragödie um Luanas Tod Vater und Sohn beinahe zerstört hatte.

»Dad, dieses Mal will ich die Wahrheit wissen. Wird Kathleen sterben?«

Dieses Mal – im Unterschied zu den vielen Malen, die Richard den Jungen belogen hatte, was seine Mutter betraf.

»Ich weiß es nicht, Chet«, antwortete er. »Kathleen ist in großer Gefahr, aber es gibt eine Chance, dass sie es schafft.«

Chet starrte ihn mit Augen an, die denen Luanas glichen. Wenn der Junge ihn so ansah wie jetzt, hatte Richard das Gefühl, als würde Luana ihn aus dem Grab anblicken und ihm den stummen Vorwurf machen, vor der Qual seiner eigenen Trauer geflohen zu sein, indem er vor ihrer beider Sohn davongelaufen war. Während des vergangenen Jahres, nachdem Kathleen in ihr Leben getreten war, hatte dieser Blick Richard jedoch Trost gespendet. Auch jetzt war es nicht anders, auch wenn sich in Chets Augen nun Furcht und Schmerz spiegelten – und der Versuch, tapfer zu sein.

Der Junge schluckte. »Du bist ganz schön direkt«, sagte er leise.

Richard hätte gern die Hand ausgestreckt, Chets weiches Haar zerzaust und ihn in die Arme genommen, wie er es getan hatte, bevor sein Leben beinahe aus den Fugen geraten war, doch Chet war jetzt nicht in der Verfassung für solch öffentliche Bekundungen der Zuneigung. Stattdessen sagte er: »Ich liebe sie so sehr wie du, Chet, und ich habe genauso viel Angst. Doch in der Notaufnahme müssen wir kühl und nüchtern bleiben, wenn beängstigende Dinge passieren. Aber das bedeutet noch lange nicht, dass ich mir keine Sorgen mache.« Dabei beließ er es, denn so sehr er die Ängste seines Sohnes besänftigen wollte, so wusste er doch, dass kein Versprechen der Welt Chet davon zu überzeugen vermochte, dass es nicht wieder passieren konnte. Genauso, wie alle guten Absichten der Welt einen Feigling nicht mutig machen konnten.

Sie saßen allein im Wohnzimmer, zwischen den Gemälden an den Wänden, den üppigen Pflanzen und den vielen Familienfotos – Luanas Vermächtnisse. Sie hatte das Talent besessen, ein Heim einzurichten, das großzügig und anheimelnd zugleich war. Hier hatte sie ihre Kunst ausgeübt, hatte Musik unterrichtet und auf dem prächtigen Flügel gespielt, der am Fenster stand. Gelegentlich schaute einer ihrer früheren Schüler vorbei, spielte ein Stück, an dem sie gemeinsam gearbeitet hatten, und erfüllte so das Haus mit Luanas Geist.

»Wie schön deine Frau das alles hier gestaltet hat«, hatte Kathleen bei einem ihrer ersten Besuche zu Richard gesagt. »Sie hatte Stil.«

Chet stand auf und ging unruhig auf und ab. »Sagen wir Lisa ohne Umschweife, in welchem Zustand ihre Mutter ist?«, fragte er mit leiser Stimme und deutete mit dem Blick zum Zimmer nebenan, in dem Lisa sich verkrochen hatte und jeden anrief, der erfahren musste, was geschehen war:

das Team im Labor ihrer Mutter, Freunde und Bekannte, ihre Lektoren, Verleger und verschiedene Fernsehsender. Es war eine lange Liste. »Sie weiß, wie schlimm es ist«, fuhr Chet flüsternd fort, »aber wenn sie ganz direkt fragt, so wie ich, sagen wir ihr dann alle Einzelheiten?«

Richard betrachtete ihn aufmerksam. »Ich würde gern wissen, was *du* für das Beste hältst«, antwortete er. »Schließlich habe ich es bei dir nicht allzu geschickt gemacht, als deine Mutter krank war.«

Bei diesem Eingeständnis fuhr Chet zusammen. Er sah verwirrt aus, als wollte er sich darüber klar werden, ob sein Vater es ernst meinte oder nicht. Dann schluckte er und sagte: »Wir sind ehrlich und offen zu Lisa, vom Anfang bis zum Ende. Sonst wird sie uns nicht trauen.«

Seine Stimme hatte leicht gezittert, doch in seinen Augen lag eine Entschlossenheit, bei der Richard für einen Augenblick das Herz stockte: Es war derselbe Blick, den seine Mutter gezeigt hatte, nachdem man bei ihr Bauchspeicheldrüsenkrebs festgestellt hatte und sie den Kampf ums Überleben aufnahm.

Mein Gott, dachte Richard, Chet hat die ganze Zeit die Kraft und den Mut seiner Mutter gehabt – und du hast ihm nie die Chance gegeben, es zu nutzen.

Donnerstag, 14. Juni, 07:10 Uhr

Er hätte bereits vor zehn Minuten in der Notaufnahme sein sollen. Aber er war gerade erst aufgewacht, nachdem er bis fünf Uhr morgens nicht eingeschlafen war.

»Ihr Zustand ist so stabil, wie man es erwarten kann, Dr. Steele«, hatten die Krankenschwestern jedes Mal gesagt, wenn Richard sich telefonisch erkundigt hatte, und ihr Tonfall machte deutlich, dass sie sich gestört fühlten.

Irgendwann war Richard vor dem Fernseher bei einer

Wiederholung von *Abenteuer unter Wasser* eingedöst. Nach zwei Stunden unruhigen Schlafs – nicht fähig, sich auf etwas anderes zu konzentrieren als auf Kathleen –, war er schließlich zum Krankenhaus gefahren und hatte sich zur Intensivstation begeben.

Den üblichen morgendlichen Stau vor den Aufzügen umging er und benutzte die Treppe, wobei er jeweils zwei Stufen auf einmal nahm. Er beobachtete die Scharen weiß gekleideter Studenten, die zur Visite mitgenommen wurden und den Ärzten folgten wie Schafherden. Auf den Fluren eilten Schwestern umher, die Bettpfannen leerten und Essenstabletts verteilten. Vor der Tür eines Krankenzimmers sah er eine Oberschwester, die eine ältere Frau mit rot geweinten Augen tröstete, während eine Bahre aus dem Zimmer gerollt wurde, auf der ein regungsloser Körper unter einer Decke lag. Die Oberschwester musste die oder den Toten gefunden haben – ein Patient, der in den Stunden vor Tagesanbruch gestorben war – und hatte anscheinend sofort die Frau verständigt.

Schon aus fünf, sechs Schritt Entfernung konnte Richard Kathleens Augen sehen, die sich unruhig bewegten. »Wie lange macht sie das schon?«, wollte er von einer Schwester wissen, während er zu Kathleens Krankenbett ging.

»Nach dem Krankenbericht schon die ganze Nacht, Dr. Steele«, antwortete die Schwester, eine junge Frau mit blonder Punkerfrisur und gepierctem Nasenflügel. Richard erkannte sie wieder: Sie war eine von den Schwestern, mit denen er gestern gesprochen hatte, um dafür zu sorgen, dass Kathleen die bestmögliche Pflege erhielt, doch der gleichgültige Tonfall der Schwester ließ vermuten, dass er seine Zeit verschwendet hatte. Zorn stieg in ihm auf.

»Zuerst meinten die Ärzte, dass es eine Art epileptischer Anfall ist«, fuhr die Schwester fort, ohne sich die Mühe, zu machen, Richard anzusehen, »aber sie hat geblinzelt, wenn sie um ein Ja oder Nein als Antwort gebeten wurde. Dann hat Dr. Hamlin eine höhere Morphindosis angeordnet, und das hat sie für ein paar Stunden ausgeknockt. Nach dem Krankenblatt hat die Nachtschicht alles getan, um sie ruhig zu halten. Das ist jetzt kein Problem mehr.«

Richard beherrschte sich mühsam, beugte sich über Kathleen und fragte: »Hast du Schmerzen?«

Sie blinzelte einmal für *Nein,* so wie sie und Schwester Jo O'Brien es in der Notaufnahme abgesprochen hatten.

»Ist sonst irgendetwas nicht in Ordnung?«

Ihre Lider schlossen und öffneten sich zweimal: *Ja.*

»Fühlst du dich schwindelig?«

Keine Reaktion.

»Ja oder nein?«, fragte er.

Nichts, außer dass sie die Augen nach oben drehte und dort hielt. Selbst in ihrem hilflosen Zustand strahlten diese Augen noch, und ihre wunderschöne grüne Farbe leuchtete unter den Deckenlampen. Hätte Richard es nicht besser gewusst, hätte er geglaubt, Kathleen wollte ihm ihre Verzweiflung signalisieren.

»Brauchst du mehr Morphin?«

Nein.

»Hast du Angst?«

Wieder huschte ihr Blick zur Decke.

Sie wird ungeduldig mit dir, überlegte er. Offensichtlich stellte er nicht die richtigen Fragen. Er beugte sich tiefer zu ihr hinunter und flüsterte: »Brauchst du eine Bettpfanne?«

Diesmal erntete er ein Blinzeln und einen intensiven Blick.

Auf mehreren Monitoren am Kopf ihres Bettes blinkten Warnleuchten und zeigten an, dass ihr Blutdruck gestiegen war; auch ihr Puls stieg auf hundertzwanzig.

»Sie regen die Patientin mit Ihren Fragen auf, Dr. Steele«, sagte die Krankenschwester streng. »Sie müssen sie ruhen lassen. Sie wissen doch, dass jeder Anstieg ihrer Lebensfunktionen eine Nachblutung auslösen kann.«

Blutdruck und Puls stiegen weiter.

Nein, zwinkerte Kathleen immer wieder, machte aber genügend Pausen zwischen den Bewegungen, sodass die Antwort unmissverständlich war.

Nein *was*? Dass er weggeschickt wurde? Oder dass die Gefahr eines zweiten Schlaganfalls bestand? Instinktiv hielt er ihre Hand. Sie fühlte sich klamm und schlaff an, beinahe wie tot, doch er drückte sie an die Lippen und küsste ihr sanft die Finger. Dann legte er ihr die Handfläche auf die Stirn, strich ihr über das rotgoldene Haar und beobachtete dabei die ganze Zeit, wie seine Berührungen ihre Werte wieder auf das normale Maß sinken ließen.

»Ich werde bei ihr bleiben«, sagte er zur Schwester. Er war entsetzt über die Kälte und Gefühllosigkeit dieser Frau, und es fiel ihm schwer, ruhig zu sprechen.

»Kein Problem«, antwortete sie schnippisch. »Aber Sie übernehmen die Verantwortung, wenn irgendwas passiert.«

Die Streitsüchtigkeit dieser Frau hätte Richard beinahe die Beherrschung verlieren lassen, doch er sagte nichts und fuhr fort, Kathleen durch seine Berührung zu besänftigen.

»Ist das besser?«, fragte er.

Ja, blinzelte sie.

Ihre Stirn war heiß vom Fieber, wahrscheinlich als Symptom einer Blutung im Pons aufgrund der direkten Nachbarschaft zu den Hirnzentren, die die Körpertemperatur regulieren. Er würde das später überprüfen und sich davon überzeugen, dass man Kathleen Acetaminophen verabreichte. Jetzt aber musste er nicht nur als Arzt, sondern vor allem als der Mann handeln, der sie liebte. Er streichelte sie weiter.

Als die Schwester ging und beleidigt die weißen Vorhänge hinter sich zuzog, fragte Richard: »Macht *sie* dir Probleme?«

Nein.

»Ist es etwas anderes?«

Ja.

»Hat es mit deinem Schlaganfall zu tun?« Sie blinzelte zweimal, wartete eine Sekunde und blinzelte dann noch einmal.

»Ja – nein?« Er dachte einen Augenblick nach. »Du meinst ja *und* nein?«

Ja.

»Aber was?«

Kathleen blickte weiter nach unten.

»Du willst mir sagen, dass es dir noch irgendwo anders wehtut?«

Nein.

Himmel nochmal, das führt zu nichts, dachte er. Allmählich machte er sich Sorgen, dass mit Kathleen irgendetwas anderes nicht in Ordnung war, obwohl sie darauf beharrte, dass ihr nichts wehtat. Eine ganze Reihe potenziell ernster Symptome – Atemnot, Benommenheit, Übelkeit und Schwindel – konnten auf ein signifikantes Problem hinweisen, das nicht unbedingt Schmerzen verursachte. Im Geiste ging er die Möglichkeiten durch. Eine Lungenstauung. Andauernder Druck auf einen peripheren Nerv durch zu langes Liegen in ein und derselben Haltung. Vielleicht hatten die Schwestern sie nicht einmal regelmäßig umgelagert. Dekubitus-Geschwüre waren eine echte Gefahr für gelähmte Patienten. Schlimmer noch, es konnte sich um eine Ausweitung ihrer Blutung handeln, die jene Nervenbahnen beeinträchtigte, die für das Gleichgewicht verantwortlich waren. Dies konnte einen neuerlichen Schwindelanfall auslösen, der die Schatten einer zweiten, schwereren Blutung warf: Kathleen konnte dort liegen, während ein neuerlicher Schlaganfall drohte – und wenn er, Richard, nicht die richtigen Fragen stellte, war sie nicht in der Lage, ihm von diesen Warnsignalen Mitteilung zu machen.

Während Richard gegen die eigene Panik kämpfte, befragte er sie rasch über jede der verräterischen Empfindungen, doch sie antwortete meist mit Nein, außer bei

Schwindelgefühl und Übelkeit, auf die sie beide Male mit einmaligem und zweimaligem Blinzeln antwortete, was er von nun an als ein Ja *und* ein Nein interpretierte. Als er sie fragte, ob es das war, was sie ihm mitzuteilen versuchte, gab sie ihm ein klares *Nein als* Antwort und starrte wieder an die Decke.

»Stimmt in einem bestimmten Körperteil etwas nicht?«, fragte er und versuchte einen anderen Ansatz. »Von dem Schlaganfall abgesehen.«

Ja und *nein.*

Sie bewegten sich im Kreis. »Dieses ›Irgendwas stimmt mit dir nicht‹ – geht es darum?«

Ja.

Er hatte eine Idee: Er erinnerte sich daran, wie er manchmal Patienten in der Notaufnahme dazu brachte, ihm zu sagen, wo sie ein Problem hatten, wenn sie nicht kommunizieren konnten. »Ich bin sofort wieder da.«

Nein, blinzelte sie.

»Ich hole mir bloß Papier«, sagte er und ließ den Vorhang offen, sodass sie sehen konnte, wie er zum Schwesternzimmer eilte, wo er einen Rezeptblock von einem der Tische nahm. Sobald er wieder in dem engen Abteil war und den Vorhang zugezogen hatte, zeichnete er rasch den Umriss eines menschlichen Körpers. »Also, wenn ich auf den Körperteil zeige, wo etwas nicht stimmt, dann blinzle *Ja.*«

Wieder blickte sie nach oben. Ihre Augen flackerten.

»Bitte, Kathleen, hilf mir.« Er zeigte auf den Kopf der Zeichnung.

Ja.

»Du meinst den Schlaganfall?«

Ja und *nein.*

Auf ein Neues. »Gibt es irgendeine andere Stelle, wo etwas nicht in Ordnung ist?«

Sie zögerte mehrere Sekunden und blinzelte dann zweimal, jedoch langsam, als wäre sie sich ihrer Antwort nicht sicher.

»Okay, dann sehen wir mal. Die Brust?«, fragte er, hielt dabei die Zeichnung hoch und tippte mit dem Schreiber auf die entsprechende Stelle.

Nein.

»Bauch?«

Nein.

»Rechter Arm?«

Nein.

»Linker Arm?«

Nein.

»Beine?«

Nein. Nein. Nein.

Was hatte er ausgelassen? »Das Gesicht?«, fragte er.

Sie zögerte und blinzelte dann bedächtig: *Nein.*

»Bin ich nahe dran?«, fragte er und spürte, wie die Erregung ihn erröten ließ.

Ja.

Richard blickte auf seine grobe Zeichnung. »Ein bestimmtes Organ im Gesicht? Nase, Augen, Ohren?«

Nein.

Was habe ich übersehen? Noch einmal betrachtete er seine Zeichnung.

Dann sah er, was er übersprungen hatte. »Der Hals?«

Ja, blinzelte sie.

Sofort beugte er sich über sie, und seine Finger tasteten instinktiv unter ihrem Unterkiefer und an den Seiten des Halses herunter nach irgendwelchen Abnormitäten. Rechts auf halber Höhe erregte ein kleines Pflaster seine Aufmerksamkeit. Bis jetzt war es ihm entgangen, so harmlos, wie es aussah. Er zog es ab und sah einen winzigen, sauberen Einstich über der Jugularvene und der Halsschlagader. Man hatte ihr eine Injektionsnadel in den Hals gestochen. »Ist es das, was ich mir ansehen sollte?« – *Ja.*

»Sie haben hier eine Nadel reingestochen?« – *Ja.* – »Weißt du, warum?«

Nein.

»Entschuldige mich einen Augenblick. Ich muss das mit den Schwestern abklären.«

Als er sich umdrehen wollte, begann sie mehrfach *Nein* zu blinzeln.

»Kathleen, ich gehe nicht weg«, sagte er und bedauerte sofort, wie kurz angebunden er klang. »Ich bin sofort wieder da«, fügte er hinzu und bemühte sich, sanft zu sprechen und ihr sein bestes *Alles-wird-gut*-Lächeln zu zeigen. Auf dem Weg zu dem Zimmer, in dem die Oberschwester saß und sich Haarnadeln in ihren grauen Dutt steckte, wobei sie auf die Zentralkonsole starrte, machte Richard sich Selbstvorwürfe. Er hätte nicht zulassen dürfen, dass seine eigene Angst und sein Schlafmangel ihn reizbar machten, besonders nicht so früh, zu Beginn des Spiels. Denn die wahren Prüfungen, das wusste er, lagen noch vor ihnen. Wenn er jetzt nicht an ihr festhielt, würde sie sich zu fragen beginnen, ob er sie einzuwickeln versuchte – genau wie Chet es befürchtete. Er schluckte, als könnte ihn das von seinen Selbstzweifeln befreien.

»Schwester«, sagte er und blieb vor der Konsole stehen, »wann wurde bei Dr. Sullivan der Hals punktiert?«

Die matronenhafte Frau ging Kathleens Krankenblatt durch. »Hier steht, dass sie gestern Abend vom Angiogramm zurückkam und auf der punktierten Stelle schon ein Pflaster war.« Die Frau klang genervt, dass sie sich die Mühe machen und nachsehen musste.

»Aber normalerweise macht man ein Angiogramm von der Leiste aus.«

Doch die Schwester hatte sich schon wieder auf die Beobachtung der zwei Dutzend Monitore konzentriert, die die letzten Fortschritte der Patienten auf Digitalanzeigen und fluoreszierende Schnörkellinien reduzierte.

Ihr Seufzer, dass sie schon wieder gestört wurde, hätte die Farbe von der Wand blättern lassen können. »Nach Dr. Hamlins Aufzeichnungen ist während der Prozedur der Blutdruck gefallen. Er dachte, dass sie vielleicht auf das Kontrastmittel allergisch reagiert; deshalb hat er einen zentralen Zugang gelegt, für den Fall, dass er ihren Druck mit einem Swan-Gantz-Katheter überwachen und ihr Flüssigkeiten verabreichen muss. Aber es ist nichts passiert, und so hat er den Katheter wieder herausgenommen.« Sie sprach mit dem langsamen, gemessenen Tonfall, den Schwestern gebrauchen, wenn sie verdeutlichen wollen, dass sie den Arzt für einen Trottel halten. Auf ihrem Gesicht stand deutlich zu lesen: *Belästigen Sie mich nicht länger* – nur für den Fall, dass er die erste Nachricht nicht begriffen hatte.

Was die Frau sagte, klang tatsächlich vernünftig. Wenn Kathleen in einen Schockzustand geraten wäre, wäre es schwierig gewesen, sie mit Flüssigkeitsgaben und blutdrucksteigernden Mitteln wieder zu beleben: Falls die richtige Dosis überschritten wurde, würde ihr Blutdruck so weit steigen, dass er eine neuerliche Blutung verursachte.

Du brauchst einen zentralen Zugang, um ihre Reaktion zu kontrollieren, überlegte Richard.

»Ich hoffe, Sie werden nicht alles hinterfragen, was wir tun, Dr. Steele«, fügte die Schwester hinzu.

Entschlossen, gelassener zu sein, machte er auf dem Absatz kehrt, ging zu Kathleens Abteil zurück und erklärte ihr, warum Hamlin ihr eine Nadel in den Hals gestochen hatte.

Nein, nein, nein, blinzelte sie, und in ihren Augen loderten Flammen. Auf den Monitoren blinkten die Alarmsignale, während ihr Puls sich wieder beschleunigte und der Blutdruck stieg.

Der Vorhang hinter Richard wurde aufgeschoben. »Dr. Steele, was machen Sie mit ihr?«, fragte Hamlin und starrte auf die Monitore.

Zu Richards Entsetzen stiegen die Werte weiter.

»Schwester, geben Sie mir vier Einheiten Midazolam!«, rief der Neurochirurg und schob sich an Richard vorbei zu Kathleens Bett. »Okay, Dr. Sullivan, wir werden Sie jetzt sedieren. In einer Minute ist alles wieder in Butter.«

Die schnippische junge Schwester, die Richard gewarnt hatte, Kathleen nicht aufzuregen, folgte Hamlin und warf Richard einen *Habe ich es nicht gesagt?*-Blick zu, während sie in eines der Regale mit den Medikamenten griff, eine kleine braune Glasampulle herunternahm und öffnete. Binnen weniger Sekunden hatte sie den Inhalt in eine Spritze aufgezogen, und Hamlin injizierte die klare Flüssigkeit langsam durch einen seitlichen Zugang der Infusionskanüle.

Richard versuchte ihm rasch zu berichten, was passiert war. »Ich wollte ihr gerade erklären, warum Sie ihr einen Zugang zum Hals legen mussten ...«

»Zum Glück haben wir den nicht gebraucht.« Er führte Kathleen weiter das Beruhigungsmittel zu. »Aber warum belästigen Sie sie jetzt, in solch einer Situation, mit medizinischem Kauderwelsch, Richard? Sie sollten sich wie ihr Familienangehöriger verhalten, nicht wie ihr Arzt. Sie wissen doch, dass es tödlich sein kann, sie so aufzuregen!« Kathleens Lider verlangsamten ihre Bewegungen, und schließlich fielen ihr die Augen zu, und die Zahlen auf den Monitoren sanken wieder in den neutralen Bereich. Hamlin schob den Spritzenkolben nicht weiter und zog die Nadel heraus.

»Verdammt, Tony, hören Sie mir zu. Ich würde um keinen Preis der Welt ihr Leben gefährden, und wenn es mein eigenes kostete, aber sie schien völlig außer sich zu sein über das, was während des Angiogramms passiert ist. Ich habe nur versucht, ihr zu helfen, dass sie es versteht, damit sie ruhiger wird ...«

»Von jetzt an, Richard, halte ich es für besser, wenn sie stärker sediert wird. Patienten wie sie haben häufig Panikattacken, wie Sie sich bei dem Zustand, in dem sich diese Patienten befinden, wohl unschwer vorstellen können. Und ich muss Ihnen nichts über die Wirkung der Morphine erzählen.«

Damit meinte er, dass Morphine, auch wenn sie gegen Schmerzen halfen, manchmal ein Delirium hervorrufen, sogar zu Halluzinationen führen konnten.

»Unsere größte Hoffnung ist, dass sie keine Nachblutung bekommt und uns dadurch etwas Wartezeit verschafft, bis ihr Zustand stabiler ist, bevor ich operiere. Ich habe die Operation für Dienstag nächster Woche angesetzt. Das sind sieben Tage. Bis dahin bitte keine weiteren Aufregungen. Sie können ihr die Hände massieren und ihr Zärtlichkeiten ins Ohr flüstern, so viel Sie wollen, aber sonst nichts, erst recht keine Befragungen. Einverstanden?«

»Befragungen?«

Die Schwester grinste Richard hämisch an und bestätigte dadurch, dass sie ihn verpetzt hatte. Er starrte auf ihre Stachelfrisur und verkniff sich die Bemerkung: »Danke, Spike.«

Alles, was Hamlin gesagt hatte, war richtig. Dennoch war Richard verärgert. Hätte Hamlin ihr in der Nacht zuvor alles besser erklärt, hätte Kathleen sich vielleicht nicht so über die Nadel in ihrem Hals aufgeregt. Richard hätte dem selbstgefälligen kleinen Mann am liebsten die Meinung gesagt, doch um Kathleens willen hielt er den Mund. Soweit es um die Operationstechnik ging, besonders bei Eingriffen im Hirnstamm, hatte niemand so viel Geschick und Erfahrung wie Hamlin. Es war besser, Meinungsverschiedenheiten mit ihm zu vermeiden, als das Risiko einzugehen, dass er beleidigt reagierte und Kathleen jemandem mit weniger Erfahrung überließ.

»Einverstanden«, sagte Richard schließlich. Sein Gesicht war heiß, weil er so schroff zurechtgewiesen worden war.

Schwester Spike starrte ihn wieder mit ihrem *Ich-habe-es-Ihnen-ja-gesagt*-Blick an.

Richard hielt diesem Blick stand und fügte hinzu: »Und ich bin sicher, dass Ihre Leute Kathleen in Zukunft erklären, was sie mit ihr vorhaben, um weitere Aufregungen zu vermeiden, ja?«

»Selbstverständlich, Richard. Das tun wir doch immer«, erwiderte Hamlin. »Stimmt's, Schwester?«

»Genau, Dr. Hamlin«, sagte sie und warf die Spritze und die leere Ampulle in einen Kunststoffbehälter, bevor sie verschwand.

Ja, sicher, dachte Richard.

Ein eiskaltes Feuer brannte in seinem Innern, als er die Treppe zum Erdgeschoss hinunterstieg.

Warum hatte Hamlin sich überhaupt dafür entschieden, Kathleen den Zugang im Hals zu legen, fragte er sich, als er sich in sein Büro zurückzog.

Er hätte dieselben Erkenntnisse sammeln können, hätte er ihr den Zugang unter dem Schlüsselbein gelegt – und dann hätte er ihr nicht halb so viel Angst gemacht.

Nicht zum ersten Mal ertappte Richard sich dabei, dass er sich fragte, wie dieser Mann den größten Teil seines Berufslebens mit Hirnoperationen verbringen konnte, wo er so wenig Ahnung von der menschlichen Natur hatte.

Von dem Mittel, das der weißhaarige Mistkerl ihr gegeben hatte, versank Kathleen in tiefe Dunkelheit, verlor aber nicht völlig das Bewusstsein.

Jedenfalls nicht sofort. Sie hatte es nur vorgetäuscht, indem sie absichtlich die Augen schloss, bevor der Mann genug von dem Medikament gespritzt hatte, dass die Augen ihr von selbst zufielen. Das Ergebnis war, dass sie hören konnte, was Hamlin sagte. Und seine Ankündigung, dass er sie operieren wollte, sobald ihr Zustand stabil genug war, jagte ihr Angst und Schrecken ein.

Dieser Hurensohn wollte in ihrem Gehirn herumschnippeln! Kathleen spürte, wie ihr Herz bei diesem Gedanken trotz des Beruhigungsmittels schneller zu schlagen begann. Durch schiere Willenskraft brachte sie ihre Panik unter Kontrolle. Sonst – das war ihr klar – würde sie wieder den verdammten Alarm auslösen und diese Bestie mit der Punkerfrisur und dem Knopf in der Nase mit einer weiteren Spritze herbeilocken. Sie kämpfte darum, ruhig zu bleiben, während sie sich fragte, wie sie Richard oder sonst jemandem klarmachen konnte, dass er Hamlin nicht an sie heranlassen durfte.

Wie konnte sie Richard erklären, dass Hamlin bereits irgendetwas mit ihrem Hirn angestellt hatte – wahrscheinlich verbotenerweise?

Und wer würde ihr glauben?

Sie würde die meiste Zeit so tun müssen, als wäre sie weggetreten, sonst würde man sie tatsächlich mit Medikamenten in Bewusstlosigkeit versetzen. Sie musste Hamlin und seinen rattengesichtigen Kumpan in dem Glauben lassen, dass sie außer Gefecht war – wenigstens so lange, bis sie vor den Kerlen sicher war.

Doch es schien, als wären noch andere an dieser Sache beteiligt, um was immer es dabei ging.

Wie hatte Rattengesicht sich ausgedrückt?

»Steele könnte uns *alle* hinter Gitter bringen – und zwar wegen Mordes.«

Wenn sie Glück hatte, würden Hamlin und Rattengesicht vielleicht ausplaudern, wer mit »alle« gemeint war.

Aber sie, Kathleen, wäre ja gar nicht in der Lage, etwas daran zu ändern.

Wenn sie ihr gegenwärtiges Repertoire an Bewegungen in Betracht zog – Blick nach oben, Blick nach unten und Blinzeln –, wie konnte sie jemandem etwas mitteilen, wenn ihr nicht die richtigen Fragen gestellt wurden?

Kathleen fiel es immer schwerer, klar zu denken, bis die

Medikamente schließlich die Oberhand gewannen. Dunkelheit umhüllte sie. Sie begriff, dass sie die Nadel doch nicht rechtzeitig gestoppt, sondern die volle Wirkung der Medikamente nur verzögert hatte, während sie nun immer schneller in einen traumlosen Schlaf fiel.

Und was für eine perfekte Lüge er erzählt hat, dachte Kathleen in den letzten Sekunden ihres Wachseins. Selbst wenn sie jetzt einen Weg fände, jemandem zu sagen, was Hamlin getan hatte, würde jeder es als Hirngespinst einer Verrückten unter Drogeneinfluss abtun.

3

Richard konnte nicht glauben, wie sehr Kathleens Zustand sich seit dem Morgen verändert hatte.

Während er sie beobachtete, verspannten Krämpfe ihre Hände, Arme und Beine so sehr, dass er kaum ihre Finger aufbiegen konnte. Er wusste, was das bedeutete: Die Hirnrinde im Bereich der Blutung fiel aus – ob durch den bereits bestehenden Schaden oder durch eine neue Blutung, konnte er nicht sagen. Kathleen rollte sich zusammen wie ein Kind, das friert und sich tief ins Bett kuschelt. Sogar ihre Fähigkeit, ihn zu verstehen, setzte immer wieder aus. Zeitweise antwortete sie nicht mehr auf seine Fragen, und wenn, schien sie nicht in der Lage zu sein, angemessene Antworten zu geben.

»Kathleen«, sagte er wieder und wieder, als könnte die Nennung ihres Namens den Nebel ihrer Verwirrung durchdringen, wenn alle Techniken, Tricks und Kniffe seines Berufs es nicht vermochten.

Keine Reaktion. Bilder von ihrer gemeinsamen Zeit – vierzehn Monate – zu einem Sekundenbruchteil komprimiert, blitzten vor seinem inneren Auge auf. »Wir sind schon mit schlimmeren Dingen fertig geworden, du und ich«, flüsterte er ihr ins Ohr und dachte daran, wie Kathleen beinahe durch die Hand eines Terroristen gestorben war, der biologische Kampfstoffe eingesetzt hatte. »Wie viele Paare können behaupten, dass sie sich ineinander verliebt haben, während sie einem Möchtegern-Killer entkommen sind? Außerdem haben wir das Glück«, fuhr er fort und hoffte, dass der Klang seiner Stimme sie wissen ließ, dass er bei ihr war, selbst wenn sie ihn nicht verstehen konnte, »dass unsere Kinder sich genauso mögen wie wir. Chet betet dich an, und Lisa ist für ihn wie eine große Schwester. Zum ersten Mal seit dem Tod seiner Mutter ist er wieder voller Lebensfreude. Es ist wie ein Wunder… und es ist dein Verdienst, Liebling. Du hast Chet und mich von den Toten zurückgeholt.«

Richard sprach leise weiter, getrieben von der aberwitzigen Angst, sie für immer zu verlieren, wenn er auch nur einen Atemzug lang verstummte.

Und doch war ihm alles auf schreckliche Weise vertraut. Er hatte an hunderten von Betten gestanden und sterbende Menschen beobachtet, deren Lebenszeichen nur noch ganz kurz verharrten – wie Leute, die vor dem Auszug noch einen Augenblick in der Wohnung blieben, um sich ein letztes Mal umzusehen, bevor sie für immer gingen. Es berührte ihn jedes Mal, wie wenig die von Geräten gesteuerte Arbeit der Muskeln – Atmung, Puls, Kontraktion – damit zu tun hatte, wer jemand war, und doch war genau dies in den letzten Stunden die einzige Barriere zwischen Schlaf und Tod. Doch er redete weiter, flehte sie an, ihn nicht zu verlassen, und schickte jede Liebesbotschaft, die er sich denken konnte, in ihr malträtiertes Gehirn, um sie dazu zu bringen, zurückzukommen.

Eine halbe Stunde später verschwanden die Krämpfe, und sie blinzelte wieder.

Und immer wieder.

Zuerst glaubte Richard, dass der Hirnschaden ihre Augen zu demselben grotesken Tanz trieb, den er zuvor dem Rest ihres Körpers aufgezwungen hatte.

»Kannst du mich hören, Kathleen?«, fragte er.

Ihre Lider verharrten, blinzelten dann. *Ja.*

»Versuchst du, mir etwas zu sagen?«

Ja.

Noch immer fürchtete er am meisten, dass sich die Blutung ausgeweitet hatte. »Spürst du neue Symptome?«

Ja und *nein.* Nicht das schon wieder, stöhnte er innerlich und hielt ein wachsames Auge auf die Monitore, die ihren Puls und den Blutdruck zeigten.

Vor allem anderen musste er verhindern, dass sie sich wieder aufregte.

»Ist dein Schwindelgefühl schlimmer geworden?«, fragte er. Er flüsterte immer noch, denn er wusste, dass man ihn endgültig aus dem Zimmer warf, wenn jemand mitbekam, dass er seine Befragung wiederholte.

Ihre Augen zuckten zur Decke.

Falsche Frage, dachte er und beobachtete, wie ihr Puls schneller wurde.

»Du willst nicht, dass ich dich das alles noch einmal frage …?«

Sie nahm das ständige, wiederholte Blinzeln wieder auf, und ihr Puls beruhigte sich wieder.

»Was dann?«

Das Blinzeln ging weiter.

Nach einigen Sekunden erkannte er, dass die Bewegungen ein Muster besaßen. Er schnappte sich den Notizblock, den er am Morgen benutzt hatte, um den menschlichen Umriss zu zeichnen, schlug ein leeres Blatt auf und notierte die Sequenz, die er zu erkennen glaubte. Neunmal öffnete und schloss sie die Augen in rascher Folge, dann dreimal und achtmal; dann blickte sie nach oben. Dann wieder elfmal Blinzeln, Pause, einmal, Pause, vierzehnmal, Pause, wieder vierzehnmal; dann blickte sie wieder nach oben. Als Nächstes zählte er zweimal Blinzeln, dann einundzwanzigmal, gefolgt von drei und acht, neunzehn und zwanzig, wiederum gefolgt von einmal, zweimal, neunmal und fünfmal Blinzeln, dann achtzehn-, fünf- und schließlich vierzehnmal. Dann wiederholte sie den ganzen Zyklus.

Was bedeutet das, fragte er sich, nachdem er die Wiederholung oft genug durchgegangen war, um zu erkennen, dass es sich um keinen Zufall handelte.

Kannte sie das Morse-Alphabet? Nein, das konnte es nicht sein. Ein Blinzeln war nicht länger als das andere, um Punkte und Striche anzudeuten …

Und plötzlich hatte er es. Er hätte sich ohrfeigen können, so einfach war die Lösung. Rasch schrieb er das Alphabet auf, und beginnend mit A wies er jedem Buchstaben eine Zahl von eins bis sechsundzwanzig zu. In weniger als sechzig Sekunden hatte er übersetzt: *ichkannbuchstabieren.*

»Der Teufel soll mich holen«, murmelte er und errötete vor Aufregung. »Einmal nach oben ist das Wortende, zweimal das Satzende?«

Ja.

»Wir können miteinander reden!«

Ja.

»Was wolltest du mir erzählen?«

Sorgfältig schrieb er eine komplizierte Folge von Ziffern auf. Gelegentlich verzählte sie sich und signalisierte mehrfach »Nein«, um anzudeuten, dass sie das Wort, das sie soeben buchstabiert hatte, wiederholen musste. Nach fünf Minuten hatte Steele *Hamlin hat mir etwas Schlechtes gegeben* geschrieben.

»Hamlin hat dir etwas Schlechtes gegeben«, wiederholte er laut, um sicherzugehen, dass er es richtig aufgeschrieben hatte.

Ja.

Verdammt, dachte er. Sie muss von den Medikamenten verwirrt sein.

»Hör zu, Kathleen, dir ist nichts *Schlechtes* gegeben worden …«

Ja, ja, ja!

»Kathleen, es ist alles in Ordnung. Was er dir verschrieben hat, soll dir helfen, ruhig zu bleiben …«

Nein!

Ihr Blutdruck und der Puls schnellten wieder in die Höhe.

»Kathleen, bitte, beruhige dich.« Er ließ den Block aufs

Bett fallen, nahm ihre Hand und streichelte ihr über die Stirn. Ihre Arme und Beine verkrampften sich noch mehr. An den Monitoren ertönten die Alarmsignale.

Zwei Krankenschwestern kamen in die Kabine gestürzt. »Was ist los?«, wollte die Grauhaarige wissen.

»Hat sie einen Anfall?«, fragte ihre stachelhaarige Begleiterin und griff nach einer Spritze.

»Sie verliert Kortexfunktionen«, sagte Richard. »Es könnte eine Nachblutung sein. Holen Sie Hamlin, schnell!« Er beugte sich über sie und rief: »Kathleen, kannst du mich hören?«

Keine Reaktion.

O Gott, dachte er.

Die Monitore piepsten weiter.

»Es ist eine zweite Hämorrhagie«, sagte Hamlin und klemmte eine Aufnahme unter den oberen Rand des Leuchtkastens.

Er und Richard befanden sich in einem winzigen Zimmer außerhalb des Kernspintomographie-Labors der Röntgenabteilung und betrachteten eine Serie kleiner Bilder, die Querschnitte von Kathleens Gehirn zeigten. Sie waren wie Schnappschüsse aus dem Fotoautomaten, nur dass diese Aufnahmen, im Gegensatz zu normalen Röntgenbildern, Details wie bei einer anatomischen Untersuchung lieferten.

»Eine dritte Blutung wird sie nicht überleben«, fügte Hamlin hinzu. »Ich muss sie operieren, sobald ich ein Team zusammenhabe. Noch heute Nacht, falls möglich.«

»Heute Nacht?«

»Es kann jederzeit eine neue Blutung auftreten, selbst wenn wir sie völlig ruhigstellen. Ach, übrigens – eine meiner Schwestern hat mir das hier gegeben.« Er reichte Richard den Block, auf dem er Kathleens Blinzeln dekodiert hatte. »Ich kann einfach nicht glauben, dass Sie meine Anordnungen missachtet und sie wieder mit diesem Blödsinn aufgeregt haben.« Er nahm ihm das Blatt wieder ab. »Diesmal hätten Sie sie umbringen können.«

Richard kam sich vor, als hätte man ihn verprügelt.

»Ab sofort ist es Ihnen nicht mehr erlaubt, sich Dr. Sullivan auch nur zu nähern«, fuhr Hamlin fort, »vorausgesetzt, sie überlebt. Und nur damit Sie Bescheid wissen – die Schwestern drängen mich bereits, Sie wegen unprofessionellen Verhaltens bei der Verwaltung anzuzeigen.«

»Himmel, Tony ...«

»Keine Bange. Ich werde es nicht tun, aus Rücksicht auf Ihre emotionelle Beteiligung an dem Fall. Aber Gott steh mir bei, wenn Sie sich noch einmal in die Behandlung meiner Patientin einmischen.«

»Bitte, hören Sie auf. Ich ...« Richards Stimme brach.

Hamlin musterte ihn. Sein Gesichtsausdruck war undurchdringlich.

»Ich flehe Sie an, lassen Sie mich Kathleen sehen, bevor sie in den OP kommt. Es wird ihr nicht schaden. Ich ... ich muss mich von ihr verabschieden!«

Der Neurochirurg schien das Risiko abzuwägen. »Also gut. Aber machen Sie's kurz. Ich muss mir jetzt die Arme schrubben.«

Richard ging durch die Türen der Intensivstation direkt zu Kathleens Bett, ohne die Schwestern eines Blickes zu würdigen.

Er küsste sie sanft auf die Seite ihres schlaffen Gesichts und wich dabei dem Luftschlauch aus, der aus ihrem Mundwinkel hing. »Ich liebe dich«, sagte er wieder und wieder.

Die grauhaarige Oberschwester kam heran. »Dr. Sullivan ist nicht in der Lage, selbst ihre Einwilligung zu der Operation zu geben. Auf ihrem Aufnahmebogen steht, dass ihre Tochter Lisa ihre nächste Angehörige ist, aber unter der Nummer, die wir haben, meldet sich niemand.«

Richard fand es geradezu obszön, dass so viel Papierkram erforderlich war, wenn es um Leben und Tod ging. Er konnte sich an Sterbende erinnern, die mit Schmerzen kämpften und um Atem rangen, während irgendein Angestellter sie wegen des Mädchennamens ihrer Mutter belästigte. Er richtete sich auf, ließ seine Hand aber auf der Kathleens. »Lisa wohnt jetzt bei uns. Lassen Sie mich mit ihr reden.«

»Bitte machen Sie schnell. Wir wurden gerade vom OP aus angerufen. Man will die Patientin in einer halben Stunde dort haben.«

Als er zu Kathleen hinunterschaute, stellte er zu seinem Erstaunen fest, dass ihre Augen wieder geöffnet waren. Ganz langsam senkten sich ihre Lider und hoben sich dann wieder. Dreimal.

Nein, nein, nein.

Letzte Anordnungen wurden von Hamlins Assistenten erteilt, hastig und aufgeregt.

»Mehr Sauerstoff!«

»Atemgerät auf achtzehn!«

»Ich brauche eine Blutgasanalyse!«

Lisa kam innerhalb von zehn Minuten.

Richard spürte, wie die junge Frau zitterte, während er sie zum Bett ihrer Mutter begleitete. Die Krankenschwestern waren zu sehr damit beschäftigt, Kathleen für ihr Martyrium vorzubereiten, als dass sie Hamlins Anordnung durchsetzen und Steele von ihr fernhalten konnten.

Eine Schwester nahm ihr eilig Blut ab.

Andere gaben ihr Infusionen und überprüften die Monitore.

Die ältere Schwester mit dem grauen Haarknoten rollte Kathleen auf die Seite und scherte ihr eilig mit einer Schere und einem elektrischen Rasierer den Hinterkopf. Dicke Strähnen ihres rotgoldenen Haares fielen über das Kissen auf den Boden. Lisa, die verängstigt zusah, bückte sich, nahm eine Locke und steckte sie in ihre Tasche. Dann schob sie sich zwischen die Männer und Frauen, die dicht gedrängt um Kathleen standen, beugte sich hinunter, nahm das Gesicht ihrer Mutter in beide Hände, küsste ihre Augen und flüsterte ihr irgendetwas zu.

»Sind alle bereit?«, fragte die Oberschwester.

Lisa wandte sich Richard zu und sagte: »Chet ist draußen. Er möchte sie auch sehen.«

Der Junge näherte sich dem Bett mit steifen Schritten, doch ohne zu zögern. »Kann sie mich hören, Dad?«, fragte er, und seine Augen glänzten, als er sich über sie beugte und sie auf die Schläfe küsste.

»Ich glaube schon.«

Er drückte ihre leblose Hand. »Ich liebe dich, Kathleen. Ich weiß, dass du wieder gesund wirst.«

Die Schwestern machten sich daran, für die Fahrt nach oben die verschiedenen Monitore aufs Bett zu legen.

»Fangen wir an«, sagte einer der älteren Assistenzärzte.

»Wie lange wird die Operation dauern?«, fragte Richard.

»Sechs Stunden mindestens.«

Richard gelang es, ihr noch einmal über die Wange zu streichen, bevor sie aus dem Raum gefahren wurde. Während sie im Flur verschwand, leuchtete unter dem trüben Deckenlicht der weiße Kreis, wo man ihr den Kopf rasiert hatte. Bald würde Hamlins Skalpell an dieser Stelle durch ihre Kopfhaut schneiden und seine Knochensäge sich in den Schädel fressen. Der Kreis erinnerte Richard an eine Zielscheibe.

Richard schlug vor, dass Chet und Lisa zu Hause warten sollten, und wies den Telefonservice an, die beiden nicht zu stören. Es war fast Mitternacht, und mit Privatgesprächen war nicht mehr zu rechnen. Vielleicht würden Lisa und Chet wenigstens ein bisschen Schlaf finden, ohne jedes Mal mit dem Schlimmsten zu rechnen, wenn das Telefon klingelte. Aber für Richard würde es keine Ruhe geben. Er wusste, dass er auf und ab gehen würde, bis es vorbei war, mit welchem Ergebnis auch immer.

Um halb eins rief er bei der OP an und bekam einen Bericht von der Schwesternstation.

»Die Ärzte haben soeben die Schädeldecke geöffnet und durchtrennen die Dura mater – das ist die Hirnhaut, eine Membran, die das Gehirn umhüllt«, erklärte er Lisa und Chet, nachdem er aufgelegt hatte.

Seine beiden Schutzbefohlenen stellten ihm noch ein paar Fragen, was als Nächstes zu erwarten sei; dann wandten sie sich mit ungutem Gefühl wieder dem Kartenspiel zu, zu dem sie sich entschlossen hatten. Es war besser, sich mit Punktezählen zu beschäftigen und sich von den albtraumhaften Szenarien abzulenken.

»Ich rufe in einer Stunde wieder an und berichte, was es Neues gibt«, fügte Richard hinzu und hoffte, dass die Aussicht, nicht die gesamten sechs Stunden ohne Neuigkeiten bleiben zu müssen, Lisa und Chet helfen würde. Stattdessen aber warfen sie noch öfter als zuvor ängstliche Blicke auf die Uhr.

Richard verlegte seine nervöse Wanderung nach draußen auf den Bürgersteig der Sechsunddreißigsten Straße. Die Fassaden der benachbarten Häuser bildeten eine dreistöckige Wand, die sich den ganzen Block entlangzog. Die Steine jedes Hauses besaßen leicht unterschiedliche Tönungen und strahlten die Tageshitze ab. Die Wärme breitete sich über Richards Schultern aus, als er stehen blieb und sich gegen die tiefrote Ziegelfassade lehnte.

Die schwüle Juniluft hüllte ihn ein wie ein zusätzliches Kleidungsstück, bis ihm das Hemd auf der Haut klebte. Er bewegte sich weiter in Richtung Lexington Avenue und hoffte, dass irgendetwas auf dem Weg ihn vom Fluch aller Ärzte ablenken würde – dass er zu genau wusste, was alles schiefgehen konnte. An der Ecke konnte er die Silhouette des riesigen New York City Hospital sehen, das über den anderen Gebäuden aufragte. Indem er von der Spitze abwärts zählte, suchte er die Etage mit den Operationssälen. Zu dieser Stunde war nur eine einzige Zimmerflucht beleuchtet, und so blickte er direkt auf die Fenster, hinter denen Hamlin im Augenblick Kathleen operierte.

Er zog sich zum Haus zurück und verspürte das Verlangen nach einer Zigarette – so stark, wie er es nicht mehr erlebt hatte, seit er vor anderthalb Jahren das Rauchen aufgegeben hatte. Doch er gab diesem Verlangen nicht nach. Das Rauchen aufzugeben war ein Teil des Versprechens, das er sich selbst gegeben hatte, nachdem er sich in einen Herzinfarkt getrunken, geraucht und getrauert und Chet fast zum Waisen gemacht hatte.

Er nahm eine Hand voll Karottenstäbchen aus dem Kühlschrank und knabberte sie.

Um zwei Uhr war er wieder am Telefon.

»Sie haben die Kleinhirntonsillen angehoben. Das ist ein hinterer Teil des Gehirns, der über dem Pons liegt, und den Bereich freigelegt, an den sie heranwollen«, erklärte er einige Minuten später. Die beiden Teenager hörten ihm aufmerksam, doch mit verwirrten Blicken zu. »Das bedeutet, dass die Ärzte den Teil des Hirnstammes sehen können, an den sie heranwollen. Er ist geschwollen, und darunter ist eine braune Verfärbung an der Stelle, wo die Blutung ist. In diesem Augenblick bereiten die Ärzte sich darauf vor, diese Stelle zu operieren.«

Richard verschwieg allerdings, dass es der Moment der Wahrheit sein würde. Wenn Hamlin den Hohlraum des Angioms öffnete und eine Blutung auslöste, die er nicht unter Kontrolle bringen konnte, war Kathleen verloren.

Hamlin blickte durch das Operationsmikroskop, schlitzte vorsichtig das schwammartige Säckchen auf, in dem sich das Gewirr aus Gefäßen befand, die geblutet hatten, und zog die Ränder mit Mikrohaken auseinander. Frisches Blut quoll aus der Öffnung und überflutete das Operationsfeld, sodass es unmöglich war, irgendetwas zu erkennen.

»Saugen!«

Die Ärztin ihm gegenüber, die durchs Mikroskop sah, hielt die Spitze eines winzigen silbernen Katheters in die rot aufquellende Pfütze. Mit dem Geräusch eines Strohhalmes am Boden eines Milkshakes ging das frische Blut weit genug zurück, um Klumpen aus altem, geronnenem Blut, das die Farbe von Leber besaß, sowie einen hellroten Strahl zu enthüllen, der tief aus dem Hohlraum pulsierend hervorsprudelte.

»Schnell, stellen Sie die Lage der Blutung dar«, sagte Hamlin und nahm seinen eigenen Mikrosauger. Zusammen entfernten er und die Ärztin weitere Teile des gelatinösen Blutgerinnsels, das vermischt war mit frischem Blut, und stießen dabei immer tiefer in den Hohlraum vor. Ihr Vorankommen wurde durch die Empfindlichkeit der haarfeinen umgebenden Strukturen eingeschränkt; außerdem besaß die Öffnung, in der sie arbeiteten, nicht mehr als vier Millimeter Durchmesser.

»Wie sind die Werte der Patientin?«, fragte Hamlin wiederholt.

»Soweit stabil«, versicherte der Anästhesist ihm jedes Mal.

Als sie tiefer kamen, stießen sie auf das erste der anomalen Blutgefäße. Es blutete, sobald sie einen Blutklumpen davon abhoben.

»Ich hab's«, sagte Hamlin, der das Gefäß mit der Spitze seines bipolaren Koagulators zerstörte. Der Koagulator ähnelte einem winzigen Lötkolben, mit dem man das Blut in einem Gefäß unmittelbar gerinnen ließ, sodass es sofort fest wurde. Die Blutung hörte auf, doch der Übeltäter, hinter dem sie her waren, pulsierte noch immer hellrot aus der Tiefe.

»Weiter«, sagte Hamlin.

Die beiden Ärzte arbeiteten wie besessen, lösten weitere Blutungen aus und koagulierten sie, während sie tiefer vorstießen. Schließlich entfernten sie einen weiteren Blutklumpen und entdeckten ein Gefäßknäuel von der Größe einer Himbeere. Hamlin sah das hellrote Rinnsal, nach dem sie gesucht hatten; es kam aus einer der unteren Gefäßwindungen.

»Jetzt haben wir dich«, sagte er und berührte die Stelle mit dem Koagulator.

Die nächsten beiden Stunden verbrachten sie damit, sämtliche zuführenden Arterien zu koagulieren und wegzuschneiden und die Struktur in der Mitte zum Schrumpfen zu bringen, bis nur noch eine verschrumpelte Hülle davon übrig war, die Hamlin an einem Stück entfernte.

»Sieht noch jemand etwas?«, fragte er und inspizierte die nun leere Kapsel, die er ausgeräumt hatte, während er sie gleichzeitig mit einer Mischung aus physiologischer Kochsalzlösung und einer antibiotischen Lösung ausspülte. Die anderen Ärzte am Operationstisch bemühten sich, auf die Videomonitore zu sehen, auf denen sie den Eingriff verfolgt hatten.

»Nichts.«

»Sieht sauber aus.«

»Ich denke, wir sind fertig.«

»Eine großartige Arbeit, Dr. Hamlin«, sagte die Ärztin, die ihm während der Operation assistiert hatte – die einzige Frau im Team. »Sie waren fantastisch.«

Andere pflichteten ihr bei.

»Ja, das war großartig.«

»Absolut.«

»Das war brillant.«

»Okay, noch ein letzter Touch«, sagte Hamlin, der die Anerkennung genoss und seinen Schützling betrachtete: Rachael Jorgenson, eine attraktive Blondine Ende zwanzig. Ihr Körper, der jetzt von ihrer Chirurgenkleidung verborgen wurde, hatte Hamlin vom ersten Tag an beeindruckt. Während er mit dem Gedanken spielte, sie in sein Büro zu bitten, um über ihre Zukunft zu reden, nahm er eine kleine Spritze, die er auf seinem Tablett beiseitegelegt hatte, und füllte ein paar Kubikzentimeter einer klaren Flüssigkeit in die Öffnung.

»Was ist das?«, fragte Jorgenson, die ihm immer noch am Operationstisch gegenüberstand.

»Ringer-Lösung«, log er und bezog sich damit auf die farblose physiologische Lösung, die die Elektrolyt- und Zuckerwerte von Blut besaß und normalerweise für intravenösen Einsatz vorgesehen war.

»Ein kleines Bad von diesem Zeug am Operationsfeld verringert die anschließende Schwellung des Hirngewebes. So behauptet es jedenfalls eine Forschergruppe von der Westküste. Es hat offensichtlich mit dem osmotischen Druck zu tun, so wie ein Breiumschlag mit Salz und Wasser bei einer Entzündung das Ödem austrocknet. Ich mache das jetzt bei allen meinen Fällen.«

Wie bei jeder Täuschung gestaltete Hamlin die Tarnung so einfach und glaubhaft wie möglich.

Jede neue Gruppe von Ärzten im Praktikum, die Assistenzärzte, Krankenschwestern und alle anderen, die bei seinen Operationen dabei waren, hatten ihm diese Behauptung abgekauft.

Das Gesicht vom Erfolg gerötet – sowohl was den Eingriff als auch seine Täuschung betraf, ohne dass jemand etwas mitbekommen hatte –, sah er Rachael an. »Kommen Sie auf meine Seite des Tisches, und setzen Sie sich auf den Fahrersitz, Rachael«, sagte er, trat zur Seite und bot ihr seinen Platz am Operationsmikroskop an. »Heute Nacht – oder besser heute Morgen – ist es Ihre Aufgabe, zuzumachen.« Enttäuschtes Murmeln erhob sich vom Rest der Gruppe, denn das »Zumachen« war eine Ehre, die alle anstrebten.

»Vielen Dank, Dr. Hamlin.« Rachael setzte sich, nahm die richtige Körperhaltung ein, sah durchs Okular des Mikroskops und begann, mit winzigen Seidennähten die Öffnung zu verschließen, die in die schützende Hirnhaut geschnitten war.

Während Hamlin sich über sie beugte, um ihre Arbeit zu begutachten, schmiegte sie sich an ihn.

Gut, sehr gut, dachte er.

So wie die Ausbildung sich entwickelte, ließ sich alles überaus viel versprechend an.

4

Freitagmorgen, 15. Juni

Ihr Bewusstsein kehrte wieder.

Stimmen kamen und gingen.

Sie erkannte Lisa.

Und Chet.

Wo war Richard?

Alle Stimmen versicherten ihr, dass es ihr wieder gut gehen würde.

Bestimmt logen sie.

Es ging ihr nicht gut.

Sie konnte nicht einmal sehen.

Und eine der Stimmen machte ihr Angst, doch sie konnte sich nicht erinnern, aus welchem Grund.

»Wir müssen Sie weiter ruhigstellen, Dr. Sullivan«, hatte die Stimme gesagt. »Machen Sie sich keine Sorgen, die Operation ist gut verlaufen. Entspannen Sie sich.«

Bei diesem Ratschlag hätte sie am liebsten laut aufgeschrien. Doch sie war zu schläfrig, die Augen zu öffnen, geschweige denn, irgendeinen anderen Muskel ihres Körpers zu bewegen. Wie war sie nur in diesen Zustand geraten? Sie wusste, dass es einen guten Grund dafür gab, konnte sich aber nicht daran erinnern. Ihr Bewusstsein verdunkelte sich wieder.

Sie träumte, dass sie lebendig begraben war, in Treibsand unterging, festgehalten in einer Zwangsjacke. Sie wachte mit dem Gefühl auf, in einem Gefängnis aus Beton zu stecken, der um sie herum ausgehärtet war, während sie schlief. Schlief sie nun, oder war sie wach? Sie wollte sich umdrehen – und geriet in Panik, als sie merkte, dass sie sich nicht bewegen konnte. Dann schrillte der Alarm an ihren Monitoren los, so laut wie Autohupen, und jagte ihr noch mehr Angst ein. Sie hörte, wie die Krankenschwestern zu ihr eilten, hörte das Rauschen der Vorhänge, die sie zur Seite zogen, und ihre aufgeregte Unterhaltung, die schrecklich laut klang.

»Wann hat sie das letzte Mal Midazolam bekommen?«

»Vor zwei Stunden.«

»Himmel, sie schluckt das Zeug wie Süßigkeiten. Vielleicht sollte Hamlin auf etwas länger Wirkendes umschalten, oder sie ist bald abhängig.«

Warum schrien sie so? Hatte sie etwas falsch gemacht? Sie wollte keine Injektionen mehr. Und meinten sie wirklich, dass Hamlin versuchte, sie von diesem Zeug abhängig zu machen?

Oh, Richard, wo bist du? Ich brauche dich.

»Sie wollen dem großen Meister raten, welche Medikamente er einsetzen soll?«, meldete sich eine andere Stimme zu Wort, immer noch schrecklich laut. »Na, da wünsche ich viel Glück, Schwester!«

»Ich habe nicht vor, Hamlin irgendwelche Ratschläge zu geben«, sagte die Frau, die von Sucht gesprochen hatte. »Ich werde mit dieser schnuckeligen Assistenzärztin reden, die er zurzeit immer auf seiner Visite dabeihat. Soll sie ihn überzeugen. Für mich sieht es aus, als ob sie schon Hamlins Ohr hat, abgesehen von anderen Teilen seiner Anatomie. Mein Gott, wie das junge Ding immer um ihn herumscharwenzelt.«

Ihre Kollegin lachte, dass es wie ein Schrei durch die Luft schnitt.

Lasst mich in Ruhe! Kathleen stellte sich vor, von Hexen umgeben zu sein, die sie offenbar mit einem Fluch belegt oder ihr Tinte ins Gehirn injiziert hatten, denn in ihrem Kopf war ein einziger schwarzer Brei.

War es Tag oder Nacht? Sie konnte immer noch nicht die Augen öffnen, obwohl sie wusste, dass es wichtig war, weil dort draußen, wo die Schatten waren, irgendetwas auf sie lauerte, wovor sie sich in Acht nehmen musste. Wieder hatte sie keine Ahnung, was es sein könnte.

Die Zeit verging. Kathleen erkannte, dass sie die Veränderung des Lichts von Hell zu Dunkel wahrnehmen konnte, selbst durch die geschlossenen Lider. Auch wenn jemand sich über sie beugte, erkannte sie es: Immer dann nahm sie ein dunkleres Grau wahr.

Ein Schatten ging vor ihr vorbei. »Können Sie mich hören, Dr. Sullivan?«, fragte eine Stimme, vor der Kathleen sich instinktiv fürchtete. Ihre Ohren verstärkten die Worte zu einer solchen Lautstärke, dass ihr die Trommelfelle schmerzten. Außerdem konnte sie ihn deutlich riechen – eine Mischung aus Schweiß und Körpergeruch, der von einem erfrischend blumigen Duft überdeckt wurde.

Sie versuchte mit Mühe, ihn anzusehen, und es gelang ihr, die Lider einen Spalt zu öffnen. Das Licht im Zimmer traf sie wie Nadelstiche, und sie zog sich hinter ihre einzige Verteidigungslinie zurück – die Dunkelheit.

»Ich denke, Sie können mich verstehen«, sagte er, und diesmal war es ein Wispern, so nahe an ihrem Ohr, dass sie das Gefühl hatte, er wäre in ihren Schädel gekrochen.

Er war früher schon hier gewesen, erinnerte sie sich verschwommen, und hatte etwas Schlimmes mit ihrem Gehirn angestellt …

»Die Medikamente, die ich Ihnen gegeben habe, haben Sie durcheinander gebracht und beunruhigende Halluzinationen verursacht. Die sollten Sie vergessen – zu Ihrem eigenen Besten. Wenn Sie diese Hirngespinste aus Ihrem Bewusstsein streichen, werden Sie schneller gesund. Sie dürfen nicht zulassen, dass diese Albträume Sie aufregen und Ihre Genesung behindern, verstehen Sie? Sonst kann ich es nicht riskieren, die Medikamente abzusetzen, oder dass Sie Richard sehen.«

Verschwinde aus meinem Zimmer! Kathleen hätte am liebsten losgeschrien.

Sie tauchte aus dem Schlaf auf und nahm augenblicklich wieder den Geruch des schrecklichen Mannes wahr, der an ihr herumtastete. *Lassen Sie mich in Ruhe, Sie Schwein,* kreischte sie, doch wieder war kein Laut zu hören.

Nachdem der Mann ihre Fußknöchel und Knie abgeklopft und ihr mehrere Male mit etwas Scharfem über die Fußsohlen gestrichen hatte, sodass ihre Beine sich verkrampften, hörte sie ihn sagen: »Also, was meinen Sie, Rachael?«

»Dass es Zeit ist, die Dosis der Sedativa zu verringern?«, erwiderte eine Frauenstimme.

»Normalerweise wäre es so. Aber in diesem Fall... Dr. Sullivan hat schon nach ihrem ersten Schlaganfall Symptome einer akuten Paranoia gezeigt, und die damit einhergehenden Ängste haben den Blutdruck ansteigen lassen, der wahrscheinlich vorzeitig die zweite Blutung hervorgerufen hat. Nein, wir können es nicht wagen, die Dosis zu senken, oder?«

»Ich glaube nicht.«

»Sie *glauben?* Wenn Sie erlebt hätten, wie sie immer wieder behauptet hat, ich hätte irgendwas mit ihrem Gehirn angestellt, wären Sie *sicher.* Natürlich hat Dr. Steele die Sache nicht gerade einfacher gemacht, indem er ihre Wahnvorstellungen förderte und sie ermutigt hat, durch Blinzeln mit ihm zu kommunizieren.«

»Sie machen Scherze!«

»Es ist eine ernste Sache, wenn ein Arzt zulässt, dass seine persönlichen Gefühle sein fachliches Urteil beeinflussen. Wir dürfen sie erst wieder zu Bewusstsein kommen lassen, wenn wir sicher sind, dass wir sie von solch verstörenden Gedanken abbringen können.«

Nein, dachte Kathleen. Er lügt! Sie erinnerte sich jetzt. Er und der rattengesichtige Mann hatten *tatsächlich* etwas mit ihrem Gehirn angestellt. Und nun gab er Richard die Schuld, ihren Zustand verschlechtert zu haben. Kathleen versuchte zu protestieren, wobei Puls und Blutdruck so sehr stiegen, dass der Alarm wieder losschrillte.

»Sehen Sie nur, wie ihre Werte in die Höhe schnellen«, sagte die Frau.

»Wenn überhaupt«, meinte Hamlin, »sollten wir ihre Sedierung eher verstärken.«

Augenblicke später stürzte Kathleen im freien Fall in eine gähnende schwarze Leere.

Sonnabend, 16. Juni, 09:10 Uhr

»Ich kann Sie immer noch nicht zu ihr lassen, Richard. Meine Besuchssperre gilt für jeden, auch für Sie. Selbst wenn ich bei ihr auftauche, schießt ihr Blutdruck in die Höhe.«

»Tony, ich kann Kathleen beruhigen, das weiß ich!« Er hatte den Neurochirurgen vor der Tür zur Intensivstation abgefangen. Hamlins Assistentin, dem Namensschild nach eine Dr. Rachael Jorgenson, hielt sich diskret einige Schritte entfernt. »Halten Sie auch die anderen Besucher fern. So gut die Leute es meinen – es waren zu viele, und wir müssen Kathleen vor ihnen schützen.« Da die Anwesenheit der Ärzte in der Intensivstation registriert wurde, hatten die Schwestern pflichtbewusst die Namen der Kollegen in Kathleens Krankenblatt vermerkt, die vorbeigekommen waren, um sich nach ihrem Befinden zu erkundigen. Auf der einen Seite war die Liste für Richard erfreulich. Ihm fielen insbesondere die Namen der Ärzte auf, die nicht zu seiner Abteilung gehörten und Kathleen dennoch besucht hatten: Paul Edwards, Chef der Gynäkologie, Francesca Downs von der Kardiologie, sogar Adele Blaine, die ein Reha-Zentrum in der Upper Eastside betrieb – alle hatten Kathleen besucht. Obwohl Richard in der Notaufnahme regelmäßig mit diesen Kollegen zu tun hatte, konnte er sie nicht als Freunde bezeichnen. Deshalb berührte es ihn tief, dass sie über das Berufliche hinaus persönliche Anteilnahme zeigten. Doch Kathleen war für solch einen Ansturm des Mitgefühls auf keinen Fall bereit. »Ich verspreche, Tony, überall verlauten zu lassen, dass niemand sie besuchen darf. Und wenn ich bei ihr am Bett sitze, werde ich kein Wort sagen, nur ihre Hand halten.«

Hamlin schüttelte den Kopf. »Die Gefäßendungen sämtlicher Arterien, die ich verschlossen habe, sind zu empfindlich und könnten gefährdet werden, es sei denn, sie bleibt völlig ungestört.«

»Sie muss schreckliche Angst haben.«

»Dem steuere ich medikamentös entgegen.«

»Ich weiß, Tony, dass ich Mist gebaut habe …«

»Allerdings. Übrigens, nur damit Sie vorgewarnt sind – ich habe gerade erfahren, dass eine der Schwestern Sie bei Gordon Ingram gemeldet hat.«

»Was?«

»Tut mir leid. Das war nicht meine Absicht.«

»Aber …«

»Tun Sie, was man Ihnen sagt, und ich werde mit ihm reden.« Hamlin wandte sich zum Gehen.

»Dass Ingram mir im Nacken sitzt, kann ich jetzt am allerwenigsten gebrauchen, Tony.«

»Ich habe Ihnen doch gesagt, dass ich mit ihm reden werde. Mit ein bisschen Glück kann ich ihn dazu bringen, dass er die Sache niederschlägt. Das muss natürlich bis Montagmorgen warten, und Sie müssen sich benehmen.«

Zur Hölle damit, dachte Richard und erschauerte innerlich bei der Aussicht, durch den streitlustigsten Ethiker und Qualitätsbeauftragten, den das New York City Hospital jemals gehabt hatte, einer Inquisition unterworfen zu werden. Aber der Mann würde ihm wenigstens eine faire Anhörung gewähren, beruhigte sich Richard. Schließlich trat Ingram so rückhaltlos für die Belohnung hervorragender Leistungen ein, wie er Schlampigkeiten bestrafte.

Und dass er, Richard, Ingram das Leben gerettet hatte, würde seiner Sache bestimmt nicht schaden.

Samstagabend, 18:30 Uhr

Seit Dr. Francesca Downs ihren ersten *Wonder Woman*-Comic gelesen hatte, wünschte sie sich ein geheimes Doppelleben, in dem es einen verborgenen Freund und Helfer gab. Aber das war fünfundzwanzig Jahre her. Im Laufe der Zeit hatten sich andere Träume entwickelt. Der Biologieunterricht faszinierte sie so sehr, dass sie dieses Fach zuerst studierte, dann Medizin, um schließlich in die exklusive Welt der Herzchirurgie zu wechseln, wo sie weder Zeit für ein anderes Leben hatte – ob geheim oder nicht – noch für einen Freund und Helfer. Bis vor zwei Jahren. Da hatte sie sich den »Sensationellen Sechs« angeschlossen, wie sie sich selbst scherzhaft nannten. Aber nun, da sie in ihrem begehbaren Schrank stand und sich fürs Abendessen mit ihren Mitverschwörern ankleidete, wurde ihr klar, dass ihre ehemals so glückliche Kinderfantasie sich in einen Albtraum verwandelt hatte.

Sie zog ein schlichtes schwarzes Kleid an, ging langsam in ihr Schlafzimmer und starrte durch die Abenddämmerung auf die Lichter der großartigsten Stadt der Welt. In der Ferne konnte sie sogar den Times Square erkennen, wo dreißig Stockwerke blendender Neonreklamen die berühmte Straßenkreuzung mit einem glitzernden Tausend-Watt-Halsband schmückten. Ihre Gedanken wanderten zurück zu der Zeit, als die »Sensationellen Sechs« sich zum ersten Mal auf dem Platz getroffen hatten, der zu ihrem festen Treffpunkt geworden war. Damals hatte ein heftiger Regen gegen die Fensterfront des *Lauzon's* getrommelt – ein französisches Restaurant mit Blick auf die Seventh Avenue. Die Wassertropfen, die in Rinnsalen an den Scheiben herunterliefen, ließen die grellen Farben draußen so unwirklich erscheinen wie die Blasen im Champagner. Doch diese Szenerie war ein angemessener Ort, einen Plan zu schmieden, der so viel versprechend war, dass er den Blick für die Folgen trübte, und das Risiko so vage erscheinen ließ, dass es akzeptabel war. Die Entscheidungen, die sie an jenem Abend getroffen hatten, waren die *wirklichen* Rauschmittel – faszinierend und mit möglichen sensationellen Erfolgen geschwängert. Alle sechs brachten gegenseitig Toasts aufeinander aus und hoben zur Feier ihres wagemutigen Unternehmens Sektflöten aus Kristall, um anzustoßen. Während in der blassgoldenen Flüssigkeit die Gasbläschen perlten, glaubte Francesca sich endlich im Kreis der Sieger.

In jener Nacht hatte sie sich elegant und attraktiv gefühlt, als sie sich in einem der bodenlangen Rauchglasspiegel betrachtet hatte. Ihr rotes Cocktailkleid hatte ihrem hellen Teint und dem blonden Haar einen goldenen Glanz verliehen, wie das harte Licht des Krankenhauses es nie vermochte, und es gefiel ihr, wie es ihre Brüste und Hüften betonte, wie kein Krankenhauskittel es jemals konnte.

Das Kleid hing nun in ihrem Schrankzimmer. Francesca hatte so wenig Gelegenheit, es zu tragen, dass der Stoff einen stickigen Geruch verströmte.

Aber damals war es nicht so gewesen.

Damals hatte sie das Lächeln bemerkt, mit dem Jim Norris sie zwischen den Drinks immer wieder bedachte, während er ihr und den anderen erklärte, was er vorhatte. Er saß neben Francesca, und sie erwiderte sein Interesse, indem sie sanft ihre Hand auf seinen Unterarm legte, wenn sie über einen seiner Witze lachte oder ihn bat, ihr etwas zu reichen. Sie wusste, dass er wenigstens fünfzehn Jahre älter war als sie, doch sein schlanker Körper und sein wettergegerbtes Gesicht verliehen ihm ein männlich-raues Aussehen, das sie anziehend fand, auch wenn es vielleicht nur zu einer flüchtigen Affäre führte.

Warum auch nicht?, dachte Francesca. Männer seines Alters waren der Mühe nicht wert, nicht einmal für gelegentliche Rendezvous: Sobald diese Männer einen Einblick in Francescas Lebensrhythmus bekommen hatten – Zwölfstundentage und alle fünf Tage Rufbereitschaft –, ließen sie sie fallen und wandten sich Frauen zu, die mehr Freizeit hatten. An jenem Abend aber hatte Francesca die Nacht mit Norris in vollen Zügen genossen.

»Du vögelst großartig«, hatte er zu ihr gesagt, nachdem sie sich in ihrem Bett verausgabt hatten.

»Du scheinst überrascht zu sein.«

»Nun, es passt so gar nicht zu dem Bild, das du im Beruf machst.«

»Mein Eisköniginnen-Image?«

»Ich wollte es nicht so sagen, aber … ja.«

»Es hält mir die Wölfe vom Hals.«

»Dann magst du keine Krankenhaus-Romanzen?«

»Ich verabscheue sie. Das ganze Gerede.«

»Du hörst also auf Gerede? Also, mir ist es egal, was andere erzählen. Aber wo wir nun mal dabei sind – was hast du denn so über mich gehört?«

»Dass du ein notorischer Weiberheld bist.«

»Und was ist deine Meinung, jetzt, wo du mich kennst?«

»Ich hoffe, dass du kein Mistkerl bist und unser Geheimnis nicht ausplauderst.«

»Nun, hängt ganz davon ab, ob du mich wiedersehen willst.«

Und so hatte alles angefangen.

Doch bald waren es sein scharfer Verstand und sein rebellischer Geist gewesen, nicht die sexuelle Lust, die Francesca zu ihm lockte – viel mehr, als sie je erwartet hätte.

»Zum Teufel mit ihm«, sagte sie nun und ging in den begehbaren Kleiderschrank zurück zu der Reihe von Schuhen, die sie an der hinteren Wand aufgestellt hatte. Zornig nahm sie ein Paar, das zu ihrem Kleid passte. Du hättest dich nie mit dem Kerl einlassen sollen, sagte sie sich zum tausendsten Mal. Alles, was anfangs richtig erschien, war gründlich schief gegangen.

Francesca stellte sich vor den Spiegel und dachte darüber nach, was sie beim Treffen heute Abend sagen würde. Paul Edwards hatte am Nachmittag, als er sie angerufen und für acht Uhr zum Abendessen ins *Lauzon's* gebeten hatte, nichts weiter gesagt, doch seine Stimme hatte die kühle Härte besessen, die stets ein Warnzeichen war. »Na dann, viel Glück«, murmelte sie, obwohl sie sich schon entschieden hatte, was zu tun war. Aber konnte sie damit rechnen, dass jemand sie unterstützte?

Lockman würde das Wiesel sein, das er immer war.

Norris würde keinen Deut von seinem ursprünglichen Plan abweichen und so unerbittlich daran festhalten wie vom ersten Tag an.

Blieb Adele Blaine. Vielleicht würde sie sich als die einzige Vernünftige erweisen.

Adele war dunkelhaarig und zierlich, besaß eine Haut so schwarz wie Ebenholz und bewegte sich mit der Anmut einer Tänzerin. Ihr Reha-Zentrum befand sich in einem großzügig restaurierten Gebäude in der Upper East Side. Adele Blaines Reich war das durchgestylte Gegenstück zu einem Lazarettzelt, ein Ort, an dem die Lahmen liefen und die Krüppel ihre Krücken fortwarfen.

»Wissen Sie, Schätzchen, warum ich in meinem Job so gut bin?«, hatte sie Francesca einmal gefragt, als sie bei einem der feuchtfröhlichen Abendessen der Gruppe zusammensaßen. »Es ist nicht der Luxus meiner Räumlichkeiten. Ich spiele nur den Drachen für die High Society, weil es gut fürs Geschäft ist. Das zeigt den Krankenkassen und allen anderen, dass ich mich nicht mit ein paar Dollar abspeisen lasse. So schnell kneife ich meinen schwarzen Hintern nicht zu. Nein, mein Geheimnis ist – aber erzählen Sie es keinem, sonst ist mein Ruf als abgebrühte Realistin hinüber –, dass ich eine Leidenschaft dafür habe, hinter die Fassade der ruinierten Körper zu schauen, die ich vom Krankenhaus erbe, und bei dem Wenigen anzusetzen, das noch in ihnen steckt. Ich bringe die Bewohner dieser körperlichen Wracks so weit, dass sie wieder *alles* für möglich halten. Deshalb arbeiten meine Schützlinge wie besessen daran, wieder die Alten zu werden – und öfter, als man glaubt, erreichen sie tatsächlich ihr Ziel!«

Francesca hatte nie Bedenken gehabt, ihre Patienten in Adeles Reha-Zentrum zu schicken, weil deren »Tricks« – wie immer diese aussahen – wirkten, denn Adele brachte die Herzkranken nach der Operation besser wieder in Form als jeder andere. Hoffentlich war sie in der Sache, um die es heute Abend ging, genauso engagiert und sah die Dinge so wie Francesca.

Sie drehte sich um, nahm den dünnen Gürtel ab, der zum Kostüm gehörte, und entschied sich stattdessen für den breitesten, goldverzierten Gürtel, den sie besaß. »Du solltest mir lieber folgen, Adele Blaine«, murmelte sie und zog den Gürtel um die Taille fest. »Denn niemand wird Wonder Woman aufhalten!«

»Verdammt, Tony, Sie und Norris hätten Kathleen Sullivan nicht einfach aufnehmen dürfen, ohne vorher mit uns zu reden«, schimpfte Paul Edwards, der Chef der Gynäkologie, als Francesca die Tür öffnete.

Er hielt abrupt inne, und vier Gesichter, die vom hitzigen Gespräch gerötet waren, fuhren zur Tür herum und starrten Francesca an.

Sie bahnte sich ihren Weg zu einem der beiden noch freien Plätze am Tisch.

Edwards blickte ostentativ auf seine Armbanduhr. »Sie sind unpünktlich.«

»Tut mir leid, aber es war schwierig, heute Abend ein Taxi zu kriegen...«

»Wo ist der Liebling?«, fragte Edwards nach.

Francesca spürte, wie ihre Wangen heiß wurden. »Wenn Sie Dr. Norris meinen, ich habe keine Ahnung.«

Edwards schien noch etwas sagen zu wollen, schwieg dann aber, während Francesca sich setzte. Sein Mund kam ihr jedes Mal lächerlich klein vor in dem großen, feisten, schwammigen Gesicht mit den Hängebacken. Obwohl Edwards die fünfzig deutlich überschritten hatte, erinnerte er Francesca immer an das Foto eines pausbäckigen Pummelchens auf den Gläsern einer beliebten Babynahrung – was ihr passend erschien, denn Edwards verdiente seinen Lebensunterhalt, indem er solche kleinen Wonneproppen auf die Welt holte.

»Sollen wir bestellen?«, schlug sie vor.

Die anderen nickten. Edwards läutete nach dem Ober, und die Bestellungen wurden aufgenommen. Weißwein und Rotwein wurden eingeschenkt; dann war die Gruppe wieder unter sich.

»Ich habe im besten Interesse für uns alle gehandelt«, sagte Hamlin und nahm den Gesprächsfaden dort wieder auf, wo er bei Francescas Erscheinen abgerissen war. Er saß links von ihr, und sie konnte seine Wut spüren. »Wenn Sullivan am Leben bleibt...«

»Leben!« Edwards' Stimme erreichte wieder die Lautstärke wie bei Francescas Ankunft. »Wir alle haben sie gesehen, Tony. Sie ist gelähmt und hängt am Beatmungsgerät...«

»Sie haben sie nicht untersucht...«

»Und Sie haben nicht nachgedacht! Steele unter Druck zu setzen, uns zu helfen... ich habe noch nie im Leben etwas so Verrücktes gehört.«

»Aber wie sollen wir denn sonst die ganzen Todesfälle vertuschen ...«

»Mich hat er noch mehr in Gefahr gebracht als Sie, Paul«, unterbrach ihn Adele Blaine, die Hamlin ignorierte, obwohl sie ihm direkt gegenübersaß. »*Ich* bin es, die sie in die Reha aufnehmen muss. Sobald sie in meinem Reha-Zentrum ist, stecke ich in der Sache mit drin. Mein Name steht in ihrer Krankenakte, zusammen mit dem unseres genialen Neurochirurgen.« Sie knallte die Handfläche auf die Tischplatte, dass Lockman, der neben ihr saß, zusammenzuckte. »Wenn er erwischt wird, bin auch ich dran!« Sie leerte ihr Weinglas in einem Zug und richtete den Blick auf Hamlin. »Und was Ihre Idee betrifft, Steele alles zu erzählen, Tony – das ist noch dümmer als das, was Sie sich bereits geleistet haben. Ich schließe mich Pauls Meinung an und sage: auf gar keinen Fall!«

Obwohl der breite Tisch sie trennte, ließ Adele Blaines Heftigkeit den weißhaarigen Chirurgen vor ihr zurückweichen. Doch der Zorn in seinen Augen blieb. »Was ich getan habe, meine liebe Adele, war ein Meisterstück der Chirurgie bei einer Frau, die sonst gestorben wäre.«

»Das wäre immer noch besser gewesen, Tony-Schätzchen, als solch ein heißes Eisen anzupacken ...«

»Drastische Maßnahmen, um ein drastisches Problem zu lösen, Adele. Das haben wir als Ärzte doch alle schon erlebt. Jetzt ist es nicht anders. Sicher, ich bin ein Risiko eingegangen, aber die Sache ist unter Kontrolle. Ich kann sie unter Medikamenten halten, bis sie alles nur für eine Halluzination hält. Und im Augenblick wird Richard Steele alles tun, was ich sage.«

»Wie können Sie sich da so sicher sein?«

»Weil er selbst bei Ingram angezeigt wurde, da er versucht hat, die Frau auszufragen ...«

»Ingram!«, fiel Edwards ihm ins Wort. »*Der* ist jetzt eingeschaltet? Mein Gott, die Sache gerät außer Kontrolle.«

Adele Blaine sah aus, als wollte sie über den Tisch hinweg auf Hamlin stürzen.

»Nein, nein«, sagte der Neurochirurg und machte mit der Hand eine beschwichtigende Geste. »Steele ist derjenige, der am Boden liegt. Er fleht mich sogar an, die Sache bei Ingram auszubügeln, und hat mir im Gegenzug versprochen, sich von Sullivan fernzuhalten. Es könnte nicht besser laufen.«

Adele Blaine verdrehte die Augen. »Mutter Gottes!«, murmelte sie im selben Augenblick, als jemand diskret an die Tür klopfte und dann öffnete. Zwei Kellner kamen herein und servierten die Speisen. Nachdem sie gegangen waren, sagte Adele: »Sie haben den Verstand verloren, Hamlin.«

Lockman nickte. »Ich hatte ihm gleich gesagt, er soll Steele kein Wort sagen.«

»Halten Sie den Mund, Lockman«, schimpfte Adele. »Sie und Norris müssten dafür erschossen werden, dass Sie ihm bei Kathleen Sullivan überhaupt geholfen haben!« An Hamlin gewandt, fügte sie zornig hinzu: »Eines will ich Ihnen sagen, Sie Dummkopf! Mit Ihrer Operationstechnik sind Sie von Anfang an viel zu viele Risiken eingegangen.«

»Ganz meine Meinung«, pflichtete Edwards bei. »Und warum Norris gestern mitgemacht hat, verstehe ich auch nicht. Ich meine, wenn jemand es besser wissen sollte …«

»Sollten Sie das nicht Dr. Norris selbst sagen?«, wurde er von Francesca unterbrochen, die sich nicht als Sprachrohr missbrauchen lassen wollte. Es wäre nicht das erste Mal: Die anderen glaubten es sich erlauben zu können, weil sie mit Norris geschlafen hatte, und das missfiel ihr. Sie war nicht der Hüter von Norris' Angelegenheiten, aber sie wollte eher zur Hölle fahren, als etwas so Persönliches preiszugeben.

»Wir würden gern wissen, wo Sie stehen, Schätzchen«,

sagte Adele, griff nach einer der Rotweinflaschen, füllte ihr Glas und trank ein Drittel in einem einzigen Zug aus.

Edwards widmete sich dem Seezungenfilet, das vor ihm stand. »Ja, Francesca. Was denken Sie?«

Von den anderen zeigte keiner das geringste Interesse am Essen. Hamlin starrte mit glühendem Blick auf die Mitte des Tisches. Lockman und die anderen sahen Francesca an.

»Was ich denke? Ich denke, ich habe auf Wolke sieben geschwebt, bis Hamlins Patienten gestorben sind«, erwiderte sie, als wäre der Neurochirurg gar nicht anwesend.

Hamlin sprang auf. »Zum Teufel, langsam habe ich genug von euch! Ob es euch gefällt oder nicht, wir sind angetreten, um Leben zu retten, und genau das versuche ich bei Kathleen Sullivan. Also, wenn jemand eine Möglichkeit weiß, wie wir unsere Arbeit schützen können, ohne Richard Steele zu zwingen, dass er uns deckt, soll er es jetzt sagen! Ich warte.«

Niemand antwortete.

Wie um sicherzugehen, ließ er den Blick in die Runde schweifen und fixierte jeden mit einem scharfen Blick aus seinen schwarzen Augen. Lockman sah zur Seite. Edwards und Adele Blaine hielten dem Blick stand, so gut sie konnten, während Francesca weiterhin die anderen beobachtete und immer noch versuchte, dem Neurochirurgen keine Aufmerksamkeit zu schenken. Doch genauso gut hätte sie versuchen können, einen Vulkan zu ignorieren.

»Dann ist die Sache erledigt, soweit es mich betrifft«, erklärte Hamlin, der die Autorität eines Mannes ausstrahlte, der es gewohnt war, seinen Willen durchzusetzen. Er warf die Serviette auf den Tisch, als wäre sie ein Fehdehandschuh, und verließ das Zimmer.

»Er steckt im Dreck, egal was er tut«, sagte Francesca, sobald Hamlin die Tür hinter sich zugeknallt hatte. »Wenn er versucht, alles zu vertuschen, macht er es nur noch schlimmer – für sich selbst, für seine Patienten und für uns. Und was Richard Steele betrifft, wissen Sie so gut wie ich, dass er so scharf ist wie ein Fallbeil. Ich habe wahrscheinlich mehr als alle anderen hier bei Herzpatienten in der Notaufnahme mit Steele zu tun gehabt, und glauben Sie mir – dieser Mann macht keinen Rückzieher, wenn er erst einmal Wind davon bekommen hat, dass etwas nicht in Ordnung ist. Außerdem ist Kathleen Sullivan seine Geliebte. Und damit kommt ein echtes Problem auf uns zu. Ich habe mich sogar schon gefragt, ob es nicht vielleicht an der Zeit wäre, dass wir alle den Schaden begrenzen und reinen Tisch machen.«

Adele Blaines Weinglas verharrte auf halbem Weg zu den Lippen in der Luft, ebenso Edwards' volle Gabel. Lockmans kleine Augen waren verwundert auf Francesca gerichtet. Auf den Gesichtern der Anwesenden spiegelte sich Unglauben.

»Wisst ihr«, fuhr Francesca fort, »ich bin es satt, dass Hamlin versucht, uns mit seinem Scheißdreck in Verbindung zu bringen. *Ich* habe seine Patienten nicht umgebracht. Und meine Situation ist das genaue Gegenteil der seinen. Die Methode, die ich bei den Herzpatienten angewendet habe, hätte ich auch dann gewählt, wenn wir die Einwilligung hätten und nicht improvisieren müssten. Meine Erfolgsraten sprechen für sich.«

»He!«, sagte Edwards. »Kommen Sie jetzt bloß nicht auf die Idee, sich abzuseilen, Francesca. Wenn Hamlin untergeht, gehe auch ich unter. Und mit mir Adele, Lockman und Ihr Freund Norris. Da wir gerade von Norris reden – weiß er, dass Sie so denken, oder ist es eine Überraschung für ihn, dass Sie ihm einen Streich spielen wollen?«

»Sie haben mich gefragt, was ich denke. Das habe ich Ihnen gesagt.«

»Nun, dann will ich Ihnen sagen, was *ich* denke«, fuhr der beleibte Mann fort. »Wir alle stecken in ein und demselben Schlamassel. Wenn ich ein solches Gerede wie von Ihnen höre, bekomme ich Angst. Warum? Weil jemand sich überlegen könnte, einen Deal mit den Cops zu machen und Immunität zu bekommen, indem er die anderen opfert! Aber ich warne euch. Das werde ich nicht erlauben – ebenso wenig, wie ich zulassen werde, dass Hamlin unser kleines Geheimnis dem guten Dr. Steele enthüllt.«

Er blickte in die Runde.

Seine Augen waren hart wie Flintstein.

Zum zweiten Mal an diesem Abend spürte Francesca, wie ihre Wangen heiß wurden.

Adele Blaine stellte vorsichtig das Glas auf den Tisch zurück, faltete die Hände, als wollte sie ein Tischgebet sprechen, und lächelte angespannt.

»Das stimmt, mein Lieber. Keiner sollte auf die Idee kommen, auf unsere Kosten den Tugendhaften zu spielen. Außerdem, Francesca, haben *Sie* Hamlin geholfen, die handelsüblichen Herzkatheter zu modifizieren, die er benutzt.«

»Ich habe nie auch nur einen Patienten …«

»Sie haben Beihilfe geleistet, Schätzchen, in vollem Wissen, was Hamlin vorhatte. Ich bin keine Anwältin, aber Sie sind mit Sicherheit kein Unschuldslamm. Und darf ich Sie daran erinnern, dass Sie als Ärztin für den Rest Ihres Lebens erledigt wären, was immer Sie mit der Polizei auskungeln? Ich werde mich persönlich als Zeugin zur Verfügung stellen, um dafür zu sorgen.«

Die Hitze in Francescas Wangen breitete sich über ihr ganzes Gesicht aus, und zwischen ihren Schulterblättern bildete sich ein Schweißfilm. Sie musste sich zusammenreißen, um sich nicht auf Adele Blaine zu stürzen.

Blaine, die mit dem Unbehagen, das sie ausgelöst hatte, offenbar sehr zufrieden war, lächelte und nahm einen großen Schluck Wein.

»Sie beide haben mich gerade auf eine Idee gebracht, wie wir mit diesem aufgeblasenen Trottel Hamlin fertig werden können«, sagte Edwards nach einigen Augenblicken des Schweigens. »Und mit Steele, wenn es sein muss …«

Eine halbe Stunde später leerte Adele Blaine ihr viertes Glas Wein. Edwards blickte mürrisch auf seinen halb verspeisten Fisch, schob den Teller zur Seite und schloss sich Adele an, die sich einen Drink bestellte. Lockman sah nervös von einem zum anderen, als wäre er nicht sicher, auf wessen Seite er sich schlagen sollte.

Francesca entschuldigte sich, ging zur Toilette und übergab sich. Während sie sich am Waschbecken den Mund ausspülte, musterte sie ihr Gesicht im Spiegel. Der Gedanke, in einer Zelle zu verrotten, während ihr Leben als Ärztin vorbei war, ließ sie zittern.

Als sie an ihren Tisch zurückkehrte, sah sie einen Mann an der Bar. Der Fremde beobachtete sie, als sie an ihm vorbeiging. Seine Augen bewegten sich wie Murmeln in einem Schlitz. Zu jeder anderen Zeit hätte Francesca keinen weiteren Gedanken darauf verschwendet, doch in diesen Tagen genügte schon die Beobachtung, dass jemand sie anschaute, um ihre Ängste zu wecken, man könne ihr Geheimnis gelüftet haben … dass Edwards und Blaine einen Deal mit den Cops gemacht hatten, um ihre Haut zu retten … dass die Polizei sie überwachen ließ und drauf und dran war, sie in Handschellen abzuführen …

Ruhig, Mädchen, sagte sie sich und mobilisierte die eiserne Disziplin, die sie mehr als zehn Jahre lang aufgebracht hatte, um ihre Nerven im Operationssaal im Zaum zu halten.

Der Mann, der sie beobachtet hatte, richtete seine Aufmerksamkeit wieder auf seinen Drink.

5

Montag, 18. Juni, 08:15 Uhr

Nachdem er Kathleen Sullivans Krankenakte geschlossen hatte, lehnte Dr. Gordon Ingram sich in seinem Bürosessel zurück. Sein dunkler Anzug saß tadellos und war wie alle seine Anzüge so geschnitten, dass sie seine schlanke Figur betonten. Ingram war ein hochintelligenter Mann. Seine Leistungen bei der Lösung ethischer Probleme kamen seinen hervorragenden klinischen Fähigkeiten gleich, die er während seines zehnjährigen Dienstes als Chef der Intensivstation vervollkommnet hatte – bis ihn drei Jahre zuvor, im Alter von zweiundvierzig, ein Herzanfall niedergestreckt hatte. Die Wand hinter seinem Schreibtisch war bedeckt mit Urkunden und akademischen Auszeichnungen, die die unerreichte Qualität seiner Arbeit in jedem Abschnitt seiner Karriere würdigten. Und sie waren der Befähigungsnachweis für die andere Hälfte seiner derzeitigen Arbeit: aufzuspüren, was andere verbockt hatten. Über der Galerie der Urkunden, auf denen seine eigenen Leistungen gewürdigt wurden, hing ein eingerahmtes Poster, auf dem in roter Blockschrift stand: UNFÄHIGKEIT TÖTET.

Ansonsten war sein kleines Büro eher spartanisch und beherbergte keine persönlichen Gegenstände, nicht einmal eine Topfpflanze. Was das Krankenhaus ihm zur Verfügung gestellt hatte – einen nüchternen Metallschreibtisch mit einem bescheidenen Computer, ein furniertes Bücherregal in Eichenimitat und zwei unbequeme Besucherstühle, die mit schwarzem Kunststoff bezogen waren –, befand sich am unteren Ende der Statusskala. Hinter seinem Rücken kursierten sogar Witze, dass Ingram das Büro »im Stil eines

Verhörzimmers bei Nacht« eingerichtet hatte, um auf diese Weise besser »Verdächtige ausquetschen« zu können. Aber keinem war nach Scherzen zumute, wenn er sich auf dem Stuhl Ingram gegenüber wiederfand und sich zu Beschwerden äußern musste, die man gegen ihn erhoben hatte – oder schlimmer noch, wenn er versuchen musste, sich wegen eines Fehlers zu rechtfertigen, den Ingram während einer seiner berüchtigten, unangekündigten Inspektionsrunden entdeckt hatte.

Wie üblich starrte Ingram auch diesmal sein Gegenüber durchdringend an, was Lügner wie Unschuldige gleichermaßen unruhig werden ließ und Ingram selbst die Aura eines Mannes verlieh, der seine Arbeit liebte – zu sehr liebte, soweit es Tony Hamlin betraf, der nun vor Ingrams Schreibtisch saß.

»Ich stimme Ihnen zu«, sagte Ingram. »Das, was Richard Steele passiert ist, war offensichtlich ein Aussetzer seines Urteilsvermögens, aber es macht gewiss keine öffentliche Untersuchung erforderlich. Der Mann ist offensichtlich emotional zu sehr beteiligt, aber das ist verständlich.«

»Ich danke Ihnen, Gordon«, sagte Hamlin. Er war erleichtert, dass er Ingrams Interesse eingeschläfert hatte, bevor dieser Schnüffler sich den Fall Sullivan zu genau ansehen konnte. »Welche Schwester hat den Zwischenfall gemeldet? Ich würde gern ein paar Worte mit ihr reden, um ihr klar zu machen, dass ich offizielle Maßnahmen gegen Steele nur deshalb angedroht habe, damit er endlich begreift, dass er sich an die Anordnungen halten muss. Die Schwester hatte kein Recht, auf eigene Faust zu handeln.«

»Tut mir leid, Tony. Sie kennen meine Regeln. Wer immer sich an mich wendet und etwas meldet, das gegen ethische Prinzipien verstößt, dem garantiere ich Anonymität.«

So schützt man Spitzel, dachte Hamlin, stand auf und griff nach Kathleen Sullivans Akte.

Ingram legte die Hand auf das Dokument. »Nicht so schnell. Da ist noch ein anderer Punkt, den wir besprechen müssen.«

»Ja?«

»Es geht darum, ob Sie Richard weiterhin verbieten sollten, Kathleen Sullivan zu besuchen. Sie haben nur ihrer Tochter und Richards Sohn unmittelbar nach der Operation einen kurzen Besuch erlaubt, danach nichts mehr. Aber der Eingriff liegt mehr als zweiundsiebzig Stunden zurück. Warum sollten ihre nächsten Angehörigen sie nicht besuchen dürfen?«

»Weil ihre Werte jedes Mal verrückt spielen, wenn jemand sich ihr nähert, sogar bei mir, und die kauterisierten Gefäße könnten geschädigt werden, sodass ...«

»Vergessen Sie nicht, mit wem Sie reden«, wurde er von Ingram mit ernster Miene unterbrochen. »Patienten auf der Intensivstation brauchen den Kontakt mit ihren Lieben, besonders wenn sie unruhig sind. Sie bestimmen, was die Leute tun und lassen dürfen, um Kathleen nicht aufzuregen, aber lassen Sie sie zu ihr.«

»Gordon, sie ist meine Patientin! Ich kenne den seelischen Zustand ...«

»Bringen Sie mich nicht dazu, Ihnen einen Vortrag über Psychosen auf der Intensivstation zu halten. Und bringen Sie mich vor allem nicht dazu, die Mengen an Sedativa, die Sie der Patientin verabreicht haben, offiziell infrage zu stellen. Jeder Medizinstudent würde erkennen, dass sehr wahrscheinlich diese Mittel die Ursache für ihre ungewöhnliche Unruhe sind. Es ist Zeit, die Familie als Beruhigungsmittel einzusetzen und die Dosierung der Medikamente herabzusetzen.«

»Aber ...«

»Ich kann den Dienstweg gehen und eine offizielle Empfehlung unterbreiten, Tony.«

Der Gedanke an die vielen Untersuchungen ließ Hamlin

schweigen. Der grüne Operationskittel, den er immer noch trug, war plötzlich schwer und sehr warm.

»Soll ich es Steele sagen, oder tun Sie es?«

»Ich sage es ihm selbst«, antwortete Hamlin. Er war fest entschlossen, dem Mann keine zusätzliche Gelegenheit zu geben, noch weiter in den Fall einbezogen zu werden.

»Und Sie werden mit den Schwestern sprechen, dass sie Kathleen so viele familiäre Kontakte wie möglich erlauben?«

»Ja.«

»Gut. Wenn Sie heute Abend damit beginnen, die Midazolam-Dosis zu senken, sollten wir bis zum Ende der Woche eine erhebliche Veränderung erzielen, was Kathleens Zustand angeht. Haben Sie dafür gesorgt, dass eine Tracheotomie gemacht wird?«

Hamlin spürte, wie die Temperatur noch ein Paar Grad stieg, und unter seiner Operationskleidung brach ihm der Schweiß aus. Ingram fragte nach einem Luftröhrenschnitt, um die Beatmung durch diese Öffnung vorzunehmen, anstatt einen Tubus in die Luftröhre einzuführen. Patienten, deren Atemwege geschont oder die längere Zeit durch ein Beatmungsgerät unterstützt werden mussten, empfanden dies als angenehmer – und da es ihnen zu reden ermöglichte, war das sprachliche Kommunizieren oft eine der ersten Fähigkeiten, die sie wiedererlangten. Aber ein solches Risiko konnte Hamlin im Moment nicht eingehen.

»Natürlich habe ich eine Tracheotomie vorgenommen«, sagte er und stand auf, um zu gehen. Er nahm Kathleen Sullivans Krankenakte und lächelte Ingram zu, während er ihn insgeheim verfluchte.

Krankenhaus-Cafeteria, 12:10 Uhr

»Sie sagen es Steele, ohne abzuwarten, ob sie sich überhaupt erholt? Das ist Irrsinn!«, flüsterte Lockman. Er beugte sich über den Tisch so weit zu Hamlin vor, dass er beinahe dessen Kaffeebecher umstieß. »Wenn sie stirbt – und diese Chance ist verdammt groß – und Steele weiß Bescheid, wird er uns mit Sicherheit an die Polizei verpfeifen.«

Hamlin beugte sich ebenfalls vor und kam Lockman nahe genug, dass er am Atem des Radiologen das Tagesmenü identifizieren konnte: Kohlrouladen. »Hätten Sie den Mund gehalten, hätte sie nie etwas vermutet.«

»Was geschehen ist, ist geschehen«, warf Adele Blaine ein, während sie sich nervös umsah und die beiden Männer mit einer Geste aufforderte, sich zu beruhigen. »Aber Sie haben nicht richtig nachgedacht, Tony-Schätzchen. In Tennessee, wo ich geboren und aufgewachsen bin, weckt man keine schlafenden Hunde. Also – wenn sie gehen muss, lassen wir sie besser sterben, ohne dass jemand etwas weiß.«

»Und es war eine Dummheit, Tony, unsere übliche Vorsichtsmaßnahme zu missachten, nicht zusammen gesehen zu werden«, fügte Edwards hinzu. »Uns alle hierher zu bestellen, ist der helle Wahnsinn.«

»Verdammt nochmal, es ist ein Notfall«, entgegnete Hamlin. »Dank Gordon Ingram kann ich die Frau jetzt nicht mehr unter Drogen setzen. Sie wird Richard Steele sicher bald erzählen, woran sie sich von der Angiographie erinnern kann ...«

Adele Downs sagte nichts. Sie hoffte immer noch, dass Norris zur Tür hereinkommen und die anderen zur Vernunft bringen würde, wie er es immer getan hatte, wenn sie früher aneinandergeraten waren. Aber damals waren ihre Probleme wissenschaftlicher Natur gewesen – und lösbar. Was ihnen nun drohte, schien so unüberwindlich zu sein wie das Schicksal selbst.

»Was schlagen Sie denn vor?«, fragte Hamlin. »Sollen wir warten, bis er es selbst herausfindet? Seien Sie kein Narr! Wenn das passiert, wird er sich unsere Version der Geschichte gar nicht erst anhören, bevor er zur Polizei geht, egal ob Kathleen Sullivan noch lebt oder bereits tot ist.«

Edwards tauschte einen Blick mit Adele Blaine und wandte sein fleischiges Gesicht dann Hamlin zu. »Wir sehen die Lage so, Tony: Wenn Sie auf Ihrer verrückten Idee bestehen, Richard Steele alles zu beichten, werden nicht nur Sie festgenommen, sondern auch Adele, Francesca, Matt und ich. Das würde uns zwingen, drastische Maßnahmen zu ergreifen, damit wir nicht im Gefängnis landen.«

Hamlin versteifte sich. »Was heißt das?«

»Entweder Sie halten den Mund, oder wir wenden uns jetzt gleich an die Cops, bevor Sie Steele die Gelegenheit dazu geben. Wir werden Immunität für uns verlangen und den Cops als Gegenleistung *Sie* anbieten.«

Hamlin saß da, wie vor den Kopf gestoßen; alle Farbe war aus seinem Gesicht gewichen, dass es beinahe so weiß aussah wie sein Haar. »Das würden Sie nicht tun!«

Adele, Lockman und Edwards schwiegen.

»Francesca«, sagte Hamlin. »Das können Sie nicht ernst meinen…«

Sie sah ihn an, genauso angewidert von sich selbst wie von den anderen, doch zu sehr verängstigt von der Aussicht, im Gefängnis zu landen, falls sie nicht mitmachte. Sie erkannte, dass jedes weitere Wort vergeblich wäre, und zuckte nur mit den Schultern.

Die Geste machte Hamlin wütend. Seine schlaffen Gesichtszüge verzerrten sich zu einem Ausdruck der Verachtung. »Sie… Sie… das würden Sie nicht wagen.« Die Zornesröte breitete sich bis auf seinen Hals aus. »Sie alle würden Ihre Approbation verlieren!«

»Stellen Sie uns auf die Probe«, entgegnete Adele, deren Pupillen so groß wie Knöpfe wurden und ihren kleinen

Kopf wie den einer Puppe erscheinen ließen. »Lieber das als den Knast.«

»Sie Hexe!« Hamlin sprang auf. Er hatte laut genug gesprochen, um die Gespräche an den Tischen in der Nähe zum Verstummen zu bringen.

»Halten Sie den Mund, Tony, und setzen Sie sich!«, zischte Edwards, der aufstand, um ihn bei den Schultern zu packen und wieder auf den Stuhl zu drücken. »Die Leute sehen schon zu uns herüber, verdammt. Jetzt hören Sie mal zu. Ich weiß einen anderen Weg, für uns alle etwas Zeit zu gewinnen.«

»Ach, wirklich?« Hamlin versuchte, sich aus dem harten Griff des Gynäkologen zu winden.

»Ja, wirklich«, sagte der dicke Mann und hielt Hamlin weiter fest.

Downs blickte sich nervös um. Ein halbes Dutzend Leute starrte sie an.

Auf Edwards' breitem Gesicht erschien plötzlich ein gequältes Lächeln, und er ließ Hamlin mit einem freundlichen Klaps auf den Rücken los, als wären sie die besten Kumpel. »Warum sollte ich von Ihnen nicht einen Operationstermin bekommen? In der Zeit, die Sie für einen Ihrer Eingriffe brauchen, könnte ich die Ausschabungen einer ganzen Woche erledigen. Und jetzt lassen wir diese Diskussion, bis ich Ihnen erklärt habe, wie wir den Verteilungsplan für die OPs im Sommer zu Gunsten meiner Abteilung ändern können.« Seine laute Stimme dröhnte durch den ganzen Raum, und wie Edwards es erhofft hatte, verloren die anderen Gäste das Interesse.

Edwards beugte sich so nahe zu Hamlin vor, dass ihre Köpfe sich beinahe berührten, und flüsterte: »Sorgen Sie dafür, dass Sullivan ihrer Geschichte ein paar Details hinzufügt, die die ganze Sache so unglaubwürdig erscheinen lassen, dass ihr keiner mehr glaubt, nicht mal Richard Steele.«

»Und wie sollen wir das anstellen?«, fragte Hamlin mit spöttischer Miene.

»Nicht wir«, entgegnete Edwards. »Sie.«

Als Richard durch die Cafeteria ging, entdeckte er Hamlins unverwechselbaren weißen Haarschopf. Den ganzen Morgen schon hatte er Hamlin zu erreichen versucht, um zu erfahren, wie dessen Unterredung mit Gordon Ingram verlaufen war, aber der Mann hatte nicht einmal reagiert, als er versucht hatte, ihn auf seinem Pager anzupiepsen. Richard beschloss zu warten, bis Hamlin seine Unterhaltung mit den Leuten an seinem Tisch beendet hatte.

Doch während er zum Tisch sah, schien die Diskussion immer heftiger zu werden. Wahrscheinlich geht es um Krankenhauspolitik, sagte sich Richard, als er bemerkte, dass jede der Personen am Tisch in ihrer jeweiligen Abteilung eine leitende Funktion innehatte. Aus leidvoller Erfahrung wusste Richard, dass solche Streitereien sich endlos in die Länge ziehen konnten; deshalb holte er sich einen Kaffee und setzte sich an einen Tisch zwischen Hamlin und dem Ausgang, um den Hirnchirurgen beim Verlassen der Cafeteria abzufangen.

Richard stellte bald fest, dass der Streit sogar für die Verhältnisse des New York City Hospital hitzig war. Wenn man es genau betrachtete, war es eine seltsame Gruppe: Lockman aus der Radiologie und die Reha-Spezialistin Adele Blaine würden bei neurologischen Fällen zwar mit Hamlin zusammenarbeiten, und Lockman würde gemeinsam mit Downs Angiogramme der Herzkranzgefäße machen, aber warum war Edwards bei ihnen, der Chef der Gynäkologie und Geburtshilfe? Und was hatte er Hamlin so Wichtiges zu sagen, dass dieser bleich wie ein Laken wurde? Revierkämpfe zwischen diesen beiden Abteilungen waren nicht gerade an der Tagesordnung. – Zehn Minuten später stand Hamlin auf und ging in Richtung Ausgang.

Richard trat ihm in den Weg. »Tony, kann ich kurz mit Ihnen sprechen?«

»Richard!« Hamlin schien völlig überrascht zu sein und warf einen raschen Blick zu der Gruppe, die er gerade verlassen hatte. »Was ... äh, was wollen Sie?«

Warum ist er so durcheinander, fragte sich Richard. »Wie ist Ihre Unterhaltung mit Ingram gelaufen?«

Nach kurzem Zögern antwortete Hamlin: »Ach so, ja ... ziemlich gut. Er pflichtet mir bei, dass keine offizielle Untersuchung des Vorfalls erforderlich ist.«

»Puh, da bin ich erleichtert. Vielen Dank.«

»Ich habe auch zugestimmt, dass Sie Kathleen wieder besuchen können. Ingram hat darauf bestanden, obwohl ich es für verkehrt halte. Außerdem hat er empfohlen, ihre Medikation zu senken – wieder gegen meinen Rat. Aber besuchen Sie Kathleen nicht vor morgen früh. Vielleicht ist sie dann besser darauf vorbereitet, Sie zu sehen, obwohl ich da ernste Zweifel habe.« Damit ließ er Richard stehen.

Sprachlos beobachtete Richard, wie Hamlin davonging. An der Tür blieb er noch einmal stehen und blickte verstohlen in Richards Richtung. Er sah verängstigt aus. Und was noch merkwürdiger war: Als Richard sich umdrehte, um seinen leeren Kaffeebecher zu nehmen, sah er mürrische Blicke bei einigen der Leute, mit denen Hamlin gestritten hatte. Francesca Downs rümpfte sogar die Nase, als hätte sie den üblen Geruch von Verfaultem wahrgenommen.

Muss die Kohlroulade sein, dachte Richard.

Von der gegenüberliegenden Seite der Cafeteria beobachtete auch Gordon Ingram die missbilligenden Gesichter der Leute, die Hamlins Abgang beobachteten. Auch er fand die Zusammensetzung der Gruppe am Tisch merkwürdig, und auch ihm war die hitzige Diskussion nicht entgangen. Schwierigkeiten, überlegte er. Aber welche Schwierigkeiten konnten diese Leute *gemeinsam* haben?

Jeder andere hätte es vielleicht bei der Beobachtung bewenden lassen. Ingram aber war der geborene Spürhund und Schnüffler. Seine überragenden medizinischen Fähigkeiten hatten ihm ein Podium verschafft, von dem aus er einen weiten Blick hatte, und er hatte seine Karriere darauf aufgebaut, Mittelmäßigkeiten aufzustöbern, wo immer er sie finden konnte. Seit seinem Herzanfall war er noch eifriger geworden. »Wenn ich schon nicht mehr praktizieren kann, will ich verdammt sein, wenn ich jemanden praktizieren lasse, der Mist baut«, sagte Ingram jedem, der sich beklagte, dass er zu streng sei, zumal er selbst ja gar nicht mehr praktiziere.

In Wirklichkeit hatte Ingram die ärztliche Praxis nicht völlig aufgegeben; er hatte lediglich seine Sprechstunden gekürzt und sich ausschließlich auf Beratung beschränkt. Es verschaffte ihm einige Befriedigung, dass dieselben Leute, die sich beklagten, stets die Ersten waren, die seinen Rat suchten, sobald sie bei einem Fall nicht weiterkamen.

Aber nichts kam dem Hochgefühl gleich, das Ingram damals, als Chef der Intensivstation, oft empfunden hatte. Jeden Tag trauerte er dieser Zeit nach.

Kurz darauf war er wieder in seinem Büro, schloss die untere Schublade seines Schreibtisches auf und nahm seinen zweiten Computer heraus – der, auf den er sich wirklich verließ, einen schwarzen Laptop, der tausendmal mehr Power hatte als die schwachbrüstigen Antiquitäten, die das Krankenhaus zur Verfügung stellte. »Das ist mein Buch der Geheimnisse, genau wie das von J. Edgar Hoover«, pflegte er scherzhaft zu seiner Frau zu sagen, bevor diese von seinen langen Arbeitsstunden im Krankenhaus die Nase voll gehabt und ihn verlassen hatte.

Während der nächsten Stunde machte Ingram eine Morbiditäts-Mortalitäts-Analyse der letzten Jahre für jeden der Ärzte, die er am Tisch gesehen hatte, einschließlich Hamlin, und suchte nach Mustern, die auf eine höhere Komplikations- oder Todesrate schließen ließ, als akzeptabel war.

»Interessant«, murmelte er.

Lockmans Statistik war von Fehlleistungen übersät, wie Ingram es erwartet hatte. Alle anderen Werte lagen im normalen Bereich, außer denen von Hamlin und Downs. Bei ihnen lag die Anzahl negativer Zwischenfälle weit unter dem nationalen Durchschnitt und bewies, dass diese beiden Ärzte bei der Behandlung ihrer Patienten in ihrem jeweiligen Fachgebiet viel erfolgreicher waren als die meisten Ärzte in den USA. Downs sogar noch mehr als Hamlin.

Warum waren diese beiden Superstars dann so unglücklich gewesen, als sie mit ihren Kollegen in der Cafeteria zusammengesessen hatten? Dem Gesichtsausdruck nach zu schließen, waren die beiden wegen irgendetwas besorgt gewesen, über das die Gruppe gestritten hatte. Ingram musste daran denken, dass Hamlin ihm bei der Besprechung seines Problems mit Kathleen Sullivan auch ziemlich defensiv vorgekommen war. Und dass er die Frau so stark unter Medikamente setzte, besonders bei einer eindeutigen akuten Psychose und auf der Intensivstation, ließ – gelinde gesagt – auf eine zweifelhafte Beurteilung schließen.

Ingram war berechtigt, auf die im Computer erfassten Verschreibungsmuster der Krankenhausärzte zuzugreifen; deshalb holte er sich nun Hamlins Verschreibungsprofil für Betäubungs- und Beruhigungsmittel auf den Bildschirm.

Es schien in Ordnung zu sein. Die überhöhte Dosierung bei Kathleen Sullivan war offenbar ein Einzelfall.

Warum dann die Szene in der Cafeteria?

Ingram ließ sich die von Downs und Hamlin behandelten Fälle anzeigen, in denen Patienten kurz nach der Entlassung unerwartet erneut eingewiesen wurden. Wiederum hatten beide beispielhafte Zahlen. Doch zwei Einträge bei Hamlin erregten Ingrams Aufmerksamkeit, weil sie sich glichen und relativ neuen Datums waren. Beides waren Patienten, die erneut mit tödlichen hämorrhagischen Schlaganfällen in die Notaufnahme eingeliefert worden waren, aber seit der ersten Operation war mehr als ein Jahr vergangen. Dem Neurochirurgen konnte dafür keine Schuld angelastet werden. Besonders, da die ursprüngliche Diagnose in beiden Fällen eine erbliche Gefäßmissbildung war – in einem Fall ein Berry-Aneurysma, also eine sackförmige Ausweitung einer Arterie, durch die Blut austrat, im anderen Fall ein Angiom, eine knäuelartige Wucherung aus Blutgefäßen, genau wie bei Kathleen Sullivan. Was immer zu der zweiten Blutung geführt hatte, es konnte nichts mit der ersten zu tun haben. Waren angeborene Missbildungen erst entfernt, traten sie nicht noch einmal auf.

Aber warum waren wieder Blutungen aufgetreten? Blutungen im Schädelinnern machten nur zwanzig Prozent aller Schlaganfälle aus, und Gefäßmissbildungen standen auf der Liste der Ursachen ganz weit unten. Und doch waren hier zwei Patienten, die eine zweite Blutung erlitten hatten.

Vielleicht hatten sie unter Bluthochdruck gelitten, überlegte Ingram. Bluthochdruck war die häufigste Ursache für Schlaganfälle jeder Art. Doch ohne in die Krankenakten der Patienten zu schauen, konnte er das nicht feststellen, da die im Computer erfassten Listen nur die Hauptdiagnose aufführten. Zwar hätten sämtliche sekundären Faktoren, die zum Krankheitsgeschehen beitrugen, ebenfalls erfasst werden müssen, doch aus Zeitnot unterließ das Personal es oft, diese Daten einzugeben. Selbst für einen misstrauischen Mann wie Ingram war das Fehlen einer sekundären Diagnose in einigen Krankenakten kein Hinweis darauf, dass irgendetwas nicht in Ordnung war.

Dennoch ließ es ihm keine Ruhe, dass er zwei hämorrhagische Schlaganfälle beim selben Patienten auf mehr als einen Krankheitsprozess zurückführen sollte. Und die Fälle *zweier* Patienten auf diese Weise zu erklären, beunruhigte ihn noch mehr, denn er kannte die Statistiken. Wenn ein Arzt mehr als eine Diagnose stellte, um eine wiederkehrende Erkrankung zu erklären, irrte er sich oft.

Ingram schob den Stuhl vom Schreibtisch zurück und rieb sich die müden Augen.

Jahre der Erfahrung hatten ihn eine weitere wichtige Lektion in Sachen Qualitätssicherung gelehrt. Je besser und erfolgreicher die Dinge zu laufen schienen, umso weniger kritisch betrachteten die Leute, was vor sich ging, und umso größer war die Möglichkeit, dass ein ernstes Problem längere Zeit übersehen wurde.

Vielleicht ist einer unserer beiden Superstars einen genaueren Blick wert, sagte sich Ingram und fuhr den Computer herunter. Das Problem würde allerdings darin bestehen, die nötige Zeit zu finden. Allein heute musste er drei Disziplinarverfahren leiten.

20:20 Uhr

Silberne Fäden aus Regenwasser rannen über den Asphalt, als Richard, den Mantel über den Kopf gezogen, zu seinem Wagen eilte.

»He, Richard«, rief eine Stimme von hinten, die im strömenden Regen kaum zu hören war. »Warten Sie.«

Richard drehte sich um und erkannte die schlanke Gestalt und den vertrauten, bedächtigen Gang des Mannes, der sich ihm mit einem Schirm in der Hand näherte.

»'n Abend, Gordon«, sagte er. »Haben Sie da drunter ein bisschen Platz für mich?«

Ingram grinste. »Kommen Sie.«

Richard lief rasch zu ihm hinüber und stellte sich unter den schwarzen Rand des Schirmes. Da beide Männer groß waren, brauchte er sich nicht zu ducken, musste allerdings seine Schritte verlangsamen, um sich dem gemessenen Gang Ingrams anzupassen.

»Ist zwischen Ihnen und Hamlin wieder alles in Butter?«, fragte er und keuchte leicht.

»Ja. Ich wollte Ihnen morgen dafür danken, dass Sie die Sache für mich ausgebügelt haben …«

»Du meine Güte, Richard. Was hätte es für einen Sinn, dass ich mich den ganzen Tag um die Ethik kümmere, wenn ich nicht ab und zu einige meiner Anordnungen durchsetze? Sie sind einer der wenigen, mit denen ich von Gleich zu Gleich sprechen kann. Machen Sie sich darum keine Gedanken. Kümmern Sie sich einfach nur um Kathleen. Wie macht sie sich?«

»Wie zu erwarten. Sieht nicht gut aus.«

»Na, das dürfte bald besser werden. Ich erinnere mich noch, wie ich mich als Patient auf der Intensivstation gefühlt habe – als hätte man mir die Zähne eingeschlagen.«

Richard dachte an die Nacht zurück, als Ingram nach einem schweren Herzanfall und Herzstillstand in die Notaufnahme gebracht worden war. »Die Hälfte der Schlacht, Sie zu retten, bestand darin, die Assistenzärzte und Krankenschwestern zu beruhigen, die verrücktgespielt haben, weil sie den eigenen Chef wiederbeleben mussten«, hatte Richard ihm Wochen später erzählt. »Und nachdem Sie zu sich gekommen waren, fingen Sie an, den Leuten Anweisungen zu erteilen. Alle waren so daran gewöhnt, Ihr Wort als Gesetz zu betrachten, dass sie diese Anweisungen beinahe befolgt hätten.« Richard kicherte bei der Erinnerung. »Wenn ich mich recht entsinne, waren Sie als Patient ein ziemliches Ekel.«

Ein Lächeln legte sich auf Ingrams asketisches Gesicht. »War ich so schlimm?«

»Noch schlimmer.«

»Na ja, ich würde niemandem diese Erfahrung wünschen, aber es hat mich sehr viel darüber gelehrt, was es heißt, Arzt zu sein. Jemanden zu haben, der einem die Hand hält, kann verdammt viel nützen.«

Die plötzliche Kühle in seiner Stimme ließ Richard zusammenzucken. Es war damals *das* Gespräch in der Klinik gewesen, wie viele Kollegen und Assistenzärzte Ingram Blumen geschickt oder bei ihm vorbeigeschaut hatten, um ihm alles Gute zu wünschen, doch seine Frau war kaum ein halbes Dutzend Mal bei ihm gewesen, und wenn man den Schwestern glaubte, hatte sie kaum Mitgefühl gezeigt. Ein Jahr später hatte sie die Scheidung eingereicht.

»Eine Reihe von Dummköpfen hier – Hamlin zum Beispiel –, könnten einiges lernen, würden sie mal das andere Ende des Stethoskops spüren«, fuhr er fort. »Sie, Richard, waren einer der wenigen, die nicht nur kompetent waren, sondern die mich auch von Mensch zu Mensch behandelt haben. Ich habe damals unterbewusst Ihre Stimme gehört, wie Sie mir versicherten, dass es mir wieder gut gehen würde, als ich fast schon klinisch tot war. Das werde ich Ihnen nie vergessen.«

»Wie geht es Ihnen denn jetzt?« Für Richards erfahrene Augen und Ohren schien er ein wenig mehr als sonst zu keuchen, während er sprach.

»Kann nicht klagen. Nur fällt mir bei diesem feuchten Wetter das Atmen manchmal ein bisschen schwer. Das Asthma, wissen Sie. Und es fehlt mir, als Arzt arbeiten zu können.«

Wie die meisten Ärzte, hatte Ingram seine eigenen Gesundheitsprobleme stets verschwiegen und verharmlost, sodass Richard keine Ahnung von seinem derzeitigen Gesundheitszustand hatte, sei es das Herz oder etwas anderes. Doch er respektierte die Privatsphäre Ingrams und drängte nicht weiter in ihn. »Sie leisten immer noch gute Arbeit, Gordon. Unverzichtbare Arbeit. Ich sehe es jedes Mal in der Notaufnahme. Alle reißen sich am Riemen, wenn Sie da sind. Niemand hat die Herde besser im Griff als Sie.« So schwierig und komplex Ingrams Persönlichkeit auch sein mochte, es gab niemanden im Krankenhaus, der die Praxis der Krankenpflege so hervorragend beherrschte wie er. Mehr als einmal hatte Ingram jemanden gerettet, wenn alle anderen, einschließlich Richard, die Wiederbelebungsmaßnahmen bereits abgebrochen hatten.

»Sie wissen, dass die Assistenzärzte Sie den ›Lazarus-Mann‹ nennen«, sagte Richard.

Ingram lächelte. »Ja. Das gefällt mir.«

»Und Sie haben diesen Namen auch verdient«, sagte Richard.

»Danke.«

»Da steht mein Wagen. Danke, dass Sie mich hierher begleitet haben.«

Ingram winkte ab. »Wenn Sie noch mehr Probleme mit Hamlin bekommen, lassen Sie es mich wissen.«

Während Richard sich hinters Lenkrad setzte und den Motor anließ, beobachtete er, wie Ingram langsam und leicht gebeugt zwischen den Fahrzeugen weiterging, bis er seinen silbernen Mercedes erreichte, der auf der anderen Seite des Parkplatzes abgestellt war, weit entfernt von der Stelle, wo beide Männer einander begegnet waren. Richard musste lächeln, als er begriff, dass Ingram ihr Treffen arrangiert hatte, damit er nachprüfen konnte, ob Hamlin das Besuchsverbot aufgehoben hatte.

Sie träumte, dass Richard mit ihr schlief.

Das Gefühl, wie er ihre Brüste und Schenkel streichelte, erschien ihr so wirklich, dass sie einen Augenblick lang glaubte, wieder im Bett in ihrer Wohnung zu sein, und alles andere war nur ein Albtraum…

Kathleens Kopf war viel klarer, seit sie nicht mehr alle paar Stunden eine Injektion bekam. Sie konnte Fantasie und Wirklichkeit wieder auseinanderhalten.

Sie nahm den vertrauten Duft eines Aftershaves wahr.

Noch ein wenig benommen, schlug sie die Augen auf.

Die Krankenkabine war dämmrig, die Vorhänge zugezogen.

Hamlin hatte sich über sie gebeugt, fuhr mit einer Hand im Gummihandschuh zwischen ihre Schenkel und drang mit dem Finger in sie ein, nahm eine ihrer Brustwarzen zwischen die Fingerspitzen und drückte sie. Die ganze Zeit blickte er starr nach vorn, und im dämmrigen Licht war sein Profil so bewegungslos wie eine Maske.

Fassungslosigkeit, Abscheu und Wut überfluteten Kathleen, die hilflos dalag, unfähig, etwas zu tun. Hamlins beiläufige Art, sie zu vergewaltigen, machte die Tat noch ungeheuerlicher. Kathleen spürte ihr Herz rasen und blickte zu den Monitoren. Sie konnte nicht verstehen, warum der Alarm nicht losschrillte.

Hamlin hatte die Monitore ausgeschaltet.

Er berührte sie weiter, kalt, beinahe klinisch, den Blick noch immer nach vorn gerichtet, weg von der Stelle, an der sein Finger bohrte.

Kathleen begann zu weinen – stille, stumme Tränen, die dem Gefängnis ihres Körpers entflohen und ihr die Wangen hinunterliefen.

Hinter den Vorhängen konnte sie die Lichter in der Abteilung sehen.

Schwestern und Patienten sprachen so normal wie immer miteinander.

»... brauchen Sie jetzt Ihre Schmerzmittel ...«

»... ja, bitte ...«

»... Glyzerin für Ihre Lippen, die sind ganz spröde ...«

»... vielen Dank ...«

Hamlin berührte sie immer noch.

Jemand nahm ein Telefongespräch entgegen.

Über Kathleen verkündete ein Lautsprecher, dass die Besuchszeit für heute Abend beendet sei.

Sie glaubte, den Verstand zu verlieren, so sehr ekelten Hamlins Berührungen sie an.

Hilft mir denn keiner, schrie sie in das undurchdringliche Gewölbe, das ihr Schädel geworden war. *Bitte...*

Die Frau in der benachbarten Krankenkabine bat um ein Extra-Kopfkissen.

Ich werde es überleben, wiederholte Kathleen immer wieder. *Und dann ziehe ich dich zur Rechenschaft. Ich werde dich drankriegen!*

Endlich sah Hamlin sie an.

In dem gedämpften Licht konnte sie ihn kaum erkennen. Seine Augen wirkten wie tot, und das Gesicht unter seinem weißen Haarschopf war weiß wie Gips.

Im selben Augenblick, als er sie ansah, zog er die Gummihandschuhe aus, warf sie in den Abfallbehälter und verließ die Kabine. »Lassen Sie ihr ein paar Minuten Zeit, bevor Sie die Monitore wieder einschalten«, hörte Kathleen ihn zu den Krankenschwestern sagen. »Sie ist mitten in der neurologischen Untersuchung aufgewacht, und schon spielen ihre Werte wieder verrückt.«

6

Dienstag, 19. Juni, 07:10 Uhr

Als Richard am nächsten Morgen zu ihr kam, sah sie schrecklich aus. Sie lag auf der Seite, die Beine an den Leib gezogen; ihre Gliedmaßen waren wieder angespannt, ihre Finger zu Klauen gekrümmt. Richard wusste, dass er mit solchen spastischen Kontraktionen rechnen musste, trotzdem hatte er eine ungute Vorahnung, als er sich auf Kopfhöhe neben sie kniete, sodass sie ihn sehen konnte.

»Hallo, Kathleen«, sagte er und musste sich anstrengen, um ihr ein Lächeln zu zeigen und seine Angst um sie zu verbergen. Doch er wusste, wie kläglich seine Bemühungen waren.

Ihr Gesicht war schlaff, die Lippen wurden vom Luftröhrenschlauch zu einem anzüglichen Grinsen hochgezogen, während die Nase durch einen Ernährungsschlauch verformt wurde. Doch in krassem Gegensatz zu der Blässe ihrer erschlafften Haut verriet ihm ein feuriges grünes Funkeln aus den Tiefen ihrer Augenhöhlen, dass sie hellwach war. Und sofort begann sie, Richard durch Blinzeln Zeichen zu geben.

In Panik blickte er zu den Monitoren hoch. »Stopp, Kathleen! Keine weiteren Versuche, Wörter zu buchstabieren.« Doch zu seiner Erleichterung und seinem Erstaunen blieben sowohl Blutdruck als auch Puls völlig gleichmäßig. Als er sie wieder ansah, blinzelte sie ihn weiter unablässig an. Er versuchte, ihre Hand zu nehmen, hatte aber Schwierigkeiten, ihre versteiften Finger zu ergreifen. »Kathleen, entspann dich. Es ist nicht nötig, mir jetzt irgendwas mitzuteilen.«

Sie hielt inne, nur für einen Augenblick, und blinzelte dann wieder. *Doch. Doch. Doch.*

Er streichelte ihre Augenbrauen. »Hör zu, Kathleen, wenn du wieder die Alarmsignale auslöst, werden sie mich weiß Gott wie lange daran hindern, dich zu besuchen, also lass es!«

Nein.

»Verdammt, Kathleen. Ich mache keinen Spaß. Die Operation war erst vor vier Tagen. Die Gefäße sind noch nicht verheilt, und wenn du dich zu sehr aufregst …«

Sie unterbrach ihn, indem sie wieder eine lange Zeichensequenz blinzelte. Ein rascher Blick zu den Monitoren zeigte Richard, dass alles normal blieb. »Verdammt«, murmelte er, »du wirst nicht aufhören, bevor ich es entschlüsselt habe, oder?«

Nein.

Widerstrebend kramte er Papier und Schreiber hervor. »Ich mache das nur unter einer Bedingung. Du musst versprechen, dass du aufhörst, wenn ich sehe, dass deine Werte sich ändern. Abgemacht?«

Ja.

Er begann zu zählen. Sie hatte *Ham* buchstabiert, als er riet: »Hamlin?«

Ja.

Als sie ein *s* zu *belä* hinzufügte, wurde er unruhig. Offenbar hatte sie wieder Wahnvorstellungen. Als sie ihm *Hamlin hat mich belästigt* mitgeteilt hatte, überlegte er sich schon die behutsamste Methode, sie davon zu überzeugen, dass es nicht wahr sein konnte, was sie behauptete. Während er beobachtete, dass ihre Werte gleichmäßig blieben, streichelte er ihr übers Haar und nahm sich vor, sie über die typische Psychose von Intensivpatienten aufzuklären und ihr zu versichern, dass es eine ganz normale Reaktion sei, die vorübergehe. Arme Kathleen. Das Ganze war ohnehin schon ein Albtraum für sie. Was sie jetzt am wenigsten gebrauchen konnte, waren Halluzinationen, die alles noch schlimmer machten.

Doch bevor er etwas sagen konnte, begann sie wieder zu blinzeln. Vielleicht ist es am besten, wenn ich sie bis zum Ende anhöre, sagte er sich und nahm wieder Stift und Papier zur Hand.

Du glaubst mir nicht, stimmt's?

»Darum geht es nicht, Kathleen. Ich glaube nicht, dass du verstehst, wie dieser Ort und die Medikamente, die du bekommen hast, sich auf dein Bewusstsein auswirken können.« Während er ihr weiter von den Nebenwirkungen der Intensivbehandlung berichtete, glühten ihre Pupillen wie heißes Pech, und er wusste, dass sie wütend auf ihn war. Sie machte keine weiteren Versuche, ihm etwas mitzuteilen, selbst dann nicht, als er sie fragte.

So saß Richard an ihrem Bett, hielt ihre steife Hand und streichelte ihren Kopf. Er fühlte sich zunehmend unfähig, noch irgendetwas für sie tun zu können. So redete er ununterbrochen und erzählte ihr, wie gut Chet und Lisa mit allem fertig wurden, und dass sie bald zu Besuch kämen, und wie sehr alle sie liebten, und wie gut die Operation verlaufen sei – alles Positive, das ihm einfiel. Als schließlich ein Physiotherapeut erschien und sich daranmachte, mit Kathleen zu arbeiten, ihre Beine zu strecken und ihre Finger aufzubiegen, war Richard fast erleichtert über diesen Vorwand, um in die Notaufnahme zurückkehren und sich in die Arbeit flüchten zu können. Er schämte sich dafür.

Jedes Mal, wenn Hamlins Geruch in die Kabine drang, schlug Kathleen die Augen auf und starrte nach vorn.

Wenn er sie bat, auf seine Fragen *Ja* oder *Nein* zu blinzeln, blieben ihre Lider unbeweglich.

Vor allem aber hielt sie ihre Gefühle im Zaum, fest entschlossen, Puls und Blutdruck niedrig zu halten, um ihm keinen Vorwand zu liefern, sie wieder übermäßig zu sedieren.

Früher oder später wird Richard dir glauben, sagte sie sich immer wieder.

Früher oder später.

Besondere Genugtuung bereiteten ihr die ängstlichen Blicke, die Hamlin ihr zuwarf, wenn ein weiterer Tag verging und sie ihn während seiner Visiten ignorierte.

Früher oder später, dachte sie, *werde ich erzählen, was du getan hast.*

Doch Richard glaubte ihr nicht.

Aber es ist die Wahrheit, Richard, sagte sie ihm jedes Mal, wenn er kam, und stets verdüsterte Besorgnis sein abgespanntes Gesicht, und er versicherte ihr aufs Neue, dass alles in Ordnung sei.

Wenn du nicht gelähmt wärst, würdest du ihm den Schädel einschlagen, ging es ihr manchmal durch den Kopf. Doch sie hielt ihre hilflose Wut im Zaum und verhinderte die Alarmsignale an den Monitoren, immer noch fest entschlossen, niemandem eine Handhabe zu geben, sie mit den abscheulichen Drogen voll zu pumpen.

Früher oder später würde man ihr glauben *müssen.*

Am nächsten Tag sah sie Zweifel in Richards Augen, und sie wusste, dass ihre Beharrlichkeit zu wirken begann.

Als Hamlin am nächsten Morgen erschien, saß Richard bereits an Kathleens Bett. Bis zu diesem Tag hatte Hamlin vermieden, Visite zu machen, solange Richard bei Kathleen war. Der alarmierte Blick in den Augen des Neurochirurgen sprach Bände. Einmal nahm er Richard beiseite, offensichtlich in der Absicht, zu verhindern, dass sie mithörte.

»Zeigt sie immer noch Anzeichen von Paranoia?«, hörte sie ihn flüstern. Ihr Gehör war immer noch übersensibel.

Richard zögerte und schluckte ein paarmal, wie immer, wenn er sich seiner Sache nicht sicher war. »Ein wenig, aber die Werte bleiben stabil«, antwortete er. »Ich nehme an, ihr wird allmählich klar, dass ihr Verstand ihr etwas vorgegaukelt hat.«

Kathleen sah, wie sich Erleichterung in Hamlins Züge schlich. »Na, das ist ja wunderbar!«, sagte er.

Ja, allerdings, dachte sie und war mehr denn je entschlossen, diesen Mistkerl zur Rechenschaft zu ziehen.

Bis Hamlin seine neurologische Untersuchung beendet hatte, sorgte ihr unverwandtes Starren dafür, dass er sie wieder nervös betrachtete. Wichtiger noch – Richard musterte Hamlin und runzelte leicht die Stirn.

Sehr gut! Richard fragt sich, ob deine Geschichte wahr ist, dachte Kathleen. Er schöpft Verdacht.

In dieser Nacht bewegte sie die Finger ihrer rechten Hand.

Am nächsten Morgen, als sie es vor Hamlins Augen tat, wäre er beinahe schreiend aus dem Raum geflüchtet.

Später am selben Tag
Freitag, 22. Juni, 13:10 Uhr

»Sie wird mich drankriegen. Und je mehr sie sich erholt, desto überzeugender werden ihre Anschuldigungen erscheinen. Verdammt, warum habe ich mich von Ihnen und den anderen erpressen lassen, sie zu befummeln?« Hamlin ging so weit auf und ab, wie das Telefonkabel reichte, während er in den Hörer rief.

»Jetzt hören Sie mal zu, Tony«, sagte Edwards besänftigend. »Sie wissen ja gar nicht, wie viele Beschwerden ich jede Woche von Frauen bekomme, die behaupten, jemand von meinem Personal habe sie befummelt. Die Hälfte sind alte Schachteln, und selbst die anderen können nur selten etwas beweisen, deshalb halten sie das Maul.«

»Glauben Sie mir, diese Frau wird keinen Rückzieher machen!«, sagte Hamlin zu dem Gynäkologen. Es war das dritte Mal in ebenso vielen Tagen, dass er ihre Absprache verletzt hatte, im Krankenhaus nicht direkt miteinander Kontakt aufzunehmen.

»Und wenn schon. Das einzig Wichtige ist, dass Steele ihr nicht glaubt, genau wie ich es vorausgesagt habe, und es ist sehr wahrscheinlich, dass er ihr auch nicht glauben *wird*, wenn sie wieder darauf herumreitet, dass Sie ihr irgendetwas ins Gehirn verabreicht haben.«

»Aber wenn sie dabei bleibt?«

»Falls sie es wagt, dabei zu bleiben, während sie eine unglaubliche Genesung erlebt, die das gesamte Krankenhaus Ihren chirurgischen Fähigkeiten zuschreibt, wird jeder sie für ein verrücktes, undankbares Weib halten. Sie müssen nichts anderes tun, als den Mund zu halten. Und jetzt beruhigen Sie sich, und rufen Sie mich nicht mehr an.«

»Sie kennen die Frau nicht. Sie muss unglaublich willensstark sein, dass sie ihre Nerven so unter Kontrolle halten kann, wenn ich in ihrer Nähe bin. Wenn Sie erst in der Lage ist, zu schreiben oder zu sprechen, bin ich ein toter Mann, und ...«

»Halten Sie das Maul, verflixt nochmal, und beruhigen Sie sich!«

»Sie Bastard! Sie haben leicht reden! Ich war ein Idiot und ...«

Edwards legte einfach auf.

Wutentbrannt versuchte Hamlin, ihn wieder anzurufen.

Das Besetztzeichen summte in seinem Ohr wie eine aufgescheuchte Fliege.

Er knallte den Hörer auf die Gabel; dann eilte er nach nebenan ins Untersuchungszimmer und übergab sich ins Waschbecken.

Ein Mann in einem weißen Kittel über einem langen Krankenhaushemd saß vor der Tür zu Hamlins Sprechzimmer. An einem tragbaren Rollgestell hing ein Infusionsbeutel mit Schläuchen, die zu seinem Arm führten. Niemand schenkte ihm besondere Aufmerksamkeit, da sich in diesem Teil des Flurs ein halbes Dutzend Sprechzimmer befanden, und mindestens fünfzehn Patienten warteten darauf, untersucht zu werden, einige ebenfalls in Krankenhauskleidung. Der Mann war sauber rasiert und trug einen Kurzhaarschnitt – ein scharfer Kontrast zu dem Bart und dem vollen Haar, die er getragen hatte, als er noch in der Pathologie arbeitete und Jahre später als Krankenpfleger auf der Entbindungsstation, bis diese Bastarde ihn gefeuert hatten. Sogar sein Name war nun ein anderer, dank seiner falschen Identität und der gefälschten *Medicaid*-Chipkarte. Deshalb war er sicher, dass niemand ihn wiedererkennen würde.

Sein Armband zeigte, dass er früher an diesem Tag unter dem Namen Robert Lowe in der Notaufnahme registriert worden war. Er hatte sich über Symptome beklagt, die auf eine Nierenkolik schließen ließen. Als man ihn um eine Urinprobe bat, stach er sich heimlich mit der Nadel in den Finger, die er zu diesem Zweck mitgebracht hatte, und ließ ein paar Tropfen Blut in den Becher fallen. Sobald die Krankenschwester den Teststreifen sah, schickte sie ihn zum Ultraschall, wo er – wie er wusste – völlig unbeaufsichtigt warten musste, möglicherweise stundenlang. Von dort konnte er ungehindert sein Infusionsgestell vor sich herschieben und in die meisten Stationen des Krankenhauses gelangen.

Es war für ihn ein Leichtes gewesen, Hamlins Sprechzimmer zu finden und sich davor niederzulassen. Er wollte unbedingt einen Blick auf den Mann werfen, über den er den anonymen Tipp bekommen hatte. Es war nicht so, dass er ihn nicht kannte – jeder, der in den letzten zehn Jahren im New York City Hospital gearbeitet hatte, hatte wahrscheinlich den Typen mit dem weißen Haar gesehen –, aber er hatte seit zwei Jahren keinen Blick auf ihn geworfen und musste ihn genauer betrachten. Er glaubte aber nicht, dass der Mann sich sehr verändert hatte. Seine Sorge war eher, dass die Information, die er über den Neurochirurgen bekommen hatte, zu einer Falle gehören könnte – eine Falle, die dazu dienen sollte, ihn und seine Mitstreiter in die Arme der Polizei zu locken. Deshalb hielt er es für besser, die Lage auszuspähen, angefangen mit der Zielperson.

Hamlin hatte schrecklich ausgesehen. Er war an dem Mann vorbei in sein Sprechzimmer geeilt und hatte die Tür hinter sich zugeschlagen. Ein Arzt, der so verängstigt war wie Hamlin, war schwerlich ein Mann, den er fürchten musste. Neugierig hatte er sich von einem Platz gegenüber dem Eingang zu einer Stelle bewegt, die nahe genug war, um zu hören, was sich drinnen abspielte. Minuten später vernahm er zorniges Gebrüll während eines einseitigen Gesprächs. Offensichtlich hatte Hamlin jemanden angerufen. Dann hörte er, wie der Hörer auf die Gabel geknallt wurde.

Hamlin hat eine Scheißangst, dachte der falsche Robert Lowe. Aber war er Fleisch für den Kreuzzug oder ein Köder?

Drei Etagen höher nahm Paul Edwards einen getoasteten Bagel, bestrich ihn mit Frischkäse und legte eine Scheibe Räucherlachs darauf. Doch als er hineinbiss, drehte sich ihm der Magen um, als der Fischgeschmack sich auf seiner Zunge ausbreitete. »Scheiße«, fluchte er und ließ den Bagel wieder aufs Lunchtablett fallen, das seine Sekretärin ihm gebracht hatte. Selbst dann lag noch der Geruch in der Luft und reizte seinen Würgreflex. Er schob seinen schwarzen Ledersessel vom Mahagoni-Schreibtisch zurück, trug das Tablett über den pastellgrünen Teppichboden zur Tür und schob es auf den Flur.

»Haben Sie keinen Hunger?«, rief seine Sekretärin. Die Frau mittleren Alters, die ein kanariengelbes Kostüm trug und ihn von ihrem Schreibtisch aus musterte, sah besorgt aus.

Als Antwort schüttelte er den Kopf, schloss sich ein und kehrte an seinen Schreibtisch zurück.

Wider besseres Wissen hatte Edwards gehofft, dass Hamlin vielleicht doch genug Nerven hatte, bei Kathleen Sullivan durchzuhalten und sie alle wenigstens durch die gegenwärtige Gefahrensituation zu führen. Nun aber war er sicher, dass Hamlin schlappmachen würde.

Er ließ den Blick durch sein Büro schweifen, über die Bücherregale und die Artikel, die er veröffentlicht hatte, über die Urkunden an der Wand, die seine Verdienste bei der Erforschung von Risikogeburten würdigten, und die vielen Fotos, auf denen zu sehen war, wie er Spendenschecks für die Abteilung entgegennahm. Das Geburtsgeschäft brachte dem Krankenhaus mehr Dollars ein als alle Krankheitsfälle zusammen. Mochten die Menschen für die Behandlung einer Krankheit noch so dankbar sein – um ihre Fortpflanzung zu sichern, würden sie *alles* geben, denn es war die einzige Möglichkeit, den eigenen Tod zu überdauern und ein lebendes Vermächtnis zu hinterlassen. Tatsächlich war die luxuriöse Suite, die ihm auf Kosten des Krankenhauses bereitgestellt wurde, eine Art Trophäe, die ihm als Dank für sein Geschick verliehen worden war, mit dem er den menschlichen Fortpflanzungstrieb ausbeutete, den fundamentalsten aller Triebe.

Nun würde er alles verlieren.

Und dabei gab es nichts anderes, das ihm wichtig war! Er hatte keine eigenen Kinder, deren Fotos an der Wand hingen, und der Platz, den er für ein Bild der Frau freihielt, mit der er gerade verheiratet war – er hatte drei Scheidungen hinter sich –, war in den letzten fünf Jahren frei geblieben. Ohne sein Ansehen und seinen hohen Rang in der Krankenhaushierarchie war er verloren.

Es ist Zeit, deine Schäfchen ins Trockene zu bringen und das Spiel zu beenden, sagte er sich und ging widerstrebend zu der Schublade, in der sich sein privates Telefon befand. Es war eine sichere Verbindung, eine Leitung ohne Nebenanschlüsse, die er hauptsächlich benutzte, wenn er mit Anwälten zu tun hatte. Wenn es auch der lukrativste aller Berufe war, unfruchtbaren Paaren zu Babys zu verhelfen – in der Geburtshilfe wurde zugleich am meisten prozessiert. Über dieses geheime Telefon ließ er seine Verbindungen spielen, mauschelte und versuchte, bei Streitigkeiten außergerichtliche Einigungen zu erzielen, um schlechte PR zu vermeiden. Und selbst für sein gestähltes Ohr konnten diese Gespräche sehr brutal klingen; deshalb wollte er, dass niemand mithörte.

»... ein totes Baby ist fünfhunderttausend wert, höchstens. Es sind die Hirngeschädigten, die Sie Millionen kosten. Also, was immer Sie von jetzt an tun, Sie dürfen um Himmels willen kein Gemüse wiederbeleben ...«

Die Verbindung benutzte Edwards auch, um mit seinem neuen Geschäftspartner zu reden.

Er wählte die Nummer, die er inzwischen auswendig kannte, um sein Ferngespräch zu führen.

»Fountainhead Pharmaceuticals«, meldete sich eine Rezeptionistin mit ausgeprägtem spanischen Akzent.

»Apparat zwei-sechs-fünf, bitte.«

Nachdem es ein paarmal geklingelt hatte, meldete sich ein Mann. »Ja?«

»Edwards hier. Es geht um die Sache, die wir besprochen haben. Ich denke, es ist Zeit, diese Angelegenheit zu einem Abschluss zu bringen.«

Sonntag, 24. Juni, 10:35 Uhr

»Dr. Sullivan macht großartige Fortschritte, Dr. Hamlin«, sagte Rachael Jorgenson bei ihrem telefonischen Bericht am Sonntagmorgen.

Er hatte sich bis ins Wochenende hinein vor Sorgen beinahe verrückt gemacht und das Krankenhaus gemieden, indem er seinen Oberärzten die tägliche Visite bei seinen Patienten überließ.

»Sie ist jetzt bereit für die Tracheotomie.«

Sein Magen zog sich zusammen. »Verstehe«, sagte er und wischte sich mit einem Handtuch die Stirn ab. Er hatte im Keller auf seiner Tretmühle trainiert, als seine Frau ihn ans Telefon gerufen hatte.

»Auch Dr. Ingram war heute da und hat nach ihr gesehen. Er hat gefragt, wann wir den Eingriff vornehmen. Es wäre angenehmer für sie, und sie könnte zu sprechen versuchen, indem sie die Öffnung abdeckt. Zwar könne sie ihr Handgelenk immer noch nicht beugen oder den Arm strecken oder aufstützen, aber sie ist schon wieder in der Lage, eine Tasse in der rechten Hand zu halten, und die Finger der linken Hand kann sie auch schon leicht bewegen, also...«

»Wir machen es am Montag«, unterbrach er sie, während sein Innerstes bei dem Gedanken bebte, dass Kathleen Sullivan ihre Vorwürfe gegen ihn laut wiederholen würde, sodass alle Schwestern der Intensiv es hören konnten. Es war das erste Mal, dass er vor sich selbst zugab, Adele Blaine und Lockman könnten vielleicht doch recht haben, und sein einziger Ausweg bestand darin, dass die Frau starb. Nicht, dass er auch nur daran dachte, ihr etwas anzutun. Schließlich war er Arzt. Aber selbst für erfahrene Hände konnte ein Luftröhrenschnitt eine kniffligeAngelegenheit sein. Wenn ein Arzt im Praktikum oder ein junger Assistenzarzt den Eingriff machte...

»Genau genommen werde ich es Sie machen *lassen*. Fangen Sie an, und bereiten Sie alles vor«, sagte er kurz entschlossen. Kaum hatte er die Worte ausgesprochen, als er vor dem Gedanken zurückwich. Was tue ich eigentlich?

»Ja, gut, Dr. Hamlin...«

»Gibt es sonst noch etwas?«

»Nichts, was die Patienten betrifft. Aber ich würde Sie gerne sprechen, privat.«

Hamlin errötete und drehte seiner Frau, die in der Nähe saß und die Sonntagszeitung las, den Rücken zu. »Darüber kann ich im Moment nicht reden«, flüsterte er.

»Ans Reden hatte ich eigentlich nicht gedacht, Tony«, entgegnete sie, und ihre Stimme wurde verführerisch rauchig. »Ich dachte, dass wir uns vielleicht wieder in Ihrem Büro treffen und meine Leistungen unter Ihrer Betreuung bewerten.«

Trotz seiner Misere – oder vielleicht gerade deswegen – fand er ihr Angebot unwiderstehlich. »Ich rufe Sie wieder an.«

Er spürte, wie er steif wurde, als Rachael auflegte, also musste er seiner Frau weiter den Rücken zuwenden.

»Ärger mit dem Krankenhaus, Schatz?«, fragte sie.

»Ach, das Übliche. Du weißt schon. Die Assistenzärzte beschweren sich, dass wir ihnen in der Woche immer über die Schulter sehen, und dann schaffen sie nicht mal *ein* Wochenende, ohne einen von uns anzurufen.«

»Sag mir jetzt nicht, dass du heute noch zum Dienst musst. Ich wollte heute Nachmittag im Plaza Tee mit dir trinken. Du weißt doch, wie sehr ich die Sandwiches und Kuchen mag, die sie dazu servieren.«

Ja, leider, das wusste er. Er beäugte die Krampfadern auf ihren Schenkeln, die unter dem Saum eines gelben, geblümten Hausmantels hervorlugten, und einen Bauch, der die Falten blähte. In Gedanken tätschelte er seinen eigenen flachen Leib, auf den er mit seinen einundsechzig Jahren stolz war. Er verschaffte ihm ebenso Anerkennung als Mann wie sein wissenschaftliches Prestige in der Neurochirurgie, und er arbeitete gleich hart daran, beides zu behalten, die sportliche Figur und sein Ansehen. Seine Frau nervte ihn schon deshalb, weil sie zufrieden damit schien, alt zu werden. Hamlin nicht. Er wusste, wie es sich anfühlte, jung zu sein. Und jetzt brauchte er eine Dosis Rachael Jorgenson.

Doch als er eine Stunde später in seinem Büro eintraf, fand er in seiner Krankenhaus-E-Mail eine unerwartete Nachricht.

Wir müssen über Ihre Patientin in der Intensivstation reden, privat. Sie treffen mich am Montagabend bei der Filmvorführung im Bryant Park. Ich habe für halb neun auf Ihren Namen einen Tisch auf der oberen Terrasse des Restaurants bestellt. Ich komme, sobald der Film angefangen hat. Es ist wichtig, dass niemand uns zusammen sieht.
P.E.

Das Datum zeigte ihm, dass die E-Mail am Samstagnachmittag geschickt worden war, aber nicht vom normalen Krankenhaus-Server. Der Absender hatte ein Internet-Café in der Nähe der Universität im East Village benutzt.

Hamlin konnte nur hoffen, dass Edwards diesmal hilfreicher sein würde. Er löschte die Mail, gerade als Rachael ohne Anklopfen durch die Tür schlüpfte. Sie trug grüne OP-Kleidung und nichts darunter, wie er bald herausfand.

Montag, 25. Juni, 09:15 Uhr

»Ich weiß, Jo, dass durch Medikamente verursachte Halluzinationen so real erscheinen können, dass manche Patienten sie nicht von der Wirklichkeit unterscheiden können, aber nach einiger Zeit erkennen sie wenigstens an, dass es sich bloß in ihrem Kopf abgespielt hat, was sie gesehen haben. Aber diese Frau ist hartnäckig und weicht kein Iota von ihrer Geschichte ab, sodass ich langsam das Undenkbare für möglich halte.«

»Dass er sie tatsächlich belästigt hat?«

»Es kommt mir verrückt vor, auch nur laut daran zu denken, so absurd ist diese Vorstellung. Aber ich kann nicht einfach als Unsinn abtun, was sie sagt.«

Richard hatte Jo O'Brien auf einen Kaffee in sein Büro gebeten, auf absolute Verschwiegenheit eingeschworen und sich dann vom Herzen geredet, was Kathleen ihm nun seit fast zwei Wochen immer wieder gesagt hatte. Sie saßen einander an seinem Schreibtisch gegenüber. »Es tut mir leid, dass ich das alles bei Ihnen ablade, aber wenn ich nicht mit jemandem rede, werde ich noch verrückt.«

Jo beugte sich vor und tätschelte seine Hand. »Ich bin froh, dass Sie es getan haben, Richard. So etwas sollte man nicht für sich behalten.«

»Aber sie muss es sich eingebildet haben«, beharrte Richard. »Wenigstens habe ich mir das immer wieder gesagt. Jetzt bin ich mir nicht mehr so sicher …«

»Ich würde mich lieber zu Gunsten von Kathleen irren. Zeigen Sie den Kerl an!«

»Sie wissen doch, wie das mit einer Anschuldigung wegen sexueller Übergriffe bei Ärzten ist. Schon ein dahin gehendes Gerücht kann das Ende einer Karriere bedeuten.«

»Würden Sie denn gar nicht reagieren, wenn eine Ihrer Patientinnen Ihnen dasselbe erzählen würde?«

Die Frage erschreckte ihn. »Ja, natürlich würde ich reagieren. Aber ich würde nicht direkt auf den Kerl losgehen. Ich würde ihn überprüfen – genauso, wie ich es jetzt mache.«

»Was hält Sie dann noch davon ab, etwas zu unternehmen?«

Er antwortete nicht. Schon Kathleens ursprüngliche Behauptung, dass Hamlin und Lockman ihr Gehirn »manipuliert« hätten, war dermaßen verrückt, dass er alles, was sie sonst noch sagte, von vornherein als abwegig betrachtete. Aber wenn Hamlin sie wirklich angefasst hat, fragte er sich nun – könnte an ihrer ersten Geschichte dann nicht auch etwas dran sein? Nein, das ist zu weit hergeholt, sagte er sich und beschloss, Jo nichts davon zu erzählen.

»Sie wissen so gut wie ich«, fuhr Jo fort, »dass der Kerl ein notorischer Weiberheld ist. Ich kann gar nicht zählen, wie viele Krankenschwestern und Assistenzärztinnen er vernascht hat.«

»Aber das war eine Sache zwischen Erwachsenen, und beide waren einverstanden. Haben Sie jemals auch nur das kleinste Gerücht gehört, dass er sich an eine Patientin *herangemacht* hat? Dass eine der Frauen, die Sie erwähnt haben, mit ihm ins Bett gegangen ist, *ohne* dass sie dazu bereit gewesen wäre?«

Jo schürzte die Lippen und starrte an die Decke. Wahrscheinlich ging sie ihr Repertoire an Krankenhaustratsch durch. Nach ein paar Sekunden sagte sie: »Ich muss gestehen, die Antwort lautet Nein.«

»Ich habe in der Richtung auch nie etwas gehört«, erklärte Richard. »Und das bedeutet, dass ich meinen Einfluss als Chef der Notaufnahme bis zur Grenze ausgereizt habe, um einen Blick in seine Personalakte zu werfen. Und die ist blitzsauber. Es hat nie irgendeine Beschwerde dieser Art gegeben.«

»Was werden Sie jetzt tun?«

»Ich wünschte, ich wüsste es. Der Mann hat ihr mit einer chirurgischen Meisterleistung das Leben gerettet, und jetzt danken wir es ihm mit…«

»Haben Sie ihn in letzter Zeit gesehen? Verhält er sich so, als hätte er etwas zu verbergen? Benimmt er sich in Ihrer Gegenwart merkwürdig?«

»In der letzten Woche gab es gewisse Spannungen, aber das kann auch an mir gelegen haben. Ich meine, die Hälfte der Zeit hätte ich mir den Kerl am liebsten geschnappt und gefragt, was er getan hat. Die andere Hälfte habe ich mich geschämt, dass ich ihn überhaupt für fähig gehalten habe, etwas so Widerliches zu tun.«

»Wann haben Sie denn zuletzt mit ihm gesprochen?«

»Heute Morgen. Es war ein kurzer Anruf, um mir zu sagen, dass er die Tracheotomie für Kathleen auf heute Nachmittag angesetzt hat.«

»Reden Sie hinterher mit ihm darüber. Reinigen Sie die Luft, bringen Sie die Sache zu einem Ende. Oder noch besser – sobald der Tubus raus ist und Kathleen endlich sprechen kann, hören Sie sich erst einmal an, was sie zu sagen hat. Dann werden Sie besser beurteilen können, ob es glaubhaft klingt. Und dann konfrontieren Sie Hamlin damit. Falls seine Version der Geschichte unglaubwürdig ist, nageln Sie ihn fest.«

Der Montagabend kam, und Kathleen hatte die Prozedur immer noch nicht hinter sich. Der Luftröhrenschnitt war für drei Uhr nachmittags angesetzt worden, doch wegen einer Reihe von Notoperationen wurde der Eingriff aus dem Plan gestrichen. Es endete damit, dass Richard – entschlossen, bei ihr zu bleiben – den ganzen Nachmittag bis in den Abend hinein – in der Intensivstation verbrachte.

Um halb zehn kam schließlich der Anruf, dass der OP für Kathleen bereitstand. Aber nun war Hamlin, der den ganzen Tag da gewesen war, nirgendwo aufzutreiben und reagierte auch nicht auf seinen Pager. Normalerweise hätte jemand aus der HNO den Eingriff überwacht, doch Hamlin, der in dem Ruf stand, nie jemand anders an seine Patienten heranzulassen, schickte sie für gewöhnlich wieder fort.

»Verdammt«, murmelte Richard. »Muss ich es selber machen?«

Jorgenson, die offensichtlich ebenso ungeduldig war, dass die Sache endlich erledigt wurde, war den ganzen Nachmittag immer wieder vorbeigekommen. Plötzlich erschien sie hinter dem Vorhang und verkündete, sie habe die Genehmigung von Hamlin, mit der Arbeit zu beginnen, um den OP-Termin nicht zu verlieren, und dass Hamlin nachkommen würde.

»Wird der Anästhesist bis dahin dort sein?«, fragte Richard. Assistenzärzte führten zwar Tracheotomien durch, doch ihre Fähigkeiten waren sehr unterschiedlich, und nach dem Gesetz durften sie solche Eingriffe nie ohne Aufsicht ausführen. Eher wollte Richard zur Hölle fahren, als zuzulassen, dass irgendein Neuling an Kathleen herumpfuschte.

»Er wartet schon auf uns«, sagte Jorgenson. Richard übernahm die Aufgabe, Kathleen mit einem Ambu-Beutel zu beatmen, während sie durch die Flure fuhren.

Sobald sie in den Operationssaal rollten und sie mitten unter das grelle Licht der OP-Lampe stellten – die änesthetische Ausrüstung auf einer Seite, die Instrumententabletts auf der anderen –, erklärte Richard Kathleen, was jetzt folgen würde, und betonte, dass sie eine Injektion bekäme, die sie einschlafen ließe. Er erwähnte nicht, dass es wieder Midazolam sein würde – derselbe Stoff, der sie paranoid gemacht hatte.

Sie blinzelte *Ja*, was er so auffasste, dass sie verstanden hatte.

Als er ihre Hand hielt, drückte sie sie schwach.

»Wow!«, sagte er und strahlte sie an. Jedes Mal, wenn sie die Finger bewegte, spürte er ein Hochgefühl. Von Tag zu Tag wurde ihr Griff ein wenig kräftiger, und er nutzte jeden kleinen Fortschritt, um sich selbst davon zu überzeugen, dass eine Genesung möglich war.

Sobald der Anästhesist das Sedativum verabreicht und Kathleens Beatmung mit dem Ambu-Beutel übernommen hatte, zog Richard sich diskret ins Ärztezimmer zurück. Er wollte nicht herumstehen und die anderen nervös machen. Um sich die Zeit zu vertreiben, blätterte er durch einen Stapel Zeitschriften. Sie waren so alt, dass sie noch Artikel über die erneute Stimmenauszählung bei der Präsidentschaftswahl zwischen Bush und Gore enthielten sowie Marktbeobachtungen, die ein rasches Ansteigen des Nasdaq auf immer neue Höhen prophezeiten.

Jorgenson hatte den ganzen Tag über die Tracheotomie nachgedacht. Im wirklichen Leben war die Prozedur ganz anders als in Film und Fernsehen, wo George Clooney »Geben Sie mir den Kugelschreiber, und holen Sie einen Trinkhalm« sagen würde.

Tracheotomien waren eine besondere Sache. Da sie nicht oft durchgeführt wurden, bekam nicht jeder Arzt während seiner Ausbildung eine Chance, diesen Eingriff zu üben, und diejenigen, die das Glück hatten, gaben damit gern beim Mittagessen in der Cafeteria an, denn es verschaffte einem jungen Arzt Prestige.

Deshalb hatte Jorgenson gelogen, dass Hamlins Erscheinen bevorstand, um sich die Gelegenheit nicht entgehen zu lassen. In Wirklichkeit hatte sie keinen Schimmer, wo Hamlin war, oder warum er nicht auf seinen Pager reagierte. Aber was machte das schon? Schließlich war an seiner Stelle ein erfahrener Anästhesist zugegen. Die Operation dauerte üblicherweise weniger als zehn Minuten, und wenn Hamlin überhaupt nicht kam, würde sie fertig sein, bevor es jemand merkte. Natürlich würde Hamlin ihre Geschichte nachher bestätigen.

Jorgenson wusch sich ein letztes Mal die Hände, wandte sich vom Waschbecken im Umkleideraum neben dem OP-Bereich ab und ging entschlossen in den Operationssaal. Bereits maskiert, schlüpfte sie rasch in einen grünen Chirurgenkittel, den eine Schwester ihr hinhielt, und zog sterile OP-Handschuhe über. Sie bewegte sich präzise und entschlossen, damit jeder erkannte, dass sie heute Abend die Verantwortung trug, auch wenn sie »nur« Assistenzärztin war. Niemand würde ihr dazwischenkommen.

Außerdem sollte niemand wissen, dass es ihre Premiere am lebenden Objekt war. Bisher hatte sie Tracheotomien nur an zwei Leichen in der Pathologie geübt. Beide Male hatte sie die Trachealkanüle an der falschen Stelle platziert, die Luftröhre verfehlt und sie ins Unterhautgewebe zwischen der Haut und den Halsstrukturen geschoben – sehr zur Schadenfreude ihrer Kollegen. Sie hatte Hamlin nichts davon erzählt. Und warum sollte sie, wenn sie dabei riskierte, dass er jemand anderem den Zuschlag gab?

»Sie ist bereit, Doktor«, sagte der Anästhesist und justierte Volumen und Rhythmus von Kathleens Atem, nachdem er sie an ein Beatmungsgerät angeschlossen hatte. »Ich bin im Nebenraum und leite eine andere Narkose ein.«

»Sie gehen?« Jorgenson war alarmiert, als sie an den Tisch trat und sich über Kathleens freigelegten Hals beugte.

»Natürlich.« Er zwinkerte ihr über den Rand seiner Maske hinweg zu. »Nachts arbeiten wir immer in zwei Operationssälen gleichzeitig. Der Anästhesiepfleger hier kennt sich aus und kann das Gerät vom Tubus auf die Trachea umschalten. Außerdem hatten Sie doch gesagt, dass Hamlin unterwegs ist, oder?«

»Ja, aber ...«

»Dann ist ja alles klar.« Er drehte sich um und ging in den Umkleideraum des benachbarten Operationssaales.

Rachael wurde der Mund trocken, und sie legte die Hände auf eines der sterilen Tücher, damit niemand das leichte Zittern ihrer Finger sah. Du solltest den Eingriff nicht ohne Aufsicht machen, warnte sie eine innere Stimme, doch die Blicke der Schwestern, die darauf warteten, dass sie anfing – und ihre vorherigen Demütigungen, als sie bei den Leichen versagt hatte –, verstärkten nur ihre Entschlossenheit, weiterzumachen. Sie nahm das Skalpell.

Die Schwester, die ihr gegenüber stand, tupfte Kathleens Kehlkopfbereich ab, färbte ihn mit jodhaltiger Desinfektionslösung braun, wischte ihn dann mit Alkohol sauber und legte ein steriles Tuch mit einem Loch in der Mitte über die Stelle, an der die Tracheotomie vorgenommen werden sollte.

Jorgenson ertastete rasch die Umrisse von Kathleens Kehlkopf, beginnend mit dem Schildknorpel, dem Adamsapfel; dann bewegte die Hand sich abwärts zum halbkreisförmigen Ringknorpel, einem anderen Teil des Kehlkopfes, und darunter zum obersten Ring der Luftröhre. Sie zählte einen Ring weiter und setzte die Spitze des Skalpells auf die Hautoberfläche, drückte die Schneide hinein und machte einen Schnitt von gut zwei Zentimetern. Wie die meisten Anfänger hatte sie jedoch nicht tief genug geschnitten, nur die Oberfläche angeritzt und die Luftröhre verfehlt. Sofort blutete das Gewebe stark und verwehrte ihr die Sicht für einen zweiten Versuch.

»Tupfer, schnell!«, sagte sie hastig.

Die Schwestern tauschten unbehagliche Blicke.

Jorgenson drückte die viermal vier Zentimeter großen Tupfer in die Schnittstelle, doch das Blut strömte weiter.

»Kann mal jemand die Tupfer halten, während ich meine Eröffnung beende?«

Hilfreiche Hände streckten sich ins Operationsfeld, und nach einer Minute des Auftupfens und Drückens konnte Jorgenson ihren ersten Schnitt und darunter das noch intakte Gewebe der Trachea sehen. Während sie mit der linken Hand den Schnitt offen hielt, befühlte sie den Luftröhrentubus, der sich noch drinnen befand. Soll ich ihn erst entfernen, fragte sie sich. Erst jetzt wurde ihr bewusst, dass bei ihrer Ausbildung an den Leichen nie ein Beatmungsschlauch im Spiel gewesen war. Da sie keine Ahnung hatte, wie sie vorgehen sollte, griff sie auf einen alten Ärztetrick zurück: »Wie machen es die Anästhesisten hier? Schneiden sie in die Trachea mit dem Tubus, oder entfernen sie ihn erst?« Eine Frage so zu stellen, dass es sich anhörte, als beträfe ihre Unwissenheit nur die gewohnte Praxis am New York City Hospital, hatte ihr schon früher den Hals gerettet.

»Schneiden Sie bis auf den Tubus ein, und ziehen Sie ihn dann so weit heraus, dass er den Einschnitt freigibt«, sagte der Anästhesiepfleger, »dann können Sie die Trachealkanüle durch die Öffnung schieben.« Er war ein dicker Mann mit ebenholzschwarzer Haut und freundlichen Augen, der ruhig und sachlich sprach, doch seine Antwort verriet, dass Jorgenson ihn nicht täuschen konnte, was ihre mangelnde Erfahrung betraf.

»Danke«, sagte sie und schlitzte das graue Band aus Bindegewebe zwischen den glänzend weißen Ringen auf. Der Schnitt öffnete sich und legte die leuchtend orange Oberfläche des darunter befindlichen Tubus frei. »Ziehen Sie ihn heraus«, ordnete sie an, mit immer noch zu lauter, aufgeregter Stimme.

Der Pfleger tat viel mehr, als nur den Tubus herauszuziehen: Zuerst schaltete er das Beatmungsgerät aus, sodass es keine Luft mehr durch die Öffnung blies, die Jorgenson soeben geschnitten hatte; dann ließ er die Luft aus der Manschette, mit der die Kanüle an ihrem Platz gehalten wurde, sodass sie herausgezogen werden konnte.

Jorgenson hätte die Schwestern anweisen müssen, dies zu tun – das wurde ihr klar, während der orange Schlauch aus ihrem Blick entschwand.

Beruhige dich endlich, sagte sie sich, *oder du vermasselst es wirklich noch!*

»Schnell, Doktor«, sagte der Pfleger. »Denken Sie daran, sie atmet nicht mehr!«

Jorgensons Gesicht wurde rot. Der Pfleger sagte ihr, was sogar ein Medizinstudent wusste! Noch nervöser als zuvor nahm sie die gebogene Trachealkanüle, die sie in die Luftröhre einführen musste, und versuchte, die Spitze durch die Öffnung zu stecken.

Sie passte nicht hindurch.

Auf Jorgensons Stirn erschienen Schweißperlen. »Die Öffnung ist noch zu klein!«, sagte sie, und ihre Stimme wurde schrill.

»Dann schneiden Sie sie weiter auf!«, blaffte der Anästhesiepfleger, dessen gelassene Ruhe verschwunden war.

Die Schwestern begannen, die Werte anzugeben.

»Sauerstoffsättigung sinkt.«

»Puls und Blutdruck fallen.«

»Ich hole den Anästhesisten!«, rief eine dritte Schwester und eilte aus dem OP.

Jorgenson setzte das Skalpell wieder an und erweiterte vorsichtig den Schnitt.

Die Trachealkanüle passte wieder nicht.

»Blutdruck sechzig zu dreißig, Puls vierzig.«

»Scheiße!«, stieß der Pfleger hervor und versuchte, den Endotrachealtubus wieder hineinzuschieben.

Doch Jorgensons Stümperei hatte alles vermasselt.

Die Tür zum Nachbarraum flog auf, als die Schwester, die Hilfe holen wollte, zurückkam und so schnell sie konnte zum Wandtelefon lief. »Der andere Fall ist eine Schusswunde direkt am Herzen! Es steht auf der Kippe, da kann jetzt keiner weg. Vielleicht ist Steele noch da …« Sie griff sich den Pager und drückte auf die Null.

Irgendjemand sprach über die Lautsprecheranlage. »Dr. Steele! Bitte umgehend in Operationssaal C!«

Jorgenson, deren Hände mehr als je zuvor zitterten, schnitt noch einmal in die Luftröhre. Diesmal gab sie zu viel Druck, und das Skalpell durchtrennte einen weiteren Zentimeter Haut. Das Blut strömte aus der Öffnung. Wieder konnte sie nichts sehen und versuchte, die Kanüle nur nach Gefühl einzuführen. Zuerst bewegte sie sich nicht, und Jorgenson drückte stärker. Plötzlich rutschte die Kanüle wie vorgesehen in den Hals. »Geschafft!«

Der Pfleger befestigte einen Beatmungsbeutel am herausragenden Ende und begann zu pumpen. Vom vielen Blut blubberte es bei jedem Zusammendrücken.

Eine Schwester setzte ihr Stethoskop unten an Kathleens Brustkorb auf. »Keine Luftzufuhr!«, rief sie.

Jorgenson hatte die Kanüle zwischen Haut und Luftröhre gesetzt, genau wie bei den Leichen.

»Ein Chirurg oder Intensivmediziner umgehend in OP C!«, tönte es immer wieder aus dem Lautsprecher.

Jorgenson hatte das Gefühl, jeden Moment in Ohnmacht zu fallen.

Die Augen vor Schreck weit aufgerissen, stürmte Richard

in den Saal. »Was haben Sie gemacht, verdammt?«, brüllte er, als er die klaffende Wunde an Kathleens Hals sah. Binnen weniger Sekunden hatten die Schwestern ihn mit Maske, OP-Kittel und Handschuhen ausgerüstet. »Bereiten Sie die Patientin zur Reintubierung vor«, wies er den Pfleger an.

»Ich bin fertig«, sagte der Mann und hatte bereits ein Laryngoskop und einen Tubus in der Hand, der kleiner war als der, den er gerade entfernt hatte.

Richard schob Jorgenson zur Seite, trat an Kathleens Kopf heran und nahm eine Handvoll Gazetupfer vom Instrumententablett.

Er reichte sie Jorgenson und sagte: »Nehmen Sie einen Tupfer, und drücken Sie ihn mit den Fingern auf die Luftröhre, um die Öffnung zu verschließen.«

Jorgenson war wie erstarrt.

»Na los!«

Sie tat, was er gesagt hatte, tastete mit den Fingerspitzen im Blut, fand die Öffnung und brachte die Tupfer in Position.

»Haben Sie's?«

Sie nickte.

»Puls dreißig. Kein Blutdruck«, sagte die Schwester neben ihr, die ständig die Monitore beobachtete und mit aufblasbarer Manschette und Stethoskop die Werte überprüfte.

Der Anästhesiepfleger schnitt das Pflaster auf Kathleens Mund auf, schob mit einer Hand den Löffel des Laryngoskops an der Zunge entlang und führte mit der anderen Hand den Tubus wieder ein. Er verband ihn mit dem Beatmungsbeutel und drückte ihn zusammen.

Um Jorgensons Finger herum bildeten sich ein paar Blasen, doch viel weniger als zuvor.

»Gute Luftzufuhr«, sagte die Schwester, die Kathleens Lunge abhorchte.

»Puls und Blutdruck steigen.«

»Sauerstoffsättigung steigt.« Seufzer der Erleichterung erfüllten den OP.

In diesem Augenblick kam Gordon Ingram in den OP gestürmt. Sein Gesicht war gerötet, und er rang nach Luft. »Was ist hier los?«, fragte er. »Warum kommt kein Intensivmediziner? Ich habe gerade ein Meeting geleitet, aber da keiner auf euren Ruf reagiert, dachte ich, dass ihr mich vielleicht braucht...«

Richard sah zu ihm hinüber. »Wissen Sie noch, wie man eine Tracheotomie durchführt, Gordon?«

»Natürlich. Das ist wie Rad fahren. Man verlernt es nie.«

»Dann tun Sie mir bitte den Gefallen, und machen Sie den Eingriff bei Kathleen.«

»Selbstverständlich«, entgegnete Ingram.

»Und wenn Sie hier fertig sind, können Sie eine Untersuchung darüber einleiten, was hier vor sich gegangen ist«, fuhr Richard fort. »Und klären Sie bitte auch die Frage, warum Hamlin nicht aufgetaucht ist.« Er wandte sich an Jorgenson. Seine blauen Augen waren kalt wie Eis. »Was Sie betrifft, überlasse ich Ihr Schicksal Dr. Ingram«, erklärte er. »Kathleen Sullivan ist tabu für Sie, verstanden? Wenn Sie sich ihr noch einmal nähern, sorge ich persönlich dafür, dass Sie nicht einmal die Erlaubnis bekommen, den Patienten die Fingernägel zu schneiden!«

Rachael schluckte und verließ wortlos den Raum. Du kannst das wieder in Ordnung bringen, sagte sie sich, während sie auf wackligen Beinen zum Ärztezimmer ging. Dort schenkte sie sich eine Tasse abgestandenen Kaffee ein, ließ sich auf einen Stuhl fallen und dachte darüber nach, wie sie sich schützen konnte. Letztendlich war es der Anästhesist gewesen, der sie allein gelassen hatte... Wenn es eine Untersuchung gab, wäre er derjenige, der zugeben müsste, einen Fehler gemacht zu haben, da er sie nicht beaufsichtigt hatte. Was ihre Behauptung betraf, Tony Hamlin würde jeden Moment erscheinen, und sie solle schon anfangen, um den

Operationstermin nicht zu verlieren, hatte Tony sicher Verständnis dafür und würde ihre Aussage bestätigen. Dafür, dass er nicht erschienen war, konnte er sie schließlich nicht verantwortlich machen, oder? Und da Tony für die Bewertung ihrer Leistungen zuständig war, brauchte nichts von alledem ihre Karriere zu behindern …

Jorgenson legte sich eine Strategie zurecht, wie sie diese Katastrophe aus ihrer Akte heraushalten konnte, wobei sie ihren größten Vorteil bei jeder künftigen Schlacht – dass ihr Vorgesetzter mit ihr schlief – außen vor ließ. Jorgenson setzte viel eher darauf, dass das Krankenhaus sein Image wahren und negative Schlagzeilen vermeiden wollte, und dass man versuchte, den Zwischenfall schnellstmöglich zu begraben.

Eines konnte sie allerdings nicht leugnen: Die Chancen, die sie nach Ende ihrer Ausbildung am New York City Hospital vielleicht gehabt hatte, waren vertan. Bis zum Morgen würde das Gerücht die Runde gemacht haben, wie sie bei Steeles Freundin, der berühmten Kathleen Sullivan, eine Tracheotomie verpfuscht hatte. Dies wiederum würde die Gerüchte erhärten, dass sie eine Affäre mit Tony Hamlin hatte. Bis zum Wochenende würde sich die ganze Geschichte im Krankenhaus verbreitet haben.

Im Bryant Park – ein Morgen Grünfläche, die wie eine Briefmarke zwischen die Vierzigste und die Zweiundvierzigste Straße hinter der New York City Public Library passte – drängten sich wegen der Freiluft-Filmvorführung am Montagabend die Leute. Hamlin ging um die Gruppen und Grüppchen herum, die sich vor der großen Leinwand niedergelassen hatten, die zu diesem Anlass errichtet worden war, und näherte sich dem Restaurant, das Edwards ausgesucht hatte. Es war der renommierteste aller Fresstempel, die sich unter die prächtige Steinfassade und die hohen Fenster des Gebäudes der New Yorker Stadtbibliothek duckten. Edwards sorgte jedes Mal dafür, seinen Gaumen zu verwöhnen, bei welcher Gelegenheit auch immer.

Der Ober führte Hamlin zu seinem Tisch in einer Ecke der Terrasse im oberen Stock – ein Platz, der einen perfekten Blick über die Menschenmenge im Park bot. Hamlin sah kaum auf die Speisekarte und bestellte das erstbeste Gericht, auf das sein Blick fiel. Er hatte nicht den geringsten Appetit, sah aber keine andere Möglichkeit, den Ober loszuwerden, der ihm gereizt erklärte, die Küche werde bald schließen.

Die Abendluft war unbewegt, und zwischen den Bäumen stauten sich die drückende Hitze des Tages und die Auspuffgase des unablässig fließenden Verkehrs.

Was wollte Edwards? Hamlin war beunruhigt und trank einen großen Schluck Mineralwasser. Sicher hatte Edwards inzwischen begriffen, dass seine verrückte Idee, Kathleen Sullivan zu diskreditieren, fehlgeschlagen war. Der Schuss war nach hinten losgegangen. Falls Sullivan überlebte, würde es ihn, Tony Hamlin, ruinieren. Glaubte Edwards vielleicht, er könnte ihn überreden, allein unterzugehen? Falls dem so war, hatte Hamlin Neuigkeiten für diesen Trottel.

Er blickte auf die Uhr. Fünf nach halb neun. Inzwischen sollte Sullivan schon in den OP gebracht worden sein. Würde Rachael es verpatzen?

Hamlin hatte den ganzen Tag mit sich gerungen, wie er die ehrgeizige Assistenzärztin dazu verleiten sollte, den Eingriff auf eigene Faust zu versuchen. Es wäre ziemlich einfach gewesen, einen Grund dafür zu finden. Man brauchte sich nur einen Vorwand einfallen zu lassen, in letzter Minute auf dem Flur aufgehalten worden zu sein und darauf zu hoffen, dass Rachaels Ehrgeiz – plus die gewohnte Arbeitsüberlastung des Anästhesisten –, sie dazu verleitete, alleine mit dem Eingriff anzufangen. Aber es hatte gar keine Vorausplanung gebraucht: Als die Notoperationen dazwischenkamen und Kathleen Sullivan vom OP-Plan gestrichen wurde, hatte Hamlin erkannt, dass er gar nichts arrangieren musste. Wenn er den Dingen einfach ihren Lauf ließ, würde Kathleen Sullivan erst nach dem normalen Dienstschluss an die Reihe kommen – und er, Hamlin, wäre dann nicht mehr im Hospital, weil er sich mit Edwards traf. Wenn eine Assistenzärztin dumm genug war, einen Luftröhrenschnitt zu versuchen, ohne dass ihr Aufsicht führender Vorgesetzter anwesend war, und der Anästhesist sich bereit erklärte, die Aufsicht zu übernehmen, war es schließlich nicht sein Fehler.

Nun aber plagte Tony Hamlin das Gewissen. Würde er je damit leben können? Würde er sich irgendwann nicht mehr so verdammt schuldig fühlen? Töten blieb Töten, und jede noch so geschickte moralische Umdeutung konnte ihn nicht vor der Stimme seines Gewissens bewahren. Ja, er konnte nicht einmal mit Sicherheit sagen, dass seine Schwierigkeiten endeten, wenn Kathleen Sullivan tatsächlich starb. Er musste sich immer noch gegen Steele behaupten. Außerdem stand ja gar nicht fest, dass der Anästhesist so unverantwortlich war, Rachael allein anfangen zu lassen, ohne bei ihr im Operationssaal zu bleiben.

Hamlin nahm wieder einen tiefen Schluck Eiswasser.

Um zwanzig vor neun begann die Menge unten im Park zu pfeifen und rhythmisch zu klatschen und tat so ihre Meinung kund, dass es an der Zeit sei, mit der Vorführung zu beginnen.

Nachdem der Film angefangen hatte, schenkte Hamlin ihm kaum Aufmerksamkeit; stattdessen sah er ständig auf die Uhr und suchte die Bürgersteige nach Edwards ab. Das Licht, das die Leinwand abstrahlte, machte es relativ einfach, einzelne Personen zu erkennen, sodass er keine Schwierigkeiten haben würde, Edwards zu entdecken, wenn der zum Restaurant kam. Aber wo, zum Teufel, blieb der Kerl?

Schwermütige Filmmusik erfüllte die Nacht und machte Hamlin noch bedrückter, ängstlicher und nervöser. Auf der

Leinwand schlich sich Fred MacMurray in ein verlassenes Bürogebäude und begann eine Nachricht zu tippen, die für einen Mann namens Kayes bestimmt war. Rückblenden wurden gezeigt.

Wieder dachte Hamlin an Kathleen Sullivan. Könnte sie durch irgendeinen dummen Zufall dem Eingriff unterzogen werden und *überleben?* Er checkte sein Handy, um sicherzugehen, dass es eingeschaltet war. Wäre Sullivan gestorben, hätte man ihn sicher angerufen, doch bislang war das Handy stumm geblieben.

Gegen halb zehn keimte in Hamlin der Verdacht, dass Edwards vielleicht gar nicht erscheinen würde. Hatten sich stattdessen die anderen getroffen? Hatte Edwards sich schließlich doch entschieden, ihn, Hamlin, im Austausch für einen Deal mit der Polizei an die Cops auszuliefern …?

Hamlin versuchte, sich auf den Film zu konzentrieren, um sich abzulenken, doch es war eine Geschichte mit zwielichtigen Typen, die Pläne voller Mord und Verrat verfolgten, und so wuchsen in Hamlins Innerem nur die Furcht und das Gefühl der Bedrohung. Er fühlte sich zu einem schrecklichen Ende verdammt, so wie die Figuren im Film.

Wieder versuchte er, Edwards zu entdecken, und ließ nervös den Blick über die Menschenmenge schweifen. Doch es gab keine Spur von Edwards. Und während er in die Dunkelheit starrte, hörte er Fred MacMurray im Film sagen: »Als ich die Straße entlangging, musste ich plötzlich daran denken, dass alles schiefgehen würde. Es klingt verrückt, Kayes, aber es ist wahr: Ich konnte meine eigenen Schritte nicht mehr hören. Es war, als ginge ein Toter die Straße entlang …«

Er lag ihm Dunkeln und horchte auf den Wachmann. Selbst im Herzen des Gebäudes konnte er in der Ferne die Musik und Bruchstücke der Dialoge hören.

Nachdem er Hamlin am Freitagnachmittag beobachtet

hatte, ging er davon aus, nun wenigstens die Grundlagen für weiteres Handeln legen zu können. Die Anschuldigungen, die ihm aus unbekannter Quelle per E-Mail geschickt worden waren, waren ernst genug, um sein Tun zu rechtfertigen.

Die Frage, ob diese Anschuldigungen auch zutrafen, kam ihm dabei niemals in den Sinn.

Anonymität war die wichtigste Voraussetzung und der Schlüssel zur Sicherheit in seiner Armee und dafür, dass Nachrichten von Informanten nicht zurückverfolgt werden konnten. Und was die Echtheit betraf – solange die Information den vorgefassten Meinungen und Überzeugungen seiner Waffenbrüder Nahrung gab und kein Trick der Polizei zu sein schien, nahmen sie alles für wahr. Die Anklage gegen Hamlin passte bis aufs i-Tüpfelchen zu seinen Verdächtigungen gegen Ärzte allgemein, und die Anweisungen zur Vollstreckung des Urteils regten seinen Appetit auf Gerechtigkeit bis zum Heißhunger an.

Den Ort hatte er noch am selben Tag ausgewählt und sorgfältig das Gebäude ausgekundschaftet. Er war sich immer noch nicht ganz sicher, ob er den Plan bis zum Ende durchziehen sollte, und hatte vor, auszusteigen, wenn irgendetwas seine Vorbereitungen störte. Bislang aber lief alles reibungslos.

Am Sonntag hatte er mit der Umsetzung des Plans begonnen und ein Internet-Café besucht, um die E-Mail abzuschicken. Sie trug die Unterschrift *P. E.* – wie man ihm gesagt hatte, würde Hamlin darauf reagieren. Dann hatte er seine Ausrüstung vorbereitet. Wieder lief alles ohne Schwierigkeiten.

Vor vier Stunden, gegen halb sechs, hatte er die Bibliothek durch den Eingang an der Zweiundvierzigsten Straße betreten. In der Hand trug er eine Aktentasche, über dem Arm einen Regenmantel, dessen Taschen eine Wasserflasche, eine kleine Taschenlampe und einen Plan der Bibliothek enthielten, den er bei seinem vorherigen Besuch an der Information mitgenommen hatte. In den Saum seines Mantels war der Lauf eines zerlegten M-4-Karabiners eingenäht, und zwar so, dass die Teile nicht allzu sehr auffielen, wenn er den Mantel über den Arm drapierte. Der Rest der Waffe – Kolben, Schloss und Magazin – befand sich in der Tasche, zusammen mit zwei großen Saugglocken, einem Glasschneider und einer Schachtel Hohlspitzgeschosse.

Die uniformierte Wächterin, die an der Tür postiert war, saß in einer kleinen Kabine und las eine Zeitschrift. Sie sah nicht einmal hoch.

Anstatt die Treppe hinauf ins riesige Foyer der Astor Hall zu gehen, war er nach links abgebogen und hatte einen Bereich mit beigefarbenen Spinden betreten, in denen das Personal seine persönliche Habe aufbewahrte. Kein Verbotsschild verwehrte ihm den Zutritt. Die Frauen und Männer, die sich auf den Bänken ausruhten, plauderten und Kaffee tranken, würdigten ihn kaum eines Blickes. Ungehindert durchquerte er den Raum und drang ins Gebäude ein.

Schließlich hatte er das Innere einer weiträumigen Ladezone erreicht, die groß genug für einen Laster war. Im Moment herrschte hier Leere, und der gesamte Bereich war durch zwei Stahltüren von der Straße abgesperrt; die Türen waren so riesig und massiv, dass sie auch King Kong draußen gehalten hätten.

Er stieg in die Haltebucht hinunter, ging zur anderen Seite und achtete darauf, die Öllachen zu umgehen, um seine Schuhsohlen nicht zu beschmutzen und Spuren zu hinterlassen. Dann stieg er eine kurze Treppe hinauf und gelangte vor einen Eingang, der mit ANLIEFERUNG UND VERSAND gekennzeichnet war. Er spähte durch die Tür. Eine Gruppe von Arbeitern, die im hinteren Teil eines geräumigen Lagerbereichs Versandkisten bewegten, schenkten ihm keine Beachtung.

Er trat ein und umrundete mannshoch aufgestapelte Kisten. Auf der anderen Seite entdeckte er eine Treppe, die nach oben führte. Er ging dorthin und stieg vorsichtig und leise in den ersten Stock hinauf. Der Eingangsbereich war menschenleer. Er befand sich vor den Türen des Mikrofilm-Lesesaals im Hauptflur. Rasch zog er sich in den Lagerraum zurück, entdeckte einen Kistenstapel neben einer Rückwand, setzte sich dahinter und wartete.

Um sechs Uhr nachmittags gingen nacheinander die Lichter aus. Die Stimmen der Arbeiter verebbten allmählich in der Ferne und verstummten dann ganz, als sie die Türen hinter sich zuschlugen und ihn in der völligen Stille und Dunkelheit des Ortes begruben. Um einundzwanzig Uhr schlich er die Treppe zum Mikrofilm-Lesesaal halb wieder hinauf, wobei er diesmal seine Taschenlampe benutzte, um den Weg zu finden. Dann wartete er und horchte, ob sich oben ein Nachtwächter näherte.

Um Viertel nach neun hörte er, wie sich Schritte auf dem Flur näherten und sich dann wieder entfernten – so wie an dem Freitag, als er sich über Nacht in dem Gebäude versteckt hatte, um zu erkunden, wann die Wächter ihre Runden drehten und wie lange diese dauerten. Er wartete noch zehn Minuten. Als er nichts mehr hörte, kroch er den Rest des Weges aus seinem Versteck. Der Korridor selbst war nur schwach beleuchtet, doch auf seinem vorherigen Erkundungstrip hatte er festgestellt, dass hier die Videoüberwachung völlig fehlte; so wusste er, dass er nicht gesehen werden konnte.

Die Tür zum Lesesaal war durch ein elektronisches Schloss gesichert, das vermutlich an ein Alarmsystem angeschlossen war; deshalb stieg er durch ein Türfenster ein: Er sicherte eine der großen Scheiben mit der Saugglocke und löste sie mit dem Glasschneider heraus; dann benutzte er seinen Regenmantel als Polsterung auf dem verbliebenen Glas im Rahmen, zog sich hoch und kroch durch die Öffnung.

Auf der rechten Seite befand sich eine Mahagoniwand hinter einer langen Holztheke, die dem grellweißen, suchenden Lichtstrahl seiner Taschenlampe ein sattes Rot verlieh. Er richtete den Strahl auf die Rückwand des Raumes und beleuchtete Bank für Bank mit ihren Reihen von Lesegeräten in der Größe von Computermonitoren, um sich davon zu überzeugen, dass niemand unerwartete Änderungen vorgenommen und beispielsweise einen Bücherschrank vor das Fenster an der Rückseite geschoben hatte, zu dem er Zugang haben musste. Am Freitag hatte er gesehen, dass man dieses Fenster von Hand öffnen konnte und dass es auf die Terrasse des Restaurants führte.

Doch bevor er hinüberging, betrachtete er die Fensterreihe auf der linken Seite, die auf die Vierzigste Straße hinausging, und zählte die Reihe bis zum fünften Fenster ab. Von seinen vorherigen Beobachtungen wusste er, dass sich dort ungefähr anderthalb Meter unter dem Fenstersims ein Vordach aus Aluminium befand. Von da war es nur ein kleiner Sprung auf eine Steinmauer sowie ein weiterer Sprung von zwei Metern hinunter auf den Bürgersteig. Im Lärm der Filmvorführung würde niemand bemerken, wenn er von dort verschwand.

Noch einmal benutzte er Saugglocke und Glasschneider, schnitt ein Loch in die Scheibe, ging dann auf Zehenspitzen durch den Raum zu seinem erwählten Aussichtspunkt und blickte hinaus.

Die silberne Leinwand in der Ferne beherrschte die Nacht. Das Licht wurde über die tausend und mehr Köpfe der Zuschauer zurückgeworfen, doch er suchte nur eine einzige, ganz bestimmte Person. Er drehte den Griff und öffnete einen schmalen, hohen Fensterflügel, der ihm einen guten Blickwinkel verschaffte, und spürte die warme Luft auf dem Gesicht.

Das ständige Hupen und der ununterbrochene Verkehrslärm bildeten den Hintergrund für eine Filmszene, in der

Edward G. Robinson gerade zu Fred MacMurray sagte: »Sie haben Morde begangen, und ein Mord ist etwas anderes als eine gemeinsame Straßenbahnfahrt, bei der man an jeder Haltestelle aussteigen kann. Sie müssen den ganzen Weg bis zum Ende zusammen fahren, eine Fahrt ohne Wiederkehr, und die letzte Station ist der Friedhof...«

Am Dialog konnte er sofort erkennen, wie viel Zeit ihm noch blieb, um sich bereit zu machen. Er hatte sich den Film ein halbes Dutzend Mal angesehen, um die Szene herauszusuchen, die das Geräusch seines Schusses am besten überdecken würde. Doch er beeilte sich nicht. Im Gegenteil ließ er sich absichtlich Zeit beim Zusammensetzen des Gewehrs: Er hatte das Gefühl, dass heute Abend nichts schiefgehen konnte, zumal bisher alles glattgegangen war. Deshalb arbeitete er ohne Eile. Nach fünf Minuten hatte er die Waffe zusammengesetzt. Auf der Leinwand sagte Barbara Stanwyck: »Keiner steigt hier aus. Wir sind hier zusammen eingestiegen, und wir werden zusammen wieder aussteigen. Wir gehen beide den Weg gemeinsam, den ganzen Weg...«

Er stieg auf die Bank, die unter dem Fenster stand, um die Terrasse des Restaurants besser überblicken zu können. Dann schaute er durchs Zielfernrohr, ließ den Blick über die Zuschauer schweifen und suchte nach Hamlin, doch in der großen Menschenmenge war er nicht zu entdecken.

Vielleicht war er gar nicht erschienen. Oder er war gekommen, hatte die Geduld verloren und war wieder verschwunden.

Was für eine Schande, dachte der Mann, in letzter Minute zu scheitern...

Dann erstarrte er.

Da saß Hamlin.

Sein weißes Haar, das in dem silbernen Licht schimmerte, das von der Leinwand über die gesamte Szenerie geworfen wurde, war nicht zu verwechseln.

Der Mann hockte sich in Schussposition, legte langsam

das Gewehr an der Schulter an und zielte auf Hamlins Hinterkopf.

Plötzlich schien den Mann die Hitze zu ersticken, und die Haut unter seiner Kleidung wurde feucht von Schweiß. *Jetzt musst du es also doch tun,* dachte er. Von Anfang an hatte er akzeptiert, dass der Schuss sein Leben für immer verändern und ihn in ein tödliches Katz- und Maus-Spiel mit der Polizei verwickeln würde. Denn die E-Mail, die Hamlin anklagte, enthielt auch die Namen und Verbrechen der anderen, um die er sich kümmern musste. Selbst die Kinder seiner Zielperson würden bestraft, falls nötig – wie üblich, wenn er auf der Jagd war, hatte sein Netzwerk die Kinder der potenziellen Opfer ausfindig gemacht und ihn mit den Adressen der Schulen versorgt, die diese Kinder besuchten. Und wenn er Erfolg hatte, würde er eine neue Front in dem Krieg eröffnen, den er führte.

Sorgfältig legte der Mann einen Zweig auf die Fensterbank und wartete, ohne einen Muskel zu bewegen.

Barbara Stanwyck zog eine Waffe.

Sein eigener Finger am Abzug spannte sich.

Sie feuerten im gleichen Sekundenbruchteil.

Tony Hamlin sah nie das Erstaunen auf Fred MacMurrays Gesicht, als Barbara Stanwyck ihm eine Kugel in den Bauch jagte.

Stattdessen kippte er zur Seite, und sein Kopf sank schlaff auf die Schulter einer Frau am Nebentisch, die ihn anfangs für betrunken hielt, bis sie sah, dass der hintere Teil seines Schädels fehlte.

7

Dienstagmorgen, 26. Juni

Der Mord beherrschte die Titelseiten der größten Zeitungen New Yorks:

PROMINENTER NEUROCHIRURG AUS DEM HINTERHALT ERSCHOSSEN.

KILLER PUSTET HIRNSPEZIALIST DAS HIRN AUS DEM KOPF!

MORD IM BRYANT PARK!

Niemand konnte einen Grund nennen, warum Hamlin jemandem in die Schusslinie geraten sein sollte. Seine Frau wusste nicht einmal, weshalb er bei der Filmvorführung gewesen war. »Er mochte das Kino gar nicht«, ließ sie die Medienvertreter wissen. »Der letzte Film, den wir uns gemeinsam angeschaut haben, war in den Siebzigerjahren *Der Clou.*« Als Mrs Hamlin gebeten wurde, Berichte zu kommentieren, ihr Mann habe einem Ober gesagt, er warte auf jemanden, reagierte sie mit Erstaunen.

Die Krankenschwestern hatten ihre eigenen Theorien, in denen es vor allem um Rachael Jorgenson ging.

Jorgenson wiederum ging ihrer Arbeit nach wie gewohnt, den Kopf hoch erhoben, nach außen hin unbeeindruckt und mit stets bereiter spitzer Zunge, um zu demonstrieren, dass sie als Assistenzärztin einen höheren Rang einnahm als die Krankenschwestern. Unter normalen Umständen hätte die Erfahrung ihr die Realität der Hackordnung in einer Klinik beigebracht – dass es die Krankenschwestern waren, die einer Assistenzärztin den Hintern retten konnten oder auch nicht, je nachdem, wie der auszubildende Arzt das Spiel zu spielen wünschte.

Aber niemand hatte einen Grund, die Polizei zu rufen. Mit einer Ausnahme.

»Wenn du mir nicht den Detective holst, frage ich Lisa … Sie und Chet werden mir helfen, McKnight zu holen …«

Damit Kathleen sprechen konnte, musste Richard die Trachealkanüle, die vorn aus ihrem Hals ragte, mit einem kleinen Gummikissen zuhalten. Dadurch wurde die Luft beim Ausatmen durch die Stimmbänder umgeleitet, sodass sie kurze Satzteile sprechen konnte. In regelmäßigen Abständen nahm er das Kissen hoch, Kathleen atmete mühsam ein, und dann folgten ihre nächsten paar Worte. Richard beobachtete besorgt, wie ihr Puls und ihre Blutdruckwerte auf den Monitoren stiegen. Kathleen war sichtlich noch nicht so weit, mit einem Detective vom Morddezernat des New York Police Department zu sprechen.

»Kathleen«, sagte er, »du bist noch zu schwach …«

»Bin ich nicht«, flüsterte sie.

»Hör auf mich. Du hältst das noch nicht durch.« Richard hatte ihr zugehört, als sie mit peinlicher Genauigkeit berichtete, wie Hamlin sie berührt hatte. Sie hatte nichts beschönigt, hatte ihm jedes Detail zugeflüstert, in klinisch-kühlen Ausdrücken, die alle seine Zweifel in Flammen aufgehen ließen und ihm Bilder dessen, was sie erduldet hatte, ins Bewusstsein brannten. Als sie geendet hatte, konnte er seine Wut kaum bezähmen und musste sich am Rand ihres Bettes festhalten, damit seine Hände nicht zu heftig zitterten.

»Ich kann das nicht glauben«, sagte er.

Sie atmete ein.

»Du glaubst immer noch …«

Sie atmete wieder ein.

»… dass ich halluziniert habe …«

Ihr nächster Atemzug war noch mühsamer.

»… dass er etwas … mit meinem Gehirn angestellt hat.«

Richard schluckte. »Nein. Ich schwöre es dir. Aber für

das, was er dir angetan hat, hätte ich ihn umgebracht, wäre er heute Morgen hier aufgetaucht. Ich bitte dich nur darum, dass du es mir überlässt, mit der Polizei zu reden.«

»Du sagst, du glaubst … dass er mich befummelt hat … aber nicht den Rest.«

Wieder spähte er zu den Monitoren. Ihre Werte waren weiter gestiegen. »Kathleen, ich glaube, dass du tatsächlich gesehen und gehört hast, was du sagst. Aber was beweist das? Dieser Teil der Geschichte ist so verrückt, dass niemand dir glauben wird, auch nicht die Polizei. Stattdessen wird sie dich mit allen möglichen Fragen bombardieren, auf die es keine Antwort gibt. Deshalb sollte ich derjenige sein, der mit den Cops redet.«

»Ich werde McKnight überzeugen … dass meine Geschichte stimmt.«

Richard sah, dass ihre Augen sich mit Tränen füllten.

»Lass mich allein …«, flüsterte sie.

»Kathleen …« Er ließ sich auf den Stuhl sinken, das Gummistück noch immer in der Hand, angewidert von sich selbst. Er konnte Luftschläuche einführen, Infusionen anlegen, sogar ein Herz wieder zum Schlagen bringen, aber Kathleens Vertrauen zurückgewinnen konnte er nicht.

Kathleen ballte hilflos die Fäuste. Da sie Handgelenke und Arme nicht bewegen konnte, war sie darauf angewiesen, dass Richard den Luftröhrenschnitt für sie abdeckte. In ihren Blicken lag Frustration, bis Richard sich wieder vorbeugte, die Öffnung in der Luftzufuhr abdeckte und ihr dadurch die Kraft verlieh, »Fahr zur Hölle« zu sagen.

Er nahm das kleine Gummistück, mit dem er die Öffnung verschloss, gerade lange genug hoch, dass sie wieder einatmen konnte. Doch die Anstrengungen ermüdeten sie offensichtlich immer mehr, und er wusste, dass sie nicht länger ohne Beatmungsgerät auskommen würde. Wenn ihre Atemmuskulatur auch wieder zu arbeiten begann, so war sie doch noch viel zu schwach, um ihren Körper mit ausreichend Sauerstoff zu versorgen. Wenn sie redete, war ihre Aussprache schwerfällig und schleppend – das Ergebnis einer Restlähmung in der rechten Hälfte ihrer Zunge und des Mundes. Es brach ihm fast das Herz, wenn er hörte, wie ihre einst so fröhliche Stimme jetzt klang. Und ihre Chancen, jemals wieder normal sprechen zu können, standen sehr, sehr schlecht.

Dennoch legte er rasch wieder das Gummistück auf die Öffnung, denn er wollte nicht, dass sie sich noch hilfloser und verzweifelter fühlte, als sie es schon war.

»Ich will... McKnight sprechen.«

Sie atmete kurz und heftig ein und begann zu schluchzen. Aus der Öffnung kam eine Reihe gurgelnder Geräusche, als die Sekrete aus ihrer Lunge sich im Atemweg sammelten. Richard wusste, dass Kathleen an der eigenen Körperflüssigkeit ersticken konnte, wenn diese nicht abgesaugt wurde.

Rasch griff er nach dem dünnen Plastikkatheter, der an der Wand hing, öffnete das Einlassventil und führte die Spitze des dünnen Schlauchs durch die Kanüle in ihre Lunge ein. Der Schmerz und die Wut, die er in ihren Augen sah, während er die angesammelte Flüssigkeit absaugte, ließen ihn beinahe innehalten.

»Halt durch, nur noch ein paar Sekunden, Kathleen«, sagte er immer wieder. »Das muss gemacht werden.«

Als er fertig war, waren ihre Lippen und ihr Gesicht vom Sauerstoffmangel grau. Rasch schloss er sie wieder ans Beatmungsgerät an und blies die Manschette um die Trachealkanüle wieder auf, damit keine Luft entweichen konnte. Bald bekam ihre Haut wieder etwas Farbe, doch sie wollte ihn nicht ansehen und hielt die Lider fest geschlossen. Sie wollte ihm auch nicht auf seine Ja-Nein-Fragen antworten, indem sie entsprechend oft seine Hand drückte. Als er seine Finger zwischen die ihren schob, öffnete sie schwach die Hand und wies ihn ab.

»Also gut, ich hole McKnight«, sagte er und fühlte sich

hilfloser als je zuvor. Der Mann würde zweifellos sehr genau darauf achten, was Kathleen ihm erzählte. Ob er ihr glaubte, war eine andere Sache. »Ich rufe ihn von meinem Büro aus an. Und während wir auf ihn warten, gehe ich in die Radiologie und nehme Lockman in die Mangel, bis er mir erzählt, was sie mit dir gemacht haben …«

Die Vorhänge hinter ihm wurden auseinander geschoben, und Gordon Ingram kam in die Kabine.

»Morgen, Richard. Das sind vielleicht Neuigkeiten über Hamlin, was? Jetzt wissen wir, warum das arme Schwein gestern Abend nicht aufgetaucht ist, hm?« Er trat direkt an Kathleens Bett.

Sie schlug die Augen auf.

»Hallo, Dr. Sullivan. Ich bin der Mann, der für das Ding in Ihrem Hals verantwortlich ist. Ich dachte, ich sollte meine Arbeit mal überprüfen.« Rasch nahm er den Verband um die Kanüle herum ab und legte eine Reihe feiner Stiche frei, wo er Jorgensons Schlachterarbeit ausgebessert hatte.

Obwohl der Bereich blutunterlaufen und leicht entzündet war, schien der Heilungsprozess erstaunlich gute Fortschritte zu machen. »Sie haben hervorragende Arbeit geleistet, Gordon«, sagte Richard.

»Es dürfte keine nennenswerte Narbe zurückbleiben. Nichts, was ein großes Brillantkollier nicht verdecken könnte.«

Kathleen starrte beide fragend an: *Wer ist der Mann?*

Ingram lächelte und nahm das Beatmungsgerät ab. »Dann wollen wir mal hören, was Sie uns zu sagen haben, Dr. Sullivan. Sollen wir Richard einkaufen schicken?« Er löste die Manschette und justierte die Kanüle, sodass sie wieder sprechen konnte, und fügte hinzu: »Ich kenne einen guten Juwelier auf der Fifth Avenue.«

»Sie haben … meinen Hals operiert?«

»Schuldig im Sinne der Anklage.«

»Was ist mit Jorgenson …?«

»Hat Richard Ihnen nichts erzählt? Sie brauchte ein wenig Hilfe«, sagte er.

»Wird wirklich ... eine Narbe zurückbleiben?«

»Nichts allzu Auffälliges«, flüsterte er. »Wir sollten Richard bitten, sich schon mal nach einem Vierzigkaräter umzusehen. Vielleicht sollte er Elizabeth Taylor anrufen.«

Kathleens Augen funkelten. »Wir haben gerade einen Streit, Richard und ich ...«

»Tatsächlich? Na, das hört sich gesund an. Das überlasse ich euch beiden.«

»Sind Sie ... mein neuer Arzt?«

»Nein, die Neurologie wird sich noch weiter um Sie kümmern. Ich bin Ihr Tracheotomie-Doktor.«

Kathleen versuchte ein Lächeln.

»Also dann, fröhliches Streiten.«

Und weg war er.

Das eisige Schweigen ebenfalls.

»Ich mag ihn«, sagte Kathleen, als Richard die Öffnung wieder abgedeckt hatte.

»Ich auch.«

»Bekomme ich das Collier ...?«

»Na klar.«

Eine halbe Stunde später rief Richard bei Lockmans Sekretärin an.

»Tut mir leid«, sagte sie und seufzte. »Er ist heute nicht gekommen, und ich kann ihn auch zu Hause nicht erreichen.«

»Wenn er sich noch blicken lässt, sagen Sie ihm bitte, dass Richard Steele angerufen hat, und dass er mich sofort zurückrufen soll.« Wenn er weiß, was gut für ihn ist, hätte er beinahe hinzugefügt.

»Aber Dr. Sullivan, es ist nicht mein Fall«, sagte der riesige schwarze Detective an Kathleens Bett.

Sie drückte seine Hand. Wie klein ihre Finger in seiner

massigen Hand aussahen! Sie und Richard hatten den Detective vor über einem Jahr während eines Terrorangriffs auf New York und mehrere Südstaaten kennen gelernt, den sie zu vereiteln versucht hatten. Auch wenn das Land noch immer mit den Folgen dieses Biowaffen-Anschlags zu kämpfen hatte, wussten beide, dass sie sich auf die Glaubwürdigkeit des zähen Cops verlassen konnten.

»Es hat mir sehr leid getan, als ich von Ihrem Schlaganfall gelesen habe«, fuhr McKnight fort. »Erst wenige Tage zuvor war ein großer Artikel über Sie in der *Times* erschienen.«

Lisa hatte Kathleen den Artikel in der vergangenen Woche vorgelesen. »Für meinen Geschmack ... klang er ein bisschen zu sehr ... nach Nachruf«, flüsterte sie. »Aber danke fürs Kommen.« Richard stand dem Detective gegenüber und deckte die Öffnung in Kathleens Hals auf und zu, während sie sprach. »Ich muss mich ... kurz fassen.«

»Okay. Dr. Steele hat mir bereits gesagt, dass Sie Informationen haben, die Ihrer Meinung nach für die Ermittlungen im Mordfall Hamlin relevant sind. Soviel ich weiß, war er der Neurochirurg, der Sie operiert hat. Ist das korrekt?«

»Ja. In meiner ersten Nacht hier hat er etwas ... in mein Gehirn infundiert ... intravenös ... und er wollte, dass niemand davon erfährt. Er hat das schon früher gemacht, mit anderen Patienten ... Einige müssen gestorben sein ... Sein Radiologe sagte, dass sie ... Mordanklagen zu erwarten hätten, wenn Richard es herausfände.«

»Ich?«, fragte Richard. Diesen Teil der Geschichte hatte er noch nicht gehört. »Was hatte ich damit zu tun?«

»Sie haben sich gestritten ... hatten Angst, du könntest entdecken, was sie getan haben ... durch Patienten, die tot in der Notaufnahme ankommen ...«

»Tote? Ich habe keine ungewöhnliche Zunahme an Patienten festgestellt, die tot in der Notaufnahme ankamen.«

»Er hat ›mehr Tote‹ gesagt ... Die meisten kommen wohl noch ...«

»Sie wussten nichts von all dem?«, fragte McKnight und blickte ungläubig zu Richard. Tiefe Falten bildeten sich auf seiner Stirn.

»Na ja, nicht genau …«

»Nicht genau?« Die Falten vertieften sich. »Ich hätte erwartet, dass Sie schon bei der Andeutung, dass man irgendetwas mit Dr. Sullivan angestellt hat, das nicht koscher ist, das Kriegsbeil ausgraben. Und doch haben Sie nichts unternommen?«

»Morphine oder auch nur der Aufenthalt auf der Intensivstation können Verfolgungswahn auslösen«, verteidigte sich Richard.

McKnight schüttelte langsam den Kopf. »Ich schlage vor, dass Sie Ihre Unterlagen über Tote in der Notaufnahme überprüfen, Doc, besonders die, auf denen der Name Hamlin steht.« Er zog einen Block und einen Stift aus der Brusttasche seines Anzugs, drehte sich um und beugte sich zu Kathleen hinunter. »Wie war gleich der Name dieses Radiologen?«

Bevor Kathleen antwortete, genoss sie den schmerzlichen Ausdruck, der sich beim Rüffel des Detectives auf Richards Gesicht ausgebreitet hatte. Gut, dachte sie und hätte dazu ein *Ich hab's dir ja gesagt*-Lächeln aufgesetzt, hätten ihre Muskeln ihr gehorcht. »Matt Lockman. Und er hat angedeutet, dass noch andere … darin verwickelt sind …«

»Hat er gesagt, wer?«

»Nein.«

Sie spürte, wie sich Richards Hand an ihrem Hals anspannte, und blickte gerade noch rechtzeitig in sein Gesicht, um zu sehen, wie ein seltsamer Ausdruck darüber huschte. Doch was immer ihm in den Sinn gekommen war, er behielt es für sich.

»Er drohte auch damit, alles zu tun … um Richard davon abzuhalten … die Polizei zu verständigen …«

»Hat er Dr. Steele bedroht?«

»Er sagte, er würde ihn … zum Schweigen bringen … und jeden anderen, der redet …«

»Mein Gott«, sagte McKnight und stand mit einer Behändigkeit auf, die für einen solch großen Mann bemerkenswert war. »Ich möchte mit diesem Burschen sprechen, noch heute Abend. Was für eine Spur! Die Kollegen, die in dem Fall ermitteln, vermuten bisher, dass es ein Verrückter war, der sich irgendein Ziel ausgesucht hat.«

»Sie glauben, dass Lockman Hamlin erschossen hat?«, fragte Richard.

McKnight sah Richard an, als wäre der ein Idiot. »Ich glaube, dass der Mann sehr viel zu erklären hat, meinen Sie nicht? Ich glaube außerdem, dass auch Sie ihm gern ein paar Fragen stellen würden, oder?«

»Stimmt. Ich habe heute sogar schon versucht, Lockman zu erreichen. Er ist nicht zur Arbeit erschienen und nicht ans Telefon gegangen. Seine Sekretärin sollte ihm sagen, dass er mich sofort zurückruft, sobald sie ihn erreicht.«

Der Detective nickte, wandte sich wieder Kathleen zu und nahm ihre Hand. In seinen dunklen Augen lag ein bedrohlicher Ausdruck, der für den Radiologen nichts Gutes verhieß. »Was immer der Mann uns erzählt, Dr. Sullivan, ich werde Ihnen Antworten bringen, das verspreche ich. Und vielen Dank für die Informationen. Sie sind eine außergewöhnliche Frau.« Er erwiderte ihren schwachen Griff mit einem liebevollen Händedruck.

»Da ist noch etwas …«, sagte sie.

»Ja?«

»Montag vor einer Woche hat Hamlin mich … unsittlich berührt. Ich glaube, er hat das getan, damit ich mich selbst diskreditiere … damit alles andere, was ich sage, verrückt klingt … wegen der Sedativa und Morphine …«

McKnight drehte sich auf dem Absatz zu Richard um. »Sie hat Ihnen das erzählt, und Sie haben ihr nicht geglaubt?«

Richards Gesicht lief rot an. »Zuerst nicht. Aber jetzt glaube ich ihr.« Kathleen meinte zu spüren, dass seine Hände, die sonst immer so ruhig wie ein Fels waren, leicht zitterten, als er das Beatmungsgerät wieder anschloss und damit zu erkennen gab, dass das Gespräch beendet war. Er brachte seine Lippen nahe an Kathleens Ohr. »Es tut mir leid«, hörte sie ihn sagen, und er küsste sie leicht auf die Schläfe. Sie sah den traurigen Ausdruck in seinen Augen, die schon zu viel Leid gesehen hatten – ein Ausdruck, wie sie ihn nie wieder in seinen Augen sehen wollte. »Es tut mir leid«, sagte er noch einmal, ergriff ihre Hände und drückte die Lippen darauf.

McKnight blickte diskret zur Seite. Dann verließen die beiden Männer mit entschlossenen Schritten die Kabine.

Lockman war immer noch nicht in der Radiologie. Diejenigen, die dort spät abends noch arbeiteten, erklärten, sie hätten ihn den ganzen Tag nicht gesehen. Als Richard die Telefonzentrale des Krankenhauses bat, ihn mit Lockmans Privatnummer zu verbinden, kam nur das Besetztzeichen. Eine Nachfrage bei der Telefongesellschaft erbrachte die Information, dass Lockmans Telefon ausgehängt war.

»Wissen Sie, wo er wohnt?«, fragte McKnight.

»Das kann ich rausfinden«, sagte Richard und führte McKnight zu seinem Büro in der Notaufnahme. Er durchstöberte seine hoffnungslos unordentlichen Schubladen und ein Regal voller Akten und Papiere und fand schließlich ein Exemplar des Personalverzeichnisses.

Als McKnight die Adresse sah, stieß er einen leisen Pfiff aus. »Diese Ecke von Long Island ist ziemlich vornehm«, sagte er und notierte sich die Anschrift. »Ich selbst kann heute nicht mehr dorthin, aber ich werde es den Jungs funken, die am Hamlin-Fall arbeiten. Die werden sicher mit Lockman reden wollen, vielleicht sogar noch heute Nacht. Wollen Sie dabei sein?«

»Das möchte ich um keinen Preis versäumen«, antwortete Richard grimmig und malte sich aus, Lockman ein paar Minuten in die Finger zu bekommen, bevor die Polizei sich um ihn kümmerte.

»Die Jungs werden ein bisschen Zeit brauchen, um sich mit dem zuständigen Revier in Long Island in Verbindung zu setzen und sich die nötige Unterstützung für den Besuch zu beschaffen. Ich gebe ihnen Ihre Handynummer, okay? Die Jungs rufen Sie an, wenn sie fertig sind.«

»Natürlich«, sagte Richard und lächelte freundlich. Doch er hatte sich schon für einen besseren Plan entschieden.

Er brauchte eine Stunde bis zu der Anschrift in Long Island, die sich in einem bewaldeten Viertel befand, in dem vornehmlich alter Geldadel wohnte. Die Bäume bildeten einen Baldachin, der kaum Licht durchließ. Und wie am Boden eines alten Waldes die jungen Pflanzen häufig verkümmerten, erreichten die Nachkömmlinge der Bewohner solcher Wohnviertel oft nicht die Erwartungen ihrer Eltern. Matt Lockman war da keine Ausnahme.

Sein Vater war einst der Chef der Radiologie am New York City Hospital gewesen, eine Koryphäe auf seinem Fachgebiet. Er war vor mehr als zwanzig Jahren gestorben, kurz nachdem Richard zur Mannschaft gestoßen war. Lockman Junior hatte versucht, in die Fußstapfen seines Vaters zu treten und nicht nur Radiologe zu werden, sondern ihm auch als Chef der Abteilung zu folgen, was er auf laute, unüberhörbare Weise kundtat – nur dass seine Kollegen ihm nicht zutrauten, dass er das Zeug dazu hatte. Richard teilte diese Ansicht. Mehr als einmal war die Notfallabteilung wegen Lockman vor Gericht gelandet, weil er für einen der Assistenzärzte ein Röntgenbild falsch interpretiert hatte und beispielsweise einen Lungentumor übersah, einen Bruch nicht bemerkte, ein subtiles Symptom wie Luft unter dem

Zwerchfell nicht erkannte, die auf einen perforierten Darm hindeutete. Dies waren nur einige seiner Fehlleistungen. Jedes Mal ergaben die Untersuchungen, dass Lockman tatsächlich der Schuldige war. Daher hatte Richard jedem in der Notaufnahme geraten, sich eine zweite Meinung einzuholen oder sich gleich an ihn, Richard, zu wenden.

Auch wenn es um Geld ging.

In seiner Fachrichtung, die für ihre Spitzenverdienste bekannt war, hatte Lockman unübersehbar großes Talent, wenn es darum ging, immense Summen zu verschleudern. Im Krankenhaus kursierte der Witz, Lockman brauche das Geld, um all seine Prozesse zu bezahlen, und obwohl er in Daddys Villa wohnte, hatte er kein Dienstpersonal.

Wenige Minuten später entdeckte Richard die Hausnummer. Der Besitz war eingezäunt, wie die meisten Häuser in dieser Gegend, nur dass das schmiedeeiserne Tor hier offen stand.

»Wie praktisch«, murmelte er und fuhr ungefähr dreißig Meter weit einen geraden Kiesweg hinauf, bis dieser sich vor einer Dreiergarage weitete. Lockmans Wagen war draußen geparkt. Die Front war auf die Garagentore gerichtet, sodass der Wagen wie etwas aussah, das nicht hierher gehörte und wie eine riesige Ratte schnüffelte, um ins Haus zu kommen. Eine hohe, ungepflegte Hecke versperrte die Sicht auf die Villa.

Richard stieg aus und ging zu der Hecke hinüber, wo eine Öffnung den Zugang zu einem geschwungenen Fußweg bot, der zur Haustür führte. Selbst im Zwielicht konnte Richard erkennen, dass das alte Haus nicht mehr die prächtige Villa von einst war. Zwar bewies es – wie die meisten älteren Häuser in der Gegend – durch seine schiere Größe, welcher Reichtum hier einst gewohnt hatte. Doch unter der abgeblätterten weißen Farbe der zahlreichen Fensterrahmen und Läden wurde das faulige Holz sichtbar. Im Garten vor dem Haus wuchsen keine Blumen, sondern Unkraut und ein paar immergrüne Ziergewächse, die ebenso dringend geschnitten werden mussten wie die Hecke, die Richard soeben durchschritten hatte. Wenigstens der Rasen war gemäht, doch er glich einem missglückten Haarschnitt: Einige kahle Stellen waren zu kurz geschnitten, während andere noch einen Schnitt gebrauchen konnten.

Reiches Haus, leere Kasse, dachte Richard.

Er erreichte die Haustür in dem reich verzierten Eingang, der auf beiden Seiten von schmalen, deckenhohen Fenstern begrenzt wurde. Ein Druck auf den Klingelknopf ließ tief im dunklen Innern des Hauses einen Gong erklingen.

Während er wartete, hörte er keinen Laut, nur den Gesang der Vögel in den Bäumen. Es gab nicht den geringsten Luftzug, und obwohl es den Tag über heiß gewesen war, war die Luft unter dem Dach aus Laub kühl, beinahe klamm.

Richard drückte ein zweites Mal auf die Klingel.

Immer noch keine Reaktion.

Er beschirmte mit den Händen die Augen, um die Reflexionen zu vermindern, und blickte durch eines der Fenster.

Er sah keine Bewegung, nur mehrere antike Stühle und Beistelltische im gespenstisch stillen Foyer.

»Komm schon«, murmelte er und stellte sich vor, dass Lockman sich irgendwo im Innern des Hauses ängstlich duckte. Richard hoffte sehnlichst, dass er öffnete. Dann würde er dem Mistkerl die Hände um den Hals legen und die Wahrheit aus ihm herausschütteln. Denn wenn die Cops und Anwälte erst erschienen waren, würde deren ordnungsgemäßes Vorgehen Lockman so weit schützen, dass dieses kleine Wiesel vielleicht niemals erzählte, was er und Hamlin Kathleen angetan hatten.

Da Richard niemanden entdeckte, hämmerte er gegen die Tür. »Matt!«

Nichts.

Zornig packte er den Türknauf. In der Hoffnung, dass

das Schloss in ebenso schlechten Zustand war wie das gesamte Haus, drehte er ihn im Uhrzeigersinn.

Zu seiner Verwunderung öffnete die Tür sich.

Er trat ein. »Matt…?«

Keine Antwort.

Im Haus roch es abgestanden und muffig. Offensichtlich hatte Lockman noch immer keine Haushaltshilfe. Ob der Mann allein lebte, wusste Richard nicht. Jedenfalls hatte er nie eine Mrs Lockman zu gesellschaftlichen Anlässen ins Krankenhaus mitgebracht, nur mehrere Frauen, die er jedes Mal als »meine Begleiterin« vorgestellt hatte. Richard konnte sich nicht erinnern, jemals eine dieser Frauen zweimal getroffen zu haben.

»Matt!«

Er durchquerte das Foyer, das er soeben inspiziert hatte, und betrat auf der linken Seite ein großes, reich möbliertes Wohnzimmer.

Leer.

Er sah, dass der Raum sich zu einem großen Esszimmerbereich hin öffnete, dessen Mittelpunkt ein Tisch aus Mahagoni war, an dem leicht zwölf Personen Platz finden konnten.

Aber heute Abend gab es keine Gäste.

Richard ging weiter in den hinteren Teil des Hauses und gelangte in eine Küche, die anscheinend erst kürzlich renoviert worden war, da sie voller neuer Küchengeräte stand.

Als er durch die Kellertür ging, bemerkte Richard eine Reihe von Mausefallen, mit Ködern versehen und gespannt. Da er in seinem Heim in der Sechsunddreißigsten Straße seine eigenen Schlachten mit diesen Nagetieren geschlagen hatte, beschloss er, lieber auf einen Blick in die Dunkelheit dort unten zu verzichten.

Er setzte seinen Rundgang durchs Erdgeschoss fort, kam durch ein mit Ledermöbeln eingerichtetes Arbeitszimmer, eine prachtvolle Bibliothek – die so unberührt aussah, als ob niemand jemals ein Buch aus den Regalen genommen, geschweige denn eines gelesen hätte – und einen bequem ausgestatteten Fernsehraum.

Aber keine Spur von Lockman.

Zurück im Foyer, ging Richard zu der großen Treppe in der Mitte. Während er hinaufstieg, wunderte er sich, um wie vieles besser das Haus mit seiner üppigen Ausstattung von innen aussah als von außen. Wollte Lockman vielleicht verbergen, wie vermögend er in Wirklichkeit war?

Auf dem Weg die Treppe hinauf hielt Richard inne, als ihm ein widerwärtiger Geruch in die Nase stieg. Entweder hatte jemand vergessen, die Toilettenspülung zu betätigen, dachte er und zog die Nase beim Geruch von abgestandenem Urin und Exkrementen kraus, oder es wird Zeit, dass Lockman ein paar von seinen Schätzen verkauft und eine Putzfrau einstellt. Als er den ersten Stock erreichte, fand er sich in der Mitte eines langen Flures wieder. Der größte Teil lag wegen der fortgeschrittenen Dämmerung bereits in tiefem Schatten, und er fragte sich, welche Richtung er einschlagen sollte. Er wandte sich nach links, und der Hartholzfußboden knarrte unter seinen Schuhen. Während er weiterging, wurde der Geruch, der süßlich und sauer zugleich war, stärker und zwang ihn, mehrere Male zu schlucken und durch den offenen Mund zu atmen, um nicht würgen zu müssen. Richard war sicher, noch etwas anderes gerochen zu haben, das ihm bekannt vorkam, und er fragte sich, ob einer der Nager aus dem Keller irgendwo in der Nähe gestorben war.

Die Zimmer, die sich im Flur reihten, wurden vom gespenstischen Grau des Zwielichts erleuchtet. Durch die ersten beiden Türrahmen sah Richard spärlich möblierte Schlafzimmer, wo Staubdecken die Stühle wie Leichentücher einhüllten. Von den Matratzen waren die Laken abgezogen. Der dritte Raum schien das Schlafzimmer des Hausherrn zu sein, seiner Größe und dem Himmelbett nach zu urteilen, das den größten Teil der hinteren Wand einnahm. Die zerwühlte Bettdecke und die Herrenkleidung, die über zwei Polstersesseln hing, ließen vermuten, dass hier vor kurzem jemand geschlafen hatte. Doch was Richard am stärksten auffiel, war der widerliche Gestank.

»Du lieber Himmel«, murmelte er. Es roch so penetrant, dass er würgen musste. In der hinteren Ecke des Flurs konnte er ein Stück weit in ein beleuchtetes Badezimmer sehen – die vordere Rundung der Toilettenschüssel, ein Stück vom Waschbecken, das eine Ende der Badewanne – alles leuchtend weiß. Durch das matte Glas der Duschkabine sah er den unscharfen, fleischfarbenen Umriss eines Körpers, stumm und völlig regungslos.

Richard spürte, wie sich ihm die Nackenhaare aufstellten. Ihm stockte der Atem.

Das einzige Geräusch war das abendliche Zwitschern der Vögel vor den Schlafzimmerfenstern, von denen eins einen Spalt weit geöffnet war.

Ohne den Blick vom menschlichen Umriss vor sich abwenden zu können, wich Richard zurück. Plötzlich wollte er nur noch weg von hier. Sollten die Cops sich darum kümmern.

Denn Richard hatte einen Geruch identifiziert, den er kannte.

Den Geruch einsetzender Verwesung.

Er erstarrte.

Hinter dem Glas bewegte sich etwas. Irgendetwas Dunkles huschte in Brusthöhe über die Hauttöne. Dann bewegte der dunkle Fleck sich nach unten und ließ sich an den Füßen der Gestalt nieder. Hinter der rechten Schulter schien ein weiterer Fleck hervorzukommen.

Was ist das? Richard schauderte. Dann holte er tief Atem und ging auf die Kabine zu.

Als er das kleine Badezimmer betrat, wurde der Gestank so überwältigend, dass sich ihm der Magen umdrehte und er sich beinahe übergab, obwohl er mit diesem Geruch vertraut war. Er stemmte sich gegen den Impuls, das Weite zu suchen, packte den Griff an der Glastür und zog sie auf.

Matt Lockman, dessen Arme am Duschkopf festgebunden waren, hing nackt an der gekachelten Wand. Seine Brust war auf der linken Seite von oben bis unten aufgeschnitten, und die durchtrennten Knochen enthüllten das Innere des Brustkorbs. Als Richard entsetzt zurückwich, steckte eine Ratte ihren spitzen, knopfäugigen Kopf aus dem Loch.

Richard schrie auf und stolperte zwei Schritte zurück.

Die Ratte flüchtete um den Körper herum nach hinten und verschwand durch ein Loch in den Kacheln.

Im selben Augenblick streifte etwas an Richards Hosenbein entlang. Er sah gerade noch rechtzeitig nach unten, um eine zweite Ratte zu entdecken, deren Fell rot glänzte. Das Tier zog im Maul irgendetwas hinter sich her, das fast so groß war wie es selbst.

Richard brüllte und stampfte mit dem Fuß auf, sodass die Ratte heftig erschrak, ihre grausige Last fallen ließ und im Schlafzimmer verschwand.

Richard erkannte auf den ersten Blick, dass die Beute der Ratte ein menschliches Herz war.

8

Richard hatte das Gefühl, ersticken zu müssen.

Der Ekel war schier überwältigend. Er kämpfte darum, die Übelkeit niederzuhalten, und zwang sich, so kühl zu denken wie der Arzt, der er war. Schließlich war er ausgebildet, inmitten verstümmelter Körper und abgetrennter Gliedmaßen in der Notaufnahme und auf Obduktionstischen kühl und sachlich zu bleiben.

Aber das hier war ein Gemetzel, wie er es nie zuvor gesehen hatte. Er konnte unmöglich die professionelle Distanz aufbieten, davon unbeeindruckt zu bleiben. Gefühle, die er normalerweise im Zaum hielt, kochten über.

Empörung über die Brutalität.

Abscheu über eine derart obszöne Vergewaltigung eines Menschen.

Ekel und Grauen vor dem schauderhaften Anblick.

Wer konnte so etwas getan haben?

Richard riss sich zusammen. Er näherte sich dem Toten vorsichtig, um einen genaueren Blick auf den offenen Brustkorb zu werfen.

Die Rippen waren sauber durchtrennt worden, wie es bei einer Autopsie mit einer Knochensäge gemacht wurde. Selbst die Kurve des Schnittes glich der üblichen Schnittführung bei einer Obduktion.

Sein Blick wanderte nach oben. Lockmans Kopf war nach vorn auf die Brust gesunken, doch Richard glaubte, unter der Kinnlinie des Toten etwas Weißes zu sehen. Er beugte sich vor, um einen besseren Blick zu bekommen, und sah einen Plastikschlauch, der aus der Luftröhre des Mannes ragte.

Aber es war ein ganz besonderer Schlauch. Es war ein Instrument, wie es in der Notaufnahme benutzt wurde, um einen Ringknorpelstich durchzuführen, eine Art Notfall-Tracheotomie, nur dass er als vorübergehende Maßnahme gedacht war und mit einem einzigen Stich durch die Membran direkt oberhalb der Luftröhre ausgeführt wurde – für ungeübte Hände eine viel einfachere Prozedur als die normale Methode. Aber warum sollte jemand, der vorhatte, Lockman zu töten, sich die Mühe machen, ihm einen Luftweg zu verschaffen?

Die Antwort schlich sich in Richards Verstand – so langsam wie das eisige Schaudern, das ihm gleichzeitig den Rücken hinaufkroch. Der Mörder hatte erreichen wollen, dass Lockman stumm blieb, sodass niemand seine Schreie hören konnte …

Richard entdeckte eine blutverkrustete Fleischwunde, die von der linken Schläfe Lockmans bis hinters Ohr reichte.

Auch ein einzelner Angreifer hätte Lockman zuerst bewusstlos schlagen und den Ringknorpelstich durchführen können, um sein Opfer dann aufzuhängen, bevor es wieder zu sich kam.

Richard blickte zögernd auf die Füße des Leichnams, sah das Klebeband, das um die Knöchel gewickelt war, und stöhnte vor Entsetzen laut auf.

Der Gedanke, dass Lockman bei Bewusstsein gewesen war, während der Mörder ihn so grausam getötet hatte, ließ ihn würgen.

Schließlich gab er dem Brechreiz nach und beugte sich über die Toilette, um sich zu übergeben.

Im selben Augenblick hörte er die Fußbodendielen im Flur knarren.

Der Erfolg versetzte ihn in Hochstimmung.

Nun war der dritte Name auf der Liste an der Reihe. Dass es eine Patientin war, kümmerte ihn nicht. Sie alle mussten dafür bezahlen, dass sie Kinder Gottes geopfert hatten. Dass die Frau eine berühmte Genetikerin war, würde umso mehr Furcht und Schrecken verbreiten, wenn die Wahrheit ans Licht kam. Im Unterschied zu den anderen Exekutionen waren die Anweisungen, die er für die Art und Weise ihres Todes bekommen hatte, sehr genau. Es musste wie ein natürlicher Tod aussehen.

Das fand der Mann unverständlich, sogar beunruhigend. Er sah keinen Grund, weshalb die Ermordung der Frau nicht eindeutig als solche erkannt werden sollte. Aber er hatte dem Herrn blinden Gehorsam geschworen. Doch sträubte er sich innerlich dagegen, unsinnige Befehle auszuführen, wenn sie von Sterblichen kamen. Aber da er einen Soldateneid geschworen hatte, allen derartigen Befehlen Folge zu leisten, würde er ihn ausführen, so schwer es ihm auch fiel, weil er keinen Sinn darin sah.

Unter den zahlreichen Gegenständen, die er während seiner Jahre im Krankenhaus gestohlen hatte, befand sich auch Berufskleidung aller Art – von Ärzten, Sanitätern, Krankenpflegern, Empfangspersonal und anderen mehr. Heute Nacht würde er einen Raumpfleger spielen, einer der unauffälligsten Jobs in der Arbeitshierarchie. Er hatte die triste, olivgrüne Arbeitskleidung unter seiner Jacke getragen, als er sich früher am Abend als Besucher eingetragen hatte. Als er eine Toilettenkabine gefunden hatte, steckte er sich ein gefälschtes Namensschild – nach dem Vorbild seines alten Schildes angefertigt – an sein Hemd und kam als Harold Glass, seines Zeichens Raumpfleger, wieder zum Vorschein. Er steckte das Schildchen so an, dass das Foto darauf zu einem Teil in seiner Brusttasche hing. Niemand würde ihm die geringste Aufmerksamkeit schenken, solange das Schild da war. Dann machte er sich auf den Weg zu dem Raum, in dem das Reinigungspersonal seine Karren abstellte. Wenig später moppte er hingebungsvoll den Fußboden vor dem Eingang der Intensivstation.

Von Zeit zu Zeit glitten die Türen auseinander, wenn Krankenschwestern, Ärzte, Medizinstudenten und Besucher kamen und gingen. Jedes Mal blickte er heimlich von seiner Arbeit hoch, um einen raschen Blick in die Station zu werfen und zu beobachten, wo sich das Personal aufhielt, ob die Oberschwester im Stationszimmer war, und vor allem, um herauszubekommen, in welchem Krankenabteil Kathleen Sullivan lag. Das war schwierig, denn je nach Zustand der Patienten wurden diese auch innerhalb der Abteilung verlegt. Die kritischeren Fälle wurden in Sichtweite des Schwesternzimmers gebracht. Da die Vorhänge der Krankenabteile zugezogen waren, konnte er von seinem Standort aus nur die Fußenden der Betten sehen. Also musste er einen Blick ins Innere werfen, um herauszufinden, wo sein nächstes Opfer lag. Dann konnte er den Ablauf zeitlich so legen, dass er sich die Frau vornahm, wenn niemand auf sie achtete.

Er legte seinen Wischmopp zu Boden, berührte die runde Kontaktscheibe, die die Türen aktivierte, und ging zu dem Platz, an dem die Krankenblätter aufbewahrt wurden. Er suchte den nächsten Papierkorb, nahm ihn und schlenderte zum Ausgang zurück, als wollte er den Korb leeren. Diesmal aber machte er einen Umweg und ging ein wenig langsamer, damit er im Vorbeigehen in jedes Bett schauen konnte. Am Nachmittag hatte er eines von Kathleen Sullivans Büchern gekauft, um an ein Foto von ihr zu kommen, musste aber feststellen, dass sie kaum wiederzuerkennen war, als er sie schließlich im Krankenbett entdeckte. Ihr goldbraunes Haar war der entscheidende Hinweis, denn bis auf das Haar besaß das blasse, schlaffe Gesicht nur wenig Ähnlichkeit mit dem Foto der strahlend schönen Frau auf dem Buchumschlag, das er sich so genau angesehen hatte.

Er kehrte zu seinem Putzkarren zurück, leerte den Papierkorb in einen Abfallbehälter und ging wieder zurück. Dabei ließ er den leeren Korb in der linken Hand vor und zurück schwingen und ging mit zielstrebigen Schritten weiter, damit niemand sich wunderte, was er hier zu tun hatte. Dabei tastete er in der rechten Tasche nach der mit Kaliumchlorid gefüllten Spritze, auf der eine Schutzkappe steckte.

»Ist es in Ordnung, wenn ich hier jetzt aufwische?«, fragte er eine Schwester, die an einem Schreibtisch saß.

»Sicher«, antwortete sie, ohne sich auch nur die Mühe zu machen, den Blick zu heben.

»Dafür, dass Sie etwas so Verrücktes tun und sich hier auf eigene Faust hereinschleichen, müsste ich Sie eigentlich hinter Gitter bringen«, sagte McKnight und blickte Richard mürrisch an.

»Tut mir leid«, entgegnete er und beließ es dabei, denn McKnight schien verdammt wütend zu sein, sodass jeder Erklärungsversuch ihn wahrscheinlich nur noch mehr aufgeregt hätte.

Die Long Island Police und zwei Detectives vom Morddezernat des New York Police Department, die den Flur entlanggeschlichen waren, hatten sich Richard geschnappt und ihm seine Rechte vorgelesen, da sie annahmen, dass er der Mörder war.

McKnight hatte den ganzen Weg von Manhattan bis hier herausfahren müssen, um seine Kollegen von ihrem Irrtum zu überzeugen.

Die beiden Männer waren nun allein in der Küche. Richard saß am Tisch, während der Detective auf und ab ging. Beide warteten darauf, dass die Leute vom kriminaltechnischen Labor ihre Untersuchung des Tatorts im ersten Stock beendeten.

»Verdammt! Wenn ich daran denke, was alles hätte passieren können, wenn Sie da oben über den Mörder gestolpert wären«, stieß der hünenhafte Detective hervor. »Vielleicht hätten wir Sie genauso aufgefunden wie das Opfer.«

»Lockman war schon seit heute Morgen tot. Wer immer der Täter war, er ist längst verschwunden.«

»Sie wissen schon, was ich meine! Warum hatten Sie es überhaupt so eilig?«

»Sie und Ihre Leute waren mit einer Mordanschuldigung hinter Lockman her. Ich wollte ihn dazu bringen, dass er mir sagt, was er und Hamlin mit Kathleen gemacht haben. Ich dachte, wenn Sie ihn erst einmal haben, werden seine Anwälte dafür sorgen, dass er kein Wort mehr von sich gibt.«

»Und wie kamen Sie darauf, dass er geredet hätte, wenn Sie zuerst bei ihm gewesen wären?«

»Fragen Sie mich lieber nicht.«

Der Detective blieb abrupt stehen, und ein Ausdruck des Erstaunens legte sich auf sein Gesicht. »Also wirklich, Doc, ich hätte nicht gedacht, dass Sie …«

»Ich werde *alles* tun, um Kathleen zu helfen. Sobald Sie mich gehen lassen, nehme ich mir Hamlins sämtliche Patientenakten vor, nicht nur von denjenigen, die bereits tot in der Notaufnahme angekommen sind. Vielleicht finde ich heraus, was da vor sich geht.«

Die Miene des Detectives hellte sich auf. »Mann, Doc, endlich reden Sie. Ich werde den Leuten oben sagen, wohin wir gehen …«

»Einen Augenblick. Ich sagte, dass *ich* die Akten durchsehe. Als Chefarzt bin ich autorisiert, eine solche Überprüfung vorzunehmen – das fällt unter die Qualitätssicherung. Wenn ich jedoch Sie mitbringe, verletze ich die Vertraulichkeit, wie Sie wohl wissen, Detective McKnight. Nein, ich mache das allein.«

Der Polizist zuckte die Schultern und drehte sich um.

Die meisten Cops, hatte Richard im Umgang mit ihnen in der Notaufnahme herausgefunden, würden den Versuch machen, Einblick in die Krankenblätter zu bekommen, sofern sie der Meinung waren, dass es ihnen bei ihrem Fall helfen konnte. Allerdings machten sie sofort einen Rückzieher, wenn man sie mit der rechtlichen Seite der Angelegenheit konfrontierte. Es war ein Spiel, das sie spielten, wobei sie niemals die Grenze des offenen Gesetzesbruchs überschritten. Doch einen übermüdeten, abgelenkten Notfallmediziner dazu zu bringen, dass ihm eine Bemerkung entwischte, war nicht rechtswidrig.

»Dann kann ich jetzt gehen?«, fragte Richard.

»Ja. Aber ich möchte, dass Sie mir vorher sagen, was Sie von der Handarbeit da oben halten.«

»Wer immer das war – er weiß, wie man mit einer Knochensäge umgeht. Auch das Herz wurde offenbar von jemandem herausgeschnitten, der sich auskennt. Sämtliche großen Gefäße wurden wie bei einer Obduktion abgetrennt und …«

»Sie meinen, der Täter ist Chirurg?«

Zum zweiten Mal an diesem Abend unterließ es Richard, dem Detective von dem seltsamen Trio zu berichten, das er in der vergangenen Woche mit Hamlin und Lockman hatte diskutieren sehen. Wenn sie »die anderen« waren, traf dieselbe Überlegung, die ihn dazu gebracht hatte, eher als die Cops zu Lockman zu fahren, auch auf diese »anderen« zu. Deshalb antwortete er: »Oder er ist Pathologe. Vielleicht jemand …«

Oben erklang der Schrei eines Mannes.

Richard folgte McKnight auf den Fersen, als beide die Treppe hinaufstürmten, um zu sehen, was vorgefallen war.

Als sie ins Schlafzimmer platzten, fanden sie eine Gruppe von Polizisten vor, die um einen Kollegen herumstanden, der mit aschfahlem Gesicht in einem Sessel saß. Seine blutende Rechte hatte er in die linke Hand gelegt; ein Paar blutige Gummihandschuhe, von denen einer zerrissen war, lag zu seinen Füßen.

»Was ist passiert?«, fragte Richard und trat vor, um die Wunde zu untersuchen.

»Im Brustkorb des Toten hat sich eine verdammte Ratte versteckt«, antwortete der Mann, dessen Gesicht noch bleicher wurde.

O Gott, dachte Richard. Bei all der Aufregung, als die Polizisten sich mit gezogenen Waffen auf ihn gestürzt, ihn zu Boden gedrückt und ihm Handschellen angelegt hatten, hatte er ganz vergessen, sie vor den Ratten zu warnen.

»Legen Sie sich hin, bevor Sie ohnmächtig werden«, wies er den Gebissenen an.

»Keine Bange, ich mach schon nicht schlapp«, sagte der Cop. Im nächsten Moment verdrehte er die Augen und fiel mit dem Kopf voran auf den Teppich.

»Herr im Himmel«, murmelte Richard und sah dem Mann in den Mund, um sicherzugehen, dass er nicht die eigene Zunge verschluckt hatte. »Könnte jemand seine Beine hochlegen?«

Ein Mann und eine Frau kamen der Bitte nach, indem jeder einen Unterschenkel des Bewusstlosen packte. Fast augenblicklich kam der Mann wieder zu sich.

»Hat jemand hier einen Erste-Hilfe-Kasten?« Richard untersuchte die verletzte Hand des Mannes. Es war nur ein kleiner, punktförmiger Biss, aber mit Sicherheit war die Wunde voller Erreger, wenn man bedachte, wo die Ratte gewesen war. »Er braucht Antibiotika und eine Tetanus-Injektion. Wenn ich die Wunde versorgt habe, bringen Sie ihn bitte in die nächste Notaufnahme.«

»He, Detective McKnight, sehen Sie sich das hier mal an«, sagte einer der Ermittler in Zivil, der mit einer kleinen Taschenlampe in Lockmans offene Brust leuchtete und hineinspähte.

»Ist die Ratte noch da drin?«, fragte McKnight.

»Nein, die ist durchs Fenster abgehauen.«

»Sind Sie sicher, dass nicht irgendwo noch eins von den Biestern steckt?«

»Bestimmt nicht. Keine Bange.«

Dennoch näherte McKnight sich der Leiche langsam und misstrauisch.

Jemand reichte Richard einen kleinen weißen Kasten, der Verbände und Pflaster enthielt. Während er die Hand des Mannes verband, beobachtete er, was in der Duschkabine vor sich ging.

McKnight warf einen Blick in die klaffende Öffnung in der Brust des Toten. Seine Brauen schossen in die Höhe, und seine Stirn legte sich in Falten wie ein Akkordeon. »Was ist das?« Er griff nach einer Schachtel mit frischen Gummihandschuhen und zog sich ein Paar über. Während ein Kollege die Lampe hielt, griff McKnight vorsichtig in die Öffnung und zog etwas heraus, das aus der Ferne wie ein blutbeschmierter Zweig aussah.

Der Detective zog einen Plastikbeutel aus einer Schachtel in der Nähe und legte den Gegenstand hinein, den er gefunden hatte. Dabei blickte er auf und sah, dass Richard ihn beobachtete. Er zögerte, dann kam er mit der Schachtel zu Richard hinüber, der gerade seinen Patienten fertig verbunden hatte.

Aus der Nähe erkannte Richard, dass es tatsächlich ein Zweig war.

»Was meinen Sie, was für eine Bedeutung der haben könnte?«, fragte McKnight.

»Was für eine Bedeutung?«

»Ja.«

»Wahrscheinlich wollte unser kleiner pelziger Freund bei Lockman einziehen und war dabei, sich einzurichten. Also wirklich, Detective, ich bitte Sie.«

McKnight lächelte nicht.

»Sie glauben doch nicht ernsthaft«, fuhr Richard fort, »dass der Killer das da reingelegt hat, als eine Art Nachricht für Sie ...?«

»Doch, das glaube ich.«

»Warum glauben Sie ...«

»Was weiß ich. Vielleicht ist er hinter Ärzten her, die ihren Garten verkommen lassen.«

»Nein, ich wollte etwas anderes fragen. Warum glauben Sie, dass es *überhaupt* etwas mit dem Mörder zu tun hat, dass der Zweig da war?«

»Weil wir bei dem Mord vor der New York City Public Library genau so einen Zweig auf einem Fenstersims gefunden haben. Genau da, wo wir glauben, dass der Schütze sich hingekniet hat, um Hamlin abzuknallen.«

Er hatte Kathleens Krankenabteil fast erreicht, ohne dass jemand ihm Aufmerksamkeit schenkte. Er hatte sogar um die Betten der anderen Patienten herum gewischt, damit es nicht auffiel, wenn er sich Kathleen auf die gleiche Art näherte. Er dürfte keine Schwierigkeiten haben. Soweit er sehen konnte, ließen die Schwestern sie meist allein.

Er lenkte seinen Putzkarren zum Fußende ihres Bettes und schob den Mopp darunter. Nachdem er ihn zum Schein ein paarmal vor und zurück geschoben hatte, bewegte er sich weiter zu der Stelle, wo an einer Stange, die an der Decke befestigt war, eine Infusionsflasche hing, und wischte langsam weiter, während er die ganze Zeit beobachtete und auf einen Moment wartete, da niemand das Krankenabteil einsehen konnte. Aber es waren zu viele Personen auf der Station. Es war besser, noch zu warten.

Während er dies tat, warf er heimlich einen Blick auf die Frau, die er bald Gottes Gerechtigkeit überstellen würde. Angesichts der völligen Stille und ihres ausdruckslosen, unbewegten Gesichts war er nicht auf den wachen Blick gefasst, mit dem sie ihn musterte. Er zuckte kurz zurück und fühlte sich einen Augenblick unbehaglich; dann hatte er sich wieder so weit im Griff, dass er sie anlächelte.

Ihre einzige Antwort war ein mehrmaliges Blinzeln; dann öffnete und schloss sie die rechte Hand.

»Ihnen auch hallo«, sagte er und grinste sie weiter an. »Kein Besuch heute Abend?«

Sie blinzelte einmal.

»Heißt das nein?«

Sie blinzelte zweimal.

»Und zweimal ist ja?«

Ein zweimaliges Blinzeln.

»Sie sind ja ganz schön clever.«

Er hasste Frauen wie sie. Unabhängig. Nicht verheiratet. Uneinsichtig für den Herrn und seinen Plan. Besonders ihre Arbeit als Genetikerin war das Werk Satans. Oh, es gefiel ihm sehr, sie dort so liegen zu sehen, niedergestreckt für ihre Sünden durch den allmächtigen Jehova.

Er legte den Wischmopp beiseite, wandte dem Innern der Station den Rücken zu und zog die Spritze aus der Tasche. Er wartete ein paar Sekunden, sah, wie ihre Augen sich beim Anblick der Spritze panisch weiteten, und genoss es, als ihr dämmerte, dass hier irgendetwas ganz und gar nicht stimmte, weil Raumpfleger normalerweise keine Spritzen gaben. Er beobachtete sie auch deshalb, um festzustellen, ob sie außer mit den Augen und Händen irgendwelche anderen Bewegungen machen konnte. Er wollte sicher sein, dass sie genauso hilflos war, wie er es auf Grund der Informationen vermutete, die er bekommen hatte. Er zog die Schutzkappe von der Spritze. Er würde ihr die Injektion binnen Sekunden verabreichen müssen, um nicht dabei gesehen zu werden, und konnte es sich nicht leisten, dass sie sich wehrte.

Sein Lächeln wurde noch breiter. Sah man davon ab, dass sie mit den Augenlidern zu flattern begann und die Hände öffnete und schloss, blieb ihr Körper völlig bewegungslos.

Er drehte den Kopf und sah über die Schulter.

Zwei Ärzte im Praktikum standen an der Mittelkonsole, wo sich die Monitore befanden, über ein Krankenblatt gebeugt. Der ausbildende Arzt stand neben ihnen; die drei hatten in ernsthafter Diskussion die Köpfe zusammengesteckt.

Aber wenn einer von ihnen auch nur kurz aufblickte, würde man ihn sehen. Es war besser, noch ein wenig zu warten.

Er steckte die Schutzkappe auf die Spritze, schob sie in die Tasche zurück und begann wieder zu wischen. Dabei behielt er das Ärztetrio im Blick, bereit zu handeln, sobald die Luft rein war.

Sie war ihm ausgeliefert.

Wer war der Mann? Was war in der Spritze? Und warum merkte niemand, dass er sich so lange in ihrer Nähe aufhielt? *Stoppt den Mann, um Himmels willen! Seht ihr denn nicht, was er vorhat? Sieht denn niemand die Nadel? Haltet ihn auf, bevor er mir das Zeug injiziert!*

Doch ihr stummes Flehen wurde nicht erhört.

Niemand schenkte ihr auch nur einen Blick.

O Gott, schrie sie in ihrem Gefängnis der Stille, und ihre Panik wuchs.

Gehörte der Mann zu Hamlin? Hatte Lockman ihn zu ihr geschickt? Wollte derjenige, der Hamlin umgebracht hatte, auch sie zum Schweigen bringen? Ihr Verstand war vor Angst zu verwirrt, um einen klaren Gedanken zu fassen. Das Einzige, woran sie jetzt denken konnte, war: Wie kannst du den Mann stoppen?

Als Naturwissenschaftlerin konnte sie erraten, was sich möglicherweise in der Spritze befand.

Insulin, beispielsweise. Es konnte sie durch Absenkung des Blutzuckers in einen hypoglykämischen Schock versetzen, ihr Gehirn gleichsam lahmlegen und sie unter Krämpfen und Zuckungen in den Tod schicken.

Oder Zyanid, um den Sauerstofftransport im Blut zu stoppen.

Oder Kalium, um ihr Herz anzuhalten.

Oder würde er sie mit irgendetwas infizieren, an dem sie erst später starb?

Aids vielleicht?

Aber was machte es für einen Unterschied, auf welche Art er sie umbringen wollte?

Sie musste ihn aufhalten!

Die Schwestern hatten neben Kathleens Hand das Kabel eines Notrufknopfes festgesteckt, aber das Gerät war von ihr weg unter die Bettdecke gerutscht.

Während ihr Entsetzen immer größer wurde, versuchte sie, die Finger zu bewegen. Sie hoffte, die Hand zu dem Knopf hinziehen zu können.

Zunächst kam sie nicht voran, weil die Spitzen ihrer Fingernägel auf der Oberfläche des Lakens abrutschten und sie nicht in der Lage war, das Gewicht ihres Arms zu verlagern. Sie grub die Nägel in den Stoff und versuchte es noch einmal. Ihre rechte Hand kroch vorwärts – und rutschte zurück.

Der Mann beobachtete weiterhin das Innere der Station. Wahrscheinlich wartet er, bis niemand mehr in Sicht ist, überlegte Kathleen und versuchte es noch einmal. Wieder verloren ihre Finger den Halt und machten dabei ein leises, kratzendes Geräusch. Über das Zischen des Beatmungsgeräts hinweg war es kaum zu hören.

Doch die Blicke des Mannes zuckten zu ihr herum.

Er hatte sie gehört! Kathleen hielt die Hand ganz still.

Nach ein paar Sekunden widmete der Mann sich wieder der Beobachtung der Station.

Sie versuchte es noch einmal.

Wieder glitten ihre Finger weg, und wieder zog das schwache, kratzende Geräusch die Aufmerksamkeit des Mannes auf sich.

Verdammt! Sie wartete darauf, dass er wieder wegsah. Doch er beobachtete sie weiterhin mit verwirrtem Gesichtsausdruck. Es schien ewig zu dauern, aber schließlich wandte er sich wieder der Beobachtung der Station zu.

Sie versuchte es noch einmal, doch bei diesem dritten Versuch bekamen ihre Finger erst gar keinen Halt, rutschten nur immer wieder ab.

Der Mann warf ihr einen wütenden Blick zu. »Was machen Sie da?«, fragte er mit ganz leiser Stimme, während er einen Schritt näher kam.

Würde er die winzige Veränderung der Lage ihres Armes bemerken? Kathleen starrte auf die Bettdecke, denn sie konnte die unbändige Wut nicht ertragen, die sie in den Augen des Mannes sah, als er sich über sie beugte. Warum sah ihn denn niemand? Warum kam ihr niemand zu Hilfe? Doch eingeschlossen in ihrem Körper, hörte sie nur das Pochen ihres Herzens, das heftig schlug, ohne Alarm auszulösen, was darauf schließen ließ, dass der Alarm an den Monitoren abgeschaltet war.

Plötzlich hörte sie, wie der Mann sich bewegte, und vor Angst wurde ihr ganz kalt. Nahm er wieder die Spritze aus der Tasche?

Sie hob den Blick, sah aber nur, wie der Mann am einen Ende des Krankenabteils den Wischmopp über den Fußboden sausen ließ und dabei nach links und rechts blickte, als wollte er eine Straße überqueren. Überzeugte er sich ein letztes Mal davon, dass niemand ihn beobachten konnte?

Noch einmal grub Kathleen die Nägel ins Laken und streckte die Finger, immer und immer wieder, ohne darauf zu achten, wie leise sie war. Ganz langsam schob ihre Hand sich weiter unter die Bettdecke.

Der Mann warf einen letzten Blick in beide Richtungen und lehnte den Mopp gegen das Bett.

Der Hurensohn tut es jetzt, schrie es in Kathleens Innerem. Sie öffnete die Finger so rasch, dass ihre Hand in einer Folge kleiner Sprünge – wie eine springende Spinne – aus dem Sichtbereich hüpfte. Sie spürte, dass ihr Unterarm und dann ihr Handgelenk am Notrufknopf vorbeistreiften. Nur noch ein paar Bewegungen, und ihre Handfläche lag auf dem Knopf …

Der Mann griff in die Tasche und holte die Spritze hervor, die er mit dem Rücken abschirmte.

O Gott! Kathleen versuchte, sich gezielter zu bewegen. Der Knopf kippte auf eine Seite und landete am fleischigen Teil ihres Daumens. Sie schob mit dem kleinen Finger und versuchte auf diese Weise, ihre Handfläche in eine bessere Position zu bringen. Es endete damit, dass der Apparat zur Seite rutschte. *Nein!* Wütend versuchte sie, ihn mit den Fingern zu ergreifen, wobei sich die Bettdecke bewegte.

Der Mann beugte sich über sie, nahm die Schutzkappe ab und führte die Nadel zu einem seitlichen Injektionszugang am Infusionsschlauch.

Kathleen wusste, dass ihr keine Zeit mehr blieb, und so bot sie alle verbliebene Energie auf. Mit einer einzigen, verzweifelten Anstrengung gelang es ihr, die Handfläche mitten aufs Gerät zu heben und es mit Zeigefinger und Daumen zu ergreifen. Verzweifelt tastete sie nach dem Knopf.

»Was, zum Teufel …«, murmelte der Mann, als er die Bewegung unter der Bettdecke sah. Rasch hob er eine Ecke und riss Kathleen den Knopf aus der Hand, bevor sie ihn betätigen konnte. »Na, Sie sind ja ein geschicktes kleines Biest«, flüsterte er und legte den Notrufknopf neben das Kopfkissen, weit außerhalb ihrer Reichweite.

Das war's, dachte sie. Jetzt bleibt dir nur noch die Wahl, *wie* du stirbst.

Sollte sie ihren Henker trotzig anstarren, oder sollte sie schicksalergeben die Augen schließen, wenn er ihr die Spritze gab?

Nein. Das würde es ihm zu einfach machen. Es war besser, sich dem Bastard zu widersetzen. Sie würde ihn anstarren. Ihr Gesicht sollte ihn bis an das Ende seiner Tage verfolgen!

Wieder näherte er sich dem Zugang am Infusionsschlauch.

Gedanken an Lisa, an Chet, an Richard schossen Kathleen durch den Kopf. *Kümmere dich an meiner Stelle um sie, Liebling,* sagte sie zu Richard, auch wenn es nur ein stummes Gebet war.

»Ist alles in Ordnung da drinnen?«, rief die vertraute, herrische Stimme der stachelhaarigen Krankenschwester mit dem Nasenstecker von irgendwo aus der Nähe der Mittelkonsole mit den Monitoren.

Normalerweise raubte ihr die Stimme dieser Frau den letzten Nerv, doch in diesem Augenblick klang sie so süß wie eine Engelsharfe.

Der Mann, der dem Saal immer noch den Rücken zuwandte, steckte blitzschnell wieder die Schutzkappe auf die Nadel und schützte die Spritze vor neugierigen Blicken, indem er sie in die Tasche steckte. »Ja, Ma'am. Ich bin gleich fertig«, sagte er über die Schulter. »Der Notrufknopf der Patientin war weggerutscht, und ich habe ihn nur wieder zurückgelegt.«

Die Schwester kam an Kathleens Bett. »Sie sind wach, nicht wahr?«, fragte sie. »Die Monitore haben gezeigt, dass Ihr Puls und der Blutdruck wieder in die Höhe geschnellt sind.«

Kathleen machte hektische Griffbewegungen mit ihren Fingern und blinzelte rasch.

»Beruhigen Sie sich, Dr. Sullivan, oder ich muss Sie ruhigstellen.«

Nein!

»Bitte, beruhigen Sie sich.«

Der Kerl will mich umbringen!

»Sie haben sich in letzter Zeit sehr gut erholt. Sie hatten fast keine Panikattacken mehr seit der Nacht Ihrer Operation. Es wäre eine Schande, wenn wir jetzt wieder Midazolam geben müssten.«

Dann gib es mir auch nicht, und achte auf den Mann hinter dir!

»Sie müssen erst einmal mit dem Putzen aufhören«, sagte die Schwester wie aufs Stichwort zu dem Unbekannten. »Die Patientin muss sich ausruhen.«

Der Mann stützte sich auf den Wischmopp. »Vielleicht

sollte ich später wiederkommen, nachdem Sie die Frau beruhigt haben …?«

»Ja, gut«, antwortete sie, ohne auch nur in seine Richtung zu blinzeln. »Aber warten Sie ein paar Stunden, bis kurz vor Schichtwechsel, wenn die meisten Besucher weg sind. Dann ist es wirklich nötig, hier mal alles zu wischen, so viel Schmutz, wie die Leute hier reinschleppen. Seit die Besuchszeiten für Familien verlängert wurden, ist es doppelt so schlimm geworden.«

Er stand stocksteif da, starrte auf den Rücken der Frau, dann auf Kathleen, und seine Pupillen weiteten sich vor Zorn, dass er weggeschickt wurde.

»Wie Sie wollen«, sagte er schließlich, drehte sich um und ging zu seinem Putzkarren.

»Und wecken Sie niemanden auf, wenn Sie wiederkommen«, rief die Schwester ihm nach. »Es ist schwer genug, die Patienten zum Einschlafen zu bringen, auch wenn Sie hier keinen Lärm machen.«

»Ich werde still sein wie ein Geist«, sagte der Mann über die Schulter und sah Kathleen immer noch direkt an. »Wenn ich wieder da bin, wird bestimmt niemand aufwachen – ganz im Gegenteil.«

»Wie kommt es dann, dass ihr die Papierkörbe immer so laut auf den Boden knallt?«, murmelte die Schwester, griff in eines der Medikamentenfächer und holte die bekannte braune Ampulle heraus, brach sie auf, steckte eine Spritze hinein und zog ein paar Milliliter der klaren Flüssigkeit auf.

Bitte nicht, bettelte Kathleen.

Ohne zu zögern, steckte die Schwester die Nadel in den seitlichen Zugang am Infusionsschlauch und drückte langsam die Flüssigkeit aus der Spritze.

Kathleen spürte, wie ihr wieder der vertraute, eisige Kopfschmerz in den Schädel kroch; dann folgte eine alles überdeckende Dunkelheit, die sich wie eine schwarze Kapuze über ihre Augen legte.

Richard saß vorgebeugt im Sitz und klammerte sich ans Lenkrad, die Knöchel so weiß wie die Verzierung des Armaturenbretts, und mühte sich, durch den Wasserfall aus Regen zu sehen, der sich in Strömen über die Windschutzscheibe ergoss. Die Sintflut hatte ihn auf dem größten Teil der Fahrt von Long Island zurück nach Manhattan begleitet.

Verdammte schlappe Scheibenwischer, dachte er. Genauso gut hätte er versuchen können, mit den Wischern das Rote Meer zu teilen.

Er warf einen Blick auf die Uhr. Obwohl er auf der Fahrt häufig die Geschwindigkeitsbegrenzung übertreten hatte, war es weit nach halb elf. Würde Kathleen schon schlafen? So sehr es ihn auch drängte, sich über Hamlins Patientenakten herzumachen – mehr noch wollte er Kathleen von Lockman berichten.

Er fuhr nordwärts auf dem Franklin D. Roosevelt Expressway, der Schnellstraße, die sich an Manhattans Ostseite entlangzog. Der East River rechts von ihm war kaum mehr als eine verwaschene schwarze Fläche. Das Herz der City zu seiner Linken sah aus wie ein himmelwärts ragendes Spalier aus flackernden, wässrig schimmernden Lichtern.

Immer wieder musste Richard an das Gemetzel denken, das er in Lockmans Haus gesehen hatte. Er versuchte, diese Erinnerungen abzublocken, ertappte sich aber immer wieder bei der Frage: Was war das Motiv? Warum hat man Lockman so unglaublich brutal ermordet? Eine Kugel in den Hinterkopf reichte, um eine Bedrohung zu beseitigen, aber einen Menschen sezieren, der noch am Leben ist … Da steckte mit Sicherheit viel mehr dahinter als nur der Wunsch, Lockman zum Schweigen zu bringen. Und was, zum Teufel, hatte dieser Zweig zu bedeuten?

Er entdeckte die Ausfahrt und fuhr vom Expressway herunter, wobei er sich des Eindrucks nicht erwehren konnte, sich am Ruder eines U-Bootes zu befinden.

»Himmel!«, murmelte er und umklammerte das Lenkrad noch fester, als das Fahrzeug durch eine tiefe Pfütze am Fuß der Rampe fuhr und zur Seite wegrutschte. Die Reifen glitten übers Wasser und schleuderten Kaskaden auf beide Seiten der Straße. Nach einer kurzen Zickzackfahrt bog Richard in die Dreiunddreißigste Straße ein und fuhr auf den Parkplatz des Krankenhauses.

Auf der Treppe zur Intensivstation nahm er zwei Stufen auf einmal, schlug auf die Metallscheibe, worauf sich die Türen mit hydraulischem Zischen öffneten, und war nach einem halben Dutzend weiterer Schritte an Kathleens Bett.

Sie lag auf der Seite, fast noch genauso, wie er sie vor mehr als vier Stunden verlassen hatte. Richard spürte ein leichtes Sodbrennen und war wütend auf die Schwestern, weil sie Kathleen seitdem offensichtlich nicht umgelagert hatten. Sie würde schwer heilende, untertassengroße Druckgeschwüre bekommen, wenn die Schwestern sich nicht um sie kümmerten und regelmäßig die Lage der Patientin änderten, um die Druckpunkte an ihren Schultern und Hüften zu entlasten. Richard kniete sich neben sie und fuhr ihr sanft mit der Hand durchs Haar.

»Hallo, Liebling, ich bin's.«

Keine Reaktion.

Das Beatmungsgerät zischte regelmäßig und hob und senkte Kathleens Brustkorb, doch ihre Augen, die sich normalerweise sofort öffneten, sobald Richard sie ansprach, blieben geschlossen.

»Kathleen?« Er nahm ihre Hand und legte seine Finger in ihre Handfläche. In letzter Zeit hatte sie ihm selbst im Halbschlaf durch einen leichten Druck gezeigt, dass sie ihn erkannt hatte.

Nichts.

Sein in der Notaufnahme geschärfter Instinkt zog den schlimmsten aller möglichen Schlüsse, und reflexhaft blickte er auf die Monitore.

Kathleens Werte waren völlig normal. Im Abfallkorb neben ihrem Bett sah er eine leere braune Ampulle.

Midazolam.

Verdammt!

Sie hatten Kathleen wieder ruhiggestellt und sie nicht einmal umgelagert!

Wütend wirbelte er herum und stürmte zum Bürobereich, wo ein halbes Dutzend Schwestern eifrig Eintragungen in verschiedene schwarze Aktenmappen machten. Es war das übliche Ritual zu dieser Nachtzeit kurz vor dem Schichtwechsel um elf. Aber für Richard bedeutete dieser Anblick, dass ihnen die Schreibarbeiten wichtiger waren, als sich um Kathleen zu kümmern.

»Machen Sie das jetzt immer so?«, flüsterte er rau, da seine Stimmbänder so angespannt waren wie die Sehnen an seinem Hals. »Ihre Patienten sedieren, bis sie gaga sind, damit Sie hier gemütlich herumsitzen und die Werte aufschreiben können? Wie wär's zur Abwechslung mal mit *richtiger* Pflege? Die Patienten umzulagern, zum Beispiel, bevor sie vom langen Liegen einen Dekubitus kriegen?«

Sechs Kinnladen fielen gleichzeitig herunter.

Die Oberschwester stand halb auf. Die Haarklammern in ihrem Haarknoten glänzten im Neonlicht. »Hören Sie mal…«, sagte sie, und ein Ausdruck der Verärgerung erschien auf ihrem Gesicht.

Richard starrte sie an, sodass sie sich wieder setzte, und beugte sich über den Tisch. »Wer ist heute Nacht für Dr. Sullivan zuständig?«

»Ich«, antwortete die junge Frau, mit der er seine erste Konfrontation gehabt hatte. Seitdem herrschte eine Art Waffenstillstand zwischen ihnen. Die Schwester wandte ihm ihr hübsches Gesicht zu und sah ihn mit ihren leuchtend blauen Augen an.

»Warum wurde Dr. Sullivan ruhig gestellt?«

Ihre Lippen kräuselten sich an den Mundwinkeln, und

ihre Stimme hatte einen spöttischen Beiklang, als sie entgegnete: »Weil sie wieder eine Panikattacke hatte.«

»Haben Sie sich wenigstens die Mühe gemacht, sie zu fragen, was nicht in Ordnung war?«

»Sie fragen? Sie ist ausgeflippt! Wie hätte ich sie da fragen sollen?«

»Wahrscheinlich hatte sie vor irgendetwas Angst. Sie hätten es herausfinden müssen, indem Sie der Patientin das Beatmungsgerät abnehmen, ihre Trachealkanüle abdecken und sie reden lassen.«

»Wirklich, Dr. Steele, ich habe hier oft genug Paniksymptome bei Patienten gesehen, bevor ...«

»Dr. Sullivan hatte keine Panikattacke. Sie hat verzweifelt versucht, uns mitzuteilen, dass in ihrer ersten Nacht in diesem Krankenhaus die Ärzte Tony Hamlin und Matt Lockman während der Angiographie irgendetwas mit ihr angestellt haben. Wir alle, ich eingeschlossen, haben nur zu gern geglaubt, dass Dr. Sullivan von den Morphinen Halluzinationen hatte, anstatt ihr zu glauben.«

Die Schwester wich zurück, starrte ihn mit gespielter Ungläubigkeit an und warf dann nacheinander ihren Kolleginnen Blicke zu. Auf allen Gesichtern sah sie einen Ausdruck der Fassungslosigkeit. Sie schob die Hüfte vor, stützte eine Hand darauf und sagte: »Sie glauben doch nicht etwa ...«

»Doch, und die Polizei ebenfalls. Hamlin wurde wahrscheinlich umgebracht, damit er nicht ausplaudern konnte, was er vorhatte.«

»Das ist absurd ...«

»Ja? Ich komme gerade von Matt Lockmans Haus. Ich habe ihn in der Dusche gefunden. Aufgehängt, mit aufgesägter Brust. Das Herz war herausgeschnitten. Es scheint, dass derjenige, der Hamlin ermordete, auch Lockman umgebracht hat.«

Es dauerte ein paar Sekunden, bis Stachelkopf die Informationen verarbeitet hatte.

Sie war sprachlos. Auch bei den anderen Schwestern verschwanden das süffisante Lächeln und die selbstgefälligen Blicke.

Die Oberschwester saß stocksteif da und beugte sich von Richard weg, als könnte sie ignorieren, was er gesagt hatte, indem sie Abstand zwischen sich und ihn brachte.

»Das meinen Sie doch nicht ernst?«, sagte sie.

»Leider ja. Und die Polizei wird jeden vernehmen, der mit den Patienten zu tun hatte, die Hamlin und Lockman gemeinsam behandelt haben. Also seien Sie bereit.«

Die Oberschwester schluckte, atmete tief ein und langsam wieder aus. Richard nahm den Zigarettengeruch in ihrem Atem wahr. »O Gott«, murmelte sie.

Kathleens Krankenschwester sah zur Seite. Sie tauschten nervöse Blicke.

»Ich möchte wissen, was los war, als Dr. Sullivan Angst bekommen hat«, sagte Richard. »Was hat sie so aufgeregt?«

Alle blickten zu Stachelkopf. Sie schaute in die Mitte des Raumes, als wäre dort die Antwort auf Richards Fragen zu sehen.

Richard wurde ungeduldig. »Ich warte.«

»Es war gar nichts«, entgegnete sie mit trotziger Stimme. »Der Notrufknopf war ihr weggerutscht, obwohl ich ihn festgesteckt hatte.«

»Und trotzdem haben Sie es nicht für nötig erachtet, herauszufinden, warum Dr. Sullivan versucht hat, Sie zu rufen. Sie haben sie einfach außer Gefecht gesetzt!«

Die Schwester antwortete nicht.

Richard kämpfte sein Verlangen nieder, sie an ihrem Nasenstecker vom Stuhl zu ziehen. »Haben Sie die Patienten in diesem Zustand am liebsten? Besinnungslos und an Maschinen angeschlossen, damit sie Sie nicht belästigen?«

Den anderen Schwestern blieb die Luft weg.

Stachelkopf hob ruckartig das Kinn und blickte ihm fest in die Augen.

»Dr. Steele!«, sagte die Oberschwester scharf. »Sie vergessen sich!«

»O nein, keineswegs, und das wissen Sie genau. Diese Frau war Kathleen gegenüber vom ersten Tag an feindselig.« Er wandte sich wieder der jungen Schwester zu. »Ich weiß nicht, was Ihr Problem ist, aber ich rate Ihnen, es nicht mit zur Arbeit zu bringen. Und wenn Sie Schwierigkeiten damit haben, dass Kathleen eine prominente Persönlichkeit ist, oder dass sie mir lieber ist als mein Leben, oder dass ich als Chef der Notaufnahme in der Lage bin, Sie so lange zu piesacken, bis Kathleen bekommt, was sie braucht, haben Sie verdammtes Pech gehabt. Und jetzt gehen Sie und lagern Sie die Patientin um.« Er machte auf dem Absatz kehrt und marschierte zur Tür. »Und in derselben Minute, in der sie aufwacht, rufen Sie mich an«, rief er über die Schulter. »Ich bin die ganze Nacht im Archiv.«

Er war so wütend, dass er beinahe einen Raumpfleger über den Haufen gerannt hätte, der vor der Tür wischte. »'tschuldigung«, sagte er, wich dem Mann aus und eilte über den Flur.

9

»Wo ist sie bloß …?«, murmelte Richard, während er seine Schreibtischschubladen durchwühlte. Er war kurz in die Notaufnahme gegangen, weil er seine elektronische Ausweiskarte benötigte, die ihm Zugang zum Computernetzwerk des Krankenhauses und den elektronischen Daten sämtlicher Patienten verschaffte, die über die Notaufnahme auf die Stationen gekommen waren.

Draußen kündete das Heulen einer Sirene von der Ankunft eines Rettungswagens – das Signal, das die Schwestern und Ärzte alarmierte, sich auf Schwierigkeiten gefasst zu machen.

Instinktiv spannte sich auch Richards Körper. Zwanzig Jahre in der »Grube« hatten ihn so konditioniert, dass er beim Klang der Sirenen ganz von selbst in Alarmbereitschaft ging. Doch seine Schicht war längst zu Ende, und so widmete er sich wieder seiner Suche und entdeckte die Karte endlich in einer Schachtel voll Kleingeld. Seine Abteilung hielt er in Ordnung, aber sein Schreibtisch war ein Chaos.

Doch statt sich zu den Fahrstühlen zum Keller zu begeben, ging Richard durch die Schiebetür, die sein Büroabteil von der Geschäftigkeit und Hektik in der eigentlichen Notaufnahme trennte.

»Dr. Steele«, rief Jo O'Brien überrascht. »Was machen Sie denn hier? Geht es Dr. Sullivan gut?«

»Von einer Schwester abgesehen, die offenbar nichts lieber tut, als Spritzen zu geben und die Patienten ruhigzustellen, geht es ihr nicht schlechter als bisher.« Er sagte absichtlich nichts von Lockman, denn er hatte es eilig.

»Das meinen Sie nicht ernst«, sagte Jo. – »Leider doch.« – »Ich weiß, von welcher Schwester Sie reden. Tja, sieht so aus, als sollte ich ihr mal einen Besuch abstatten und ihr sagen, dass sie es mit einer Freundin von mir zu tun hat.«

Richard lächelte. »Das wäre nett von Ihnen, Jo. Im Moment sind gewisse Leute ziemlich sauer auf mich.«

»Sauer auf Sie? Ach, kommen Sie.« Jo winkte ab. Während sie sprach, glitt ihr Blick an Richard vorbei in den Einlieferungsbereich. Richard drehte sich um und sah zwei Sanitäter, die einen fülligen Mann auf einer fahrbaren Liege hereinrollten. Der Mann war ungefähr in Richards Alter und saß aufrecht auf der Liege, eine Sauerstoffmaske vor dem Gesicht.

Der Mann trug ein limettengrünes Sportsakko und einen Cowboyhut aus Stroh. Unter der Decke lugte ein Paar Schuhe mit weißen Spitzen hervor.

Jo eilte über den Flur zu dem Neuankömmling.

Richard sah, dass der Mann nur mühsam atmete, und konnte an der Art, wie er beim Sprechen die Faust vor die Brust hielt, erkennen, dass er wahrscheinlich unter Schmerzen im Brustraum klagte. Rasch betrat Richard das Stationszimmer und warf einen Blick auf den Dienstplan der Kardiologie. Als er Francesca Downs Namen entdeckte, wusste er, das es keine Verzögerungen geben würde und dass der Mann in besten Händen war, falls er eine Angioplastie – eine Gefäßaufweitung mittels Ballonkatheter – oder eine Bypassoperation benötigte. Bei diesen Eingriffen war Francesca Spitze. Vielleicht konnte er sie später sprechen und fragen, ob auch sie in letzter Zeit an außerplanmäßigen Aktivitäten teilgenommen hatte.

Er kam gerade rechtzeitig wieder auf den Flur, um zu sehen, wie Jo den Neuankömmling im Rollstuhl in einen der Räume zur Herzdiagnostik schob. Eine füllige Frau, die wie Dale Evans gekleidet war, die »Königin der Cowgirls«, trottete hinter ihnen her und sagte: »Wir waren im Linedancing-Kurs, als ihm plötzlich schwindlig wurde. Also habe ich den Notarzt angerufen und ihn gleich auf den Boden gelegt. Er ist Pilot und fliegt eine 747…«

In Zukunft wohl nicht mehr, dachte Richard.

Mehrere Assistenzärzte eilten durch die Tür hinter ihnen, gefolgt vom Dienst habenden Oberarzt. Sie schienen Richard gar nicht zu bemerken.

Als er in die anderen Behandlungsräume sah, stellte er fest, dass alles unter Kontrolle war.

Bevor er ging, rief er von einem der Telefone im Einlieferungsbereich Chet und Lisa an und teilte ihnen mit, dass Kathleens Zustand weiter stabil war, dass er aber noch im Krankenhaus bleiben würde, um Papierkram aufzuarbeiten. Richard wollte ihnen am Telefon nicht alles erzählen.

»Kein Problem, Dad«, sagte Chet. »Lisa hat Popcorn gemacht, und wir haben uns nochmal *Die Mumie* ausgeliehen.«

Trotz allem musste Richard lächeln. »Aber denk daran, morgen ist Schule«, sagte er.

Offensichtlich wurde er zu Hause nicht vermisst. Wenigstens klang es so, als ob Chet sich sicher fühlte, solange Lisa bei ihm war.

Wie die meisten Gebäude in Midtown Manhattan, die aus den Fünfzigerjahren stammten, hatte das Krankenhaus mehrere Kellergeschosse. Die Krankenakten wurden ganz unten gelagert, wie Sedimente. Einer der Angestellten hatte das Archiv gleich zu Beginn den »Atombunker« getauft, zu einer Zeit, als Eisenhower Präsident war und in den Schulen im ganzen Land Filme liefen, die für das so genannte *Duck and Cover* warben: Wenn eine Atombombe fiel, sollten die Schüler sich unter die Tische ducken und sich mit dem Ranzen »schützen«. Der Spitzname war geblieben.

Auf der Fahrt nach unten – während Richard überlegte, wie er Hamlins Akten am besten durchforsten sollte –

kreiste die entsetzliche Vorstellung, Kathleen zu verlieren, mit der Hartnäckigkeit eines Aasgeiers in seinem Kopf. Er betrat einen gelbgrün angestrichenen Gang mit niedriger Decke, an der Leitungen und Röhren verliefen. Die Stille lastete so schwer auf ihm wie die fünfzehn Meter Fels, in die das Fundament in den Boden getrieben worden war. Die Wände schienen näher zusammenzurücken, die Luft war stickig und unerträglich heiß. Das grelle Neonlicht an der Decke schmerzte in seinen Augen. Mit raschem Schritt bog er nach rechts ab. Die Ledersohlen seiner Schuhe pochten laut auf dem Betonboden des Korridors.

Richard erreichte eine Metalltür und gab einen vierstelligen Zahlencode ein, den er so gut kannte wie seine eigene Telefonnummer. So vertraulich der Code eigentlich sein sollte, war er seit Jahren nicht geändert worden, und es gab praktisch niemanden im ganzen Krankenhaus, der die Zahlenfolge nicht kannte. Und fast jeder – vom Hilfspfleger über die Krankenschwestern bis zu den Ärzten – konnte irgendwelche Gründe vorbringen, hierher zu kommen, entweder um Krankenakten zu holen, sie zurückzubringen oder ein vergessenes Formular zu unterschreiben. Dieses Aktenschieben und das Herein und Heraus des Personals war wie das Kommen und Gehen der Patienten. Mit der Notaufnahme, den angeschlossenen Kliniken und zehn Stockwerken mit je achtzig Betten wurden Jahr für Jahr eine Viertelmillion Menschen im Krankenhaus behandelt. Es war ein Wunder, dass nicht mehr Akten verloren gingen, als es der Fall war.

Das leise Rauschen der Klimaanlage verdrängte die lastende Stille in dem abgedunkelten Raum, und Richard genoss die Kühle. Ein feiner, aber scharfer Geruch kitzelte seine Nase und ließ ihn erkennen, dass in diesem Reich das säurefreie Papier noch keinen Einzug gehalten hatte.

An der Wand ertastete er eine lange Reihe von Lichtschaltern und legte immer drei gleichzeitig um. Soweit er sehen konnte, erwachten die Lichter in den verschiedenen Sektionen flackernd zum Leben und beleuchteten zahllose Reihen von Regalen, voll gestopft mit Aktenmappen, die ein halbes Jahrhundert medizinischer Geschichte enthielten – eine Chronik New Yorks, beschrieben durch die Krankheiten seiner Menschen. Immer wieder überwältigte ihn der Gedanke, wie viele Aufzeichnungen über wie viele Schicksale hier deponiert waren, die alle mit der Unsicherheit einer Verdachtsdiagnose begannen, und viele mit der Hoffnung auf eine erfolgreiche Behandlung – und schließlich jede mit einem Schluss, ob zum Guten oder Schlechten. Manchmal, wenn er spät in der Nacht allein über irgendwelchen Papieren saß, vermeinte er ein Wispern zu hören und fragte sich, ob die Seelen der Menschen, deren irdische Reise hier geendet hatte, ihm ihre Geschichten zu erzählen versuchten. Im Krankenhaus kursierte der Witz, dass Manhattans Parkplatzprobleme gelöst wären, wenn es den Computerspezialisten jemals gelänge, Platz für eine Tiefgarage zu schaffen, indem sie sämtliche Papierunterlagen beseitigten und alle darin enthaltenen Informationen auf Mikrochip speicherten. Aber für Richard bestand der eigentliche Witz darin, dass die Tiefgarage – falls sie jemals gebaut wurde – voller Stimmen wäre, und dass es dort für immer spuken würde.

Er ging zu einer Reihe von Computern in einem großen, freien Bereich, der als Empfang diente, setzte sich vor einen Bildschirm und führte seine Karte ein. Der Computer hieß ihn mit seinem Namen willkommen.

Richard tippte *Hämorrhagische Apoplexie* ein, fügte *Dr. Tony Hamlin* hinzu und machte sich an die Arbeit.

»Zum Teufel«, murmelte der Mann zornig, als das nächste Mal die Türen zur Intensivstation aufglitten und er hindurchspähte. Die Schwestern waren immer noch über Kathleen Sullivan gebeugt.

»Harold Glass«, wie er sich heute Abend nannte, begann ein Stück weiter weg den Flur zu wischen, weil er befürchtete, Aufmerksamkeit zu erregen, falls er sich noch länger hier herumdrückte. Er hatte das Glück schon genug herausgefordert, als er sich so viel Zeit gelassen hatte, nachdem er direkt vor dem Schichtwechsel zurückgekommen war und den Flur gereinigt hatte. Doch die Schwestern hatten sich die ganze Zeit um Sullivan versammelt und sich ständig um sie gekümmert, sodass es ihm unmöglich gewesen war, sich ihr noch einmal zu nähern. Und bis jetzt schien die neue Schicht die Absicht zu haben, alle paar Minuten nach Kathleen Sullivan zu sehen. Er hatte keine Ahnung, warum sie plötzlich in den Mittelpunkt der Aufmerksamkeit gerückt war, aber es machte seinen Plan zunichte. Also musste er noch einmal darüber nachdenken, wie er vorgehen sollte.

Nicht, dass es schwierig wäre, sich eine Alternative zu überlegen. Die Liste legte fest, dass Steele als Nummer vier sterben sollte; nun aber schien es, als ob Gott ihm statt der Frau jemand anders anbot: Richard Steele, der sich im Archiv aufhielt. Einen abgeschiedeneren Teil des Krankenhauses konnte er sich zu dieser Nachtzeit gar nicht vorstellen – perfekt für einen Mord, falls es laut werden sollte.

Der Mann wurde ganz aufgeregt, stellte Wischmopp und Eimer in eine Ecke, ging rasch den Flur entlang und versuchte, klaren Kopf zu behalten. Es war eine schwer wiegende Sache, einen Befehl nicht zu befolgen. Aber konnte es nicht sein, dass *Gott selbst* ihm eine solch perfekte Gelegenheit bot, weil der Sterbliche, der die Liste aufgestellt hatte, einen Irrtum begangen hatte?

Und überhaupt – warum sollte Steele erst *nach* Kathleen Sullivan sterben? Es hatte keinen taktischen Sinn. Denn wenn er die Frau zuerst tötete, würde Steele wissen, dass es eine Hinrichtung gewesen war, und seine Wut, genährt vom Zorn Satans, würde es umso schwieriger machen, auch ihn zu vernichten. War es da nicht besser, wenn er eine gottgefällige Tat vollbrachte und Steele schon jetzt beseitigte? In der Tat, vielleicht führte ja Gott der Herr ihn auf geradem Weg durch die fehlerhaften, verschlungenen, von Menschen geschmiedeten Pläne, die seine Mission nur behinderten.

Mit rasendem Pulsschlag eilte er zu der Stelle zurück, wo er seine Reinigungsgeräte zurückgelassen hatte. Aber welche Waffe sollte er wählen? Sollte er Steele erst bewusstlos schlagen, wie er es mit Lockman gemacht hatte? Aber bei Lockman war es anders gewesen. Der Dummkopf hatte das Fenster offen gelassen, und er brauchte nichts weiter zu tun, als am Spalier der Weinranken hinaufzuklettern und ihm im Schlaf eins mit dem Hammer überzuziehen. Doch es war mehr als ein Hieb nötig gewesen, um ihn k. o. zu schlagen, denn der Kerl hatte sich gewehrt. Wenn der erste Schlag Steele nicht außer Gefecht setzte, konnte es so weit kommen, dass »Harold Glass« ihn erledigen musste. Außerdem hatte er diesmal keinen schweren Gegenstand dabei, und es war möglich, dass da unten nichts lag, das schwer genug war, um die Sache mit einem einzigen Hieb zu erledigen.

Dann dachte er an das Training, nachdem er der Bewegung beigetreten war, und an den Monat, den er vor fünf Jahren bei einer Nahkampfausbildung in den Blue Ridge Mountains verbracht hatte. Er könnte Steele das Genick brechen, so wie sie es ihm beigebracht hatten. Sicher, es würde anders sein, einen lebenden Menschen mit bloßen Händen zu töten, als es an einer Puppe zu üben. Aber wenn er den Kerl von hinten erwischte, würde es nicht allzu schwierig sein. Und dann konnte er später zurückkehren, um auch Kathleen Sullivan auf die letzte Reise zu schicken. Denn die Chancen standen gut, dass man Steeles Leiche nicht fand, bis um sieben Uhr die Morgenschicht ihren Dienst antrat, sofern er den Toten in irgendeinem abgelegenen Gang versteckte. Das verschaffte »Harold Glass« eine Menge Zeit, um der Intensivstation und Kathleen einen weiteren Besuch abzustatten, am besten um halb sieben. Er würde sich erbieten, vor Ende der Nachtschicht noch einmal alles zu reinigen. Die Schwestern würden zu sehr damit beschäftigt sein, ihre Unterlagen für die Übergabe zu ordnen, um zu bemerken, dass er sich wieder Kathleen Sullivan näherte.

Sein Atem ging schnell, als er den Aufzug erreichte, der ihn nach unten bringen würde. Er drückte auf den Knopf. Irgendwo in der Ferne setzte sich wimmernd ein Motor in Bewegung, doch das Warten auf die Kabine schien eine Ewigkeit zu dauern. Nervös trat er von einem Fuß auf den anderen. Du musst dich beruhigen, sagte er sich. Du darfst nichts überstürzen! Doch die Aussicht, dass endlich etwas geschehen sollte, sorgte dafür, dass seine Nerven zum Zerreißen gespannt waren.

Als die Tür sich öffnete, zögerte der Mann, bevor er die Kabine betrat. Mit einem Mal verflog sein Enthusiasmus, Steele zu töten. War sein Abweichen vom ursprünglichen Plan *wirklich* Gottes Wille? Woher sollte er wissen, dass nicht Satan ihn in Versuchung führte, vom Weg abzuweichen, indem er mit seiner Ungeduld spielte und ihn antrieb, den Auftrag zu schnell zu erledigen?

Vor ihm schloss sich die Aufzugtür wieder, und der Mann blickte zu dem Wischmopp und dem Eimer an der Wand. Der Flur war lang. Er schätzte, dass er noch einmal eine oder zwei Stunden damit verbringen konnte, so zu tun, als würde er den Flur vom einen Ende bis zum anderen wischen, ohne dass jemand etwas bemerkte… ja, das war's. Er würde auf Gott vertrauen, ihm den rechten Weg zu weisen, beschloss er, während er hinüberging und den Karren, dessen Räder quietschten, zur Mitte des Korridors zog. Er ergriff den hölzernen Stiel des Mopps, zog das tropfende Bündel aus grauen Fäden aus dem Wassereimer und ließ es aufs Linoleum klatschen. Wenn Gott ihm keine Gelegenheit verschaffte, Kathleen Sullivan zu töten, bis er hier fertig war, würde er wissen, was der Herr wollte – dass er sich Steele vornahm. Schließlich hatte er die ganze Nacht Zeit.

Erneut quietschten die Metallräder leise, als er sich wieder auf den Weg zurück zur Intensivstation machte.

In den vergangenen zwei Jahren hatte Hamlin vier Arten von Blutungen im Schädelinnern operiert.

Angiome von der Art, wie Kathleen eines hatte, verursachten nur zwei Prozent aller hämorraghischen Schlaganfälle. Was die anderen betraf, bei denen eine Operation erforderlich war, wurden in der Notaufnahme auch die häufigsten Fälle – Subarachnoidalblutungen, also Blutungen aus angeborenen Aneurysmen an der Hirnoberfläche zwischen weicher Hirnhaut und Spinnwebenhaut – nur etwa zwölfmal im Jahr eingeliefert. Blutungen ins Kleinhirn, den großen, kugelförmigen Hirnteil oberhalb des Stammhirns, kamen vielleicht acht-, neunmal vor. Arteriovenöse Malformationen – fistelartige Missbildungen, bei denen Arterien das Blut direkt in Venen mit schwächeren Wänden pumpten, bis sie platzten – waren häufiger, besonders bei Patienten mit Bluthochdruck, aber nur einen Bruchteil der Fälle konnte man operativ behandeln. Und Hamlin war nicht in allen Fällen der Chirurg erster Wahl. Er leitete eine Abteilung voller hungriger Konkurrenten, mit denen er sämtliche Leckerbissen teilen musste, die mit dem Skalpell zu behandeln waren.

Und aus den Akten ging hervor, das es Hamlins Patienten doppelt so gut ging wie denen sämtlicher anderer Neurochirurgen des Landes. Wenn Hamlin und Lockman die Patienten umbrachten, zeigte es sich *hier* ganz sicher nicht.

»Was, zum Teufel, hatten sie vor?«, murmelte Richard. Der Klang seiner eigenen Stimme war eine willkommene Unterbrechung des ständigen Rauschens, das aus den Schächten der Klimaanlage kam.

Mit einer Liste von sieben Fällen für das laufende Jahr und

dreizehn Fällen für die Zeit vom 1. Januar bis zum 31. Dezember des vergangenen Jahres ging Richard in das Labyrinth der deckenhohen Regale, um die betreffenden Akten aufzuspüren. Über seinem Kopf ließen die Leitungen seltsame Geräusche hören: Sie keuchten, stöhnten und knurrten dumpf wie eine wütende Bestie.

Das Suchen war öde und langweilig. Zuerst einmal musste Richard jede der sieben Akten auf der Liste finden. So ging er suchend zwischen den Regalen umher, wobei er das zehnstellige Aktenzeichen der Unterlagen genau im Kopf behalten musste. Einige Dossiers waren dünn, andere umfassten drei Bände, jeder vom Umfang des New Yorker Telefonbuchs. Richard beschloss, erst sämtliche Akten zusammenzutragen, bevor er sie durchsah, und brachte das erste halbe Dutzend zu dem Tisch, an dem er gearbeitet hatte; dann kehrte er zu den Regalen zurück, um die restlichen Unterlagen zu holen.

Als er schließlich alle Akten beisammen hatte, machte er sich daran, sie entsprechend der Diagnose in vier Stapeln zu ordnen – neun Patienten mit Subarachnoidalblutungen, davon eine sehr schwere Blutung, sechs mit Kleinhirnblutungen, drei mit arteriovenösen Gefäßmissbildungen und zwei mit Angiomen im Hirnstamm. Dann begann er mit dem Gebiet, auf dem er sich am besten zu Hause fühlte: der Einlieferung der Patienten in der Notaufnahme.

In jedem einzelnen Fall waren die Kranken unverzüglich von den Ärzten untersucht, stabilisiert und in Hamlins Obhut übergeben worden. Doch einer der Fälle, die ein Jahr zurücklagen – ein Patient mit schwerer Subarachnoidalblutung –, fiel ihm sofort ins Auge. Richard hatte selbst die Wiederbelebung vorgenommen. Er erinnerte sich gut an den Patienten, einen Mann von zweiundvierzig Jahren, der über die schlimmsten Kopfschmerzen seines Lebens geklagt hatte. Seine Ehefrau, zierlich und blond, war vor Angst so blass gewesen, dass ihr Gesicht wie zerbrechliches Porzellan ausgesehen hatte. Sie war aus der Krankenkabine gestürzt, um Hilfe zu holen, nachdem ihr Mann plötzlich auf der Trage zusammengesunken war und nicht mehr reagierte.

Richard war sofort losgeeilt, um ihn zu intubieren, wobei das hervorquellende rechte Auge des Mannes ihn durchdringend anstarrte. Die Pupille war stark erweitert, wie ein schwarzes Zehn-Cent-Stück – ein Zeichen, dass die Blutung sein Hirn an der Schädelbasis wie Zahnpasta herausdrückte. Der Mund verzog sich zu einem einseitigen Grinsen, und er machte grunzende Geräusche, wobei ihm schaumiger Speichel übers Kinn lief; es waren schreckliche Geräusche, als wollte der Mann protestieren, dass seine Erinnerungen, sein Verstand, seine Denkfähigkeit, ja, sein ganzes Selbst zu einem grauweißen Püree wurden.

Es war ein Fall gewesen, der Richard unter die Haut gegangen war; dennoch war er überrascht, wie klar ihm alles wieder vor Augen stand. Doch wenn man zu viele Horrorgeschichten an sich heranließ, führte es unweigerlich zum Burnout, dem Ende der meisten Karrieren in der Notaufnahme. Richard hatte genug ausgebrannte, leere Hüllen gesehen, die einst gute Ärzte gewesen waren. Und auch er selbst war fast schon so weit gewesen.

Doch es waren nicht allein die Opfer, die sich in die Träume fraßen und einen anstarrten, wenn man es zuließ. Richard konnte immer noch die Augen der jungen blonden Frau sehen, die aus Angst, ihren Mann zu verlieren, ebenso geweitet waren wie die des Patienten, als sie versuchte, sich auf das Schlimmste gefasst zu machen.

Doch es war Richard und Hamlin wider alle Wahrscheinlichkeit gelungen, das Leben des Mannes zu retten. In der Notaufnahme hatten sie sein Hirn auf drei Viertel der normalen Größe schrumpfen lassen, indem sie einen halben Liter konzentriertes Mannitol benutzten. Mannitol wirkt stark osmotisch; es saugte das Wasser aus dem Hirngewebe und ließ es um die geplatzten Gefäße herum schrumpfen, wodurch sich die Blutung verlangsamte und der Druck auf die Masse des Hirns im Schädel verringerte. Das hatte Richard und Hamlin ausreichend Zeit verschafft, den Mann – nur wenige Herzschläge vom Tod entfernt – rechtzeitig auf den OP-Tisch zu bringen, wo Hamlin ihn sofort unters Messer nahm. Sechs Stunden später kam die junge Frau mit den guten Nachrichten zu Richard in die Notaufnahme zurück. Ein Funke der Hoffnung glühte in ihren schwarzen Augen, wo zuvor Verzweiflung gewesen war. Vielleicht war es ihr so völlig anderer Anblick gewesen, der Richard damals geholfen hatte, alle Gedanken an die Tortur des Mannes aus dem Bewusstsein zu verdrängen und sich in weniger gespenstische Erinnerungen zu flüchten, denn von jenem Tag an bis zu diesem Augenblick hatte er nicht einen Gedanken an die beiden verschwendet.

Richard wandte sich dem Teil der Unterlagen zu, der den Weg des Mannes im Krankenhaus dokumentierte. Wie bei den meisten Krankenberichten stammten die ersten Aufzeichnungen von den Ärzten. Ihre knappen, datierten Eintragungen in den von Tag zu Tag wechselnden Handschriften entsprechend der Rotation des Krankenhauspersonals, das sich um den Patienten kümmerte, erzählten die Geschichte seiner physischen Erholung, indem sie das Maß seiner Lebensfunktionen durch eine Serie von Zahlen definierten: die Werte seiner Sauerstoffsättigung, seine Komatiefe und andere mehr. Dann folgten die vielen Laborergebnisse, die Kardiogramme und schließlich die Röntgenergebnisse, Kernspintomogramme, Computertomogramme, Angiogramme, die alle den Zustand seines Hirns dokumentierten. Doch um auch die Fortschritte des Menschen und nicht nur seines Körpers zu sehen, las Richard die Aufzeichnungen der Krankenschwestern. Sie waren subjektiver und daher letztlich aufschlussreicher, wenn es um die Rückkehr ins Leben ging.

Beginnende Bewegungen in Armen und Beinen …
Patient fragt nach seiner Frau …
Patient trinkt Wasser durch einen Strohhalm, ohne sich zu verschlucken …

Richard war erstaunt, was er dort las. Er hätte nie damit gerechnet, dass das Ausmaß der Hirnschädigung, die er bei dem Mann gesehen hatte, sich jemals so weit zurückbilden könnte, um auch nur solch elementare Tätigkeiten auszuführen. Die Notizen über die Fortschritte in der zweiten Woche fand er noch bemerkenswerter.

Patient ist in der Lage, selbstständig zu essen …
Patient kann wieder auf einem Stuhl sitzen …
Aussprache viel deutlicher …

In der letzten Notiz wurde er für körperlich stabil genug befunden, um in die Rehabilitation überwiesen zu werden – in diesem Fall in Adele Blaines Reha-Zentrum. Daran war nichts Ungewöhnliches – außer dass es keine Nachuntersuchungen im Krankenhaus gab. Soweit es das New York City Hospital betraf, verschwand der Patient vom Radarschirm.

Merkwürdig, dachte Richard. Die meisten Patienten suchten ihren behandelnden Chirurgen nach der Entlassung wenigstens noch ein-, zweimal auf. Aber wer wusste, wie es dem Mann nachher gegangen war? Vielleicht kam Hamlin genau auf diese Weise zu einer solch guten Statistik: Selbst wenn der Mann starb, würde es nicht in seiner Akte beim New York City Hospital erscheinen.

Richard notierte sich den Namen des Mannes, um am Morgen mit Adeles Reha-Zentrum Verbindung aufzunehmen und darum zu bitten, ihm alles mitzuteilen, was man dort über die weitere Entwicklung des Mannes in den Unterlagen hatte. Wenn er behauptete, dass es Teil einer

Überprüfung der Notaufnahme sei, fielen sie vielleicht darauf herein.

Die Kühle, die er bei seiner Ankunft als angenehm empfunden hatte, war ihm mittlerweile in die Knochen gekrochen, und so stand er auf, um ein paar Minuten umherzuwandern. Dabei bemerkte er, dass sich direkt über dem Platz, an dem er gesessen hatte, ein Luftschacht befand. »Kein Wunder«, murmelte er und zog den Tisch zu einer Trennwand herüber, die den Arbeitsbereich vom Rest des Raumes abteilte. Dort war es wärmer und behaglicher.

Dennoch machte es ihn stets ein bisschen unruhig, allein in einem so riesigen Raum zu sitzen. Heute Nacht war er besonders nervös – eine Nachwirkung des Schocks, den ihm die Entdeckung von Lockmans Leiche versetzt hatte.

Er machte sich wieder an die Arbeit und fand heraus, dass die Aufzeichnungen in den übrigen Akten das gleiche Muster zeigten wie in der ersten. Ein rechtzeitiger, erfolgreicher chirurgischer Eingriff, bemerkenswerte postoperative Fortschritte, eine Überweisung zu Blaines Reha-Zentrum und keine Nachuntersuchungen.

Mit zwei Ausnahmen.

Die eine betraf einen Mann, der vor anderthalb Jahren an einer Subarachnoidalblutung operiert worden war, die andere eine Frau, bei der – wie bei Kathleen – im April desselben Jahres ein blutendes Angiom entfernt worden war. Beide Patienten waren erneut in die Notaufnahme eingeliefert worden, der Mann vor zwei Monaten, die Frau wenige Wochen später.

Nur waren beide bei der Ankunft bereits tot.

Intrakranielle Hämorrhagie, stand auf den Totenscheinen, die Hamlin unterschrieben hatte. In beiden Fällen war keine Obduktion durchgeführt worden.

Sein eigenes Personal hatte keinen Anlass gesehen, dies infrage zu stellen. Den Pflegeaufzeichnungen zufolge hatten die Familien der Verstorbenen wegen der bemerkenswerten

Erholung ihrer Lieben nach dem ersten Schlaganfall ihre äußerste Zufriedenheit mit Hamlin zum Ausdruck gebracht und sahen keine Notwendigkeit, Hamlins Diagnose der Todesursache bestätigen zu lassen.

Richard fand es merkwürdig, dass sich keiner seiner Notfallmediziner gefragt hatte, warum ein Mensch, dem vor über einem Jahr eine angeborene Gefäßanomalie entfernt worden war, eine zweite Blutung erlitten hatte. Dass beide an einer zweiten Gefäßanomalie gelitten hatten, die von Hamlin bei der Operation der ersten Anomalie übersehen worden war, war äußerst unwahrscheinlich.

Hatten beide Bluthochdruck, fragte sich Richard, denn es war möglich, dass beide eine zweite Blutung ansonsten normaler Arterien erlitten hatten, wenn diese bereits durch chronischen Bluthochdruck geschwächt gewesen waren. Doch er konnte keine erhöhten Blutdruckwerte bei ihrer vorherigen Einlieferung finden, noch wiesen ihre Befunde aus der Notaufnahme auf eine entsprechende Vorgeschichte hin.

Richard fügte diese beiden Patienten und ihre Besonderheiten seiner Liste hinzu, um nachzufragen, was ihre Akten bei Adele Blaines Reha-Zentrum über die nachfolgenden Blutdruckmessungen aussagten, wenn die meisten Patienten aktiver wurden. Auf den Aufnahmeformularen der Notaufnahme fand er überdies die Namen ihrer Hausärzte. Es war immerhin möglich, dass die Werte bei all den Morphinen und der Bettruhe hier im Krankenhaus niedrig blieben, um nach der Entlassung auf ihr früheres hohes Niveau zu steigen.

Irgendetwas strömte durch die Rohrleitungen über Richards Kopf und ließ sie stöhnen und ächzen.

Er fühlte sich immer noch steif, drückte den Rücken durch, verschränkte die Hände hinter dem Kopf und dachte weiter nach. Sicher waren die beiden nicht an den unmittelbaren Folgen der Operation durch Hamlin gestorben. Zwischen den Operationen und dem Tod der Patienten hatte mehr als ein Jahr gelegen. Wie war es ihnen in der Zwischenzeit ergangen?

Er blätterte die Aufzeichnungen der Notaufnahme durch und suchte die Namen und Telefonnummern ihrer nächsten Angehörigen. Auch die würde er morgen anrufen und sich erkundigen.

Wieder lehnte er sich zurück. War es möglich, dass Adele Blaine zusammen mit Hamlin irgendetwas vertuschte? Und wenn, warum?

Wieder erinnerte er sich an den hitzigen Wortwechsel, den er zwischen Blaine, Hamlin und den anderen in der Cafeteria beobachtet hatte. Er spielte mit dem Gedanken, sie gezielt damit zu konfrontieren, bevor er McKnight auf diese Bande ansetzte. Oder würde Adele Blaine sich in Schweigen hüllen, wenn er sie auf die beiden Morde ansprach? Würde sie sich genauso schnell hinter einem Anwalt verstecken, wie es der Fall wäre, würde die Polizei mit ihr sprechen wollen?

Doch statt voreilige Schlüsse zu ziehen, dass Blaine bei einer Sache mitmachte, die er noch gar nicht kannte, sollte er lieber die Akten der Patienten in Blaines Reha-Zentrum durchgehen und ermitteln, was wirklich mit ihnen passiert war. Edwards und Downs konnten behaupten, sich über alles Mögliche gestritten zu haben, solange er keine Beweise für irgendwelche Verfehlungen besaß. Auf keinen Fall durfte er sich Adele Blaine zur Feindin machen: Selbst wenn sie nichts mit der Sache zu tun hatte, konnte es entscheidend wichtig sein, an die Reha-Berichte heranzukommen, um herauszufinden, was Hamlin und Lockman vorgehabt hatten. Er sollte als Kollege an Adele Blaine herantreten und sie um Hilfe bitten, Hamlins Geheimnis zu lüften, ohne den Eindruck zu erwecken, dass er Blaine einer Verwicklung in die Pläne des Chirurgen verdächtigte. Er vervollständigte die Liste jener Personen, um deren Unterlagen er sie bitten wollte, und notierte sich ihre Namen, Geburtsdaten und Telefonnummern.

Du solltest dir noch etwas anderes ansehen, überlegte er und blätterte in jedem Dossier zu den Abschnitten mit den Röntgenergebnissen.

Tatsächlich war in jedem Fall bei den Patienten eine Angiographie durchgeführt worden, und der Radiologe war jedes Mal Lockman gewesen.

Sonst konnte Richard nichts Außergewöhnliches entdecken. Was also hatte Hamlin mit den Patienten gemacht? Weshalb fürchteten er und Lockman so sehr, er könnte es herausfinden? Die Operationsberichte ergaben in keinem der zwanzig Fälle einen Hinweis auf eine Maßnahme, die bekanntermaßen Schäden verursachte. Die meisten Berichte waren in ermüdender Ausführlichkeit von seinen Assistenzärzten diktiert, überprüft und unterschrieben worden, was die Möglichkeit, dass Hamlin sie geändert hatte, praktisch ausschloss.

Bedeutete das, dass Hamlin während der Angiographie irgendetwas getan hatte, um die Statistik zu verbessern?

Nicht unbedingt, falls es ihm gelungen war, direkt vor den Nasen der Assistenzärzte irgendeinen Trick durchzuziehen.

Aber was für einen?

Etwas, das die Patienten umbrachte, nachdem sie sich sehr gut erholt hatten. Etwas, das eine weitere Blutung auslöste wie die, an der diese beiden letzten Patienten gestorben waren.

Würde auch Kathleen auf diese Weise sterben?

Furcht und heiße Wut loderten in Richard auf. Was, wenn er nicht rechtzeitig herausfand, was Hamlin und Lockman mit den anderen Patienten gemacht hatten? Dann konnte er Kathleen nicht helfen …

Verrückte Ideen schossen ihm durch den Kopf. Plötzlich war er sich nicht mehr sicher, ob er bei Adele Blaine lange um den heißen Brei herumreden sollte. Vielleicht genügte eine Stunde mit ihr allein, damit sie ihm erzählte, was sie wusste.

Und wenn Blaine, Edwards und Downs die »anderen« waren, auf die Lockman sich bezogen hatte? Waren sie auch diejenigen, die Lockman und Hamlin ermordet hatten? Die Bilder von der Leiche des Radiologen erhärteten Richards Verdacht, dass allein schon die Arbeitsweise des Killers darauf hindeutete, dass er – oder sie – eine medizinische Vergangenheit besaß.

Downs hatte die nötigen Fähigkeiten. Edwards ebenfalls – schließlich war er Chirurg.

Doch ungeachtet seines verzweifelten Wunsches, eine definitive Antwort zu finden, drängte Richard sein Instinkt als Arzt, sämtliche möglichen Lösungen zu berücksichtigen, genauso, wie er bei seinen Patienten alle infrage kommenden Diagnosen in Betracht zog. Wieder schwankte er zwischen seinen Verdächtigungen gegen die drei und der Möglichkeit, dass sie gar nichts mit der ganzen Sache zu tun hatten, sondern dass jemand anders, von dem er nichts ahnte, das Geheimnis wahrte, was Kathleen angetan worden war. Ohne Beweis des Gegenteils musste er gestehen, dass Lockmans Mörder jeder sein konnte, der medizinische Kenntnisse besaß, so wie er es zu Anfang ja auch zu Detective McKnight gesagt hatte.

Ich werde sie zur Strecke bringen, das schwöre ich, und ich werde sie zum Reden bringen, was sie mit Kathleen gemacht haben, und wenn ich jeden hier im Krankenhaus in die Mangel nehmen muss!

Er schauderte, und mehrere Gesichter blitzten schemenhaft vor seinem inneren Auge auf, bis er sich plötzlich fragte: *Was tust du hier eigentlich?*

Ihm wurde flau im Magen.

Überlass das Mörderfangen den Cops, versuchte er sich einzureden. Dennoch blieb das hartnäckige Gefühl, persönlich dafür verantwortlich zu sein. In der Notaufnahme hatte Richard schon oft verzweifelte Maßnahmen ergriffen, wenn alles andere versagt hatte. Und jedes Mal wusste er, wann sie nicht wirkten. Er spürte es wie eine eisige Hand, die in seinem Innern wühlte, bevor sie denjenigen, den er gerade zu retten versuchte, packte und ins Grab zog.

Er blickte auf die Uhr und sah, dass es vier Uhr morgens war. Da die Intensivstation ihn nicht angerufen hatte, nahm er an, dass Kathleen normal schlief, weil das Medikament nicht mehr wirkte. Es war besser, sie ruhen zu lassen, zumal es keine akute Notwendigkeit gab, sie zu wecken. Sie konnte ihm am Morgen sagen, was sie so sehr erregt hatte. Außerdem konnte er hier im Archiv noch mehr tun. Deshalb machte er sich daran, einer Ahnung nachzugehen. Wenn er sich auf die Jahre direkt vor der spektakulären Veränderung von Hamlins Morbiditäts-Mortalitäts-Rate konzentrierte, entdeckte er vielleicht, was zu der Zeit anders gemacht worden war. Das konnte der Schlüssel zu dem »Trick« sein, den der Neurochirurg angewandt hatte.

Indem er die entsprechenden Tasten drückte, forderte Richard die Liste von Hamlins Patienten aus den Jahren 1998 und 1999 an. Als er die Aktenzeichen hatte, ordnete er sie in aufsteigender Folge, um die Suche nach den Unterlagen zu vereinfachen – mit dem Ergebnis, dass er immer tiefer in das Labyrinth aus Gängen und Regalen vordringen musste, je mehr Akten er zusammentrug. Das beständige Summen der Klimaanlage, das Rauschen der Rohrleitungen und der Teppichboden unter seinen Füßen dämpften die Geräusche so sehr, dass er sich in völliger Stille zu bewegen schien. »Wie eines der Gespenster, die ich hier unten gehört habe«, murmelte er und versuchte wieder einmal, sich durch den Klang der eigenen Stimme zu beruhigen. Nur das alles überdeckende Rauschen aus den Rohrleitungen über ihm störte ihn zunehmend, ebenso wie die Erkenntnis, dass er es nicht hören würde, wenn jemand hereinkam. Wie nützlich ein Gespräch mit dem Mörder sein mochte – das Eingeständnis, dass dieser Jemand aus dem Krankenhaus sein konnte, machte Richard nervös, und er blickte über die Schulter.

Mach dich nicht lächerlich, tadelte er sich. Er sollte lieber seinen Verstand benutzen, sonst bekam er noch beim Anblick eines armen Angestellten aus der Notaufnahme, der bloß eine Akte suchte, einen Herzanfall. Er begann zu pfeifen – als Balsam für seine angespannten Nerven wie auch als Warnung an ahnungslose Neuankömmlinge, dass sie nicht allein waren.

Als plötzlich sein Handy klingelte, fuhr er heftig zusammen und ließ vor Schreck die Akten fallen, die er gerade trug.

»Herr im Himmel!«, stieß er hervor, zog das Gerät aus der Tasche und hielt es ans Ohr.

»Irgendwas gefunden?«, fragte Detective McKnight, dessen Stimme müde klang.

»Sie haben mich fast zu Tode erschreckt, Mann!«

»Nur weil ich Sie anrufe? Sie müssen ja ganz schön nervös sein, Doc.«

Belämmert trifft es eher, dachte Richard. »Sie haben mich bloß überrascht. Mein Handy funktioniert hier unten fast nie. Ich habe nicht damit gerechnet, dass es plötzlich klingelt.«

»Was haben Sie für mich?«

»Ich habe Ihnen doch schon gesagt, dass ich die Schweigepflicht nicht verletzen werde …«

»Schon gut, schon gut! Ich muss keine Einzelheiten über bestimmte Patienten wissen. Nur, was unsere beiden toten Freunde vorhatten.«

Richard dachte einen Augenblick nach. »Ja, das könnte gehen.«

»Wie meinen Sie das? Was haben Sie entdeckt?«

»Noch nichts. Ich wurde abgelenkt … von etwas, das Kathleen betrifft.«

»Geht es ihr gut?« Plötzlich klang McKnight hellwach. »Körperlich schon. Aber am Abend hat sie sich über irgendetwas schrecklich aufgeregt, und eine der Schwestern hat sie wieder mit Beruhigungsmitteln voll gepumpt.«

»Was hat sie denn so aufgeregt?«

»Das weiß ich nicht. Sie schläft jetzt. Warum die vielen Fragen, Detective?«

McKnight schwieg einige Sekunden. »Gleich am Morgen wird ein Team von Detectives ins Krankenhaus kommen und mit den Vernehmungen in Sachen Hamlin und Lockman beginnen. Ich würde dann auch gern mit Dr. Sullivan sprechen, wenn es geht. Werden Sie da sein?«

»Sicher. Wir treffen uns in der Intensivstation. Sehe ich das richtig, dass Sie jetzt offiziell zu den Ermittlern gehören?«

»Gegen sieben Uhr?«, fragte McKnight und wich Richards Frage aus.

»Sieben Uhr. Wir sehen uns«, erwiderte Richard und fragte sich erneut, ob der Detective nun offiziell an den Ermittlungen beteiligt war oder wegen seiner Sympathie für Kathleen auf eigene Faust handelte. Doch wie es auch sein mochte – auf jeden Fall begrüßte er das Interesse McKnights an dem Fall.

Nachdem er das Gespräch durch einen Knopfdruck beendet hatte, bückte er sich, um die verstreuten Akten aufzuheben.

Er hatte die Hälfte eingesammelt, als es im Raum plötzlich dunkel wurde.

»Was ist denn jetzt los?«, fragte er laut.

Muss ein Stromausfall sein, sagte er sich dann. Wahrscheinlich durch den Regen.

Dann bemerkte er, dass die Lüftung weiterhin einen eisigen Atemhauch über seinem Kopf erzeugte. Doch wenn im gesamten Gebäude die Stromversorgung ausfiel, arbeitete auch die Klimaanlage nicht. Außerdem hätte sich bei einem allgemeinen Stromausfall automatisch die Notbeleuchtung eingeschaltet.

»Hallo? Wer ist da?«, rief er und fragte sich, ob jemand aus der Notaufnahme gekommen war, um eine Akte zu holen, ohne dass er es gehört hatte. Wer immer es sein mochte – er hatte offenbar geglaubt, dass außer ihm selbst niemand hier unten war, und hatte beim Verlassen des Raumes das Licht ausgeschaltet.

Niemand antwortete.

Vielleicht war es ein Wachmann auf seinem Rundgang.

»Hallo?«, rief Richard noch einmal.

Nur das Rauschen der Belüftungsrohre erklang in der Stille.

Furcht stieg in Richard auf.

Wie hätte jemand gleichzeitig mehr als ein Dutzend Schalter betätigen können …?

Der Mund wurde ihm trocken.

Vielleicht ist bloß die Sicherung für das Licht durchgebrannt, sagte er sich. Bei einem solch begrenzten Ausfall wären auch die Notstromaggregate nicht angesprungen. Diese Erklärung beruhigte ihn ein wenig – wie auch die Gespenster, die ihm bereits durchs Gehirn zu kriechen begannen.

Die Rohrleitungen ächzten und stöhnten wie immer, als ob jemand mit einem Engländer daran herumschraubte. Das Geräusch vibrierte in seinem Schädel.

Richard ging auf die Knie und tastete nach den restlichen Akten, die um ihn herum lagen. Er würde die Unterlagen, die er zusammengetragen hatte, mit nach oben nehmen und sie sich in seinem Büro ansehen.

Er hatte eine ziemliche Last auf den Armen, als er sich schließlich an den Regalen entlangtastete. In der Dunkelheit war er sich nicht sicher, ob er zur Tür ging, da er mehrmals die Richtung geändert hatte, als er mit McKnight sprach. Das machte aber nichts, weil sämtliche Gänge zum

Ausgang führten. Deshalb würde er einfach geradeaus gehen, bis er auf eine Wand traf, und sich dann nach links bewegen, bis er entweder den Ausgang fand oder auf eine weitere Wand stieß, der er dann weiter folgen würde, bis er zur Ausgangstür gelangte.

Er ging mit schnellen Schritten, denn er wusste, dass vor ihm nichts war, worüber er stolpern konnte. Als er auf eine Lücke zwischen den Regalreihen traf, drückte er den Aktenstapel mit einer Hand an die Brust und wedelte mit der anderen in dem leeren Zwischenraum, bis er die nächste Regalreihe berührte. Er ging so schnell, dass er beinahe mit dem Gesicht gegen die Wand stieß. Er drehte sich in die Richtung, in der er die Tür vermutete, und tastete sich weiter.

Richard glaubte zu wissen, wann er den offenen Empfangsbereich erreichte. In diesem Teil des Archivs gab es keine Regale mehr, und die Tür würde sich direkt vor ihm befinden. Er konnte sich nicht erinnern, ob sich dort ein beleuchtetes AUSGANG-Schild befand oder nicht. Eigentlich musste eins da sein, mit eigenem Stromkreis. Ob er draußen auf dem Flur ein solches Schild über dem Türrahmen gesehen hatte, wusste Richard auch nicht mehr. Es war auch nicht wichtig. Falls nötig, würde er sich bis zum Türgriff vortasten.

Wenige Minuten später kam ihm der Verdacht, dass er doch den falschen Weg eingeschlagen hatte, da er noch immer nicht bei der freien Fläche angelangt war, wie er es erwartet hatte. »Mist«, murmelte er, und die tintenschwarze Dunkelheit lastete schwer auf ihm.

Er erreichte das Ende eines Schranks und stieß auf eine weitere Mauer.

Kalte Furcht, die Orientierung verloren zu haben, überkam ihn, und sein Herz schlug schneller. »Okay, konzentrier dich nur darauf, dass du dich zurechtfindest«, sagte er laut, um sich zu beruhigen. »Du müsstest jetzt an der hinteren Ecke an der Rückwand sein. Also gehst du nach links und dann geradeaus, bis du die Vorderwand erreichst, und dann wieder nach links bis zur Tür ...«

Er hatte drei Schritte gemacht, als er glaubte, hinter sich ein Rascheln zu hören.

Es war gerade laut und deutlich genug gewesen, dass er es vom Rauschen aus der Luftzufuhr unterscheiden konnte.

Da er durch die Erlebnisse in Lockmans Villa schon genug unter Strom stand, um bei der kleinsten Kleinigkeit aus der Haut zu fahren, und da er sich in einem Keller befand, hätte er bei dem ersten Gedanken, der ihm in den Sinn kam, beinahe laut geschrien.

Ratten!

»Haut ab!«, kreischte er und rannte blindlings los. »Verschwindet, ihr Mistviecher!«

In seiner Vorstellung malte er sich aus, dass es in der Dunkelheit vor ihm von Ratten nur so wimmelte, und als das Geräusch hinter ihm lauter wurde, war er sicher, dass einige ihm auf den Fersen waren.

Voller Panik und ohne nachzudenken, schleuderte Richard das Bündel Krankenakten hinter sich.

»Aaa!«, hörte er jemanden schreien, gefolgt von einem dumpfen Aufprall.

»Was, zur Hölle ...« Richard lief noch zehn Meter weiter, bevor er begriff, dass sein Verfolger ein Mensch war.

Sein erster Gedanke war, stehen zu bleiben und nachzusehen, wer es war. Dann aber sprang ihm wieder das Bild von Lockmans Leiche vor die Augen. *O Gott, was tue ich nur? Ich muss hier raus!*

Er beschleunigte seine Schritte und stürmte im Dunkeln an den Regalen entlang.

10

Er rannte. Seine Hände fuhren an den stählernen Kanten entlang und führten ihn auf seiner Flucht, und an den scharfen Ecken blieben Fetzen seiner Haut hängen. Er steckte die Finger noch weiter in die Regale, bis sie über die Papprücken der Akten glitten, griff noch tiefer hinein und fegte mit dem Arm einen Schwung Aktenmappen zu Boden. Flüche und Rutschlaute erklangen hinter ihm, als ob jemand auf nassem Laub zu laufen versuchte.

Richard rannte noch schneller. Während er an den Regalen vorbeistürmte, riss er weitere Aktenstapel herunter. Wieder erklangen Flüche und stolpernde Schritte. Am Ende des nächsten Regals bog Richard scharf nach links ab. Wenn er in den freien Empfangsbereich gelangte, würde die Tür sich rechts von ihm befinden, und er benutzte die breiteren Gänge, die parallel zur vorderen Wand verliefen, um noch schneller zu laufen. Wenn er erst hindurch und auf dem Flur war, konnte er die Treppe erreichen.

Sein Herz hämmerte und pumpte Adrenalin in seinen Körper. Sein keuchendes Atmen war das einzige Geräusch, das er vernahm.

Er stellte sich vor, dass jeden Augenblick von hinten auf ihn geschossen würde.

Oder dass er erstochen würde …

In vollem Lauf prallte er gegen die Empfangstheke. Die hüfthohe Barriere verpasste ihm einen wuchtigen Schlag auf den Solarplexus, und er klappte zusammen wie ein Taschenmesser und stürzte schwer. Mit einem Schrei entwich die Atemluft aus seinen Lungen – ein Schrei, der das Blut zum

Gerinnen bringen konnte. Doch Richard bezweifelte, dass es seinen Verfolger abschrecken würde, wer immer es war.

Er stieß einen weiteren Schrei aus, als er gegen einen Tisch rutschte.

Mühsam und laut stöhnend rappelte er sich auf und stolperte in die Richtung, die seiner Meinung nach zum Ausgang führen musste. Er rechnete damit, dass jeden Moment die Hände seines Verfolgers aus dem Dunkel heraus nach ihm griffen. In Panik tauchte Richard nach links ab, anstatt weiter geradeaus zur Vorderwand zu laufen.

Zu seinem Entsetzen gab es kein leuchtendes Ausgangsschild. Er suchte die Dunkelheit nach jeder Spur von Licht ab, die vielleicht unter dem Türrahmen in den stockdunklen Raum sickerte.

Nichts.

Sollte er den Handgriff ertasten?

Aber dort stand vielleicht schon der Mörder und wartete darauf, dass er genau das tat. Sein Schrei hatte dem Mann mit tödlicher Sicherheit verraten, wo er sich befand.

Richard kauerte sich hin und atmete flach durch den Mund, um so leise wie möglich zu sein.

Er brauchte einen Plan.

Und er musste *hören.*

Er kniff die Nasenflügel zusammen und blies heftig. Seine Trommelfelle machten *plopp*, und das Rauschen der Klimaanlage schlug wie eine Woge über seinem Kopf zusammen.

Doch von dem Mann war kein Laut mehr zu hören.

Du musst weiter weg, schrie es in Richard. *Weit genug, dass du über dein Handy Hilfe holen kannst, ohne gehört zu werden.*

Er setzte sich auf, ging auf die Knie und kroch von der Stelle weg, wo er den Ausgang vermutet hatte. Er kam ungefähr zehn Meter weit, bevor er mit dem Kopf gegen eine Wand stieß, die nicht da sein sollte.

Verdammt!

Sein erster Gedanke war, dass er schon wieder den falschen Weg eingeschlagen hatte. Doch als er neben sich tastete, entdeckte er einen Tisch, dann noch einen, und er erkannte, dass er die Trennwand zum Arbeitsbereich getroffen hatte.

Er blieb völlig still und versuchte angestrengt, irgendwelche Geräusche aufzuschnappen, die darauf schließen ließen, dass der Mann sich ihm näherte.

Doch nichts war zu hören. Vielleicht verschluckte das Rauschen der Klimaanlage das Geräusch. Richard wusste, dass der Mann dort irgendwo war und wahrscheinlich ebenso angestrengt lauschte wie er selbst. Er beschloss, seine Flucht fortzusetzen, und machte sich vorsichtig auf den Weg zum Ende der Trennwand. Dann wandte er sich nach rechts und rutschte über den Boden, bis er einen Gang zwischen zwei Regalreihen erreichte und sich dort entlangbewegte. Stets rechnete er damit, Schritte zu hören, die sich ihm von hinten näherten.

Doch niemand folgte ihm. Vorsichtshalber bewegte er sich im Zickzack, zunächst ein paar Reihen nach links, dann nach rechts. Dabei bewegte er sich immer weiter von der Tür weg und, wie er hoffte, auch weg von der Person, die ihn verfolgte. Schließlich blieb er stehen. Die Stelle, an der er sich befand, war so gut wie jede andere, um Hilfe zu holen. Er griff in die Tasche, um sein Handy herauszunehmen.

Es war verschwunden.

Nein! Mit hektischen Bewegungen tastete er sich ab, als könnte das Handy in seiner Kleidung verrutscht sein.

Nichts.

Es muss mir beim Sturz herausgefallen sein.

Er wurde totenstill. Sollte er zurückgehen und versuchen, das Handy zu finden?

Ihm wurde bitterkalt, als würden eisige Finger in seinem Innern tasten.

Was, wenn er das Handy im Empfangsbereich verloren

hatte? Vielleicht war es ihm bei seiner wilden Flucht aus der Tasche gerutscht und irgendwo zu Boden gefallen.

Er schluckte. Sein Mund war staubtrocken.

Und wo war der Mann?

Der Gedanke, dass er dem Killer direkt in den Weg laufen könnte, hielt ihn davon ab, sich von der Stelle zu rühren. Er blieb einfach stehen und horchte. Er wusste, dass der Mann, der hinter ihm her war, bestimmt dasselbe tat.

Ein Patt, dachte er, wie zwei U-Boote, die beide darauf warten, dass das andere einen Fehler macht und sich verrät. Und die Zeit war auf der Seite des Feindes. Es war völlig unmöglich, die langen Stunden unbeweglich zu verharren, die verstreichen konnten, bis jemand zu seiner Rettung kam. Irgendetwas würde ihn mit Sicherheit verraten – das Knacken einer Sehne oder eines Gelenks, das Knurren seines Magen oder ein Niesen, weil es in seiner Nase kitzelte.

Sein Jäger hingegen musste nicht so still bleiben, sondern Geduld aufbringen.

Während Richard bewegungslos verharrte, starr und verängstigt, hörte er ein schlurfendes Geräusch zu seiner Rechten.

Er wartete.

Das unverwechselbare Knurren eine leeren Magens drang aus ungefähr drei Metern Entfernung an sein Ohr, irgendwo aus der Nähe des Eingangs zu dem Gang, in dem er sich versteckte.

Richard hielt den Atem an.

Was sollte er tun?

Wenn der Kerl näher kommt, muss ich versuchen, ihn mit einem Schlag außer Gefecht zu setzen …

Er machte sich bereit, zog die Faust zurück, atmete leise durch den Mund, stand langsam auf und spannte die Muskeln.

Aber der Mann bewegte sich von ihm weg. Richard hörte ihn ein paar Reihen weiter.

Er blieb noch einige Minuten, wo er war, und wartete, bis die schwachen Geräusche verstummten, die sein Gegner machte. Plötzlich erkannte er einen Vorteil. Es war niemand zwischen ihm und der Tür. Er könnte dort hinkriechen und den Raum verlassen.

Aber was, wenn er seinen Verfolger zu fassen bekam?

Kathleen wachte auf, als irgendetwas an ihrem Infusionsschlauch zerrte. Sie riss die Augen auf und erwartete zu sehen, wie der Verrückte, der vorhin an ihrem Bett gewesen war, ihr eine Injektion verpasste. Stattdessen blickte sie in die Augen einer Krankenschwester, die die Infusionsflasche wechselte.

»Sie sind wach, Dr. Sullivan?«, fragte die Frau.

Kathleen blinzelte keine Antwort. Wenn sie der Schwester von einem Raumpfleger berichtete, der sie mit einer Spritze umzubringen versuchte, würde man sie wieder mit Medikamenten außer Gefecht setzen.

Sie brauchte Richard!

Mit den Fingern versuchte sie, auf den Luftröhrenschnitt zu zeigen und hoffte, dass die Schwester verstehen, die Kanüle entfernen und ihr helfen würde, ein Gespräch zu führen.

Wider Erwarten bewegte sich auch Kathleens Handgelenk.

Verwundert starrte sie darauf. Es gelang ihr, die Hand einige Male vor und zurück zu klappen. Es war nur ein plumpes Wedeln, doch Kathleen gab es das Gefühl, von eisernen Ketten befreit zu sein.

»Na, da schau her«, sagte die Schwester, als ob sie ein Kleinkind ermunterte, das soeben gelernt hatte, seine Babyrassel zu schütteln.

Kathleens Triumphgefühl schwand angesichts dieses gönnerhaften Tonfalls. Ihre Stimmung pendelte von einen Extrem zum anderen, wie so oft in den letzten Tagen. Eine tiefe Hoffnungslosigkeit, was ihre Zukunft betraf, hing plötzlich so schwarz und drohend über ihr, dass sie alles andere überdeckte. Sie ließ Kathleen in eine Finsternis treiben, die ohne jede Hoffnung und so unermesslich wie der Weltraum war.

Wissen Sie nicht, dass ich fast vierzig bin, eine erwachsene Tochter habe und Genetikerin bin, wollte sie in das unbeteiligte Gesicht der Schwester schreien. *Haben Sie ein Ahnung, was es heißt, zu verlieren, was ich verloren habe? Wie es ist, so hilflos wie ein Baby zu sein? Zu wissen, dass einen nichts als Hoffnungslosigkeit erwartet, falls man überlebt? Was es bedeutet, jede Bewegung, jeden Handgriff neu lernen zu müssen? Haben Sie auch nur die leiseste Ahnung, wie das ist?*

Sie versuchte, den Unterarm zu bewegen, doch er reagierte nicht. Auch was die Fingerbewegungen betraf, war in der Zeit, die sie geschlafen hatte, keine Besserung eingetreten. Doch als sie die Füße zu bewegen versuchte, konnte sie mit den Zehen wackeln und gegen das Gewicht der Bettdecke drücken, rechts stärker als links.

Somit besaß sie eine Hand an einem toten Arm, und sie konnte am Ende der Matratze die Bettdecke aufwühlen. Alles in allem nicht viel, aber in ihrer Lage nahm sie, was sie kriegen konnte.

Wenigstens erlaubten ihr die neu entdeckten Fähigkeiten des Handgelenks, die Kanüle in ihrem Hals zu greifen. Sie konnte sie nicht vom Beatmungsgerät abziehen, doch ein Zerren daran befreite sie vom frostigen Blick ihrer Aufpasserin.

»Na, na«, sagte sie, schob Kathleens Hand beiseite und warf ihr einen vorwurfsvollen Blick zu. »Das ist meine Aufgabe, nicht Ihre.«

Dann mach schon und lass mich endlich sprechen!

Die Frau tat alles Mögliche, nur das nicht. Sie regelte die Infusion, überprüfte die Monitore, notierte die Werte und schüttelte sogar das Kopfkissen auf.

Zur Hölle mit ihr! Kathleen kochte vor Wut. Sie wünschte

sich inständig, dass Richard kam. Sie wünschte sich, dass Detective McKnight und das ganze verdammte New York Police Department hier erschienen, aber kein aufgeschütteltes Kopfkissen.

Richard hielt sich lautlos an der Kante des nächsten Regals fest, zog sich vom Boden hoch und tastete über dem Kopf nach den Rohrleitungen, fand jedoch nichts und erkannte, dass er höher hinaufsteigen musste. Ein weiterer Schritt aufwärts reichte, und seine Hand glitt über ein Geflecht aus Leitungen, bis er diejenige fand, die sich so dick wie ein Baumstamm anfühlte. Nachdem er die Arme um ihre eiserne Oberfläche geschlungen hatte, schwang er die Beine auf einen länglichen Aktenschrank gegenüber dem Regal, auf das er soeben hinaufgeklettert war, und hakte sich mit den Hacken fest. Ruhig zog und schob er daran, genug, um den Schrank zum Schwanken zu bringen, ohne dass er umstürzte. Er war bereit.

»Wer sind Sie?«, rief er in die Dunkelheit. »Was wollen Sie?«

Nur das Wispern der Ventilatoren, die über seinem Kopf kalte Luft verströmten, war zu vernehmen.

»Ich habe gefragt, wer Sie sind. Warum sind Sie hinter mir her?«

Was, wenn der Kerl den Köder nicht schluckte und vorsichtig blieb, einfach in sicherem Abstand wartete? Richard würde nicht ewig dort oben herumhängen können. Vielleicht konnte er den Mistkerl durch einen Bluff dazu bringen, sich auf ihn zu stürzen.

»Hallo, Detective? Hier ist Dr. Richard Steele«, sagte er und tat sein Bestes, einen panikerfüllten Anruf bei der Polizei vorzutäuschen. »Ich spreche vom Handy aus … hier ist ein Mann, der mich im Keller des Krankenhauses in die Falle gelockt hat. Er droht, mich umzubringen … Ja, ich bin sicher. Vielleicht ist es sogar der Verrückte, der Hamlin und

Lockman ermordet hat... Wo genau ich bin? Im Krankenarchiv...«

»Zur Hölle mit dir!«, kreischte eine hohe Stimme aus einiger Entfernung. Schnelle Schritte auf dem Teppichboden näherten sich.

O verdammt, fluchte Richard stumm, der von dem Ausbruch überrascht war. Er drückte die Beine gegen den schweren Aktenschrank und schob ihn so weit von sich weg, dass er beinahe umfiel.

»Du wirst mich nicht aufhalten!«, rief der Angreifer, als er mit dumpfen Schritten in den Gang unter ihm einbog.

Richard ließ den Schrank zu sich zurückschwingen.

»Ich werde deine Missetaten an Gottes Werk rächen!«

Der Kerl ist total übergeschnappt, schoss es Richard durch den Kopf. Er ließ die Mauer aus Metall und Papier ein paarmal vor und zurück pendeln, bis ein letzter Stoß den Schrank und seinen Inhalt krachend auf den Mann stürzen ließ.

Er stieß ein schrilles Geheul aus, aus dem Schmerz und Wut sprachen.

Richard ließ seine siebenundachtzig Kilo auf die Rückseite des umgestürzten Schranks fallen und gab dem menschlichen Sandwich den Rest.

Dann war es still.

Zu still.

Mein Gott, hatte er den Verrückten umgebracht?

Während er über die rutschige Oberfläche kletterte, spürte er die Neigung unter seinen Füßen. Wahrscheinlich war der Körper des Mannes zwischen dem Schrank und dem Fußboden eingeklemmt. Als Richard das Ende der geneigten Fläche erreichte, kniete er sich hin, horchte an der Öffnung des Zwischenraumes, der entstanden war, und hoffte, den Atem des Kerls zu hören.

Zuerst war es totenstill. Dann erreichte ein leises Kratzen Richards Ohren.

Der Kerl lebte. Es wurde Zeit, von hier zu verschwinden. Aber der Mann hatte Antworten, die Kathleen vielleicht retten konnten …

»Alles in Ordnung?«

Die Bewegung ging weiter und kam dann zum Stillstand.

Vielleicht war der Bursche verletzt und konnte nicht antworten.

Richard stand auf, umfasste mit den Fingern die obere Kante des Schranks und drückte, doch er konnte ihn nicht anheben. Vielleicht hatte der Schrank den Mann eingeklemmt und presste ihm nun die Luft aus den Lungen. Richard tastete umher und stellte fest, dass das schwere Möbel teilweise auf einer Vitrine lag, die davor stand. Nicht alles Gewicht lag auf dem eingeklemmten Mann.

Dennoch – wenn der Schrank ihn bewusstlos geschlagen hatte, bestand die Gefahr, dass der Bursche die eigene Zunge verschluckt hatte und nun keine Luft mehr bekam. Die Geräusche, die Richard gehört hatte, konnten aber auch bedeuten, dass der Mann Erbrochenes verschluckte.

Oder er spielte den Bewusstlosen.

Richard verharrte und dachte an Kathleen. Wenn dieser Mann starb, dann starb auch die beste Chance, herauszufinden, was Hamlin mit ihr angestellt hatte.

Untersuche den Burschen, sagte sich Richard.

Er legte sich flach auf den Bauch und rutschte in den engen Zwischenraum, was ihm bei seiner schlanken Figur keine großen Schwierigkeiten bereitete. »Antworten Sie mir, wenn Sie können. Können Sie atmen?«

Nichts.

Richard bewegte sich ganz langsam voran, ohne etwas zu sehen. Jeden halben Meter hielt er inne und horchte. Nicht einmal das Geräusch der Klimaanlage drang bis hierher.

Bevor Richard ihn hörte, roch er ihn – ein säuerlicher Schweißgeruch und das beißende Aroma eines Aftershaves, so dezent wie der Duftstein einer Tankstellentoilette.

Er schob sich noch ein paar Zentimeter weiter vor und hörte, wie der Brustkorb des Mannes sich hob und senkte, ruhig und regelmäßig, ganz ohne Anstrengung.

Zu regelmäßig für jemanden in Atemnot.

Instinktiv zog er den Kopf zurück, als eine Hand an seiner Kehle vorbeischoss und eine andere sich um seinen Hals schließen wollte, ihn jedoch verfehlte.

»Scheiße!«, brüllte Richard und bewegte sich so schnell rückwärts, wie er konnte. Der Mann kroch keuchend und schnaufend hinter ihm her. Richard schob sich weiter mit den Füßen voraus auf Ellbogen und Knien aus dem Loch und schürfte sich dabei die Haut auf. Dann streiften die Hände des Mannes sein Gesicht, und sein Atem traf heiß auf seinen Handrücken. Richard steigerte die Geschwindigkeit und vergrößerte leicht den Abstand zwischen ihm und dem Verfolger.

Der Mistkerl muss stämmiger sein als ich, dachte er.

Sekunden später war er aus dem Loch unter dem Schrank heraus und auf dem Weg zur Tür. Er atmete heftig, und seine Lunge brannte. Er würde Hilfe brauchen. Er war zu erschöpft, um noch zu kämpfen. Während er floh, hörte er einen kläglichen Laut. Dann aber peitschte die Stimme des Mannes:

»Du kannst mir nicht entkommen, denn ich bin ein Soldat der Legion Gottes!«

Was sollte dieses Gefasel?

»Und wenn ich seinen Willen erfülle, ist er an meiner Seite!«

Der Kerl musste wirklich übergeschnappt sein.

»Als Feind seines Planes wirst du vernichtet! Als Verderber seiner Saat wirst du die gerechte Strafe des Allmächtigen erleiden!«

Richard dachte an Fälle, als er in der Notaufnahme psychotische oder hysterische Patienten behandelt hatte, die sich in einem religiösen Delirium befanden und ähnlich geredet hatten. Was, wenn der Kerl ein entflohener Psychiatriepatient war, der in den Fluren umherirrte und gar nichts mit den Morden zu tun hatte?

Richard lief schneller. Ihn plagte der Gedanke, vielleicht einen schrecklichen Fehler gemacht zu haben.

»He!«, rief der Mann. »Stopp!«

»Ich werde jemanden holen, der Ihnen hilft«, rief Richard über die Schulter und überlegte, dass ungefähr sechs Krankenpfleger und eine Spritze Haldol reichen müssten.

Die Tür konnte nicht mehr weit entfernt sein.

Dann hörte er schnelle Schritte.

Himmel! Der Hundesohn war wieder hinter ihm her.

Das hier muss der Eingangsbereich sein, dachte Richard und stürmte zu der Stelle, wo der Ausgang sein musste.

»Du wirst zur Hölle fahren!«, kreischte der Mann und stürzte hinter ihm her.

Richard prallte gegen die Wand, tastete sich daran entlang, suchte den Türgriff und fand ihn. Seine Hand schloss sich darum. Er riss die Tür auf und ließ das Licht aus dem Flur herein, das ihn nach so langer Zeit in der Dunkelheit blendete. Er stürzte auf den Flur und lief im Zickzack zur Treppe.

»Ihr seid Helfer des Teufels!«, rief der Mann aus dem Innern des Raumes. »Seine Rache wird euch beide vernichten!«

Beide?

Bevor Richard die Treppe hinaufrannte, blickte er zurück und hoffte, einen Blick auf seinen Verfolger werfen zu können.

Doch niemand folgte ihm.

»Wo sind Sie jetzt?«, fragte McKnight.

»Am Haupteingang, bei den Wachleuten.«

»Können die alle Ausgänge versperren?«

»Wahrscheinlich nicht. Zu dieser Nachtzeit ist nur eine Rumpfmannschaft da. Aber wir haben Leute hier und am Eingang der Notaufnahme.«

»Und es gab keine Spur von diesem Kerl, als Sie mit den Pflegern zurückgekehrt sind?«

»Keine.«

»Wo ist er dann?«

»Wir vermuten, dass er durch einen Notausgang entwischt ist.«

»Verdammt! Können Sie ihn wirklich nicht beschreiben?«

»Er hat schlechten Atem und benutzt ein lausiges Kölnisch Wasser.«

»Das ist alles?«

»Ich habe den Verrückten zu keiner Zeit richtig sehen können. Das Licht war aus, und als ich endlich auf dem Korridor war, hat der Bursche sich nicht blicken lassen.«

»Und in keinem Stockwerk wird ein Psychiatriepatient vermisst?«

»Nein.«

»Hm. Dann werden wir das ganze Krankenhaus durchsuchen müssen, um sicherzugehen, dass der Kerl sich nicht noch irgendwo hier herumtreibt. Ich bin unterwegs und schicke ein paar Streifenwagen vorbei ...«

»Da ist noch etwas. Ich bin sicher, der Bursche hat irgendwie mit der Sache zu tun, die Hamlin mit Kathleen angestellt hat.«

»Wie kommen Sie darauf?«

»Weil Kathleen mir gerade erzählt hat, dass ein Mann, der als Raumpfleger verkleidet war, vor ein paar Stunden versucht hat, ihr etwas zu injizieren.«

»Was!«

»Deshalb war sie so aufgeregt.«

»Verdammt! Geht es ihr gut?«

»Ja. Dieser Drache mit der Stachelfrisur, der sie mit Sedativa voll gepumpt hat, war ausnahmsweise mal zur richtigen Zeit am richtigen Ort, und ohne es zu merken, hat sie den Kerl gestört, bevor er irgendwas unternehmen konnte. Es fehlten nur Sekunden, und er hätte Kathleen getötet.«

Richard sprach mit seltsam ruhiger Stimme; seine Gefühle waren im Augenblick wie erstarrt.

»Moment mal«, sagte McKnight. »Woher wissen Sie, dass es derselbe Kerl war wie der im Keller? Sie haben doch gesagt, dass Sie da unten nichts sehen konnten.«

»Aber Kathleen und ich haben den Kerl gerochen.«

05:07 Uhr

»Schnall dich an, es wird eine unruhige Nacht...«

Jim Norris schreckte aus dem Schlaf hoch und hörte Bette Davis Stimme, in die sich ein Klingeln mischte. Er quälte sich aus dem Sessel hoch und stolperte zum Telefon, das neben dem silbrig leuchtenden Bildschirm seines Fernsehers stand, den er ständig auf einen Sender mit Spielfilmklassikern eingestellt hatte. Eine Zeit lang Cary, Humphrey, Clark und andere um sich zu haben, war die einzige Möglichkeit für Norris, nachts Schlaf zu finden. Ihre vertrauten Stimmen aus der Ferne waren so tröstlich, als wären sie alte Freunde, die im Nebenzimmer über ihn wachten.

Doch nachdem er abgenommen hatte, hörte das Klingeln nicht auf, und Norris stand da und starrte auf den Hörer, und das Summen des Freizeichens verwirrte ihn noch mehr... Dann wurde das Klingeln von lautem, drängendem Klopfen an der Tür abgelöst, und eine Stimme sagte: »Norris, wach auf. Ich weiß, dass du da bist.«

Er zog den Hausmantel straffer um seinen schlanken, durchtrainierten Körper und verknotete den Gürtel, weil er darunter nichts trug. Er schaltete den Fernseher aus und schlurfte zur Tür.

»Francesca?«, fragte er.

»Lass mich rein, Jimmy.«

Norris atmete tief durch und hielt den Atem an. »Bist du allein?«

»Natürlich. Lass mich rein. Wir müssen reden.« – »So wie du mit Dick und Doof umgegangen bist«, sagte er und benutzte die Spitznamen, die er einst dem korpulenten Paul Edwards und der zierlichen Adele Blaine verpasst hatte, »hätte ich nicht gedacht, dass noch viel übrig ist, was du mir sagen könntest.«

»Die beiden widern mich an.«

»Warum rennst du dann jedes Mal zu ihnen, wenn sie dich rufen?«

»Das erzähle ich dir drinnen!«

»Du weckst meine Nachbarn.«

»Bitte, Jimmy, lass uns aufhören, uns gegenseitig wehzutun. Ich habe für uns beide einen Ausweg gefunden.«

Er öffnete die Tür, ließ die Kette jedoch vorgelegt. Das bedrückte Gesicht, das ihn anschaute, war blass und eingefallen, und dunkle Ringe lagen um die Augen.

Norris löste die Türkette, machte einen Schritt zurück und bat sie mit einer Geste ins Wohnzimmer. »Kummer braucht Gesellschaft, nehme ich an«, sagte er.

Francesca kam herein und blieb stehen, den Regenmantel fest um sich geschlungen. Das Grau des ersten Morgenlichts verlieh ihrem blonden Haar und der blassen Haut einen aschgrauen Schimmer.

Wie viele Wohnungen der Upper Westside hatte auch Norris' Wohnung einen großen Ess- und Wohnbereich mit hoher Decke, zwei kleine Schlafzimmer neben einer noch kleineren Küche, sowie ein winziges Bad. Seit vor achtzehn Monaten die Beziehung zwischen ihm und Francesca begonnen hatte, hatten sie sich in jedem Zimmer der Wohnung geliebt, »damit es ganz unser Platz wird«, wie Francesca es ausdrückte. Norris hatte den Eindruck, dass sie alle seine früheren Geliebten gleichsam austrieb, und das war ihm nur recht. Es gab so viele von diesen Frauen, dass es für ein Leben reichte – Frauen, die sein lässiger Charme und sein gutes Aussehen betört und in diese Wohnung gelockt hatte. Doch sobald die Frauen erkannt hatten, dass sie von Norris bestenfalls erwarten konnten, nächst seinem Labor die Nummer zwei in seinem Leben zu werden, verschwanden sie ziemlich schnell wieder – was Jim Norris nur recht war, denn es gab immer wieder eine neue Assistenzärztin, eine MTA oder eine Krankenschwester, die darauf versessen war, seinen Ruf im Bett zu testen.

Francesca jedoch war anders – so, wie er es erwartet hatte, weil sie genauso clever, zäh und leidenschaftlich ihre Karriere verfolgte wie er die seine.

Mit schmerzvoller Miene sah sie sich um. Er fragte sich, ob sie eine Bestandsaufnahme ihrer gemeinsamen Zeit machte und ob ihre Erinnerungen an ihre gemeinsamen leidenschaftlichen Stunden genauso in ihr brannten wie in seinem Innern.

»Soll ich einen Kaffee aufsetzen?«, fragte er. Verzweifelt suchte er nach Ablenkung vom Gefühl der Verlegenheit.

»Ja, gern.«

Er holte seine Espressomaschine aus dem Regal, wo sie gestanden hatte, seit er sie dort vor mehr als sechs Monaten abgestellt hatte. Während er frisch gemahlenes Kaffeepulver für zwei Tassen einfüllte, erinnerte er sich daran, wie er noch nach Wochen morgens in Gedanken zwei Tassen aus dem Regal genommen hatte, bis ihm klar wurde, dass Francesca ja gar nicht mehr da war. Damals hatte er zu Tee gewechselt.

Sie sieht so zerbrechlich aus, dachte er, während er sie nun durch den Türrahmen beobachtete. Doch er wusste um die Willensstärke, die sich hinter ihrem zierlichen Äußeren verbarg, denn er hatte deren volle und schmerzhafte Wucht zu spüren bekommen.

»Also, warum bist du gekommen?«, sagte er kurz darauf, als er mit Bechern Kaffee ins Zimmer kam.

Francesca, die mit ihren Gedanken offensichtlich ganz woanders war, schreckte zusammen, drehte sich um und betrachtete ihn. Ihre Blicke machten ihm bewusst, dass er unter dem Hausmantel nackt war.

Sie setzte sich auf den Rand der Couch, die Hände in den Taschen. Dann beugte sie sich vor, dass es so aussah, als ob sie aufstehen und gleich wieder gehen wollte. Als Jim den Becher vor sie auf den Tisch stellte, sah sie ihm in die Augen und sagte: »Lockman ist tot. Ermordet. Man hat mich heute Nacht in die Notaufnahme gerufen, und überall im Krankenhaus wurde darüber geredet.«

Sie musterte ihn, um zu sehen, wie er reagierte. Aber darauf war er vorbereitet. »Ich weiß. Eine meiner Labortechnikerinnen hat es in den Nachrichten gehört. Sie hat mich gegen Mitternacht angerufen.«

»Wirklich?«

Die Frage hing in der Luft, verführerisch wie ein Striptease.

»Ja, wirklich.« Jim Norris setzte sich ihr gegenüber in einen Sessel und nahm den heißen Kaffeebecher zwischen die Handflächen. »Du weißt doch, dass sie da unten gern das Radio laufen lassen, damit es erträglicher ist, in dem riesigen Bau allein zu sein.«

»Und hast du auch gehört, dass Sullivan einen Detective von der New Yorker Polizei sowie Richard Steele dazu gebracht hat, ihre Geschichte über Hamlin und Lockman zu glauben?«

»Ja, habe ich.«

»Verdammt, Jimmy. Wie kannst du einfach so dasitzen? Hat dir deine Labortechnikerin auch erzählt, was sonst noch über den Mord erzählt wird?« Ihre Stimme war scharf wie ein Skalpell.

»Ja. Jemand hat sich die Mühe gemacht, Matt das Herz aus der Brust zu schneiden.«

Sie schauderte und schien sich tiefer in ihrem Mantel zu vergraben, blickte ihm aber immer noch fest in die Augen. »Das scheint dich ziemlich kalt zu lassen.«

»Bist du deswegen hier, Francesca?«, fragte er. »Um zu sehen, wie ich reagiere?«

»Bitte lass das, Jimmy.«

»Du willst wissen, ob ich ihn umgebracht habe? Und Hamlin?«

»Das habe ich nicht gesagt.«

»Ob ich Lockmans Herz herausgeschnitten habe?«

»Du machst mir Angst.«

»Oder glaubst du, dass ich die beiden ermorden ließ?«

»Jimmy, hör zu …«

»Also gut, dann bekommst du jetzt eine Antwort, Francesca, damit du weißt, dass wir sozusagen auf gleicher Augenhöhe sind, wenn es um die Frage geht, wer gute Gründe hat, dem andern zu misstrauen. *Du* bist diejenige, die am meisten von Hamlins und Lockmans Tod profitieren könnte. Wenn wir alle beseitigt sind, kannst du ungehindert deine Arbeiten veröffentlichen und den Ruhm einheimsen – und das Vermögen, das es mit Sicherheit einbringt. Doch in der Zwischenzeit – falls du die beiden ersten Todesfälle arrangiert hast – müsstest du natürlich vorgeben, mich und die anderen zu verdächtigen. Und ein Herz herauszuschneiden wäre genau das Richtige, es so aussehen zu lassen, als würde der Killer dir eine besondere Warnung schicken. ›Arme Francesca, vielleicht ist sie die Nächste‹, sollen wir alle sagen und damit den Verdacht von dir ablenken.«

»Also, das ist ungeheuerlich …«

»Wirklich?«

Francesca musterte ihn schweigend. »Jim«, sagte sie nach ein paar Sekunden. »Ich habe Angst.« Sie stand auf, nahm ihm den Kaffeebecher aus der Hand und stellte ihn auf den Tisch. »Komm her«, sagte sie und zog an seinen Armen. »Ich glaube nicht, dass du sie umgebracht hast. Dazu kenne ich dich zu gut. Du bist ein Träumer, kein Mörder. Ich glaube, es war Adele oder Edwards – vielleicht sogar beide –, die versuchen, ihre Haut zu retten.« Ihre Stimme war so sanft wie das erste Morgenlicht.

»Spiel nicht mit mir, Francesca…«

»Steh auf.«

Jim erhob sich aus dem Sessel.

»Und jetzt nimm mich in die Arme.«

»Nein. Du hast mich schon verarscht, als du mich verlassen hast…«

Sie legte ihm einen Finger auf die Lippen, und er verstummte. »Ich weiß. Da habe ich dich gehasst. Ich hatte das Gefühl, dass du mich, meine Karriere, mein ganzes Leben ins Verderben gelockt hast. Aber ich habe dich mehr vermisst, als ich ertragen kann. Und du hast recht. Jetzt, wo Hamlin und Lockman tot sind, kann ich an die Öffentlichkeit gehen und aus der Sache herauskommen. Aber ich will dich dabeihaben.«

Ihre Offenheit besänftigte ihn.

»Wegen meiner Arbeit?«

Zärtlich nahm sie sein bärtiges Gesicht zwischen die Hände. »Ich will mehr als nur deine Arbeit, Jimmy, viel mehr.«

»Und was ist mit Blaine und Edwards?«

»Die brauchen wir nicht. Und sie werden es nicht wagen, den Mund aufzumachen.«

»Wie kannst du so sicher sein?«

»Sie werden zu viel Angst haben, Jimmy. Vor den Bullen, vor uns, vor einander. Auf jeden Fall haben sie mehr zu verlieren als ich, wenn sie erwischt werden. Das verschafft mir einen Vorteil ihnen gegenüber.«

»Auch mir gegenüber. Deshalb sollte ich Angst vor dir haben…«

»Nein. Und den Grund dafür habe ich dir gesagt: Ich habe versucht, ohne dich zu leben, und hab mich dabei miserabel gefühlt. Weil ich sehr viel mehr zu gewinnen habe, wenn ich den Mund halte und einfach mit der Arbeit weitermache. Und weil du brillant bist und ich dich im Labor brauche. Was du vorhattest, war eine achtbare und gute Sache, Jimmy, und das ist sie immer noch. Und es ist noch nicht zu spät, sie zu verwirklichen. Also, bist du auf meiner Seite?«

Zögernd ließ er zu, dass sie den Gürtel seines Hausmantels löste. Während ihre Finger unter seinen Mantel glitten und sie ihn an sich zog, atmete er den Duft ihres Haares ein und spürte, wie der brennende Schmerz schwand, den er in den vergangenen sechs Monaten in seinem Innern verspürt hatte. Zum ersten Mal seit langer Zeit konnte er frei atmen. Denn so sehr, wie er sie begehrte, so verführerisch war auch die Möglichkeit, dass sie ihm zu beenden half, was er angefangen hatte, und dass sein Vorhaben auf eine Weise Früchte trug, die es in den Augen der Welt als wissenschaftlichen Triumph erscheinen ließ. Die Hoffnung, ihre Verbindung zu Hamlin und Lockman nun für immer begraben zu können, erweckte den Wunsch in ihm, wieder der Kämpfer zu sein, als der er sich stets betrachtet hatte. Vorausgesetzt natürlich, dass Blaine und Edwards den Mund hielten. Und Francesca ihn hinterher nicht betrog.

Zweifel mischten sich in sein Verlangen.

Ob sie ihn nur wegen seiner wissenschaftlichen Fähigkeiten zurückhaben wollte oder für »viel mehr«, wie sie behauptete, wusste er nicht. Auch ihre Unschuldsbekundungen konnte er nicht einschätzen. Vielleicht hatte sie ja *doch* den Verdacht, dass er die Morde begangen hatte …

Wer legt diesmal wen herein, fragte von irgendwoher eine leise Stimme, bevor die Leidenschaft ihn davonriss. Hastig streifte er ihr den Regenmantel ab, schob die Hände unter ihren OP-Kittel, zog ihn über ihre hochgereckten Arme und flüchtete aus seiner Einsamkeit, indem er sich in ihrer Umarmung verlor, auch wenn es nur für die nächsten paar Stunden war.

11

Am selben Morgen
Mittwoch, 27. Juni, 06:47 Uhr

Richard sah zu, wie der Polizeizeichner die letzten Retuschen an dem Porträt vornahm, das er nach Kathleens Beschreibungen an seinem Laptop angefertigt hatte.

»Ist er das?«, fragte McKnight.

Kathleen studierte aufmerksam das Bild eines glatt rasierten Mannes mit breitem Gesicht, blauen Augen und kurz geschnittenem Haar, der sich irgendwo im Niemandsland der Jahre zwischen Mitte zwanzig und Anfang dreißig zu befinden schien. Jedenfalls konnte es Richard, der Kathleen von der anderen Seite des Bettes über die Schulter spähte, nicht näher eingrenzen. Kathleen atmete ein, sperrte mit der rechten Hand die Trachealkanüle und sagte: »Ja.« Sie konnte auch den Kopf leicht zur Seite neigen, weit genug, um den Detective anzuschauen und dann wieder zu dem jungen Officer zu blicken, der das Porträt angefertigt hatte.

»Und wie ist es mit Ihnen, Doc? Ist das der Kerl, über den Sie auf dem Weg aus der Intensivstation gestolpert sind?«, fragte McKnight.

»Könnte sein. Aber wie ich schon sagte, ich habe ihm zu der Zeit kaum Aufmerksamkeit geschenkt. Ich war so schnell an ihm vorbei, dass ich mich nicht mal erinnern kann, ob ich einen Hauch von seinem scheußlichen Aftershave abgekriegt habe.«

McKnight blickte auf die Wanduhr, die 06:51 Uhr anzeigte. »Bitten Sie auch die Leute von der Nachtschicht, einen Blick darauf zu werfen, bevor sie um sieben nach Hause gehen«, sagte er zu dem jungen Polizisten, der Sicherheitskopien von seiner Arbeit machte. – »Ja, Sir.«

Der Mann schloss seine Tasche, schulterte sie und ging zum Schwesternzimmer. Bald war er von Frauen umgeben, die sich ebenso sehr für ihn zu interessieren schienen wie für das Porträt. Auch Richards Rachegöttin mit der Stachelfrisur und den Aquamarinaugen tauchte auf und schien besonders fasziniert zu sein. Richard fragte sich, ob der Cop sie am Ende auch zeichnen würde – ganz privat.

»Achte auf ihre spitzen Zähne, mein Junge, wenn du das tust«, sagte er leise.

»... so viele Zeugen wie möglich, das liefert uns für gewöhnlich die größte Ähnlichkeit«, erklärte McKnight Kathleen. »Dann schicken wir Kopien per E-Mail in alle Abteilungen des Krankenhauses und an die Medien, ob jemand den Mistkerl wiedererkennt. Wir werden auch den Reinigungswagen und den Bereich um Ihre Krankenkabine herum untersuchen, außerdem das Krankenhausarchiv, besonders das Regal, das Sie, Doc, auf den Kerl gekippt haben. Vielleicht finden wir irgendwelche Übereinstimmungen, aber bei den vielen Besuchern ...«

»Der Mann hat Gummihandschuhe getragen ... als er hier war«, unterbrach ihn Kathleen.

»Und ich wäre nicht überrascht, wenn er sie die ganze Zeit anbehalten hätte«, fuhr McKnight fort. »Nein, es wird das Bild von ihm sein, das uns weiterhilft. Das und die Tatsache, dass das Motiv in diesem Fall wohl ziemlich offensichtlich ist.«

Richard sagte: »Aber wie dieser Kerl herumgeschrien hat, von der ›gerechten Strafe des Allmächtigen‹, und dass er mich umbringen will, weil ich der ›Helfer des Teufels‹ sei ... da kann man bei diesem Burschen schwerlich von einem rationalen Motiv ausgehen.«

»Wovon reden Sie? Es ist klar, dass der Mistkerl versucht hat, Dr. Sullivan umzubringen, bevor sie jemanden überzeugen konnte, dass Hamlin und Lockman irgendetwas mit ihr angestellt haben. Offensichtlich wusste der Bursche nicht, dass Dr. Sullivan mit uns kommunizieren kann. Und wahrscheinlich ist er hinter Ihnen her gewesen, weil er erkannt hat, dass Sie die Akten durchsehen wollten, und da hat er befürchtet, dass Sie herausfinden, was das Geheimnis von Hamlins toten Patienten ist.«

»Das ganze Gerede von der Rache des Allmächtigen und von der Mühe, die er sich gemacht hat, Lockman zu töten – ganz zu schweigen von den Zweigen, die er an den Tatorten hinterlassen hat –, diente also nur dem Zweck, Sie auf eine falsche Spur zu lenken und Sie glauben zu machen, dass er verrückt ist?«

»Warum nicht?«

»Weil der Mann, den ich gehört habe, nicht so kalt und berechnend war.«

»Du willst... doch nicht behaupten«, sagte Kathleen, »dass dieser Psychopath... dich und mich nur zufällig ausgewählt hat, Richard...«

»Natürlich nicht.«

»Gut. Denn nur wenn wir die Angriffe... mit den Morden an Hamlin und Lockman... in Verbindung bringen, passt alles zusammen...«

»Ich sehe auch nicht, wie es anders sein sollte«, pflichtete McKnight ihr bei. »Der Wahnsinn dieses Kerls hat zu viel Methode.«

Kathleens Blick schweifte von Richard zum Detective. »Genau. Es ist das Timing...« Auch ihr Gesicht, das bisher wie eine Totenmaske gewesen war, erwachte allmählich zum Leben. Richard sah winzige Bewegungen an den Mundwinkeln, die zuvor nicht da gewesen waren. »Besonders wenn wir bedenken, was er erreicht hätte, wenn er mich... umgebracht hätte, bevor ich euch oder sonst jemanden... etwas von Hamlin und Lockman hätte erzählen können...«

McKnight nickte. »Ganz genau!«

»Wäre es ihm gelungen, das Geheimnis... mit mir ins Grab zu schicken, würden die Ermittlungen im Fall Hamlin und Lockman … für Sie und Ihre Kollegen … zu ganz anderen Ergebnissen führen …«

Der Detective strahlte sie an. »Genau, was ich denke. Wir hätten nie erfahren, dass die beiden Männer gemeinsam irgendein krummes Ding drehen, und ich hätte auch keinerlei Grund zu der Annahme, dass sie ermordet wurden, um sie zum Schweigen zu bringen. Aller Wahrscheinlichkeit nach wären wir davon ausgegangen, dass ein Irrer Ärzte des New York City Hospital abschlachtet, aus irgendeinem verrückten Grund, der mit den Zweigen am Tatort zu tun hat – genau wie Dr. Steele meint.«

»Ja, eine perfekte Tarnung …«

»Das sehen Sie richtig«, sagte McKnight und schüttelte bei dem Gedanken an die bloße Möglichkeit den Kopf.

»Und alles nur, weil ich … Richard dazu gebracht habe … Sie einzuschalten, Detective McKnight …«

Richard war nicht sicher, ob er wirklich einen Hauch von Rot auf den schwarzen Wangen des Mannes sah, doch es war offensichtlich, dass Kathleens Lob ihm sehr gefiel. »Was meinen Sie, Doc?«, fragte er und wandte sich Richard zu. »Reicht Ihnen das als Motiv?«

»Ich weiß nicht. Aber je länger ich darüber nachdenke, was ich unten im Archiv gehört habe, umso mehr erscheint es mir …« Er suchte nach dem richtigen Wort.

»Verrückt?«, schlug Kathleen vor und lächelte leicht.

»Wie sollte er sonst … zu klingen versuchen? Genau darum ging es ihm doch …«

McKnight drehte sich wieder zu ihr und kicherte. »He, das war gut!«

»Vielen Dank.«

Warum klimpert sie nicht einfach mit den Wimpern?, dachte Richard und fragte sich immer noch, was sie eigentlich vorhatte.

Eine Sekunde später tat sie genau das.

Du lieber Himmel, dachte er und musste grinsen. »Vielleicht könntet ihr beide aufhören, euch dauernd gegenseitig zu gratulieren, und mir stattdessen erklären, warum dieser Kerl sich die Mühe machen sollte, sich als verrückt auszugeben, wenn er mich sowieso umbringen wollte?«

»Wer weiß? Vielleicht macht er Method Acting und behält seine Rolle bei«, sagte McKnight. »Jetzt sagen Sie mal, Doc, was glauben Sie, was in der Spritze war? Um seine Tarnung vollständig zu machen, musste der Kerl dafür sorgen, dass es wie ein natürlicher Tod aussieht, damit keiner eine Verbindung zu den anderen Morden vermutet hätte ...«

Während der Detective redete, behielt Richard Kathleen im Auge und fragte sich, ob sie nicht besser eine Pause einlegen sollte, denn sie war schon viel länger vom Beatmungsgerät getrennt als gewöhnlich. Dennoch waren ihre Wangen nicht von Sauerstoffmangel bläulich verfärbt, sondern vor Erregung gerötet, was nicht mehr der Fall gewesen war, seit sie vor zwei Wochen den Schlaganfall erlitten hatte. Offenbar trug das intellektuelle Pingpong mit McKnight auf der Suche nach dem Verrückten, der sie umzubringen versucht hatte, dazu bei, ihre Lebensgeister noch mehr zu wecken. Vielleicht gab ihr die Aussicht, dass der Kerl bald gefasst wurde, ein wenig das Gefühl zurück, die Kontrolle wiederzuerlangen.

»Es müsste etwas sein«, sagte McKnight, »das niemand aufspüren kann.«

»Kaliumchlorid«, sagte Richard, der schon darüber nachgedacht hatte. Er drückte Kathleens Hand. »Bist du sicher, dass du das hören willst? Es macht mir Angst, wie knapp das alles war.«

»Glaub ja nicht, dass ich nicht schon selbst ... darauf gekommen bin ...«

»Also gut.« Richard richtete den Blick auf McKnight, denn es fiel ihm leichter, Kathleens Beinahe-Ermordung zu schildern, ohne sie dabei anzusehen. »Eine Dosis Kaliumchlorid, intravenös verabreicht, wäre die logische Wahl. Es hätte nur Sekunden gedauert, um die Spritze zu setzen, als der Kerl um Kathleens Bett herum den Boden wischte. Ihr Herz hätte binnen einer Minute versagt. Das hätte diesem Bastard Zeit genug verschafft, in aller Ruhe die Intensivstation zu verlassen, ohne dass jemand Notiz davon genommen hätte, dass er überhaupt da gewesen war. Und ein Herzstillstand durch Hyperkaliämie ist meist schwer zu behandeln…«

Während Richard sprach, schien seine Stimme sich von ihm zu entfernen, als würde jemand anders reden und als bezöge er sich auf eine andere Frau als Kathleen. Und doch sah er vor dem inneren Auge, was hätte passieren können… ihr regloser Körper, die Haut bläulich-weiß, umgeben von Fremden, die ihr Injektionen gaben und verzweifelt versuchten, sie ins Leben zurückzuholen… ihre Arme und Beine, die nach jedem Stromstoß des Defibrillators in wildem Krampf zusammenzuckten und dann leblos zurück aufs Bett fielen… und ihre Augen, die noch lebten und ihn direkt anstarrten.

»Der hohe Kaliumgehalt wäre aufgefallen«, fuhr Richard fort und bemühte sich dabei, seine Worte ruhig klingen zu lassen, indem er sich vorstellte, dass er seinen Ärzten im Praktikum und den Studenten eine Unterrichtsstunde erteilte, »aber es gäbe eine ganze Reihe möglicher Erklärungen, von Nierenversagen bis zu einem Behandlungsfehler, die jede für sich unbefriedigend sind. Dennoch gäbe es bei all dem keinen Grund, eine Absicht zu unterstellen, vorausgesetzt, dass der Mörder Erfolg gehabt hätte, bevor Kathleen deutlich machen konnte, dass jemand ein Motiv hatte, ihren Tod zu wünschen.«

»Und das nur durch einen dummen Zufall«, murmelte McKnight.

»Ich komme mir vor, als hätte ich gerade… bei meiner eigenen Autopsie zugesehen…«, stellte Kathleen fest.

Richard drückte noch einmal ihre Hand und küsste sie auf

die Wange. »Weißt du, dass dein Lächeln wiederkommt?«, flüsterte er.

Ihre Miene hellte sich auf. »Ich hatte schon so ein Gefühl ... und jetzt ... guck mal«, sagte sie und bewegte mit den Füßen die Bettdecke, als ob Mäuse darunter umherhuschten.

Richard strahlte vor Freude. »Seit wann kannst du die Füße bewegen?«

»Letzte Nacht. Und wie lange ... bin ich heute Morgen schon ... vom Beatmungsgerät getrennt ...?«

»Anderthalb Stunden«, antwortete Richard und warf einen Blick auf den Monitor, der die Sauerstoffsättigung anzeigte. »Fünfundneunzig Prozent ...«

»Was bedeutet das?«, fragte McKnight.

Richard schluckte. »Das ist fast normal.«

»Und ich bin nicht einmal müde ...«

»Das ist erstaunlich, Kathleen. Kaum zu glauben.« Er konnte sich diese sprunghaften Fortschritte nicht erklären, bis ihn der Klang seiner Worte einhüllte wie ein Leichentuch. *Es sorgt dafür, dass die Patienten sich sehr schnell erholen, und dann tötet sie das Mittel ...*

»Entschuldigen Sie bitte, ich habe noch ein paar Fragen, dann lasse ich Sie beide allein«, sagte McKnight, den der kurze, intime Wortwechsel offensichtlich in Verlegenheit gebracht hatte. »Was Hamlins Krankenakten betrifft, Doc, haben Sie uns noch gar nicht gesagt, was Sie gefunden haben. Haben die Akten Sie auf irgendeine Idee gebracht, was er mit seinen Patienten getan haben könnte?«

»Nein«, log Richard, der nicht ins Detail gehen wollte, was die Toten in der Notaufnahme und die Nachblutungen betraf, und erst recht nicht darüber, was Kathleen – falls die Unterlagen stimmten – vermutlich noch vor sich hatte, selbst wenn sie sich erholte. Sie würde so schon Angst genug haben vor dem, was vor ihr lag. Während sie auf McKnight gewartet hatten, hatte Richard ihr nur erzählt, dass Hamlins Patienten in Adele Blaines Reha-Zentrum geschickt wurden. Er hatte auch erklärt, dass es besser wäre, McKnight gegenüber Blaines mögliche Verwicklung in den Fall noch nicht zu erwähnen, und dass es klüger sei, Adele noch nicht in die Defensive zu drängen, indem man ihr die Polizei auf den Hals schickte, weil er, Richard, sie dazu bringen wollte, ihm die Akten freiwillig zu zeigen, die er sehen wollte.

Doch McKnight ließ sich nicht ins Bockshorn jagen. Skeptisch zog er die Augenbrauen hoch. »Sie haben *überhaupt* nichts gefunden?«

Sofort fühlte Richard sich schuldig. »He, der Kerl hat mich unterbrochen, bevor ich richtig anfangen konnte«, erwiderte er und hoffte, dass diese Erklärung dem Detective vorerst genügte. Später, wenn Kathleen außer Hörweite war, würde er ihm die Wahrheit sagen, wobei er Adele Blaine allerdings außen vor lassen wollte.

McKnights Gesichtsausdruck wurde noch ungläubiger. »Sind Sie sicher?«

»Nicht einmal bei den Personen… die tot in der Notaufnahme ankamen…?«, hakte Kathleen nach. »Hamlin schien sicher zu sein, dass du… nachforschen würdest, wenn du sie dir genauer ansiehst…«

»Genau«, drängte McKnight weiter, »und der Kerl, der Sie angegriffen hat, dachte sich wahrscheinlich, dass Sie das Geheimnis entdecken würden, und zwar ziemlich schnell! Warum sonst hätte er seinen Mordversuch an Dr. Sullivan abbrechen sollen?«

»Er sagte, weil ich ›Gottes Werke verdorben‹ hätte.«

McKnights Augenbraue rutschte noch ein Stück höher. »Was wollen Sie damit sagen?«

»Der Mann hat nicht nur so getan, als wäre er verrückt – er *war* es. Ich habe genug religiöse Manien in der Notaufnahme erlebt, um zu wissen, wovon ich rede.« Richard hörte, wie seine Stimme einen trotzigen Unterton bekam. »Glauben Sie mir, dieser Bursche klang verdammt echt.«

»Was wollen Sie andeuten? Der Kerl ist wirklich ein Verrückter? Der Überfall auf Sie war nicht Teil eines ausgeklügelten Vertuschungsmanövers und hat nichts mit den Morden zu tun ...?«

»Nein, ganz und gar nicht«, sagte Richard, der darüber staunte, wie ein lächerlicher Streit so hitzig werden konnte. Dabei wollte er McKnight nur von den Krankenakten abbringen. »Und ich bin ganz Ihrer Meinung, dass es wichtig ist, dass ich mir weiter die Krankenakten ansehe.« Er würde draußen alles mit McKnight regeln. »Ich nehme an, Detective, dass Ihre Ermittlungen im Archiv bald beendet sind?«

»Ich werde meinen Leuten sagen, sie sollen Sie reinlassen, auch wenn sie noch nicht fertig sind.«

»Gut. Sonst noch etwas?«

»Ja. Haben Sie eine Idee, wer die anderen Leute sein könnten, die Lockman erwähnt hat?«

Richard dachte sofort an Francesca Downs, Paul Edwards und Adele Blaine, blieb jedoch bei seiner Entscheidung, vorerst nichts zu sagen.

Die Stille wurde drückend.

»Entschuldigung ...«, sagte Kathleen schließlich. »Detective McKnight ... ich glaube, was Richard so offensichtlich zu vermeiden versucht, ist irgendetwas ... von dem er befürchtet, dass es mir Angst macht ...«

»Ich habe gar nichts vermieden«, entgegnete Richard.

McKnight fixierte ihn mit einem düsteren Blick, sagte aber kein Wort.

»Richard, sag es. Nichts könnte so schlimm sein wie das, was ich mir ... nicht selbst schon ausgemalt habe.«

Richard blickte zu Kathleen hinunter. Als er sah, mit welch verzweifelter Anstrengung sie ihn anzulächeln versuchte, erkannte er, dass sie recht hatte. Er konnte nichts von alledem von ihr fern halten. »Also gut«, sagte er, streichelte ihre Wange und erzählte McKnight alles, was Kathleen eigentlich nicht hatte hören sollen. Als er geendet hatte, bestand sie darauf, dass er auch noch die Notwendigkeit beichtete, an die Unterlagen in Adele Blaines Reha-Zentrum heranzukommen.

»Wenn Blaine schuldig ist, können Sie sie bestimmt nicht dazu bringen, Ihnen wirklich alles zu zeigen«, wandte der Detective ein, nachdem er Richards Bedenken gehört hatte. »Aber wir werden uns eine Möglichkeit einfallen lassen, wie wir einen Blick darauf werfen können.«

»Das habe ich schon getan«, sagte Kathleen.

Die beiden Männer sahen sie überrascht an.

»Ihr schickt mich in Adeles Reha-Zentrum... als Patientin.«

»Es wimmelt da von Polizisten«, sagte Paul Edwards ein paar Stockwerke höher in den Hörer seines privaten Telefons, und seine Stimme klang so hoch und gequetscht, als hätte jemand ihn am Kragen gepackt. »Ich bin mir nicht mal sicher, wo Francesca Downs ihre Versuchsprotokolle und Ergebnisse aufbewahrt, aber jetzt ist todsicher nicht der richtige Zeitpunkt, in ihrem Büro herumzuschnüffeln.«

»Warum holen Sie die Informationen nicht von der Festplatte ihres Computers?«

»Habe ich versucht. Die Informationen sind durch zu viele Passwörter geschützt.«

»Ist die Polizei schon auf sie gestoßen?«

»Ich glaube nicht.«

»Und was ist mit Hamlins Forschungen? Könnten die Ermittlungen der Detectives da irgendwas zu Tage fördern?«

»Nein. Gott sei Dank hat er seine Unterlagen nicht im Krankenhaus aufbewahrt, sondern bei Adele Blaine, zur Sicherheit. Solange sie keinen Grund haben, in Blaines Reha-Zentrum herumzuschnüffeln, sind sie sicher.«

»An die kommen Sie also heran?«

»Das hoffe ich. Aber zurzeit sind wir alle nicht gerade die besten Kumpel, und wenn es um Computer geht, ist Adele sogar ein noch größeres Genie als Francesca.«

»Und Norris' Arbeiten? Ohne die kommen wir nicht ins Geschäft.«

»Ich bin sicher, dass sie in seinem Labor sind, aber ich brauche Zeit, an sie heranzukommen.«

»Sie *haben* aber keine Zeit, mein Freund. Meine Auftraggeber wollen das Material jetzt, solange es noch vertraulich ist. Und ich möchte Sie daran erinnern, dass der Preis, über den wir geredet haben, nur dann Gültigkeit hat, wenn die Daten meinen Auftraggebern mindestens zwei Jahre Vorsprung vor dem Rest der Welt verschaffen. Das bedeutet, Sie müssen garantieren, dass Ihre Kollegen schweigen. Wenn einer von ihnen an die Öffentlichkeit geht oder die Polizei bei den Mordermittlungen zu nahe an die Sache herankommt, oder wenn wahrscheinlich wird, dass die Geschichte in den Abendnachrichten landet, ist der Deal geplatzt. Schließlich zahlt niemand vier Millionen Dollar für Informationen, die er ein paar Wochen später aus dem Internet holen kann.«

»Machen Sie sich keine Sorgen. Ich kümmere mich um alles«, sagte Edwards und versuchte, zuversichtlich zu klingen, aber das war er nicht. Sein Blick fiel auf sein Bild in einem vergoldeten Spiegel, der zu zwei Louis-XIV-Stühlen passte, die einladend in einer Ecke arrangiert waren. Er machte den Eindruck eines Mannes, der nicht einmal den Weg bis zum Bad schaffte, ohne sich in die Hose zu machen. Edwards war erleichtert, dass der Anrufer ihn jetzt nicht sehen konnte.

Nachdem er aufgelegt hatte, warf er einen Blick auf das Tablett mit Croissants, das seine Sekretärin ihm hingestellt hatte, und schob es weg. Sein Magen war voller ätzender Säure.

Ein morgendlicher Lichtstrahl, dünn wie eine Nadel, fiel durch das Fenster am Ende eines langen, schmalen Zimmers und spießte ihn auf, als hätte er ihn an der Wand festgesteckt. Er machte keinen Versuch, ihm auszuweichen, denn er wusste, dass er es verdient hatte. Soll der Himmel entscheiden, wann du genug gebüßt hast, sagte er sich und überlegte wieder und wieder, wo er versagt hatte.

Er war so zuversichtlich gewesen, als Steele aufgetaucht war! Er war sich ganz sicher gewesen, dass eine göttliche Kraft eingeschritten war, um seine Mission neu zu lenken, und dass er zwei Helfer des Teufels zur Hölle schicken würde, wo sie hingehörten.

Was für eine Nacht das für die Legion Gottes gewesen wäre!

Und doch hatte der Teufel triumphiert.

Vor einer Stunde war er die Treppe zu seinem Unterschlupf hinaufgekrochen, hatte die Tür hinter sich zugemacht und war auf den Boden gesunken. Die hohe Decke über ihm erinnerte ihn an einen Sargdeckel. Seine Haut, die von seinem überhasteten Rückzug durch die Straßen schweißbedeckt war, verströmte einen säuerlichen Geruch, vor dem er sich ekelte und der sich mit den anderen üblen Gerüchen in der abgestandenen Luft vermischte: dem Uringestank aus den hölzernen Fußbodendielen, der hartnäckig wiederkam, wie oft er den Boden auch scheuerte, und dem beständigen Geruch nach Kohl, der das gesamte Gebäude zu erfüllen schien.

»Vergib mir, dass ich dich enttäuscht habe, Herr«, flüsterte er immer wieder und suchte Trost in den Worten wie in einem Katechismus. Doch es stellte sich keine Erlösung ein.

Er erhob sich und ging unruhig auf und ab, wobei er an einer dreieckigen Arbeitsfläche vorbeikam, die in eine Ecke neben einem Waschbecken eingezwängt war. Die winzige Fläche diente ihm als Küche, bot aber kaum Platz für einen Toaster und ein einzelnes Gedeck. Ein paar Pfannen und eine Kaffeekanne füllten ein Regal darunter. Schon der Gedanke an Essen rief ein wütendes Magenknurren bei ihm hervor.

Schließlich ließ er sich auf eine Matratze fallen, die mit einem abgenutzten, schmuddeligen Bettlaken bedeckt und seiner Fehltritte wegen mit dem Samen des Herrn befleckt war. Ein Geruch, den Seife und Wasser nicht mehr entfernen konnten, umhüllte die zerlumpte Bettstatt – ein scharfer Salmiakgeruch, sodass er sich wegen seiner Schwäche schämte. Manchmal, an besonders feuchten Tagen, schien er sogar den Gestank von Urin und Kohl zu überdecken.

Er warf einen Blick auf seine Armbanduhr, drehte sich herum und schaltete ein kleines, tragbares Fernsehgerät mit eingebautem Videorecorder ein, das auf einem der wenigen Stühle stand, die er besaß. Er wollte sehen, ob seine Versuche, Steele und Sullivan zu töten, es bereits bis in die Lokalnachrichten geschafft hatten, und drückte die Taste für das Programm von *Good Day NY*. Er wartete, bis Reportagen über Israelis und Araber, die sich gegenseitig umbrachten, ein Werbespot für Shampoo und ein Bericht über die Fortschritte bei der Lösung der Probleme zwischen Bürgermeister und Gewerkschaften vorbei waren. Dann wurde berichtet:

»… gibt neue Enthüllungen aus dem New York City Hospital über den Mord an einem zweiten Arzt, Dr. Matt Lockman, ein Radiologe, der gestern Nacht tot in seinem Haus aufgefunden wurde. Anonymen Quellen zufolge war die Leiche verstümmelt. Die Polizei lehnt Spekulationen darüber ab, ob es einen Zusammenhang zwischen diesem Mord und dem Tod eines anderen Arztes des New York City Hospital gibt, dem Neurologen Dr. Tony Hamlin, der am Vorabend erschossen wurde. Mehrere Krankenschwestern erklärten jedoch, dass Hamlin und Lockman möglicherweise gemeinsam bei einigen ihrer Patienten zu außergewöhnlichen Behandlungsmethoden gegriffen hätten. Noch ungewöhnlicher sind Gerüchte, dass kurz vor vierundzwanzig Uhr in der vergangenen Nacht ein Mordver-

such an einer Patientin knapp scheiterte, sowie ein weiterer Mordversuch an einer anderen Person kurze Zeit später. Bei der zweiten Person handelt es sich um einen Arzt des NYCH, *der sich allein im Krankenhausarchiv befand und Krankenakten von Hamlin und Lockman studierte. Auch hier war die Polizei nicht bereit, dies zu bestätigen.«* Ein Bild wurde eingeblendet, und die Sprecherin fuhr fort: »*Im Zusammenhang mit diesen Vorfällen wird dieser Mann gesucht. Jeder, der Informationen über den Aufenthaltsort dieses Mannes geben kann, wird gebeten, sich mit der Polizei in Verbindung zu setzen …«*

Er starrte auf das Bild und konnte es nicht fassen.

Zuerst versuchte er sich einzureden, dass es ihm kaum ähnelte.

Doch schon bald gingen diese falschen Selbstversicherungen in Wut über. Diese Hure Sullivan musste ihn der Polizei beschrieben haben!

Er würde sich verstecken müssen. Und es gab Dinge, die er mitnehmen musste.

Er wandte sich seinem wertvollsten Besitz zu, einem Computer mit Tastatur und Drucker auf einem Resopaltisch neben dem Fenster, das einen Blick auf die fleischlichen Waren bot, die unten an der Straße feilgeboten wurden. Der Computer jedoch ermöglichte ihm den Eintritt in eine Welt, die alles dort unten überstrahlte, sogar die Prostituierten. Wie ein Schrein stand der PC inmitten der düsteren Einrichtung auf dem schmuddeligen, dunklen Holzboden und diente ihm als Nachrichtenzentrale, als Verbindung zu seiner auserwählten Familie, als Kontakt zu den anderen, die ihr Leben der Aufgabe gewidmet hatten, das Abschlachten zu beenden. Dort erkundete er auch alles, was er für ihre gemeinsame Sache brauchte.

Heute Morgen bat er um Zuflucht.

Binnen weniger Minuten hatte er sein Netzwerk kontaktiert und machte alle auf seine Notlage aufmerksam. Obwohl es in ihrer Organisation keine Hierarchie, kein Hauptquartier und keine Mitgliederlisten gab – was dazu beitrug, dass sie sehr schwer aufzuspüren waren –, konnten die Soldaten sich untereinander mit einer kurzen Nachricht umgehend mobilisieren. In weniger als einer Stunde würde jemand mit einem Wagen vor seiner Tür erscheinen.

Rasch ergriff er einen Schraubenzieher, schob die Matratze beiseite und legte die Fußbodendielen frei, die er aufgebrochen hatte. Hier hatte er ein Versteck geschaffen, an das er leicht herankam. Nachdem er die Schrauben gelöst hatte, hob er ein halbes Dutzend Bodendielen von gut einem Meter Länge heraus. Darunter befand sich sein Waffenlager.

Das Summen von Fliegen sowie ein Hauch von Fäulnis drangen aus einem kleinen, flachen Bündel, das weiter hinten im Schatten lag. Als er es anhob, stießen die Teile darin scheppernd aneinander, und die Insekten surrten wütend; er konnte sie durch das dünne Verpackungsmaterial spüren. Er nahm auch den M4-Karabiner heraus, mit dem er Hamlin erschossen hatte. Vor Jahren hatte er die Waffe in der Nähe von Buffalo im Niagara County in einem Jagdgeschäft gekauft. Daneben lagen die wertvollsten seiner Waffen: zwei Walther PPK, von denen es einst drei gegeben hatte. Mit diesen beiden übrig gebliebenen Pistolen war er aus dem Fenster an der Rückseite eines Motels in Rochester entkommen. Sein Vater hatte sie ihm nachgeworfen, während er mit der dritten Waffe die Polizei aufhielt. Der Schmerz dieses Tages hatte ihn hart gemacht, wie eine Narbe die Haut verhärtet, und das Gefühl für alles Weiche zerstört. Doch jedes Mal, wenn er die Finger um die Griffe dieser Waffen schloss, war es ihm, als würde der Mann, der sie Minuten vor seinem Soldatentod gehalten hatte, noch einmal seine Hand ergreifen.

Als Nächstes kamen seine Munitionsschachteln, seine

Sammlung von Hämmern sowie die Markenzeichen seiner Organisation: mit Plastiksprengstoff und Nägeln gefüllte Rohrstücke. Sie konnten durch Zeitzünder oder aus der Ferne gezündet werden, wobei umgebaute Fernbedienungen benutzt wurden, mit denen man aus bis zu fünfzig Metern Entfernung Autoschlösser betätigen konnte.

Er nahm die Tablettenfläschchen, die er im Laufe der Jahre hatte mitgehen lassen, und steckte sie in einen kleinen Karton zwischen Socken und Unterwäsche, um sie für den Transport zu polstern und vor dem Zerbrechen zu schützen. Schließlich kamen die Pamphlete, die seine Organisation nicht ins Internet zu stellen wagte: Trainingshandbücher für künftige Rekruten der Legion Gottes sowie Instruktionen, wie man mit Dynamit, Plastiksprengstoff oder Ammoniumnitrat Bomben baute und legte.

Dies alles, einschließlich des Computers, würde er dorthin mitnehmen, wo seine Kameraden ihn versteckten. Um seinen neuesten Auftrag zu beenden, musste er rasch handeln und seine Angriffe einen nach dem anderen führen. Und er würde von dem Befehl abweichen müssen, den er erhalten hatte, anderenfalls ging er unnötige Risiken ein. Doch er konnte es sich nicht mehr leisten, herumzusitzen und darauf zu warten, dass sich die richtigen Umstände ergaben. Stattdessen musste er den erledigen, der ihm zuerst die Gelegenheit bot, egal wer es war. Nachdem sein Konterfei von jedem Fernsehsender gezeigt worden war und bald in jeder Zeitung erscheinen würde, war es nur eine Frage der Zeit, wann man ihn entdeckte.

Je länger er darüber nachdachte, umso mehr fürchtete er, dass seine Mission am Ende gar fehlschlagen könnte. Er versuchte sich einzureden, dass er nicht gegen die Polizei oder die weltlichen Kräfte in die Schlacht zog, die sich gegen ihn formierten. Ob tot oder lebendig, sein Leben lag in Gottes Hand, und der Krieg wurde gegen Satan geführt.

Er wechselte die Kleidung und zog einen Jogginganzug

mit Kapuze an, verpackte seine restliche Kleidung und schluckte mehrere Acetaminophen-Tabletten, um die Muskelschmerzen zu vertreiben, die ihm seine nächtlichen Aktivitäten eingebracht hatten. Er leerte die Taschen der Raumpflegerkleidung, die er getragen hatte, und holte hervor, was er im Archiv gefunden hatte. Er starrte darauf und überlegte, wie er es dazu nutzen könnte, geradezubiegen, was er vermasselt hatte.

Noch einmal setzte er sich an die PC-Tastatur und rief diesmal diejenigen in seinem Netzwerk auf, die ihn mit den restlichen Ausrüstungsgegenständen versorgen konnten, die er brauchen würde, um seinen Auftrag zu beenden. Er bat um eine Machete und eine weit sitzende Jacke, wobei die Scheide für die Machete ins Futter eingenäht sein sollte, sowie um ein Fahrrad, einen Schminkkasten mit Material für falsche Bärte und eine Auswahl an Perücken.

Er war bereit. Im Ausbildungslager hatte er zweiundsiebzig Stunden ohne Schlaf durchgehalten. Mit etwas Glück hatte er das Werk Gottes vollendet und die Liste, von nun an gerechnet, in dieser Zeit abgearbeitet. Doch egal, wie lange es dauerte – er würde nicht aufgeben. Auf gar keinen Fall.

Während er darauf wartete, dass seine Freunde kamen, zog er ein verblasstes Foto aus der Brieftasche. Es war zerknittert und rissig und zeigte einen blonden Mann und einen Jungen mit hellen Haaren, die vor einem Zelt an einem See standen. Beide hielten einen Fisch an einer Angel in die Höhe und zeigten ihn der Person, die das Foto geschossen hatte. Doch während der Junge, der ungefähr zehn Jahre alt war, ein breites Grinsen zeigte, sah das Gesicht des Mannes hölzern aus; wächserne Linien waren in seine Haut gegraben, und seine Augen lagen tief in den Höhlen.

12

Mittwoch, 27. Juni, 09:35 Uhr
Kardiologie
New York City Hospital

Monitore standen um ihn herum; Katheter und Kanülen zogen sich wie dünne Wurzeln durch seine Arterien, Venen und Organhohlräume; jeder Herzschlag, jeder Atemzug und jede Änderung seines Blutdrucks erzeugten Ströme von digitalen Werten, fluoreszierenden grünen Zickzacklinien und ständigen Piepstönen.

Francesca Downs im weißen Ärztekittel rauschte ins Krankenzimmer und zum Bett ihres Patienten. Norris folgte ihr.

»Darf ich dir Mr Ralph Coady vorstellen«, sagte Downs.

»Hallo.« Norris streckte die Hand aus.

Coady, der aufrecht im Bett saß, die Kissen in den Rücken gestopft, die aufgedunsene Haut bläulich weiß, beäugte die ausgestreckte Hand, als fürchtete er, sie könnte ihn schlagen. »Wie haben Sie es geschafft, so schlank zu bleiben?«, maulte er. »Wenn ich so dünn werden könnte wie Sie, würde ich nicht in diesem Schlamassel stecken.«

Norris lächelte.

»Ich habe den Herzanfall erlitten, weil Bunny, meine Freundin, vorgeschlagen hat, dass wir zum Linedancing gehen, damit ich schneller abnehme.«

»Bei Mr Coady wurde gestern Nacht eine Ballondilatation durchgeführt. Zwei Gefäße wurden erweitert«, erläuterte Downs.

Coady zog angewidert die Mundwinkel herab. »Sie haben meine Rohrleitungen gereinigt.«

»Wie ist es heute mit dem Atmen?«

»Beschissen. Wie der Rest.«

»Bitte beugen Sie sich vor und atmen Sie tief ein«, sagte

Downs und horchte erst rechts unten den Brustkorb ab, dann auf der linken Seite. »Das meiste Wasser ist raus, aber ein bisschen ist immer noch da«, erklärte sie schließlich.

Sie hängte sich das Stethoskop um den schlanken Hals und setzte sich auf die Bettkante. »Ihre linke Herzkammer war ziemlich geschädigt. Was Sie jetzt durchmachen, nennen wir Herzinsuffizienz oder Herzschwäche, aber die Medikamente sorgen dafür, dass Sie die Flüssigkeit loswerden und sich keine neue mehr ansammelt.«

»Darum muss ich wohl so viel pinkeln? Wegen der Spritzen und Pillen, die Sie mir ständig geben?«

Downs legte ihm die Hand auf die Schulter und lächelte ihn warmherzig an. »So ist es«, sagte sie. »Die Tabletten entwässern Ihren Körper.«

Norris ertappte sich dabei, dass er sie anstarrte und staunte, wie schön sie war. Ihre Haut war von der Nacht, die sie gemeinsam verbracht hatten, noch immer leicht rosig. Welche Lebenskraft sie hatte! Ihre unerschütterliche Zuversicht flößte selbst denen noch Hoffnung ein, die dem Tod nahe waren.

»Na, das ist ja eine Erleichterung«, sagte Coady. »Ich hab schon gedacht, dass ich mir entweder einen Tripper geholt habe, oder dass meine Prostata sich wieder rührt. Aber werde ich jetzt immer Spritzen und Tabletten brauchen?«

»Spritzen nicht, Tabletten schon. Das gesamte Ausmaß der Schädigung der Herzwand werden wir erst kennen, wenn wir ein Echokardiogramm gemacht haben, aber das Herz wird mit Sicherheit nicht mehr so kräftig sein wie zuvor.«

Er grinste. »Sie meinen, ich soll das Linedancing aufgeben?«

»Nicht, wenn Sie wollen, dass ich es Ihnen sagen soll. Körperliche Betätigung, in Maßen, trägt einen guten Teil dazu bei, lange zu leben.«

»Ich tanze sowieso lieber langsam. Das hat mehr Sex.«

Downs lächelte ihn mit ihren perlweißen Zähnen an. »Finde ich auch.«

Coady schluckte ein paarmal, räusperte sich und fragte: »Und was ist mit Sex?«

»Ich glaube, es ist noch ein bisschen zu früh, sich darüber Gedanken zu machen, Ralph. Normalerweise empfehlen wir, nach etwa drei Monaten allmählich zu normaler sexueller Aktivität zurückzukehren.«

Coady war bestürzt. »In drei Monaten? Du lieber Himmel, Bunny und ich halten es kaum drei Tage ohne Sex aus.«

Downs kicherte. »Glückliche Bunny.«

Er schluckte noch einmal und räusperte sich wieder. »Und werde ich auch wieder… Sie wissen schon, so können wie vorher?«

»Wahrscheinlich. Sie machen gute Fortschritte. Wir werden ein paar Tests machen, um festzustellen, welche Belastung Ihr Herz in den kommenden Wochen verkraften kann.«

»Wahrscheinlich…?«, wiederholte er.

»Entspannen Sie sich, Ralph. He, jetzt ist eben mal die Lady oben. Ich bin sicher, dass Sie wieder Ihren Spaß haben werden.«

Erneut schluckte er und räusperte sich. »Und was ist mit dem Fliegen?«

Downs verzog das Gesicht. »Nun, da sind die Neuigkeiten nicht so gut. Aber Ihnen muss ich die nationalen Flugbestimmungen ja wohl nicht erklären, oder?«

Er schwieg und fuhr sich mit den Fingern durch sein gut geschnittenes, leicht schütteres, grau meliertes Haar.

Norris, der am Fußende des Bettes stand, sah das Schimmern in den Augen des Mannes, das vor ein paar Minuten noch nicht da gewesen war.

»Ich kann die Bestimmungen für den kommerziellen Flugverkehr nicht ändern, Ralph«, fuhr Downs fort und drückte seine Schulter. »Was soll ich sagen?«

»Sagen Sie mir, dass es Hoffnung gibt. Bitte! Eine Chance. Irgendetwas, das Sie für mich tun können. Die Schwestern sagen, dass Sie Experimente in der Chirurgie machen. Ich melde mich freiwillig, falls es mir helfen kann. Mir ist es egal, wie groß die Risiken sind. Verdammt, ich bin erst fünfundvierzig, und die Fliegerei ist das Größte, was es für mich gibt. Es ist mein Leben, meine Aufgabe auf dieser Welt. Ich werde gerufen, wenn es darum geht, den Anfängern etwas beizubringen. Wie, zum Teufel, soll ich das alles ersetzen, wenn es mir weggenommen wird?«

»Ich bin sicher, dass Ihre Familie und Bunny Sie noch genauso lieben werden, selbst wenn Sie kein Pilot mehr sind …«

»Welche Familie? Meine erste Frau hat mich verlassen, weil ich ständig unterwegs war, und Kinder habe ich nicht. Und Bunny wird nicht mehr bei mir bleiben wollen, wenn ich immer am Boden bin … im wahrsten Sinne des Wortes.«

»Das ist doch lächerlich. Es ist nicht zu übersehen, dass Bunny Sie anbetet …«

»Lassen Sie Bunny unter demselben Dach leben wie ich, wenn ich nicht mehr fliege, und in sechs Monaten ist sie verschwunden.«

Downs sagte nichts.

Er ist perfekt, ging es Norris durch den Kopf – er hatte das richtige Alter, seine Lebensweise hatte ihn auf dem Höhepunkt seiner Karriere körperlich ruiniert, und genau wie Francesca es vorhergesagt hatte, war er verzweifelt.

»Und wie wäre es mit einer Transplantation?«, fragte Coady. »Ein neues Herz?«

Downs schüttelte den Kopf. Ihre Lippen bildeten eine gerade Linie. »Mit dem Herz, das Sie haben, sind Sie immer noch besser dran. Transplantationen sind kein Zaubermittel. Und wir machen sie nur bei Herzkrankheiten im Endstadium.«

»Na ja, ich fühle mich im Endstadium. Zählt das nicht?«

»Ich fürchte nein.«

»Aber Sie wissen doch sicher, was es Neues auf dem Gebiet gibt. Dinge, die noch nicht versucht worden sind. Wenn es um Geld geht, ich kann es mir leisten. Ich bin wohlhabend, und Bunny hat ihre eigene Computerfirma, und...« Seine Stimme versiegte. Tränen liefen ihm über die Wangen, sein blasses Gesicht zeigte einen verzweifelten Ausdruck, und seine Schultern zuckten. Doch er gab keinen Laut von sich, als hätte er durch schiere Willenskraft die Schluchzer in seiner Brust eingesperrt, dicht neben seinem kranken Herzen.

Downs blieb auf der Bettkante sitzen und streichelte mit der Hand an seinem Arm auf und ab, so wie man ein Kind tröstete, das gestürzt war.

Doch manchen Sturz kann man nicht überleben, dachte Norris und erschauerte bei dem Gedanken, wie er selbst sich fühlen würde, hätte man ihn so plötzlich und vollständig vom Spielfeld geschickt. Als Downs ihn ansah, nickte er und gab ihr damit sein Einverständnis, fortzufahren.

»Ralph, ich möchte Ihnen keine falschen Hoffnungen machen, aber Sie brauchen auch nicht zu verzweifeln. Dr. Norris ist ein Kollege aus der Forschung. Wir haben bei einem Projekt zusammengearbeitet, das einem medizinischen Wunder so nahe kommt, wie wir es in unserem Leben nicht noch einmal erleben werden.«

Zuerst schien Ralph sie nicht richtig gehört zu haben, denn noch immer zuckten seine Schultern, und er hatte das schmerzverzerrte Gesicht in den Händen vergraben. Doch als er aufsah, wechselte sein Blick von ihr zu Norris, und der Mund stand ihm vor Staunen offen. »Wie bitte?«

»Wir müssen darauf bestehen, dass Sie das, was ich Ihnen jetzt sage, absolut vertraulich behandeln«, fuhr sie fort, »oder wir reden nicht weiter darüber. Sind wir uns einig?«

»Ja, sicher. Worum geht es denn?«

»Wir werden Sie nur ganz allgemein darüber informieren, wie Sie gewiss verstehen. Da es sich um unsere eigene Arbeit handelt, müssen wir sie geheim halten, um uns davor zu schützen, dass jemand unsere Forschungen als die seinen ausgibt, bevor wir selbst die Ergebnisse veröffentlicht haben. Sie müssten außerdem zustimmen, dass wir Ihren Fall publik machen, in einer Pressekonferenz ankündigen und in die Medien bringen dürfen, denn die Methode, die wir anwenden, wird aus Ihnen eine noch größere Sensation machen als die erste Herztransplantation.«

»Ja! Und nun sagen Sie mir bitte, was es ist.«

»Sie müssen sich darüber im Klaren sein, dass Sie sämtliche Ausgaben tragen müssen, die über das hinausgehen, was Ihre Kasse für eine konventionelle Behandlung zahlt«, fügte Norris hinzu, »einschließlich der Laborkosten. Dr. Downs und ich werden Ihnen eine Aufschlüsselung der Kosten geben, und wir werden von Ihnen verlangen, eine Vertraulichkeitserklärung zu unterzeichnen, die Ihnen beträchtliche – ich betone, *beträchtliche* Bußgelder auferlegt, wenn Sie etwas über unsere Arbeit an die Öffentlichkeit bringen oder nicht bei allen Schritten unseres Programms mitziehen, sobald wir erst einmal angefangen haben.«

»Ja, ja. Jetzt erklären Sie mir endlich dieses Wunder.«

»Wir könnten etwas Besseres tun, Ralph«, sagte Downs. »Nachher werden die Schwestern Sie für jeweils zehn Minuten auf der Bettkante aufsetzen. Wenn das gut geht, bekommen Sie von mir eine kleine Extrabehandlung, und ich fahre Sie im Rollstuhl hinunter zu Dr. Norris' Labor. Bis dahin haben wir die Vertragspapiere aufgesetzt, und wenn Sie die unterschrieben haben, lassen wir Sie durch ein Mikroskop sehen und zeigen Ihnen etwas, das Sie nicht glauben werden.«

Wir sind auf dem Weg, dachte Norris, der die Station eine halbe Stunde, nachdem Francesca ihm einige andere mögliche Kandidaten gezeigt hatte, verließ. Jedes Jahr erlitten eine Million Amerikaner einen Herzinfarkt, eine halbe Million starb an Herz- und Kreislauferkrankungen, doch Francesca und er würden der Welt bald zeigen, dass sie das ändern konnten. Coady war der perfekte Kandidat. Ob er jemals wieder fliegen würde, wusste niemand, doch ein Mann wie er, der so viel zu verlieren und alles zu gewinnen hatte, konnte Millionen Menschen Hoffnung geben, die Behandlungsmethode berühmt machen und ihr einen solchen Schub geben, dass niemand sie mehr aufhalten konnte. Bei Gott, es war gut möglich, dass sie sogar den Nobelpreis bekamen.

Kaum hatte er die Aufzüge erreicht, als die Türen sich öffneten, ein halbes Dutzend Polizeibeamte an ihm vorbeirauschten und sich mit Notizblöcken und Diktiergeräten auf die verschiedenen Stationszimmer verteilten.

»Ihr zeigt ihnen das Phantombild. Ich werde jeden befragen, der glaubt, dass er den Mann wiedererkennt …«

»Wer hat die Liste der Mitarbeiter, die Hamlins Patienten betreut haben …?«

»Ich übernehme die Ärzte …«

Auf seiner Fahrt nach unten hielt der Fahrstuhl auf einem halben Dutzend Etagen, wobei jede Pause lang genug war, dass man zwischen der pastellfarbenen und leuchtend weißen Arbeitskleidung von Krankenpflegern, Schwestern und Ärzten kleine Gruppen New Yorker Polizisten in blauen Uniformen entdecken konnte. Sie standen dicht beisammen und betrachteten irgendetwas.

Neugierig geworden, stieg er beim nächsten Halt aus und näherte sich einer Gruppe von einem Dutzend Personen, die sich um eine winzige blonde Frau drängten, an der die dunkle Polizeiuniform und der Waffengürtel viel zu schwer und zu groß wirkten und sie verletzlich erscheinen ließen. Als er näher kam, wurde ihre Stimme hörbar.

»… wenn jemand von Ihnen diesen Mann gesehen hat oder glaubt, dass er in den letzten Jahren irgendetwas Verdächtiges beobachtet hat, was Dr. Hamlin oder Dr. Lockman mit ihren Patienten getan haben …«

Natürlich hatte er damit gerechnet, dass die Polizei erschien und herumschnüffelte. Doch mit eigenen Ohren zu hören, wie nahe sie seinem Geheimnis gekommen waren, besonders bei solch massiver Polizeipräsenz im gesamten Krankenhaus, saugte gleichsam alle Euphorie aus ihm heraus. Eine klamme Furcht kroch ihm ins Mark, und das wundervolle neue Leben, das er sich ausgemalt hatte, wurde zu einem Spottbild, ein Hohn, ein kurzer Blick auf etwas, das er nie bekommen würde.

Sein Verstand spielte schreckliche Szenarien durch, die ihn alle auf einer steilen dunklen Straße ins Verderben führten. Die Polizei würde die eigentlichen Motive hinter den Morden herausfinden – und das wiederum würde sie mit Sicherheit zu ihm führen. Würden Adele Blaine und Paul Edwards dann den Mund halten? Wohl kaum. Nach allem, was er wusste, konnten sie ihn auf der Stelle den Cops ausliefern. Diese Treffen, die sie in letzter Zeit abgehalten hatten ... Er konnte sich gut vorstellen, dass sie ihn bei gutem Essen und Wein als Opfer auserkoren hatten. Und was war mit Francesca? Wieder kamen seine dunkelsten Gedanken an die Oberfläche, was Francesca betraf. Hatte sie sich mit den anderen verschworen? Hatten alle drei gemeinsam seinen Sturz in die Wege geleitet? Er lachte bitter auf. Warum nicht? In der Zwischenzeit konnte Francesca seine Fähigkeiten ausnutzen, um ihren Erfolg bei Coady zu sichern.

Schlagartig wurde er wieder ernst.

Wie konnte er so tiefe Gefühle für eine Frau hegen und ihr zugleich so wenig vertrauen? Es widerte ihn an. Die nächsten Minuten verbrachte er damit, sich selbst davon zu überzeugen, dass die Frau, die sich ihm erst vor wenigen Stunden hingegeben hatte, unmöglich zu solch einem Verrat fähig sein konnte. Die Frau, deren Wunsch, den Ralph Coadys dieser Welt ein normales Leben zurückzugeben, genauso heiß in ihrem Innern brannte wie bei ihm selbst.

Die uniformierte Polizistin schien nun in Fahrt zu kommen. »Ihre Aussagen werden vertraulich behandelt«, sagte sie, »und Sie können mich später anrufen, um ein privates Gespräch außerhalb des Krankenhauses zu vereinbaren …«

Er ging ein wenig näher heran, um das Bild, das sie in der Hand hielt, besser sehen zu können. Er erblickte einen Mann mit breitem Gesicht, der ihm völlig unbekannt war. »Wer ist der Bursche?«, flüsterte er der Frau zu, die neben ihm stand.

»Haben Sie die Frühnachrichten nicht gesehen?«

»Nein.«

»Das ist der Mann, den die Polizei sucht. Sie vermuten, dass er der Mörder von Dr. Hamlin und Dr. Lockman ist.«

»Tatsächlich?« Er war sich ziemlich sicher, dass er den Mann nie zuvor gesehen hatte. »Wie heißt er?«

»Das weiß niemand. Deswegen wurde ja das Phantombild verteilt, falls jemand ihn wiedererkennt.«

»Und? Hat die Polizei Glück gehabt?«

»Bisher nicht. Hier hat ihn jedenfalls keiner erkannt.«

Norris starrte weiter auf das Gesicht des Mannes. Während er sich auf die Augen des Unbekannten konzentrierte, regte sich etwas in einem dunklen Winkel seines Hirns und versuchte ihm irgendetwas mitzuteilen, doch es drang nicht zu ihm durch.

»Erkennen Sie ihn?«, fragte die Schwester.

»Nein, ich glaube nicht. Eine Sekunde hatte ich den Eindruck, er käme mir bekannt vor, aber ich muss mich irren. Wie hat die Polizei überhaupt ein Bild von ihm bekommen?«

»Kriegen Sie denn gar nichts mit? Das ist der Mann, der letzte Nacht in der Intensiv versucht hat, Kathleen Sullivan irgendetwas zu spritzen.«

Norris lief es kalt den Rücken herunter. »Was?«

»Ja, und sie sind auch ziemlich sicher, dass es derselbe Kerl ist, der Dr. Steele im Archiv angegriffen hat.«

»Steele?«

»Ja. Er hat Krankenakten durchgesehen, um herauszufinden, was Hamlin und Lockman mit Dr. Sullivan angestellt haben.«

»Ich verstehe«, sagte Norris und versuchte, genauso neugierig auszusehen wie all die anderen unschuldigen Zuschauer. Innerlich aber war er in Panik – nicht nur, weil Steele auf dem besten Wege war, ihn aufzuspüren, sondern weil er nicht die leiseste Ahnung hatte, was eigentlich los war.

10:30 Uhr

»Dr. Sullivan, ich bin Adele Blaine. Jo O'Brien hat mir von Ihrem Fall berichtet.«

Kathleen schlug die Augen auf. Die zierliche, gepflegte Frau, die am Fußende ihres Bettes stand, war das Gegenteil dessen, was sie erwartet hatte. Dass die Frau Afroamerikanerin war, hatte nichts mit Kathleens Erstaunen zu tun. Es lag eher daran, dass Adele Blaine so klein und zierlich war. Kathleen hatte eine große, imposante Frau erwartet. Stattdessen ließen das kurze dunkle Haar Adeles, ihr Businessanzug unter dem lose fallenden Arztkittel und die dreireihige Goldkette sie wie eine teure, halb von einem weißen Tuch verhüllte Mahagoni-Statue erscheinen.

»Vielen Dank, dass Sie gekommen sind, Dr. Blaine.«

»Hat Richard mich empfohlen?«

»Er sagte, Sie wären ... eine ausgezeichnete Wahl, als ich ihn fragte ... Dem armen Kerl war so viel passiert, dass er ganz abgelenkt war ... und nicht mal weit genug vorausgedacht hat ... um an die Reha zu denken. Jeder, er selbst eingeschlossen, scheint überrascht zu sein, dass ich so früh schon so weit bin ... Ich glaube, er ist vor allem erleichtert, dass ich hier ... so schnell wie möglich herauskomme, an einen sicheren Ort ...«

In Wirklichkeit hatte Richard sich vehement dagegen ausgesprochen, dass sie das Krankenhaus verließ. »Du könntest immer noch ein Ziel sein, wenn sie in die Sache verwickelt ist und dich dabei erwischt, wie du in ihren Akten über Hamlins Patienten herumschnüffelst.«

»Dasselbe gilt für dich, Aktenschnüffler«, erwiderte sie. »Die Frau glaubt dir kein Wort. Von wegen ›Ich mache nur eine Untersuchung‹.«

McKnight hatte das Problem gelöst, indem er versprach, dass Tag und Nacht eine Polizistin an Kathleens Seite sein würde. »Und als Vertreter des Gesetzes würde ich auf keinen Fall empfehlen, dass jemand widerrechtlich in medizinische Unterlagen Einblick nimmt«, warnte er beide. »Aber die Menschen quatschen nun mal gern – Sekretärinnen, Krankenschwestern, Pfleger, Therapeuten. Wer immer dort arbeitet – wenn Sie die Leute ein wenig ermutigen, Dr. Sullivan, könnte einem von ihnen irgendwas Wichtiges herausrutschen, und wir erfahren vielleicht mehr darüber, was los ist. Sie haben es selbst gesagt, Richard, wir können da nicht mit heulenden Sirenen vorfahren und erwarten, irgendetwas zu erfahren.«

Es hatte Kathleen gefallen, wie McKnight Richard beim Vornamen nannte – wie ein Bruder, der einen Ratschlag gab, und nicht wie ein Cop, der Befehle erteilte.

Richard war zwar nicht derselben Meinung gewesen, hatte allerdings vorgeschlagen, Jo O'Brien zu bitten, alles zu arrangieren. »Blaine hat die Angewohnheit, in der Notaufnahme vorbeizuschauen und ›Biopsien‹ der Akten vorzunehmen, um wohlhabende Patienten herauszupicken, die ihre Dienste brauchen. Es fehlt nur noch, dass sie den Rettungswagen hinterherjagt. Ein Tipp von einer erfahrenen Schwester«, schlug er vor, »die Kathleen als Patientin empfiehlt, wäre nicht ungewöhnlich. Selbst wenn Blaine vermutet, dass wir ihr auf der Spur sind, oder nervös wird, dass du, Kathleen, in ihre Klinik kommen sollst, würde sie wahrscheinlich nicht ablehnen. Bei einem so guten Geschäft Nein zu sagen, passt nicht zu ihr. Gut situierte Patienten nimmt sie stets gern auf. Würde sie es in deinem Fall nicht tun, wäre das merkwürdig, ja, sogar verdächtig …«

Nun zog Adele einen Stuhl ans Bett und setzte sich. »Jo hat mir von den Angriffen letzte Nacht auf Sie und Dr. Steele erzählt. Wie schrecklich!«

Ihre Bestürzung scheint echt zu sein, überlegte Kathleen. Doch in ihrem Blick lag eine eingeübte Undurchsichtigkeit. Sie bemerkte die winzige Verzögerung in Kathleens Antwort, jenen kurzen Moment, den sie benötigte, sich eine sichere Antwort zu überlegen. Adele studierte Kathleen so sorgfältig, wie Kathleen ihrerseits Adele studierte. »Ja, das war entsetzlich. Ich möchte im Moment nicht mal daran denken … Vielen Dank, dass Sie mich so schnell besucht haben …«

»Das ist doch selbstverständlich.«

Ihre verschlossene Miene wurde ein wenig weicher, ihre Augen offener; sie enthüllten den üblichen traurigen Blick, den die meisten erfahrenen Ärzte mit sich herumtrugen, weil sie zu viel Leid und Schmerz erlebt hatten. »Glauben Sie mir«, fuhr Adele fort, »ich weiß, wie schrecklich Sie sich fühlen. Schlaganfälle sind hinterhältig. Sie rauben einem fast alles, besonders wenn man noch so jung ist wie Sie. Aber ich habe mir Ihre Akte angesehen, und glauben Sie mir, Sie haben unglaubliche Fortschritte gemacht.«

In Kathleen flammte Zorn auf.

»Ach, wirklich …? Mit den Zehen wackeln, mit den Händen wedeln … ist das ein Fortschritt? Vielleicht in Ihren Augen … aber nicht in meinen.«

Die Traurigkeit in Blaines Blick nahm zu. »Sie haben recht. Es ist hart.«

»*Hart* trifft es nicht einmal ansatzweise … Und ich habe es satt, dass mir alle sagen … dass sie *wissen,* wie es ist. Diese Finger«, sie bewegte die linke Hand und krümmte die

Finger zur Klaue, »die im Stande waren, die kniffligste Arbeit unter dem Mikroskop auszuführen… könnten nicht mal Messer und Gabel halten… Ich wette, Sie sind heute Abend zu einem Dinner eingeladen. Ich mit tödlicher Sicherheit nicht. Und das Schlimmste… ich sehe den Mann an, den ich liebe, und frage mich… ob das Beste, was ich ihm als Frau jemals wieder schenken kann… eine aufblasbare Gummipuppe ist…«

»Dr. Sullivan«, sagte Blaine, stand auf und beugte sich weit genug über Kathleen, um ihr Gesicht fest zwischen ihre Hände zu nehmen. Ihr Griff hatte nichts Zärtliches, und mit dem Duft eines geschmackvollen Parfüms vermischte sich der säuerliche Geruch abgestandenen Alkohols in ihrem Atem. »Hören Sie, meine Liebe. Ich werde Ihnen nichts versprechen, was ich nicht halten kann, aber Sie können wirklich hoffen, bald wieder selbstständig zu essen und Sex zu haben und vielleicht sogar wieder zu laufen. Aber das erfordert harte Arbeit, viel Geduld und Zeit.« Sie nahm Kathleens Hände in die ihren. »Drücken Sie meine Finger.«

»Wieso? Die Krankenschwestern… bitten mich ständig darum. Mein Griff ist jämmerlich…«

»Drücken Sie zu.«

Kathleen kam der Bitte nach.

»Halten Sie fest!«

Abrupt zog Blaine die immer noch gelähmten Arme in die Luft. Sofort verkrampften sich durch die Bewegung die Beugemuskeln, und Kathleens Finger, Handgelenke und Ellbogen wurden so sehr zu ihrem Körper gezogen, dass ihr Rumpf sich aus dem Bett hob und Adele durch das Gewicht ins Wanken geriet.

»Gut, meine Liebe. Und nun versuchen Sie, sich zu entspannen.« Adele beugte sich vor und ließ Kathleen sanft wieder herunter aufs Bett. »Sehen Sie?«, fügte sie hinzu, nachdem die Glieder sich wieder entspannt hatten. »Das wird von Tag zu Tag besser. Vielleicht kann ich es schaffen, dass Sie in ungefähr drei Wochen wieder sitzen und in zwölf Wochen wieder gehen können.«

Kathleen war erstaunt, was Blaines plötzliches, heftiges Manöver in ihrem Körper ausgelöst hatte. Verblüfft und nicht sicher, ob sie sich ärgern oder wundern sollte, keimte in ihr plötzlich echtes Interesse daran auf, was diese Frau für sie tun konnte. Die kühne Voraussage, sie könne *in drei Wochen sitzen, in zwölf gehen,* hatte wie ein Hornsignal der Hoffnung geklungen.

»Werden Sie mit mir arbeiten … mich als Patientin aufnehmen?«, fragte sie.

Sofort senkte sich wieder der Schleier über Blaines Augen, und ein Sekundenbruchteil verstrich – nicht einmal lang genug, dass jemand, der nicht gezielt darauf achtete, es bemerkt hätte. »Natürlich, Kathleen. Machen Sie sich keine Sorgen«, erwiderte Adele, deren Stimme so glatt wie Glas war. »Ich werde alles arrangieren. Wir werden Sie in achtundvierzig Stunden verlegen, wenn hier bis dahin alles glatt verläuft.«

»Achtundvierzig Stunden«, sagte Kathleen beunruhigt. Sie hatte erwartet, dass es erst irgendwann in der nächsten Woche der Fall sein würde.

»Sicher. Ihre O_2-Sättigung liegt bei fünfundneunzig Prozent. Bis dahin wird man Sie von diesem Blasebalg entwöhnt haben. Und mein Pflegepersonal ist genauso gut wie das hier, wenn nicht besser. Ich stelle nur erfahrene Leute ein, die mit Patienten umgehen können, die direkt von der Intensivstation kommen, damit die Therapie so früh wie möglich beginnen kann. Glauben Sie mir, mit jedem Tag, den Sie einen Muskel nicht benutzen, verdoppelt sich die Zeit, ihn wieder zu aktivieren.« Sie klopfte Kathleen aufmunternd auf die Schulter. »Für den Anfang werde ich die Schwestern beauftragen, Sie jeweils zehn Minuten lang in einen Rollstuhl zu setzen, sicher angegurtet, um herauszufinden, wie Ihre Rumpfmuskulatur wieder zum Leben erwacht.«

Eine bemerkenswerte Frau, dachte Kathleen, und schwer einzuschätzen. Doch sie mochte Adele, obwohl sie wusste, dass sie diese Frau nicht mögen *sollte*.

»Dr. Blaine… Sie sind eine zähe Type… aber eine gute.«

Adele kicherte vergnügt. »Das haben Sie richtig erkannt, meine Liebe. Aber ich bin nicht nur gut, ich bin die Beste.«

Kein Zögern bei der Antwort diesmal. Das gab Kathleen den Mut, Adele zu fragen: »Und Sie sorgen sich wirklich… nicht wahr?«

»Mehr, als Sie je wissen werden.«

Kathleen sah Adele fragend an, und unter ihrem unverwandten Blick schien etwas in ihr nachzugeben. Plötzlich räusperte sie sich und beugte sich tief zu Kathleen hinunter.

»Ich werde Ihnen sagen, warum mir die Reha so wichtig ist.«

»Und warum?«

»Wegen meiner Mutter.«

»Ihrer Mutter?«

»Sie hatte vor vielen Jahren einen Schlaganfall.«

»Das… tut mir leid.«

»Ich war erst drei.«

»Hören Sie, ich…«

»Wir lebten in Tennessee, auf dem Land. Die Mistkerle im Krankenhaus haben sie damals einfach in einem Rollstuhl aus der Tür geschoben, sobald klar war, dass sie nicht sterben würde. Sie sagten mir, ich solle dankbar sein, dass sie am Leben sei. Dass meine Mutter nicht sprechen, essen oder laufen konnte, war ihnen ganz egal. Ich habe dann viel Zeit mit ihr verbracht und beobachtet, wie sie versucht hat, etwas zu sagen, ihr Essen zu kauen, oder sich auch nur zu bewegen. Ich hatte das sichere Gefühl, dass sie *mehr* hätte tun können, aber ich hatte keine Ahnung, wie ich ihr helfen sollte. Doch ich habe ihr wenigstens beigebracht, ihren Rollstuhl zu bewegen.«

»Ich verstehe, warum Sie… so engagiert sind…«

»Nein, das verstehen Sie nicht. Was könnten Sie schon darüber wissen, was es heißt, eine arme schwarze Frau zu sein, die versucht, eine Familie großzuziehen …«

»Ein bisschen schon, glaube ich …«

»Vielleicht. Jedenfalls, die Fertigkeiten, die ich ihr im Laufe der Jahre beigebracht hatte, benutzte sie am Ende dazu, ihren Rollstuhl vor einen Bus zu lenken und sich überfahren zu lassen.«

»O Gott.« Kathleen spürte, wie ihr die Tränen in die Augen stiegen. Wenn sie nur in der Lage wäre, diese kleine Frau in die Arme zu nehmen.

»So, das war das«, sagte Adele. »Wir sehen uns übermorgen. Bis dahin.« Ihr schlanker Körper schlüpfte so geschmeidig durch den Vorhang, dass er sich kaum zu öffnen schien.

»Wissen Sie … ich hoffe, dass Adele unschuldig ist«, vertraute Kathleen später Jo O'Brien an, als die Schwester vorbeikam, um sich zu erkundigen, wie die Begegnung verlaufen war. »Sie ist eine Therapeutin mit starkem Willen … genau das, was ich brauche … ein böses Mädchen, das mir in den Hintern tritt, bis ich wieder so gut wie vorher … laufen, arbeiten und es mit Männern treiben kann …«

Und doch hatte Kathleen immer noch ein ungutes Gefühl. Warum hatte es nicht mehr Widerstand gegeben? Mit Adeles Eifer, sie so schnell in ihre Reha-Klinik zu verlegen, hatte sie nicht gerechnet. Außerdem trank die Frau; doch es war nicht so, dass sie eine ruhige Hand brauchte, wie ein Chirurg. Aber darüber hinaus, diese Geschichte über ihre Mutter … konnte das alles gelogen sein?

11:00 Uhr
Krankenhausarchiv

»Wie können Sie es wagen, über den armen Dr. Hamlin so schlecht zu reden, nachdem er meinem Vater geholfen hat!

Und rufen Sie bloß nicht wieder an. Mit Ihrem Geschwätz, meinen Vater nach all dieser Zeit auszugraben und eine Autopsie zu machen, haben Sie meine Mutter so weit gebracht, dass Sie in Tränen ausgebrochen ist. Was soll das Ganze überhaupt?«

»Das tut mir leid, Ma'am, ich wollte Ihre Mutter nicht…«

»Was haben Sie denn gedacht, wie ihre Antwort aussehen würde, Sie Idiot?«

»Ich weiß, ich habe nicht die richtigen Worte gewählt…«

»Nicht die richtigen Worte gewählt? Sie ist noch in Trauer, um Gottes willen, und Sie erzählen ihr aus heiterem Himmel, dass Hamlin möglicherweise etwas mit dem Gehirn ihres Mannes angestellt hat, das ihn dann umbrachte! Verdammt, ich sollte mich beim Krankenhaus über Sie beschweren. Ja, genau das werde ich tun. Witwen so zu belästigen!«

»Es war dumm von mir. Es ist nur so, dass ich unbedingt herausfinden möchte, was Hamlin mit einer Freundin von mir gemacht hat…«

»Und was hat das mit uns zu tun?«

»Wenn Sie mir nur sagen könnten, ob Ihr verstorbener Vater an Bluthochdruck gelitten hat?«

»Wer ist Ihr Vorgesetzter?«

»Äh… eigentlich bin ich selbst der Chef der Notaufnahme, in die Ihr Vater nach beiden Schlaganfällen eingeliefert wurde…«

Die Frau legte auf.

Himmel! Das hatte ihm gerade noch gefehlt – noch eine Beschwerde bei Ingram. Und dieses Mal, weil er eine arme alte Dame erschreckt hatte.

Er war den ganzen Morgen im Krankenhausarchiv gewesen und hatte an demselben Tisch gesessen, an dem er letzte Nacht gearbeitet hatte, doch er war in einer Sackgasse nach der anderen geendet.

Seine vorherigen Anrufe waren auch nicht erfolgreicher gewesen. Der Ehemann der tot eingelieferten Frau deutete ebenfalls an, dass Richard die Grenzen des Anstands weit überschritten hätte. Doch statt ihm zu drohen, sich bei seiner vorgesetzten Behörde zu beschweren, drohte der Mann, ihn mit einem Baseballschläger zu Brei zu schlagen, »wenn sich jemand mit einer Schaufel dem Grab meiner Frau auch nur nähert«. Wenigstens hatte der Mann verneint, dass seine Frau jemals hohen Blutdruck gehabt hatte, bevor er wissen wollte, was Richard das eigentlich anging.

McKnight hatte ihn schon gewarnt, dass er keine große Hoffnung hatte, die nächsten Angehörigen überzeugen zu können, einer Exhumierung zuzustimmen. »Den Leuten gefällt der Gedanke nicht, ihre Lieben wieder aus der Erde zu holen und in Stücke zu schneiden, was wohl auch verständlich ist«, drückte der Detective es aus.

Richard hatte auch versucht, mit den Hausärzten der Verstorbenen Verbindung aufzunehmen, aber auch die wollten nicht über die Sache reden und beriefen sich auf ihre Schweigepflicht.

»Erscheint es Ihnen denn nicht auch merkwürdig, dass es keine Erklärung für die zweite Blutung gibt?«, fragte er die Ärztin, die die Frau behandelt hatte. »Das ist achtzehn Monate nach Entfernung einer angeborenen Gefäßmissbildung passiert, und bei der Operation damals gab es keinen Hinweis darauf, dass ein zweiter Defekt vorlag. Außerdem hat ihr Mann gesagt, dass sie niemals Bluthochdruck hatte, der sie zur Risikopatientin für eine neuerliche Hämorrhagie gemacht hätte.«

»Das genügt nicht für eine Exhumierung«, hatte die Ärztin erwidert, wobei sie kurz angebunden und ungeduldig klang. »Im Übrigen sehen wir hier in der realen Welt im Gegensatz zu Ihnen in den Elfenbeintürmen genug, um zu wissen, dass schlimme Dinge manchmal auch ohne Risikofaktoren passieren, mit denen man sie wegerklären kann, sodass die Ärzte sich dann besser fühlen. Medizin ist mehr als der Versuch, alles in hübsche kleine Päckchen für Ihre Ärzte im Praktikum zu verpacken.«

Die Verbitterung der Frau war mehr als deutlich; dennoch hatte Richard weiter verzweifelt nach einer Möglichkeit gesucht, ihre Mitarbeit zu gewinnen. Er konnte sie sich vorstellen, gestrandet in einer Praxis mit einem Warteraum voller Patienten und zu wenig Zeit, sich ausreichend um jeden zu kümmern.

»Trotzdem«, sagte er, »würden Sie diese Frage bitte bei Ihrem Mann anschneiden?« Er versuchte der Frau zu schmeicheln, indem er den vom Universitätsbetrieb verhätschelten, überspannten Akademiker spielte, für den sie ihn hielt. »Offensichtlich verstehen Sie besser als ich, wie man mit ihm umgehen muss. Es scheint, dass ich genau das Falsche gesagt und ihn gegen mich eingenommen habe.«

»Ich soll mit ihm reden? Sie machen wohl Witze! Er hat mich schon ein paar Minuten vor Ihnen angerufen und gewarnt, dass mich vielleicht ›irgend so ein Notarzt‹ anruft, wie er sich ausgedrückt hat. Und er hat mir angedroht, meine Praxis mit einem Baseballschläger zu Kleinholz zu verarbeiten, falls ich etwas sage, das dazu führt, dass die sterblichen Überreste seiner Frau exhumiert würden.«

So viel zu deiner Begabung, mit Menschen umzugehen, dachte Richard.

Auch Hamlins alte Akten hatten ihm nicht weitergeholfen. Nachdem er sie mehrere Stunden lang durchgearbeitet hatte, hatte er noch immer nicht die leiseste Ahnung, was der Neurochirurg seit zwei Jahren bei seinen Eingriffen anders gemacht hatte.

Sollte er jetzt damit anfangen, all die überlebenden Patienten anzurufen, die Hamlin in den letzten Jahren operiert hatte? Sollte er andeuten, dass ihr Chirurg, der gerade erst ermordet worden war, ihnen vielleicht etwas ins Hirn eingepflanzt hatte, das sie plötzlich umbringen würde? Sollte er ihnen versprechen, dass er rechtzeitig herausfinden würde, was es war, damit er ihr Leben retten konnte, falls sie ihn in ihre Unterlagen in der Reha blicken ließen?

Ja, klar.

Selbst wenn er es tun würde – sie alle durch den Computertomographen, den Kernspintomographen und den PET-Scanner zu schicken und eine erneute Angiographie zu machen, die keine harmlose Prozedur war – gütiger Gott, was für ein Chaos das gäbe!

Und wenn er die Leute »blind« untersuchte, ohne den geringsten Anhaltspunkt, worauf er achten sollte, konnte er genau *das* übersehen, was er suchte.

Er knallte die Liste mit den Namen und Aktenzeichen auf den Tisch, dass der uniformierte Polizist zusammenzuckte, der direkt hinter der Tür Stellung bezogen hatte.

»Alles in Ordnung, Doc?«, rief er.

»Entschuldigung«, sagte Richard, starrte auf die Flecken, die die Tinte auf dem Papier zurückließ, mit der man ihm die Fingerabdrücke abgenommen hatte, und lauschte dem Geplauder des halben Dutzend Männer und Frauen, die die Aktenstapel und Regale untersuchten. Wo immer sie hinkamen, hinterließen sie große Flecken schwarzen Staubes, den sie überall aufgebracht hatten. »Hatten Ihre Kriminaltechniker Glück?«

»Wir haben innen am Türgriff einen Teilabdruck, der Ihren Fingerabdruck überlagert. Außerdem waren ein paar Latexfetzen an einer Kante von dem Metallschrank, den Sie auf den Kerl gekippt haben. Deshalb nehmen wir an, dass er sich den Handschuh aufgerissen hat, ohne es im Dunkeln zu merken. Vielleicht kriegen wir noch mehr Abdrücke, wenn der Bursche sich wie Sie an der Wand entlanggetastet hat.«

»Sind irgendwelche Abdrücke auf den Lichtschaltern hier drinnen?«

»Nein. Soll ich Ihnen noch einen Kaffee holen?« Der

Mann hatte ihn den ganzen Morgen mit Koffein versorgt, nachdem er zu Anfang eine ausführliche Aussage über den Angreifer und dessen Worte aufgenommen hatte. Dass der Verrückte »Ich bin Soldat der Legion Gottes« gekreischt hatte, schien ihn besonders zu interessieren, obwohl er nicht sagen wollte, warum. Nach der Vernehmung war es dem Officer gelungen, mit den dutzenden von Sekretärinnen fertig zu werden, die versucht hatten, ihrer gewohnten Arbeit nachzugehen und zugleich die hunderte von Krankenberichten zu holen, die benötigt wurden.

Da die Gerüchteküche Richard bereits in den Mittelpunkt der Ereignisse dieser Nacht gestellt hatte, trafen ihn zahlreiche säuerliche Blicke, wann immer sich die Tür einen Spalt weit öffnete und ein weiterer wütender Bittsteller, der Krankenberichte holen wollte, ihn zwischen Stapeln von Akten sitzen sah. »He«, drängte es ihn zu sagen, »ich bin nicht an euren Problemen schuld.« Doch schon bald glichen sich die Gesichter der Schmollmund-Parade so sehr, dass er sie lächerlich fand, und er ging dazu über, grüßend die Tasse zu heben und seine Ankläger anzugrinsen.

Die Hartnäckigsten hatte der junge Officer mit höflicher Gelassenheit fortgeschickt; sein Benehmen war so makellos wie seine gepflegte Erscheinung.

»Man zahlt Ihnen nicht genug«, sagte Richard.

»Wie bitte?«

»Schon gut. Ja, ich hätte gern noch einen Kaffee. Zum Mitnehmen.« Er war nervös und fühlte sich wie unter Strom, weil er bereits zu viel Kaffee getrunken hatte. Aber wer konnte es ihm verdenken, nach über vierundzwanzig Stunden ohne Schlaf? Er stand auf, als ihm plötzlich noch etwas einfiel. »Übrigens, hat jemand von Ihren Leuten mein Handy gefunden?«

»Bis jetzt nicht«, antwortete der Officer von der Stelle aus, wo er einen Wasserkessel aufgesetzt hatte und ein Glas Kaffeepulver öffnete.

»Wie wär's, wenn Sie mich da reinließen und ich mich selbst mal umsehe?«

»Tut mir leid. Sie wissen, das kann ich nicht zulassen, bis die Spurensicherung fertig ist.«

»Aber ich bin mit meiner Arbeit hier fertig, und ich brauche mein Handy.«

»Wir werden es schon finden.«

Richards Stimmung wurde noch gereizter. »Detective McKnight hat mir versichert, dass ich Zugang zum Archiv bekomme…«

»Genau den hatten Sie in den letzten drei Stunden, Sir. Und Sie haben sämtliche Akten von Ihrer Liste, die Sie haben wollten.« Der junge Mann reichte ihm einen Styroporbecher, aus dem Dampfwolken aufstiegen, deren Form an Darmschlingen erinnerte.

»Aber mein Handy…«

»Wir haben kein Handy gefunden, Sir.«

»Herr im Himmel«, murmelte Richard, ging zum nächsten Tisch, stellte den Kaffeebecher ab und wählte die Nummer seines Handys an. »Junger Mann, wenn Sie es klingeln hören, seien Sie bitte so freundlich und folgen dem Geräusch, und dann bringen Sie mir das verdammte Ding her, ja?«

»Jawohl, Sir. Freut mich, Ihnen helfen zu können, Sir.«

Während Richard darauf wartete, dass die Verbindung hergestellt wurde, musterte er das junge Gesicht, ob er Spott darin entdecken konnte. Doch er sah keinen Hauch davon. Der Junge schien vollkommen aufrichtig zu sein. Entweder das, oder er war ein verdammt ernster Mann.

Im Hörer vernahm er den im Sekundentakt wiederholten Summton, der anzeigte, dass sein Handy klingelte, aber von nirgendwo kam ein Signal. »Könnten Sie nicht da reingehen und lauschen? Vielleicht überdeckt der Lärm der Klimaanlage das Klingeln.«

»Na klar, Doc«, sagte der junge Mann so freundlich wie immer und verschwand zwischen den Regalen.

Du lieber Himmel, der Bursche war so höflich, dass es schon unheimlich war.

Ungefähr dreißig Sekunden später kam eine Stimme aus dem Hörer. »Hallo?«

»He, Sie haben's gefunden! Tausend Dank«, sagte Richard.

Keine Antwort.

Er glaubte, der Polizist habe das Handy schon ausgeschaltet, und wollte gerade den Hörer auflegen, als er plötzlich eine Stimme hörte: »Ich habe mich schon gefragt, wann Sie anrufen.« Es war eine nervöse Stimme, ganz anders als die des jungen Polizeibeamten.

»Wer ist da?«

»Die Frage ist, wer Sie sind, Dr. Steele, denn Sie sind dem Herrn Rechenschaft schuldig, dass Sie seinen heiligen Plan entweihen.«

Richard stockte der Atem. Suchend blickte er sich nach einem der anderen Officers um, aber sie waren alle zwischen den Regalreihen verschwunden. »Sie wollen mit mir sprechen?«, fragte er und verlieh seiner Stimme einen sanften Ton, als er in den kühlen Gemütszustand schlüpfte wie stets, wenn er mit gewalttätigen Patienten sprach.

»Gott will mit Ihnen und Ihresgleichen sprechen. Ich bin nur sein Bote.«

»Wer ist denn meinesgleichen?« Er sah immer noch keine Cops.

»Sie wollten seine Saat ermorden.«

»Und wie?«

»Wissen Sie, was für ein Gefühl es ist, wenn Ihre Saat ermordet werden soll?«

Die dünne, hohe Stimme war so schrill, dass Richard den Hörer vom Ohr weghielt. »Ich weiß nicht, was Sie meinen... können Sie mir Ihren Namen nennen?«

»Beleidigen Sie mich nicht, Steele. Ich bin nicht einer von Ihren Verrückten, die Sie verarschen können.«

»Nein, natürlich nicht.« Keine Konfrontation, kein Widerspruch, kein herablassender Tonfall, wenn man es mit aufgebrachten Psychopathen zu tun bekommt! Das brachte er seinen Ärzten im Praktikum bei. Es dauerte nur Sekunden, dies zu sagen, aber Jahre, um es zu lernen. Und die schwierigste Lektion – egal wie abstoßend oder Furcht einflößend die Person war, mit der man es zu tun hatte – lautete: Sei verständnisvoll, nicht voreingenommen.

»Sie klingen wie ein entschlossener Mann.«

»Sie haben keine Ahnung.«

»Dann klären Sie mich auf.«

Ein schrilles Lachen. »Ich bin mir nicht sicher, ob Sie das wirklich hören wollen, Doc.«

»Aber ich bin mir sicher.«

»Sie wissen, wo ich bin?«

Plötzlich war im Hintergrund Verkehrslärm zu hören.

Der Kerl musste den Hörer zu einer Straße hin halten, überlegte Richard. »Könnte irgendwo in einer Großstadt sein. In New York.«

»Schlaues Kerlchen. Ich werde es ein bisschen für Sie eingrenzen. Ich stehe an der Ecke Lexington Avenue und Sechsunddreißigste Straße.«

Richard wurde der Mund trocken.

»Verschlägt es Ihnen die Sprache, Doc? Ich habe eine Menge Anrufe für Sie bekommen, die Sie beantworten sollten. Hat Spaß gemacht, Ihre Sekretärin zu spielen.«

»Anrufe?« Der Scheißkerl konnte unmöglich sein, wo er zu sein behauptete – in seinem Haus. Richard betete, dass der Mann seinen Standort nur deshalb gewählt hatte, weil er so nahe beim Krankenhaus lag, um ihn, Richard, aufzuschrecken.

»Ja, rufen Sie die Notaufnahme an. Rufen Sie an. Rufen Sie die Notaufnahme an. In Ihrem Telefonverkehr haben Sie nicht gerade viel Abwechslung, stimmt's?«

»Erzählen Sie mir mehr.«

»Ihr Sohn ist nett.« – O Gott. »Wie meinen Sie das?« – »Er hat angerufen und gefragt, wie es Dr. Sullivan geht.«

Eiskalte Finger umklammerten Richards Herz. Normalerweise rief Chet ihn tagsüber nicht an. Dieser Irre musste lügen. Es konnte gar nicht anders sein! Doch letztlich durchbrach die Angst seine professionelle Wehrmauer. »Hören Sie zu, Sie verdammter Spinner, bleiben Sie von meinem Sohn weg, oder ...«

»Sie, der die Saat des Herrn ermorden wollte, erwarten, dass er Ihre Saat segnet?« Wieder war das schrille Lachen zu hören.

Der junge Officer kam mit verwirrter Miene zwischen den Regalreihen hervor. Einige seiner Kollegen folgten ihm.

Hektisch winkte Richard sie zu sich; dann zog er seinen Füller heraus und kritzelte einhändig etwas auf das nächstbeste Stück Papier. *Er ist es. Vielleicht ist er in meinem Haus. Lexington und Sechsunddreißigste. Schickt einen Streifenwagen.*

»Ich weiß nicht, was Sie meinen ...«

»O doch, das wissen Sie! Ich wette, Sie fragen sich jetzt, warum Ihr Sohn angerufen hat, um sich nach Dr. Sullivan zu erkundigen. Warum sollte er seinen viel beschäftigten Daddy mit solchem Kram belästigen, besonders, wo es der Schlampe schon wieder so gut geht?«

Richard wedelte mit seiner hingekritzelten Botschaft vor den überraschten Polizisten herum und versuchte gleichzeitig, ruhig zu atmen und seine Stimme unter Kontrolle zu halten.

»Warum sagen Sie es mir nicht einfach?«

»Das wollen Sie bestimmt nicht hören.«

Die Polizisten machten vor Überraschung große Augen. Der junge Officer lief rasch außer Hörweite und begann, Befehle in sein Funkgerät zu feuern. Ein anderer lief zu einer Reihe von Telefonen auf einem Schreibtisch in der Nähe und wählte eine Nummer. Ein dritter sagte: »Ich hole McKnight«, und verschwand durch die Tür.

»Ich habe bei seiner Schule angerufen, der Lexington High«, fuhr der Mann fort. »Ich habe bei seinem Direktor eine Nachricht hinterlassen, dass er Sie sofort auf Ihrem Handy anrufen sollte. Ein Notfall in der Familie…«

Die Worte des Mannes fuhren Richard wie Messerstiche in den Brustkorb und raubten ihm den Atem. Wie konnte der Kerl das alles über Chet wissen?

»Als er mich zurückgerufen hat, war er sehr besorgt. Offenbar hat er befürchtet, dass Dr. Sullivan etwas passiert ist. ›Ja‹, habe ich gesagt, ›sie hatte eine weitere Blutung. Ich hab das Handy deines Vaters, weil er sie gerade behandelt. Aber komm nicht ins Krankenhaus. Dein Vater möchte, dass du nach Hause gehst und Lisa Gesellschaft leistest. Sie ist in einem fürchterlichen Zustand und hält es nicht aus, im Krankenhaus auf Neuigkeiten zu warten.‹ Ich habe das alles atemlos und in ernstem Tonfall gesagt. ›Sie braucht dich, Chet. Beeil dich. Es sieht schlecht aus für Kathleen.‹ Er hat es geschluckt.«

»Sie Scheißkerl! Haben Sie meinen Sohn? Und woher wissen Sie von Lisa?«

Der junge Polizist, der immer noch in sein Funkgerät sprach, starrte auf den Lautsprecher, als könne er nicht glauben, was er da gerade gehört hatte. Einige andere Officers, die mit entsetzten Blicken zugehört hatten, sprachen unverzüglich in ihre Walkie-Talkies. Richard kritzelte mit zitternder Hand *Rufen Sie die Lexington High an und fragen Sie, ob Chet noch da ist,* und zeigte es dem jungen Cop.

Der nickte rasch, ging ein paar Schritte zur Seite und sprach wieder in sein Funkgerät.

»Hübsches Haus, Steele. Der rötliche Ton der Backsteine ist sehr attraktiv.«

»Wo ist mein Sohn, Sie Bastard?«

»Drinnen. Er wartet auf Sie. Wissen Sie, ich hatte da noch diese Spritze mit Kaliumchlorid, die ich nicht benutzen konnte...«

»Nein!«, rief Richard, und hundert Gedanken rauschten über ihn hinweg wie eine Lawine. Er konnte nach Hause fahren, so schnell es ging. Zu Chet. Aber was, wenn der Mann log? Vielleicht hatte er Chet gar nicht in seiner Gewalt. Oder wenn doch, konnte er ihn irgendwo anders gefangen halten...

»Ihre Saat für die Saat des Herrn, Steele.«

Die Cops waren unterwegs. Er würde den Kerl am Telefon halten, bis sie am Ziel waren. »Warum tun Sie das?«, rief er mit sich überschlagender Stimme.

»Sie und Ihre Freundin, diese Genetikerin, töten die Unschuldigen des Herrn.«

»Was?«

Der Polizist trat an ihn heran und flüsterte: »Ich bin mit der Sekretärin des Direktors in der Lexington High School verbunden. Ihr Sohn ist nicht da.«

Richard wurden die Knie weich. Eisige Finger schlossen sich um seinen Hals.

»Wer ist da noch bei Ihnen, Steele?«, fragte die Stimme. »Bin ich auf einem Lautsprecher? Ruft jemand die Schule an, um zu überprüfen, ob meine Geschichte stimmt?« Wieder hallte das kreischende Gelächter durch den Raum.

Richard streckte die Hand nach dem Funkgerät des Polizisten aus. »Kann ich damit mit ihnen sprechen?«

Der Polizist nickte und nahm einen Kopfhörer aus dem Ohr, den er benutzt hatte, um sein Gespräch leise zu führen. Augenblicklich erwachte das tragbare Gerät knackend zum Leben.

»Was meinen Sie damit, dass mein Sohn nicht da ist?«

»Dr. Steele?«, meldete sich eine Frauenstimme, und ihre Furcht erfüllte ebenso den Raum wie ihre Worte. »Wir haben eine dringende Nachricht von einem Ihrer Assistenzärzte, dass Chet Sie auf Ihrem Handy anrufen soll, und dass es einen Notfall in der Familie gibt.«

Richard umklammerte das Funkgerät so fest, dass die Nahtstellen des Plastikgehäuses knackten. »Sie haben ihn gehen lassen?«

»Ja, Sir, die Situation schien dringlich zu sein. Als wir ihn ins Büro bestellt haben, damit er von dort telefonieren konnte, hat Ihr Assistenzarzt sich gemeldet und gesagt, dass Dr. Sullivan einen weiteren Schlaganfall erlitten habe. Ich weiß, wie nahe Chet ihr inzwischen steht – wir haben uns bei einem Elternabend kennen gelernt …«

»Was haben Sie mit Chet gemacht?«, unterbrach Richard das Geplapper der Frau.

»Nun, weil der junge Arzt, der hier angerufen hat, von Ihrem Handy aus telefonierte, ist mir überhaupt nicht in den Sinn gekommen, dass er nicht echt war. Also habe ich Chet in ein Taxi gesetzt und nach Hause geschickt, um bei Lisa zu sein. Aber das war vor einer Stunde. Bitte, sagen Sie mir doch, was los ist.«

»Bitte, sagen Sie mir doch, was los ist!«, äffte die durchdringende Stimme des Mannes aus dem Lautsprecher die Frau nach. »Kommen Sie lieber hierher, Dad, und sehen Sie sich an, was ich mit Ihrer Saat gemacht habe.«

Der Hohn ließ den letzten Rest von Selbstkontrolle schwinden, der Richard geblieben war. Er schob sich an dem jungen Polizisten vorbei, den er mit dem Walkie-Talkie zurückließ, und stürzte zur Tür. »Zur Hölle mit dir!«, rief er über die Schulter.

Die Antwort war ein lautes Klicken, dem das Summen des Freizeichens folgte.

»Nein, Sie hat er nicht gemeint«, sagte der junge Polizist ins Mikrofon.

»Sind Ihre Leute schon bei meinem Haus?«, rief Richard, während er zum Ausgang rannte.

»Entschuldigen Sie, Ma'am, ich muss gehen«, sagte der

Polizist und folgte Richard, wobei er mit einem Drehschalter den Funkkanal wechselte.

»Ich habe sie gerufen«, antwortete einer der anderen Officers.

»Ein Rettungswagen ist auch unterwegs«, rief ein zweiter Beamter.

»Die anderen bleiben besser hier und sichern den Tatort«, fügte ein dritter Cop hinzu.

»Irgendwelche Meldungen aus der Lexington und Sechsunddreißigsten?«, fragte der junge Polizist in sein Funkgerät, während er dicht hinter Richard über den Flur eilte.

»Verstanden«, knarzte eine Männerstimme über das Knistern und Rauschen des Funkgeräts hinweg. »Aber an der angegebenen Adresse meldet sich niemand. Gehen wir rein?«

»Ja!«, sagte Richard, der die Treppe erreicht hatte und immer zwei Stufen auf einmal nahm. »Sagen Sie ihnen, dass an einem Magneten hinter den Hausschildern ein Schlüssel steckt. Eins von den Schildern ist lose. Aber denken Sie um Himmels willen daran, dass mein Sohn da drin ist.«

»Verstanden«, sagte die Stimme im Funkgerät.

13

Die Straßen vor dem Krankenhausausgang an der Second Avenue waren von einem mittäglichen Verkehrsstau blockiert.

Mit dem jungen Cop auf den Fersen eilte Richard zur Vierunddreißigsten Straße. In zwanzig Sekunden hatte er sie überquert und war auf halbem Weg zur Fünfunddreißigsten. Die Passanten sahen ihn verwundert an und machten ihm eilig Platz. Da erst wurde ihm klar, dass er wie ein Flüchtling mit weißem Kittel aussah, der von der Polizei verfolgt wurde. Er nutzte diesen falschen Eindruck, um noch einen Gang zuzulegen.

Auf der anderen Straßenseite verließ ein Mann mit breitem Gesicht, der eine weite Jacke über einem Jogginganzug trug, ein Feinkostgeschäft. Er schloss ein Fahrrad auf, das er an einer Parkuhr angekettet hatte, und radelte in dieselbe Richtung, in die Richard rannte. Der Himmel war bedeckt, doch der Mann trug eine Sonnenbrille, und obwohl es Ende Juni und sehr warm war, zog er seine Kapuze hoch.

Er gestattete Richard und dem Cop einen kleinen Vorsprung.

Mit dem Cop hatte er allerdings nicht gerechnet.

Während er die Männer verfolgte, warf er nur von Zeit zu Zeit einen Blick auf sie, wandte ansonsten aber das Gesicht von ihnen ab. Nachdem sein Bild in allen Lokalsendern gezeigt worden war, war das Fahrrad bei solch dichtem Verkehr das perfekte Fahrzeug für eine schnelle Flucht, falls ihn jemand erkennen und ihm nachsetzen sollte.

Den Jungen zu überwältigen, war leicht gewesen. Ein

Klopfen an der Tür hatte genügt, um hineinzukommen. Der Rest ergab sich von selbst. Und nun hatte er Steele dazu gebracht, dass er in Panik nach Hause rannte und dabei nur an seinen Sohn dachte. Es wäre ein Leichtes gewesen, mit dem Rad von hinten an ihn heranzufahren, die Machete zu ziehen und ihn mit einem einzigen Hieb in den Nacken zu töten.

Aber der verdammte Polizist änderte alles.

Steele und der Cop liefen nun über die Second Avenue und die Sechsunddreißigste Straße entlang. Bis der Mann hinter ihnen in die Straße einbog, waren sie bereits einen viertel Block weiter. Sie würden die Third Avenue und dann die Lexington überqueren müssen, bevor sie Steeles Haus erreichten.

Der Mann fuhr schneller und schloss rasch die Lücke, um an der nächsten Kreuzung anzugreifen: Er wollte von hinten an sein Opfer heranfahren, zuschlagen und fliehen. Eine sehr öffentliche und sehr angemessene Exekution.

Aber was war mit dem Cop?

Konnte er ihn vorher ausschalten? Steele würde anhalten und sich umdrehen, sobald er sich den Polizisten vornahm. In dem Moment konnte er einen zweiten Hieb führen und Steele erledigen.

Der Mann grinste. Ein guter Plan.

Steele und der Polizist waren noch etwa dreißig Sekunden von der Straßenecke entfernt.

Der Mann beschleunigte und kam ihnen näher, indem er sich zwischen dem Gegenverkehr, der die Straßenmitte verstopfte, und den am Bordstein geparkten Wagen hindurchschlängelte. Doch er blieb gerade noch außerhalb des Gesichtsfelds der beiden. Das ununterbrochene Gehupe schmerzte in den Ohren: Offenbar hatte der Stau jeden Fahrer im Umkreis eines Blocks bis an den Rand des Verkehrsrowdytums getrieben. Während der Mann mit der linken Hand weiter steuerte, griff er nach seiner Waffe in der

Jackentasche. Er schloss die Finger um den Griff, trat noch ein wenig schneller in die Pedale und war beinahe auf gleicher Höhe mit den beiden Männern.

Fünfzehn Sekunden, schätzte er, bis sie die Kreuzung erreichten.

Er machte sich bereit und zog die Klinge ein paar Zentimeter heraus.

Er sah, wie Steele nach Süden blickte und die Welle von Fahrzeugen abschätzte, die aus dieser Richtung heranrollte.

Noch zehn Meter.

Wegen des Lärms um ihn herum hörte der Mann das Klicken vor ihm nicht. Die Tür eines Wagens, der fast an der Kreuzung geparkt war, öffnete sich ohne Vorwarnung. Er sah sie zwar noch rechtzeitig, um ihr ein Stück auszuweichen, doch sein Knie knallte dagegen, und er stürzte auf die Straße.

Ein alter Mann mit einer Zigarre zwischen den Lippen stieg aus und starrte ihn an. »Passt ihr Radfahrer denn nie auf?«, sagte er und inspizierte den Lack der Wagentür.

Seine Hände und Knie, die er sich auf dem Asphalt aufgeschürft hatte, brannten, und ihm wurde klar, wie viel Glück er gehabt hatte, dass er die Klinge noch nicht ganz herausgezogen hatte. Er schob sie in die Scheide zurück, ohne dass jemand etwas bemerkte, rappelte sich auf und humpelte zu seinem Fahrrad. Das Vorderrad war verbogen.

Er sah, dass seine Beute schon weit über die Third Avenue hinweg war und dankte dem Himmel, dass er sich einen Ersatzplan zurechtgelegt hatte. Der Mann ließ das Rad liegen und schlurfte zu Fuß hinter Steele und dem Cop her. Dabei griff er in die Tasche und überzeugte sich davon, dass die Fernbedienung während des Sturzes nicht herausgefallen war.

Drei weißblaue Streifenwagen des New York Police Department standen mit aufgerissenen Türen in verrückten Winkeln zum Bordstein. Das andere Straßenende, wo ein weiterer Einsatzwagen den Verkehr absperrte, pulsierte in rotem Licht. Eine uniformierte Frau stand auf den Stufen vor der offenen Eingangstür zu Richards Haus und sprach in ein Funkgerät. Als Richard die Beunruhigung in ihren Augen sah, zog sich sein Magen zusammen.

»Haben Sie ihn gefunden?«, rief er, als er auf sie zulief.

Sofort unterbrach sie ihr Funkgespräch. »Sind Sie der Vater?«

Richard gab erst gar keine Antwort, sondern schob sich an der Frau vorbei. Er spürte, dass die Frage nur dazu dienen sollte, ein paar Sekunden Zeit zu gewinnen, weil die Frau schlechte Neuigkeiten hatte, so wie es bei ihm selbst manchmal der Fall war, wenn verängstigte Eltern in die Notaufnahme eilten, in der ihr Kind mit dem Tod rang.

»Warten Sie, Sir! Gehen Sie da nicht rein!« Die Frau versuchte, Richard an der Schulter zu packen, doch er riss sich los aus und rannte den Flur entlang.

»Chet!«, rief er, außer sich vor Angst.

Zwei uniformierte Polizisten waren gerade aus der Kellertür gekommen und eilten nun über den Gang zum hinteren Teil des Hauses. Einer von ihnen machte auf dem Absatz kehrt. »Ich habe ihn«, sagte er und näherte sich Richard. Der andere rannte weiter und stürmte durch die Flügeltür, die in die Küche führte. Bevor die Türflügel wieder zurückschwangen, konnte Richard sehen, dass der Cop durch den Hintereingang verschwand.

»Wo läuft er hin? Was ist passiert?«, rief Richard, während der Officer, der im Flur geblieben war, die Hände mit den Flächen nach unten bewegte, als wollte er einen angriffslustigen Hund beruhigen. »Beruhigen Sie sich, Sir. Kommen Sie bitte mit auf die Straße …«

»Wo ist Chet?«

»Gehen wir erst mal nach draußen, Dr. Steele«, wiederholte der Mann und streckte die Hand nach Richard aus.

»Wo ist er, verdammt?« Richard schob den Mann zur

Seite, wurde aber im selben Augenblick von der Polizistin, der er zuvor ausgewichen war, und dem jungen Cop, der ihn begleitet hatte, von hinten gepackt und festgehalten.

»Beruhigen Sie sich«, sagte die Frau. »Wir haben ihn noch nicht gefunden. Sind Sie sicher, dass Ihr Junge hier ist?«

»Sie meinen, der Bastard hat ihn mitgenommen?«

»Wir wissen noch gar nichts. Wir haben oben nachgesehen und durchsuchen gerade den Keller, aber bis jetzt gibt es keinerlei Anzeichen, dass er überhaupt hier war. Gibt es hier Dachkammern oder Vorratsräume, die wir übersehen haben könnten?«

Richard war wie betäubt. »Nein …«

»Es kann sein, dass Ihr Sohn gekommen und wieder gegangen ist«, fuhr die Polizistin fort. »Rufen Sie noch einmal in der Schule an und fragen Sie, ob er wieder dort ist.«

»Aber vielleicht hat der Verrückte ihn gekidnappt und …«

»Bitte fragen Sie in der Schule nach«, unterbrach sie ihn entschieden.

Richard nickte, und die Arme um ihn lockerten unverzüglich ihren harten Griff. Mit zwei Schritten war er am Telefon, das auf einem kleinen Tisch neben dem Eingang stand. Er war entschlossen, sich an jede noch so kleine Hoffnung zu klammern und nicht an das Schlimmste zu denken.

O Gott, mach, dass er in Sicherheit ist, betete er, während er die Nummer wählte. Doch während er dem Freizeichen lauschte, stieg der Verdacht in ihm auf, dass es nur ein weiterer Polizeitrick war, um ihn ruhig zu halten, während die Cops weiter suchten, obwohl sie schon wussten, dass Chet tot war. Beim Klang eines sich nähernden Rettungswagens lief Richard ein eisiger Schauer über den Rücken.

»Ja, bitte?«, fragte eine Stimme im Hörer, die Richard als die des Schulrektors erkannte.

»Richard Steele hier. Ich rufe von zu Hause an. Mein

Sohn scheint nicht hier zu sein.« Er zwang sich, ruhig zu klingen, als ob die Wirklichkeit sich ändern und der Albtraum enden würde, wenn er Chets Abwesenheit wie eine Sache behandelte, für die es eine harmlose Erklärung gab. »Ist er wieder in der Schule aufgetaucht? Ich…« Seine Stimme versagte, und er konnte nur mit Mühe verhindern, dass er zu schluchzen begann.

»Nein, Dr. Steele, Chet ist nicht hier«, antwortete der Rektor.

Richard erinnerte sich nicht an den Namen des Mannes, nur dass er eine Glatze hatte, eine Brille mit Drahtgestell trug und dazu neigte, bei Elternabenden überlange Reden zu halten.

»Aber sobald er hier erscheint, Dr. Steele, rufen wir Sie an.«

»Ja, vielen Dank…«

Richard verstummte.

Plötzlich hatte er das Gefühl, sein Blut würde sich in Eiswasser verwandeln.

Auf einer Garderobe vor ihm hing ein abgetragener Rucksack, in dem Chet seine Bücher mit zur Schule nahm. »O Gott, nein!« Richard ließ den Hörer fallen.

»Dr. Steele? Dr. Steele!«, rief die Stimme des Rektors aus dem Hörer.

»Chet war hier«, sagte Richard. Er nahm den Sack vom Haken und öffnete ihn. »Das ist seiner. Das sind seine Schulsachen. Er wäre auf keinen Fall wieder zur Schule gegangen, ohne diesen Sack mitzunehmen.«

Das Funkgerät der Polizistin meldete sich mit einem Knacken.

»Ja?«

»Captain, kommen Sie schnell runter in den Keller!«

»Habt ihr ihn gefunden?«

»Ja! Wir brauchen Hilfe. Er steckt in einer Kohlenrutsche.«

Richard schrie auf und stürmte zur Treppe. Aufgeregte Stimmen erklangen hinter ihm.

»Warten Sie!«

»Stopp!«

»Bleiben Sie hier!«

Doch Richard war schneller an der Kellertreppe als die Polizisten und stürmte hinunter. In der gewohnten Kühle lag Feuchtigkeit, und der vertraute muffige Geruch schien noch intensiver zu sein als üblich. Richard lief zur Rückwand des Raumes, wo sich eine Gruppe von Polizisten im Halbkreis versammelt hatte und mit den Taschenlampen in eine sechzig Zentimeter breite Öffnung in der Mitte einer Ziegelmauer leuchteten – ein Überbleibsel aus der Zeit, bevor es hier eine elektrische Heizung gegeben hatte. Richard hatte lediglich die äußere Türklappe mit einem Vorhängeschloss verriegelt und eine dicke Packung Dämmwolle hineingeschoben; weiter hatte er sich nicht darum gekümmert. Nun lag die Öffnung wie ein aufgerissener Mund vor ihm, bedrohlich wie ein riesiges Einschussloch. Während er näher kam, füllte das schwarze Loch immer mehr sein Blickfeld. Richard sah, dass die Münder der Polizisten sich bewegten, hörte aber nicht, was sie sagten. Er spürte kaum ihre Hände, die sich nach ihm ausstreckten, und fühlte sich, als würde er unter Wasser laufen.

Mit ausgestreckten Armen, als käme er aus den Tiefen eines Schwimmbeckens an die Oberfläche, tauchte er in die dunkle Höhlung. Vom anderen Ende der Metallröhre dröhnte der Lärm von Hammerschlägen.

Seine Hände schlossen sich um ein Paar Füße, die in Socken streckten.

»Chet«, schluchzte er. »Chet!«

Plötzlich drückten die Füße gegen seine Handfläche; dann strampelte Chet panisch. Gedämpftes Stöhnen erfüllte den Hohlraum.

»Er lebt!«, rief Richard.

»Soweit wir es feststellen können, ist er okay«, sagte einer der Polizisten. »Aber wir wollen ihn erst vom anderen Ende der Rutsche aus untersuchen, bevor wir ihn herausziehen.«

Mit lautem Scheppern öffnete sich ein Stück weit die Metallklappe, und Licht flutete in den engen Raum.

»Er ist geknebelt«, rief einer der Männer, die die Klappe geöffnet hatten.

Ein deutliches Ratschen war zu hören, als das Klebeband von Chets Mund abgezogen wurde.

»Bewegt mich nicht!«, rief er mit angespannter, vor Angst schriller Stimme. »Er hat gesagt, dass er mich mit einer Bombe verbunden hat, die hochgeht, wenn ich mich bewege.«

Von überall ertönten Stimmen.

»Mein Gott …«

»Holt das Sprengkommando.«

»Könnt ihr irgendwas sehen?«

Richard, der von tiefster Verzweiflung in ungeheure Erleichterung geschleudert worden war, fühlte sich plötzlich wieder wie im freien Fall.

»Chet, wir holen dich da raus …«, sagte er, doch seine Worte klangen so leer wie seine Hoffnung.

»Dad, ihr dürft mich nicht bewegen!«

»Keine Angst, Chet. Erst wenn wir ganz genau wissen, dass dir nichts passieren kann.«

»Wir sehen hier nichts«, rief einer der Männer von oben. »Keine Drähte, keine Apparate, nichts. Nur einen kleinen Haufen Metallstifte.«

Kaltes Entsetzen erfasste Richard, bevor er von zwei starken Händen davongezogen wurde. »Sir, ich muss da einen Blick reinwerfen«, sagte der junge Polizist, der so höflich war wie immer, doch sein fester Griff duldete keinen Widerstand. »Chet, ich heiße Ted Mallory«, rief er laut. »Ich komme jetzt zu dir rein und taste dich ab, okay? Hat er dir irgendwas in die Kleidung gesteckt? Oder hast du gespürt, ob er etwas reingeschoben hat, nachdem er dich da reingezwängt hat?«

»Er hat meine Hände an ein Rohr gebunden, und dann hat er gesagt, wenn ich mich bewege, flieg ich in die Luft.«

»Sind deine Hände auf dem Rücken?«, fragte Mallory, während er bis unter Chet hochrutschte und dabei jeden Quadratzentimeter mit einer kleinen, aber hellen Taschenlampe ausleuchtete.

»Ja, und sie tun weh. Meine Füße auch.«

»Okay, ich fange jetzt an. Ich hoffe, du bist nicht kitzlig.«

»Nein«, sagte Chet ein bisschen leiser. Mallorys Worte hatten eine beruhigende Wirkung auf ihn.

»Gut, ich will nämlich keinen Tritt ins Gesicht kriegen.«

Richard merkte, wie jemand sich von hinten näherte und ihn am Ellbogen fasste. »Sie kommen besser nach draußen«, flüsterte die Polizistin.

Erst jetzt bemerkte er, dass die anderen Officers sich nicht mehr in dem engen Raum befanden. »Nein. Ich bleibe hier.«

Sie schluckte, nickte und lächelte ihn matt an. »Ich verstehe.« Dann verließ sie rasch den Keller.

Als Richard sich wieder umdrehte, um Mallory zuzuschauen, konnte er nicht umhin, den Mut des jungen Polizisten zu bewundern. Der Mann hätte warten können, bis das Sprengkommando kam. Stattdessen war seine obere Körperhälfte nun in eine Öffnung eingeschlossen, die der Röhre eines Torpedos glich, das jede Sekunde abgefeuert werden konnte, und tröstete einen verängstigten Jungen.

»Okay, Chet, an deinen Beinen scheint nichts zu sein«, sagte er mit einer Stimme, die aus einer Konservenbüchse zu kommen schien. »Ich schneide jetzt das Klebeband um deine Knöchel auf, aber beweg dich nicht.«

Richard sah, wie Mallory ein kleines Klappmesser aus seinem Gürtel zog. »Fühlt sich das besser an?«, hörte er Mallory nach ein paar Sekunden fragen.

»Und ob.«

»Jetzt lass mich versuchen, an deine Handgelenke zu kommen. Dr. Steele, könnten Sie mir eine Kiste oder irgendwas holen, wo ich mich draufstellen kann? Ungefähr einen Fuß hoch, das müsste genügen.« Mallorys Stimme klang so normal, als würde er den Schornstein fegen.

Richard besorgte ihm, was er brauchte.

Nach ein paar weiteren Sekunden sagte Mallory: »Jetzt bin ich an deinen Händen ... o Scheiße!«

Richard hielt den Atem an.

»Was ist los?«, fragte Chet schrill.

»Nichts«, sagte Mallory mit derselben vorgetäuschten Sanftheit, die auch Richard benutzte, wenn ein Fall sich rasend schnell vom Schlechten zum Schlimmsten wendete. »Es ist nur, dass der Typ ein Rohr an deine Handgelenke geklebt hat, wahrscheinlich, um sie noch fester zusammenzubinden. Ich hab es in ein paar Sekunden abgemacht, aber ich brauche irgendein Werkzeug ...«

Er kroch aus dem Schacht heraus und führte Richard ein paar Meter weit weg. »Wenn es das ist, was ich denke, müssen wir den Jungen sofort da rausholen.«

»Aber ...«

»Ich habe jetzt keine Zeit für Erklärungen – nur dass ich mir ziemlich sicher bin, dass ich weiß, wer das hier getan hat. Ich habe keine Ahnung, warum sie hinter Ihnen her sind, aber wenn ich recht habe, ist das eine Rohrbombe, an der ein automatisches Autotürschloss befestigt ist. Eine ganz normale Fernbedienung kann die verdammte Bombe zur Explosion bringen. Und jetzt gehen Sie so schnell wie möglich zu den Jungs am anderen Ende und erzählen ihnen, was ich Ihnen gesagt habe – aber leise, um Chet nicht zu beunruhigen. Ich werde das Ding von ihm losmachen. Wenn ich ›ziehen‹ sage, dann ziehen Sie ihn raus und rennen so schnell Sie können.«

»Nein, ich gehe hier nicht weg ...«

»Sie gehen, verdammt nochmal. Dieser Bastard sitzt in

diesem Augenblick vielleicht irgendwo im Umkreis von fünfzig Metern und wartet darauf, den Knopf zu drücken und das Ding in die Luft zu jagen!«

»Aber ...«

»Diese Bombe ist für *Sie* gedacht. Der Kerl hat hier auf *Sie* gelauert, und er wird Sie in die Luft jagen, und wenn er selbst dabei draufgeht. Diesen Irren ist es egal, wen sie sonst noch mitnehmen.« Sein gespanntes Flüstern klang, als würde Stoff zerreißen.

»Wer ...«

»Nun gehen Sie schon!« Mallory zwängte sich wieder in den Schacht. »Okay, Chet, dein Dad ist nach oben gegangen, um dabei zu helfen, dich hier rauszuziehen, sobald ich deine Arme befreit habe.«

»Nein! Er hat gesagt, wenn ich mich bewege, wird die Bombe ...«

»Er hat gelogen, Chet, um dir so viel Angst zu machen, dass du dich nicht rührst. Okay, und jetzt schneide ich das Klebeband an deinen Armen ab ...«

Während Richard die Treppe hinaufeilte, wurde Mallorys ruhige Stimme immer leiser. Richard rannte durch die Küche und aus der Hintertür, wo er die beiden Officers überraschte, die in die Dunkelheit im Mundloch der Kohlenrutsche spähten. Beide trugen kugelsichere Westen aus Kevlar, doch Robert wusste, dass sie die Cops kaum schützen würden, wenn die Bombe explodierte.

Er kniete sich neben die beiden Männer und blickte in den Schacht. Chet war etwa einen Meter unter ihnen und versuchte tapfer, seinen Vater anzulächeln.

»Hi, Dad.«

Richard zwang sich, das Lächeln zu erwidern. »Wenn ich daran denke, wie oft ich dir gesagt habe, dass du nicht da drin spielen sollst.«

»Was ist los?«, flüsterte einer der Polizisten.

Richard hatte keine Möglichkeit, vollständig zu antworten, ohne dass Chet es hörte. »Sobald Mallory ›ziehen‹ sagt, ziehen wir ihn raus.« Leise fügte er hinzu: »Und rennen Sie um Ihr Leben, wenn Sie verstehen, was ich meine …«

Der Polizist sah ihn von der Seite an. Seine Lippen wurden ein wenig schmaler, aber er sagte nichts. Stattdessen nickte er, um zu zeigen, dass er verstanden hatte. Der erschrockene Gesichtsausdruck seines Partners verriet, dass die Botschaft auch bei ihm angekommen war.

»Bist du sicher, dass das in Ordnung ist, Dad?«

Chets Stimme klang dünn. Er war mitten im Stimmbruch und besaß fast schon die Stimme eines Mannes, doch jetzt verriet sie, dass Chet fast noch ein Junge war. Er klang so verängstigt, dass Richard zusammenzuckte.

»Alles wird gut, Chet. Mach dich bereit, da rauszukommen.« Er griff nach unten und zerzauste den dunklen Haarschopf seines Sohnes. Dann bekam er Chets Schultern zu fassen.

»Wie läuft es, Mallory?«, rief der Polizist neben ihm.

»Noch ein paar Schnitte sollten genügen«, kam die Stimme von unten.

»Ihr beiden haltet Chet fest, und ich ziehe euch raus«, sagte der Officer hinter ihm.

»Jetzt!«, rief Mallory.

Richard und der Mann neben ihm zogen so fest sie konnten, aber der Junge bewegte sich kaum.

»Es tut weh!«, schrie Chet.

»Stoß dich mit deinen Füßen an meinen Schultern ab, Chet«, hörte Richard Mallory von unten rufen.

Plötzlich kam Chet frei und rutschte ins Freie.

»Los, weg hier«, sagte der Polizist, der an Richards Rücken gezogen hatte.

Sie stützten Chet gemeinsam und liefen zum Grundstückszaun. »Hier können wir rüberklettern«, rief Richard, »und dann …«

Durch die Öffnung der Kohlenrutsche donnerte eine ohrenbetäubende Explosion.

Richard wirbelte herum und sah gerade noch, wie ein Schwarm winziger, silberfarbener Geschosse durch die Luft flog und die Blätter der Bäume über seinem Kopf zerfetzte. Mit einem einzigen lauten Schlag durchsiebten sie die Wände des Hauses hinter dem seinen. Das Bersten zersplitternden Glases wich bald dem Prasseln kleiner Bruchstücke, die zu Boden regneten.

Aber das Schlimmste kam erst in der nachfolgenden Stille.

Das Schreien begann leise, beinahe schwächlich, als wären die höllischen Schmerzen noch nicht voll zu spüren. Dann aber wurde es lauter und ließ Richard keinen Zweifel daran, dass Mallorys Schmerzen nun voll einsetzten und der kurzzeitige Schock – die wenigen Sekunden, in denen er noch nicht begriffen hatte, was geschehen war – vorbei war. Das Schreien wurde lauter, so wie das Entsetzen größer wurde, als Mallory erkannt haben musste, was an seinem Körper fehlte und was noch vorhanden war, wie zerfetzt es auch sein mochte. Seine Schreie, die aus dem Schacht der Kohlenrutsche drangen, schienen aus der Hölle selbst zu kommen.

14

Richard betrat den Raum als Erster.

Staub und Gase erfüllten die Luft, doch überraschend wenig Rauch, und es gab kaum Bauschäden, wenn auch überall Stücke von Putz und Mörtel herumlagen. Der Betonboden war pockennarbig von den Einschlägen der Nägel, die als Querschläger umhergeflogen waren, um ihren eigentlichen Zweck zu erfüllen: einen Körper zu zerfetzen.

Von der Hüfte abwärts war Mallory schrecklich verstümmelt. Zerfetzter Stoff und Haut hingen an ihm herab und endeten in zwei Blutspuren, die sich mehrere Meter über den Boden hinzogen, wo er versucht hatte, sich davonzuschleppen. Vom Schock wie erstarrt, aber noch bei Bewusstsein, saß er an die Wand gelehnt, die Augen von Schmerz und Fassungslosigkeit weit aufgerissen.

»Nein … nicht meine Beine!«, schluchzte er zwischen Stammeln, Schluchzen und Schmerzensschreien, bei denen jeder Cop, der den Raum betrat, erschauerte oder entsetzt zurückwich.

»Ted, können Sie mich hören?«, fragte Richard, der sich neben ihn kniete. Der widerwärtig süßliche Gestank verbrannten Gewebes stieg ihm in die Nase.

»O Gott! Helfen Sie mir! Helfen Sie mir …«

Das Schreien ging Richard durch Mark und Bein. »Holt die Sanitäter her«, brüllte er über die Schulter und überlegte bereits, wie sie Mallorys zerschmetterte Glieder anheben konnten. »Sie sollen sterile Tücher mitbringen. Und macht den Weg zum Krankenhaus frei!«

Infusionen, Intubierung, Sauerstoff, Schmerzmittel – alles, was sie Mallory hier geben konnten, war längst nicht genug.

»Gebt mir was... gegen die Schmerzen...«

Sanft legte Richard die Hände auf Mallorys Wangen.

»Nur noch ein paar Sekunden, Ted, und ich lasse die Schmerzen verschwinden und bringe Sie in die Notaufnahme. Nur wenige Minuten, und alles kommt wieder in Ordnung.«

Mallory schien ihn gar nicht zu verstehen und versuchte panisch, um Richard herumzusehen, als ob er es nicht wagte, seinen Unterkörper aus den Augen zu lassen.

»Wo sind meine Beine? Lassen Sie mich sehen...«

»Sie sind da, Ted. Ihre Beine sind da.«

»Lassen Sie nicht zu, dass die Ärzte sie amputieren. Geben Sie mir was, o Gott, tun Sie doch was, meine Beine...«

»Ted, halten Sie durch. Wir bringen das schon in Ordnung«, sagte Richard und versuchte, den jungen Mann dazu zu bringen, ihn anzusehen, obwohl er nur zu gut wusste, dass niemand eine solch schwere Verletzung je wieder »in Ordnung bringen« konnte. Doch die Jahre in der Notaufnahme hatten ihn das Lügen gelehrt. Es ging nicht um Teds Beine. Es ging um sein Leben. Und Ted konnte sich an eine Hoffnung klammern, selbst wenn sie eine Lüge war. Der Tod kam schnell. Selbst wenn er es Ted sagte, wäre der junge Mann nicht in der Verfassung, sich darauf vorzubereiten. Das Versprechen jedoch, dass man ihm die Schmerzen nehmen, die Blutungen stoppen und die zerschmetterten Glieder zusammenflicken konnte, verschaffte ihm Linderung. Scheiß darauf, dass die Lehrbücher schrieben, dass Ärzte immer die Wahrheit sagen sollten.

»Sehen Sie mich an, Ted«, fuhr Richard fort. »Hören Sie mir zu. Halten Sie durch, und Sie kommen wieder in Ordnung.«

Mallory begann wieder zu schluchzen. Für einen Augenblick heftete sein Blick sich auf Richard. »Halten Sie meine

Hand«, sagte er, und seine Zähne klapperten. »Lassen Sie nicht los.«

Richard nahm die ausgestreckten Finger fest in seine. Sie zitterten und fühlten sich so klamm an, als wäre Mallory schon tot.

Zwei Sanitäter kamen die Stufen herunter gestürmt. Sie brachten eine Trage mit, auf der eine Kiste mit medizinischer Ausrüstung lag.

Endlich!

Richard klappte die Kiste auf, fand eine 10-Milliliter-Ampulle Morphin und zog eine Spritze auf. »Da ist es, Ted. Gleich geht es Ihnen besser.«

»Ja …«

Richard schob einen Ärmel hoch, suchte eine Vene und injizierte langsam die Hälfte der Spritzenfüllung, wobei er auf den Atem des Mannes achtete. Nach wenigen Sekunden flüsterte Mallory: »Ja, danke … danke …« Ein paar Sekunden später murmelte er: »Geben Sie mir alles, die ganze Spritze, den Goldenen Schuss. So will ich nicht leben.«

Richard ignorierte sein Flehen. »Wir werden ein Tuch unter ihn schieben und ihn dann anheben«, sagte er zu den Sanitätern, während er die Nadel herauszog.

»Nein, bitte …«

»Hören Sie auf, Ted. Sie werden es schaffen. Sind Sie verheiratet?«

»Verlobt …«

»Wie heißt sie?«

»Cathy.«

»Also, dann denken Sie einfach an Cathy, und wie stolz sie auf Sie sein wird, wenn ich ihr erzähle, wie Sie meinen Sohn gerettet haben.« Als Richard die Haltung veränderte, um Mallory besser bewegen zu können, spürte er, dass seine Füße am Boden klebten. Er blickte nach unten und sah eine sich rasch vergrößernde Pfütze aus Blut, das unter Mallorys Gesäß hervorströmte. »Verdammt«, murmelte er, streckte den Arm aus, griff sich ein Paar Gummihandschuhe aus der Kiste und streifte sie über.

»Halten Sie... meine Hand«, sagte Mallory nuschelig und mit viel schwächerer Stimme als zuvor.

»Ich muss nachsehen, wo Sie bluten, Ted«, erklärte Richard und tastete sich vorsichtig mit den Fingern zu der Leistengegend des Mannes.

»Neiiin! Nicht anfassen...« Der junge Mann wand sich, als hätte er überhaupt kein Morphin bekommen.

Richard spürte die Spitze eines Nagels, der die Oberschenkelarterie aufgespießt hatte. Wahrscheinlich hatte er sie durchbohrt, und das Blut kam auch aus der rückwärtigen Verletzung.

Er griff wieder in die Kiste, holte ein Päckchen Gazetupfer heraus und stopfte sie vollständig in die Stelle.

»Sie Bastard...«, brüllte Mallory und versuchte, von ihm wegzurutschen.

Richard gab ihm noch mehr Morphin. Dann schoben die Sanitäter ein Tuch unter Mallory und hoben ihn auf die Trage.

Mallorys Schreie wurden noch lauter. In hohem Bogen pulsierte hellrotes Blut aus der Wunde. Richard drückte noch mehr Gazetupfer hinein, doch der herausragende Nagel hinderte ihn daran, das Gefäß richtig abzudrücken. Als er es versuchte, bewegte er weitere Nägel, sodass noch mehr Blut strömte. Er musste unbedingt den Blutfluss in der Oberschenkelarterie unterbrechen, aber dafür brauchte er ein Skalpell und eine Kelly-Klemme, Standardausrüstung in der Notaufnahme. Doch der Junge würde verbluten, bevor sie dort ankamen.

Während sie sich zur Treppe bewegten, die hinauf ins Erdgeschoss führte, griff Richard den ersten Nagel mit den Fingern und zog.

Mallorys Schreie waren fast nicht zu ertragen.

Der Nagel steckte so fest im Oberschenkelknochen, dass

Richard ihn nicht bewegen konnte. Um seine Finger herum sprudelte weiter das Blut.

»Warten Sie«, bat er die Sanitäter, bevor sie sich auf den Weg hinauf machten. Er lief zur zertrümmerten Werkbank, durchwühlte eine Werkzeugschublade, holte eine Zange heraus und kehrte zur Tragbahre zurück. Er hatte Mallory schon so viel Morphin gegeben, wie er verantworten konnte, ohne einen Atemstillstand zu riskieren. Es würde wehtun. »Halten Sie ihn fest«, ordnete er an.

Einer der Sanitäter umklammerte Mallorys Arme und Oberkörper; der andere benutzte die sterilen Tücher, um den geschundenen Körper zu schützen, und hielt ihn oberhalb der Knie fest.

Es war so schwierig, den Nagel herauszuziehen. Überall floss Blut; es bedeckte Richards Gummihandschuhe und machte es fast unmöglich, die Zange sicher zu halten. Mallorys Kreischen war so schrecklich, dass Richard vor Entsetzen beinahe aufgehört hätte. Eine wohl vertraute Kälte hatte sich in seiner Magengrube ausgebreitet, und er fühlte sich leer wie ein offenes Grab. Beim dritten Versuch gab der Nagel endlich nach.

Richard entfernte noch einige weitere Nägel und presste dann einen weiteren Gazetupfer fest auf die Arterie. Da ihn nun nichts mehr behinderte, konnte er den Blutfluss weitgehend stillen.

»Los!«, wies er die Rettungssanitäter an.

Als sie die Straße erreichten, sah Richard, wie Chet blass wurde und von der blutigen Prozession zurückwich, die an ihm vorbei zum Rettungswagen eilte. Die Polizistin an seiner Seite legte schützend den Arm um ihn.

»Chet, du fährst mit einem der Officer zum Krankenhaus«, rief Richard ihm zu. »Geh zu Kathleen. Da bist du in Sicherheit.«

Die Polizistin, die den Jungen unter ihre Fittiche genommen hatte, zog ihn zu sich heran. »Ich fahre ihn.«

Chets jugendliche Augen wurden dunkler. »Was ist mit Ted?«

»Ich hab ihn. Er kommt wieder in Ordnung«, sagte Richard. Er half, die Tragbahre ins Heck des Rettungswagens zu schieben, und stieg mit einem der Sanitäter ein. Als die Türen sich hinter ihm schlossen, erhaschte er einen letzten Blick auf Chets ängstliches Gesicht; dann jagte das Fahrzeug mit heulenden Sirenen davon.

Als sie über die Sechsunddreißigste Straße rasten und mit kreischenden Reifen um die Straßenecke in die Second Avenue bogen, sagte Mallory plötzlich mit schwacher Stimme:

»Sagen Sie McKnight, es ist die Legion Gottes…«

»Sind Sie katholisch?«, fragte Richard, der den Sinn seiner Worte völlig falsch verstanden hatte. »Im Krankenhaus ist ein Priester. Wenn Sie wollen…«

»Nein! Sagen Sie McKnight, es ist die Legion Gottes!«

Er wird gleich ins Delirium fallen, dachte Richard. »Keine Sorge, Ted, bald können Sie es McKnight selbst sagen.«

Mallory ergriff seinen Arm und drückte erstaunlich kräftig zu. »Sagen Sie es ihm!«, rief er mit plötzlich wieder lauter Stimme und richtete sich halb auf. »Und hören Sie auf, mich anzulügen…« Ein paar Sekunden lang fixierten seine schwarzen Augen Richard; dann wurde sein Blick zittrig, und er fiel auf die Trage zurück und murmelte zusammenhanglose Worte.

Kaum hatten sie Mallory in die Notaufnahme gebracht, als Richards Team ihm schon zwei zentrale Zugänge gelegt und großkalibrige Infusionen angehängt hatte. Eine Minute später lief die Bluttransfusion und Katheter sowie Monitore waren an ihrem Platz.

Aber nichts brachte Mallorys Blutdruck wieder in die Höhe.

Während Richards Team alles tat, um Mallory am Leben zu halten, und die Gefäßchirurgen die durchlöcherten Arterien abklemmten, blieb Richard nichts weiter zu tun, als dem Mann die Hand zu halten. Er beugte sich über seinen Kopf und redete ununterbrochen auf ihn ein. Von all den Fällen, bei denen er hilflos zusehen musste, wie die Patienten ihm entglitten, wusste er, dass das Gehör als Letztes aussetzen würde. »Okay, Ted, kein dummes Geschwätz mehr. Wer immer Ihnen lieb und teuer ist, ich werde ihm persönlich beistehen, weil Sie mir meinen Sohn zurückgegeben haben. Und ich werde Cathy sagen, wie mutig Sie waren, und wie stolz, als Sie ihren Namen nannten.«

Mallorys Blutdruck fiel, bis er nicht mehr messbar war. Sein Puls verschwand, und sein Murmeln wurde immer leiser.

»Legion Gottes… Legion Gottes…«, flüsterte er, bis er starb.

Eine Ärztin machte einen allerletzten Versuch, indem sie seinen Brustkorb aufschnitt und das Herz mit der bloßen Hand massierte.

Richard wusste, dass es vorbei war.

»Was ist mit seiner Verlobten?«

»Die ist in L. A., auf Geschäftsreise«, antwortete McKnight.

»Hatte er sonst noch jemanden?«

»Seinen Vater. Der ist schon auf dem Weg hierher.«

»Hat es ihm schon jemand gesagt?«

»Nein. Als wir ihn erreicht haben, hat Mallory noch gelebt.«

Richard saß in seinem Büro und starrte auf eine Tasse Kaffee, die er nicht angerührt hatte. Vor einer halben Stunde war er selbst es gewesen, der herbeigeeilt war, voller Furcht, die schlimmste aller möglichen Nachrichten zu bekommen. Nun war es ein anderer Vater, der sich diesem Schicksal stellen musste. Richard schauderte, und eine Mischung aus Erleichterung, Schuldgefühlen und Trauer durchflutete ihn. »Ich werde es ihm sagen.«

McKnight, der ihm mit bleichem Gesicht gegenübersaß, sagte kein Wort.

»Vor der Explosion hat Ted mir noch gesagt, dass er zu wissen glaubte, wer die Bombe gelegt hat«, murmelte Richard, »aber er hatte keine Zeit mehr, es mir zu sagen. Er schien auch von Anfang an erkannt zu haben, dass es eine Rohrbombe war und dass sie durch eine Fernbedienung ausgelöst werden konnte, nicht durch Chets Bewegungen.«

»Durch eine Fernbedienung?«

»Ja. So eine, mit der man ein automatisches Türschloss an einem Auto bedient.«

Der Detective beugte sich abrupt vor. »Hat er sonst noch was gesagt?«

»Nach der Explosion hat er nur noch wirr geredet. Aber warten Sie mal … er hat etwas von der ›Legion Gottes‹ gemurmelt.«

»Was?«

»Das waren auch seine letzten Worte an Sie. ›Sagen Sie McKnight, es war die Legion Gottes‹, hat er mir aufgetragen. Ein paar Stunden vorher, als er meine Aussage aufnahm, hat er sich auch damit aufgehalten.«

»Was meinen Sie damit?«

»Als Ted meine Aussage aufgenommen hat, wie der Angreifer mich letzte Nacht beschimpfte. Ich habe ihm erzählt, dass der Irre ›Ich bin ein Soldat der Legion Gottes‹ gebrüllt hat. Das hat Teds Aufmerksamkeit erregt. Er hat mich mehrere Male gefragt, ob ich mir sicher sei, dass der Mann genau diese Worte gebraucht hat.«

»Heiliger Strohsack!«, murmelte McKnight, und in seinen Augen flackerte ein Feuer und brannte die Müdigkeit weg, die noch Sekunden zuvor dort gewesen war.

»Was ist? Sagt Ihnen das etwas? Für mich hatte es keine Bedeutung … bei all dem Unsinn und den Flüchen, die der Psychopath von sich gegeben hat.«

»Aber mir sagt es etwas. Doch es ergibt keinen Sinn«, erwiderte McKnight, der vor sich hin starrte wie jemand, der mit tausend Stundenkilometern durch die eigenen Gedanken reiste.

Bevor er noch mehr sagen konnte, klopfte Jo O'Brien und öffnete die Tür. »Mr Mallory ist da«, sagte sie und ließ einen schlanken, drahtigen Mann mit weißem Haarkranz herein.

»Ist mit Ted alles in Ordnung?«, fragte er, und sein Blick huschte verzweifelt von Richard zu McKnight und wieder zurück. Der Augenblick, den Richard als Arzt mehr als alles andere fürchtete, war gekommen.

»Mr Mallory … bitte, nehmen Sie Platz. Ich fürchte, ich habe sehr schlechte Neuigkeiten.«

Es war zwei Uhr an diesem Nachmittag, als Richard, nachdem er sich vergewissert hatte, dass die Krankenschwestern die Leiche gesäubert und die zerfetzten Beine mit einem Tuch abgedeckt hatten, den Vater zu seinem Sohn führte, damit er ihn noch einmal sehen konnte. Der alte Mann ging zitternd und zögerlich zwischen ihm und Jo O'Brien. Sie stützten ihn beide an den Ellbogen. McKnight folgte ihnen. Als der alte Mann auf die jugendlichen Gesichtszüge seines Sohnes schaute, die vom Blutverlust weiß waren, legte sich ein Ausdruck unendlicher Trauer auf sein Gesicht, und er stieß einen solch grellen Schmerzensschrei aus, dass er bis in den letzten Winkel der Notaufnahme hallte und alles und jeden verstummen ließ.

Nach einiger Zeit führte McKnight den gebrochenen Mann in das Wartezimmer, wo ihn eine Versammlung von Frauen und Männern in dunkelblauen Uniformen sanft in sich aufnahm. Leise, tröstende Worte erfüllten die Luft, so ernst und getragen wie in einer Kirche.

Richard sah zu und überlegte, ob er Mallory senior jetzt etwas sagen sollte. Sollte er ihm sagen, wen Ted gerettet hatte? Doch er hielt sich zurück und stellte sich vor, wie es wäre, wäre die Situation umgekehrt. Wie würde er sich fühlen, wenn er die Beileidsbekundungen des Vaters ertragen müsste, dessen Sohn verschont worden war – um den Preis des Lebens seines eigenen Sohnes? Verstandesmäßig wusste er, dass es kein Entweder-oder gegeben hatte, doch aus dem Bauch heraus hatte er gegen die Ungerechtigkeit dieser Wahl gewütet und hasste sich dafür. Nein, er sagte jetzt besser nichts und ersparte dem alten Mann weiteren Schmerz. Dafür würde sich später der richtige Augenblick finden, wenn seine Trauer nicht mehr ganz so frisch war. Dann konnte ihm vielleicht sogar Chet Trost bieten, sofern es beim Verlust eines Kindes überhaupt einen Trost gab.

Er verdrängte diese Gedanken. Himmel, wenn Ted Mallorys Tod ihm schon so zusetzte, wie würde dann Chet es verkraften? Der Junge wusste es noch nicht. Es war besser, die Neuigkeit von seinem eigenen Dad zu erfahren, als wenn er mitbekam, wie die Schwestern darüber redeten. Er, Richard, wollte verdammt sein, wenn er Chet Schuldgefühle auflastete, weil der Junge überlebt hatte.

McKnight machte nicht den Eindruck, als wollte er in absehbarer Zeit von Mallorys Seite weichen. Herauszufinden, was es mit der Legion Gottes auf sich hatte, würde warten müssen. Richard gab dem Detective zu verstehen, dass er ihn später anrufen würde. Anstatt auf den Fahrstuhl zu warten, zog er es vor, die Treppe zu nehmen, und erreichte in wenigen Minuten die Etage der Intensivstation, die er durch die Schiebetür betrat.

Chet, der neben Kathleens Bett saß und ihre Hand hielt, blickte hoch. Ein wenig Farbe war in sein Gesicht zurückgekehrt, doch seine Augen waren rot vom Weinen. Hinter ihm stand Lisa, die ihre schlanken Arme um die Schultern des Jungen gelegt hatte. Auch ihre grünen Augen waren rot vom Weinen. Am Eingang zum Krankenabteil drückte sich ein Polizist herum.

»Du hast mir gesagt, dass er wieder gesund wird, dass du

ihn rettest«, sagte Chet, als Richard näher kam. In seiner Stimme lag kein Vorwurf, nur Ungläubigkeit, als glaubte er immer noch, dass sein Vater unfehlbar sei, wenigstens in der Notaufnahme.

Kathleen, deren unmerkliche Bewegungen ihrem weißen, maskenhaften Gesicht leichte Traurigkeit verliehen, streckte Richard ihre freie Hand entgegen, während sie mit der anderen Chets Finger hielt. Richard ging hinüber, legte seine Hand auf ihre beiden und seinen Arm weit genug um Chets schmale Schultern, dass er Lisa erreichte. Erfüllt von Trauer um Ted Mallory und umgeben von allen, die ihm lieb und teuer waren, fürchtete er um die drei Leben, die er umarmte. Würde die Polizei in der Lage sein, sie zu schützen? Offensichtlich war es diesem Ungeheuer egal, wen er umbrachte, und was immer seine Absicht war – es war gut möglich, dass er Chet und Lisa erneut als Köder benutzte.

»Wer hat das getan, Dad? Und warum?«, fragte Chet mit bebender Stimme.

Seit Luanas Tod hatte Richard nicht mehr solche Qual im Gesicht seines Sohnes gesehen. Lisa, deren Haut leichenblass war, schien nicht minder fassungslos zu sein.

»Ich weiß es nicht«, sagte er, und ihm wurde klar, dass keiner von ihnen wusste, was in den vergangenen vierundzwanzig Stunden alles passiert war. Rasch fügte er hinzu: »Aber bis wir Antworten finden und diesen Kerl fassen, wird die Polizei uns besser bewachen als Fort Knox.« Als er von Polizeischutz sprach, sah er, wie ein Anflug von Erleichterung auf Chets und Lisas Gesichtern erschien. Die anderen Anschläge, und wie sie mit den Morden zusammenhingen, konnte er später erklären. Das würde nur mehr beunruhigende Fragen aufwerfen, als befriedigende Antworten liefern – zum Beispiel, warum dieser Scheißkerl es immer noch auf ihn abgesehen hatte, jetzt, wo die Katze aus dem Sack war. Es war ja nicht so, dass der Killer, wenn er sich seiner zu diesem Zeitpunkt entledigte, jemand anderen davon abhalten konnte, bei Hamlins früheren Patienten nachzuforschen und herauszufinden, was ihnen angetan worden war.

Er schauderte. Dieser letzte Angriff erschien umso bösartiger, als er keinen Sinn ergab. Was, wenn das Ziel sich geändert hatte? Wenn der Killer beispielsweise den Versuch unternahm, ihn, Richard, zu töten, um sicherzugehen, dass er ihn nicht verfolgen konnte? Weil Richard vielleicht etwas entdecken könnte, das die Cops nicht erkannten? Aber was? Richard konnte es nicht einmal erraten.

Es sei denn, es hatte etwas mit Medizin zu tun.

Was immer es sein mochte, und was immer dieser Bastard noch vorhatte – er hatte den Menschen, die Richard liebte, übel mitgespielt. Auf die eine oder andere Weise würde Richard diesen Dreckskerl aufspüren und unschädlich machen, wenn das Gesetz es nicht tat.

Am liebsten hätte er McKnight angerufen, um mehr über die Legion Gottes zu erfahren. Doch Richard widerstand dem Verlangen, zu gehen und sich ans Telefon zu hängen, weil in Chets Blick ein einziges Flehen lag: *Geh nicht weg.*

»Wo werden wir wohnen, Dad?«, fragte Chet nach einer Weile. Seine Stimme bebte noch leicht, war aber nicht mehr so zittrig wie zuvor. »Ich will nicht wieder nach Hause.«

»Mach dir keine Sorgen. So bald gehen wir da nicht wieder hin.«

»Aber ich muss immer zu an Ted denken, und was ihm passiert ist. Das viele Blut … und ich höre immer noch seine Schreie …« Seine Stimme wurde leise, und Tränen liefen ihm über die sommersprossigen Wangen.

Richard drückte ihn noch fester an sich. »Psst. Ich weiß, dass es dir unmöglich vorkommt, aber irgendwann wird es aufhören …«

»Und wenn nicht?« Der Junge starrte ihn voller Furcht an, als würde alles, was er an Schrecklichem gesehen hatte, wieder vor ihm erscheinen – ein Gespenst, das die anderen nicht sehen konnten.

»Ist schon okay, Chet«, sagte Lisa und fuhr ihm mit den Fingern durch seine schwarzen Locken. Kathleen hob den Arm, um das Gesicht des Jungen zu berühren, konnte ihn aber nicht weit genug ausstrecken. Richard sah hilflos zu und sagte schließlich: »Chet, vielleicht ist es an der Zeit, dass wir alle – du, Lisa, Kathleen und ich – unsere kleine Bande unter einem Dach vereinen.«

Die beiden Teenager starrten ihn offenen Mundes an, und Kathleens Pupillen wurden klein wie Stecknadelköpfe.

»Du meinst, wir ziehen in ihre Wohnung?«, fragte Chet. Für den Augenblick wischte ein Ausdruck der Verwunderung den Schmerz und die Furcht aus seinem Gesicht.

»Gute Idee«, sagte Lisa. »Aber es würde verdammt eng.«

Kathleen sagte nichts. Ihr Blick war plötzlich ausdrucksloser als ihre Miene.

»Ich wollte sagen, wir suchen ein neues Haus für uns alle«, erklärte Richard. »Ihr drei seid mir so lieb wie mein Leben. Ich will euch für immer um mich haben.«

Lisa grinste. »He, Chet. Meine Mutter und dein Dad in wilder Ehe. Das würde uns zu unehelichen Geschwistern machen. Skandalös!«

Chet lächelte sie matt an; dann blickte er Richard ins Gesicht. »Echt, Dad?«

»Wenn Kathleen uns haben will«, antwortete er und schaute sie an, suchte auf ihrem Gesicht nach einem Ausdruck freudiger Überraschung.

Stattdessen blickte sie zur Seite.

Er hatte nicht riskiert, so lange zu warten, bis er das Ergebnis der Explosion sehen konnte, sondern hatte sich unverzüglich in sein neues Versteck zurückgezogen – eine triste Unterkunft in der Wooster Street, die sich kaum von der unterschied, die er am Morgen verlassen hatte. Er verbrachte die nächsten Stunden damit, den Sitz eines kleinen Schnauzbarts zu perfektionieren, damit er zu der lockigen, schwarzen Perücke passte, die er bekommen hatte. Als er sich schließlich davon überzeugt hatte, dass er nicht mehr wiederzuerkennen war, ohne dabei ungewollte Aufmerksamkeit zu erregen, brachte das Radio die Meldung:

»... ein Toter, dessen Identität zurzeit noch nicht festgestellt werden konnte ...«

In ihm stieg die Furcht auf, es wieder vermasselt zu haben. »Beruhige dich«, wiederholte er immer wieder durch den Lärm der Presslufthämmer auf der Straße. Er würde früh genug erfahren, wie es gelaufen war. Jetzt konnte er sowieso nichts mehr daran ändern. Wenn er Steele erwischt hatte, waren nur noch drei Namen auf der Liste, und auf die würde er sich in aller Ruhe konzentrieren.

Er zog die grüne Kleidung eines OP-Krankenpflegers an, streifte seine Jacke darüber und machte sich auf den Weg.

Obwohl überall Polizisten standen, hatte er kaum Schwierigkeiten, wieder ins Krankenhaus zu kommen. Die Cops waren um die Haupteingänge herum konzentriert und überprüften die Papiere des Personals bei Schichtwechsel sowie die Ausweise sämtlicher Besucher. Doch er kannte andere Wege, zu kommen und zu gehen, und war mit den Abläufen vertraut, die er für sich nutzen konnte.

Die Wäscherei. Abholung um sieben, Lieferung um fünf. Der Laster würde zu einer Ladebucht im Untergeschoss fahren, die immer noch ein beliebter Platz für den harten Kern der Raucher war – diejenigen, die es nicht bis zur regulären Pause schafften, ohne sich zwischendurch für ein paar hastige Lungenzüge nach draußen zu schleichen. Sie würden eher nach ihren Vorgesetzten Ausschau halten, als auf ihn zu achten.

Wenige Minuten vor fünf stand er auf der Dreiunddreißigsten Straße, zündete sich eine Zigarette an und sah zu, wie der Wäschereiwagen rückwärts eine Rampe vor den großen Wellblechtoren hinunterrollte. Als der Fahrer hupte und die Tore sich ratternd öffneten, ging er einfach hindurch. Drinnen lief die Gruppe der Raucher mit ihren fahlen Gesichtern wie aufgescheuchte Mäuse hastig auseinander, um dem Laster, der langsam in die Ladebucht zurücksetzte, Platz zu machen.

Niemand würdigte den schnauzbärtigen Mann auch nur eines Blickes.

»He, Sie sitzen ja!« McKnight hatte das Krankenabteil betreten und sah Kathleen auf einem Stuhl.

Sie begrüßte ihn mit der Andeutung eines schwachen Lächelns. Ihre aufrechte Körperhaltung betonte ihren Gewichtsverlust, der durch die künstliche Ernährung entstand, und ließ sie noch magerer und hohlwangiger erscheinen.

Richard stand hinter ihr: Er wusste, dass Kathleen nicht wirklich saß, sondern eher festgeschnallt war, und dass es an diesem Tag bereits ihre dritte Zehn-Minuten-Sitzübung war. Er kannte den Preis – ihre Rückenmuskeln zogen sich in Krämpfen zusammen; schluchzende Laute drangen aus der Kanüle in ihrem Hals, und ihr Gesicht zuckte vor Schmerz.

Während der Tortur blickte sie ihn unablässig an, studierte seine Reaktion, wollte sehen, ob er es aushalten konnte, wartete darauf, dass seine alte Schwäche wieder Besitz von ihm ergriff und er davonlief. Der Herrgott wusste, dass sie bei seiner Vergangenheit allen Grund zu dieser Befürchtung hatte.

Obwohl sie erschöpft wirkte, hob sie die rechte Hand und schloss ohne Hilfe das Loch in ihrer Luftröhre – eine viel anspruchsvollere Übung als die, die sie im Bett vollführte. Als Richard ihr helfen wollte, erntete er ein energisches Kopfschütteln. »Ich muss meine Muskeln… benutzen«, erklärte sie und klang verärgert. »Falls ich… noch welche habe.«

McKnight stieß einen leisen, anerkennenden Pfiff aus.

»Sie sind wirklich zäh.« Er holte sich einen Stuhl ins Krankenabteil und zog die weißen Vorhänge zu, als könne er auf diese Weise die Privatsphäre ihres Gesprächs schützen. »Wo sind die Kinder? Und wo wir schon dabei sind«, fügte er hinzu und sah sich um, »wo ist mein Officer?«

»Sie ist mit Chet und Lisa zum Abendessen in die Cafeteria gegangen«, erklärte Richard.

»Aber ich hatte angeordnet, dass sie Dr. Sullivan nicht allein lassen soll...«

»Und ich habe sie überredet, mit den Kinder zu gehen, also machen Sie mir den Vorwurf. So, und was ist jetzt mit dieser Legion Gottes?« Er war nicht in der Stimmung für weitere Verzögerungen.

Diese Direktheit schien den Detective zu überraschen. Er neigte den Kopf und sah Richard an, als wollte er ihn fragen: Was glauben Sie eigentlich, mit wem Sie reden? Doch der Ausdruck verschwand sofort wieder, als er sich zu Kathleen und Richard vorbeugte. »Zuerst muss ich Ihnen beiden eine persönliche Frage stellen«, flüsterte er.

Richard konnte sich nicht erinnern, dass der große Mann jemals so ruhig gesprochen hatte. Normalerweise sprach er immer mit sehr lauter, fester Stimme, wo immer er sich befand. »Okay«, sagte Richard. »Fragen Sie mich zuerst.«

»Hatten Sie jemals mit Abtreibungen zu tun?«

»Was?«

»Seien Sie leise«, sagte McKnight und legte einen Finger auf die Lippen.

»Sie meinen, medizinisch begründete Abtreibungen? Schwangerschaftsabbrüche?«

McKnight nickte.

»Nein, jedenfalls nicht mehr, seit ich vor zwanzig Jahren als Arzt im Praktikum bei einigen solcher Eingriffe dabei war. Warum?«

»Haben Sie sich jemals öffentlich positiv über die Befürworter von Abtreibungen geäußert? Haben Sie darüber gesprochen? Haben Sie an Demonstrationen teilgenommen oder dergleichen?«

»Nein.«

»Würden Sie sagen, dass Sie bei dem Thema offener sind als andere Ärzte in der Notaufnahme?«

»Nein. Und ich habe meinen Studenten und Ärzten im Praktikum gesagt, wie meine Meinung dazu ist.«

»Und wie sieht diese Meinung aus?«

»Dass es eine Frage medizinischer Natur ist – eine Sache, die zwischen Frau und Arzt geklärt werden sollte. Was hat das alles mit dem zu tun, was passiert ist?«

»Lassen Sie mir einen Moment Zeit.« McKnight wandte sich an Kathleen. »Wie ist es mit Ihnen, Dr. Sullivan? Ist Ihr Name jemals mit Abtreibungskliniken oder Abtreibungsfällen in Verbindung gebracht worden?«

»Nicht als Sprecherin oder in irgendeiner offiziellen Funktion... Auf jeden Fall stimme ich Richard zu, dass eine Frau mit unerwünschter Schwangerschaft... ein Recht hat auf sichere Möglichkeiten... Aber ich lege es nicht darauf an, das zu predigen...«

McKnight lehnte sich zurück und rieb sich die Stirn. »Das ergibt keinen Sinn.« Er hatte die Worte gemurmelt, doch Richard konnte nicht sagen, ob zu sich selbst oder zu ihnen.

»Sagen Sie uns, was los ist, Detective.«

McKnight beugte sich wieder vor und rutschte nach vorn auf die Stuhlkante. »Erinnern Sie sich an die Abtreibungsklinik im East Village, die vor zwei Jahren in die Luft geflogen ist?«

»Mein Gott, ja«, antwortete Richard, den es kalt erwischte, dass McKnight aus heiterem Himmel solch ein schreckliches Ereignis zur Sprache brachte. Die Sprengladung war in der Nacht detoniert, und es hatte ein Opfer gegeben – eine Raumpflegerin, die in dem Gebäude Überstunden machte. Was von ihr übrig gewesen war, hatten sie in die Notaufnahme gebracht. Die Frau war Großmutter, und ihr Sohn hatte immer wieder jedem erzählt, dass sie mit der ganzen Abtreibungspolitik gar nichts zu tun habe und der Meinung sei, verheiratete Paare sollten keine Geburtenkontrolle betreiben.

Die Frau hatte schrecklich gelitten, weil die Bastarde Nägel benutzt hatten, und doch lebte sie noch drei Tage lang. Die Ärzte mussten sie praktisch betäuben, damit ihr Schreien aufhörte.

»Sie wollen mir doch nicht sagen …« Eine Übelkeit erregende Kälte lahmte Richards Zunge.

»Ich fürchte doch. Wer immer das getan hat, hat ein Rohr mit Nägeln und Plastiksprengstoff benutzt und es dann mit einem Zünder aus einem automatischen Autoschloss versehen, den er mit einer Fernbedienung ausgelöst hat. Mallory wusste davon, weil er an dem Fall mitgearbeitet hat. Verdammt, hundert Leute haben diesen Fall bearbeitet, weil wir befürchteten, dass dieser Anschlag der Anfang eines Terrorfeldzugs sein könnte! Zu der Zeit gab es gleiche Explosionen in Boston, Seattle und Los Angeles. Niemand hat sich zu den Anschlägen bekannt, obwohl die Hintergründe offensichtlich waren. Erst später, als das wirre Gefasel einer Gruppe, die sich ›Legion Gottes‹ nannte, im Internet auftauchte, gewaltsame Aktionen gegen Abtreibungskliniken befürwortete und denselben Typ von Bomben propagierte, wussten wir, mit wem wir es zu tun hatten.«

»Himmel«, sagte Kathleen, »Ich habe letztes Jahr eine Dokumentation über diese Gruppe gesehen … Verrückte, die ein echtes Problem … mit der Unabhängigkeit von Frauen haben, aber kein Problem … mit dem Töten.«

»Sie wollen damit sagen, dass der Kerl, der uns angegriffen hat, zur Legion Gottes gehört?«, fragte Richard.

»Wir müssen es jedenfalls in Betracht ziehen. Dieser Dreckskerl, der die Bombe im East Village gelegt hatte, wurde nie erwischt, und ich habe gerade einen vorläufigen Bericht bekommen, der bestätigt, dass derjenige, der sich um Ihr Haus gekümmert hat, Doc, sein kleines Geschenk ebenfalls mit Nägeln gefüllt hatte, die mit denen identisch sind, die wir damals in der Klinik gefunden haben – Hundert-Millimeter-Spiralnägel.«

»Aber warum sollte ein durchgeknallter Abtreibungsgegner hinter mir her sein?«

»Oder hinter mir ...«, ergänzte Kathleen.

»Oder hinter Hamlin und Lockman«, hakte Richard nach.

»Wie ich schon sagte, bei Ihnen beiden ergibt das keinen Sinn. Und wenn Hamlin und Lockman nicht geheime Abtreiber waren, reimt es sich für die auch nicht zusammen. Diese Gruppe nimmt sich keine Ärzte zum Ziel, die nicht irgendwie direkt damit zu tun haben. Andererseits reicht schon eine Kleinigkeit, um diese Leute zum Zuschlagen zu bringen. Vor einigen Jahren haben sie eine Gynäkologin in Rochester erschossen, obwohl sie kaum Schwangerschaftsunterbrechungen vornahm, nur gelegentlich in einem Krankenhaus, als Teil ihrer normalen Arbeit.« Er zuckte die Schultern. »Man kann also nie wissen.«

»Moment mal«, sagte Richard. »Das war dieselbe Gruppe?« Der Fall hatte damals im ganzen Land Schlagzeilen gemacht und dazu geführt, dass die Gynäkologen überall mit schusssicheren Westen herumliefen.

»Es ist verdammt schwierig, an diese Typen heranzukommen. Sie haben keine designierten Anführer, keine Mitgliederlisten, und sie verständigen sich nur übers Internet. Es scheint, dass sie nicht mal jemand Bestimmtem den Auftrag geben, wo zugeschlagen werden soll. Sie ermuntern nur Individuen, die mit demselben geistigen Gift verseucht sind, Kampagnen zu lancieren, wie sie es für angemessen halten, ›Soldaten‹ nennen sie sich. Für mich sind sie Feiglinge, egal wie sie sich schimpfen. In der Praxis sind sie eher

Stadtguerilleros. Das macht sie so verdammt schwer fassbar.«

Kathleen hob die Hand, um ihre Trachealkanüle abzudecken. »Könnte es ein Irrtum sein, dass sie es auf uns ... abgesehen haben?«

»Ich würde sagen, die Besonnenheit und Überlegtheit dieses Kerls, und dass er ein zweites Mal hinter Dr. Steele her war, lassen das ziemlich unwahrscheinlich erscheinen. Er will Sie beide, kein Zweifel.«

»Wer immer es ist... könnte er die Bomben kopiert und doch nichts... mit dieser Legion Gottes zu tun haben?«

»Möglich, aber unwahrscheinlich. Aus offensichtlichen Gründen hat keine der Polizeibehörden, die an den Fällen beteiligt sind, genaue Einzelheiten über den Mechanismus veröffentlicht. Und die Art von Nägeln, die sie benutzt haben, war nicht im Internet aufgeführt. Ich halte es für wahrscheinlicher, dass unser Unbekannter mal einer von denen war oder jemanden kennt, der dazugehörte.«

»Jetzt kapiere ich auch, warum dieser Irre dauernd von den ›Zerstörern der Saat des Herrn‹ und den ›Mördern der Unschuldigen des Herrn‹ gefaselt hat«, sagte Richard.

»Aber worauf ist er aus?«, fragte McKnight. »Warum hat er sich plötzlich auf einen Weg gemacht, der nicht zu den üblichen Zielen der Gruppe gegen Abtreibungen passt, und sich in das eingemischt, was Hamlin und Lockman angerichtet haben?«

Vor Richards innerem Augen tauchte blitzartig das Bild von wütenden Gesichtern auf, die Hamlin anstarrten. Er konzentrierte sich besonders auf eines. »Paul Edwards«, sagte er laut.

Die tiefen Furchen auf McKnights Stirn wurden noch tiefer. »Wer?«

Richards Gedanken waren bereits meilenweit voraus. »Zur Hölle«, murmelte er, denn plötzlich wurde ihm klar, was die seltsame Gruppe gemeinsam haben könnte. Was sie vielleicht mit Kathleen gemacht hatten. Was die wundersamen Genesungen verursachen konnte, und weshalb die Legion Gottes sie dafür umbringen wollte. »Ich glaube, ich hab's«, sagte er und konnte es selbst noch nicht fassen, dass er möglicherweise einen Schlüssel entdeckt hatte, mit dem man alle Teile des Puzzles zusammenfügen konnte. Er glaubte sogar zu wissen, was die Zweige zu bedeuten hatten, die der Killer zurückgelassen hatte.

»Wie bitte?«, fragte McKnight verwundert. Auch Kathleen sah Richard fragend an.

Doch Richard war in Gedanken versunken. Passte Hamlins Verhalten zu dem, was in den Krankenakten stand, fragte er sich und ging dann in Windeseile die Szenarien durch, die einer Herzchirurgin, einer Reha-Spezialistin und einem Chef der Gynäkologie, dem ein Zentrum für künstliche Befruchtung zur Verfügung stand, nutzen könnten. Eins fügte sich ins andere, und alles passte zusammen.

Aber wie sollte er an Beweise kommen? Wie konnte er andere davon überzeugen, seine Hypothese ernst zu nehmen?

Plötzlich fiel ihm eine weitere Möglichkeit ein, seine Theorie zu überprüfen.

Und er dachte an eine ganz bestimmte Person.

»Bleiben Sie hier«, sagte er zu McKnight und ging zur Tür. »Ich muss etwas nachprüfen.«

»Moment! Sollte ich nicht lieber mitkommen?«, rief McKnight ihm nach.

»Nein!«, rief Richard über die Schulter. »Das ist eine Sache von Arzt zu Arzt.«

Er eilte aus dem Raum, während McKnight und Kathleen ihm hinterherstarrten.

15

Paul Edwards saß hinter seinem Schreibtisch und blickte auf die Mahagoni-Statue einer Schwangeren. Er hatte sie vor fast dreiundzwanzig Jahren vom Ehemann einer Patientin geschenkt bekommen. Prillo hieß der Mann, und das Paar hatte zehn Jahre lang alles versucht, damit die Frau schwanger wurde. Die Medikamente jener Zeit hatten nicht gewirkt, und die Technik der künstlichen Befruchtung *in vitro* war damals noch im Experimentierstadium. Dennoch hatte der Mann Edwards angefleht, er solle alles versuchen, und ihm einen Umschlag mit zehntausend Dollar über den Tisch geschoben.

Das Versprechen des Mannes, es würde »noch mehr« geben, hatte es Edwards lohnend erscheinen lassen, die Sache weiter zu verfolgen. Mehrere Telefongespräche führten ihn zu einem jungen Forscher, der an einer chirurgischen Methode arbeitete, wie man Eizellen direkt aus dem Eierstock gewinnen konnte. Mehrere Monate später half ihm James Norris, Mrs Prillos Eizelle erfolgreich mit Mr Prillos Sperma zu befruchten und sie in ihre Gebärmutter zu implantieren. Was es für seine Bemühungen »noch mehr« gab, war die Statue gewesen. Aber da der künftige stolze Vater zusammen mit einigen Onkeln des Babys in schwarzen Limousinen und gekleidet wie die Bosse einer Gangsterbande bei ihm auftauchten, um ihrer Wertschätzung Ausdruck zu verleihen, beschloss Edwards, jegliche Beschwerden, was seine Entlohnung betraf, für sich zu behalten.

Mr Prillo hatte Edwards' Enttäuschung gespürt. »So wie ich es sehe, Doc«, sagte er, beugte sich über den Schreibtisch und stützte sich auf die haarigsten Fingerknöchel, die Edwards je gesehen hatte, »wird Ihnen das Befruchtungsgeschäft eine Menge Kohle einbringen.«

Und so war es auch.

Bis die HMO, die von den Arbeitgebern getragene Krankenkasse, in den Neunzigern begann, die Finanzierungsregelungen zu ändern und den Ärzten im Allgemeinen und den Superstars der künstlichen Befruchtung im Besonderen den Krieg erklärte. Die Erstattungssätze für die Behandlungen fielen drastisch, oder die Kosten wurden überhaupt nicht mehr übernommen. Wie viele Spenden und Forschungsmittel er auch erwarb, welche Vergünstigungen das New York City Hospital ihm auch gewährte – es genügte nicht, um sein Einkommen auf dem stratosphärischen Niveau zu halten, an das er sich gewöhnt hatte. Also erweiterte er seine Zusammenarbeit mit Jimmy Norris und stand bald dicht vor dem, was sich als das vielleicht lukrativste Geschäft in der Geschichte der Medizin erweisen könnte.

Doch jetzt war er drauf und dran, vor all dem wegzulaufen. Noch heute Abend.

Um halb sechs an diesem Nachmittag war Mabel Brown, seine Sekretärin, in sein Büro gestürzt. »Paul«, hatte sie gesagt, »haben Sie schon das neueste Gerücht gehört?« Mabel war Armeeleutnant gewesen, bevor sie sich in die Ränge des Gesundheitswesens eingereiht hatte, und schien ständig auf eine Krise gefasst zu sein. Selbst die gewöhnlichste Neuigkeit kündigte sie ihrem Chef auf eine Weise an, als wäre es eine brandheiße Weltsensation. Aber es war nur selten etwas Wichtiges; deshalb war Edwards nicht auf das vorbereitet, was sich nun *tatsächlich* als so explosiv wie eine Mörsergranate entpuppte.

»Die Polizei glaubt, dass die Anschläge auf Dr. Steele von dieser Gruppe von Abtreibungsgegnern verübt wurden, die überall die Abtreibungskliniken in die Luft jagen.«

Edwards' Magen krampfte sich zusammen. »Was?«

»Diese Leute nennen sich die Legion Gottes oder so ähnlich. Die Cops sagen, dass sie auch hinter den Morden an Hamlin und Lockman stecken.«

»Aber das ergibt doch keinen Sinn!«, stieß er hervor und versuchte, sein Entsetzen zu verbergen, wie viel Sinn es *doch* ergab. »Steele hat überhaupt nichts mit Schwangerschaftsunterbrechungen zu tun. Und die beiden anderen auch nicht.«

»Vielleicht dachten diese Leute das aber. Dass sie diese Kliniken in die Luft gejagt haben, ist verrückt. Warum also sollten solche Leute logisch handeln? Himmel, bei all den eingefrorenen Embryos unten in der Befruchtungsklinik ist es ein Wunder, dass nicht schon einer von denen hier reingekommen ist und uns erschossen hat!«

»Was wollen Sie damit sagen?«, fuhr er Mabel an, denn er fürchtete plötzlich, dass sie entdeckt haben könnte, was er machte.

»Oh, ich weiß, dass diese Leute denken sollen, dass wir hier die Guten sind, dass wir hier Babys *machen* und nicht abtreiben, aber so, wie sie heutzutage darüber herziehen, dass Embryos in der Forschung benutzt werden ...«

»Welche Forschung?« Im selben Augenblick, als er mit der Frage herausgeplatzt war, hätte er sie am liebsten wieder zurückgenommen. Er hatte überreagiert. Mabel konnte nichts davon wissen, dass er Norris mit Stammzellen belieferte.

»Ach, kommen Sie«, sagte Mabel. »Diese Kontroverse in der Öffentlichkeit, ob man Embryos benutzen darf, um Stammzellen zu gewinnen, und dass Verrückte wie die Typen von dieser Legion Gottes herumlaufen. Wer weiß, was auch nur *einer* von denen alles anstellen könnte!«

O Gott, sie hatte es sich zusammengereimt. Aber wie war das möglich? »Wir machen keine Forschung mit Embryonen«, entgegnete er halbherzig und versuchte, mit ruhiger Stimme zu sprechen.

»Sie und ich wissen das, aber der ganzen Welt ist klar, dass Befruchtungskliniken verschiedene Laboratorien routinemäßig mit Embryos versorgen, die sonst vernichtet würden. Glauben Sie wirklich, das würde einen von diesen Irren davon abhalten, ein Exempel an uns zu statuieren, nur weil wir das nicht tun? Diese Verrückten sehen wahrscheinlich nur, dass hier das *Potenzial* vorhanden ist, fötales Gewebe zu benutzen, um daraus Stammzellen zu gewinnen. Das allein könnte schon ein Grund für sie sein, uns in die Luft zu jagen ...«

Dieses Gespräch lag nun zwanzig Minuten zurück. Mabel hatte ihn allein in seinem Büro sitzen gelassen, und der Schweiß hatte ihm sein Hemd an den Rücken geklebt, als er überlegt hatte, welche Alternativen ihm blieben. Wenn die Gerüchte der Cops sich als zutreffend erwiesen, war er ein toter Mann, denn es gab nur eine einzige Möglichkeit, wie die Legion Gottes etwas über Hamlin und Lockman herausfinden konnte: Jemand hatte ihnen die Informationen gesteckt...

Aber wer? Natürlich Downs, diese Schlampe! Statt einen Deal mit den Cops zu machen, wie sie gedroht hatte, benutzte sie diesen Haufen Irrer, um sie alle auszulöschen. Sich selbst hielt Downs für sicher, weil sie keine Embryos mehr benutzte.

»Mörderhure!« Edwards riss den Hörer seines Privattelefons von der Gabel und wählte eine elfstellige Nummer, die er auswendig kannte.

Eine Stunde später hatte er mit Fountainhead Pharmaceuticals, einem Pharmakonzern, die Bedingungen eines radikal veränderten Deals ausgehandelt. Er legte auf und schaute auf die Uhr. Neunzehn Uhr. Nun musste er nur noch Norris' und Downs' Sicherheitskopien aus ihren Büros im Untergeschoss stehlen. Hamlins Akten schrieb er ab, denn er hatte seine neuen Partner bei Fountainhead davon überzeugt, dass sie diese Unterlagen nicht brauchten, weil die Methode des ermordeten Neurochirurgen zu ausgefallen und unerprobt war, als dass jemand anders sie versuchen könnte.

Anschließend war es Zeit, nach Hause zu fahren, zu packen und einen möglichst frühen Flug zu den Inseln weit weg von der Küste der Vereinigten Staaten zu nehmen, auf die er und seine Kontaktleute sich geeinigt hatten – ein Ort, an dem die Polizei, die Steuerfahnder und radikale Bombenattentäter ihn nicht finden würden.

Sein Personal, einschließlich Mabel, war längst nach Hause gegangen, doch Edwards selbst zog es vor, noch ein paar Stunden zu warten, da die Forscher oft bis in die Nacht blieben und sich um ihre Experimente kümmerten, so, wie manche Eltern ihre Kinder umhegten. In der Zwischenzeit schlich er sich auf den Parkplatz und holte einen Montierhebel aus dem Kofferraum, da er in dieser Nacht wohl einige Schlösser knacken musste.

19:30 Uhr
New York City Hospital
Abteilung für Zellforschung

Ralph Coady spähte durch das Binokular des Mikroskops. Schließlich hatte er heraus, wie er das Bild scharf einstellen musste, und ließ die beiden Bilder zu einem verschmelzen.

Er sah etwas, das wie eine kleine Decke aussah, die aus winzigen roten Fleischfäden zusammengesetzt war. Nur dass sie pulsierte, sich zusammenzog und streckte, so regelmäßig wie ein Herzschlag.

»Was ist das?«, fragte er und blickte zu Francesca Downs auf.

»Sag du es ihm, Jimmy.«

Der Forscher legte einen Schalter um, und das Bild aus

dem Mikroskop erschien auf einem Bildschirm, der dahinter angebracht war. »Das ist funktionsfähiges menschliches Herzgewebe, Ralph, brandneu und in einer Petrischale gezüchtet«, sagte er, und seine Stimme klang ausdruckslos im Vergleich zu dem Enthusiasmus, den er während ihres ersten Gesprächs gezeigt hatte. »Haben Sie jemals von Stammzellen gehört?«

»Ja, aber ich weiß nichts darüber.«

»Das sind Zellen eines Embryos, die das Potenzial haben, jedes Gewebe zu bilden, das es im menschlichen Körper gibt. Herz, Hirn, Leber, Lunge, Blut, Knochen – was immer Sie wollen, diese Zellen können sich in das entsprechende Gewebe verwandeln.«

»Ja, jetzt erinnere ich mich«, sagte Coady. »Stand groß in den Zeitungen. Dass man neue Organe züchten will, sodass man nie gebrechlich oder alt werden muss.« Erregung erfasste ihn. »Heiliger Strohsack! Können Sie mir ein neues Herz wachsen lassen?«

Norris, der bisher ziemlich mürrisch dreingeschaut hatte, kicherte. »Nein, das können wir noch nicht, aber genauso, wie wir diese Zellen in einer Kulturschale wachsen lassen können, können wir neues Herzmuskelgewebe in Ihrem Herz wachsen lassen.«

»Sehen Sie, Ralph«, erklärte Downs, »ein Herzinfarkt blockiert den Blutstrom zu einem Teil des Herzmuskels, sodass er abstirbt und sich an seiner Stelle unflexibles Narbengewebe bildet. Wenn genug Gewebe der Herzwand so geschädigt ist, kann das Herz nicht mehr als Pumpe arbeiten. Deshalb hat Ihre Lunge sich mit Flüssigkeit gefüllt.«

»Sie meinen, so wie ein Keller vollläuft, wenn die Pumpe ihren Geist aufgibt?«

Downs lächelte. »Genau. Nur dass ich in Ihnen eine Infusion von Stammzellen in dieses Gewebe geben kann und sich neues Gewebe mit dem alten verbinden wird, um im

Takt mit dem Rest Ihres Herzens zusammenzuarbeiten. Die Folgen Ihres Herzinfarkts werden erheblich reduziert, wenn nicht gar eliminiert.«

»Sie machen Witze«, sagte Coady. Er blickte von Downs zu Norris und wieder zurück.

»Nein, keineswegs. Ich habe das schon gemacht, experimentell natürlich, mit Mäusen. Sie wären mein erstes menschliches Untersuchungsobjekt. Aber glauben Sie mir, ich weiß, was ich tue.«

»Ist das eine Operation?«

»Nichts, was Sie nicht schon erduldet hätten. Ich will nicht zu sehr in geheimnisvolle technische Einzelheiten gehen, aber wir führen im Prinzip nur einen Herzkatheter ein – diese lange arterielle Leitung, die ich benutzt habe, als wir Ihre Arterien durchgepustet haben. Nur dass ich diesmal unter Röntgenkontrolle eine Infusion rund um den Rand der vernarbten Stelle injiziere. Dazu benutze ich eine Reihe mikroskopisch kleiner Nadeln.«

»Aber wie funktioniert das? Sie haben gesagt, dass aus diesen Zellen alles Mögliche werden kann. Was hält sie davon ab, sich in ein Stück Knochen zu verwandeln, oder dass mir ein Fuß im Brustkorb wächst?«

Downs lächelte strahlend, und ihre Augen leuchteten vor Entzücken. »Das ist das Wunder der Stammzellen, Ralph. Sie scheinen genau zu wissen, wohin sie müssen und was sie tun sollen.«

»Aber wie?«

»Es gibt ein paar Theorien, aber lassen Sie es mich so erklären: Erinnern Sie sich an den Wirbel letztes Jahr, als das menschliche Genom vollständig entziffert war?«

Coady spürte, wie ihn der Mut verließ. »Ja, sie versprachen sich davon große medizinische Durchbrüche, aber dann kam der Haken. Es kann Jahrzehnte dauern, bevor brauchbare Ergebnisse vorliegen. Sie wollen mir jetzt aber nicht sagen, dass diese Stammzellengeschichte genauso enttäuschend wird, oder? Nachdem Sie mir solche Hoffnungen gemacht haben?«

»Nein, Ralph. Aber um zu verstehen, wie Stammzellen ... nun, wissen, was sie tun sollen, müssen Sie einen Blick auf eine der großen Überraschungen aus dem Genom-Projekt werfen – dass es im menschlichen Körper nur rund dreißigtausend Gene gibt.«

»Ja, ich erinnere mich, darüber gelesen zu haben. Aber was wollen Sie damit sagen?«

»Es sind zu wenige.«

»Was?«

»Jede Zelle Ihres Körpers hat dieselbe genetische Struktur. Und doch ›wissen‹ einige Zellen, dass sie zu Herzgewebe werden müssen, einige zu Knochen, einige zu Haut, so wie wir es eben gesagt haben. Aber die genauen Informationen über jedes Detail – wie eine Herzmuskelzelle, eine Gehirnzelle, eine Nierenzelle aufgebaut ist –, sind so komplex, dass sie nicht allein in den dreißigtausend Genen, die wir haben, enthalten sein können. Also muss die Information von woanders herkommen. Wir nehmen an, dass sie in Botschaften enthalten sind, die von Zellen kommen, die sich bereits in der unmittelbaren Umgebung befinden.«

»Und was besagen diese Informationen?«

»Nun, Herzmuskelzellen ›sagen‹ Stammzellen, dass sie auch zu Herzzellen werden sollen. Hirngewebe sagt denen, die in ihre Nähe geraten, dass sie Hirnzellen werden sollen. Und nicht nur das – die Botschaften scheinen durch die chemischen Verbindungen transportiert zu werden, die von Zellen freigesetzt werden, wenn sie verletzt werden. Wir glauben außerdem, dass sie ein Notsignal aussenden, das die neuen Zellen an den Ort zieht, wo die dringendsten Reparaturen nötig sind. Folglich ›wissen‹ sie, wohin sie müssen und was sie tun sollen. Eigentlich ist der ganze Vorgang ein körpereigener Reparaturmechanismus, und wir tun nichts weiter, als ihn zu nutzen.«

»Meine Güte«, sagte Coady. Er konnte nicht glauben, was er gerade gehört hatte. Die Furcht, die ihn plagte, seit er zum ersten Mal diese schrecklichen Schmerzen in der Brust gespürt hatte, ließ nach. Er versuchte, etwas zu sagen, war aber so sehr von Erleichterung überwältigt, dass er in Tränen ausbrach. »Es tut mir leid«, sagte er mit zitternder Stimme, »aber die Vorstellung, dass ein Teil meines Herzens gestorben ist, führte mich auf den Gedanken, dass ich fast schon tot bin. Und jetzt zu hören, dass mein Körper mit der Sache fertig werden kann, dass ich wieder ganz werden kann ... du lieber Himmel, das ist so, als könnte ich die Uhr zurückdrehen, als ob ich wieder jung werde ...« Er wischte sich die Tränen aus dem Augenwinkel. »Wann können Sie den Eingriff denn vornehmen?«

»Da liegt der Haken«, entgegnete Downs. »Wir müssen warten, bis Ihre Entzündungsreaktion abklingt und nicht mehr das tote Gewebe abbaut, das von Ihrem Herzinfarkt geblieben ist. Sonst würden nämlich Ihre Makrophagen – eine Art von weißen Zellen, die organische Abfälle beseitigen – auch die Stammzellen verschlucken und abtransportieren.«

»Wie lange muss ich denn warten?«

»Ungefähr drei Monate.«

Wieder verließ ihn der Mut. Er verstummte und hatte das Gefühl, im Rollstuhl zu schrumpfen. »Trotzdem. Wenn ich mir überlege, was Sie mir angeboten haben, ist die Sache abgemacht.« Er streckte die Hand aus, um den Handel zu besiegeln.

»Sie haben noch nicht alles gehört«, erklärte Norris. »In ungefähr sechs Wochen werde ich eine Knochenmarkprobe aus Ihrem Oberschenkel entnehmen.«

»Was?«

»So bekommen wir die Stammzellen, die wir dann benutzen werden. Ich werde sie dann über mehrere Generationen vermehren, um eine ausreichende Anzahl zur Verfügung zu haben, bis Dr. Downs so weit ist.«

»Aber ich dachte, die Stammzellen kämen von Embryos.« – »Bei den ersten Versuchen war es auch so, aber jetzt nicht mehr. Wir benutzen nun einen besonderen Typ von Zellen, die als Stromazellen oder adulte Stammzellen bezeichnet werden und die alle Erwachsenen im Mark des Oberschenkelknochens haben. Mit denen geht es genauso gut.«

»Vielleicht bei Mäusen. Woher wollen Sie wissen, dass das auch beim Menschen klappt?«

»Vertrauen Sie uns«, sagte Downs, zwinkerte ihm zu und schenkte ihm das Lächeln, für das er durch die Hölle und wieder zurück gehen würde. »Wir wissen es.«

»Bist du sicher, dass du weitermachen willst?«, fragte Norris, nachdem sie Coady auf die Intensivstation der Kardiologie zurückgebracht hatten. »Dieser Psychopath von der Legion Gottes könnte sich als Nächstes dich oder mich vorknöpfen.« Seitdem sich die Nachricht von dem zweiten Anschlag auf Steele an diesem Nachmittag in Windeseile im Krankenhaus verbreitet und die Polizisten begonnen hatten, den Krankenschwestern mitzuteilen, dass der Mörder möglicherweise zu dieser fanatischen Gruppe von Abtreibungsgegnern gehörte, konnte er von nichts anderem mehr sprechen.

»Entspann dich, Jimmy. Wir haben doch schon darüber geredet«, sagte Francesca leise, als sie wieder auf dem Weg zu seinem Labor waren.

»Aber siehst du das denn nicht? Wer immer der Kerl ist, er ist hinter uns her. Warum sonst sollte einer dieser Fanatiker Hamlin und Lockman umbringen? Und wie hat er es herausgekriegt? Ich würde sagen, Edwards oder Blaine benutzen den Killer, um klar Schiff zu machen und Zeugen loszuwerden. Das wäre nicht schwierig. Ich brauche dir nicht zu sagen, wie viele Gegner der Stammzellforschung es gibt, und manche sind bereit, zu radikalen Mitteln zu greifen. Sie terrorisieren Forscher ebenso wie Ärzte.«

»Ein Grund mehr, mit Coady an die Öffentlichkeit zu gehen und der Welt zu sagen, dass wir kein fötales Gewebe benutzen. Dann müssten dieser Kerl und seine Kumpel uns sogar lieb gewinnen.«

»Vielleicht haben wir keine zehn Stunden mehr, geschweige denn zehn Wochen, wenn derjenige, der Hamlin und den anderen diesen Killer auf den Hals geschickt hat, ihn auch auf *uns* angesetzt hat.«

»Dann geben wir eine Pressekonferenz über die Vorzüge von Stromazellen und erklären, dass klinische Versuche an Menschen unmittelbar bevorstehen, behalten Coadys Namen aber für uns und berufen uns auf die Schweigepflicht. Das wird Coady die Presse vom Hals halten, bis es ihm wieder gut geht und alles vorbei ist. Und wir betonen, wie wenig kontrovers diese Methode ist, da wir nichts weiter tun, als dem Mann seine eigenen Zellen zurückzugeben, und das Problem der Benutzung von embryonalem Gewebe vermeiden. Himmel, soweit es die Methode selbst betrifft, können wir es so aussehen lassen, als würden wir gar nichts Neues tun – autologe Transfusion, koronare und arterielle Katheterisierung, Einbringung von Mikronadeln in das Myokard ...« Norris merkte, wie er wieder einmal ihren beruhigenden Versicherungen nachgab. Gott, sie verzauberte ihn schon wieder! Doch er sagte nur: »Wir werden ihnen ein paar Daten nennen müssen.«

»Gut. Dann holen wir unsere unveröffentlichten Artikel über die Tierversuche zusammen. Wir sehen uns die Daten genau an, um festzustellen, was wir weglassen müssen, damit ein Teil der Ergebnisse neu aussieht. Lass es mich wissen, wenn du fertig bist.« Sie gab ihm rasch einen Kuss und ging über den Flur zu ihrem eigenen Büro und ihrem Labor.

Diese Frau ist fantastisch, ging es Norris durch den Kopf, als er beobachtete, wie sie mit erhobenem Kopf davonschritt, wobei sie die Hüften unter dem grünen OP-Kittel verführerisch schwang.

Es war einfach für ihn, sich Francesca zu unterwerfen und sie die Führung übernehmen zu lassen – im Bett und anderswo. Als er sich dies eingestand, glühten seine Wangen. Er hatte viele Frauen gehabt, die ihm nicht das Wasser reichen konnten, doch bei Francesca war es umgekehrt: Sie konnte sie beide bis ganz an die Spitze führen, und dafür liebte er sie. Sie hatte ihn aus seiner Trübseligkeit herausgeholt, der er sich die meiste Zeit seines Lebens hingegeben hatte, und nie hatte er sich befreiter gefühlt als unter ihrer Kontrolle.

Doch wenn er allein war, kamen seine alten Zweifel mitunter wieder an die Oberfläche. Machte er sich nur etwas vor, wenn er glaubte, Francesca vertrauen zu können? Er war noch kein Dutzend Schritte gegangen, als ihm ein erschreckender Gedanke kam: Hatte sie deshalb Nerven wie Drahtseile, weil sie den Killer kontrollierte? Sie konnte ihn darauf angesetzt haben, sie von jedem Menschen zu befreien, der gegen sie aussagen konnte.

Doch solange er ihr nützlich war oder sie ihn nicht als Zeugen der Gegenseite betrachtete, war er in Sicherheit.

Richards Herz pochte vor Aufregung. Wieder war er im Krankenhaus. Diesmal jedoch studierte er die Morbiditäts-Mortalitäts-Rate von Francesca Downs.

Er wusste, dass Forschungen an Mäusen in vielen Labors überall auf der Welt gezeigt hatten, welche Möglichkeiten Stammzellen besaßen: von der Beseitigung der Schäden durch experimentell ausgelöste Schlaganfälle bis hin zur Regenerierung von Herzmuskelgewebe, das nach simulierten Herzinfarkten abgestorben war. Die zumindest anfänglich so auffallend rasche Genesung bei Hamlins Patienten konnte bedeuten, dass er illegal Stammzellen benutzt hatte. Sie waren niemals bei genehmigten Experimenten an Menschen eingesetzt worden, und niemand konnte genau erklären, warum es bei Mäusen funktionierte. Einige Gehirnforscher hatten die Theorie aufgestellt, dass die Stammzellen die Regeneration vorhandenen Gewebes auslösen konnten, indem sie gewissermaßen als Nachschubbasis für Stoffe dienten, von denen bekannt war, dass sie die Heilung stimulierten, zum Beispiel Wachstumsfaktoren und andere Zytokine. Forscher, die erfolgreich gezeigt hatten, wie Stammzellen tatsächlich neues Myokardgewebe bildete, das die alten, abgestorbenen Herzmuskelzellen ersetzte, neigten zu der Annahme, dass das umgebende normale Gewebe den Prozess steuerte.

Auf der Intensivstation war Richard klar geworden, dass Downs' Erfolgsstatistik die gleichen abrupten Besserungen des Gesundheitszustands von Patienten zeigen würden wie bei Hamlin, falls sie Stammzellen implantiert hatte.

Und so war es.

Ihre Zahlen erwiesen sich insgesamt als zu gut, um wahr zu sein. Das Auftreten nachfolgender Herzschwäche lag bei der Hälfte des Landesdurchschnitts. Aber wie machte sie das?

»Francesca, Sie werden mir einige Dinge erklären müssen«, murmelte Richard.

Er wusste, dass er auf der richtigen Spur war, doch er musste vorsichtig sein und zuerst dafür sorgen, dass es keine anderen Erklärungen für Downs' Erfolgsrate gab. Schließlich wurden ständig neue Medikamentenverordnungen ausprobiert. Deshalb musste er sich die Krankenakten ansehen, so wie er es mit Hamlins Fällen getan hatte.

Doch Herzchirurgen konnten schneller Arterien aufweiten oder durch Bypässe umgehen, als ein Neurochirurg Gefäßmissbildungen im Hirn entfernen konnte. Und die Häufigkeit von Herzinfarkten war etwa tausend Mal höher als die von hämorrhagischen Schlaganfällen durch Angiome. Während er bei Hamlin achtzehn Dossiers vorgefunden hatte, waren es bei Downs 503.

»Du lieber Himmel«, seufzte er. Was für eine Aufgabe.

Doch Richard machte sich unverzüglich daran, die Akten aus den Regalen zusammenzusuchen, genauso, wie er es in der Nacht zuvor getan hatte. Vielleicht hätte er Angst bekommen, hätte nicht an der Tür ein bewaffneter Polizist Wache gestanden – und hätte er nicht das Gefühl gehabt, dass er auf die heiße Spur gestoßen war, die Kathleen vielleicht das Leben rettete.

In völliger Dunkelheit schreckte er aus dem Schlaf. Er brauchte einige Sekunden, um sich darüber klar zu werden, wo er sich befand.

Nachdem er das Krankenhaus betreten hatte, war er direkt zu einem Flügel im Untergeschoss gegangen, der die Abteilung für Zellforschung beherbergte, eine ausgedehnte Anlage mehrerer großer Laboratorien mit niedrigen Decken, zwischen denen sich Gruppen von Büros befanden, die an Kaninchenställe erinnerten. Während er an den vielen offenen Türen vorbeiging, sah er Forscher in weißen Kitteln, die über ihre Labor- oder Schreibtische gebeugt waren, inmitten umfangreicher Laborausrüstungen und Gerätschaften. Niemand blickte auf, als er vorbeiging.

In den zwei Jahren, seit er weg war, hatte sich einiges verändert, doch was er sah, ermöglichte es ihm, zu erraten, was hier vor sich ging. Vor einem der Räume war der Flur von einer Wand aus Drahtkäfigen gesäumt. In einigen befanden sich weiße Ratten, von denen ein paar auf den Hinterbeinen standen, um zu sehen, wer da vorbeiging, und neugierig ihre rosa Nasen durch die Maschen steckten. Wenige Meter weiter stand ein Stahltisch auf Rädern, der mit Flaschen beladen war, die eine klare Flüssigkeit enthielten und mit *Chloroform* gekennzeichnet waren. Daneben stand ein großes Glasgefäß, um das herum Haufen von Wattebäuschen lagen.

Die Gaskammer, schloss er.

Als Nächstes kam ein Labor, in dem er etwas erblickte,

das wie ein Chemiebaukasten für Kinder aussah: Glaskolben, die mit spiralförmigen Kunststoffschläuchen verbunden waren, durch die eine dunkelrote Flüssigkeit zirkulierte. In der Mitte, aufgehängt wie eine Fliege in einem Spinnennetz, hing eine weitere Ratte, der zwei Nadeln in der Brust steckten. Die untere transportierte dunkles, rotbraunes Blut zu einer Gruppe würfelförmiger Maschinen, von denen leuchtend rotes Blut zu der Stelle unter dem Hals der Ratte zurückströmte, wo sich der Aortenbogen befinden musste.

Eine Herz-Lungen-Maschine für Ratten, ging es ihm durch den Kopf.

Durch eine andere Tür sah er Reihen von Arbeitstischen, auf denen Mikroskope mit Bildschirmen standen, halbkreisförmig angeordnete Skalpelle auf verschiedenen Instrumententabletts und Sezierbecken, die in Arbeitsflächen aus rostfreiem Stahl eingelassen waren. Das sprach für sich selbst.

Im benachbarten Raum gab es eine Zentrifuge von der Größe eines Ölfasses, Batterien automatischer Pipetten, die immer wieder in die Öffnungen von Probentabletts eintauchten, und weitere spiralförmige Kunststoffschläuche, die verschiedene farbige Flüssigkeiten zu Analysegeräten führten. Dies war das Ende der Leitung, wo die Überreste der Nagetiere, zu Körperflüssigkeiten reduziert, ihre Geheimnisse preisgaben, die auf Bahnen digitaler Ausdrucke ausgespuckt wurden, auf denen die chemischen Bestandteile aufgeführt wurden.

Durch eine Schwingtür gelangte er in eine separate Reihe von Einrichtungen, die für Menschen vorgesehen war. Ein kleiner Operationsraum, ein Untersuchungstisch, der unter einer silbernen Operationslampe stand, und die Instrumententabletts, die auf den stählernen, mit grünen sterilen Tüchern bedeckten Arbeitsflächen standen. Daneben erblickte er Gestelle mit Reagenzgläsern, die mit roten, orangefarbenen oder blauen Stöpseln verschlossen waren. Klare Probenbehälter füllten riesige Glasschränke. An einer Wand befanden sich Entlüftungshauben, unter denen Stapel kleiner Kulturschalen standen. An der anderen Wand waren Türen zu sehen, die wie die Türen großer Kühlschränke aussahen. Er spürte den eisigen Hauch, der aus ihnen entwich.

Die Verwaltungsbüros am Ende des Korridors sahen aus wie immer. Er kannte dort jeden Winkel und hatte einen unverschlossenen Lagerraum gegenüber von Norris' Büro entdeckt, wo er sich niederlassen und auf seine nächste Beute warten konnte.

Aber da er seit zweieinhalb Tagen nicht mehr geschlafen hatte, hatte er Mühe, die Augen offen zu halten. Obwohl er sich anstrengte, wach zu bleiben, nickte er immer wieder ein, während er in dem dunklen, winzigen Kabuff saß.

Jetzt aber war er hellwach. Er schaltete seine Taschenlampe ein, blickte auf die Armbanduhr und konnte es kaum glauben. Es war 20:50 Uhr. Er hatte mehr als drei Stunden geschlafen.

Gott vergib mir! Lass es noch nicht zu spät sein!

Doch er wusste, dass es wahrscheinlich schon zu spät war. Norris war dafür bekannt, dass er jede wache Stunde im Labor verbrachte; dennoch war er um diese Zeit wahrscheinlich nach Hause gegangen. Er beschloss, noch eine Weile zu warten. Gott konnte ihm Norris immer noch ausliefern.

Gegen neun Uhr sagte sich Edwards, dass es Zeit sei.

Immer noch wütend auf Downs schleuderte er die Statue, die seit 1978 auf seinem Schreibtisch gestanden hatte, an die dunkle Holzvertäfelung neben dem Bücherschrank. Sie traf die Wand mit dem scharfen Knall eines Baseballschlägers und kerbte die glatte Oberfläche ein, bevor sie dumpf auf den Teppichboden fiel.

Nachdem er einen letzten Blick auf das Revier geworfen

hatte, das er aufgab, kam er zu dem Schluss, dass die dreißig Zentimeter große Figur wahrscheinlich ohnehin der einzige Gegenstand war, den er mitnehmen wollte. Er hob sie vom Boden auf und steckte sie in die Aktentasche. Dann verließ er sein Büro und verschwand im nächsten Treppenhaus. Zu dieser Stunde war es hier weniger wahrscheinlich als im Fahrstuhl, dass jemand ihm begegnete.

Als er das zweite Untergeschoss erreicht hatte, steckte er den Kopf durch die Tür und spähte in den Korridor.

Niemand zu sehen.

Edwards betrat den schwach beleuchteten Flur und machte sich auf den Weg zu dem Laborkomplex, wo sich Downs' Büro befand. Seine Schritte pochten laut über den verlassenen Gang, aber da er keine anderen Schritte hörte, nahm er an, dass keine Menschenseele in der Nähe war, und machte sich nicht die Mühe, möglichst leise zu sein.

Er kam an den Türen vieler anderer Forschungsabteilungen vorbei – Virologie, Bakteriologie, Pathologie –, die alle über Nacht geschlossen waren. Als er sich dem Eingang zu den Obduktionsräumen näherte, beschleunigte er seine Schritte und eilte daran vorbei. Der Geruch von Formaldehyd kitzelte ihn in der Nase und verdrängte beinahe, wenn auch nicht gänzlich, den süßlichen Verwesungsgeruch, der aus der Leichenhalle drang.

Er erreichte den Eingang des Bereiches, der als ABTEILUNG FÜR ZELLFORSCHUNG gekennzeichnet war, und benutzte die Chipkarte, die Norris ihm in glücklicheren, vertrauensvolleren Zeiten ausgehändigt hatte. »So können Sie zu jeder Tages- und Nachtzeit kommen und gehen«, hatte der schlaksige Forscher damals gesagt. »Das macht es einfacher für Sie, so viele Embryos aus Ihrer Befruchtungsklinik einzuschmuggeln, wie Sie können.«

Und das hatte er getan. Zu nächtlicher Stunde hatte er sich hier heruntergeschlichen und unbeobachtet befruchtete Eizellen aus seinen eigenen Stickstoff-Gefrierschränken in die von Norris umgelagert. Es schien, dass Babys vorzugsweise in den Nachtstunden geboren werden wollen, und weil dies zur Folge hatte, dass Edwards sich zwischen Mitternacht und Morgen oft im Krankenhaus aufhielt, war es einfach für ihn, diese heimlichen Touren zu machen, ohne Aufmerksamkeit zu erregen. Norris wiederum vermehrte die Zellen über mehrere Generationen und versorgte dadurch Hamlin und Downs mit einem nie abreißenden Strom pluripotenter Stammzellen. Die Erfahrungen, die Norris bei der Stammzellkultur gewann, ermöglichten es ihm, Stromazellen zu ernten, nachdem in den Fachzeitschriften Berichte über deren einzigartiges Potenzial erschienen waren. Die ersten Patienten, die nach ihrer Operation in Adele Blaines Reha-Zentrum kamen, erbrachten Ergebnisse, die alle Erwartungen bei weitem übertrafen, und dank ihrer aggressiven Reha-Methoden konnten die meisten Patienten relativ schnell nach Hause zurückkehren. Alles versprach so perfekt zu werden, dass die sechs schon glaubten, Medizingeschichte zu schreiben.

Und doch hatte sich Gold in Mist verwandelt.

Wieder verspürte Edwards den Zorn und die Verbitterung angesichts des Scherbenhaufens, den sie aus ihrer Riesenchance gemacht hatten.

Wenigstens hatte er eine Möglichkeit gefunden, Profit aus dieser Katastrophe zu schlagen.

Er ging an den Gefrierschränken vorbei, deren Kühle ihn zittern ließ.

Als er Downs' Büro erreichte, versuchte er, den Türknauf zu drehen.

Abgeschlossen, wie erwartet. Und hier würde ihm auch die Chipkarte nichts nützen.

Er zog seinen Laborkittel aus, wickelte ihn um die Hand und schlug mit dem Montierhebel die Scheibe ein. Das Glas zersplitterte, die Scherben prasselten auf den Linoleumboden.

Er griff durch das Loch und drehte den Knauf. Der Raum war so nüchtern und asketisch wie die Frau selbst. An drei der vier Wände reihten sich peinlich genau geordnete Bücherschränke mit Glastüren; nicht eine einzige Broschüre stand aus den sorgfältig geglätteten Reihen hervor und lenkte die Aufmerksamkeit auf sich.

Mehrere Meter verschlossener Aktenschränke fassten die Tür ein, in der er stand. Downs' Computer stand auf einem ansonsten leeren Metallschreibtisch; die einzigen anderen Möbel waren zwei schlichte Stühle gegenüber ihrem eigenen, einem bescheidenen Drehstuhl, dessen Lehne mit schwarzem Stoff bespannt war.

Edwards wickelte den Kittel von seinem Arm ab und zog ihn wieder an. Er suchte nach Compactdiscs, die detailliert die Methoden beschrieben, die Downs benutzte, um pluripotente Stammzellen und Stromazellen in ihre Patienten einzubringen. Edwards hatte diese Aufzeichnungen gesehen, als Downs ihre Ergebnisse der Gruppe präsentiert hatte, und wusste, dass sie sich in einer Ablage befanden, die mit REGENERATION bezeichnet war. Er ging zu der Metallschublade, die am nächsten war, und brach sie mit dem Eisen auf.

Papiere über Papiere, aber keine CDs.

Er brach eine Schublade nach der anderen auf, deren Schlösser jedes Mal mit lautem Knacken zerbarsten, doch er fand nichts.

Er war etwa zur Hälfte mit seiner Suche durch, als jemand auf das zersplitterte Glas trat, sodass er das Knirschen hörte.

Erschrocken fuhr er herum und sah, wie ein dunkelhaariger Mann mit breitem Gesicht und kleinem Schnauzbart in den Raum kam. Edwards stockte der Atem. Der Mann schwang eine Machete über dem Kopf…

»Doktor Edwards«, sagte der Mann, während er näher kam. Ein Lächeln erschien auf seinem Gesicht und ließ es noch breiter und derber erscheinen. »Was für eine Überraschung, Sie hier zu sehen. Das erspart mir die Mühe, Sie zu suchen.«

Edwards hörte seinen eigenen Aufschrei, als käme er von jemand anderem. Der Schrei wurde zu einem Wimmern, als er zurückstolperte und gegen einen Bücherschrank stieß. Instinktiv hob er den Montierhebel, um sich zu verteidigen, war durch den Angreifer jedoch viel zu sehr eingeschüchtert.

Er kannte diese Stimme!

Die Klinge sauste nieder. Edwards starrte nach unten und konnte kaum glauben, was er sah, bis ihn ein grauenhafter Schmerz durchfuhr, der von einer ovalen Schnittfläche am Ende seines Unterarms ausging. Aus der Öffnung flossen Ströme von Blut.

Edwards schrie gellend. Aus dem Augenwinkel sah er, dass der Mann die Waffe wieder hob und einen Streich zu seinem Hals führte. Edwards versuchte, sich von der blitzenden Schneide wegzudrehen, doch in seinem Schädel explodierte ein grelles weißes Licht, als die Klinge seinen Kopf vom Körper trennte.

16

Am selben Abend
Mittwoch, 27. Juni, 21:45 Uhr

Es schmerzte, egal wie sie lag. Indem sie die Arme und Beine einsetzte, so gut sie es vermochte, konnte sie den Druck ein wenig verlagern, aber das trug kaum dazu bei, ihre Schmerzen zu lindern. Sie war eine Gefangene ihres Körpers und der Zeitpläne anderer Menschen. Am liebsten hätte sie vor Verzweiflung geschrien, doch bis sie die Hand zur Kehle gehoben, eingeatmet und die Öffnung abgedeckt hätte, wäre der schlimmste Zorn über ihre Hilflosigkeit verraucht. Was hatte es für einen Sinn?

Hilflosigkeit und Wut. Schmerzen und Zorn. Sie sorgten dafür, dass Adrenalin durch ihre Adern strömte, und dies wiederum bewirkte, dass sie nicht den Mut verlor. In Adele Blaines Gegenwart war Kathleen voller Optimismus gewesen, doch ohne Adele fühlte sie sich schwach und unsicher.

Und Richard machte alles nur noch schlimmer. Mit seinem Gerede vom Zusammenleben drängte er sie an einen Ort, an den sie nicht wollte. Die heile Familie spielen, dachte sie voller Verachtung. Das würde ein schönes Spiel werden, wenn sie, Kathleen, nicht mal allein essen, allein zur Toilette gehen oder auch nur richtig sprechen konnte! Kathleen, die Geliebte, konnte nicht einmal – ja, was? Vielleicht nicht einmal etwas spüren?

Sie kämpfte gegen die Tränen an. Ihre Gefühle fuhren Achterbahn, doch die Abfahrten führten sie immer dichter an einen Abgrund, der sehr tief war, vielleicht bodenlos, und von undurchdringlicher Schwärze, die Heimat der Hoffnungslosigkeit und Hilflosigkeit. Es war besser, wütend zu sein, als solche Verzweiflung zu fühlen.

Und sie war *sehr* wütend auf Richard. Er war Arzt und schien trotzdem keine Vorstellung zu haben, wie es sein würde, wenn er sich um eine Invalide kümmern musste. Es würde schlimmer werden als das Sterben seiner Frau, denn es gab kein Ende. Richard war so wild entschlossen, das Richtige zu tun, dass er den Blick für die Realität verlor und sich weigerte, der Wahrheit ins Auge zu blicken. Und wenn sie versuchte, ihn wegzuschicken, würde das nur seine Entschlossenheit festigen, bei ihr zu bleiben. Wie konnte sie Richard dazu bringen, dass er die Wahrheit akzeptierte?

Über diese Frage dachte Kathleen nach und weinte stumm, während sie beobachtete, wie der weiße Vorhang, der ihre Kabine umschloss, sich leicht bewegte, wenn draußen Krankenhauspersonal vorbeiging. Sie spitzte die Ohren, ob sich jemand ihrem Abteil näherte, aber nur die üblichen Geräusche der Intensivstation drangen in ihr schwach beleuchtetes Krankenabteil, und das leise Piepsen der Monitore war ihr inzwischen so vertraut wie der Gesang der Vögel. Wenigstens würden die Schwestern nicht erfahren, dass sie geweint hatte. Die nasse Stelle auf dem Kopfkissen, nahm sie an, würden sie auf ihr Sabbern zurückführen.

Dann hörte sie das Zischen der Eingangstür und seine unverwechselbaren Schritte, die sich ihrem Krankenabteil näherten. Richard wies sich bei der Polizistin aus, die vor dem Abteil stationiert war; der Vorhang öffnete sich, und mit vor Müdigkeit blassem Gesicht kam er herein. »Ich glaube, ich weiß jetzt, was Hamlin mit dir gemacht hat«, sagte er ohne Umschweife, zog sich einen Stuhl heran, setzte sich und nahm ihre Hand. So müde er auch aussah, seine Augen sprühten vor Erregung. »Es sind Stammzellen.«

»Was?«

»Er hat dich mit Stammzellen behandelt.«

Sie konnte es nicht fassen. »Stammzellen?«

»Er hat sie dir ins Gehirn injiziert. Eine Infusion aus Stammzellen. Deshalb machst du so große Fortschritte.«

»Stammzellen? Wie die ... von Embryos?« – »Darum dreht sich die ganze Sache. Allerdings waren es nicht nur Hamlin und Lockman. Paul Edwards, unser Chefarzt in der Gynäkologie, hat vermutlich das embryonale Gewebe geliefert, aus dem die Zellen stammen. Francesca Downs, die Herzchirurgin, hat sie ebenfalls bei ihren Patienten angewendet, und soweit ich bis jetzt beurteilen kann, hat sie auf ganzer Linie Erfolg gehabt.«

»Mach langsam ... und fang am Anfang an.«

Er beugte sich zu ihr herunter und sprach leise. »Ich hatte erst fünfzig ihrer Krankenakten durchgearbeitet, als ich schon ein Muster erkannte. Bei jedem ihrer Patienten, die nach einem Herzinfarkt an Herzinsuffizienz gelitten haben, wurde ungefähr drei Monate nach der Operation eine Kontrollangiographie gemacht – die gleiche Prozedur, die bei dir in der Nacht deiner Einlieferung durchgeführt wurde – nur dass der Katheter in die Herzkranzgefäße geschoben und ein Kontrastmittel injiziert wird, um zu sehen, ob es irgendwelche Blockaden gibt. Das ist Routine bei Herzpatienten. Aber normalerweise machen die Kardiologen das nur, wenn die Patienten Symptome einer erneut auftretenden Behinderung zeigen, zum Beispiel zunehmende Angina pectoris oder diffuse Brustschmerzen. Aus den medizinischen Aufzeichnungen entnehme ich, dass viele der Leute, bei denen Downs eine Untersuchung mit Herzkatheter gemacht hat, gar keine Schmerzen hatten, oder wenn doch, waren sie unverändert und stabil geblieben.«

»Und?«

»Sie hat überflüssige Untersuchungen gemacht und wahrscheinlich Eingriffe vorgenommen, die nicht notwendig waren. Keine Krankenkasse würde das bezahlen. Aber wenn ihre Patienten nach weiteren drei Monaten wiederkamen, zeigte ihr Elektrokardiogramm in mehr als der Hälfte der Fälle eine deutliche Verbesserung der Kontraktionsstärke des betroffenen Herzmuskels.«

»Und das bedeutet?« – »Sie hatten keine Herzschwäche mehr! Bei der zweiten Katheteruntersuchung konnten sie die Stammzellen einschleusen, und die haben die beschädigte Herzwand repariert.«

»Lass mich raten ... Lockman war der Radiologe.«

»Du hast es erfasst.«

»Und mir haben sie Stammzellen ... ins Gehirn gespritzt.«

»Ich bin mir sicher.«

»Aber warum die Wartezeit bei den Herzpatienten? Hamlin hat mich ... sofort behandelt.«

»Ich weiß es nicht. Ich bin so viele von ihren Akten durchgegangen, wie ich konnte, um eine Antwort auf eben diese Frage zu finden, aber ohne Erfolg. Ich habe allerdings einen weiteren ihrer Mitspieler ausgegraben.«

»Wen?«

»Einen Zellforscher namens Jimmy Norris. Der Mann ist Außenseiter und ein Lebemann, aber auf dem Gebiet der Mikrobiologie ist er an vorderster Front, was die Gewebezüchtung angeht. Und mit wem könnte man sich besser zusammentun, wenn es um die Anwendung von Stammzellen geht? Es ist hier allgemein bekannt, dass Norris und Downs eine Affäre hatten oder noch haben – eine besonders praktische Beziehung, nicht wahr? Heute Nacht habe ich festgestellt, dass Norris' Name immer wieder in den Akten von Patienten auftaucht, die Downs seit dem letzten Jahr operiert hat. Er hat sie fast alle besucht. Nicht in irgendeiner offiziellen Funktion. Es gab keine formelle Bitte um Beratung von einem der Patienten und auch keine Erklärung, dass Norris einen medizinischen Grund gehabt hatte, sich für sie zu interessieren. Aber ich habe Aktennotizen von Stationspflegern gefunden, dass er in den Krankenzimmern von Patienten zu Besuch gewesen ist. Und zwei oder drei Schwestern haben berichtet, dass Patienten gesagt hatten, sie würden sechs Wochen nach ihrer Entlassung Norris wegen irgendwelcher ›Untersuchungen‹ in seinem Labor aufsuchen – Untersuchungen, die Downs vornehmen lassen wollte. In den Akten der Patienten aus dem Jahr davor gab es überhaupt keine Dokumentationen über Besuche bei Norris.«

»Und was … schließt du daraus?«

»Das weiß ich noch nicht, aber was immer es ist, ich wette, es hat damit zu tun, dass er ihr die Stammzellen liefert, die sie benutzt hat.«

»Warum beschuldigst du nicht alle drei … Edwards, Norris und Downs? Warum wirfst du Ihnen nicht vor, experimentelle Behandlungen … ohne offizielle Genehmigung … oder Zustimmung der Patienten vorgenommen zu haben …?«

»Das kann ich nicht. Ihre Akten sind keine Beweise. Francesca Downs könnte einfach sagen, dass sie keinen Schimmer hat, wovon ich rede, und seit wann hervorragende medizinische Leistungen ein Verbrechen sind. Immerhin bewegt sie sich auf sicherem Boden. Es gibt auf ihrer Liste keine verdächtigen Hinweise auf Patienten, die tot in der Notaufnahme angekommen wären. Und es ist nicht wahrscheinlich, dass ihre Patienten sich beschweren, selbst wenn wir sie fragen. Es geht ihnen allen prächtig. Nein, wenn Downs und ihre Kumpane den Mund halten, kommt niemand an sie heran, außer vielleicht der Killer. Offensichtlich sind die Mitglieder der Legion Gottes von Forschern, die Stammzellforschung betreiben, nicht gerade begeistert.«

Obwohl ihr von all dem, was sie gehört hatte, der Kopf schwirrte, war Kathleen dennoch in der Lage zu erfassen, was er übersehen hatte. »Nicht, wenn Francesca Downs, dieser Norris und die anderen, die du erwähnt hast … diejenigen sind, die ihn kontrollieren.«

»Was?«

»Warum sollte ein Fanatiker … auf einem Feldzug gegen die Nutzung von Stammzellen … versuchen, mich auf eine

Weise umzubringen... die den ganzen Betrug verschleiert hätte? Oder warum sollte derselbe Verrückte versuchen, dich zu eliminieren... wo du denjenigen auf der Spur bist, die Stammzellen benutzen? Es sind Downs und ihre Kumpel, die allen Grund haben, unseren Tod zu wünschen... bevor ich rede oder du ihnen auf die Schliche kommst... und kein publicitygeiler Terrorist...«

Kathleen verstummte und nährte ihren Zorn auf Hamlins Arroganz. Sie hörte kaum zu, als Richard laut darüber nachdachte, was sie als Nächstes tun sollten. Und doch erfüllte sie das, was Hamlin versucht hatte, mit Staunen – und auf verrückte Weise mit Hoffnung. Als Richard verstummte, umarmte er sie und küsste sie zum ersten Mal seit Wochen auf den Mund. Es fühlte sich sanft an und wundervoll. Zu ihrem Erstaunen war ihr der Kuss willkommen, und sie spürte, was sie auf ewig für tot gehalten hatte. Begehren. Sie wollte ihn, wollte sich an ihn pressen, wollte spüren, wie seine Hände sie berührten wie früher. Der Gedanke erschreckte sie, und tausend Fragen schossen ihr durch den Kopf, begleitet von einer Flut irrationaler Hoffnungen, bis sie Richard behutsam wegschob und sich zwang, alles auszuschließen – die Gefühle, den Aufruhr der Gedanken – und in die Realität zurückzukehren. »Bitte, Richard, ich muss jetzt schlafen. Das alles... ist ein ziemlicher Schock...«

»Mach dir keine Sorgen, Kathleen. Die Zellen, die Hamlin dir verabreicht hat – welche es auch waren –, scheinen dir zu helfen. Wenn Hamlins andere Fälle ein Beispiel sind, hast du eine hervorragende Chance, dich genauso gut zu erholen wie seine anderen Patienten. Du machst gute Fortschritte!«

»Welche guten Fortschritte?«, fragte sie bohrend. »Nennst du das, was du hier siehst... gute Fortschritte? Wärst du bereit, so zu leben? Oder besser, wenn du so wärst wie ich... würdest du jemanden sonst an dich heranlassen?

Und wie wirst du reagieren, wenn du darauf wartest… wann der Hammer fällt? Wenn du zusehen musst, wie ich tot in der Notaufnahme ende…? Läufst du dann weg?«

Die Farbe wich aus seinem Gesicht. »Kathleen, ich schwöre dir, ich werde dich nicht im Stich lassen…«

»Ich schwöre dir… ich werde dich nicht im Stich lassen«, ahmte sie ihn spöttisch nach. »Hör auf damit, Richard. Wer weiß… was du in ein paar Jahren für mich empfindest. Warum also… sollte ich mich auf irgendetwas verlassen?«

»Kathleen, hör auf.«

»Das ist die Wirklichkeit, Richard…«

Richard war wie vor den Kopf gestoßen.

Kathleen sah, wie er schluckte, und wusste, dass sie ihn hart getroffen hatte.

Schließlich sagte er: »Aber wir haben Zeit, um herauszufinden, warum Hamlins Patienten gestorben sind. Vielleicht können wir etwas dagegen tun.«

»Mach dir nichts vor, Richard. Es geht um mich… Ich könnte deine Angst nicht ertragen… und dass du hier herumhängst wie eine Totenwache.« Sie hatte nicht die Absicht gehabt, so auf ihn loszugehen, doch irgendetwas trieb sie dazu.

»Aber…«

»Lass mich jetzt bitte schlafen.«

Sie sah den schmerzlichen Ausdruck auf seinem Gesicht und wollte tröstend den Arm ausstrecken, hatte aber nicht die Kraft, ihn so weit zu heben. Vielleicht würde sie es niemals können. Bevor er ein weiteres Wort sagen konnte, fügte sie hinzu: »Geh zu den Kindern, Richard… Sie brauchen dich heute Nacht. Die Polizei hat sie in ein Hotel gebracht… tu es für mich. McKnight hat gesagt, dass er dich fährt… Du sollst ihn anrufen… Aber lass dich nicht zu lange von ihm ausfragen. Chet und Lisa haben Vorrang…«

Verwirrt betrachtete er sie. »Natürlich«, sagte er und küsste sie sanft auf die Wange.

Sie machte keine Anstalten zu antworten. Es muss sein, sagte sie sich. Sie durfte keine falschen Träume hegen.

Er hatte es wieder vermasselt.

Er hatte nicht auf den Namen an der Tür geachtet, als er hinter Edwards hineingegangen war.

Aber auf dem Weg hinaus.

Dr. Francesca Downs war die einzige Person, bei der seine Befehle lauteten, sie zu verschonen. Warum, wusste er nicht, aber die Anweisungen waren klar. *Tu ihr nichts an. Lass ihre Büros unberührt.*

Und nun hatte er eines seiner Zielobjekte in ihrem Büro geköpft.

Himmel! Er musste die Leiche wegschaffen und die Schweinerei beseitigen.

Er würde den größten Teil der Nacht dafür brauchen, aber er hatte Zeit. Gut dass er Krankenpfleger gewesen war; er wusste, wie man Blut und Körperflüssigkeiten entfernte. Und er wusste auch, wo er hier eine Leiche so gut verstecken konnte, dass sie frühestens Anfang nächster Woche gefunden wurde.

Er machte sich an die Arbeit.

Donnerstagmorgen, 28. Juni

Das Klingeln weckte Norris, der wie üblich im Sessel vor dem Fernseher eingeschlafen war.

»Abzeichen? Wir haben keine Abzeichen. Und wir brauchen auch keine. Ich muss dir kein verdammtes Abzeichen zeigen«, sagte ein großer Mann, der einen Sombrero und einen Patronengurt über der Brust trug, zu einem angegrauten Humphrey Bogart.

Norris ignorierte den Film und hielt sich verschlafen den Hörer ans Ohr.

»Jimmy, komm in mein Büro.« Selbst durchs Telefon klang Francescas Stimme verängstigt. Er warf einen Blick auf die Uhr, die auf dem Fernseher stand. Sie zeigte 07:10 Uhr.

»Warum? Was ist denn los?«

»Komm einfach her.«

Auf nur halb vollen Straßen fuhr er quer durch die Stadt und schirmte seine Augen gegen einen feuerroten Sonnenaufgang in Queens auf der anderen Seite des East River ab. Er brauchte weniger als fünfzehn Minuten, um das Krankenhaus zu erreichen.

Als er in die Abteilung kam, sah er anfangs nichts Außergewöhnliches. Einige seiner Leute waren bereits in ihren Labors an der Arbeit. Als er sich Downs' Büro näherte, bemerkte er die zerbrochene Scheibe in ihrer Tür und ein großes Blatt weißes Papier, das darüber geklebt war. Sofort dachte er an all die geheimen Daten, die in ihrem Computer gespeichert und in den Aktenschränken verschlossen waren.

Als er näher kam, knirschten seine Schuhe auf winzigen Glassplittern. Jemand musste die Scherben hastig beseitigt haben, hatte aber nicht genug Zeit gehabt, auch die kleineren Splitter zu entfernen.

»Wer ist da?«, fragte Francesca Downs, noch bevor er Gelegenheit zu klopfen hatte. Ihre Stimme bebte.

»Ich bin's.«

Er hörte das Schloss klicken, und die Tür öffnete sich ein Stück – weit genug, dass er ein Paar brauner Augen in einem kalkweißen Gesicht sehen konnte, als Francesca hinausspähte. »Schnell, komm rein.«

Der beißende Geruch von Wundbenzin stieg ihm in die Nase, sobald er eingetreten war. Er sah eine Reihe teilweise geöffneter Aktenschubladen, deren Schlösser sämtlich verbogen waren. Seine Befürchtung, dass ein Einbruch stattgefunden hatte, wurden bestätigt.

Doch was ihn am deutlichsten auffiel, war die Bedrückung in Francescas Gesicht.

»Erzähl mir jetzt bloß nicht, dass jemand all unsere Aufzeichnungen mitgenommen hat«, sagte er.

»Nein, ich glaube nicht. Wer immer das war, er hat nur ein paar Schubladen aufgemacht, und es scheint nichts zu fehlen. Und unsere Daten sind so gut verschlüsselt, dass niemand herankommt, höchstens ein Spezialist.«

»Vielleicht war der Einbrecher ein Spezialist«, sagte er, ging rasch zu einer der Schubladen und zog sie auf. »Wir müssen uns davon überzeugen, dass wirklich nichts fehlt. Warum sollte jemand in dein Büro einbrechen, wenn er nicht unsere Forschungsberichte haben will? Ich wette, es waren Edwards oder Blaine. Wahrscheinlich hatten sie vor, sich unsere Arbeiten zu schnappen und zu Geld zu machen.« Er zog eine weitere Schublade auf.

»Vertrau mir, die CDs sind in Sicherheit. Hier ist was anderes passiert, Jimmy. Etwas viel Schlimmeres. Riechst du den Isopropylalkohol?«

Er unterbrach seine Suche. »Ja. Das ist mir schon aufgefallen, als ich reingekommen bin. Hast du dein Büro sterilisiert?«

»Das hat bereits jemand anders gemacht, aber unvollständig. Da ist ein Blutspritzer auf der Unterseite meines Schreibtischs, und auch an den Wänden, in den Ecken, in den Fugen der Bodenfliesen... überall. Jimmy, ich glaube, hier drinnen hat es ein Blutbad gegeben.«

»Ein Blutbad?«, wiederholte er erstaunt.

»Verdammt, sieh doch selbst!« Sie zeigte auf ihren Schreibtisch.

Die Rauheit in ihrer Stimme schmerzte in den Ohren. Norris kniete sich hin, um die beiden grauen Sockel zu untersuchen, die dem sperrigen Möbelstück als Beine dienten. Er konnte Streifen entdecken, wo irgendetwas abgewischt worden war, aber ebenso deutlich waren auf der Unterseite der Tischplatte eine Reihe rotbrauner Spritzer zu erkennen. Und vor seinen Knien sah er die gleiche Verfärbung längs der Fugen der schwarz-weißen, quadratischen Linoleumfliesen. Er stand auf, ging zu den Glastüren in einem der Bücherschränke hinüber und entdeckte den gleichen rötlich braunen Schmutz in den Rillen der Scharniere sowie weitere Streifen, die nach einer erst kürzlich durchgeführten Reinigung zurückgeblieben waren. Auch an anderen Schränken entdeckte er ähnliche Spuren.

»Du bist sicher, dass es Blut ist?«, fragte er und schluckte.

»Ja. Ich habe eine Probe unters Mikroskop gelegt.«

»Menschliches Blut?«

»Sieht ganz danach aus. Ich habe aber nicht vor, es einem unserer Hämatologen zu geben und eine DNA-Analyse machen zu lassen.«

»Was ist passiert? Was meinst du?«

»Ich weiß es nicht. Aber ich wette, dass der Wahnsinnige dahinter steckt, der Hamlin und Lockman umgebracht hat.«

»Du glaubst, dass er hinter dir her war und versehentlich den Falschen erwischt hat?«

»Vielleicht. Oder er hat eines seiner anderen Opfer hierher gelockt und anschließend alles sauber gemacht, aber genug Spuren hinterlassen, dass die Polizei mich für den Täter hält.«

»Wie bitte?«

»Das ergibt einen Sinn. Edwards oder Adele Blaine. Einer von beiden versucht, mich als diejenige hinzustellen, die diesem Psychopathen Befehle erteilt.«

»Einer von beiden? Du glaubst, das Blut gehört zu dem anderen?«

»Ja.«

Er schauerte. »Und wo ist die Leiche?«

»Der Mörder hätte die Leiche auf eine Tragbahre laden, sie hier rausrollen, auf einen Laster laden und in den East River werfen können. Aber lass doch zur Abwechslung mal deine eigene Fantasie spielen!«

Fast alle Ärzte und Schwestern hatten schon das ätzende

Gift der spitzen Zunge Francescas zu spüren bekommen. Deshalb war sie gefürchtet, wurde wegen ihrer außergewöhnlichen chirurgischen Fähigkeiten zugleich aber hoch geschätzt.

»Aber wer von den beiden es ist, werden wir wissen, wenn einer von ihnen heute nicht zum Dienst erscheint, oder?«, fügte sie hinzu, und ihre blassen Lippen wurden schmal.

»Du willst einfach nur dasitzen und abwarten?« Seine Stimme war kalt, und in seinem Innern war ein Gefühl der Leere.

»Nein. Wir werden uns Bürsten und Isopropyl besorgen und diesen Raum dann so gründlich reinigen, dass nicht einmal die Cops eine Spur von Blut finden werden, wessen Blut es auch ist.«

»Glaubst du, Francesca? Du weißt so gut wie ich, dass die Cops Chemikalien benutzen, mit denen sie auch die kleinsten Blutmengen zum Fluoreszieren bringen können. Und wenn sie es erst mal finden, benötigen sie nicht mehr als ein paar Zellen, um einen DNA-Test zu machen.«

Sie starrte ihn an wie eine Schlange, bevor sie zubeißt.

»Dann solltest du lieber den Mund halten und dich an die Arbeit machen«, sagte sie. »Besorg uns die Sachen.«

Norris hätte sie am liebsten stehen lassen, doch die brodelnde Wut, die er bei ihr spürte, machte ihn wachsam. »Also gut«, sagte er, denn ihm wurde klar, dass es im Augenblick besser war, sich zu fügen.

Er wollte gerade gehen, um zu holen, was sie brauchten, als er das Geräusch sich nähernder Schritte hörte. Dann klopfte jemand an die Tür.

»Ja…?«, sagte Francesca wachsam.

»Francesca, ich bin's, Richard Steele. Ich bin hier mit Detective McKnight vom Morddezernat. Wir müssen mit Ihnen sprechen.«

Norris schlug das Herz bis zum Hals. Er fühlte sich in der Falle und blickte Francesca Hilfe suchend an.

Sie stand regungslos da. Er sah, wie sie die Hände an die Hüften legte und tief durchatmete. Er hatte schon im Operationssaal beobachtet, wie sie sich auf diese Weise beruhigte, wann immer es Ärger gab und sie nur mit eisernen Nerven über die Runden kam. »Ja, gut«, sagte sie schließlich und bedeutete Norris, dass er den Mund halten sollte. Dann schloss sie die Tür auf.

Steele und der Detective standen im Flur. Ihre Gesichter waren so müde und abgespannt wie das Francescas.

»Kommen Sie rein. Geben Sie auf Glassplitter acht. Jemand ist heute Nacht hier eingebrochen und hat einige meiner Aktenschränke aufgebrochen«, sagte Francesca. »Zum Glück muss er gestört worden sein, wer immer es war. Gott sei Dank fehlt nichts.«

Die beiden Männer betraten das bescheidene Büro.

»Tja, ich gehe dann jetzt, Francesca«, sagte Norris. Ihm war bewusst, dass er nicht annähernd die äußere Ruhe zeigte wie Francesca. »Ich schicke jemanden vom Wartungsdienst, der die Reparaturen vornimmt, und lasse den Sicherheitsdienst überprüfen, wie hier überhaupt jemand reinkommen konnte ...«

»Eigentlich betrifft die Sache auch Sie, Jimmy«, sagte Richard und trat ihm in den Weg.

»Es tut mir leid, aber ich habe nicht genug Stühle«, sagte Francesca spitz.

»Ich bleibe stehen«, sagte McKnight, lehnte sich an die aufgebrochenen Aktenschränke und beäugte das verbogene Metall um die Schlösser herum. »Ich bin nur hier, um Dr. Steele Polizeischutz zu bieten. Wie Sie vielleicht wissen, hat es bereits zwei Anschläge auf sein Leben gegeben.«

»Ja, Richard, ich habe davon gehört und bin ehrlich schockiert, aber ...«

»Hören Sie, Francesca, nach den Anschlägen auf Kathleen und meinen Sohn bin ich nicht in der Stimmung für Subtilitäten, also komme ich gleich auf den Punkt. Ich glaube, ich habe entdeckt, weshalb Hamlin und Lockman ermordet wurden, und ich glaube, auch Sie kennen den Grund. Sie haben mit Stammzellen experimentiert, stimmt's? Sie haben sie illegal Schlaganfallpatienten verabreicht.«

Norris hatte das Gefühl, der Boden würde ihm unter den Füßen weggezogen. Er warf einen Blick zu Francesca hinüber, die mit offenem Mund dastand. Sie sagte kein Wort.

Richards blickte Norris an. »Und Sie, Jim, müssen sie mit den Stammzellen versorgt haben«, sagte er. »Es gibt hier sonst niemanden, der die Möglichkeiten hat, die Mengen an Zellen zu züchten, die für zwei Jahre Arbeit benötigt werden.«

Norris spürte, wie er rot wurde. »Ich … äh, ich schwöre, ich weiß nicht, wovon Sie reden.«

»Warum sind Sie dann so aufgeregt?«

»Weil Ihre Behauptung so unglaublich ist, Dr. Steele«, schaltete Francesca sich ein. »Und selbst wenn Ihre Anschuldigungen gegen Tony und Matt zutreffen – und ich bin sicher, Sie haben Gründe, das zu glauben –, welche Beweise haben Sie denn, dass Jim etwas damit zu tun hat? Oder wenn wir schon dabei sind, warum kommen Sie mit all dem zu mir?«

»Weil ich glaube, dass Sie dasselbe mit Ihren Herzpatienten getan haben, Francesca. Und Ihr Kumpel Jimmy hat Ihnen dabei geholfen, zusammen mit Paul Edwards und Adele Blaine.«

Norris brach der Schweiß aus.

»Ich werde Sie wegen böswilliger Verleumdung vor die Ethikkommission bringen!«, rief Francesca.

»Gut! Dann können Sie dort gleich erklären, warum Sie all die unnötigen Herzkatheterisierungen bei Patienten durchgeführt haben, die keine Symptome einer sich verschlechternden Angina Pectoris zeigten …«

»Sie stellen meine Kompetenz infrage, Richard? Nach all den Jahren, die Sie in der Notaufnahme mit mir zusammengearbeitet haben?« Francesca spielte die Fassungslose. »Ich habe die beste Erfolgsbilanz des Krankenhauses bei meinen Infarktpatienten, und das wissen Sie auch«, fuhr sie fort. »Sogar im ganzen Land. Und was soll's, wenn der Preis für diese hervorragende Bilanz ein paar Extra-Angiographien sind. Zu Ihrer Information, ich habe keine Gebühren genommen …«

»Ersparen Sie mir das, Francesca. Ich glaube, dass Sie und Ihresgleichen diesen Irren von der Legion Gottes auf Hamlin, Lockman, Sullivan und mich angesetzt haben, um Ihre Spuren zu verwischen. Also verschwenden Sie nicht Ihre Zeit damit, mich zu verarschen.«

»Nein!«, hörte Norris sich selbst sagen, und das Wort klang erstickt und wie aus weiter Ferne.

Francesca starrte Richard fassungslos an. »Mein Gott, das meinen Sie doch nicht ernst? Richard, ich bitte Sie, Sie können doch nicht glauben, dass ich irgendwas mit diesen Morden zu tun habe! Ich habe meine ganze Karriere damit verbracht, Leben zu *retten*. Ich könnte niemals einem Menschen etwas antun! Um keinen Preis!«

»Um keinen Preis? Und was ist, wenn es darum geht, Ihre Karriere zu retten? Oder um bei den Ersten dabei zu sein, die das Wunder der Regenerativen Medizin bewirken? Wie auch immer, Sie und Ihr Komplize haben einen Verrückten auf mich und meine Angehörigen gehetzt, also verzeihen Sie, wenn mir da ein wenig das Verständnis fehlt.«

Francesca ergriff Richards Hände. »Richard, Sie müssen mir glauben. Wenn ich irgendetwas tun könnte, um diesen Mörder aufzuhalten, um Sie, Chet und Dr. Sullivan vor Schaden zu bewahren, dann würde ich es tun.«

»Dann sagen Sie mir, wer es ist.«

»Ich weiß es nicht!«

»Verdammt, Francesca, hören Sie mit den Spielchen auf! Sie haben nur eine Möglichkeit, sich aus dem Schlamassel zu befreien. Sagen Sie mir, was Sie über diesen Killer wissen.«

Sie sah ihn an und hielt immer noch wie Halt suchend Richards Hände. In ihren Augen standen Tränen, und ihre Wangen waren gerötet. Dann verlor ihr Gesicht langsam jeden Ausdruck und wurde zu einer leeren Maske. Sie ließ seine Hände los. »Es reicht mir«, sagte sie. »Bitte verlassen Sie mein Büro.«

Die Kälte in ihrer Stimme ließ Norris frösteln.

Richard ignorierte Francesca und wandte sich wieder Norris zu. »Wie ist es mit Ihnen, Jimmy? Wollen Sie nicht auspacken, jetzt, wo Sie noch die Chance haben, sich selbst zu helfen? Es sieht nicht gut für Sie aus. Es gibt Aufzeichnungen, dass Sie sämtliche Patienten Francescas besucht haben, die nach ein paar Monaten von ihrer Herzschwäche geheilt zu sein schienen. Es gibt viele Schwestern, die Ihr Kommen und Gehen notiert haben. Sie haben nur vorbeigeschaut, um ein bisschen zu plaudern, oder?«

»Sie hören von meinem Anwalt«, entgegnete Norris, der dieselbe Wut zu imitieren versuchte wie seine Geliebte. Doch sobald die Worte heraus waren, wusste er, dass er lediglich bewirkt hatte, dass er noch ängstlicher klang.

»Oh, gut, diesmal also ein Gericht«, erwiderte Richard. »Vielleicht können wir dort über ärztliche Kunstfehler, fahrlässige Tötung und Verschwörung reden. Überlegen wir mal, wie die Sache sich wahrscheinlich abgespielt hat. Edwards hat die Embryonen geliefert. Sie, Jimmy, haben die Zellen für Hamlin und Ihre Freundin hier gezüchtet. Dann haben Sie Lockman dazu verleitet, mitzuspielen, weil Sie einen Angiographie-Spezialisten brauchten, der bereit war, bei den Infusionen mitzumachen. Und Adele Blaine bot mit ihrem Reha-Zentrum den idealen Ort, an den Sie Ihre Versuchsobjekte rasch bringen konnten. So ist keiner auf die Idee gekommen, sich das New York City Hospital selbst einmal näher anzusehen. In Blaines Reha-Zentrum konnten Sie die Patienten ungestört weiter beobachten und mögliche böse Überraschungen vertuschen, stimmt's? Nur dass

Hamlins Patienten *tot* wieder in die Notaufnahme eingeliefert wurden. Weshalb hat Hamlin auch Kathleen noch behandelt? Um ihr Leben zu retten, damit ich dann aus Dankbarkeit mitmache, seine Fehler zu vertuschen?«

»Sie haben ja den Verstand verloren, Richard«, sagte Francesca ruhig und schüttelte den Kopf – eine perfekte Show des Mitleids.

Richard musterte sie. »Ach ja?« Ihre plötzliche Ruhe schien ihn zu verunsichern.

»Ja, allerdings. Doch nach allem, was Ihnen selbst, Ihrem Sohn und Kathleen Sullivan passiert ist, halte ich es für verzeihlich. Aber es hat Ihr Urteilsvermögen getrübt, und Sie haben das alles falsch verstanden.«

»Einen Dreck habe ich!«

»Ich weiß nicht, was Hamlin und Lockman vorhatten«, fuhr Francesca fort, »aber Sie haben recht, dass Jimmy und ich Stammzellforschung betreiben.«

Norris spürte, wie er einen Kloß im Hals bekam.

Richard schwieg verdutzt.

McKnight stieß sich vom Aktenschrank ab, an dem er gelehnt hatte, und beugte sich vor. Auf seinem Gesicht spiegelte sich waches Interesse.

»Allerdings arbeiten wir mit Stromazellen.« Sie machte eine Pause und schien den erstaunten Ausdruck auf Richards Gesicht ein paar Sekunden lang zu genießen. »Im vergangenen Sommer ist es einem skandinavischen Wissenschaftlerteam gelungen, solche Zellen aus dem Mark der Oberschenkelknochen eines Patienten zu isolieren und erfolgreich ins Herz des Betreffenden zu implantieren. Sie haben nichts behandelt, nur den Versuch gemacht, um zu beweisen, dass diese Prozedur erfolgreich durchgeführt werden kann. Deshalb haben wir uns zu Tierversuchen entschlossen und mehrmals Zellen aus den Oberschenkelknochen einer erwachsenen Maus gewonnen und sie bei demselben Tier erfolgreich in das Narbengewebe eines

Myokardinfarktes eingebracht, den wir künstlich ausgelöst hatten. Wir haben einen guten Teil der ursprünglichen Funktion wiederhergestellt! Tatsächlich waren wir so erfolgreich, dass wir jetzt für Versuche an Menschen bereit sind. Und den Grund für die Besuche von Jimmy bei meinen Patienten will ich Ihnen gern erklären. Wir haben nach einem geeigneten Kandidaten gesucht. Und kürzlich haben wir einen Patienten gefunden, der bereit ist, dass wir die Methode bei ihm erproben. Um die Wahrheit zu sagen, hatten Jimmy und ich gerade darüber diskutiert, ob wir nicht eine Pressekonferenz geben sollten, um diese Neuigkeiten zu verbreiten.« In ihrer Stimme lag genau die richtige Mischung aus Enthusiasmus und Stolz.

Richard errötete. »Ihre Zahlen zeigen bereits seit zwei Jahren fantastische Ergebnisse, Francesca. Und ich wette, wenn wir Ihre Patienten aus den letzten zwölf Monaten befragen würden, dann würden wir herausfinden, dass bei allen Knochenmark aus den Oberschenkeln entnommen wurde.«

»Natürlich, bei einigen schon. Zusätzlich zu unserer Arbeit mit Mäusen mussten wir sicher sein, dass wir menschliche Stromazellen isolieren und kultivieren können, wenn die Zeit für Versuche an Menschen gekommen ist. Alle Versuchspersonen haben Dokumente unterschrieben, dass sie informiert wurden und sich einverstanden erklärten. In jedem Dokument steht klipp und klar, dass er oder sie sich vollkommen im Klaren darüber ist, dass wir für Forschungszwecke Gewebeproben entnehmen, die eines Tages Patienten wie ihnen möglicherweise helfen könnten. Sie haben auch eine Vertraulichkeitserklärung unterschrieben.«

Richard öffnete den Mund, doch McKnight kam ihm zuvor.

»Könnte jemand das mit verständlichen Worten erklären?«

»Ich bin sicher, Richard kann das«, sagte Francesca, »aber

wenn Sie mich jetzt bitte entschuldigen würden, ich muss an die Arbeit. Bei einem Medienereignis dieser Größe sind sehr viele Telefongespräche zu führen.«

Sie ging zu Richard und legte ihm eine Hand auf die Schulter.

Er blickte auf ihre Finger, wie man eine Tarantel betrachtet.

»Richard«, sagte Francesca, »Jimmy und ich sind genauso entsetzt wie Sie über diesen Psychopathen, der hier herumläuft. Vielleicht können wir mit unserer Arbeit unter anderem erreichen, mit solch bösartigen Mistkerlen fertig zu werden.«

Richard sah sie durchdringend an. »Ich bin mit der Sache noch nicht fertig, Francesca«, murmelte er schließlich und verließ den Raum.

Norris atmete so tief aus, als hätte er die ganze Zeit den Atem angehalten.

McKnight, der sich wieder an den Schrank gelehnt hatte, stieß sich ab und sagte zu Francesca: »Sie sollten den Einbruch bei uns melden.« Er deutete auf das verbogene Metall an den Schlössern. »Wir könnten nach Fingerabdrücken suchen, Ihr Personal befragen …«

»Ich bin sicher, dass der Einbruch nichts mit den Morden zu tun hat«, sagte sie und hielt McKnight die Hand hin.

Er schloss sie in seine riesige Faust und sah sie mit einem überraschend entwaffnenden Lächeln an. »Woher wollen Sie das denn wissen?«

»Was ist da unten eigentlich passiert?«, fragte McKnight, als sie die Treppen hinaufstiegen.

»Sie hat die Stellung behauptet. Ich bin nicht an sie rangekommen.«

»Was hatte das mit diesen Stromazellen eigentlich zu bedeuten? Ich hab kaum ein Wort verstanden.«

»Ich erzähle es Ihnen bei einem Kaffee. Ganz egal, was

Downs sagt – ich weiß, dass ich recht damit habe, dass die alle unter einer Decke stecken. Aber wenn Downs Stromazellen benutzt, adulte Stammzellen, kein embryonales Gewebe, ist sie dem Zorn der Abtreibungsgegner ausgewichen.«

»Dann ist sie also kein potenzielles Ziel für die Legion Gottes?«

»Wenn diese Typen ihre Hausaufgaben gemacht haben, nein. Aber wer weiß das schon bei solchen Fanatikern?«

»Hat Hamlin auch diese adulten Stammzellen benutzt?«

»Das bezweifle ich. Bei ihm waren es immer Notfälle. Er hatte keine Zeit, die erforderlichen Zellen aus dem Knochenmark der Patienten zu gewinnen und zu kultivieren. Norris musste also bereits embryonale Zelllinien bereithalten. Wieso sonst sollten sie weiter mit Paul Edwards zusammenarbeiten? Wahrscheinlich hat auch Downs anfangs diese Zelllinien benutzt, bis sie erfahren hat, was diesem skandinavischen Forscherteam vor einem Jahr gelungen ist, und ist dann zu Stromazellen übergewechselt. Ganz schön dreist, dass sie ihre Patienten ganz offen dazu überredet, das Knochenmark zu spenden, das sie und Norris zur Vorbereitung der Infusionen brauchten. Das macht ihre Geschichte wasserdicht.«

»Aber wenn Downs von den ›Soldaten‹ der Legion Gottes als ehrbare Wissenschaftlerin betrachtet wird, wäre es für sie dann nicht einfacher als für Norris, Edwards oder Blaine, diese Fanatiker auf Hamlin und Lockman anzusetzen, ohne sich selbst in Gefahr zu bringen?«

»Das nehme ich an. Worauf wollen Sie hinaus?«

»Downs könnte die Legion sogar für ihre eigenen Zwecke eingespannt und diese Typen davon überzeugt haben, dass es in ihrem eigenen Interesse ist, auch Sie und Dr. Sullivan zu beseitigen. Damit würde Downs ihr Geheimnis noch besser schützen und sich die Freiheit bewahren, für die medizinische Anwendung nicht embryonaler Stammzellen einzutreten. Dieses Argument sollte wenigstens einige der ›Soldaten‹ überzeugt haben.«

»Ja. Aber Downs hätte ihnen auch einfach eine Geschichte auftischen können, dass ich am Stammzellenprojekt mitarbeite. Sie hätte behaupten können, dass ich zugestimmt habe, Hamlins Todesfälle in der Notaufnahme zu vertuschen – im Austausch dafür, dass er Kathleen behandelt. Aber ich sehe immer noch nicht, worauf Sie hinauswollen.«

»Downs ist die Einzige von dem ganzen Verein, die die ›Legion‹ mobilisieren konnte, ohne befürchten zu müssen, dass auch sie umgebracht wird. Im Unterschied zu Norris, Edwards und Blaine.«

»Und?«

»Downs könnte auf eigene Faust handeln, indem sie unseren Killer beteiligt. Und vielleicht schickt sie ihn noch mehr Leuten auf den Hals als Ihnen und Dr. Sullivan.«

Richard verlangsamte seinen Schritt. »Das ist eine interessante Theorie ...«

»Ich bin Cop. Man muss nur Möglichkeiten und Mittel mit den Motiven verbinden. Ich würde sagen, in diesen beiden Punkten ist Francesca Downs den anderen weit überlegen.«

»Und was machen wir?«

»Könnte sein, dass ihre früheren Partner nervös werden. Sollten wir nicht auch mit denen sprechen?«

»Weil sie verängstigt genug sind, dass sie mit uns reden?«

McKnight nickte. »Ja. Die Leute könnten sich privat mit Ihnen treffen und ...«

»Kommen Sie!« Richard drehte sich um und ging zu den Fahrstühlen.

»Zum Coffeeshop geht's hier lang.«

»Zuerst will ich bei Edwards vorbeischauen. Mal sehen, wie er auf einen Überraschungsbesuch reagiert.«

McKnight beeilte sich, ihn einzuholen. »Okay, aber Sie

können ihn nicht so überfallen, wie Sie es bei Downs und Norris gemacht haben. Das grenzte beinahe schon an Polizeiwillkür…«

»Sie haben doch gar nichts gesagt.«

»Ich war im selben Zimmer. Einer von ihnen könnte Beschwerde einreichen.«

»Ich schwöre, dass Sie kein Wort gesagt haben. Außerdem werde ich Edwards nicht zur Rede stellen, sondern nur durchblicken lassen, dass Francesca Downs ein Rudel tollwütiger Hunde auf seine Kumpane gehetzt hat und dass er selbst der Nächste sein kann. Sie können ja wieder in Ihren Bericht schreiben, dass Sie mich lediglich als Polizeischutz begleitet haben.«

»Wir bewegen uns auf hauchdünnem Eis, und das wissen Sie. Dass ich dabei bin, könnten die Leute, mit denen Sie reden, als Druck auslegen.« Er lächelte. »Mann, ich dachte vorhin, dieser Norris macht sich in die Hose.«

»Dann hat er entweder Durchfall oder ein schlechtes Gewissen. Wie könnte die Beschwerdestelle Ihnen *daraus* einen Vorwurf machen? Ah, da sind wir schon.« Er führte McKnight in einen Seitengang.

»Da wir gerade von Norris sprechen«, fuhr McKnight fort. »Der scheint mir ziemlich wacklig zu sein. Ich würde ihn gern allein befragen.«

»Ich bezweifle, dass er Downs verraten würde, nicht einmal, um die eigene Haut zu retten. Sie sind seit über einem Jahr ein Paar, und Norris ist mehr als nur in sie verschossen.«

»Sie würden sich wundern, was ein versierter Vernehmungsbeamter aus einem verliebten Burschen machen kann.«

Richard lächelte. »Vielleicht. Aber Edwards dazu zu bringen, sie zu verpfeifen, ist eine gute Möglichkeit. Ich wette, er klappt zusammen wie ein Liegestuhl, wenn er glaubt, dass Sie ihn nicht so hart anfassen. Und wenn wir

Francesca Downs mit kriminellen Anschuldigungen festnageln können, die auf Edwards' Aussage beruhen, ist sie bestimmt nicht mehr die Eiskönigin, die wir vorhin erlebt haben, sondern viel eher geneigt, ebenfalls einen Deal zu machen. Dann könnte sie uns vielleicht sogar den Killer liefern ...«

Aus den Tiefen von McKnights mächtigem Brustkorb drang ein kehliges Lachen. »Doc, bleiben Sie bei der Medizin und überlassen Sie alles andere mir. Sie haben zu viele Gangsterfilme gesehen.«

Der Korridor führte zu einem Raum, in dem eine streng dreinblickende Frau in orangerotem Overall hinter einem Schreibtisch saß, der vor zwei großen, bis zur Decke reichenden Mahagonitüren stand.

»Wer mag hinter diesen Türen sein?«, flüsterte McKnight. »Godzilla?«

»Dr. Edwards ist noch nicht da«, informierte sie die Frau.

»Wann erwarten Sie ihn?«, fragte Richard.

»Offen gesagt, ich weiß es nicht, Doktor. Er kommt eigentlich nie zu spät. Als ich vorhin bei ihm zu Hause angerufen habe«, fügte sie mit einer Spur von Angst in der Stimme hinzu, »sagte seine Haushälterin, er sei letzte Nacht nicht nach Hause gekommen.«

In Richards Innerem schrillte ein Alarmsignal, und wenn er nach McKnights Miene urteilte, machte dem Detective die Auskunft der Sekretärin ebenfalls Sorgen.

Auf dem Weg zurück zum Coffeeshop fragte McKnight: »Übrigens, was meinen Sie zu dem Alkoholgeruch in Downs' Büro? Ist es normal, dass ihr Büro nach Fusel riecht?«

17

Am selben Morgen
Donnerstag, 28. Juni, 10:04 Uhr

Gordon Ingram ging in seinem schmucklosen Büro auf und ab. »Verdammt, ich hatte mir schon gedacht, dass an Hamlins Statistiken irgendwas faul ist«, sagte er. »Ich könnte mich ohrfeigen, dass ich der Sache nicht schon eher nachgegangen bin.«

»Sie kannten die Zahlen?«

»Nur die allgemeinen Morbiditäts-Mortalitäts-Zahlen. Sein seltsames Verhalten bei Dr. Sullivan hat mich misstrauisch gemacht, und ich habe mich gefragt, ob er auch andere Fälle überdosiert hat. Deshalb habe ich mir seine Berichte angesehen. Und dann dieser bizarre Streit zwischen ihm und den anderen in der Cafeteria ... da war ich sicher, dass sich irgendetwas zusammenbraut. Also habe ich von allen die Statistiken überprüft.«

Richard nickte. Es imponierte ihm, welch rasche Fortschritte dieser Mann gemacht hatte. Genau dieses Misstrauen und die raubtierhafte Entschlossenheit machten Ingram zum vielleicht einzigen Menschen im Krankenhaus, der ihm helfen konnte.

»Ich suchte stets nach schlechten Neuigkeiten«, fuhr Ingram fort, »also waren die superguten Ergebnisse eine angenehme Überraschung. Aber ich hatte dennoch vor, sie genauer zu überprüfen, besonders die beiden Fälle unter Hamlins Patienten, die tot in der Notaufnahme eingeliefert wurden. Die Diagnosen haben mich genauso stutzig gemacht wie Sie. Aber die ethische Belastung ist in der letzten Zeit sehr groß geworden. Heutzutage hat jeder Angst, ohne vorherige Beratung mit Kollegen auch nur ein Aspirin zu verordnen, und die Zahl der Patientenbeschwerden ist in die Höhe geschossen – ich muss Ihnen ja nicht erklären, wie das läuft. In *guten* Nachrichten nach Problemen zu suchen, ist da ein wahrer Genuss, auf den ich lange warten musste.«

»Und was haben Sie jetzt vor?«, fragte Richard und hoffte, dass seine Frage Ingram dazu bringen würde, sich auf das Wesentliche zu konzentrieren.

Ingram ließ sich in seinen Sessel fallen, atmete tief durch, schob seine Drahtgestellbrille in die Stirn und rieb sich die Augen. Er sah müde aus, mehr denn je, seit er nicht mehr in der Intensivstation arbeitete. »Wir können eine außerordentliche Vorstandssitzung einberufen«, sagte er schließlich, »und dazu auffordern, sämtliche Patienten Hamlins einzuladen, von denen wir glauben, dass sie Stammzellen bekommen haben. Es sind nur achtzehn, sagen Sie?«

»Wenn man die beiden Toten abzieht, sogar nur sechzehn.«

»Es sollte nicht allzu schwierig sein, Kernspintomogramme von ihnen zu bekommen. Und für die Verstorbenen können wir die Exhumierung und Autopsien beantragen. Es hat oberste Priorität, herauszufinden, woran sie gestorben sind.«

»Glauben Sie, die Anwälte unseres Krankenhauses lassen zu, dass das NYCH so bereitwillig seine Haftbarkeit einräumt?«

»Ich werde argumentieren, dass die wahre Haftbarkeit heutzutage darin besteht, ein mögliches Problem auszusitzen, statt offen und ehrlich zu sein. Ich werde ihnen sagen, dass wir als Institution den Hals in der Schlinge haben, wenn wir nicht unverzüglich jeden warnen, der ein Risiko trägt. Wir können nur beten, dass wir irgendetwas tun können, dass die sechzehn Patienten nicht wie die ersten beiden enden.«

Richard dachte an Kathleen und zuckte zusammen.

»Entschuldigung«, sagte Ingram. »Ich wollte nicht gefühllos sein. Sie machen sich bestimmt große Sorgen um Dr. Sullivan.«

»Was mir im Moment am meisten Sorgen macht, ist, dass wir den Mörder finden müssen, bevor er wieder das Bedürfnis verspürt, Kathleen anzugreifen, oder noch einmal versucht, über unsere Kinder an mich heranzukommen. Dafür brauche ich Francesca Downs. Ich glaube, sie hat diesen Hurensohn möglicherweise dazu benutzt, potenzielle Zeugen loszuwerden.«

Ingram schob die Brille auf die Nase zurück und sah Richard fassungslos an. »Sie glauben was?«

»Sie haben mich schon richtig verstanden.«

»Francesca… unter einer Decke mit einem Killer? Sie müssen den Verstand verloren haben, Richard.«

»Keineswegs. Sie haben Downs' Zahlen gesehen. Wenn Sie einen Blick in einzelne Patientenakten werfen, gibt es nur eine Erklärung: Francesca Downs hat in den letzten beiden Jahren Stammzellen benutzt, in den letzten zwölf Monaten wahrscheinlich Stromazellen.«

Ingram spitzte die Lippen und schob die Brille wieder hoch auf die Stirn; dann starrte er auf seinen leeren Schreibtisch. Nach ein paar Sekunden hob er den Blick und sah Richard fest an. »Nehmen wir mal an, ich kaufe Ihnen die Geschichte ab, dass Francesca Stammzellen benutzt hat, was ich aber erst tun werde, wenn ich mir alle ihre Akten persönlich angesehen habe. Dann ist es immer noch ein ziemlicher Sprung von dort bis zum Anheuern eines mörderischen Eiferers, der Leute umbringen soll, die Francesca ins Gefängnis bringen könnten. Oder haben Sie eindeutige Beweise?«

»Nein. Ich weiß nur, dass sie Motiv, Mittel und Gelegenheit hatte.«

»Das ist Polizeigerede. Erzählen Sie mir jetzt bloß nicht, dass die Cops Ihnen diese Theorie abgekauft haben.«

»Nicht direkt.«

»Nicht direkt? Unternehmen die Cops denn etwas in der Sache? Haben sie Downs mit aufs Revier genommen, um sie zu vernehmen? Hat man sie offiziell zur Verdächtigen in den beiden Mordfällen erklärt?«

»Nein.«

»Sie haben also auch keinen Beweis, denken aber darüber nach.«

»Das könnte man so sagen.«

Ingram lehnte sich im Sessel zurück und atmete tief aus. »Dass die Detectives vom Morddezernat verdächtigen Spuren nachgehen, kann ich verstehen. Das ist ihr Job. Aber Sie, Richard? Herrgott, Sie haben mit Francesca Downs zusammengearbeitet. Natürlich kann ich es nicht dulden, dass Francesca die Regeln verletzt hat, wenn sie mit ihren Patienten tatsächlich das getan hat, was Sie behaupten. Vielleicht will sie eine Abkürzung nehmen, um zu Ruhm und Geld zu kommen. Ich persönlich kann den Reiz dieser Sache sogar verstehen. Menschen das Leben zurückzugeben, ist so… *magisch*, dass man sich wundern muss, dass nicht noch mehr Ärzte vorgeprescht sind. Schließlich kann es ein Jahr dauern, bis man die Genehmigung für klinische Versuche der ersten Phase bekommt. Und zu der Zeit, als Francesca, wie Sie behaupten, mit dem Einsatz von Stammzellen angefangen hat, haben die Konservativen im Repräsentantenhaus noch damit gedroht, die Stammzellenforschung gänzlich zu verbieten. Ja, ich kann mir vorstellen, dass Francesca sich gegen die Regeln aufgelehnt hat. Aber einen Mord begehen, um es zu vertuschen? Niemals. Das Leben eines Menschen ist ihr heilig, das wissen Sie so gut wie ich.«

Richard erwiderte nichts. Ingrams Gedanken stimmten weit gehend mit seinen Gefühlen und Eindrücken überein, was Francesca Downs betraf. Doch er besaß noch einen anderen Instinkt, der in der Notaufnahme geschmiedet worden war, wo er sich nicht erlauben konnte, sich von Gefühlen beeinflussen zu lassen, wo er kühl und analytisch sämtliche möglichen Diagnosen bedenken musste, wie unangenehm sie auch sein mochten, um tödliche Fehler zu vermeiden. McKnights Feststellung, dass Francesca Downs das Motiv, die Mittel und die Gelegenheit hatte, durfte nicht ignoriert werden, egal was Ingram sagte.

»Und was Jimmy Norris betrifft«, fuhr Ingram fort, »der ist ein Träumer, ein Idealist. Auch wenn jeder weiß, dass Francesca ihn so becirct hat, dass sie ihn an der Nase herumführen kann – ein Killer ist er nicht.«

Richards Instinkte hatten auch mit dieser Schlussfolgerung keine Probleme.

»Aber Edwards und Blaine… also, die beiden würden ihre eigenen Mütter opfern, wenn es in ihrem Interesse läge. Denen würde ich durchaus zutrauen, einen verrückten Attentäter loszuschicken, wenn es ihnen die Haut rettet. Besonders bei den finanziellen Aussichten, die für sie auf dem Spiel stehen.«

Richard war so sehr mit dem Wer, Was und Wie des Falles beschäftigt gewesen, dass er kaum einen Gedanken an das Geld verschwendet hatte, wenngleich er wusste, dass es in diesem Fall um Unsummen ging. Wenn ihm jemand erklären konnte, wie das lief, dann war es Ingram. Es lag in der Natur der Sache, dass Ethiker mit jeder Art von Betrügereien konfrontiert wurden. »Ich denke, Sie sollten mir mal Ihre Auffassung über die ökonomischen Aspekte erläutern, Gordon. Ich fürchte, ich habe nicht viel Fantasie, wenn es um die Tricks und Schliche auf dem Markt der Heilberufe geht.«

Ingram grinste, wie er es immer tat, wenn er Gelegenheit erhielt, seine Bildung zu demonstrieren. »Glauben Sie mir, das Gewinnpotenzial auf dem Gebiet der Stammzellprodukte ist unglaublich. Ich gehöre verschiedenen Komitees an, in denen die Anträge auf klinische Versuche geprüft werden, und zurzeit überschlagen sich die Biotechnik-Labors geradezu, um als Erste auf dem Mark zu sein und alles Mögliche anzubieten, von Präparaten zur Regeneration von Hirn und Nerven bis hin zu Infusionen zur Wiederherstellung von Herz, Nieren, Knochen, Bauchspeicheldrüse… Sie kennen ja die Möglichkeiten. Man liest ja schon seit Jahren davon. Die Pharmaunternehmen versuchen, ihre Produkte alle so schnell wie möglich auf den Markt zu werfen. Und was für ein Markt.«

Richard kicherte. »Babyboomer. Wir Babyboomer lehnen es ab, die Sterblichkeit zu akzeptieren, und sind bereit, jeden Preis zu zahlen, um nicht zu altern und zu sterben.«

Ingram lächelte. »Genau. Mit dem Ergebnis, dass private Pharmafirmen nicht nur hinter Leuten wie Norris her sind, die erfolgreich Zellen gewinnen und vermehren können – sie brauchen auch Ärzte wie Downs und Hamlin, die bereit sind, die Methoden für die klinische Anwendung zu verfeinern. Und da Edwards und Adele Blaine schon immer Ärzte waren, denen es eher um die geschäftliche Seite der Medizin ging, habe ich den starken Verdacht, dass sie nur deshalb an der ganzen Sache beteiligt sind, weil sie ein kommerzielles Paket geschnürt haben, bei dem es um die unternehmerische Seite geht – zum Beispiel, die Forschungsergebnisse insgeheim an eins der großen Labors zu verkaufen. Und als Hamlin Ärger machte, haben die beiden vielleicht beschlossen, Zeugen zu beseitigen, damit sie nicht hinter Gittern landen und sich die Chance wahren, vom Gewinn aus diesem Deal zu profitieren, was immer sie da zusammengebraut haben.«

Richard spielte mit dem Gedanken, dass Downs und Norris sich nicht deshalb so ängstlich verhielten, weil sie befürchteten, erwischt zu werden, sondern aus Angst, dass Edwards und Blaine sie ermordeten, weil sie zu viel wussten.

»Okay«, sagte Richard schließlich, »nehmen wir an, es hat sich so abgespielt, wie Sie sagen. Edwards könnte verschwunden sein. Vielleicht hat er sich abgesetzt. Er ist heute nicht zur Arbeit erschienen, und seine Sekretärin hat erfahren, dass er letzte Nacht nicht zu Hause war. Deshalb bliebe vorerst Adele Blaine. Aber sie wird nichts zugeben, weil es nichts gibt, das sie mit den anderen verbindet – außer den Patienten, die anschließend in ihrem Reha-Zentrum landen. Also brauche ich immer noch Francesca Downs. Mit ihrer Aussage gegen Edwards und Blaine könnte die Polizei Adele Blaine vielleicht ausreichend unter Druck setzen, dass sie uns im Austausch für ein milderes Urteil sagt, wer der Killer ist.«

»Hört sich kompliziert an.«

»Ist es auch«, erwiderte Richard, beugte sich im Sessel vor und rieb sich das Gesicht. »Und um alles noch schlimmer zu machen – ich wette, dass sie und Norris sich nach unserem Besuch heute Morgen inzwischen einen ganzen Schwung Anwälte besorgt haben und nicht mit mir über die Sache reden werden – weder mit mir noch mit sonst jemandem –, es sei denn, sie werden dazu gezwungen. Und da kommen Sie ins Spiel.«

»Ich?«

»Ja. Sie könnten Francesca ins Schwitzen bringen wegen der Extra-Angiogramme, die sie gemacht hat. Zwingen Sie sie, Fragen zu beantworten. Vielleicht rüttelt sie das so weit auf, dass sie irgendetwas verrät. Sie könnten sogar an ihre Medizinerehre als Lebensretterin appellieren und sie auffordern, dass sie auspackt und hilft, einen Mörder zu stoppen.«

»Sie wissen so gut wie ich, dass Francesca Eis in den Adern hat, wenn es kritisch wird. Eine Anhörung vor der Ethikkommission wird sie kalt lassen.«

»Ich weiß, aber das ist alles, was ich im Moment habe. Wie ich schon sagte – man kann nur raten, was dieser Kerl als Nächstes tun wird, wenn wir ihn nicht schnell zu fassen kriegen.«

Ingram nickte. »Natürlich. Ich werde tun, was ich kann.« Richard stand auf. Er hatte vorerst bekommen, was er wollte. »Übrigens, ich stehe tief in Ihrer Schuld, dass Sie sich um Kathleens Tracheotomie gekümmert haben. Seit Sie uns in der Nacht damals geholfen haben, ist so viel passiert, dass ich noch gar nicht dazu gekommen bin, mich bei Ihnen zu bedanken.«

Ingram winkte ab. »Ich bin froh, dass ich Ihnen helfen konnte. Bei einem solchen Eingriff ist alles so wohltuend eindeutig im Vergleich zu all dem Richtig und Falsch bei ethischen Problemen, dass es für mich wie eine Erholung war.«

Richard lächelte ihn an. Manchmal war es schmerzlich, in Ingrams Augen die Sehnsucht nach den alten Zeiten zu sehen, als er noch unermüdlich den Kampf gegen jede Widrigkeit aufgenommen hatte, die eine Intensivstation bieten konnte.

»Übrigens«, sagte Ingram, »um herauszufinden, was Hamlin mit seinen Patienten gemacht hat – ist Ihnen einer besonders aufgefallen, mit dem wir anfangen sollten, weil sich bei ihm die besten Chancen bieten?«

»Eigentlich nicht. Aber da ist ein Fall, an dem ich von Anfang an beteiligt war. Vielleicht gibt uns die Tatsache, dass ich selbst direkt mit ihm zu tun hatte, einen Vorsprung, etwas zu entdecken, das vom Normalen abweicht.«

»Hört sich gut an. Erinnern Sie sich an den Namen?«

»Abraham Paxton.«

»Ich lass es Sie wissen, sobald wir ihn haben.«

14:10 Uhr

Als die Tür zur Intensivstation aufglitt, hörte Richard die tiefe Stimme McKnights.

»...aber es ist nicht nötig, jetzt, wo wir wissen, was Hamlin gemacht hat...«

»Wissen Sie, wer der Killer ist? Wo Sie ihn finden?« Zu seiner Überraschung konnte er auch Kathleens Stimme schon vom Eingang aus hören, so viel kräftiger war sie geworden.

»Nein, noch nicht. Und das ist ein guter Grund, da wegzubleiben.«

»Von wo wegzubleiben?«, fragte Richard, der den Vorhang teilte und das Krankenabteil betrat. Zu seiner Überraschung sah er, dass auch Jo O'Brien zugegen war. Sie saß beschützend neben Kathleen auf der Bettkante; ihre Brille war halb den Nasenrücken heruntergerutscht. Jos Blick über den Goldrahmen hinweg war genauso widerborstig wie ihr kurzes, graues Haar. Kathleen fasste Richard nicht minder scharf ins Auge. Oh, oh, dachte er. Er erkannte eine gemeinsame Front, wenn er sie sah.

McKnight drehte sich zu ihm um, und ein erleichterter Ausdruck legte sich auf sein Gesicht. »Dr. Sullivan besteht immer noch darauf, als Patientin in Blaines Reha-Zentrum zu gehen.«

»Was?«

»Und ich gehe mit«, erklärte Jo.

»Moment mal…«

»Es ist alles arrangiert«, sagte Kathleen. »Ich habe Jo… als Privatschwester engagiert…«

»Aber warum?«

»Weil ich nicht darauf warten werde, dass dieses Monster noch einen Anschlag… auf unsere Kinder verübt, nur weil er nicht an dich oder mich herankommt… Ich werde ihn stattdessen in eine Falle locken…«

»Aber Chet und Lisa stehen unter Polizeischutz.«

»Das funktioniert nicht immer…«

»Das Hotel ist sicher. Ich habe sie heute Morgen dagelassen. Sie werden gut bewacht.«

»Dieser Kerl scheint… Möglichkeiten zu haben, an der Polizei vorbeizukommen…«

Bei diesen Worten biss McKnight die Zähne zusammen, sagte aber nichts.

»Du willst also den Köder spielen?«, fuhr Richard fort, dem klar wurde, dass er bei diesem Gespräch auf sich selbst gestellt war. »Das ist verrückt.«

»Denk doch mal nach, Richard. Du hast selbst gesagt, dass Adele wahrscheinlich… noch weniger reden wird als Downs oder Norris. Also sollten wir die Taktik ändern… Wenn sie hinter dem Killer steckt, soll sie doch versuchen, ihn in ihrem Reha-Zentrum auf mich anzusetzen… Wenn sie das tut, können Detective McKnight und seine Leute den Kerl schnappen…«

»Du hast gerade gesagt, dass es mit dem Polizeischutz nicht immer klappt.«

McKnight blickte gekränkt drein, blieb aber immer noch schweigsam.

»Es ist besser, er versagt bei mir… als bei Chet und Lisa…«

Richard wandte sich an Jo. »Da können Sie doch sicher nicht zustimmen, oder?«

»Ich denke, Dr. Sullivan wird zu Adele Blaine gehen, ob wir zustimmen oder nicht«, sagte die mütterliche Frau mit einer Stimme, in der die eisenharte Entschlossenheit eines Marines mitschwang. »Ich werde ihr nur helfen, so gut ich kann. Eine Krankenschwester kann sich unauffällig einfügen und trotzdem nahe genug sein, um alles zu entdecken, was nicht koscher ist.«

»Aber wenn Sie da auftauchen, wird Blaine auf der Hut sein.«

»Sie ist schon auf der Hut, meinen Sie nicht? Besonders, wenn Downs oder Norris bereits mit ihr gesprochen haben. Wie ich gehört habe, waren Sie bei den beiden heute Morgen ungefähr so feinfühlig wie eine Cruise Missile.«

»Mein Gott«, sagte McKnight und verdrehte die Augen. Offensichtlich hatte Kathleen Jo alles erzählt.

»Es ist eine Sache, an einem Plan mitschuldig zu sein, bei dem nichts ahnende Patienten mit Stammzellen behandelt werden«, erklärte Jo, »aber es ist etwas ganz anderes, einen Psychopathen zu manipulieren, damit er Morde begeht. Wenn Downs die Stammzellenbehandlung gemacht hat, wird ihre Nervosität, dass Kathleen, die Polizei und ich da sind, nichts sein im Vergleich zu der Angst, dass auch sie selbst zum Ziel geworden ist. Wir könnten sie vielleicht sogar überzeugen, dass es sicherer für sie ist, wenn sie reinen Tisch macht und selbst Schutz vor dem Killer bekommt.«

»Und wenn es das Zweite ist… na gut, wie ich schon sagte, die Polizei wird bereit sein. In beiden Fällen ist es unsere beste Chance… diesen Kerl zu schnappen.«

Richard starrte die beiden offenen Mundes an. Er war mit seinem Latein am Ende, hatte keine Argumente mehr.

Die haben das eingeübt, überlegte er und konnte Kathleens Entschlossenheit, sich selbst dem Bösen in den Weg zu stellen, kaum fassen. Aber er musste gestehen, dass er nicht anders handeln würde, wenn er der Meinung wäre, dass es diesen Irren aus der Reserve lockte und zu seiner Verhaftung führte. »Ich weiß, Kathleen«, sagte er, »dass ich deine Meinung im Moment nicht ändern kann. Aber gib mir bitte die Chance, eine andere, bessere Lösung zu finden.«

»Tu, was du für richtig hältst… soweit es meine Pläne betrifft, ändert es nichts.«

Richard schluckte und suchte nach einer Antwort. Wieder ging sie auf Distanz, so wie letzte Nacht. Er spürte eine quälende Leere in der Brust.

»Also, Detective, da ich die ganze Zeit in der Nähe sein werde – sollten wir nicht zusammenarbeiten?«, fragte Jo und beendete damit das lastende Schweigen, das sich in dem winzigen Raum ausgebreitet hatte. »Ihre Leute rufen meine Leute, so in der Art.«

»Wirklich, Mrs O'Brien…«

»Miss O'Brien, bitte.«

»Oh, ja. Nun, *Miss* O'Brien, Zivilisten haben bei Polizeieinsätzen nichts zu suchen …«

»Unsinn. Sie benutzen doch dauernd Informanten. Nicht, dass ich ein Spitzel wäre, aber es gibt Fälle genug, wo die Polizei sich mit der Bitte um Hilfe an die Öffentlichkeit gewendet hat. Hier, unter der Nummer können Sie mich erreichen«, sagte sie, zog ein gefaltetes Stück Papier aus der Brusttasche und gab es McKnight. »Meine Privatnummer.«

Die hat sie vorher aufgeschrieben, dachte Richard. Ein weiteres Detail in ihrem und Kathleens gut vorbereiteten Plan.

McKnight schien drauf und dran zu sein, ihr den Zettel zurückzugeben, zuckte dann jedoch die Schultern und steckte ihn in die Jackentasche. »Schönen Tag noch, die Damen«, sagte er und nickte kurz. »Ich hab um drei eine Einsatzbesprechung mit meinen Officers.« Der Vorhang blieb offen, nachdem McKnight seinen massigen Körper hindurchgeschoben hatte.

Er war schon halb beim Ausgang, als Jo sich zu Richard beugte und ihm zuzwinkerte. »Sagen Sie mal«, fragte sie mit einem Bühnenflüstern, das in der Met bis in die hintersten Reihen getragen hätte, »gibt es eine Mrs McKnight?«

16:00 Uhr
Hörsaal des New York City Hospital

Obwohl die Versammlung unübersehbar für die Medien gedacht war, hatte sie jeden Chefarzt des Krankenhauses, jeden Oberarzt, Assistenzarzt und Arzt im Praktikum angelockt, der nicht unbedingt woanders gebraucht wurde. Sie drängten sich in einem Halbkreis steil ansteigender Sitzreihen und bildeten eine weiße Wand vor Francesca Downs, die auf der kleinen Bühne zu ihren Füßen stand. Sie trug ebenfalls einen Arztkittel, doch im Gegensatz zu den zerknitterten, verknautschten Kleidungsstücken, die üblicherweise das Ende eines arbeitsreichen Tages auf der Station kennzeichneten, war ihr Kittel frisch gebügelt, beinahe elegant, und ein rotes Businesskostüm darunter brachte ihr blondes Haar und ihre braunen Augen zur Geltung.

Sehr fotogen, dachte Richard, als er auf die Ansammlung von Kameras und Medienvertretern hinuntersah, die sich um die schlanke Frau versammelt hatten. Ihr Gesicht strahlte, und ihre Stimme besaß einen elegischen Beiklang, als sie ihre Ausführungen resümierte.

»... und so, meine Damen und Herren von der Presse, da wir diese Schwelle in eine Welt überschreiten, in der die Medizin den menschlichen Körper regenerieren und wiederherstellen kann, bitte ich Sie, sich einmal die Möglichkeiten vorzustellen. Opfer von Herzkrankheiten, die keine drei Schritte tun können, ohne in Atemnot zu geraten, gewinnen ihren jugendlich kräftigen Gang zurück. Ein produktives und gesundes Leben im Alter könnte die Regel werden, wenn die Forscher die Stammzelltherapien auf andere Gebiete ausweiten ...«

Ein aufregendes Thema, musste Richard sich eingestehen. Er dachte an all die Patienten, die um Atem ringen mussten, während ihre Lungen sich mit Flüssigkeit füllten, und die alle paar Wochen mit heulenden Sirenen in die Notaufnahme gebracht wurden, um ihr Leben zu retten. Er ertappte sich dabei, dass er im Publikum Gordon Ingram suchte, und fragte sich bei dessen Anblick, welche Möglichkeiten er sich wohl vorstellte. Ingram saß regungslos da, vorgebeugt, das Kinn auf die Hand gestützt, und der Ausdruck auf seinem schmalen Gesicht war nicht zu deuten. Eigentlich müsste er fasziniert und aufgeregt sein, sagte sich Richard. Die Intensivstation war wie ein Schaufenster allen Elends, das Stammzellen verhindern konnten. Er ließ sich die vielen Möglichkeiten durch den Kopf gehen. Wie vielen Menschen würde vielleicht ein unaufhaltsamer Verfall bis zum Endstadium von Herz-, Nieren- oder Leberleiden erspart? Menschen, die sich verzweifelt und hoffnungsvoll an ein Leben in einem erschöpften Körper klammerten und doch nichts als den Tod vor Augen hatten. Selbst Ingrams persönliches Schicksal, wie die Narben in seinem Herzmuskel es verrieten, könnte neu geschrieben werden.

»... eine schnellere und vollständigere Erholung von verheerenden Schlaganfällen, seien sie nun durch Blutungen, Embolien oder Arteriosklerose verursacht ...«

Richard musste sofort an die weniger rosigen Aussichten für Kathleens Zukunft denken und ließ den Blick zu dem Platz hinunterwandern, wo Jimmy Norris hinter Francesca Downs an einem ansonsten leeren Schreibtisch saß. Norris wirkte verlegen und gehemmt. Seine Blicke huschten ununterbrochen über die Reihen des Publikums. Er schien sich nicht ganz sicher zu sein, was einige Zuhörer tun könnten.

»... die Regeneration von Myelin um Nervenbahnen, die von Multipler Sklerose ihrer Hülle beraubt wurden, der Wiederaufbau von Knochen, deren Oberfläche von Arthritis zerfressen sind, sowie mögliche Heilbehandlungen für Krankheiten wie Diabetes. Ich danke Ihnen.«

Applaus erhob sich, allerdings nicht so enthusiastisch, wie Richard es angesichts der schier unglaublichen Botschaft, die alle soeben gehört hatten, erwartet hätte. Stattdessen verlor der Beifall sich rasch in einem dumpfen, unzufriedenen Gemurmel, während die Ärzte den Ausgängen zustrebten.

»Was für ein Schmierentheater«, murmelte ein Oberarzt, der sich an Richard vorbeischob. »Sie hat uns überhaupt nichts Neues erzählt! Mit Wissenschaft hatte das ja wohl nicht viel zu tun ...«

»Was für ein Zirkus. Na, die Krankenhausverwaltung wird sich freuen. Offensichtlich hat sie die Medien auf eigene Faust eingeladen, ohne den Dienstweg einzuhalten ...«

»Ich wundere mich wirklich, dass Downs solch eine Publicityshow abzieht. Als Nächstes geht sie noch in Talkshows …«

Die Medienvertreter jedoch, die mit laufenden Kameras auf Francesca einstürmten und ihr Mikrofone hinstreckten, waren weniger zurückhaltend. Ihre Rufe erfüllten den Raum.

»Wird Ihre Behandlungsmethode mit adulten Stammzellen Organisationen wie die Legion Gottes von weiteren Anschlägen abbringen?«

»Haben Hamlin und Lockman mit Ihnen zusammengearbeitet?«

»Steht ihre Ermordung oder der Bombenanschlag auf Dr. Steele in irgendeinem Zusammenhang mit der Stammzellenforschung?«

Francesca Downs' Gesicht verlor seinen rosigen Teint. »Diese Themen besprechen Sie besser mit der Polizei«, entgegnete sie. »Ich bin hier, um über Wissenschaft zu reden.«

Die Fragen der Journalisten wurden schärfer. »Warum haben Sie die Identität des Versuchspatienten nicht bekannt gegeben?«

»Weil er sehr krank ist und ein Recht auf Privatsphäre hat.«

»Werden Stromazellen so leistungsfähig sein wie Zellen von Embryos?«

»Ich kann nur sagen, dass sie bei der Regeneration von Herzmuskelgewebe ausgezeichnet helfen.«

»Rufen Sie zu einem Stopp der Nutzung lebender Embryos als Quelle von Stammzellen auf?«

»Natürlich nicht.«

In diesem anarchischen Gerangel kann es keine nennenswerte wissenschaftliche Diskussion geben, dachte Richard, der sich gegen den Strom der Ärzte, die den Saal verließen, den Seitengang hinunter bewegte. Während er sich einen Weg zu Downs und der Journaille bahnte, sah er, wie Norris' ruheloser Blick sich auf ihn richtete. Eine Sekunde sah es so aus, als wollte Norris ihm entgegenkommen und ihn abfangen, doch ein untersetzter Reporter mit dichtem schwarzen Haar, der ihn schon die ganze Zeit interviewte, hielt ihn zurück, indem er seine Hand auf Norris' Arm legte und seine Aufmerksamkeit weiterhin für sich beanspruchte.

Kaum hatte Downs Richard entdeckt, wurde sie blass, und ihre Augen weiteten sich beunruhigt. Zwar stand sie den Reportern weiterhin Rede und Antwort, schien bei ihren Antworten jedoch zu zögern, und warf immer wieder unbehagliche Blicke in Richards Richtung. Schließlich sagte sie zu den Medienvertretern: »Entschuldigen Sie bitte, man macht mir gerade Zeichen, dass ich einen Fall in der Notaufnahme habe. Dr. Norris wird Ihnen die restlichen Fragen beantworten.« Bevor jemand Einwände erheben konnte, machte sie sich frei, fasste Richard am Ellbogen und führte ihn auf den nächsten Ausgang zu. »Um Gottes willen, Richard, nicht hier!«, flüsterte sie, während sie ihn eilig fortzog.

»Entspannen Sie sich. Ich bin nur gekommen, um Ihnen zu sagen, dass ich Sie gestern wohl zu hart beurteilt habe. Die Francesca, die ich zu kennen glaube, würde niemanden umbringen.«

Sie blieb wie angewurzelt stehen. »Meinen Sie das ernst?«

Er nickte.

Ein Ausdruck tiefer Erleichterung erschien auf ihrem Gesicht. »Gott sei Dank, endlich glauben Sie mir ...«

»Oh, ich glaube immer noch, dass Sie und Ihre Helfershelfer nichts ahnenden Patienten Stammzellen verabreicht haben.«

Sie runzelte die Stirn. »Wirklich, Richard ...«

»He, sind Sie nicht Dr. Steele?«, rief eine Frau mit einer Videokamera, die außerhalb der Gruppe der Journalisten stand, die nun Norris belagerten.

»Nein, ich bin Krankenpfleger«, antwortete Richard, schnappte Francesca am Arm und führte sie den Rest des

Weges zur Tür. »Wir brauchen sofort einen Kardiologen auf der Intensiv.«

Nachdem sie den Korridor betreten hatten, schob er sie in eine kleine Nische, in der ein Kaffeeautomat stand. »Und die Francesca, die ich kannte«, fuhr er fort, »würde nicht tatenlos zusehen, sondern *alles* tun, um diesen Irren davon abzuhalten, noch einen Mord zu begehen«, flüsterte er, während er Münzen für zwei Cappuccinos in den Schlitz steckte. »Also geben Sie der Polizei, was sie braucht, um Adele Blaine so weit unter Druck zu setzen, dass sie sagt, wer der Killer ist. Oder auch Edwards, wenn wir ihn je finden.«

Francesca Downs blickte nach links und rechts, während sie am Becher nippte, den Richard ihr gereicht hatte. Im Augenblick war auf dem Flur niemand in Hörweite. »Okay«, sagte sie. »Angenommen, Sie haben recht, was Hamlin, Lockman, Blaine und Edwards angeht. Ich kann Ihnen trotzdem nicht helfen.«

»Sie können keinen Killer stoppen?«

»Ich werde mich nicht selbst ins Gefängnis bringen für etwas, mit dem ich nichts zu tun habe.«

»Hören Sie mit dem Quatsch auf, Francesca. Und es ist nicht so sehr das Gefängnis, um das Sie sich Sorgen machen müssen, es ist dieser Killer. Nur weil Sie mit den Stromazellen an die Öffentlichkeit gegangen sind, sind Sie längst nicht sicher davor, eins seiner nächsten Ziele zu werden. Wenn das der Zweck dieser Pressekonferenz gewesen sein sollte, hat sie nicht viel gebracht, fürchte ich. Sie brauchen genauso viel Polizeischutz wie Kathleen und ich. Blaine und Edwards brauchen diesem Wahnsinnigen nur zu erzählen, dass Sie früher embryonales Gewebe verwendet haben, und schon hat er Sie im Visier – falls es nicht ohnehin schon so ist.«

»Nur weil Sie versuchen, mich einzuschüchtern, ändere ich nicht meine Meinung, Richard. Wenn er mich umbringt, dann soll es so sein, solange meine Arbeit erfolgreich und fehlerfrei ist.«

»Was?«

»Sie haben mich schon verstanden.«

»Sie würden lieber sterben, als zuzugeben, was passiert ist?«

Sie verzog das Gesicht, und die feinen Falten um Mund und Augen wurden weicher. »Also gut, Richard, ich werde versuchen, Ihnen zu erklären, warum ich Ihre Bitte nicht erfüllen kann.«

»Ich höre.«

Sie nahm noch einen Schluck. »Nehmen wir mal an, rein theoretisch, dass ich getan habe, was Sie vermuten. Aber im Gegensatz zu Hamlin, der es zu eilig hatte und bereit war, Abkürzungen zu nehmen, mit denen er bei einer wissenschaftlich exakt überwachten Studie niemals durchgekommen wäre, habe ich meine Versuche an Tieren vorgenommen, eine Methode verfeinert, die funktionierte, und alle notwendigen Schritte unternommen, um sicherzugehen, dass ich keinen Schaden anrichte.«

»Außer dass Sie die Information und Zustimmung des Patienten weggelassen haben.«

Francesca ignorierte den Seitenhieb. »Wenn ich allerdings am Vorabend des Tages, an dem ich die Ergebnisse meiner Arbeit an die Öffentlichkeit bringe, darüber aussagen müsste, was Hamlin getan hat, könnte ich nicht verhindern, dass meine Methode mit der seinen in einen Topf geworfen wird, jedenfalls in den Augen der Öffentlichkeit. Durch seine Schweinereien würde automatisch auch ein Verdacht auf meine Ergebnisse fallen, egal, wie exakt und einwandfrei sie sind – mit der Folge, dass eine fantastische Behandlungsmöglichkeit, die jedes Jahr Millionen Menschenleben retten könnte, zusammen mit Hamlins Müll verworfen würde. Das kann ich nicht riskieren, nicht mal um den Preis meines eigenen Lebens.«

»Sie geben also zu, dass Sie Stammzellen bei Patienten verwendet haben?«

»Ich gebe gar nichts zu. Ich versuche Sie nur davon zu überzeugen, sich zurückzuziehen, indem ich Ihnen so deutlich wie möglich zu erklären versuche, warum ich mich nicht in die Fehler anderer Leute verwickeln lassen kann, selbst wenn Ihre fantastische Geschichte wahr wäre.«

»Aber dieser Kerl hätte fast meinen Sohn umgebracht!«

»Dann verfolgen Sie ihn. Lassen Sie sich von Blaine sagen, wer es ist. Nur gefährden Sie nicht einen so großen Durchbruch, indem Sie über mich herziehen.«

»Sie herzloses Miststück!«

»Ja, ich nehme an, das bin ich, jedenfalls aus Ihrer Sicht«, sagte sie so kühl, als ob sie übers Wetter redete.

Sie ist verrückt, dachte Richard. Eine Märtyrerin im Wartestand. Ihm fiel kein Argument mehr ein, mit dem er sie vielleicht hätte umstimmen können. »Dann sagen Sie mir wenigstens eines: Haben Sie oder Norris Blaine oder Edwards gewarnt, dass ich ihnen auf der Spur bin?«

»Warum sollte ich so etwas tun?«

»Francesca, bitte.«

»Natürlich nicht. Ich jedenfalls nicht. Und ich bezweifle, dass Jimmy es getan hat.«

»Wissen Sie, wo Edwards ist?«

»Nein.«

»Haben Sie eine Vermutung, weshalb die beiden Patienten Hamlins gestorben sind?«

»Nein. Ich bezweifle sogar, dass Hamlin es wusste. Und falls er es wusste, hat er mir nichts gesagt.« Sie setzte ein kleines Lächeln auf, das selbst die Mona Lisa neidisch gemacht hätte. »Aber ich bin auch die Letzte, der er seine Pannen anvertraut hätte. Er wusste, dass ich kein großer Fan seiner Experimente war.«

»Dr. Downs«, rief eine Frau, die aus dem Hörsaal kam. Richard erkannte Edwards' Sekretärin.

»Drinnen hat man mir gesagt, dass Sie hier sind«, sagte sie. »Da ist ein Ferngespräch für Sie aus Mexico City.«

»Für mich? Ich verstehe nicht ...«

»Ein gewisser Dr. Ramiros. Er hat Ihre Pressekonferenz auf CNN gesehen und möchte mit Ihnen sprechen.«

»Warum mit mir?«

»Ursprünglich wollte er mit Dr. Edwards reden, aber als ich ihm sagte, dass wir keine Ahnung hätten, wo er ist, bestand er darauf, sofort mit Ihnen zu sprechen. Er sagt, er sei Generaldirektor einer Firma namens Fountainhead Pharmaceuticals ...«

»Ah, Francesca, da sind Sie ja«, rief eine andere Frau, die nun ebenfalls aus dem Hörsaal kam. Richard hatte sie im Laufe der Jahre immer wieder im Stationszimmer der Kardiologie gesehen. »Ich habe gerade jede Menge Anrufe und E-Mails für Sie und Dr. Norris bekommen. Jedes Pharmaunternehmen des Landes scheint hinter Ihnen her zu sein.«

Francesca Downs sah verwirrt aus.

»Herzlichen Glückwunsch!«, sagte Richard. »Ihre kleine Darbietung heute hat eine Lawine von Angeboten losgetreten.«

»O Gott ... das war nicht meine Absicht.«

»Dann waren Sie naiv.« Mit glühenden Wangen machte Richard auf dem Absatz kehrt und ging in den Hörsaal zurück, unsicher, ob Francesca ihn nicht sogar in den Augenblicken scheinbarer Offenheit hereingelegt hatte.

Am meisten aber machte ihn ihre kalte Selbstsicherheit wütend, und dass er nicht an sie herankommen konnte – besonders, weil sie recht hatte.

Wieder zurück in dem großen Raum suchte er Norris, in der Hoffnung, einen Streit mit ihm zu provozieren, der sich vielleicht als produktiver erwies. Richard sah ihn gerade noch durch einen der Ausgänge auf der anderen Seite verschwinden, zusammen mit dem Reporter mit dem buschigen Haar, der vorhin mit ihm gesprochen hatte.

Selbst Forscher, das wusste er, verließen ihre Labors freitags gegen fünf Uhr. Deshalb verwickelte er Norris noch eine halbe Stunde länger ins Gespräch, nur um sicherzugehen, dass es hier fast menschenleer war. Der Mann schien erpicht darauf zu sein, seine eigenen Arbeiten zu präsentieren – wahrscheinlich, weil er ein wenig eifersüchtig auf die viele Aufmerksamkeit war, die Francesca Downs gezollt wurde. Nachdem der Mann darum gebeten hatte, echte Stromazellen sehen zu dürfen, war der Wissenschaftler im Nu über das Binokular eines Mikroskop gebeugt und projizierte fuchsienrote Dias von pulsierendem Herzmuskelgewebe auf einen Bildschirm. »Natürlich lassen wir sie für die Injektion in das menschliche Myokard nicht dieses Stadium erreichen«, erklärte er. »Aber solange die undifferenzierten Zellen, die wir ins Narbengewebe einbringen, Kontakt mit dem umgebenden normalen Herzmuskel haben, bekommen sie gewissermaßen den Befehl, neue Myokardzellen zu bilden und sich untereinander zu verbinden, genau wie hier …«

Es würde einfach sein, hinter ihn zu treten, seinen Kopf an den Haaren zurückzureißen und ihm mit dem Skalpell die Kehle aufzuschlitzen.

Nicht, um ihn auf Anhieb zu töten. Nur, um ihn zum Schweigen zu bringen, so wie er es bei Lockman gemacht hatte. Denn für Jimmy Norris, den Scharfrichter der Saat des Herrn, hatte er eine besondere Vergeltung im Sinn, und er hatte stundenlang Zeit, um sie auszuführen.

»… nach wenigen Wochen sehen wir die ersten Anzeichen der Erholung, aber bis der volle Erfolg erreicht wird – genug, um einen deutlichen medizinischen Unterschied auszumachen und die Stärke eines lebenden Herzens zu vergrößern –, dauert es Monate.«

Er fummelte in seiner Tasche, bis er den Griff des Instruments in der Hand hatte, schob die Schutzhülle von der Schneide, kam näher und betrachtete den Hals des Mannes und die grauen Haare, die vom unteren Rand seines Bartes bis unter seinen Adamsapfel wuchsen, wo sie einem seitlichen Schnitt in die Quere kommen konnten.

»Der Patient, den wir behandeln werden«, fuhr Norris fort, »müsste nach neunzig Tagen eine deutliche Verbesserung seiner Herzschwäche spüren.« Er lächelte stolz und blickte von seinem Mikroskop zu seinem Besucher hoch. Der Mann strahlte den Forscher seinerseits an und machte eine Bewegung, als wollte er ihn umarmen.

Norris bekam das Skalpell gar nicht zu Gesicht.

Sein Besucher hatte seine Hand um den Hals geführt und die Skalpellspitze von der anderen Seite des Kopfes in die Grube unterhalb des Kehlkopfes gesetzt. Als er zustach, grinste er.

Der Schmerz brannte sich bis in Norris' Brustkorb und zu den Ohren. Er versuchte zu schreien, brachte aber nur ein gequältes Zischen hervor. Instinktiv griff er sich an die Wunde und legte die Hände auf die Öffnung, während das Blut auf sein Hemd lief.

Doch es war überraschend wenig, stellte er benommen fest, während er hektisch die Verletzung untersuchte und seine Finger in feuchte Wärme tauchte. Ihm wurde klar, dass die Hauptgefäße verschont worden waren. Davon musste er nicht sterben. Er starrte in das triumphierende Gesicht des Mannes, der ihn immer noch angrinste. Oder war er nur dazu verurteilt, länger am Leben zu bleiben als Lockman?

Bevor Norris sich wehren konnte, wurde er mitsamt dem Stuhl ruckartig hintenübergerissen. Sein Kopf prallte auf dem Linoleumboden auf; die Wucht ließ ein blendendes Licht vor seinen Augen aufblitzen, doch er verlor nicht das Bewusstsein. Er konnte ein ratschendes Geräusch hören und spürte, wie seine Arme und Beine zusammengebunden wurden.

»Jetzt kann ich mir Zeit lassen mit Ihnen«, hörte er den

Mann dicht neben sich sagen. Auf den Wangen spürte er eine Wärme, die säuerlich roch.

Norris schlug die Augen auf. Das Gesicht des Mannes schwebte nur Zentimeter über seinem. Er versuchte, sich freizuwinden, zog und zerrte an seinen Fesseln. Wieder versuchte er zu schreien, doch seine Luftröhre brachte nur rasselnde Geräusche hervor.

»Verstehen Sie, Dr. Norris, warum Sie bestraft werden müssen?«, fragte der Mann, der sich nun tiefer über ihn beugte.

Norris schüttelte heftig den Kopf und brachte es fertig, ein Stück zurückzurutschen.

»Dann werde ich Ihnen Ihre Verbrechen aufzählen«, fuhr der Mann fort. Er folgte Norris, und ihre Gesichter berührten sich fast. »Sie sind schuldig, die Saat des Herrn zu zerstören, indem sie die Zellen herausreißen, die ihre Herzen, ihre Gehirne, ihre Augen, all ihre Glieder bilden ...« Er machte eine kurze Pause. »Da ist eine lange Liste von Schulden, die Sie begleichen müssen.«

Norris hörte sich selbst, wie er laute Luftstöße ausstieß, und spürte Tränen über seine Wangen laufen. Das Feuer in seinem Hals breitete sich auf sein Gesicht aus, und ein kupferner Geschmack füllte seinen Mund, sodass es ihn würgte. Er schüttelte wild den Kopf. Nein! Nein! Nein!

»Der Herr ist unerbittlich, wenn es um die Begleichung solcher Schulden geht.«

Die Klinge blitzte im Neonlicht.

»Erkennen Sie mich wieder? Erkennen Sie mich aus der Zeit, als ich hier gearbeitet habe?«

Norris schüttelte den Kopf.

Der Mann griff in seine Tasche und zog das abgegriffene Foto heraus.

»Erkennen Sie ihn?«

Norris betrachtete das Bild. Wieder schüttelte er den Kopf.

»Nein? Na ja, das ist nicht wichtig. Er war damals sehr viel jünger, und die Bilder in den Zeitungen, als sie ihn umgebracht haben, wurden ihm nicht gerecht. Ein verdammt guter Soldat war er. Er war es, der mir das Schießen beigebracht hat. Ich habe ihm geholfen, ein halbes Dutzend Abtreiber abzuschießen, bevor sie ihn in die Enge getrieben haben. Das war in der Nähe von Rochester, nach unserem letzten Einsatz. Er hat die Polizisten lange genug aufgehalten, dass ich entkommen konnte, und dann hat er sich lieber selbst das Leben genommen, als sich gefangen nehmen zu lassen. Aber er würde stolz auf mich sein, dass ich den Kampf gegen Scheusale wie Sie weiterführe. ›Den nächsten Krieg‹, hat er immer gesagt.«

Norris wurde beinahe ohnmächtig.

»He! Wachen Sie auf. Haben Sie schon genug? Wollen Sie jetzt schon sterben?«

Sein Opfer schluckte, und Rinnsale von Blut quollen aus seinen Mundwinkeln. Nach einigen Sekunden nickte er. *Ja.*

»Ach, da haben Sie aber Pech, denn so leicht werde ich Sie nicht davonkommen lassen. Sie werden lebendig begraben, zusammen mit ihrem alten Kumpel Edwards. Es wird Tage dauern, bevor man Sie findet. Sie haben viel Zeit, Ihre Taten zu bereuen, bevor Sie schließlich Ihrem Schöpfer gegenübertreten. Bis dahin werden die anderen auf meiner Liste tot sein. Vielleicht halten Sie noch lange genug durch und gehen als Letzter, und Sie werden alle auf Sie warten, um Sie in der Hölle zu begrüßen.«

Norris öffnete den Mund und bildete mit den Lippen immer wieder dasselbe Worte.

Wer?

»Wer mich geschickt hat? Außer Gott?«

Norris nickte.

»Machen Sie sich keine Sorgen, Jimmy. Ich werde bekommen, was ich will. Sie wird ebenfalls sterben. Frauen wie sie gehorchen nicht. Frauen wie sie verstoßen gegen die durch den Herrn gegebene natürliche Ordnung der Dinge und ihren Platz darin. Eine Frau wie sie hat meinen Vater in den Tod getrieben und mich verlassen. Ich werde mich darum kümmern, dass solche Frauen auf jede erdenkliche Weise für ihre Sünden bezahlen.«

Die Lippen bewegten sich wieder.

Wer?

»Francesca, wer sonst. Sie hat Sie benutzt, Jimmy. Und ich wette, sie hat nicht immer Stromazellen benutzt. Sagen Sie mir die Wahrheit: Haben Edwards und Sie ihr genauso embryonales Gewebe geliefert wie Hamlin?«

Wieder traten Norris Tränen in die Augen.

»Mann, Mann, Mann, Sie beschützen sie immer noch, selbst nachdem sie Ihr Vertrauen missbraucht hat?«

Norris verdoppelte seine Anstrengungen und wand sich, bis er zwischen zwei Arbeitstischen zu liegen kam. Er wusste, dass sich dort ein Telefon befand. Als er sich aufzurichten versuchte, stieß sein Peiniger ihn mit einem Tritt zwischen die Schultern wieder zu Boden.

Während er auf dem Rücken lag, mit pochendem Schädel, gurgelnd und beinahe erstickend an seinem Blut, die Augen zugekniffen gegen den bevorstehenden Schnitt des Sägeblattes, hörte er, wie die Schlösser einer Aktentasche schnappend aufsprangen, gefolgt vom schrillen Sirren einer Knochensäge.

Er brauchte Stunden, um alles zu reinigen und Norris' Überreste so zu beseitigen, wie er es geplant hatte. Dann wickelte er die Knochensäge in das weiße Tuch und verstaute sie in seiner Aktentasche, bevor er sich umzog und das Krankenhaus durch einen der Lieferantenausgänge verließ.

Als er wieder sicher in seinem neuen Unterschlupf war, las er seine E-Mails. Sieh einer an, dachte er, als er an dem Logo eines Internetcafés im East Village erkannte, dass sein

Informant es für angebracht hielt, wieder mit ihm Kontakt aufzunehmen. Er klickte das Büroklammer-Symbol an, um das angehängte Dokument zu öffnen. Es enthielt einen Teil der Einlieferungs- und Entlassungsunterlagen des Krankenhauses, zusammen mit detaillierten Anweisungen, was er als Nächstes tun sollte. Außerdem gab es eine Belobigung dafür, dass er Edwards beseitigt hatte.

Francesca Downs, fragte er sich. Er war immer noch nicht sicher, trotz allem, was er Norris in der Hoffnung erzählt hatte, dass es den Mann verrückt machte, bevor er starb. Wer immer es war – er fragte sich, wie ihm oder ihr sein letztes Werk gefallen würde.

Nachdem er alles noch einmal sorgfältig durchgelesen hatte, legte er sich aufs Bett und dachte bis weit in die Nacht hinein darüber nach, wie er am besten vorgehen sollte. Obwohl er immer noch den Verdacht hatte, dass dieser Absender seinen eigenen Plan verfolgte, war es ein guter Plan, der die letzten drei Zielpersonen vernichten und alles zum Abschluss bringen würde, in aller Öffentlichkeit. Am Ende wird die Botschaft des Herrn unmissverständlich und klar sein, sagte er sich, wenn ich dafür sorge, dass die Presse alles richtig macht.

Er ging noch einmal seinen gedanklichen Entwurf des Kommuniqués durch, das er veröffentlichen würde und in dem er die Verbrechen der Hingerichteten darstellte und davor warnte, dass allen Ärzten, Patienten und Institutionen, die es wagten, menschlichen Embryos etwas anzutun – aus welchem Grund auch immer –, dasselbe Schicksal drohte. Und zu dem Plan gehörte auch, dass er schließlich seinen Informanten traf.

Umso besser.

Wenn es Francesca Downs war, würde er sie ebenfalls hinrichten.

Er stellte seinen Wecker auf sechs Uhr früh und fiel in einen tiefen, traumlosen Schlaf.

18

Freitag, 29. Juni, 08:00 Uhr
Intensivstation

Dr. Sullivan, der Krankenwagen ist da, der Sie zu Dr. Blaines Reha-Zentrum bringt.«

Kathleen öffnete mit Mühe die Augen. Seitdem sie ihr vor einer Stunde das Frühstück gebracht hatten – eine Flasche beigefarbenen Schleim, der ihr durch einen Schlauch in den Magen gepumpt wurde –, war sie immer wieder eingenickt.

»Jetzt? Aber ich dachte… Dr. Blaine meinte, frühestens später am Tag. Es sind noch keine achtundvierzig Stunden…«

»Ihre Werte sind gut. Die Assistenzärzte haben sie sich heute Morgen bei der Visite zusammen mit den Oberärzten angesehen. Und alle Papiere für Ihre Verlegung sind ausgefüllt. Sie sollten froh sein, endlich hier rauszukommen.«

»Ja, aber…«

»Soll ich auch mitfahren?«, fragte die Polizistin der Morgenschicht und schüttelte ihr rotes Haar. Es hing wie kleine Flammen über den Kragen ihrer dunkelblauen Uniform.

»Ich denke schon. Detective McKnight… hat darauf bestanden, dass ich auch dort… Polizeischutz bekomme.«

»Ich muss es aber kurz mit ihm absprechen.« Die Polizistin setzte ihre Mütze auf, ging zur Schwesternstation und nahm den Telefonhörer ab.

»Ich sage Dr. Steele Bescheid«, erklärte die Krankenschwester und packte eifrig die wenigen Toilettenartikel ein, die Kathleen an ihrem Bett behalten durfte.

»Ja, bitte, wenn es Ihnen nichts ausmacht… Er wird es wissen wollen. Und könnten Sie es auch… Jo O'Brien sagen? Sie wird in der Notaufnahme sein…«

»Was ist mit Ihrer Einverständniserklärung? Wir haben die strikte Anweisung von ihm, nichts ohne sein Okay zu tun. Sollte ich warten, bis er für Sie unterschreibt und der Verlegung zustimmt?«

»Nein, nicht nötig ... und überhaupt, ich bin die Patientin ... ab jetzt entscheide ich so etwas.«

Die Schwester zuckte die Achseln. »Ist mir recht. Wenn wir diesen Krankenwagen verlieren, weil wir auf ihn warten müssen, weiß ich nicht, wann wir wieder einen bekommen. Es geht aufs Wochenende zu, und da kriegen sie auf den Straßen genug mit akuten Notfällen zu tun.« Die Schwester half ihr bei der Unterschrift. »Was ist mit den persönlichen Sachen? Soll ich sie mit Ihnen mitschicken, oder soll ich sie Dr. Steele geben?«

»Geben Sie sie mir, bitte.«

Ihre Infusionsflaschen, Schläuche, Kabel und Monitore wurden auf die Rollbahre gestellt. Dann befestigte die Schwester ein Sauerstoffgerät am Rahmen der Bahre, nur zur Sicherheit.

»Alles klar?«, fragte der Sanitäter.

»Alles klar.«

08:15 Uhr
Radiologie

»Hi, Doc«, sagte der junge Mann, der in einem Krankenhauskittel auf der Tragbahre lag, und stützte sich auf die Ellbogen. »Lange nicht gesehen.«

Richard konnte das freundliche Lächeln nicht mit dem schmerzverzerrten Gesicht in Übereinstimmung bringen, das er während der Intubierung vor wenig mehr als einem Jahr gesehen hatte. Er entdeckte ein paar kaum merkliche Asymmetrien in den Fältchen um den Mund seines ehemaligen Patienten, aber davon abgesehen sah er keine größeren Defekte in den Bewegungen des Kopfes oder der Augen. An einem Arbeitstisch in der Nähe lehnten allerdings zwei Gehstöcke und zeugten von Dauerschäden.

»Nun sieh sich einer das an!«, rief Richard freudig aus. Er ging zu dem Mann hinüber und schüttelte ihm die Hand. Der Mann erwiderte den Griff mit schlaffen Fingern. Auf dem Armband des Patienten stand ABRAHAM PAXTON.

»Nicht schlecht, oder? Und ich bin immer noch in Behandlung. Das Gehen wird immer noch besser, wenn auch nicht mehr so schnell wie zu Anfang.«

Richard schüttelte den Kopf. »Ich würde sagen, Sie haben bei Ihrer Rehabilitation verdammt gute Fortschritte gemacht. Ich hatte keine Ahnung, wie weit Sie schon sind, als wir gestern telefoniert haben. Nun, ich möchte Ihnen noch einmal dafür danken, dass Sie bereit waren, herzukommen.«

»Ohne Sie und Dr. Hamlin hätte ich nie eine Chance gehabt. Himmel, ich war total schockiert, als ich gehört habe, dass er ermordet wurde. Und all diese Meldungen in den Zeitungen, dass der Killer wahrscheinlich ein fanatischer Abtreibungsgegner ist. Und heute Morgen diese Meldung, dass alles mit Stammzellen zusammenhängt ... was ist eigentlich los, Doc?«

Richard seufzte. Zwar waren sie allein im Vorraum zum Kernspintomographen, und er wollte offen und ehrlich zu Paxton sein, war aber entschlossen, keine weiteren Gerüchte in die Welt zu setzen, indem er die Röntgenassistenten, die das Gerät im Nebenraum vorbereiteten, mithören ließ, was er zu sagen hatte. Er senkte die Stimme. »Ich fürchte, dass es niemand mit völliger Sicherheit weiß, aber Hamlin hat möglicherweise zusammen mit einigen anderen Ärzten voreilig Stammzellen bei Patienten verwendet, ohne dass sie es wussten oder zugestimmt haben.«

»Was?«

»Der Grund, weshalb ich vorgeschlagen habe, dass Sie

sich noch einmal untersuchen lassen, ist der, dass Sie möglicherweise eines von Hamlins Versuchsobjekten waren.«

Paxton sah aus, als hätte man ihm in den Leib getreten. »Sie machen Witze.«

Richard erwiderte nichts, ließ Paxton diese bittere Wahrheit verdauen.

»Was bedeutet es für mich, wenn es tatsächlich so sein sollte? Gibt es Nebenwirkungen?«

»Wir wissen es nicht. Tatsächlich könnte Ihre unglaublich rasche Genesung auf Hamlins Maßnahmen zurückzuführen sein.«

Paxton ließ sich zurückfallen und starrte an die Decke. Sein freudiger Gesichtsausdruck von eben wurde von bleierner Stille verdrängt. »Was ist mit den anderen Patienten, mit denen er vielleicht dasselbe gemacht hat? Haben Sie bei denen was gefunden?«

»Sie werden auch angerufen, allerdings vom Krankenhaus. Ich habe selbst vorgeschlagen, mit Ihnen zu beginnen, weil ich mit Ihrem Fall vertraut bin.«

Paxton sah immer noch zur Decke und schien sich in sich selbst zurückzuziehen. »Dann sollten wir anfangen«, sagte er schließlich.

Seit über zwei Wochen hatte sie keine Luft ohne Krankenhausgerüche eingeatmet oder die Sonne auf ihrer Haut gespürt. Nun erschien ihr beides wie ein Bad aus Honig während der dreißig Sekunden, die der Sanitäter brauchte, um sie über den Parkplatz dorthin zu rollen, wo der Krankenwagen wartete.

»Froh, wieder Tageslicht zu sehen?«, fragte die Polizistin, die neben der Rollbahre lief.

»Darauf können Sie wetten. Wie heißen Sie?«

»Carla Reid.«

»Carla ... Ich mag Ihr Haar. Es fängt das Licht so schön ein ...«

»Oh, danke sehr.« – »Es erinnert mich an das Haar … meiner Tochter.«

Sie wurde hinten in den Krankenwagen geschoben, wobei sie das Kopfteil der Rollbahre aufgerichtet ließ. Durch das kleine Rückfenster konnte Kathleen sehen, wie das Krankenhaus in die Ferne rückte, während sie über die First Avenue nach Norden fuhren. Sie verspürte einen Funken von Trotz und Triumph, dass sie die Zeit an diesem Ort überlebt hatte, und Erleichterung, endlich von dort fort zu sein. Sogar der vertraute Anblick der Flaggen, die in der Brise vor der geschwungenen Fassade des UN-Gebäudes flatterten, verschaffte ihr ein wunderbares Gefühl von Freiheit.

An der Zweiundsiebzigsten Straße bogen sie rechts ab und setzten einen Block weiter ihre Fahrt auf der York Avenue nach Norden fort. Kathleen betrachtete die Reihen von Läden und irischen Pubs an dieser Straße, an der sie oft auf Lisas Drängen zum Shoppen gegangen waren und hinterher ein Bier getrunken hatten. Die Erinnerung ließ sie lächeln und verband sie wieder mit dem, was vielleicht wieder möglich sein würde. Gott, sie vermisste diese Zeiten.

An der Neunundsiebzigsten Straße bogen sie wieder rechts ab, dann wieder nach Norden, diesmal auf der East End Avenue, und fuhren bald unter den Ästen der Bäume entlang, die aus dem Carl-Schurz-Park über die Straße ragten. Kathleen sah kleine Kinder, die hinter den Toren unter den wachsamen Augen von Frauen spielten, die in Gruppen zusammenstanden oder auf Bänken saßen und schwatzten. Kathleen beneidete sie um die Ruhe im Schatten der Bäume.

Das Fahrzeug wurde langsamer und bog links ab. Beim Abbiegen erwischte sie einen Blick auf den East River, dessen graue Oberfläche ölig glänzte. Sie konnte sogar Gracie Mansion sehen, das würdevolle Landhaus aus Holz mit abblätternder gelber Farbe, in dem der Bürgermeister wohnte.

Dann fuhren sie in eine Ambulanz-Einfahrt hinein, und

der Sanitäter holte einen Krankenpfleger aus einem Aufenthaltsraum in der Nähe, der ihm helfen sollte, die Rollbahre aus dem Wagen zu heben. Carla trug die kleine Tasche mit Kathleens Habseligkeiten. Während sie zum Eingang geschoben wurde, sah sie, dass es ein modernes Gebäude war, sechs Stockwerke hoch, aus leuchtend weißem Stein gebaut, dessen Helligkeit sich gegen Streifen von schwarzem Rauchglas abhob, die sich in jedem Stockwerk um das ganze Gebäude zogen. Wie eine Schichttorte aus Vanille und Schokolade, dachte Kathleen. Es sah aus, als hätte jemand diese »Torte« in die ansonsten grüne Umgebung fallen lassen, in der Häuser aus roten Ziegeln standen, die an Landhäuser erinnerten. Es war bessere Wohngegend, die sicherlich gut bewacht wurde, worauf auch der Trupp blau uniformierter Polizisten hindeutete, der beim Tor des Bürgermeisters auf der gegenüberliegenden Straßenseite stationiert war.

Im Foyer hieß sie als Erstes das köstliche Aroma von frischem Kaffee und Zimt willkommen. Es kam aus Richtung einer Ruhezone, wo eine dunkelgrün und weiß gestreifte Markise ein paar Dutzend kleiner Tische überdachte. Hinter ihnen befand sich eine Kaffeebar, auf der Tabletts mit Bagels zwischen Reihen großer Glasgefäße mit braunen Bohnen und metallenen Schäufelchen aufgereiht waren. Das Ganze ähnelte mehr einem Bistro als einer Krankenhauscafeteria.

»Einen Caffè latte«, sagte ein Mann mit einer Gehhilfe zu einer Frau, deren Uniform zu dem Sonnendach über ihr passte. Sie tippte die Bestellung in eine Espressomaschine ein, und diese antwortete mit Gurgeln und Zischen. Eine Gruppe anderer Leute – einige in Hausmänteln, andere voll bekleidet –, saß an den Tischen und unterhielt sich, nippte an Kaffeetassen oder las die Morgenzeitungen. Eine Reihe von Sofas und gemütlichen Sesseln in der Nähe füllte den Rest des Raumes; alles wurde sanft von indirekter Beleuchtung erhellt. Vasen mit frischen Blumen und Topfpflanzen verliehen allem zusätzliche Farbe und Leben.

Kathleen lief das Wasser im Munde zusammen, und zum ersten Mal seit ihrem Schlaganfall verspürte sie Appetit. Binnen einer Woche wirst auch du einen solchen Kaffee trinken, sagte sie sich, und zwar auf ganz normale Weise – durch den Mund.

Die Empfangsabteilung hätte auch die Rezeption eines Luxushotels sein können. Der Raum war mit Holz getäfelt, und das Personal trug Geschäftskleidung; weit und breit war kein einziger weißer Kittel zu sehen. Doch die langweilige und öde Prozedur, als all ihre persönlichen Daten aufgenommen wurden, angefangen mit dem Mädchennamen ihrer Mutter, ließ Kathleen auf beinahe schmerzliche Weise erkennen, dass sie in einer Reha-Klinik war und nicht in einem Urlaubshotel.

»Ich lasse sie einfach auf der Rollbahre«, hörte sie den Fahrer Carla zuflüstern, während die Angestellte ihre Formulare ausfüllte, »und hole mir da vorn an der Bar so einen Cappuccino.«

»In Ordnung«, antwortete die Polizistin. »Sieht so aus, als würde das hier eine Weile dauern.«

»Und ich brauche die Sozialversicherungsnummer der Patientin, außerdem Informationen zur Gesundheitsfürsorge«, fuhr die Angestellte fort, die Kathleens Einweisungspapiere bearbeitete.

Kathleen leierte die Nummern herunter, die sie inzwischen auswendig kannte, nachdem sie sie so viele Male angegeben hatte.

Richard sah auf die CT-Darstellungen auf dem Leuchtbildschirm, von der keine größer war als ein Passfoto. Sie zeigten Querschnitte von Abe Paxtons Gehirn, die so deutlich waren, als hätte man es aufgeschnitten und Fotos gemacht.

»Da ist die Stelle, an der er die erste Blutung hatte und die Hamlin operiert hat«, sagte der Radiologe und deutete auf einen Bereich unter den Stirnlappen. »Aber sehen Sie da«, fuhr er fort und zeigte auf einen dunklen runden Fleck, viel kleiner als eine Erbse. »Wenn ich nicht wüsste, dass Hamlin das geplatzte Aneurysma entfernt hat, würde ich schwören, dass der Patient noch eins hat.«

»Könnte Hamlin es beim ersten Mal übersehen haben?«

»Nein.« Er schob eine andere Serie Fotos neben die erste vor den Leuchtschirm. »Hier sind die Aufnahmen, die letztes Jahr gleich nach der Operation gemacht wurden. Es wurde alles entfernt.«

Richard musste ihm beipflichten. Auf den Scannerbildern vom Vorjahr war der Bereich, den sie sich angesehen hatten, ohne Befund.

»Es hört sich verrückt an«, sagte der Radiologe, »aber es sieht so aus, als wäre bei Paxton eine neue Gefäßanomalie gewachsen. Aber das ist unmöglich. Jedenfalls habe ich noch nie von so einem Fall gehört. Aber was immer es ist, es ist noch sehr klein. Wir werden eine Angio machen, um sicherzugehen, dass wir es mit einem kranken Gefäß zu tun haben, und dann …«

»Danke«, fiel Richard ihm ins Wort und eilte zur Tür. »Und rufen Sie mich bitte an, sobald Sie mit der Angio fertig sind.«

Er wusste, was geschehen war.

»He, machen Sie langsam. Ich komme nicht mehr mit«, sagte Gordon Ingram.

»Das liegt daran, dass die Stammzellen, die Hamlin benutzt hat, die Botschaften, zu was sie werden sollten, sowohl von den umgebenden Gefäßanomalien als auch von den Nervenzellen bekommen haben. Deshalb wurden die Zellen zu Arterien, zusätzlich zum Hirngewebe. Dabei haben sie dieselben strukturellen Anomalien kopiert, die schon beim ersten Mal dazu geführt haben, dass die Gefäße geplatzt sind.«

»Das ist eine verdammt abenteuerliche Annahme.«

»Ist nicht eine der Befürchtungen bei der Benutzung von Stammzellen, dass sie auch Fehler kopieren könnten? Weiß denn jemand mit Sicherheit, wie sie unter den verschiedensten Bedingungen im menschlichen Körper funktionieren? Darum geht es doch in der Forschung!«

»Okay, okay. Eins ist allerdings sicher: Es muss alles untersucht werden. Und was Sie bei Paxton gefunden haben, wird es sehr beschleunigen, dass alle anderen Patienten Hamlins hierher kommen. Der Himmel weiß, was wir mit ihnen machen sollen, wenn wir weitere Anomalien finden ...«

Richards neues Handy klingelte. Da er sich noch nicht an das neue Modell gewöhnt hatte, fummelte er daran herum, bis er es geöffnet und eingeschaltet hatte. »Hallo?«

»Kommen Sie in die Leichenhalle, pronto«, rief McKnights Stimme ihm ins Ohr.

»Warum?«

»Tun Sie's, und zwar schnell. Wir haben Edwards' Leiche gefunden.«

»O Gott!«

»Beeilen Sie sich, und bringen Sie Ihre Leute aus der Notaufnahme mit. Wir haben auch Norris entdeckt. Unser Killer hat ihn übel zugerichtet, aber vielleicht lebt der arme Kerl noch.«

Die Temperatur des Kühlfaches war so niedrig wie bei einem Kühlschrank, da er das Fleisch nur kühlen, nicht aber gefrieren sollte. Die Unterkühlung hatte Norris gerettet.

Ein Ohr, die Reste eines Auges und eine Hand, alles von seiner rechten Körperhälfte, lagen neben seinem Kopf, zusammen mit einem Häufchen aus Zweigen.

Er hatte keinen fühlbaren Puls, und seine Atmung war so

flach, dass sie kaum zu registrieren war. Seine Haut war knetbar und ließ sich zusammenziehen wie kaltes Plastilin, und er reagierte weder auf Worte noch auf Schmerz. Dem Uneingeweihten wäre er tot erschienen.

Der aufmerksame McKnight jedoch hatte die Anzeichen erkannt. Die Pupille in Norris' verbliebenem Auge, auch wenn es starr geradeaus blickte, war normal geweitet. Seine Glieder, auch wenn sie steif und schwer zu beugen waren, wiesen noch keine Totenstarre auf. Seine Haut war zwar voller bläulicher Stellen, doch auf der Unterseite befanden sich keine Totenflecken – die dunkel purpurnen Verfärbungen, wo sich bei Verstorbenen das venöse Blut an den tiefsten Stellen des Körpers sammelte.

Richard beugte sich über die Brust des Mannes und horchte mit einem Stethoskop, noch während Norris auf der stählernen, ausziehbaren Bahre des Leichenkühlfachs lag. Etwa alle drei Sekunden hörte er einen schwachen Herzschlag. »Los, Leute!«, sagte er. »Der Mann ist noch nicht tot.«

Nach einer Minute hatte Norris Infusionen an Armen und Beinen, die warme physiologische Kochsalzlösung durch seine Adern schickten, und die verschiedensten Monitore waren mit seinem Körper verbunden. Richard selbst übernahm die Intubierung und drückte die Kiefer des Mannes auseinander. Mit dem beleuchteten Löffel eines Laryngoskops drückte er die Zunge herunter und sah das V seiner Stimmbänder. Der Schlauch glitt wie üblich hinein, nur dass er außerdem seine Spitze an dem Loch vorn in der Luftröhre seines Patienten vorbeigleiten sah.

»Körpertemperatur achtzehn Grad«, rief eine Schwester und hielt ein Rektalthermometer hoch, das auf niedrige Temperaturen geeicht war.

Den Fachzeitschriften zufolge lag die niedrigste Körpertemperatur, die jemals ein Mensch überlebt hatte, bei fünfzehn Grad.

Als sie Norris aus der Leichenhalle rollten und zum Fahrstuhl eilten, ernteten sie verwunderte Bemerkungen und ungläubige Blicke vom Personal der Pathologie. Doch Richard und sein Team waren zu sehr damit beschäftigt, den Mann zu beatmen und den Assistenzärzten Anweisungen zu erteilen, um dem Aufmerksamkeit zu schenken.

»... erhitzen Sie den Sauerstoff auf fünfundvierzig Grad ...«

»... erhöhen Sie seine Körpertemperatur nicht schneller als um anderthalb Grad die Stunde. Das Schlüsselwort hier heißt *langsam*, und wir lassen nur die Kerntemperatur ansteigen. Keine warmen Decken, wenn Sie ihn nach oben gebracht haben. Das würde die peripheren Blutgefäße erweitern, und dann gerät er mit Sicherheit in einen Schockzustand ...«

»... keine unnötigen Manipulationen des Herzens, also legen Sie ihm ja keine zentralen Katheter. Die kleinste Reizung bei dieser Temperatur würde Herzflimmern auslösen, und dann müssten wir den Mann stundenlang bearbeiten ...«

Während sich die Tür des Fahrstuhls schloss, hörte Richard jemanden im Flur witzeln: »Da haben Sie wohl wieder eine lebende Leiche gerettet, oder?«

»Sie ist schon weg?«

»Ja, der Krankenwagen ist früher gekommen, Dr. Steele. Ich habe Ihnen eine Nachricht in der Notaufnahme hinterlassen.«

»Aber ich wollte persönlich informiert werden.«

»Es tut mir leid, aber Dr. Sullivan hat sich gegen Ihre Anweisung entschieden. Sie hat darauf bestanden, ihr Einwilligungsformular selbst zu unterschreiben. Sie wissen, dass es nicht anders zu erwarten war. Sie macht Fortschritte und ist nicht mehr gewillt, noch länger abhängig zu sein.«

Richard verzog das Gesicht.

»He, Doc, es geht ihr gut«, sagte McKnight, der soeben den Hörer auflegte. »Mein Officer ist jetzt bei ihr. Sie ist den ganzen Weg an ihrer Seite mitgefahren. Zurzeit wird Kathleen aufgenommen. Ich habe noch ein paar Streifenwagen hinbeordert, die die Gegend auskundschaften sollen, damit wir wissen, welche Sicherheitsmaßnahmen wir da brauchen. Bis meine Jungs dort sind, werden einige von den Wachleuten des Bürgermeisters rüberkommen und den Haupteingang bewachen. Aber am meisten Sorgen müssen wir uns um die Klinik selbst machen. Dieser Mistkerl ist gerissen! Was glauben Sie, wann Norris mit uns reden kann?« Er drehte den Daumen in Richtung des Abteils, wo die Ärzte um sein Leben kämpften.

»Ich bin mir nicht mal sicher, ob er durchkommt. Und selbst dann würde es Tage dauern, bis er im Stande ist, uns etwas zu erzählen.«

»Mist! Wie konnte das passieren? Zwei zusätzliche Körper in der Leichenhalle, davon einer mehr als einen Tag lang und noch dazu ohne Kopf, und trotzdem hat keiner was gemerkt?«

»Einsparungen. Die sind personell so unterbesetzt, dass wir von Glück sagen können, dass sie die beiden Fächer nicht erst nächste Woche aufgezogen haben.«

»Himmel, hier geht es ja noch verrückter zu als beim New York Police Department! Also gut. Ab sofort werden hier so viele Sicherheitsleute herumlaufen, dass nicht mal eine Kakerlake mehr rein- oder rauskommt. Sämtliche Eingänge und Ausgänge werden bewacht, und es ist mir scheißegal, wie viele Leute ich dafür brauche. Außerdem werden wir noch einmal das ganze Gebäude durchsuchen. Vielleicht haben wir Glück, und der Irre ist noch da.«

»Glauben Sie wirklich?«

»Nein.«

»Und Blaine und Downs?«

»Meine Leute sind angewiesen, sie einzusammeln und

herzubringen. Dann werden wir ja sehen, wie Downs darauf reagiert, wenn sie ihren Liebsten hier sieht, bevor ich sie vernehme. Nach allem, was passiert ist, ist die Zeit der Samthandschuhe vorbei.«

»Und Adele Blaine?«

»Um die kümmern wir beide uns, wenn wir mit Downs fertig sind.«

»Ich möchte nicht, dass Kathleen jetzt in Blaines Reha-Zentrum bleibt...«

»He, was immer Sie entscheiden, wohin sie soll, wir werden sie beschützen.«

Wenn sie auf mich hört, dachte Richard, der sich seines Einflusses auf Kathleen nicht sicherer war als der Fähigkeiten des Detectives, sie zu beschützen.

»Bei einer Sache sind wir heute Morgen jedenfalls weitergekommen«, fuhr McKnight fort. »Es ist uns gelungen, die Identität des Mistkerls zu klären. Die Phantombilder haben schließlich doch zu einem Treffer geführt. Sein früherer Vermieter hat ihn wiedererkannt. Er hat uns angerufen und berichtet, dass der Typ ein Zimmer in der Canal Street gemietet hat, dort aber seit Mittwochmorgen nicht mehr gesehen wurde, als Nachbarn beobachtet haben, wie er seinen Computer in einen Lieferwagen verladen hat. Wir nehmen an, dass der Kerl sich in der Zeitspanne zwischen dem Angriff auf Sie und dem Bombenanschlag in Ihrem Haus abgesetzt hat.«

»Also ist er verschwunden.«

»Aber wir haben Fingerabdrücke. Vollständige, besser als die Teilabdrücke, die wir wegen des zerrissenen Gummihandschuhs gefunden haben. Und als wir uns mit dem FBI in Verbindung gesetzt haben, wurde dort eine Übereinstimmung gefunden.«

Richard schöpfte wieder ein wenig Hoffnung. »Tatsächlich?«

»Ja. Sie sind identisch mit mehreren Abdrücken, die vor

ein paar Jahren in einem Hotelzimmer in Rochester entdeckt wurden, als ein Gangster die örtliche Polizei in Schach gehalten und sich dann umgebracht hat. Das war ungefähr zu der Zeit, als dort eine Gynäkologin erschossen wurde – die, von der wir glauben, dass die Legion Gottes bei ihrer Ermordung die Hand im Spiel hatte. Nur dass nie eine eindeutige Verbindung zwischen diesem Typen und der Schießerei hergestellt wurde. Man nahm allerdings an, dass jemand bei ihm war, weil die Fingerabdrücke einer weiteren Person gefunden wurden. In Rochester ist man sehr daran interessiert, sich mit unserem Burschen zu unterhalten.«

»Haben Sie einen Namen?«

»Beim Vermieter hat er sich als Rob Lowe vorgestellt.«

Richard kicherte.

»Jetzt kommt die gute Nachricht. Der Kerl, der sich in Rochester selber das Licht ausgepustet hat, war ein gewisser Bobby Nappin, der seine Frau verprügelt hat und einen Preis für sein Lebenswerk in häuslicher Gewalt verdiente – seine Alte ist schon vor über zehn Jahren untergetaucht. Aber er hatte einen Sohn. Die Nachbarn sagen, er habe ihn so erzogen, dass er genau wie sein Vater wurde. Das FBI fragt sich, ob er vielleicht der zweite Mann war.«

»Heiliger Strohsack!«

»Da ist noch mehr. Wir haben den Namen Lowe mit dem Personalverzeichnis hier im Krankenhaus abgeglichen und nichts gefunden. Aber als wir es mit Nappin versuchten, sind wir auf eine ziemliche Übereinstimmung gestoßen. Den Personalakten zufolge hat in der Pathologie ein gewisser Robert Nape als Obduktionsassistent gearbeitet und war dann eine Zeit lang als Pfleger in der Abteilung für Reproduktionsmedizin tätig. Er ist offiziell abgemahnt worden, nachdem er Pamphlete verteilt und Patienten belästigt hat. Ein paar Wochen später wurde er eines Nachts dabei erwischt, wie er versuchte, an die gefrorenen Embryos in der Klinik heranzukommen, woraufhin Edwards ihn umgehend gefeuert hat. Die Leute aus seiner Umgebung haben sich an ihn erinnert, aber damals trug er langes Haar und Bart. Als unser Polizeikünstler beides dem Phantombild hinzufügte, das wir dank Kathleen Sullivan haben, hatten wir Robert Nape.«

Er ging zu dem Fahrzeug zurück, zog die Sanitäterjacke aus, die er gestohlen hatte, holte den Rollstuhl heraus, den er an der Wand hinter dem Fahrersitz befestigt hatte, und schob ihn ins Reha-Zentrum. Würde jemand genau hinsehen, hätte er die Röhren entdeckt, die der Mann an der Unterseite befestigt hatte, aber er wusste, dass es sehr unwahrscheinlich war, dass jemand ihn eines zweiten Blickes würdigte, besonders an einem Ort wie diesem.

Keiner der Patienten schenkte ihm die geringste Aufmerksamkeit, als er die Eingangshalle durchquerte. Er mied den Empfangsbereich, indem er direkt auf die Schilder zuhielt, auf denen VERWALTUNG stand.

»Kann ich Ihnen helfen, Sir?«, fragte eine Sekretärin. Ihre langen schwarzen Locken und die glänzenden roten Lippen erinnerten ihn an Cher.

»Ist Dr. Blaine in ihrem Büro?«

»Ja, aber sie erwartet einen Patienten.«

»Robert Nappin?« Er hatte selbst vor weniger als einer Stunde angerufen und um den Termin gebeten. Ein kurzer Besuch, hatte er gesagt, nur um über ein Vermächtnis von einer Million Dollar zu reden, das Mr Nappin nach seinem Tod Dr. Blaine hinterlassen wolle. Aber Mr Nappin sei in Eile; er wolle auf die Bahamas und verteile seine Wohltaten immer ganz spontan.

Das hübsche Gesicht der Sekretärin spiegelte ihre Überraschung wieder. »Ja, aber ...«

»Ich bin sein Fahrer. Mr Nappin ist sehr stolz und wollte aus eigener Kraft hereinkommen. Seine Krankenschwester ist bei ihm und begleitet ihn, aber er braucht seinen Rollstuhl, sobald er ankommt, und hat mich deshalb vorausgeschickt. Kann ich den Rollstuhl in Dr. Blaines Büro abstellen? Mr Nappin ist sehr exzentrisch, wenn es um sein Auftreten geht, und besteht darauf, bis hierher auf eigenen Füßen zu gehen.«

»Nun, das dürfte wohl in Ordnung sein. Lassen Sie mich nur kurz mit Dr. Blaine reden.« Sie stand auf, klopfte an und steckte den Kopf durch die Tür zum Büro ihrer Chefin. »Mr Nappins Fahrer ist hier und würde gerne seinen Rollstuhl in Ihrem Büro abstellen. Mr Nappin möchte Sie im Stehen begrüßen.«

Er konnte Adele Blaine nicht sehen, hörte aber ihr kehliges Lachen. »Meine Liebe, für eine Million Dollar kann er meinetwegen auch auf einem Bein hereinhüpfen.«

Der Mann übergab den Rollstuhl der Sekretärin, drehte sich um und ging. Über die Schulter beobachtete er die junge Frau, bis sie den Stuhl durch die Tür gerollt hatte. Dann beschleunigte er seine Schritte, schob eine Hand in die Tasche und ergriff die Fernbedienung. Sobald er im Flur und in Sicherheit war, drückte er auf den Knopf.

Eine ohrenbetäubende, donnernde Detonation ließ das Gebäude erzittern. Obwohl mehrere Wände die Wucht der Explosion dämpften, wurde er in einem Hagel aus Deckenplatten und Beleuchtungskörpern zu Boden geschleudert. Als er auf die Knie kam, griff er sich an den Kopf, um Splitter zu entfernen, wobei er darauf achtete, dass seine Perücke nicht verrutschte. Er sah, dass seine Handfläche blutverschmiert war.

Binnen Sekunden liefen schreiende Leute umher. Eine Frau blieb stehen und half ihm auf die Beine. Sie sagte irgendetwas zu ihm, doch die Druckwelle hatte seine Ohren verstopft, und ihre Worte klangen wie Schreie aus großer Entfernung.

Er bedeutete der Frau, dass ihm nichts geschehen sei, und

stolperte auf den Empfangsbereich zu. Seine Taubheit legte sich rasch, und hinter sich hörte er trotz des Klingelns in seinem Kopf schrille Schreie. Es mussten die Leute sein, die die Leichen gefunden hatten. Die beiden Frauen konnten unmöglich überlebt haben.

Weiter vorn stand die Polizistin zwischen ihm und Kathleen Sullivans Rollbahre wieder auf dem Posten, die Hand an der Waffe, Verwirrung im Gesicht.

Doch Kathleen Sullivans Blick war fest. Ihre grünen Augen waren starr auf ihn gerichtet, und sie bewegte heftig die rechte Hand, als sie versuchte, die Polizistin auf sich aufmerksam zu machen, während sie sich mit der linken an den Hals fasste, um sprechen zu können.

Sie weiß Bescheid, dachte er. »Schnell, Ma'am, da drinnen wird ein Cop gebraucht«, rief er der Polizistin zu.

»Aber ich soll Dr. Sullivan nicht verlassen!«, rief sie durch den Lärm zurück, ohne Kathleens Gesten und ihre Versuche, sich Gehör zu verschaffen, zu bemerken. »Was ist passiert?«

»Ich glaube, eine Gasexplosion. Alle sind in Panik. Sie müssen jetzt die Führung übernehmen.« Er nahm sie am Ellbogen und drängte sie zu gehen. »Und machen Sie sich keine Sorgen. Ich bringe Dr. Sullivan in Sicherheit.«

Sie betrachtete seinen Kopf. »Sie bluten.«

»Es ist nichts. Gehen Sie, und kümmern Sie sich um die Leute.«

Sie lief den Weg entlang, den er gekommen war. »Ich treffe Sie am Krankenwagen, sobald Hilfe hier ist«, rief sie über die Schulter. »Sorgen Sie dafür, dass jemand die Notrufzentrale anruft. 911.«

Er drehte sich um und blickte Kathleen an. Starr vor Entsetzen, schlug sie gegen die Seitenteile der Rollbahre und versuchte noch immer, um Hilfe zu rufen. Aber sie hatte keine Chance, dass in dem Tumult jemand ihre schwache Stimme hörte.

Er trat zum Kopfteil der Rollbahre und schob sie rasch zum Ausgang, während er Kathleens Bemühungen beobachtete. Er war erstaunt, welche Bewegungsmöglichkeiten sie schon nach wenigen Tagen wiedererlangt hatte.

Keiner der Leute, die an ihnen vorbei aus dem Gebäude flüchteten – einige auf Krücken, andere in Rollstühlen –, schenkte ihnen Beachtung. Kathleen konnte nicht einmal die Aufmerksamkeit eines halben Dutzend uniformierter Polizisten auf sich lenken, die ins Gebäude drängten.

Sobald der Mann Kathleen im hinteren Teil des Krankenwagens untergebracht hatte, zog er die Spritze hervor, die er in der Brusttasche getragen hatte, drückte sie in den seitlichen Zugang von Kathleens Infusionsschlauch und injizierte den Inhalt, bis sich ihre Augen schlossen und ihre Glieder erschlafften. Doch es war Midazolam, kein Kaliumchlorid, und er gab ihr gerade genug, um sie nicht zu töten. Er brauchte sie für das große Finale, als Köder, um Steele in die Falle zu locken.

Er schaltete die Sirene ein und hatte keine Schwierigkeiten, sich einen Weg zwischen den weißblauen NYPD-Streifenwagen zu bahnen, die vor der Klinik aufgefahren waren. Auf der East End Avenue fuhr er nach Süden, vorbei an einer Reihe entgegenkommender Feuerwehrwagen, die mit heulenden Sirenen zur Klinik rasten. Minuten später reihte er sich hinter mehreren Rettungswagen ein, die vor dem Mount Steven's Hospital in der Nähe der Siebenundsiebzigsten Straße und der Lexington Avenue parkten. Keiner der anderen Fahrer, die sich an ihre Fahrzeuge lehnten und Kaffee tranken, während sie auf einen Einsatz warteten, schenkte ihm Beachtung, als er ausstieg und die Heckklappe des Wagens öffnete.

»He, die ist ja total weggetreten«, sagte einer der Helfer, die zu ihm kamen, um Kathleen aus dem Wagen zu laden. Er betrachtete ein wenig zu genau ihr regungsloses Gesicht, während sie das Rollgestell der Bahre ausklappten.

»Eine Verlegung aus dem New York City Hospital. Einer von den Fällen mit resistenter Lungenentzündung, also geh nicht zu dicht ran.«

»Himmel«, sagte der Helfer und wich zurück. »Warum hast du mir das nicht gleich gesagt?«

»Weil du nicht gefragt hast«, rief er über die Schulter und schob Kathleen bereits durch die Eingangstür. Er folgte den Fluren des Erdgeschosses auf einem Zickzackkurs, der ihn zum Ausgang an der Sechsundsiebzigsten Straße führte. Er entdeckte den Transporter, nach dem er Ausschau halten sollte. Während er sich näherte, stieg der Fahrer aus.

Es war nicht die Person, die der Mann erwartet hatte. Aber es ergab Sinn.

Sehr viel Sinn.

Sie luden Kathleen hinten in den Transporter und fuhren los.

Rettungsfahrzeuge aus der ganzen City schienen sich mit heulenden Sirenen in der Upper East Side zu versammeln.

Jo O'Brien platzte ohne anzuklopfen in sein Büro. »Richard, wir haben gerade eine Notfallmeldung bekommen. Sie schicken uns ein Rohrbombenopfer aus Blaines Reha-Zentrum.«

»Was!« Steeles Herz machte einen Satz.

»Es ist nicht Dr. Sullivan. Aber Blaine ist tot, und ihre Sekretärin wird jeden Augenblick in die Notaufnahme gebracht. Offensichtlich hatte sie noch einen Puls, als die Sanis bei ihr ankamen.«

»O Gott! Was ist mit Kathleen?« Richard sprang auf und wollte zur Tür.

»Keine weiteren Opfer, hat man mir gesagt«, erwiderte Jo und hielt ihn mit der Hand auf seiner Schulter zurück, als er an ihr vorbeiwollte. »Wahrscheinlich ist sie schon auf dem Rückweg. Die Klinik verlegt die Patienten wieder zurück in die Krankenhäuser, aus denen sie gekommen sind, überall in der Stadt. Sie sollten bleiben, wo Sie sind, Chef, und der Frau helfen, die die Wucht der Explosion abbekommen hat. Die Jungs in der Ambulanz haben gesagt, dass sie an näher gelegenen Krankenhäusern vorbeigefahren sind, nur um sie herzubringen, zum besten Notfallteam der Stadt.«

Doch Richard musste wissen, dass Kathleen in Sicherheit war. »Rufen Sie McKnight an. Er soll mit der Polizistin sprechen, die bei Kathleen ist, und sich bestätigen lassen, dass alles in Ordnung ist.«

Richard eilte zum Schockraum. In der Ferne erklang eine Sirene, einsam und verloren wie das Klagen einer Violinsaite.

Richard blickte auf das geschundene Gesicht vor ihm, das mit Nägeln gespickt war, und fragte sich, wie die junge Frau ausgesehen hatte. Von der Stirn bis zur Brust war ihre Haut zerrissen. Am schlimmsten hatte es ihre Wangen und die Augen erwischt. Richard konnte nicht einmal sagen, welche Farbe die Augen gehabt hatten. Die Frau musste sich vorgebeugt haben, um die Bombe zu betrachten, ohne zu wissen, was es war, als sie explodierte. Wenn die untere Hälfte ihres Körpers auch blutig war, so war sie doch bemerkenswert intakt. Selbst ihr Haar, das schwarz und üppig auf das Kissen fiel, erschien fast normal, bis er es berührte und spürte, wie es zwischen den Fingern seines Handschuhs zu feiner Asche zerbröselte.

Sie hatte noch Puls, genau wie Jo gesagt hatte, aber es war dennoch zu spät. Obwohl Richards Team sie mit noch mehr zentralen Zugängen, Infusionskanülen, verschiedenen Kathetern und künstlicher Beatmung versorgte, tat ihr Herz in dem Augenblick die letzten Schläge, als sie in der Notaufnahme ankam. Auch ein letzter, verzweifelter Versuch, sie zu retten, war gescheitert: Ein klaffender Schnitt unter der linken Brust markierte die Stelle, wo er den Brustkorb geöffnet und versucht hatte, sie mit der bloßen Hand wieder zum Leben zu erwecken.

Nun wartete er auf ihre Eltern.

Normalerweise hätte er diese Minuten damit verbracht, die verschiedenen Schläuche dicht über der Haut abzuschneiden, sodass er sie für die Obduktion an ihrem Platz beließ, aber doch genug von den überstehenden Teilen entfernte, dass man die Tote mit einem Tuch bedecken konnte. *»Um den Leichnam in einen präsentablen Zustand zu bringen«*, schrieben die Lehrbücher. Was ist bei einem Toten, den man geliebt hat, *präsentabel,* dachte er und war so wütend, dass er zitterte. Es war obszön. Niederträchtig.

Umso schlimmer, wenn es die Tat eines Perversen war, der im Namen einer guten Sache zu handeln glaubte.

»Dr. Steele, sie sind da«, sagte Jo O'Brien, die den Kopf durch die Tür des Schockraumes steckte.

Richard bewegte sich nicht. »Ich kann das nicht schon wieder, Jo.«

»Sie müssen und Sie werden. Ich habe sie in Ihr Büro gesetzt.«

»Haben Sie McKnight erreicht?«

»Ja. Er war schon auf dem Weg zum Institut. Er hat mir versichert, dass die Offiziellen dort erklären, dass es nur die beiden Opfer gegeben hat und dass alle anderen Patienten schon fort waren, genau wie ich gesagt habe. Aber er wird auch noch sein Büro anrufen.«

Nachdem er einen letzten Blick auf die Leiche geworfen hatte, machte Richard sich auf den Weg den Flur hinunter und bereitete sich innerlich darauf vor, was er der Mutter und dem Vater der jungen Frau sagen würde. Er atmete tief ein, tauchte wieder einmal seine Seele in Eis. Er wusste, dass er sie irgendwann einmal nicht zurückbekommen würde: Man konnte nicht unbegrenzt jedes Gefühl abstreifen wie eine Schlange, die sich häutet. Früher oder später verlor man das Mitgefühl, wurde teilnahmslos. Ob diese Veränderung Depression oder Burnout genannt wurde – niemand war danach wieder derselbe, auch wenn er sich nach außen hin zu erholen schien. Doch es blieb etwas, das zumindest der Ehepartner oder die Kinder bemerkten, ein leeres Starren, ein Schweigen, ein Augenblick des Rückzuges aus dem Sonnenlicht in die Dunkelheit. Richard kannte diesen Zustand. Auch er selbst war vor Trauer und Schmerz beinahe verloren gewesen, hatte sich am Ende aber befreien können. Doch irgendwann würde er vor der Summe aller Schrecken und allen Leids kapitulieren müssen, die er in der Notaufnahme sah. Und er wusste, dass Augenblicke wie dieser ihn diesem Augenblick näher brachten.

Eine halbe Stunde später kam er aus seinem Büro und entließ das trauernde Paar in Jo O'Briens tröstende Arme. Er lehnte sich gegen den Türrahmen und beobachtete, wie sie langsam zum Ausgang gingen.

Ihr Leben war zerbrochen.

Als Richard sich umdrehte, entdeckte er Detective McKnight, der ein paar Meter entfernt auf dem Flur stand und ihn musterte. Richard sah die Angst in den Augen des Mannes, und eisige Furcht packte ihn.

Fast blieb ihm das Herz stehen, als er McKnight sagen hörte: »Ich glaube, Sie sollten sich setzen.«

19

Sie erwachte ganz allmählich, tauchte aus tiefer Schwärze ans Licht. Und es war schmerzvoll.

In ihrem Kopf war ein Gefühl bitterer Kälte.

Dann spürte sie eine brennende Taubheit in den Gliedern.

Ich hatte noch einen Schlaganfall. O Gott, ich kann mich nicht bewegen.

Sie öffnete die Augen, und es war stockfinster.

Doch sie spürte Erleichterung. Sie war nicht gelähmt. Sie war gefesselt, aber nicht mehr in dem Krankenwagen, sondern in irgendeinem anderen Fahrzeug, einem Lieferwagen oder Laster. Sie spürte, wenn sie abbogen, bremsten und beschleunigten. Zusammen mit den Verkehrsgeräuschen draußen kam sie zu dem Schluss, dass sie noch in der Stadt waren.

Hinter ihrem Kopf hörte sie zwei Männer miteinander reden. Ihr Gehör war so scharf wie nie zuvor. Sie lauschte angestrengt, konnte aber nicht ausmachen, worüber die Männer sprachen. Sie konnte die höhere Stimmlage ihres Entführers von einer zweiten Stimme unterscheiden, die tiefer war und einen stockenden Rhythmus besaß, der ihr bekannt vorkam. Wer immer es war, er sprach in kurzen Abschnitten, beinahe wie sie selbst.

Plötzlich hielt das Fahrzeug. Sie spürte eine leichte Gewichtsverlagerung und hörte, wie die Tür auf der Beifahrerseite zugeschlagen wurde. Jemand war ausgestiegen. Dann fuhr das Fahrzeug wieder los.

Warum töteten diese Kerle sie nicht gleich jetzt?

O Gott, bitte keine solche Schlächterei wie bei Lockman!

Ein Schuss, eine Spritze, egal was, nur schneidet mich nicht in Stücke wie Lockman!

Doch sie wusste, dass ihre Chancen nicht gut standen. Wahrscheinlich gab es dem Mann ein berauschendes Gefühl der Macht, wenn er sie tötete, während sie noch bei Bewusstsein war, nicht halb von Sinnen vor Schmerz.

Der Wagen wurde langsamer und kam dann erneut zum Stehen.

Der Mann blieb im Führerhaus.

Draußen konnte sie Kinder lachen hören, und Gesprächsfetzen, wenn die Fußgänger keinen Meter von ihr entfernt vorbeigingen.

»Ihr habt sie umgebracht, ihr Versager. Ihr inkompetenten Dreckskerle! Ihr habt zugelassen, dass dieses Monster sie euch unter der Nase wegschnappt. Wisst ihr, was das bedeutet? Dass ihr sie umgebracht habt!«

»Richard, ich bitte Sie«, sagte McKnight, »das ist nicht hilfreich …«

»Wollen Sie sehen, wozu er fähig ist? Kommen Sie. Gehen wir nach nebenan. Ich zeige Ihnen sein jüngstes Werk.«

Wütend ging Richard in seinem Büro auf und ab.

Der Detective verharrte an der Tür und schwieg.

Richard blieb vor ihm stehen. »Verdammt, nun sagen Sie was! Oder sind Sie nur dazu gut, mir den Weg aus meinem Büro zu versperren? Wovor haben Sie Angst? Dass ich weglaufen und selbst nach ihr suchen könnte? Gut, dann machen Sie mir Platz. Ich werde es besser machen als Sie …«

»Kathleens Foto wurde an jeden Streifenwagen der Stadt geschickt. Sämtliche Einsatzkräfte wurden alarmiert und versuchen sie zu finden. Während wir hier reden, werden im Fernsehen und Radio Suchmeldungen gebracht und die Beschreibung und das Kennzeichen des gestohlenen Krankenwagens durchgegeben. Wir …«

»Haben Sie Downs geschnappt?«, unterbrach Richard den Detective.

McKnight zögerte. »Nicht direkt«, sagte er schließlich.

»Nicht direkt? Aber sie ist wahrscheinlich unsere einzige Verbindung zu diesem Kerl.«

»Wir können sie nicht finden. Der Hausmeister in ihrem Apartmenthaus sagte, dass er gesehen hat, wie sie das Haus heute Morgen mit einem Koffer verließ.«

Richard hatte das Gefühl zu ersticken. »Lassen Sie mich vorbei, Sie Bastard«, sagte er und stürzte sich auf den Mann. »Ich muss hier raus.«

Die großen Hände des Detectives legten sich um seine Oberarme und hielten ihn mit eisernem Griff fest. »Sie müssen hier bleiben, Doc, für den Fall, dass er anruft. Sie können sonst nichts machen.«

»Und ob!«

»Was, zum Beispiel?«

Von dir wegkommen, dachte Richard, sodass ich allein zu dem Killer kann, wenn der tatsächlich anruft. Ich im Austausch für Kathleen. Keine Cops in der Nähe, die alles vermasseln. Stattdessen sagte er: »Ich weiß es nicht. Es ist nur… es macht mich verrückt, wenn ich hier eingesperrt bin. Ich muss mir die Beine vertreten. Klaren Kopf kriegen. Ein bisschen allein sein. Und nun lassen Sie mich los, und gehen Sie beiseite.«

Der große Mann sah ihn besorgt an. »Versuchen Sie nicht auf eigene Faust irgendwelche Verrücktheiten, Doc. Im Moment haben Sie eine Stinkwut auf uns, und Gott weiß, Sie haben allen Grund dazu, aber die beste Chance, Kathleen zu helfen, ist immer noch, mit uns zusammenzuarbeiten.«

Richard kämpfte gegen das Verlangen, ihn erneut anzuschreien. »Geben Sie mir Zeit, Detective.«

McKnight ließ Richards Arme los, rührte sich aber nicht von der Stelle.

»Hören Sie, McKnight, Sie können mich hier nicht festhalten …«

Ein Klopfen an der Tür unterbrach ihn. Gordon Ingram steckte den Kopf ins Zimmer und klopfte hinter dem Rücken des Polizisten noch einmal an die Tür. »Oh, Entschuldigung, Richard. Ich wollte Sie nicht stören, aber bitte … sagen Sie mir, dass es nicht wahr ist, was ich über Kathleen gehört habe.«

»Ich muss ein paar Schritte gehen, Gordon, und ich wäre Ihnen dankbar, wenn Sie mich begleiten würden«, sagte Richard, ohne den Blick von McKnight zu wenden.

Der Polizist zuckte die Achseln und trat zur Seite, um ihn vorbeizulassen. »Sie haben meine Telefonnummer.«

Ingram sah ihn fragend an; dann blickte er auf Richard. Offenbar spürte er die Spannung zwischen beiden Männern.

»Ich fürchte, ich bin zurzeit nicht besonders gut zu Fuß«, sagte Ingram, »aber ich spendiere Ihnen eine Cola, wenn das hilft.«

»Gehen wir«, sagte Richard.

Richard schilderte Ingram seinen Plan, sich gegen Kathleen austauschen zu lassen, wenn der Killer Kontakt mit ihm aufnahm. Ingram hörte geduldig zu und sagte nur wenig.

Der Anruf kam, bevor beide ihre zweite Cola getrunken hatten.

»Steele?«

Die hohe, winselnde Stimme war unverwechselbar.

»Hören Sie zu, Scheißkerl«, sagte Richard mühsam beherrscht. »Wenn Sie ihr etwas antun, schicke ich Sie zur Hölle, und zwar ganz langsam …«

»Gehen Sie an ein Fenster an der Vorderseite des Krankenhauses, und dann rufen Sie mich zurück. Wenn Sie sich nicht innerhalb von dreißig Sekunden melden, oder wenn ich irgendwo einen Cop entdecke, drücke ich auf einen Knopf, verstanden?«

»Aber wo…« Die Verbindung brach ab. Richard sah auf das Display. Es zeigte seine alte Handynummer.

»Kommen Sie!«, rief er Ingram zu und rannte aus der Cafeteria zu einer Treppe und dem nächsten Fenster, das auf die Dreiunddreißigste Straße ging.

Fünf Stockwerke unter ihm entdeckte er in einer Reihe geparkter Wagen auf der anderen Straßenseite nahe der Second Avenue einen unscheinbaren Lieferwagen ohne Fenster oder Beschriftung und einen Mann neben der hinteren Stoßstange, der ein Handy zum Ohr führte.

Er hatte krauses schwarzes Haar und trug einen Schnurrbart.

Richard erkannte, dass es der Reporter war, der mit Norris zusammen die Pressekonferenz verlassen hatte. Er staunte, wie gekonnt er das breite Gesicht vom Phantombild unkenntlich gemacht hatte.

»Sehen Sie mich?«, fragte die Stimme.

»Ja.«

»Dann schauen Sie sich mal das an.« Er öffnete die Flügel der Hecktür und kletterte hinein. Es dauerte nur wenige Sekunden, bevor er sie wieder schloss, doch es war lang genug gewesen, dass Richard das Ende einer Tragbahre sehen konnte.

»Da ist sie«, sagte Kathleens Kidnapper.

Richard hörte sie atmen, bevor sie zu sprechen begann. »Richard, hör nicht auf ihn… nimm ihn beim Wort… denk an die Kinder…«

»Das war's, Steele. Sie haben fünfundvierzig Sekunden, um hier runterzukommen und zu der Lady in den Wagen zu steigen. Ich bin irgendwo im Umkreis von dreißig Metern und habe alles im Blick. Wenn Sie auch nur eine Sekunde zu spät kommen oder irgendwelche Tricks versuchen, fliegt die Lady in die Luft.«

»Nein, warten Sie…«

Wieder brach die Verbindung ab.

Durch das Fenster sah Richard, wie der Mann mit dem krausen Haar hinten aus dem Lieferwagen sprang, die Tür schloss und davonging.

Richard schwirrte der Kopf. Er hatte keine Zeit, McKnight oder sonst jemanden zu informieren.

Er stürmte die Treppe hinunter und zählte im Kopf die Sekunden.

»Richard«, rief Ingram, der gerade am Eingang zum Treppenhaus angekommen war. »Wo wollen Sie hin?«

»Zu Kathleen«, rief er über die Schulter, ohne langsamer zu werden. »Sie ist in einem Lieferwagen da draußen … an eine Bombe angeschlossen. Sagen Sie McKnight, was passiert ist. Vielleicht kann er was machen. Aber sorgen Sie dafür, dass er und die Cops außer Sicht bleiben. Der Kerl beobachtet uns.«

»Was …«

»Machen Sie schon!« Richard rannte zum Erdgeschoss. Er schätzte, dass er noch etwa eine halbe Minute Zeit hatte.

Zehn Sekunden brauchte er bis zum Haupteingang. Die Dreiunddreißigste Straße zu überqueren, kostete ihn weitere drei Sekunden. Wohin der Kerl sich auch zurückgezogen hatte, Richard konnte ihn nirgends entdecken. Sein weiter Mantel wehte hinter ihm, als er wieder losrannte und den halben Block bis zum Lieferwagen in weniger als fünfzehn Sekunden zurückgelegte. Auf dem ganzen Weg brannte sein Hals, und während er sich dem Wagen näherte, wuchs seine Gewissheit, dass die Bombe in dem Augenblick hochgehen würde, da er ihn erreichte, und dass der Killer bloß einen Köder für ihn ausgelegt hatte.

Er näherte sich von der Fahrerseite.

Nichts passierte.

Eine Frau mit einem Kinderwagen ging in Richtung First Avenue davon. Sonst waren keine Fußgänger in unmittelbarer Nähe. Doch hinter Richard floss ein ununterbrochener Verkehrsstrom. Wenn er zögerte, würde der Beobachter die Bombe zur Explosion bringen, und zahllose Passanten und Autofahrer würden sterben.

Ganz langsam und vorsichtig öffnete Richard die Hecktür.

Das Erste, was er sah, waren Kathleens glühende Augen, die ihn aus der Dunkelheit anstarrten.

Keine Explosion.

Er stieg ein.

Immer noch nichts.

Er entdeckte vier graue Röhren, jede wenigstens fünf Zentimeter dick und über einen halben Meter lang, die mit Klebeband an der Unterseite der Rollbahre befestigt waren.

Das Vierfache von dem, was in seinem Keller explodiert war.

Er überlegte kurz, ob er Kathleen auf die Arme nehmen und um ihrer beider Leben laufen sollte.

Zerfetztes Fleisch unter einem Kranz aus schwarzem Haar erschien vor seinem inneren Auge.

Er blieb, wo er war, schloss die Tür, wie es ihm aufgetragen worden war, und schloss sich selbst und Kathleen in der Dunkelheit ein.

»Es ist okay«, sagte er zu ihr. »Hilfe ist unterwegs.«

Ein paar Sekunden später drehte sich ein Schlüssel im Türschloss, und sie waren gefangen.

Jemand stieg ins Führerhaus, der Motor sprang röhrend an, und sie fuhren los.

Richard tastete sich zur Rollbahre hinüber. »Die Polizei weiß, dass wir hier sind«, flüsterte er. Er ertastete einen Arm Kathleens und begann sofort, das Klebeband zu entfernen, mit dem sie gefesselt war.

»Du Dummkopf!«, stieß sie hervor, sobald sie ihre Luftröhre abdecken konnte. »Jetzt sterben wir beide …«

Richard schwieg. Im Nu hatte er Kathleens anderen Arm befreit und löste nun die Fesseln an ihren Beinen. Durch das Schwanken des Wagens beim ständigen Abbiegen verlor er immer wieder das Gleichgewicht. Der Fahrer schien durch Seitenstraßen zu fahren, um sicherzugehen, dass sie nicht verfolgt wurden. Hoffentlich hatte McKnight einen Hubschrauber angefordert.

Richard hatte gerade Kathleens Fußknöchel befreit, als der Wagen plötzlich langsamer wurde und schließlich stehen blieb.

Dann klingelte sein Handy.

Sobald er auf den Knopf gedrückt hatte, sagte die Stimme: »Wenn Sie Lärm machen, laufe ich dreißig Meter weg, gehe in Deckung und drücke auf den Knopf, kapiert?«

»Ich ...«

»Dasselbe gilt bei jedem Versuch, Ihre Freunde bei der Polizei zu verständigen. Lassen Sie die Verbindung offen, sonst kracht es.«

Moment mal, dachte Richard. Handys konnte man überwachen. Sicher hatte McKnight schon dafür gesorgt, dass jemand sie abhörte. »Wo fahren wir hin?«, fragte er und hoffte, dass er den Killer zum Reden brachte. Vielleicht konnte die Polizei durch Triangulation herausfinden, wo sie waren, oder der Kerl verriet sogar ihr Fahrtziel. »Offensichtlich haben Sie sowieso vor, uns umzubringen. Vorher war es Ihnen ja auch egal, wo die Bomben hochgingen.«

Ein leises Lachen kam aus dem Handy. »Sie werden schon früh genug herausfinden, wohin. Ich sage nur, dass es so laut sein wird, dass kein Passant Sie hören wird, wenn ich die Strafe des Herrn vollstrecke.«

O Gott, dachte Richard. Vielleicht wäre es besser, wenn er den Hurensohn so sehr reizte, dass er sie beide jetzt gleich in die Luft jagte. Es würde schnell gehen, und sie könnten ihn mit in den Tod nehmen.

Die Stimmen von Passanten vermischten sich mit den Geräuschen des Straßenverkehrs.

Unbeteiligte.

Nein! Kein weiteres Menschenfleisch für dieses Monster. »Sie kennen sich ja aus, wenn es ums Töten geht«, sagte Richard, denn er nahm an, dass es am besten war, das Gespräch in Gang zu halten. »Wie viele Unschuldige haben Sie abgeschlachtet?«

»Kriegsopfer. Kollateralschäden.«

»Aber warum sind Sie hinter Kathleen und mir her? Wir hatten mit Hamlin und den anderen nichts zu tun.«

»Ach nein?«

»Das ist wahr!«

»Nicht nach meinen Informationen.«

»Was für Informationen? Von wem?«

»Ich weiß, was Sie getan haben oder getan hätten, um Ihre Freundin zu retten, diese Genetikerin. Was glauben Sie, wie viele Embryos für sie gestorben sind? Warum sollten Sie beide weiterleben, wo Sie so etwas zugestimmt haben?«

»Weder Kathleen noch ich haben irgendeiner Sache zugestimmt.«

»Blödsinn! Sie hätten weiter mit Hamlin und dem Rest der Bande zusammengearbeitet und ihre Verfehlungen vertuscht, und die ganze Zeit hätten Sie ihnen neues Material geliefert, und das Morden wäre weitergegangen.«

»Wer hat Ihnen denn diesen Mist erzählt?«

Wieder kam Gelächter aus dem Handy, so schrill, dass es im Ohr schmerzte.

»Das werden Sie noch früh genug herausfinden.«

»Ist es Francesca Downs ...«

Das Klacken der Beifahrertür, die sich öffnete, unterbrach ihn, und der Klang der Verbindung änderte sich und wurde flach, als hätte der Mann am anderen Ende das Mikrofon mit der Hand abgedeckt. Richard hörte die gedämpften Stimmen im Führerhaus, und der Transporter quietschte, als vorn jemand einstieg.

»Das ist der andere, mit dem ich ihn schon vorher hab sprechen hören«, sagte Kathleen in einem einzigen, hastigen

Atemzug. »Hör mal, wie er beim Reden … Pausen macht. Genau wie ich …«

Bevor Richard darüber nachdenken konnte, was sie gemeint hatte, sprang dröhnend der Motor an, und wieder fuhren sie weiter. Minuten später bog der Laster nach rechts ab und hielt wieder. Die Straßengeräusche schienen verschwunden zu sein und wurden vom Lärm eines Presslufthammers ersetzt. Es folgte ein plötzliches, metallisches Rasseln, das mit einem Knall endete, der ein paar Sekunden nachhallte und für einen Augenblick den Lärm von draußen überdeckte. Fast gleichzeitig öffneten sich die beiden vorderen Türen des Führerhauses, doch soweit Richard sagen konnte, stieg nur der Fahrer aus.

Er musste eine Waffe finden.

Sollte er die Rohrbomben losmachen und ihn damit niederschlagen, wenn er hinter ihnen her war? Dazu hatte er keine Zeit.

Er brauchte schnell etwas anderes.

»Entschuldige, Kathleen«, flüsterte er, schob die Arme unter sie und hob sie von der Rollbahre. Es erschreckte ihn, wie leicht ihr Körper war, obwohl er wusste, dass sie viel Gewicht verloren hatte.

»Was machst du?«

Er legte sie sanft auf den Boden des Lieferwagens. »Ich mache mir einen Torpedo«, sagte er, nahm die Infusionsbeutel von den Ständern und legte sie Kathleen in die Arme. Als Nächstes löste er die elektrischen Kontakte und Leitungen von ihrem Körper und befreite sie von den Geräten, die auf der Matratze gestapelt waren. Die Katheterbeutel legte er ihr zwischen die Beine. Schließlich legte er ihr sein Handy in die Hand.

»Sobald der Spaß beginnt, wählst du die 911.«

»Aber ich weiß nicht, wo wir sind.«

»McKnight ist wahrscheinlich schon draußen. Sag ihm einfach nur: ›Kommen Sie jetzt rein!‹«

Im Schloss der hinteren Tür drehte sich ein Schlüssel, gefolgt von einem lauten Klicken.

»Ich liebe dich, Kathleen«, sagte Richard. Er nahm ihr Gesicht sanft zwischen beide Hände und küsste rasch ihr Gesicht. Dann sprang er auf, löste die Bremse an der Rollbahre, hielt sie fest und wartete.

Die Hecktüren öffneten sich. »Ich habe eine Waffe, also benehmen Sie sich«, sagte die schrille Stimme.

Sobald Richard im Halbdunkel die Silhouette des Mannes sah, stieß er die Bahre mit ihrer Last an medizinischen Geräten mit aller Kraft nach vorn. Sie schoss aus dem Heck des Wagens, flog durch die Luft und traf den Mann mitten auf die Brust.

»Scheiße!«, schrie der und taumelte unter der Wucht des Aufpralls nach hinten. Die Monitore krachten auf ihn hinunter. Die Waffe flog ihm aus der Hand, begleitet vom Lärm der platzenden Bildröhren.

Richard stürzte sich auf die Waffe, ohne sich darum zu kümmern, ob die zweite Person aus dem Führerhaus ihn von hinten angriff. Jetzt kam es darauf an, als Erster an die Waffe zu kommen, oder er und Kathleen waren verloren.

Er landete kaum zwei Meter von der Pistole entfernt auf dem Beton, schrie vor Schmerz auf und kroch auf die Waffe zu.

»Soll ich Sie Nappin oder Nape nennen? Oder einfach nur Robbie, den Scheißkerl?«, rief er, um den Mann nervös zu machen und dadurch ein paar Sekunden herauszuschinden.

Der Mann fluchte wild und versuchte, sich von den Röhren des Rollbahrengestells zu befreien. In dem schwachen Licht sah Richard, dass in dem Gesicht, das er so sehr zu hassen gelernt hatte, Glassplitter glitzerten und um die Augen herum Blut herabströmte. Das Glas eines der Monitore musste auf dem Kopf des Mannes zersplittert sein. Richard sah seine Chancen steigen.

Doch seine höhnische Bemerkung erwies sich als Fehler. Der Mann brach in wahnsinniges Gekreische und Geschrei aus, befreite seine Beine und warf den Rest der Trümmerteile ab. Dann stürzte er sich auf die Waffe.

Richard schnappte sie als Erster, doch bevor er sie in Anschlag bringen konnte, umklammerte sein Gegner den Lauf der Waffe und entwand sie ihm. Seine grelle Wut verlieh ihm die Kraft von fünf Männern.

»Sehen Sie mal, was ich habe«, sagte er, und sein Mund verzog sich zu einem blutverschmierten, höhnischen Grinsen, als er die Mündung zu Richard drehte.

»Nein!«, schrie Richard, der überzeugt war, dass er nun sterben und Kathleen der Willkür des Verrückten ausliefern musste. »Die Polizei ist schon unterwegs. Sie können nicht entkommen, es sei denn, Sie rennen sofort los, und …«

Erst ein Schuss, dann zwei weitere dröhnten dicht neben Richards Ohr.

Der kräftige Mann vor ihm riss die Augen auf, wankte ein paar Sekunden und starrte Richard mit einer Mischung aus Schmerz und Überraschung an.

Richard beobachtete ihn verblüfft; dann verschwanden die Gesichtszüge des Mannes unter einer roten Flut, und er stürzte nach vorn in den zersplitterten Bildschirm eines Herzmonitors.

Richard drehte sich um und sah Ingram, der hinter dem Lieferwagen stand und langsam die Waffe sinken ließ.

20

Vor Erleichterung wurde ihm schwindelig. »Gordon! Wie sind Sie denn hierher gekommen, um alles in der Welt? Sie haben mir und Kathleen das Leben gerettet.«

Ingram schwankte leicht und lehnte sich gegen eine der offenen Hecktüren.

Selbst bei der schlechten Beleuchtung erkannte Richard, dass Ingram nur mit Mühe atmete. »Himmel! Was ist?« Er lief zu ihm. »Hat der Kerl Sie getroffen?« Die Schüsse waren in der großen Halle mit Boden und Wänden aus Beton – offenbar eine Autowerkstatt – so laut gewesen, dass unmöglich festzustellen war, ob sie alle aus derselben Richtung gekommen waren.

Gordon schüttelte den Kopf.

»Richard, was ist passiert?«, rief Kathleen aus dem dunklen Wageninnern hinter Ingram.

»Es geht mir gut«, erwiderte er. »Irgendwie ist Gordon Ingram rechtzeitig aufgetaucht…« Seine Stimme wurde leiser, während er sich Ingram näherte und den Mann keuchen hörte. Trübes Licht drang durch die verschmutzten Scheiben der großen Schiebetür, und Richard trat näher heran, um Ingrams Gesicht zu betrachten. »Du lieber Gott, Gordon, was ist? Doch kein zweiter Herzinfarkt?«

Der Mann sah ihn an, während der Lauf seiner Waffe zwischen dem Boden und Richards Hüfte schwebte. »Ich schätze, ich hab's ein bisschen übertrieben«, sagte er atemlos.

»Wo ist der zweite Mann? Haben Sie den auch erschossen?« Er ging in Richtung Führerhaus, um nachzusehen.

Ingram war auf die Knie gesunken und hatte sein Nitrospray aus der Tasche geholt. Er sprühte es sich reichlich unter die Zunge. »Vergessen Sie den anderen Mann, Richard. Der ist weggelaufen … mit einer Kugel im Arm. Ich kriege … ein Lungenödem. Helfen Sie mir.«

Richard sah, wie die Adern an Ingrams Hals vortraten. Seine Lungen füllten sich mit Flüssigkeit, da sein Herzmuskel zu sehr beansprucht war. Das Nitroglyzerin jedoch würde seine Adern erweitern, sodass sich der Widerstand im Kreislauf und die Belastung des Herzens verringern würden. Das reichte vielleicht schon aus, um den Prozess umzukehren. Der Sauerstoff würde ihm beim Atmen helfen, und eine Diurese mit Furosemid-Infusionen würde bewirken, dass er das überschüssige Wasser ausschied. Eine Dosis Morphin, um das Blutvolumen zu senken, das zum Herz zurückfloss, würde seine Chancen noch weiter erhöhen. Aber das alles bedeutete, dass Richard ihn in die Notaufnahme schaffen musste.

Doch er stand bloß da und blickte auf die Waffe in Ingrams Hand. Sie sah genauso aus wie die, um die er mit dem Mann gekämpft hatte.

»Woher haben Sie die Waffe, Gordon?«

Ingram, der dringend Sauerstoff brauchte, atmete keuchend durch den Mund.

»Was kümmern Sie sich darum? Holen Sie lieber die Sauerstoffflasche … von der Bahre. Ich habe meine eigenen Spritzen bei mir …« Mit der freien Hand griff er in die Brusttasche und zog etwas heraus, das wie eine Brieftasche aussah. Er legte sie auf den Betonboden und schlug sie auf. Richard erkannte, dass es ein Etui war, wie Diabetiker es benutzten und das normalerweise vier vorbereitete Insulinspritzen enthielt.

Ingram wies mit der offenen Hand auf den Inhalt des Etuis. »Furosemid und Morphin … jeweils zwei Stück.« Er grinste schwach. »So etwas kommt gelegentlich vor. Also bin ich stets gut vorbereitet ...« Seine Waffe zeigte immer noch irgendwo zwischen ihnen auf den Boden. »Hat seine Vorteile, sein eigener Arzt zu sein ...«

Ein Mann mit Herzinfarkt, dachte Richard.

Ein Mann, der zu sämtlichen Aufzeichnungen Zugang hatte.

Ein Mann, der am Ende vielleicht Hamlins und Downs' Akten durchgesehen hatte, »um nach Problemen zu suchen«, und der ebenso schnell wie Richard darauf gekommen war, was vor sich ging.

Mein Gott, dachte Richard, der innerlich vor dem Gedanken zurückschreckte, zu dem sein Verstand ihn drängte. Doch die Ereignisse der letzten zwei Wochen kamen an die Oberfläche und fügten sich zu einem Muster zusammen, das einen Sinn ergab, obwohl Richard es nicht wahrhaben wollte. Nein, das kann nicht sein, versuchte er sich einzureden, doch er sagte: »Geben Sie mir die Pistole, Gordon.«

Das Grinsen verschwand, und die Mündung des Laufs bewegte sich, zielte auf Richards Brust.

Richard sah seinen schrecklichen Verdacht bestätigt.

»Ich wusste, dass solch ... lahme Ausreden nicht funktionieren. Mein ursprünglicher Plan war, dass Bob, der Psychopath ... sie und Richard umbringen sollte ... und dann wollte ich ihn töten. Aber ich hatte nicht damit gerechnet, dass es mir so schlecht geht ... und dass ich plötzlich Ihre Hilfe brauche. Ich konnte noch nicht zulassen, dass er Sie jetzt schon tötet ...« Mit der linken Hand griff er in sein Jackett und zog eine fünfzehn Zentimeter lange Schlüsselkette heraus, an der ein kleines Kästchen von der Größe eines Feuerzeugs hing. Darauf befanden sich mehrere Knöpfe.

Richard wusste, wozu es diente.

Binnen einer Sekunde wuchs seine Wut auf Ingram zu weiß glühender Raserei. Trotz der Waffe und des Zünders gierte jede Faser in ihm danach, dem Mann an die Gurgel zu gehen, und nur seine unbeugsame Entschlossenheit, Kathleens Leben zu retten, hielt ihn zurück. Mit angespannter Stimme sagte er: »Ich werde keinen Finger rühren, um Ihnen zu helfen.«

»Wie Sie wollen. Vielleicht kann ich mir ... die Medikamente selbst injizieren, jedenfalls im Moment. Aber in ein paar Minuten ... geht das vielleicht nicht mehr. Jetzt geht es darum, wie Kathleen stirbt.« Er machte mit der Waffe eine Geste zum Wagen. »Kurz und schmerzlos ... oder langsam und schmerzvoll.« Sein Daumen glitt über die Knöpfe auf dem Zünder.

Wieder schätzte Richard seine Chancen ab, sich auf Ingram zu stürzen, diesmal mit mehr Kühle und Überlegtheit. Es war besser, Ingram weiter reden zu lassen, entschied er.

»Wenn ich daran denke, was Sie getan haben«, sagte Richard, »könnte ich kotzen.«

»Was ich getan habe? Ich habe eine Ärztin beschützt, die heimlich ... die Grenze der Regenerativen Medizin überschritten hat. Die beschädigte Herzen wiederherstellen konnte ... und sämtlichen Forschern der Welt beim Einsatz von Stammzellen ... um Jahre voraus war.«

»Sie haben Ihre Vertrauensstellung benutzt, um Kathleen und mich zu verraten. Ein unschuldiger Polizist und eine unschuldige Sekretärin sind gestorben. Hamlin, Lockman, Edwards, Blaine – tot. Vielleicht auch Norris. Alles, um Francesca Downs vor dem Gefängnis zu retten, damit sie Ihnen helfen kann.«

Ingram, dessen Brust sich nun mühsamer hob und senkte, musterte Richard durch seine halb geschlossenen Lider, und seine Augen waren voller Verachtung. »Natürlich wollte ich mir selbst helfen ... Andernfalls hätte ich mich am Ende ... auf eine Herztransplantation freuen dürfen ... lebenslänglich Medikamente gegen die Abstoßungsreaktionen ... und trotzdem die Aussicht, jung zu sterben. Aber ich habe auch einer Ärztin, die Millionen Menschen helfen kann, die Freiheit bewahrt ... und ich werde dafür sorgen, dass sie frei bleibt ...« Während er sprach, legte er die Waffe in Reichweite auf den Boden, während er den Zünder in der linken Hand behielt, den Daumen auf dem Knopf. Mit der freien Hand nahm er einen Tourniquet, einen Stauschlauch aus Gummi, aus seinem Etui. Richard ließ er dabei nicht eine Sekunde aus den Augen. Er krempelte seinen Ärmel hoch und versuchte, den Arm einhändig abzubinden, indem er den Schlauch mit den Zähnen festhielt, so wie Junkies es tun. Doch er musste mehrere Versuche machen, weil die Prozedur dadurch kompliziert wurde, dass er gleichzeitig den Zünder festhalten musste. Nach mehreren Versuchen warf er den Tourniquet zu Boden und nahm wieder die Waffe in die Hand.

»Wenn Sie meine Anweisungen nicht genau befolgen, Richard, gehen wir alle in die Luft ... einschließlich Kathleen.« Er zielte wieder auf Richards Brust und streichelte gleichzeitig mit dem Daumen die Fernbedienung.

»Beruhigen Sie sich. Bei dieser Entfernung wird die Explosion ... für uns beide ... gnädigerweise tödlich sein. Aber für Kathleen ... durch das offene Heck des Wagens ... könnte es ihr die Eingeweide rausreißen ... und sie bleibt trotzdem am Leben. Bei all dem Baulärm auf der Straße ... hört vielleicht nicht mal jemand die Explosion ... Sie könnte noch tagelang leiden ... Also kommen Sie nicht auf die Idee, mich niederzuschlagen. Ich kann schneller ... auf den Knopf drücken.« Er streckte den rechten Arm aus und hielt ihm seine Venen entgegen. Noch immer hatte er die Waffe in der Hand, doch seine Linke mit der Fernbedienung hielt er von Richard weg. »Und jetzt injizieren Sie mir Furosemid ... und dann das Morphin. Und bleiben Sie rechts von mir.«

Richard zögerte.

»Glauben Sie, ich mache Witze?«, sagte Ingram, dessen Gesicht rot wurde. »He, ich habe nichts zu verlieren. Wenn ich merke, dass ich abkratze … nehme ich Sie beide mit. Bevor ich mich fangen lasse … und meine Tage im Gefängnis beschließe, sterbe ich lieber … Wenn Sie irgendeinen Trick versuchen, der die Polizei herbringt, ist das Ergebnis dasselbe. Beeilen Sie sich …«

Du musst auf Zeit spielen, sagte sich Richard. Ohne ein Wort zu sagen, nahm er den Tourniquet vom Boden, kniete sich neben Ingrams rechten Arm und band ihn um seinen Bizeps. Ingram drückte ihm die Mündung der Waffe in die Rippen. Richard revanchierte sich, indem er die erste Spritze mit Furosemid nahm, die Nadelspitze so tief wie möglich in die Haut stach und damit herumstocherte, bevor er sie in eine pralle Vene gleiten ließ. Als er ein wenig Blut in den Zylinder aufzog, drückte er den Kolben herunter und injizierte Ingram vierzig Milligramm von dem starken Diuretikum. Er ließ die Nadel in der Vene, nahm den Spritzenzylinder ab und ersetzte ihn durch einen anderen, der Morphin enthielt. Zehn Milligramm. Wenn er sie ganz injizierte, würde er den Mann wahrscheinlich töten. Der Atem würde aussetzen, und er würde in einen Schockzustand fallen.

»Na, in Versuchung?«, fragte Ingram, der Richards Gedanken zu erraten schien, während er die ganze Zeit die Fernbedienung außerhalb von Richards Reichweite hielt.

Beide Männer wussten, dass eine Überdosis Morphin Ingram immer noch genug Zeit lassen würde, den Knopf zu drücken.

Richard sagte gar nichts und injizierte ihm zweieinhalb Milligramm, eine angemessene Anfangsdosis, wenn auch vielleicht ein wenig knapp bemessen.

»Ein bisschen mehr«, sagte Ingram. »Dann machen Sie es doch selbst«, erwiderte Richard, ließ die Spritze in Ingrams Arm stecken und ging zu der umgekippten Rollbahre, wo er den Sauerstoffzylinder losschnallte. Sollte er den Kerl damit niederschlagen? Nein, das ginge nicht schnell genug, um eine Bewegung des Daumens zu verhindern.

Ingram beäugte die Morphinspritze, die in seiner Vene steckte, legte aber weder die Waffe noch den Zünder aus der Hand, um sich eine zusätzliche Dosis zu verpassen. Seine Atmung schien sich zu verschlechtern.

Spiel auf Zeit, sagte Richard sich noch einmal, biss die Zähne zusammen und hängte Ingram an den Sauerstoff an, obwohl er keine Ahnung hatte, ob es zu irgendetwas nutze sein würden. Und Kathleen? Bis jetzt hatte sie nichts gesagt. Aber sie musste alles mitgehört und verstanden haben. Vielleicht gelang es ihr doch noch, das Handy in Betrieb zu nehmen. Ingram schien sich keine allzu großen Sorgen darüber zu machen. Oder wusste er, dass das Handy bei all dem Beton und praktisch ohne Fenster gar nicht funktionieren konnte? Und selbst wenn Kathleen es einschalten konnte, wusste sie ebenso wenig wie Richard, wo sie waren.

Ingram stöhnte. »Verdammt, es geht mir beschissen. Ich schwöre, ich jage uns in die Luft…«

Richard gab ihm mehr Morphin. Wenn er Ingram durchbrachte, würde der sie töten, sobald er sich besser fühlte – doch wenn er wusste, dass er eine Überlebenschance hatte, wäre er sicher nicht so schnell bereit, sich selbst umzubringen. Dann wäre wenigstens die Bombe aus dem Spiel. Wenn er sich nur um die Waffe kümmern musste, überlegte Richard, konnte er Ingram vielleicht angreifen.

Fieberhaft ging er seine Möglichkeiten durch, wählte aus oder verwarf, was er tun konnte und was nicht, so, wie er es in der Notaufnahme bei seinen Entscheidungen über Leben und Tod machte. Und doch wusste er, dass alles, was er hier versuchte, ein Himmelfahrtskommando war, mit großen Risiken und geringer Aussicht auf Erfolg.

Sie hörte die beiden reden und konnte Richard jedes Mal sehen, wenn er aufstand. Ingram jedoch, der irgendwo hinter dem Lieferwagen lag, blieb unterhalb ihrer Sichtlinie.

Obwohl Kathleen sich in den vergangenen sechzehn

Tagen mit dem Gedanken abgefunden hatte, dass sie nach einem weiteren Schlaganfall sterben konnte, war sie nicht bereit, einfach dazuliegen und sich von einem Hagel aus Nägeln häuten zu lassen. Sie wollte verdammt sein, wenn sie ihm die Entscheidung überließ, den Knopf zu drücken, nachdem sie schließlich den Versuch aufgegeben hatte, das Handy in Betrieb zu nehmen.

Es musste etwas geben, das sie tun konnte!

Zuerst musste sie sich von den Infusionsbeuteln und Schläuchen befreien. Obwohl sie schwach war, gelang es ihr, die Pflaster abzureißen, mit denen die Beutel befestigt waren, und dann die Nadeln herauszuziehen. Aus den punktierten Stellen lief Blut auf ihre Haut, doch sie schenkte ihm keine Beachtung.

Als Nächstes griff sie nach unten und entfernte die Kunststoffblase, die sie seit ihrer Einlieferung verabscheut hatte. Weitere Flüssigkeit lief aus. Es war ihr egal.

Da sie nicht im Stande war, sich ohne fremde Hilfe vom Rücken auf die Seite zu rollen, benutzte sie Ellbogen und Fersen, um ihren Rumpf zentimeterweise zur Seite zu schieben. Noch ein paar Versuche und sie fügte dem Manöver eine leichte Drehung hinzu. Langsam drehte sich ihre Körperachse, sodass sie nicht mehr längs im Wagen lag, sondern nach und nach quer zu liegen kam. Jede Bewegung war eine Riesenanstrengung, und nach weniger als einem halben Dutzend Versuchen atmete sie schwer, doch der ständige Lärm des Presslufthammers draußen überdeckte ihr Keuchen. Sobald sie sich vollständig in die Querlage manövriert hatte, bewegte sie sich direkt auf die offenen Hecktüren zu, wenn auch jedes Mal nur zwei oder drei Zentimeter. Gelegentlich blickte Richard in ihre Richtung, oder zumindest dorthin, wo sie gewesen war, und setzte zur Ermutigung ein schwaches Lächeln auf.

Ihr wurde klar, dass er sie in der Dunkelheit nicht sehen konnte.

Während sie sich langsam vorschob, kam die untere Hälfte von Ingrams Beinen in ihr Blickfeld. Alle paar Sekunden bekam sie seine Hand zu sehen, die in die Luft gestreckt war, während er sie von Richard weghielt. In ihr befand sich der kleine Zünder, den Ingram zu betätigen drohte.

Wenn sie ihre alte Muskelkraft hätte, könnte sie sich den Zünder schnappen.

Aber jetzt? Keine Chance.

Dann bemerkte sie die Schlüsselkette, die von seiner Hand hing.

Er war mit der Einstellung des Sauerstoffdurchflusses fertig, widmete sich wieder der Spritze, drückte vorsichtig den Kolben herunter und gab Ingram eine weitere Dosis Morphin. »War Francesca in ihre Geheimnisse eingeweiht?«, fragte er, denn er wollte ihn ablenken, damit er nicht merkte, dass die Dosis kleiner war als die erste. Er hatte sich dazu entschlossen, die Reanimation in die Länge zu ziehen, ihn in der Schwebe zu halten, ihn weder zu weit wegdämmern zu lassen, noch seinen Zustand zu rasch zu verbessern.

»Francesca? Auf keinen Fall. Sie wissen, dass sie ... durch und durch Pfadfinderin ist.«

»Warum hat sie sich dann mit Hamlin eingelassen?«

»Sie hat sich mit Norris eingelassen ... Er ist derjenige, der Hamlin beteiligt hat ...«

»Das haben Sie alles rausgekriegt, indem Sie ihre Akten gelesen haben.«

»Und indem ich mich per Computer in ihre Forschungsberichte gehackt habe ... Die Leute glauben, dass ihre Passwörter und Zahlencodes sicher sind ... aber nicht vor mir.«

»Wieso hat Francesca Downs' Idee funktioniert und Hamlins nicht?«

»Weil Hamlin ein Trottel ist. Während Francesca sich darauf beschränkt hat, bei Menschen ... selbst heimlich ...

nur die Methode anzuwenden, die sie an Mäusen perfektioniert hatte... hat Hamlin niemals solche Einschränkungen akzeptiert. Er ist vorgeprescht... und hat vorzeitig anzuwenden versucht, was er noch nicht bewiesen hatte... Er hat improvisiert, und als seine Patienten dann tot in der Notaufnahme eingeliefert wurden, war es nur eine Frage der Zeit, bis der ganze Plan... aufgedeckt würde. Um Francesca zu schützen... besonders nach Hamlins hirnrissigem Plan, Kathleen dazu zu benutzen, Sie zu rekrutieren... habe ich mich an unseren guten Robert gewandt...«

Er spricht schneller und versucht, mehr Worte zwischen seinen immer kürzeren Atemzügen unterzubringen, dachte Richard. Und er kam vom Thema ab. Ein sicheres Anzeichen, dass Ingrams Zustand sich verschlechterte. Jedes Mal, wenn Richard dieses Verlangen zu reden erlebte, sobald der Tod nahte, hatte er es auf ein Delirium durch Sauerstoffmangel zurückgeführt. Manchmal aber schien es, als wollten die Sterbenden ihre Geschichte loswerden.

»Als Ethikchef hatte ich Nape... oder Nappin junior, wenn Sie wollen... und seine früheren, unüberlegten Handlungen, als er Pfleger im Reproduktionszentrum war... in den Akten. Wenn Sie wissen, wie es geht, ist es heute kinderleicht, Leute wie ihn... im Internet aufzuspüren. Selbst damals habe ich schon Verbindungen... zur Legion Gottes gefunden, also wusste ich, dass er ein Fanatiker war, und wo ich ihn finden konnte. Den Rest kennen Sie. Die ersten beiden Tötungen liefen gut... Er hat darauf bestanden, eine ›Botschaft‹ zu hinterlassen. Ich habe ihm vorgeschlagen, ›Stämme‹ zurückzulassen... Sie wissen schon, die Zweige... weil ich mir dachte, dass es für ihn selbst einen Sinn ergeben würde, aber für niemanden sonst. Jeder würde denken, dass alles einem kranken Hirn entsprungen ist...«

Er atmete immer schneller und mühsamer. Seine Stimme war angestrengt, sein Keuchen lauter, begleitet von blubbernden Geräuschen tief in der Brust. Sein Zustand wurde rapide schlechter. Richard musste ihn zurückholen, bevor jede Hoffnung verloren war.

»Aber dann… hat er die Befehle nicht mehr befolgt. Dachte mir, dass ich… diesen Mistkerl auch loswerden musste. Hab zugestimmt… mich mit ihm zu treffen. Hab ihm versprochen, ihm zu helfen, dass er Kathleen… in die Finger kriegt. Hab mir vorgestellt, ihn zu erschießen… und dann euch beide in die Luft zu jagen. Sollten die Bullen doch selbst… die Körperteile einsammeln und sich… einen Reim auf die Geschichte machen. Egal, was sie sich zusammenreimten, es würde… keine Beweise gegen Francesca geben. Ich hatte schon… eine Bitte um Beratung im Fall Norris, dass er nicht reden wird…«

»Was meinen Sie damit?«

»Die Intensivstation hat mich gebeten, bei der Behandlung… zu helfen. Sollte einfach sein, dafür zu sorgen, dass Norris nicht überlebt…«

»Ich sollte Ihnen besser auch die anderen Gliedmaßen abbinden«, sagte Richard und griff damit auf eine altmodische Methode zurück, um den Rückfluss des Blutes zum Herzen weiter zu reduzieren. Er nahm den Gummischlauch, den er zuvor schon benutzt hatte, und schlang ihn diesmal fest um den anderen Arm. Dann zog er Ingram die Schuhe aus und band die Socken des Mannes um dessen Waden.

»Ich kratze ab, Steele. Zur Hölle mit Ihnen.« Ingram hielt die Fernbedienung hoch.

Richard spannte sich, bereit, nach Ingrams Hand zu schlagen, aber er wusste, dass er nicht schnell genug sein würde.

»Nein, Sie werden nicht sterben«, log er und injizierte so viel Morphin, wie er gerade noch wagen konnte. In der Notaufnahme hätte er Instrumente zur Verfügung gehabt, die ihm die Reaktion Ingrams verraten hätten, die ihn geleitet und ihm geholfen hätten, Art und Dosierung der Medikamente zu bestimmen. Das hier aber war wie der Versuch, im Nebel und ohne Radar ein Flugzeug zu landen. Er konnte nicht einmal den Blutdruck messen, außer dass Ingrams schwacher und hoher Puls ihm verriet, dass der Blutdruck niedrig sein musste.

»Das fühlt sich schlecht an«, sagte sein Patient, und die Schlüsselkette klimperte leise, als er den Griff um die Fernbedienung verlagerte und wegen der Atemnot unruhiger wurde. Seine Hand mit der Waffe bewegte sich ruhelos auf seiner Brust. Er hatte den Zeigefinger immer noch am Abzug, doch sein Daumen zupfte an den Knöpfen seines blauen Hemdes mit Monogramm, als glaubte er, besser atmen zu können, wenn er sie öffnete. Bald kam die Hand dazu, die die Fernbedienung hielt.

Himmel, er wird uns alle durch Zufall in die Luft jagen, schoss es Richard durch den Kopf. »Schon Harndrang?«, fragte er und versuchte, Ingrams Aufmerksamkeit auf etwas anderes zu lenken, damit die Hände sich beruhigten.

»Ja.« Ingram fingerte weiter an seinen Hemdknöpfen und am Kragen.

»Dann machen Sie. Lassen Sie es einfach laufen«, sagte Richard, während er den Daumen beobachtete. Er lag immer noch auf dem Auslöseknopf.

»Nein. Holen Sie mir … einen Topf.«

»Ich habe keinen.«

»O Gott, ich kann nicht atmen …« Er begann zu wimmern.

»Pinkeln Sie sich in die Hose, verdammt. Wir sind hier nicht im Krankenhaus.«

Trotz des dunklen Hosenstoffs begann sich in seinem Schritt ein noch dunklerer Fleck auszubreiten, und der unverkennbare Geruch von Urin breitete sich aus. »Ich werde sterben«, sagte Ingram schluchzend.

»Gordon, wenn Sie nicht aufpassen, drücken Sie unabsichtlich auf den Knopf. Dann kann ich Ihnen mit Sicherheit nicht mehr helfen. Geben Sie ihn her.«

»Nein!«, kreischte Ingram und versuchte, ihn hinter dem Rücken zu verstecken.

Er war wieder aufsässig, aber sehr viel ängstlicher als vor wenigen Minuten. Und wahrscheinlich leichter einzuschüchtern.

»Warum sollte ich Ihnen dann helfen? Sie werden Kathleen und mich ja sowieso umbringen.«

»Nein, das werde ich nicht.«

»Unsinn!«

»Ich schwöre.«

Sein Widerstand verschwand wieder. Er hatte die Augen vor Angst weit aufgerissen und blickte panisch nach links und rechts, als suchte er nach einem Ausweg. Das taten die Patienten immer, wenn sie nicht atmen konnten. Bei der Dunkelheit um sie herum schien Ingram in den Schatten nach etwas zu suchen, das niemand sonst sehen konnte. »O Gott… rette mich«, jammerte er.

»Gott und Sie retten? Das glaube ich nicht. Aber *ich* kann es.«

»Bitte!«

Es war Zeit für das »Ave Maria«, die letzten Maßnahmen. Richard griff sich die verbliebenen Spritzen und trat von Ingram zurück. Dabei sah er, wie Kathleen seitlich zum Heck des Lieferwagens rutschte und parallel zum hinteren Teil auf dem Boden lag. Sie drehte ihm das Gesicht zu, und ihre Augen blitzten. Sie nickte, und ihre Lippen sagten stumm: *Ich liebe dich. Mit* zwei Bewegungen positionierte sie sich direkt über Ingram.

Richard war sich nicht sicher, was sie vorhatte, und spielte weiter seine Karten aus. »Geben Sie mir die Pistole und die Fernbedienung, Gordon, oder ich zerbreche die Spritzen auf dem Beton.«

»Bitte… nein.«

»Es ist nicht so einfach, zu behaupten, dass man zu sterben bereit ist, wenn der Tod auf der Türschwelle steht, nicht wahr, Gordon?«

Er hustete. Rötlicher, blasiger Auswurf kam aus seinem Mund, während sein Keuchen immer verzweifelter wurde. Er konnte nicht einmal genug Sauerstoff aufnehmen, um auch nur einen Kanarienvogel am Leben zu erhalten.

»Sie wissen, was als Nächstes kommt, nicht wahr, Gordon? Sie haben es oft genug gesehen. Blut und Schaum dringen Ihnen aus Nase und Mund, und Sie bekommen keine Luft und erleben die längsten dreißig, vierzig Sekunden am Ende Ihres Lebens bei vollem Bewusstsein, während Ihr Herzschlag auf null sinkt, bevor der Tod Sie erlöst.«

»Nein! Nein! Eher drücke ich… auf den Knopf!«

»Dazu brauchen Sie Nerven, Gordon. Den Mumm haben Sie nicht. Sie sind verzweifelt, weil Sie leben wollen. Also geben Sie mir die Fernbedienung und die Waffe, solange es noch eine Chance gibt, einen Rettungswagen zu holen.«

Sein Brustkorb bewegte sich heftig wie bei einem Tier, das versucht, etwas auszuwürgen. Rote Blasen quollen ihm aus Nase und Mund wie roter Seifenschaum. Um die Augen herum, die groß wie Golfbälle hervortraten, lief sein Gesicht dunkelrot an.

Angestrengt beugte Ingram sich nach hinten, hielt die Schlüsselkette aber immer noch hoch in der Luft und von Richard weg. Und noch immer hatte er den Daumen auf dem Knopf, und auch die Waffe zielte genau nach vorn.

Mit gekrümmten Fingern schwang Kathleen den Arm auf die Kettenschlaufe zu.

Sie hakte die Finger ein, und die Kette flog Ingram aus der Hand.

Reflexhaft riss er die Waffe hoch, zielte hinter sich und feuerte drei Schüsse über Kathleens Kopf hinweg.

Richard warf sich auf Ingram und entwand ihm mit Leichtigkeit die Waffe. Die Fernbedienung flog in hohem

Bogen durch die Luft. Er hielt den Atem an, als sie auf den Betonboden schlug, dann aber harmlos ein paar Meter über den Boden schlitterte.

Zu Richards Füßen verzerrte sich Ingrams Gesicht, das inzwischen so violett wie eine Aubergine war, während sein Körper von Krämpfen geschüttelt wurde. Die wilden Zuckungen hielten eine halbe Minute an, während noch mehr Schaum zwischen seinen zusammengepressten Lippen hervorquoll. Dann ließen die Bewegungen nach, wurden langsamer und weniger heftig und verloren sich schließlich in einem gelegentlichen Zucken. Trotz des Speichels in seinem Hals gab er ein rasselndes Geräusch von sich, so trocken wie Knochen in einer Kürbisflasche, und die Muskeln um seine Augen zogen seine Brauen hoch, sodass auf seinem Gesicht der Ausdruck fassungslosen Staunens lag.

21

Drei Wochen später
Freitagmorgen, 20. Juli

Norris' Ohr, sein Hals und der Stumpf seines rechten Unterarms waren noch immer dick verbunden. Eine Klappe bedeckte die Stelle, wo sein rechtes Auge gewesen war. Auch sein Sprachvermögen war erheblich beeinträchtigt. Das Skalpell, das ihm in den Hals gebohrt worden war, hatte einige der motorischen Nerven durchtrennt, die Gaumen und Zunge koordinierten. Der Sprachtherapeut hatte versucht, einige elementare Therapien mit ihm vorzunehmen, doch es erschien unwahrscheinlich, dass Norris jemals wieder normal sprechen konnte.

»Also, wo ist Downs hingefahren?«, fragte McKnight.

Ich habe keine Ahnung, kritzelte Norris mit der linken Hand.

»Und sie hat keinen Versuch gemacht, Verbindung mit Ihnen aufzunehmen?«

Nein.

»Was glauben Sie, wo sie am ehesten sein könnte?«

Norris zuckte mit den Schultern.

McKnight hatte ihn eine halbe Stunde lang in die Mangel genommen. Norris gestand nichts und bestätigte nichts. »Herr im Himmel«, murmelte McKnight und klappte sein Notizbuch zu. »Das führt nicht weiter.«

Norris schnaubte.

Während McKnight auf dem Absatz kehrtmachte und den Raum verließ, gab Norris Richard einen Wink und begann, hektisch etwas auf seinen Block zu kritzeln. Er riss das Blatt ab und hielt Richard entgegen, was er geschrieben hatte.

Machen Sie sich keine Sorgen um Kathleen. Ich habe Hamlin nicht dieselben unreifen Zellen gegeben, die er bei seinen anderen Patienten benutzt hat.

»Was?«

Norris kritzelte weiter. *Am Anfang hat er unreife Zelllinien benutzt. Da lag das Problem. Diese Zellen haben alles nachgebildet, einschließlich der Gefäßanomalien. Bei Sullivan habe ich Zellen benutzt, die sich schon Frühformen von Nervenzellen ausgebildet hatten.*

»Was wollen Sie damit sagen?«

Ich habe sie aus der Neuralleiste von Embryonen im Achtwochenstadium entnommen. Diese Zellen können nur Nervenzellen bilden. Kathleen dürfte keine Schwierigkeiten bekommen.

Richard dachte kurz nach. »Warum hat Hamlin dann nicht von Anfang an reiferes Gewebe verwendet?«

Er hatte die notwendigen Langzeitversuche nicht gemacht, hatte es zu eilig. Aber den übrigen Patienten kann geholfen werden.

»Wie?«

Man entfernt sämtliche neu aufgetretenen Missbildungen, bevor sie bluten, und infundiert dann weitere Stammzellen, aber vom neuronalen Typ, um sicherzustellen, dass alle Fortschritte, die sie bei ihrer Rehabilitation machen, langfristig erhalten bleiben. Das war es, was Hamlin Dr. Sullivan anbieten wollte, als Anreiz, um Sie zur Mitarbeit zu bewegen.

»Dieser Dreckskerl!«

Die Neurochirurgen hier sind in der Lage, die Prozedur bei denen durchzuführen, die sie brauchen.

»Wie viele Jahre wird er wohl kriegen?«, fragte Richard McKnight auf dem Korridor, als er Norris' Zimmer verließ.

»Wer weiß? Wir zählen noch die Anschuldigungen zusammen, die wir gegen ihn vorbringen können. Für die Verschwörung zur Durchführung ärztlicher Übergriffe und als Mittäter bei zwei fahrlässigen Tötungen würde ich sagen, zehn Jahre, wenn nicht zwanzig. Und seine Weigerung, uns dabei zu helfen, Francesca Downs zu finden, ist für seinen Fall auch nicht gerade hilfreich. Was hat er am Schluss zu Ihnen gesagt?«

»Nichts. Nur dass es ihm leid tut.«

»Erstaunlich«, sagte Kathleen, die neben ihrem Bett saß. Obwohl die Kanüle noch an ihrem Platz war, musste sie nicht mehr die Öffnung des Luftröhrenschnitts abdecken, um zu sprechen. Da sie nun seit Wochen völlig selbstständig atmete und keine Probleme mehr hatte, ihren Speichel oder Flüssigkeiten zu schlucken, war die Öffnung durch einen Stöpsel verschlossen. Die gesamte Apparatur würde bald unnötig sein, wenn sie feste Nahrung zu sich nehmen konnte. »Er hat also nur deshalb bei Hamlin mitgemacht, um mein Leben zu retten, nicht um dich in ein Vertuschungsmanöver zu verwickeln?«

Richard nickte. »Stimmt.«

»Was für ein bemerkenswerter Mann. Und jetzt wird er für alle anderen die Schuld auf sich nehmen müssen.«

»So sieht's aus.«

»Aber das ist so unfair ...«

»Ich weiß.«

»Können wir ihm helfen?«

»Ich wüsste nicht, wie, aber ich werde es auf jeden Fall versuchen.«

»Ich auch. Was immer dafür nötig ist. Geld. Anwälte. Aussagen zu seinen Gunsten. Oh, Richard, es wäre ungerecht, ihn einzusperren.«

Das sieht ihr ähnlich, überlegte Richard. Sie konnte noch nicht einmal laufen, doch schon stürzte sie sich darauf, bei einer Sache behilflich zu sein, die wahrscheinlich aussichtslos war.

Sie saßen einander in Polstersesseln mit Blumenmuster gegenüber. Er hatte sie Kathleen aus ihrer Wohnung in ihr Krankenzimmer bringen lassen. In der Luft lag der Duft von Cappuccino, den er mit einer neu gekauften Maschine für sie gekocht hatte. Um sie herum standen die frischen Blumen, die er ihr jeden Tag mitbrachte, hübsch in Kristallvasen arrangiert, die er aus seiner eigenen Wohnung mitgebracht hatte. Zwar konnte das alles nicht die Kälte der Krankenhauseinrichtung verhüllen, ihr aber wenigstens die Schärfe nehmen.

Kathleen führte zögernd eine Tasse, die von weißem Milchschaum gekrönt war, an die Lippen. Selbst trinken zu können, war eine ihrer neuesten Errungenschaften.

»Pass lieber auf, wie viel von dem Zeug du in dich reinschüttest«, riet ihr Richard. »Das ist Koffein mit hoher Oktanzahl.«

Sie nahm einen Schluck und grinste ihn dann mit einem weißen Schnurrbart an. »Früchte des Sieges. Er passt gut zu all den Sachen, die ich lesen muss.« Sie deutete mit ihrer Tasse auf einen Beistelltisch, auf dem Zeitungen, Fachzeitschriften und Akten aus ihrem Labor ausgebreitet waren. Doch in ihrer Stimme lag eine Anspannung, die ihr Lächeln Lügen strafte.

»Dann besorg ich dir koffeinfreien Kaffee«, sagte Richard.

Kathleens Beine konnten sie immer noch nicht tragen, und die Physiotherapeuten glaubten, dass es noch weitere drei bis vier Wochen dauerte, bevor sie entlassen werden konnte, um ambulant an Therapiesitzungen teilzunehmen. Ob sie jemals wieder gehen würde, konnten die Ärzte noch nicht sagen, und Richard konnte sich sehr gut vorstellen, dass diese Ungewissheit ihr schwer zu schaffen machte. Sie hatte auf seine Versuche, über die Zukunft zu reden, mit eisigem Schweigen reagiert, sodass er es schließlich hatte bleiben lassen.

Bis jetzt.

»Weißt du, dass du genau dasselbe machst wie ich?« – »Wie bitte?«

»Du läufst weg.«

Sie blickte finster. »Keine glückliche Wortwahl, Freundchen.«

»Wieso? Du brauchst keine Beine, um zu desertieren.« Er tippte sich an die Stirn. »Nicht, wenn du es hier oben machst.«

»Richard, hör auf …«

»Auf keinen Fall! Dich hat auch nichts davon abgehalten, mir deine Meinung zu sagen – mit voller Lautstärke –, als *ich* es brauchte. Du verdienst dasselbe von mir. Und wenn es dir nicht gefällt, ist es dein eigener Fehler. Ich bin dein schlimmster Albtraum, ein bekehrter Drückeberger, dem du geholfen hast, sich wieder zu fangen, und der Hals über Kopf in dich verliebt ist. Das heißt, ich werde in deiner Nähe bleiben und dich so lange nerven, bis du aus dem Loch herauskommst, in dem du uns einzugraben versuchst.«

»Uns?«

»Ja, genau. Uns. Dich und mich, ganz zu schweigen von Chet und Lisa.«

»Das ist nicht fair. Lass die Kinder aus der Sache raus.«

»Nicht fair? Die Kinder sind schon in ›der Sache‹ drin. Wir sind der Meinung, dass du zu *uns* nicht fair bist.«

»Richard! Du hast doch nicht mit ihnen über uns geredet?«

»Natürlich. Genauer gesagt, die Kinder wollten erfahren, was los ist. Wir alle glauben, dass du verrückt bist. Ich bin bloß derjenige, der es dir als Erster zu sagen versucht.«

»Also, jetzt warte mal …«

»Nein, jetzt wartest du. Hast du wirklich geglaubt, wir würden zulassen, dass du uns einfach einen Abschiedskuss gibst und abhaust, Kathleen?«

»Ich gebe Chet und Lisa nicht den Abschiedskuss! Das würde ich niemals tun. Ich will nur keinem zur Last fallen …«

»Du bist noch nie in deinem Leben jemandem zur Last

gefallen, und das wirst du auch nie. Es liegt einfach nicht in deiner Natur. Du bist Kate Kathleen Sullivan, die Macherin, die Powerfrau, und was deine Muskeln tun wollen oder auch nicht, wird nichts daran ändern. Zum Teufel, ich werde nicht mal deinen Rollstuhl sehen, wenn du einen brauchen solltest.«

»Das ist leicht gesagt. Damit zu leben, ist etwas ganz anderes…«

»Natürlich, wir werden uns anpassen müssen, wo immer wir uns bewegen, aber wir können uns jede Hilfe leisten, die wir brauchen. Der einzige Unterschied wäre, dass ich dich oft hochnehmen und herumtragen müsste. Den Spaß, die Arme um dich zu legen, würde ich nicht irgendeinem bezahlten Kerl überlassen.«

»Das ist auch so ein Problem, Richard. Was ist, wenn ich nicht mehr… nun, du weißt schon.«

»Wenn du nicht mir schlafen kannst?«

Sie errötete. »Ja.«

Er stand auf, ging zur Tür und schloss sie ab.

»Richard, was machst du da?«

Er kam zurück zu ihr, nahm ihr die Tasse aus der Hand und stellte sie ab. »Ich werde dir zeigen, was ein Arzt alles machen kann, wenn er Fantasie hat.« Er schob seine Arme unter sie und hob sie hoch. Sie war immer noch so leicht, dass es ihn überraschte.

»Richard, lass mich runter.«

Er legte sie sanft aufs Bett. Wenn auch viel von ihrer Farbe zurückgekehrt war, so war ihr Gesicht immer noch so knochig wie ihr ganzer Körper. Er hätte beinahe aufgegeben, was er vorhatte, so zerbrechlich wirkte sie. Doch ihre Augen weiteten sich und verrieten ihm etwas ganz anderes. Er lächelte sie an, legte sich neben sie und streifte mit seinen Lippen ihre Schläfen.

»Und wenn jemand kommt und nicht hereinkann?«, fragte sie und blickte nervös zur Tür.

Er küsste sie sanft. »Das werden sie nicht wagen.« – »Aber ist das nicht gegen die Regeln?«, murmelte sie und erwiderte seinen Kuss.

Richard streichelte zärtlich die Seite ihres Halses. »Ich bin Chef der Notaufnahme. Das verschafft mir gewisse Privilegien«, flüsterte er ihr ins Ohr.

»Selbst bei mir?«

»Wenn du willst.«

Zuerst antwortete sie nicht.

»Kathleen?«

»Doch, es fühlt sich gut an.«

Er langte nach unten und öffnete den Gürtel ihres Nachthemds, dann schob er die Hände unter ihr Oberteil, über ihren Brustkorb zu ihren Brüsten. Sanft umkreisten seine Fingerspitzen eine ihrer Brustwarzen, und er spürte, wie sie sich aufrichtete.

»Oh.« Sie seufzte, und ihre Augen glänzten, während sie sich ganz leicht zurückbeugte. »Das ist wunderbar.«

»Du klingst überrascht.«

»Ich hatte Angst, dass ich nie wieder Erregung spüren würde.«

»Soll ich weitermachen?«

»O ja.«

»So wie das?«

»Richard …«

»Mehr?«

»Ja. Hör bloß nicht auf.«

Er öffnete ihr Nachthemd und berührte sie mit den Lippen.

Sonntag, 22. Juli

»Soll ich mitkommen, Chet?«

»Nein, Dad. Es ist besser, wenn ich alleine mit ihm rede. Es muss für den armen Mann jedes Mal verdammt hart sein, wenn er einen Vater mit seinem Sohn sieht.«

Richard lächelte. »Da hast du recht.«

Sie standen in der höhlenartigen Düsternis der St. Patrick's Cathedral, wo gerade ein Gedenkgottesdienst für Ted Mallory zu Ende gegangen war. Die eigentliche Beerdigung hatte bereits vor Wochen stattgefunden, im engsten Familienkreis. Ted Mallory senior stand mit blassem Gesicht und eingefallenen Wangen wie versteinert da, starrte ausdruckslos vor sich hin und schüttelte die Hände eines endlosen Stroms uniformierter Polizisten. An seiner Seite stand eine schlanke, dunkelhaarige junge Frau, die ebenso vom Schmerz verzehrt aussah.

Cathy, die Verlobte? Richard würde später mit ihr sprechen, unter vier Augen. So herzzerreißend es für sie auch sein würde, er wusste, dass sie alles über Teds letzte Minuten hören wollte. Das wollten die Hinterbliebenen immer. Normalerweise erzählte Richard die Geschichte so, dass aus dem Todeskampf des geliebten Verstorbenen eine Geschichte voller Würde, Mut und edlen letzten Worten wurde. Doch in diesem Fall würde die Geschichte der Wahrheit entsprechen.

Richard beobachtete, wie Chet sich in die Schlange einreihte. Als der Junge den alten Mann erreichte, wechselten sie ein paar Worte, und die Porzellanmaske auf dem Gesicht von Mallory senior zerbröckelte und wich einem Ausdruck des Erstaunens. Er legte Chet die Hände auf die Schultern, lächelte ihn mit Tränen in den Augen an und zog ihn dann in seine Arme. Das Gesicht der jungen Frau, das bis dahin versteinert und ohne Tränen war, schien sich in Schmerz aufzulösen, als sie die beiden umarmte.

Chet legte zögernd die Arme um die beiden, und alle in der Kirche verstummten. Nur das Schluchzen des Vaters und der jungen Frau waren in der Stille der Kathedrale zu vernehmen.

Nach einigen Sekunden hörte Richard die gebrochene Stimme des Mannes: »Gott segne Sie, dass Sie gekommen sind und uns die Gelegenheit geben, Sie kennen zu lernen. Dass Sie leben ist das Einzige, das Teds Tod einen Sinn gibt.«

Montag, 23. Juli, 22:35 Uhr

Jimmy Norris hatte keine Ahnung, warum sie ihn so spät abends zur Kernspintomographie brachten. Als er eine Notiz gekritzelt hatte, in der er um eine Erklärung bat, hatten alle ihm nur gesagt: »Es wurde so angeordnet.«

Nicht, dass es ihn noch besonders interessierte, was sie mit ihm anstellten. Sein Leben war vorbei. Nachdem er außer dem Gefängnis nichts mehr zu erwarten hatte, war sein Überleben im Kühlfach in der Leichenhalle zu einem grausamen Witz geworden. Sein einziger Trost war die Gewissheit, dass sie Francesca nicht erwischt hatten. Er hatte keinen blassen Schimmer, wohin sie geflohen war. Dennoch verbrachte er Stunden damit, sich auszumalen, dass sie irgendwo eine sichere Zuflucht finden und ihre gemeinsame Arbeit fortsetzen würde, und dass so ein Teil von ihm frei blieb. Dann wieder dachte er an all die Hürden, die Francesca würde überwinden müssen – die Finanzierung, die Sicherheit, die Kritik anderer Wissenschaftler –, und versank wieder in Verzweiflung, weil er wusste, dass alles, was sie getan hatten, umsonst gewesen war.

Ein Krankenpfleger half ihm in den wartenden Rollstuhl, und los ging die Fahrt zur Radiologie. Der Polizist, der Norris zur Bewachung zugeteilt worden war, folgte ihnen.

»Sie werden nicht mit ihm hineingehen können«, sagte der Mann, der den Rollstuhl schob. Es war ein dünner, drahtiger Typ, dem es Spaß zu machen schien, überall mit doppelter Geschwindigkeit hinzusausen. »Die Kraft des Magneten wird Ihnen jedes Metallteil wegreißen, das Sie am Leib haben, und wie Granatsplitter durch den Raum schießen lassen ...«

»Ich kenne das.« Der Cop schnaufte, denn er trug einen Bauch vor sich her, der darauf schließen ließ, dass er viel saß, um eingesperrte Patienten zu bewachen. Als sie im Vorraum ankamen, holte der Mann sich einen Stuhl, zog etwas aus der Tasche, das wie das Kreuzworträtsel aus der *New York Times* aussah, und begann mit einem Bleistift darauf zu kritzeln.

Der Krankenpfleger zuckte die Achseln und half Norris auf. »Geben Sie das dem Radiologen«, sagte er und reichte ihm die Papiere für die Untersuchung, sobald sie den Untersuchungsraum betreten hatten. Es war eine kahle Kammer von mittlerer Größe, die eine mehr als zweieinhalb Meter lange Röhre enthielt: den Kernspintomograph. Dann ging der Pfleger und zog eine massive Tür hinter sich zu, die sich mit dem Summen einer elektronischen Verriegelung schloss.

Wie eine Gaskammer, dachte Norris, der sich plötzlich beengt fühlte. Das einzige Fenster im Raum gehörte zu einer kleinen Steuerkabine, in der ein Mann in grüner OP-Kleidung sich über eine Schalttafel beugte. Er wandte Norris den Rücken zu. Wahrscheinlich ein Techniker, der die Einstellungen vorbereitete.

Norris ging zur Liege, auf der er in die zylindrische Öffnung geschoben würde, wo er ungefähr fünfundvierzig Minuten lang völlig still liegen musste.

Wer hatte die Untersuchung überhaupt angeordnet? Er hielt das Formular ans Licht, um die Unterschrift zu lesen.

Rachael Jorgenson.

Was hatte das zu bedeuten? Jorgenson war Hamlins ehemalige Assistenzärztin, die letzte Eroberung seines Lebens. Es war überhaupt nicht Jorgensons Sache, Untersuchungen anzuordnen. Es musste sich um einen Irrtum handeln.

Hinter ihm, aus Richtung der Steuerkabine, kam ein Summen, und Norris drehte sich um und sah, wie sich eine kleine Tür öffnete. Der Mann, den er ein paar Sekunden zuvor bemerkt hatte, kam herein, nur konnte er jetzt das Gesicht des Mannes sehen.

»Guten Abend, Jimmy«, sagte Richard Steele so beiläufig, als hätten sie sich auf eine Runde Golf getroffen.

»Waa!«, sagte Norris, der seine behinderte Aussprache und sein selbst auferlegtes Schweigen vergaß.

»Jetzt hören Sie bitte genau zu, Jimmy. Wir haben nicht viel Zeit«, sagte Richard. »In dieser Kabine gibt es eine weitere Tür, die in den Aufenthaltsraum der Radiologen führt. Dort finden Sie Zivilkleidung und einen gestohlenen elektronischen Ausweis, der Ihnen sämtliche Türen öffnet, um das Krankenhaus durch den Hinterausgang zu verlassen. Draußen wartet ein Auto, in dem eine Frau namens Bunny und ihr Freund sitzen – der ehemalige Pilot, die Sie ja kennen. Die beiden werden Sie zu einem Privatflugplatz fahren, wo man dafür gesorgt hat, dass man Sie zu Francesca fliegt, wenn Sie nicht laufen wollen. Wir haben eine knappe Stunde, bevor jemand hier reinschaut.«

Norris spürte, wie sein Herz schneller schlug. War das ein Scherz? Sicher wollte Steele ihn quälen und reizte ihn mit der Möglichkeit, zu fliehen und Francesca wiederzusehen, nur um ihm die Tür vor der Nase zuzuschlagen, wenn er darauf hereinfiel. »Fahrn Se zur Hölle ...«, nuschelte er mühsam.

»Vertrauen Sie mir, Jimmy. Es ist Ihre einzige Chance. Nutzen Sie sie.«

Richard klang nicht so, als ob er Witze machte. Vielleicht war er ehrlich. Warum also sollte er nicht mitspielen?

Schließlich hatte er nichts zu verlieren. Norris ging zur Tür der Kabine und wagte kaum zu atmen. Dann durchquerte er die Kabine und betrat durch die zweite Tür den Aufenthaltsraum, wo er eine Hose, Socken, Schuhe und ein Hemd vorfand. »Warum helfen Se mir?«, fragte er, als er hastig die Kleidungsstücke anzog, was mit nur einer Hand ziemlich umständlich war.

»Ohne Sie wäre Kathleen tot. Und wahrscheinlich noch viele andere Leute. Wenn man in Betracht zieht, was Sie der Menschheit bieten können, läuft es darauf hinaus, dass es keinen Sinn macht, Sie ins Gefängnis zu werfen. Jetzt gehen Sie.«

Tief in seinem Innern verspürte Norris eine tiefe Erleichterung. Richard spielte kein falsches Spiel; er ging tatsächlich ein großes Risiko ein. »Kriegen Se denn keine Schwierigkeiten?«

»He, Assistenzärzte machen dauernd Fehler, einschließlich Untersuchungsanordnungen für den falschen Patienten. Die Polizei wird denken, dass Sie, nachdem Sie schon mal da waren, die Situation ausgenutzt und die Kleidung geklaut haben und was Sie sonst noch brauchten, um sich zu verdünnisieren. Ich habe mit der ganzen Sache nichts zu tun.«

»Und wassis, wenn Jorgansin redet?«

»Über unser Arrangement kann sie gar nichts sagen; sie hat keine Beweise. Außerdem ist sie mir einen Gefallen schuldig, weil sie Bockmist gebaut hat, ohne dass ich die Sache weiter verfolgt habe. Dann wäre ihre Karriere wahrscheinlich zu Ende gewesen.«

Norris fischte die versprochene Ausweiskarte aus der Hosentasche. Als hätte er einen Sauerstoffstoß direkt ins Hirn bekommen, wurde ihm schlagartig klar, dass er unmittelbar vor einem Leben in Freiheit stand. Ein unglaubliches Hochgefühl erfüllte ihn. »Ich dank Ihn'n«, sagte er, und seine Augen füllten sich mit Tränen, als er Richards

Hand ergriff. Es war sein erster Handschlag als Linkshänder.

»Gehen Sie jetzt.«

Minuten später verließ er das Gebäude durch einen Hinterausgang an der Vierunddreißigsten Straße. Eine frische Brise, die vom East River herüberkam, wehte über ihn hinweg, kühl wie ein Frühlingsschauer, und über ihm spannte sich ein mondloser Sternenhimmel. Eine gute Nacht zum Fliegen, dachte Norris.

Einen halben Block entfernt sah er die Scheinwerfer eines Wagens, die wiederholt aufleuchteten. Während er darauf zulief, lachte und weinte er zugleich. Sekunden später fuhr er davon, in der sicheren Obhut von Bunny und Ralph Coady.

EPILOG

The New York Herald, Sonntag, 2. September

Zwei Ärzte auf Grand Cayman Island schrieben vergangene Woche Medizingeschichte, als sie einem Patienten adulte Stammzellen ins Herz einpflanzten, die aus dem Knochenmark des Patienten stammen. Das Versuchskaninchen, Ralph Coady aus New York City, ist ein 45-jähriger Expilot, der vor zehn Wochen einen schweren Herzinfarkt erlitt. Seitdem leidet Coady unter einer mittelschweren Herzinsuffizienz. Es wird erwartet, dass die neuen Zellen die vernarbten Teile des Herzmuskels wiederherstellen, sodass dieser Muskel seine normale Funktion innerhalb von 6 bis 12 Wochen wieder aufnimmt.

Das Ereignis ist umso bemerkenswerter, als die beiden Ärzte, die den Eingriff durchgeführt haben, Dr. Francesca Downs und Dr. James Norris, von den U.S.-Behörden wegen ihrer Verstrickung in einen Skandal am New York City Hospital gesucht werden. Es wird behauptet, dass sie dort ohne Genehmigung an ahnungslosen Patienten Experimente mit Stammzellen vorgenommen haben. Die Behörden auf Grand Cayman haben jedoch sämtliche Ersuchen abgelehnt, das Paar an die Vereinigten Staaten auszuliefern. Stattdessen erhielten sie die Genehmigung, sich an einem Zentrum für Stammzellforschung zu beteiligen, das in Zusammenarbeit mit Fountainhead Pharmaceuticals (Mexico City) eingerichtet wurde. Ein Sprecher des erst kürzlich gegründeten Instituts berichtete, dass man dort führende Spezialisten aus sämtlichen Fachgebieten der Regenerativen Medizin aus aller Herren Länder eingestellt habe, und dass Patienten aus aller Welt das Institut mit Terminanfragen überschwemmen.

Dr. Francesca Downs drückte es prägnanter aus: »Die Nachfrage ist eindeutig vorhanden. Es ist klar, dass wir auch in anderen Ländern, in denen wissenschaftlicher Fortschritt begünstigt wird, Institute dieser Art eröffnen werden. Alles in allem sind Dr. Norris und ich hocherfreut, dass unsere lebensrettende Arbeit sich ungehindert entwickeln kann.«

Kathleen ließ die Zeitung sinken und sah zu Richard hinüber. Wie sehr sie ihn liebte! Wie dankbar sie war für seine Hingabe und seinen Schutz, die ihr das Leben gerettet hatten.

Aber was hatten sie durch Norris' Befreiung nur in Bewegung gesetzt?

DANKSAGUNGEN

Viele Menschen haben ihre Zeit und ihre Kenntnisse auf dem Gebiet der Regenerativen Medizin mit mir geteilt, als ich diesen Roman schrieb. Mein Dank geht an Dr. Thomas Chang, Dr. David Gearheart, Dr. Lorne Kastrukoff und Dr. Janet Rossant. Mein besonderer Dank gilt Dr. Ray Chiu, der mich über die Geschichte der Stromazellen (oder adulten Stammzellen) informiert und durch sein Labor geführt hat, wo er derzeit Forschungen über den Nutzen dieser Zellen bei der Wiederherstellung beschädigter Herzmuskeln betreibt.

Mein herzlicher Dank geht einmal mehr an Dr. Brian Connolly und Dr. Jennifer Frank, meine langjährigen Freunde und Kollegen, für ihre kritischen Anregungen zu medizinischen Problemen.

Ein Dankeschön auch an Johanna, Betty, Connie und Tamara für ihre redaktionellen Hinweise.

Dank auch meiner unermüdlichen Agentin, Denise Marcil, und ihren großartigen Kollegen, Deryk und Maura, für ihr unschätzbar wertvolles Feedback zu mehreren Entwürfen.

Last but not least danke ich Joe Blanes, meinem Lektor bei Ballantine Books, für seine Fachkenntnis und seine wertvollen Hinweise.

Weltbild Buchverlag – Originalausgaben –
Genehmigte Lizenzausgabe 2008 für
Verlagsgruppe Weltbild GmbH,
Steinerne Furt, 86167 Augsburg

2. Auflage 2008

Projektleitung: Dr. Ulrike Strerath-Bolz
Übersetzung: Dr. Rolf Tatje
Umschlaggestaltung: Zeichenpool, München
Umschlagabbildung: Getty Images (Steve Taylor)
Satz: Uhl und Massopust GmbH, Aalen
Gesetzt aus der Sabon 10,5/12,5 pt
Druck und Bindung: CPI Moravia Books s.r.o., Pohorelice

Gedruckt auf chlorfrei gebleichtem Papier

Printed in the EU

ISBN 978-3-89897-808-8